'文'字에 담긴
고대 중국의
문화와 문학

'文字'에 담긴 고대 중국의 문화와 문학

'文'·'文章'·'文學'은 왜 문학으로 쓰였는가

박 현 주 지음

한국학술정보㈜

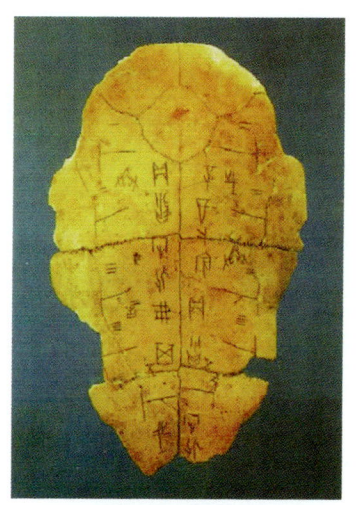

귀갑각사(龜甲刻辭). 상나라
호후선·호진우(胡厚宣·胡振宇) 著,
『은상사』, 상해중화인쇄유한공사, 2004

각사복골(刻辭卜骨)
하남(河南) 안양(安陽) 출토. 상나라
장광직 著, 이철 옮김 『신화미술제사』, 동
문선, 1998, 4쪽.

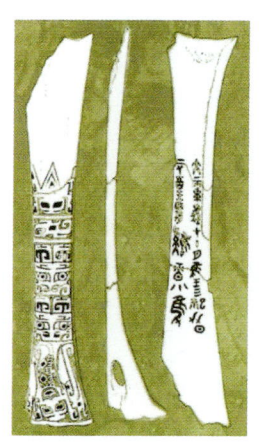

호골각사(虎骨刻辭). 상나라
胡厚宣·胡振宇 著, 『은상사』, 상해중
화인쇄유한공사, 2004

복사가 새겨진 동물 견갑골의 잔편. 상나라
장광직 著, 이철 옮김, 『신화미술제사』, 동문선, 1998,
91쪽.

측면에서 본 장반

양관(楊寬) 著, 『서주사』, 상해중화인
쇄유한공사, 2004

장반 내부의 명문

楊寬 著, 『서주사』, 상해중화인쇄유한
공사, 2004, 370쪽

명문 탁본

주나라의 청동기. 장반(墻盤, 또는 史墻盤이라고도 한다.)과 명문(銘文)
楊寬 著, 『서주사』, 상해중화인쇄유한공사, 2004, 370쪽.

짐승 무리

라스코 동굴 벽화, B.C. 2만～1만 년
이병철 지음, 『위대한 발굴』, 도서출판 가람기획, 1996, 122쪽

질주하는 검은 황소
B.C. 2만~1만 년
프랑스 라스코 동굴 벽화[1]

순록
B.C. 1만 5천~1만 년
프랑스, 퐁드 공프[2]

들소
B.C. 2만~1만 년, 라스코 동굴 벽화[3]

구석기시대 동굴 벽화

1) 이병철 지음, 『위대한 발굴』, 도서출판 가람기획, 1996, 118쪽.
2) 진중권, 『미학 오디세이 1』, 휴머니스트, 2003, 27쪽.
3) 이병철 지음, 『위대한 발굴』, 도서출판 가람기획, 1996, 123쪽.

채도반(彩陶盤)

흑색 선으로 그려진 人面形 가면과 그물(?) 장식의 토기(彩陶). 섬서성(陜西省) 반파(半坡) 출토
초기 앙소문화, 신석기시대
마이클 설리번 지음, 최성은·한정희 옮김, 『중국미술사』, 예경, 2005, 8쪽.

뼈 항아리(골호骨壺)

적색과 흑색 곡선으로 장식된 토기(彩陶). 감숙성(甘肅省) 반산(半山) 출토
앙소문화, 신석기시대
마이클 설리번 지음, 최성은·한정희 옮김, 『중국미술사』, 예경, 2005, 9쪽.

높은 자루 잔(고병배高柄杯)

흑도(黑陶). 산동성(山東省) 유방(濰坊) 출토
용산문화, 신석기시대 후기
마이클 설리번 지음, 최성은·한정희 옮김, 『중국미술사』, 예경, 2005, 10쪽.

주전자

산동성(山東省) 유방(濰坊) 출토
용산문화, 신석기시대 후기
마이클 설리번 지음, 최성은·한정희 옮김, 『중국미술사』, 예경, 2005, 10쪽.

세 개의 옥 조각품

왼쪽부터 머리 장식, 새 모양으로 된 목걸이나 귀고리 등에 늘어뜨린 장식(펜던트), 따리를 튼 pig‑dragon(고리 장식)의 부분. 홍산문화(B.C. 3500), 신석기시대
Edited by Jessica Rawson, 『The british museum book of CHINESE ART』, Thames and Hudson Inc., 2000, 52쪽.

종(琮)과 화폐(幣)

뒷줄은 두 개의 종과 화폐이고 앞줄은 세 개의 화폐와 한 개의 종. 양저문화(良渚文化, B.C. 2500), 신석기시대
Edited by Jessica Rawson, 『The british museum book of CHINESE ART』, Thames and Hudson Inc., 2000, 52쪽.

옥으로 만든 목걸이 (옥항식玉項飾)

양저문화(B.C. 2500), 둘레 76cm
신석기시대
정한덕 編著, 『중국 考古學 연구』, 학연문화사, 2000, 23쪽.

감녹송석수면동식(嵌綠松石獸面銅飾)

녹송석(터키석)을 상감 기법으로 박은 짐승 얼굴 모양의 청동 장식. 길이는 왼쪽이
14.4cm, 오른쪽이 16.3cm. 이리두문화(二里頭文化, B.C. 1900∼1500), 하남성(河南
省) 언사(偃師) 출토, 상나라의 가장 이른 시기 문화를 대표한다.
웨난 著, 심규호·유소영 옮김, 『천년의 학술현안 1』, 일빛, 2003, 194쪽.

청동 술잔(銅爵)

작(爵)과 고(瓴)

높이 17.5cm(왼쪽), 14.8cm(오른쪽). 二里頭文化
(B.C. 1900∼1500) 하남성(河南省) 언사(偃師)
출토. 상나라의 가장 이른 시기 문화를 대표한다.
웨난 著, 심규호·유소영 옮김, 『천년의 학술현안 1』,
일빛, 2003, 195쪽.

의식용 청동 술잔. B.C. 15∼14세
기. 상나라
Edited by Jessica Rawson,
『The british museum book of
CHINESE ART』, Thames and
Hudson Inc., 2000, 57쪽.

여러 가지 청동 예기

B.C. 12세기, 상대 후기에 사용했던 의식용 청동 식기와 술잔
Edited by Jessica Rawson, 『The british museum book of CHINESE ART』, Thames and Hudson Inc., 2000, 57쪽.

청동삼련언(青銅三聯甗)

세 개가 연결된 청동 시루솥(위는 시루, 아래는 솥으로 옛날에 시루와 솥을 겸용하던 그릇) 하남(河南) 안양(安陽) 은허(殷墟) 부호묘(婦好墓) 출토, 상나라. 胡厚宣‧胡振宇 著, 『은상사』, 상해중화인쇄유한공사, 2004

사양준(四羊尊)

네 마리 양이 있는 술 저장용 그릇 호남(湖南) 영향(寧鄕) 출토, 상나라. 胡厚宣‧胡振宇 著, 『은상사』, 상해중화인쇄유한공사, 2004

감녹송석상아배(嵌綠松石象牙杯)

상아에 녹송석(터키석)을 상감한 술잔. 높이 30.3cm. 상아의 뿌리 부분으로 만들었다. 기물의 형태는 동고(銅觚)와 비슷한데, 상하 4단으로 나누어 짐승 얼굴 문양, 삼각 문양, 기룡 문양 등으로 장식되어 있다.

하남(河南) 안양(安陽) 은허(殷墟) 부호묘(婦好墓) 출토, 상나라

웨난 著, 심규호·유소영 옮김,『천년의 학술현안 1』, 일빛, 2003, 193쪽.

준(尊)

인문(印紋)을 찍어 장식하고, 황갈색
회유를 입힌 도기(회유도灰釉陶)
하남성(河南省) 정주(鄭州) 출토, 상나라 중기
마이클 설리번 지음, 최성은·한정희 옮김,
『중국미술사』, 예경, 2005, 21쪽

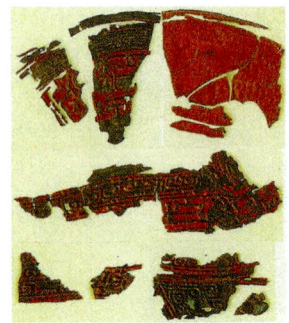

칠기(漆器) 잔편

하북성(河北省) 고성(藁城) 출토,
상나라
王玉哲 著, 『중화원고사』, 상해중화인쇄
유한공사, 2004

호문석경(虎紋石磬)

호랑이 무늬가 새겨진 석경. 길이 84cm. 석경은 돌이나 옥으로 만들어졌으며 두들겨 소리를 내
는 악기이다. 지배자의 권위나 통치를 상징하는 예기로 쓰였다. 처음에는 1개만 매달아 놓고 사
용했으나, 후기에는 음역에 따라 여러 개의 석경을 대(가架)에 매달아 놓고 소리를 내었다. 안양
(安陽) 무관촌(武官村) 출토, 상나라 후기
웨난 著, 심규호·유소영 옮김, 『천년의 학술현안 1』, 일빛, 2003, 202쪽.

유(卣)

술을 담던 청동 그릇으로서 기다란 깃털을
가진 새가 장식되어 있다.
B.C. 10세기, 서주시기
Edited by Jessica Rawson, 『The british
museum book of CHINESE ART』,
Thames and Hudson Inc., 2000, 64쪽.

칠작(漆爵)

옻칠한 술잔.
북경 방산현(房山縣) 유리하(琉璃河) 출토
B.C. 1000～200, 서주시기
웨난 著, 심규호·유소영 옮김, 『천년의
학술현안 2』, 일빛, 2003, 198쪽

돈(敦)

청동에 은을 상감하였고 원에는 유리를 끼
워 넣었다. 敦은 춘추 중엽 이후 점차 유행
하게 된 음식 그릇이다.
B.C. 4세기, 동주시기
Edited by Jessica Rawson, 『The british
museum book of CHINESE ART』, Thames
and Hudson Inc., 2000, 72쪽

날개달린 신수(神獸)

청동에 은상감
하북성(河北省) 석가장(石家莊) 근처의
중산국 왕릉 출토
B.C. 3세기 말, 전국시대
마이클 설리번 지음, 최성은·한정희 옮김,
『중국미술사』, 예경, 2005, 43쪽

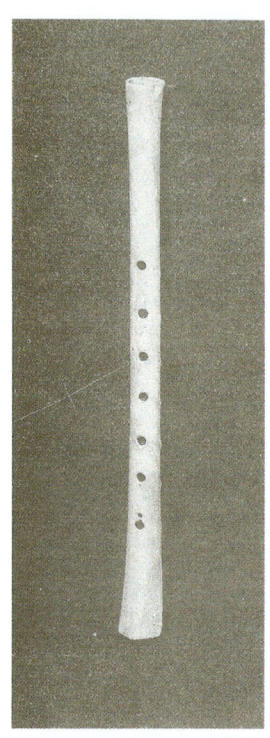

紅陶彩繪 학(鶴)·물고기(魚)·
돌도끼(석부石斧) 무늬 항아리(옹甕)
신석기시대(앙소문화 大河村 제4기)
입구 직경 32.7cm /
바닥 직경 19.5cm / 높이 47cm[5]

뼈로 만든 피리 (골적骨笛)
길이 22.2cm. 7개의 큰 구멍
과 1개의 작은 구멍이 있다.
하남성 무양현(舞陽縣) 가
호(賈湖) 유지 출토.
B.C. 6000년경, 신석기시대[4]

청동 제기(祭器), 정(鼎). 상대 중기. 하남성(河南省)
정주(鄭州) 출토[6]

4) 서울대학교동양사학연구실 編, 『강좌 중국사 1』, 지식산업사, 1994, 10, 41쪽 참조.
5) 정한덕 編著, 『중국 고고학 연구』, 학연문화사, 2000, 7쪽.
6) 마이클 설리번 지음, 최성은·한정희 옮김, 『중국미술사』, 예경, 2005, 13쪽.

용봉사녀도(龍鳳仕女圖)

백화(帛畵). 호남성(湖南省) 장사(長沙) 출토, 전국시대 후기
마이클 설리번 지음, 최성은·한정희 옮김, 『중국미술사』, 예경, 2005, 51쪽

명주 바탕에 용과 봉황 무늬를 아홉 가지 채색으로 수놓은 수의(壽衣)

얇고 성긴 명주 바탕에 용과 봉황, 호랑이 무늬가 수놓아진 홑옷의 일부분

전국시기의 직물[호북강릉출토(湖北江陵出土)][7]

---

7) 吳淑生, 田自秉 著, 『中國染織史』, 上海人民出版社, 1986.

청동종

사람 형상의 수직 청동 지지대가 있는 옻칠한 나무 걸개에 걸려 있다.
호북성(湖北省) 수현(隨縣), 증(曾)의 이(彝) 후작 분묘 출토, B.C. 433년, 전국시대
Edited by Jessica Rawson, 『The british museum book of CHINESE ART』, Thames
and Hudson Inc., 2000, 69쪽.

玉 원(援) 銅內戈(옥날과 청동 손잡이가 있는 戈) 은허부호묘출토(殷墟婦好墓出土)
길이 27.8cm[8]

8) 정한덕 編著, 『중국 고고학 연구』, 학연문화사, 2000, 25쪽.
9) 殷墟 유적지 발굴(BC. 1300~1046). 웨난 著, 심규호·유소영 옮김, 『천년의 학
   술 현안 1』, 일빛, 2003, 203쪽.

옥봉(玉鳳)
옥으로 만든 봉황 길이 13.6cm

옥상(玉象)
옥으로 만든 코끼리, 길이 6cm 높이 3cm

상나라의 옥 제품[9]

옥황(玉璜)
용 모양을 한 패옥(佩玉) 장식.
최대 지름 6.5cm

옥종(玉琮)
옥으로 만든 옥홀. 서옥(瑞玉).
높이 5.5cm

주나라의 옥 제품[10]

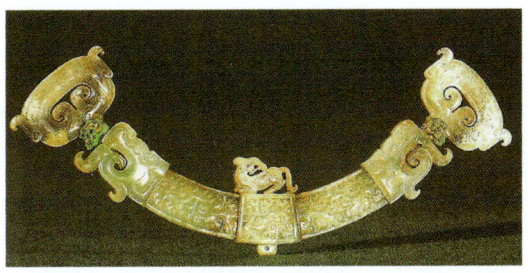

대옥황(大玉璜)
벽옥으로 만든 장식. 길이 20.2cm

전국시기 玉 장식[11]

商周·전국시기의 玉 제품

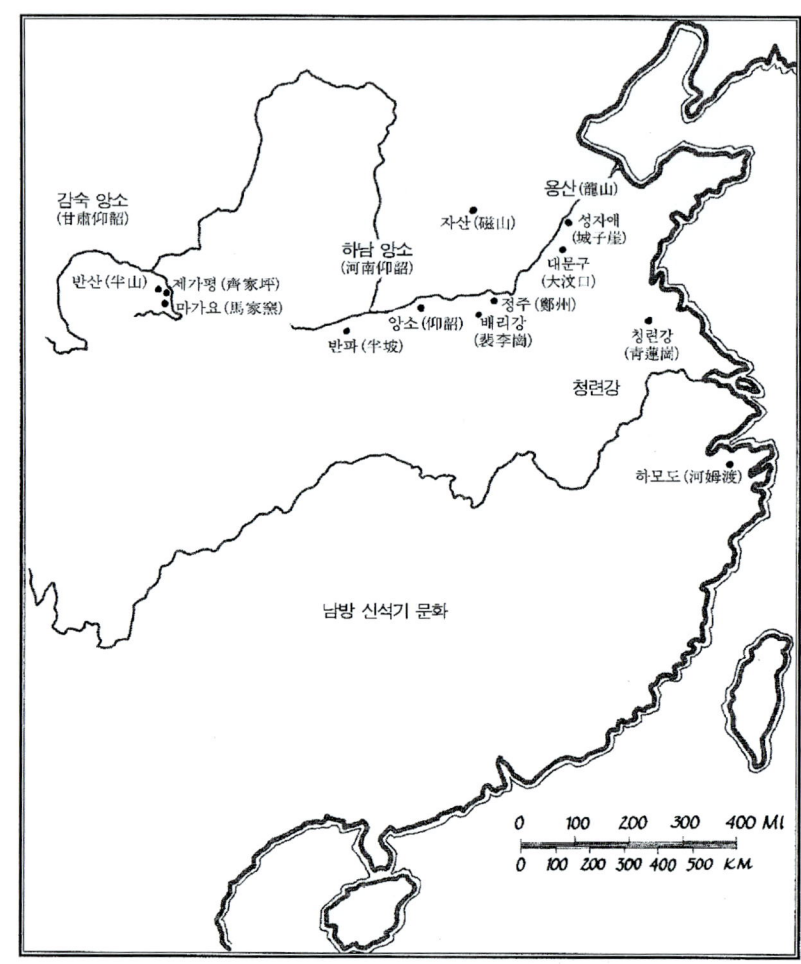

신석기시대의 중국

마이클 설리번 지음, 최성은·한정희 옮김, 『중국미술사』, 예경, 2005, 4쪽.

---

10) 풍호(豊鎬) 서주 유적지 발굴(BC 1046~771). 웨난 著, 심규호·유소영 옮김, 『천년의 학술 현안 2』, 일빛, 2003, 197쪽.

11) 휘현 고위촌 대묘 발굴(BC 403~221). 웨난 著, 심규호·유소영 옮김, 『천년의 학술 현안 2』, 일빛, 2003, 207쪽.

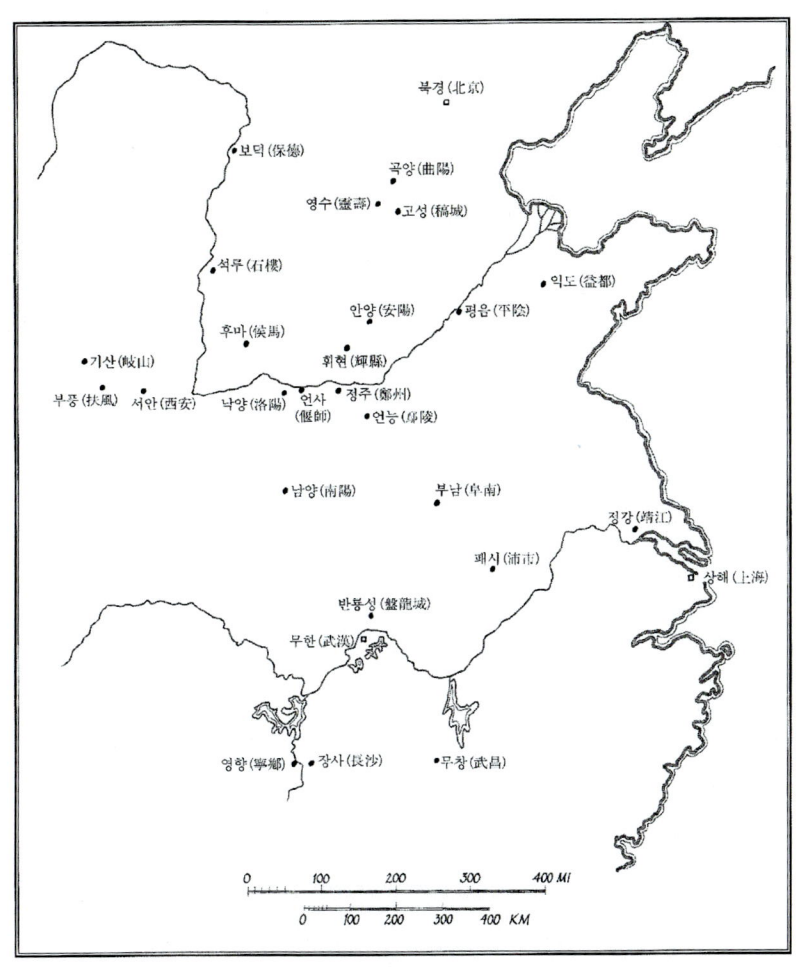

상주(商周)시기의 중국

마이클 설리번 지음, 최성은·한정희 옮김, 『중국미술사』, 예경, 2005, 14쪽.

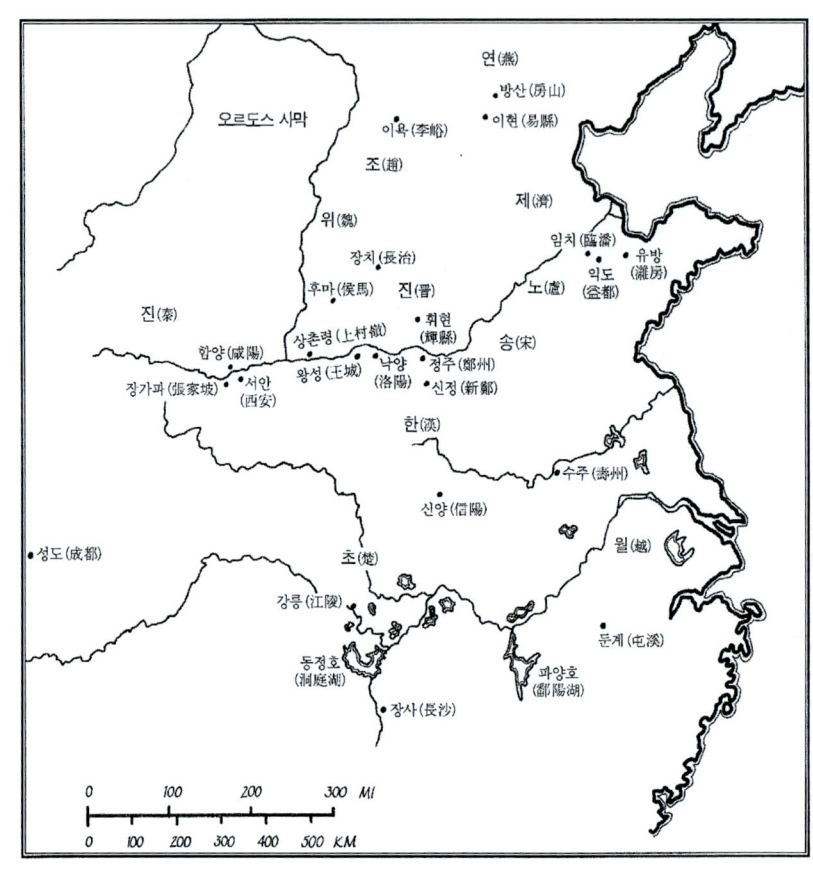

전국(戰國)시기의 중국

마이클 설리번 지음, 최성은 · 한정희 옮김, 『중국미술사』, 예경, 2005, 41쪽.

  석사 논문이 나온 후 논문에서 미처 다루지 못한 내용들을 정리한 소논문 『'文'字의 원형-'美'字와의 관련성』을 발표하였다. 그런데 어느날 내 이메일에 날라 온 메일 한 통이 나를 놀라게 했다. 이게 정말일까? 석사 논문을 책으로 내자니⋯⋯. 인문학에서 석사 논문은 단지 석사 논문으로 끝나는 것이 아니었던가? 어쨌든 마침 석사 논문에서 간략하게 다루었던 '文學'과 '文章'이라는 용어에 대해서 정리해야겠다는 생각을 가지고 있었기 때문에 더욱 반가웠다. 고대 중국에서는 '文'자뿐만 아니라 '문학'과 '문장'이라는 용어가 글을 짓는 문학의 개념으로 쓰이게 되는데 이들 용어들이 한 책에서 모두 다루어지면 얼마나 좋겠는가? 따라서 본 책은 필자의 석사 논문 「선진시기 '文'字의 의미 변화에 대한 연구」를 기본 틀로 하여 수정 보완하였는데, 여기에는 소논문 『'文'字의 원형-'美'字와의 관련성』을 수정하여 포함하였고, '文學'과 '文章'이라는 용어에 대해서 추가 분석하였다.

  '文'자와 '文學', '文章'이라는 용어는 문화의 산물로서 생명체처럼 태어나고 끊임없이 변화 발전해 왔는데, 그 속에는 고대 중국인들의 문화 정보가 간직되어 있다. '文'자는 상나라의 갑골문과 금문에서부터 출현하고 있으며, 文學, 史學, 哲學, 美學을 아우르는 개념으로서 특히 고대 중국의 문학 이론과 문학 사상면에서 중요한 용어이다. '文學'과 '文章'은 '文'자와 '學'자, '文'자와 '章'자가 결합된 용어인데, '學'자는 상나라의 갑골문에서부터 출현하고 있고, '章'자는 주나라의 금문에서부터 발견되고 있다. 상나라의 갑골문과 금문은 뛰어난 상형성 때문에 그 글자만 보고도 무엇을 의미하는지 짐작할 수 있다. 그러나 비록 이 글자들이 상형성이 강하다고 하지만 우리 주변에는 관념이나 심리 상태 등 문자화하기에는 곤란한 추상적인 것들이 있으며, 상형자라 할지라도 문자화 과정에서 사물의 특징만을 포착하거나 선조화, 간화되어 본래 사물의 형태와는 거리가 있는 경우가 많다. 게다가 이 글자들은 용도가 제한되어 있었기 때문에 대부분 의미가 명확하지 않다. 주나라 때 만들어진 금문의 경우에는 당시에는 글자 형태가 어느 정도 정형화되고 있어 특정 사물을 표현한 글자인 경우에도 본래 형태가 무엇인지 전혀 알 수 없다. 따라서 우리는 당시 글자들이 가지고 있는 문화 정보와 의미에 대해서 고고학적 유물이나 문헌을 가지고 그들의 입장에서 유추할 수 있을 뿐이다.

선진시기에 '文'자는 의미가 전혀 다른 방향으로 변화하지만 한편으로는 일정한 방향성을 갖게 되며, 개념이 형식미의 방향으로 정립된다. 또한 이 시기에는 '문학', '문장'이라는 용어가 생성되어 의미가 일정한 방향성을 갖게 된다. 한나라에 이르러 '文'자와 '문장'은 글을 짓는 詞章으로 쓰이고, '문학'은 위진남북조시기에 문인들의 학술 활동과 글을 짓는 문학 활동 등 개념으로 쓰이게 된다. 이 용어들의 이와 같은 일련의 흐름에는 고대 중국인들의 언어에 대한 관심과 이해가 반영되어 있을 것이고, 그들의 문화가 스며들어 있을 것이다. 따라서 글자를 분석하는 작업은 고대 중국인들의 문화와 삶을 이해할 수 있는 방법의 하나라고 할 수 있다.

사실 처음 석사 논문을 시작할 때는 어려움이 많았다. '文'자 하나만 가지고 논문을 쓰는데, 글자 하나만 가지고 어떻게 논문을 쓸 것이며 이것이 논문이 되겠느냐는 주변의 우려가 있었다. 실제로 필자가 논문을 쓰려고 자료를 조사해보니 '文'자가 중요한 개념이기 때문에 사람들이 많은 관심을 가지고 있고 여러 방면에서 연구가 이루어지고 있었다. 하지만 원형 부분에서는 많은 연구가 이루어지고 있으나 '文'자가 글을 짓는 문학의 개념으로 쓰이는 과정에 대한 연구는 초보적인 단계에 머물러 있었다. 선진시기는 '文'자에 문학 개념이 형성되는 한나라의 전시기로서 '文'자의 문학 개념 형성 과정을 연구하기 위해서는 간과할 수 없는 시기이다. 그러나 기존의 연구는 선진시기에 '文'자의 의미 변화 분석에 대한 근거 자료가 미흡하거나 깊이 있는 논의가 이루어지지 않아 '文'자에 문학 개념이 형성되는 과정과 원인을 명확하게 밝혀주지 못하고 있었다. 실정이 이렇다면 언젠가 그리고 누군가는 이것을 정리해야 하지 않겠는가? 비록 처음 논문을 시작할 때는 막막하였으나 문학, 사학, 철학, 미학 방면에서 중요한 개념인데도 명확하게 정리가 되어 있지 않고 평소에 필자가 관심을 가지고 있던 부분들과 관련이 있기 때문에 꼭 써야겠다는 열의가 생겼다. 그렇다면 이것을 어떤 방법으로 써야할까? 이와 같이 오랜 고민 끝에 써낸 논문이 어느 정도 성과가 있어서 다행이고 기쁘다.

    필자가 맨 처음 석사 논문을 시작할 때부터 많은 분들께서 도움을 주셨다. 먼저 처음 논문을 시작할 때 많은 도움을 주었던 서울대 대학원 미학과의 윤성훈 씨와 필자의 문의에 정성껏 답해주신 선생님들께 감사드린다. 그리고 이 책을 쓸 때 성운학 방면의 문의에 대해 자세하게 설명해 주신 성균관대학교 중어중문학과의 전광진 선생님, 숭실대학교 중어중문학과의 정진강 선생님, 필자가 궁금했던 부분의 한문 교정을 해주신 서울대 대학원 중문과의 신원철 씨, 중국어 부분에 도움을 주신 오금순 씨와 전긍 씨, 장가영 씨, 자료를 찾는데 도움을 주신 서울대학교 대학원 중문과의 김효진 씨와 이현정 씨께 감사한다. 또한 이 책을 출판해 주신 한국학술정보(주)의 채종준 사장님과 이 책을 출판할 수 있도록 채택해 주신 신재훈 씨, 필자가 교정한 것을 수정하고 편집해 주신 편집부 여러분께 감사드린다. 마지막으로 물질적, 정신적 지원을 아끼지 않은 부모님과 동생 현정이, 가족들에게 고마운 마음을 전한다.

2008년 12월
박현주

일러두기

1. 중국인과 일본인들의 이름은 우리말 독음으로 표기하였다.

2. 갑골문과 금문의 의미는 학자들의 견해가 다른 경우가 많은데, 필자는 이 중에서 옳다고 판단되는 학자의 견해를 수용하였다. 그러나 다른 학자들의 견해 역시 참고할 가치가 있기 때문에 각 주에 기록하였다.

3. 갑골문과 금문의 내용은 참고 문헌의 기록을 그대로 옮겼으나, 너무 길다고 판단되는 경우에는 필요한 부분만 발췌하였다. 또한 같은 갑골문이나 금문의 내용이 책마다 다르게 기록되어 있는 경우에는 인용하는 책의 기록을 따랐다.

4. 갑골문과 금문, 유물 등의 명칭은 책에 따라 다른 경우가 있기 때문에 본 책에서는 참고한 문헌에서의 명칭을 그대로 사용하였다.

5. 의미 확정에서 『시경(詩經)』・『서경(書經)』・『논어(論語)』・『좌전(左傳)』 등의 원문은 북경대학출판사의 十三經注疏본을 기본 자

료로 하고 전통문화연구회의 『시경집전(詩經集傳)』·『서경집전(書經集傳)』·『논어집주(論語集註)』·『역주 춘추좌씨전(譯註 春秋左氏傳) 1, 2, 3, 4, 5권』 등을 참고 자료로 사용하였다.

이들 문헌에 대한 注와 疏는 북경대학출판사의 十三經注疏본에 있는 학자들의 견해를 기본 자료로 하였다. 이 밖에 다음과 같은 자료들이 있다.

『시경』은 굴만리(屈萬里)의 『시경석의(詩經釋義)』, 전통문화연구회의 『시경집전』에 있는 주희(朱熹)의 注 등을 기본 자료로 하였다.

『서경』은 굴만리(屈萬里)의 『상서집석(尙書集釋)』, 전통문화연구회의 『서경집전』에 있는 주희의 注 등을 기본으로 하였다.

『논어』는 유보남(劉寶楠)의 『논어정의(論語正義)』, 전통문화연구회의 『논어집주』에 있는 주희의 注 등을 기본 자료로 하였다.

『좌전』은 『역주 춘추좌씨전 1, 2, 3, 4, 5권』의 임요수(林堯叟)와 주신(朱申)의 注, 양백준(楊伯峻)의 『춘추좌전주(春秋左傳注) 수정본』 등을 기본으로 하였다.

목 차

제1장 서 론 ···35

  제1절 문제 제기… 35

  제2절 연구 방법 및 연구 범위… 41

제2장 '文'자의 원의 ·································47

  제1절 원 형… 47

  제2절 본 의… 63

  제3절 '무늬'와 '문채나다'라는 의미의 고금자(古今字)… 66

    1. '무늬'의 고금자 '紋' / 68

    2. '문채나다'의 고금자 '彣' / 77

제3장 '文'자에 '美' 관념이 형성되는 과정 ·····················85

제1절 고대 중국인의 '美'에 대한 자각··· 85

1. '美'字에 내포된 '美' / 86

1) 六書說로 살펴본 '美'字 / 86

(1) 會意說 / 88   (2) 形聲說 / 91

(3) 象形과 會意說 / 92   (4) 象形說 / 93

2) 원형-'文'字와의 관련성 / 98

2. 유물에 표현된 '美' 관념 / 101

제2절 '文'자에 대한 '美' 관념의 형성··· 113

1. 시대 배경 / 113

2. '文'자에 표현된 '美' 관념 / 116

1) 視覺 / 116

2) 聽覺 / 118

3) 言語 / 119

4) 哲學 / 121

제4장 ‘文’자, ‘文學’, ‘文章’에 ‘文學’ 개념이

　　　　형성되는 과정과 원인 ·············123

제1절 ‘文’자에 ‘文學’이라는 개념이 생성되는

　　　　　　　　　　　　과정과 원인··· 124

　1. 의미의 확정 / 125

　　1) 甲骨文 / 127

　　2) 金文 / 128

　　　(1) 상나라의 金文 / 128　　(2) 주나라의 金文 / 130

　　3) 詩經 / 132

　　　(1) 禮 / 132　　　　　　　(2) 무늬 / 133

　　4) 書經 / 136

　　　(1) 공자 이전 / 136　　　 (2) 공자 이후 / 140

　　5) 論語 / 144

　　　(1) 문채나다 / 144　　　 (2) 꾸미다(문식하다) / 147

　　　(3) 문헌(전적 典籍) / 148　(4) 글자 / 152

　　　(5) 문화 / 153　　　　　 (6) 시호 / 156

6) 左傳 / 157

(1) 무늬 / 157   (2) 문채나다 / 164

(3) 꾸미다(문식하다) / 166   (4) 우아하다 / 167

(5) 글자 / 167   (6) 지식 / 169

(7) 학문 / 170

(8) 문채나는 말(文辭), 응대하는 말 / 171

2. 의미 변화 과정 / 179

1) 선진시기 / 179

(1) 시경과 서경 / 179   (2) 論語 / 192

(3) 左傳 / 199

2) 한나라 / 205

3. '文學' 개념의 생성 원인 / 208

제2절 '文學'에 '學術 활동과 文學 활동' 개념이

생성되는 과정과 원인… 212

1. '學'字 / 214

1) 원 형 / 214

2) 본 의 / 233

3) 의미의 확정 / 235

4) 의미 변화 과정과 '文學'이라는 용어의 생성 / 253

2. '文學'의 의미 변화 과정 / 256

1) 선진시기 / 256

2) 한나라 / 264

3. '學術 활동과 文學 활동' 개념의 생성 원인 / 267

제3절 '文章'에 '文學'이라는 개념이 생성되는 과정과 원인… 268

1. '章'字 / 269

1) 원형 / 269

(1) '辛'字 / 272   (2) '章'字의 원형 결론 / 316

2) 본의 / 331

3) 의미의 확정 / 334

4) 의미 변화 과정과 '文章'이라는 용어의 생성 / 369

2. '文章'의 의미 변화 과정 / 373

1) 선진시기 / 373

2) 한나라 / 377

3. '文學' 개념의 생성 원인 / 379

제4절 소 결… 381

제5장 결 론 ┉┉┉┉┉┉┉┉┉┉┉┉┉┉┉┉┉385

〈참고문헌〉 / 393

부록 1 / 401

부록 2 / 408

제1장 서론

제1절 문제 제기

　문자는 언어를 기록하는 부호로서 문화의 일부분이며 문화의 발전을 촉진하고 그 자체가 문화의 산물이다. 미국의 언어학자 사피어(Edward Sapir, 1884~1939)는 "언어의 배후에는 어떤 것이 존재하고 있다. 뿐만 아니라 언어란 문화를 떠나서는 존재할 수 없다. 문화라는 것은 바로 그 사회에서 전해져 내려오는 관습과 신앙의 총화를 말하는 것으로, 그것에 의해 우리들의 생활조직이 결정된다."라고 하였다. 파머(L. R. Palmer) 역시 "언어와 문화의 역사는 상호 보완적으로 상호 협조하고 서로를 계발시키면서 진행된다"라고 하였다.[1] 이와 같이 언어와 문화는 서로 밀접한 관계를 가지고 공존하면서 변화 발전하고

---

1) 나상배 著, 하영삼 옮김, 『언어와 문화』, 서울대학교출판부, 2002, 1~2쪽 재인용. 이 인용문들 중에서 사피어(E. Sapir)의 말은 『언어(Language)』, 221쪽. 파머 (L.R. Palmer)의 말은 『현대 언어학 개론(An Introduction to Morden Linguistics)』, 151쪽의 내용이다.

있다.

일반적으로 한자는 상형문자(象形文字)[2]라고 하는데, 한자의 초기 형태일 것이라고 추정되는 갑골문(甲骨文)과 금문(金文)은 그 글자의 형태 속에 고대 인류의 사상, 풍습 등 문화 정보를 간직하고 있으며, 오늘날 우리가 고대 중국인들과 소통할 수 있는 징검다리 역할을 해 주고 있다. 이 글자들은 뛰어난 상형성 때문에 글자의 형태만 가지고 도 무엇을 의미하는지 짐작할 수 있다. 그러나 우리 주변의 일들을 문자화할 때는 어떤 일의 상황이나 심리 상태 등 상형만으로는 표현 할 수 없는 경우가 있으며, 상형자 역시 사물의 형상을 본뜬 것이라 고 하지만, 이것은 문자화 과정에서 사물의 특징만을 포착하거나 간 화(簡化)되어 본래 사물의 형태와는 거리가 있는 경우가 많다. 이와 같은 고대 한자의 특징은 그 글자의 원형에 대해 많은 논란을 일으키 며 우리의 상상력과 호기심을 자극한다.

'文'자는 언어라는 큰 바다 속에 존재하는 하나의 점에 불과 하지 만 그 속에는 고대 중국인들의 문화와 사상 등이 녹아 있으며, 문학 (文學), 사학(史學), 철학(哲學), 미학(美學)을 아우르는 개념으로서 특 히 고대 중국의 문학 이론과 문학 사상면에서 중요한 용어이다. '文' 자가 최초로 출현한 것은 갑골문에서부터인데, 그 형태는 𡥀이다. 중 국 최초의 어원사전인 허신(許愼)의 『설문해자(說文解字)』에서는 '文' 자를 "교차하여 그린다는 뜻이다. 교차한 무늬를 본뜬 것이다.(錯畫

---

2) 하영삼의 『한자의 세계(기원에서 미래까지)』(1998, 53쪽)에서는 갑골문에서 상형 자(象形字)가 차지하는 비율이 약 23%, 지사자(指事字)가 약 2%, 회의자(會意 字)가 약 32%, 형성자(形聲字)가 약 27%, 가차자(假借字)가 약 10%, 미상이 약 6%라고 하였다. 이에 대한 글자 형태의 분석은 최영애, 『한자학강의』, 통나무, 2006, 305~331쪽 참조. 필자는 갑골문에서 상형자가 차지하는 비율이 이와 같 이 낮지만, 실제로 회의자와 형성자로 간주하는 글자 중에서 상형자로 보아야 하 는 글자들이 있을 것이라고 본다. 이것은 본 책에서 분석한 '美'자와 '章'자의 경 우를 보면 알 수 있다. 그리고 갑골문과 금문에서는 상형자뿐만 아니라 다른 글자 들도 상형성이 강하다고 생각한다.

也, 象交文.)"라고 풀이하고 있다. 허신의 이와 같은 해석은 한자의 조자(造字) 원리는 잘 파악한 것이지만 시대적 한계를 극복하지 못하고 있다. 즉 한나라 때 통용되던 글자는 전서(篆書)와 예서(隷書)인데, 갑골문과 금문을 볼 수 없었던 허신은 전서와 예서만을 가지고 이와 같은 견해를 제시하였을 것이다. 19C 후반 갑골문의 발견은 허신의 견해에 오류가 있음을 증명하였을 뿐만 아니라 '文'자의 조자 원리에 대해 우리에게 많은 물음을 던져주었다.

'文'자는 문학이나 미학 등 분야에서의 중요성 때문에 많은 학자들이 관심을 가지고 연구하고 있으며, '文'자의 원형에 대해서도 많은 연구가 이루어지고 있다. 이에 대한 주요 견해로는 우민(于民)의 도기나 직물, 문신 등의 무늬와 동물 형상의 부분적인 문양설, 허진웅(許進雄)의 죽은 사람에 대한 문신설과 장법(張法) 등 여러 학자들의 살아 있는 사람에 대한 문신설[3] 등이 있다. 이들의 연구 성과는 사물의 형태를 본뜬 상형자라는 '文'자의 특성을 잘 파악한 것이다. 그러나 기존의 연구자들은 처음 오기창(吳其昌)이 문신설을 제시한 이래로 이 견해를 벗어나지 못하고 있으며, 갑골문에서의 '文'자 형태를 고려하지 않은 견해도 제기되고 있다. 이들은 그들의 견해에 대해 다양한 근거를 제시하고 있지만, 고고학 자료와 유물이 발굴되지 않은 현재로서는 어느 것도 명확한 답을 제시해 주지 못하고 있다.

지금까지 '文'자의 원형에 대한 연구는 어느 정도 성과가 있으나, '文'자가 문학 개념으로 쓰이게 되는 과정에 대한 연구는 미미한 실정이다. 중국에서는 이순강(李順剛)의 「'文'與中國古代的文學觀念」, 진양운(陳良運)의 「中國古代文章學二辨」, 첨복서(詹福瑞)의 「'文', '文章'與'麗'」 등이 있으며, 우리나라에서는 이종민의 「중국의 人文 전통과 文以載道論에 관한 고찰」, 송원찬의 「'文'자와 '文學'에 대한 고찰」

---

3) 이에 대해서는 대부분의 학자들이 『묵자(墨子)』, 『장자(莊子)』 등에서의 문신설을 근거로 제시하고 있다.

등이 있다. 이들의 연구는 지금까지 '文'자의 문학 개념 형성에 대한
연구가 전혀 이루어지지 않고 있는 척박한 현실에서 대단히 고무적이
다. 그러나 이들의 연구는 근거 자료가 미흡하거나 선진시기에 '文'자
의 의미가 어떻게 변화하고 언어 내부 요인과 외부 요인들이 문학 개
념 형성에 어떻게 작용하였는지에 대해 깊이 있는 논의가 이루어지지
않고 있다.

　　오늘날 사전에서 '文'자의 의미는 다양하여 『한어대사전(漢語大詞
典)』에는 31가지[4]가 있고, 『중문대사전(中文大辭典)』에는 28가지가
있는데,[5] 여기에는 서로 관련이 없는 의미들이 공존하고 있다. 그러
나 갑골문에서 '文'자는 문무정(文武丁)·문무제을(文武帝乙) 등 왕명
(王名)과 사람 이름, 땅 이름 등으로 쓰였는데, 현재까지 그 의미는
단지 '왕에 대한 칭호'로서 명확하지 않다. 오늘날 대부분의 학자들은
갑골문, 『설문해자』 등을 근거로 하여 '文'자의 본의가 무늬라는 것을
정설로 한다. 그런데 본의인 무늬는 세월이 흐름에 따라 글을 짓는

---

4) 羅竹風 主編, 『漢語大詞典』, 漢語大詞典出版社, 1990~1993, 1512~1513쪽 참
　　조. ①『광운(廣韻)』에서는 무분절(無分切, 음이 wén)이고 平聲이며, 文韻이고 성
　　모가 微라고 하였다. 여기에 속하는 의미는 26개가 있다. ②『집운(集韻)』에서는
　　문운절(文運切, 음이 wén)이고 去聲이며, 問韻이고 성모가 微라고 하였다. 여기에
　　속하는 의미는 4개가 있다. ③『집운』에서는 미빈절(眉貧切, 음이 mín)이고 平聲
　　이며, 眞韻이고 성모가 明이라고 하였다. 여기에 속하는 의미는 1개가 있다.
5) 中文大辭典編纂委員會 編, 『中文大辭典』, 中國文化大學, 民國68(1979), 974~975
　　쪽 참조. ①『광운(廣韻)』, 『집운(集韻)』, 『운회(韻會)』, 『정운(正韻)』에서는 무분절
　　(無分切, 음이 紋 wén)이고 平聲이며 文韻이라고 하였다. 여기에 속하는 의미는
　　25개가 있다. ②『집운』에서는 문운절(文運切, 음이 問 wèn)이고 去聲이며 問韻이
　　라고 하였다. 여기에 속하는 의미는 2개가 있다. ③『집운』에서는 미빈절(眉貧切,
　　음이 珉 mín)이고 平聲이며 眞韻이라고 하였다. 여기에 속하는 의미는 1개가 있다.
　　이들 사전에서의 의미는 이 세 가지 음에 있는 의미를 모두 합한 것이다. 필자는 석
　　사 논문에서 음이 다른 ③번(mín, 『집운』, 眉貧切, 平聲, 眞韻)을 제외하여 『중문대
　　사전』에서는 27가지, 『한어대사전』에서는 30가지라고 하였으나, 글자의 음이 같은
　　지 다른지의 여부는 본 책의 내용과 관계가 없다고 판단되므로 여기에서는 음이 다른
　　것도 포함하였다. 그러나 이 ③번의 경우 의미가 『중문대사전』에서는 '꾸미다'이지
　　만, 『한어대사전』에서는 '힘쓰다'로서 서로 다르다.

문학의 개념으로 정립되었다. 고대 중국인들에게 있어 글을 짓는 '詞章'으로서의 '文'자에 대한 관념은 한나라 때 유희(劉熙)의 『석명(釋名)』에 집약되어 있다.

> 文也, 會集衆綵, 以成錦繡, 會集衆字, 以成辭義, 如文繡然也.
> 文이란 여러 가지 채색을 모아서 비단의 수를 이룬 것이며, 여러 글자들을 모아서 말뜻을 이룬 것인데, 그것은 수놓은 무늬와 같다는 것이다.

이러한 기록은 한나라 때는 사람들이 글을 짓는 것은 비단에 수를 놓듯이 형식의 아름다움을 추구하여야 한다고 인식하였음을 말해준다. 한나라 사람들의 '文'자에 대한 이와 같은 관념은 오랜 세월 축적된 결과라고 할 수 있는데, 이것은 선진시기 '文'자의 개념, 의미와 밀접한 관련이 있다.

그런데 고대 중국에서 글을 짓는 문학의 개념으로 쓰인 용어로는 '文'자 이외에도 '文章'이 있고, 오늘날 일반적으로 쓰이는 '文學'은 위진남북조시기에 문인들의 학술 활동과 글을 짓는 문학 활동 등 포괄적 개념으로 쓰였다. 따라서 당시의 문학 관념을 이해하기 위해서는 '문학'과 '문장'이라는 용어의 분석 역시 중요하다. 문학'과 '문장'이라는 용어는 『논어』에서부터 보이고 있는데, '文學'은 '文'자와 '學'자가 결합된 용어이고 '文章'은 '文'자와 '章'자가 결합된 용어이다. '學'자는 상나라의 갑골문에서부터 출현하고 있고 형태는 𡥉이다. 의미는 '가르치다', '제사 활동인 듯하다', '사람 이름' 등이 있으나, 오늘날 사전에서는 『한어대사전』에서 15개6), 『중문대사전』에서 15개7)

---

6) 羅竹風 主編, 『漢語大詞典』, 漢語大詞典出版社, 1990~1993, 241쪽 참조. 『광운』에서는 호각절(胡覺切, 음은 xué)이고 入聲이며, 覺韻이고 성모가 匣이라고 하였다. 여기에 속하는 의미는 14개가 있다. 『집운』에서는 후교절(後敎切, 음은 xiào)이고 去聲이며, 效韻이고 성모가 匣이라고 하였다. 여기에 속하는 의미는 1개가 있다.

등 다양하다. '章'자는 서주시기의 금문에서부터 발견되고 있고 형태는 🖋이다. '章'자의 의미 역시 금문에서는 '禮器名', '사람 이름' 등이 있고 『시경』에서는 '무늬', '밝다', '법', '표(表: 본보기)', '법도', '예문(禮文)' 등이 있으나 오늘날 사전에서는 『한어대사전』에서 27개[8], 『중문대사전』에서 30개[9] 등으로 다양하다. 선진시기에 '문학'과 '문장'의 의미는 '文', '學', '章'자처럼 많지는 않지만 여러 개가 있다.

그렇다면 '文', '學', '章'자는 그 형태 속에 어떠한 문화 정보를 간직하고 있으며 이것은 초기 의미와 어떠한 관련이 있는가? 그리고 이 글자들의 다의적인 특성이 선진시기에도 있었는가? 선진시기는 정치, 경제 등 사회가 전반적으로 급격히 변화 발전함과 동시에 여러 가지 사상이 싹트고 성장해 갔던 시기이지만, 다른 한편으로는 나라가 분열되고 혼란했던 시기이다. 이와 같은 당시의 상황은 이 글자들에 어떠한 영향을 미쳤는가? 또한 '文'자와 '學'자, '文'자와 '章'자는 어떻게 하나의 단어로 결합되어 쓰였을까? '文'자와 '文章'이 한나라 때 글을 짓는 사장(詞章)으로 쓰이게 되고 '문학'이 위진남북조시기에 이르러 문인들의 학술 활동과 글을 짓는 문학 활동 등으로 쓰이게 된 원인은 무엇인가?

---

7) 中文大辭典編纂委員會 編, 『中文大辭典』, 中國文化大學, 民國68(1979), 347~348쪽 참조. 『광운』에서는 호각절(胡覺切)이라 하였고 『집운(集韻)』, 『운회(韻會)』, 『정운(正韻)』에서는 할각절(轄覺切)이라 하였으며 음은 xiáo와 xué가 있다. 入聲이고 覺韻이며, 이 『중문대사전』의 의미는 『광운』의 호각절에 있는 것으로서 14개가 있다. 『집운』에서는 거효절(居效切), 음은 敎 jiào)이고 去聲이며 效韻이라고 하였다. 여기에 속하는 의미는 1개가 있다.

8) 羅竹風 主編, 『漢語大詞典』, 漢語大詞典出版社, 1990~1993, 380~381쪽 참조. 『광운』에서는 諸良切이고 平聲이며, 陽韻이고 성모가 章(zhāng)이라고 하였다. 여기에 속하는 의미는 26개가 있다. 『집운』에서는 之亮切이고 去聲이며, 漾韻이고 성모가 章(zhàng)이라고 하였다. 여기에 속하는 의미는 1개가 있다.

9) 中文大辭典編纂委員會 編, 『中文大辭典』, 中國文化大學, 民國68(1979), 1723~1724쪽 참조. 『광운』에서는 諸良切이고 平聲이며 陽韻(zhāng)이라고 하였다. 여기에 속하는 의미는 28개가 있다. 『집운』에서는 之亮切이고 去聲이며 漾韻(zhàng)이라고 하였다. 여기에 속하는 의미는 2개가 있다.

  '文', '文學', '文章'은 상나라와 선진시기에 생성되었는데, '文'자와 '文章'은 한나라 때에 글을 짓는 詞章의 의미로 쓰이고 '文學'은 위진남북조시기에 문인들의 학술 활동과 글을 짓는 문학 활동 등 포괄적인 개념으로 쓰이게 된다. 이 용어들은 이 과정에서 문화의 일부분으로서 문화와 영향을 주고받으면서 한편으로는 문화의 발전을 촉진시키고 다른 한편으로는 문화에 의해 발전되었을 것이다. 따라서 이 용어들을 탐구하는 작업은 고대 인류와 문명인으로서의 고대 중국인을 만나 이 용어들 속에 내포되어 있는 그들의 문화, 사상 등을 탐구하는 과거에로의 시간 여행임과 동시에 현대와의 연결 고리를 찾는 작업일 뿐만 아니라 고대 중국인들에게 문학에 대한 관념이 생성되는 여정을 검토하는 작업이라고 할 수 있다.

제2절 연구 방법 및 연구 범위

  앞에서 언급했듯이 고대 중국에서 '文'자는 문학, 사학, 철학, 미학 등 방면에서 쓰였던 용어인데, 본 책에서는 이 중에서 문학 개념 형성 과정에 대해 논의할 것이며 이것은 의미 변화 분석을 통하여 검토할 것이다. 필자가 이 방법을 선택한 것은 당시 의미가 무엇이었는지, 어떻게 변화되었는지 알아야 명확하게 문학 개념 형성 과정이 파악될 수 있다고 여겼기 때문이다. 의미 변화 분석 방법에는 공시적인 것과 통시적인 것이 있는데, 본 책에서는 선진시기 중 한 부분만을 다루는 것이 아니라 전 시기를 고찰할 것이기 때문에 통시적인 방법을 사용할 것이다. 이 방법은 선진시기에 '文'자의 의미가 시간의 흐름에 따라 어떻게 변화해 갔는지, 그리고 당시 사회나 문화, 사람들의 의식 등이 의미 변화에 어떠한 영향을 끼쳤는지 등을 일목요연하게 파악할 수 있게 해줄 것이다.

의미의 변화를 분석하기 위해서는 먼저 당시 '文'자의 의미가 어떤 것이었는지 알아야 한다. 따라서 의미 변화 분석의 전단계로서 갑골문, 금문, 『시경(詩經)』, 『서경(書經)』, 『논어(論語)』, 『좌전(左傳)』 등 문헌을 참고로 하여 의미를 확정할 것이며, 이 작업은 注와 疏를 근거 자료로 할 것이다. 왜냐하면 비록 주와 소가 '文'자가 만들어질 당시의 의미가 아닌 주와 소를 붙였던 시대의 의미이거나 그 학자들의 견해이지만, 그들은 자신들의 견해에 근거를 제시하고 있으며, 여기에는 오랜 세월 동안의 연구 성과가 축적되어 있기 때문이다. 의미 변화의 분석은 오늘날 의미론의 이론과 기타 문헌, 당시의 시대 상황을 참고로 하여 고찰할 것이다.

그러나 선진시기의 '文'자의 개념만 고찰한다면 고대 중국에서 글을 짓는 문학이라는 개념이 어떻게 생성되었는지 명확하게 알 수 없다. 왜냐하면 '文'자는 상나라 때 생성되었고 '文'자의 문학 개념은 한나라 때에 정립되는데 선진시기만 언급한다면 주변만 두드리고 핵심은 빠뜨리는 것이 될 것이기 때문이다. 그러므로 '文'자가 문학의 개념으로 쓰이게 되는 과정을 검토하기 위해서는 '文'자의 맨 처음 형태(원형)와 의미, 그리고 실제로 문학 개념으로 정립되는 시기를 검토하여야 한다.

'文'자의 맨 처음 형태(원형)와 의미의 분석은 '文'자가 처음 발견된 상나라의 갑골문과 금문, 주나라의 금문, 문헌, 유물 등을 참고 자료로 할 것이다. 이 시기의 갑골문은 지금까지 발견된 자료 중에서 완전한 글자 형태를 갖춘 가장 오래된 것이고 금문은 갑골문보다 약간 후대에 나타나는데, 이 글자들은 상형성이 강하기 때문에 그 형태와 의미 속에는 상나라 사람들의 문화 정보가 들어 있을 것이다. 따라서 갑골문과 금문의 분석은 '文'자의 본의를 유추하는데 중요한 단서를 제공하고 그들의 조자 원리를 짐작할 수 있게 해 줄 것이다. 또한 '文'자는 한나라 때 문학 개념으로 쓰이게 되기 때문에 이 시기의 '文'자를 고찰하고 이것이 문학 개념으로 쓰이게 되는 원인을 검토할 것이다.

고대 중국에서 글을 짓는 문학의 개념으로 쓰인 용어는 '文'자 이외에도 '文章'이 있고 오늘날의 '文學'이라는 용어는 문인들의 학술 활동과 글을 짓는 문학 활동 등 포괄적 개념으로 쓰였다. 따라서 고대 중국의 문학 개념 형성 과정을 분석하기 위해서는 이들 용어의 분석 역시 대단히 중요하다고 생각한다. 그런데 한자는 글자 하나하나가 독자적인 의미를 갖기 때문에 이 용어를 구성하고 있는 각각의 글자들의 원형과 본의를 살펴보고, 선진시기에 이 글자들의 의미가 어떻게 변화되었는지 분석해야 할 것이다. 이것은 이 글자들이 '文'자와 결합하여 한 단어로 쓰이게 된 원인, 그리고 각각의 글자들이 가지고 있는 의미와 한 단어로서의 의미가 어떠한 관련성이 있는지 밝혀줄 것이다. 이 글자들의 분석은 '文'자와 마찬가지로 갑골문과 금문, 문헌, 유물 등을 참고 자료로 하여 검토하고, 선진시기와 한나라 때의 '문학'과 '문장'의 의미 변화 분석을 통하여 이 용어들이 한나라와 위진남북조시기에 문학 개념으로 쓰이게 된 원인을 살펴볼 것이다.

전국시기 순자(荀子)는 『순자(荀子)·정명편(正名篇)』에서 "명칭은 본래 정해진 것이 없고 약속에 의해서 정해지는 것이다. 약속이 확정되어 습관화되면 그것을 명칭이라 한다.(名無固宜, 約之以命, 約定俗成謂之宜.)"라고 하였다. 순자가 언급한 것처럼 사물에 대한 명칭은 사회적 약속인데, 고대 중국인들은 수많은 한자 중에서 왜 '文'자와 '文章'을 글을 짓는 문학의 개념으로 선택하고 '文學'을 문인들의 학술 활동과 글을 짓는 문학 활동 등 포괄적 개념으로 사용하였는가?

이 물음에 대해 필자는 다음과 같은 순서로 검토할 것이다.

먼저 2장에서는 '文'자의 생성 원리와 본의, 초기 의미들을 유추해 내기 위해 원형을 고찰할 것이다. '文'자는 한나라 때에 문학 개념으로 정립되면서 서로 관련성이 없었던 많은 의미들이 정리되어 주로 '글', '문장' 등 의미로 쓰이게 된다. 그 중에서 '문채나다'라는 의미와 본의인 '무늬'는 '文'자가 형식미의 개념과 글을 짓는 문학으로 쓰이게 된 주요 원인일 뿐만 아니라 한나라 사람들의 문장은 아름다워야 한다는 관념을 잘 드러내주고 있는데, 한나라 때에 이르러 이 의미들은 '紋'자와 '彣'자가 갖게 된다. 따라서 필자는 '文'자와 이 글자들의 고금자(古今字) 형성 원인을 고찰할 것이다. 이와 같은 일련의 연구는 본의인 '무늬'의 생성과 전이(轉移)[10]에 대해서 명확하게 밝혀줄 뿐만 아니라 이와 관련된 고대 중국의 문화적 함의 또한 알 수 있게 해줄 것이다.

3장에서는 먼저 '美'자와 고대 중국인의 미 관념을 검토하고 다음으로 '文'자가 형식미를 표현하는 개념으로 쓰인 예를 고찰하여 이러한 쓰임이 '文'자의 문학 개념 형성에 어떠한 영향을 미쳤는지 검토할 것이다.

4장에서는 '文'자가 문학의 개념으로 정립되는 과정을 분석하기 위해 먼저 상나라와 선진시기의 의미를 확정하고 이 의미를 토대로 하여 의미 변화를 분석할 것이다. 그리고 '文'자는 한나라 때에 이르러 글을 짓는 詞章으로 쓰이게 되기 때문에 한나라 때의 의미를 확정하고 의미 변화를 간략하게 검토할 것이다. 어떤 일이 발생할 때는 여러 가지 원인들이 복합적으로 작용하는데, '文'자가 문학 개념으로 형성된 것 또한 언어 내부적인 요인과 사회, 문화 등 언어 외부적인 요인 등이 원인이 되었을 것이다. 따라서 의미 변화는 언어 내부 요인

---

10) 본고에서 轉移는 '文'자의 본의를 다른 글자가 갖게 되어 '文'자는 이 의미를 상실하였음을 나타내는 용어로 사용한다.

과 외부 요인으로부터 분석할 것이고 이 작업을 통해 '文'자의 의미 변화뿐만 아니라 '文'자가 글을 짓는 문학 개념으로 쓰이게 되는 원인을 고찰할 것이다.

그런데 한나라와 위진남북조시기에는 '文'자 이외에 文學과 文章[11]이 문학의 의미로 사용되었다. 고대 중국인들은 일찍부터 그들의 글자인 한자에 대해 연구하였을 뿐만 아니라 잘 파악하고 있었는데, 이와 같은 한자에 대한 그들의 지식이 이 용어들에도 반영되었을 것이다. 따라서 고대 중국인들의 문학에 대한 관념을 이해하기 위해서는 이들 용어에 대해 고찰할 필요가 있다. 이것은 단어를 구성하고 있는 각각의 글자에 대한 분석을 통해 이루어져야 하기 때문에 먼저 '學'자와 '章'자의 원형과 본의, 의미 변화를 분석하고, 이 분석을 근거로 이 글자들이 '文'자와 결합하여 한 단어로 쓰이게 된 원인과 문학 개념으로 쓰이게 된 원인을 살펴볼 것이다.

이것을 종합해 보면, 2장부터 4장까지는 '文'자의 본의인 무늬가 형식미의 개념으로 쓰이게 되고 다른 한편으로는 의미 변화를 거쳐 '詩書', '지식', '학문' 등 의미가 되는데, '文'자의 이와 같은 특성과 한나라 때의 美文 의식으로 인하여 '文'자가 문학 개념으로 쓰이게 되었음을 논증할 것이다. 또한 4장에서는 '文學', '文章'이라는 용어가 '文'자와 더불어 문학의 개념으로 쓰이게 되는데, 이것은 위진남북조시기 문인들의 학문과 문학 방면에서의 활동과 한나라 때의 美文 의식, 그리고 '文學'의 '학문'이라는 의미와 '文章'의 '六藝(六經)', '예악과 법도' 등 의미 때문이라는 것을 논증할 것이다. 필자는 이와 같은 작업을 위하여 갑골문, 금문, 『詩經』, 『書經』, 『論語』, 『左傳』, 『周禮』, 『墨子』, 『荀子』, 『韓非子』, 『淮南子』, 『鹽鐵論』, 『說文解字』, 『論衡』 등 문헌을 참고 자료로 하고 필요할 경우에는 역사학, 미학, 고고

---

11) 이 용어들은 『논어』에서 공자의 말 속에서 쓰였는데, 이것은 이 용어들이 춘추시기 혹은 그 이전에 생겨났을 가능성이 있음을 말해준다.

학, 문화인류학, 문자학 등의 방법을 사용할 것이다.

지금까지 발견된 자료에 의하면 '文'자와 '學'자는 상나라 때의 갑골문에서부터 발견되고 있고, '章'자는 주나라의 금문에서부터 출현하고 있다. 그런데 이 글자들의 형태와 의미 속에는 당시 문화 정보가 간직되어 있을 뿐만 아니라 이 글자들의 초기 의미들이 어떻게 생성되었는지 유추할 수 있는 단서가 들어 있다. 선진시기는 '文'자와 '學'자가 생성된 상나라를 계승한 시기이면서 '문학'과 '문장'이라는 용어와 '章'자가 만들어진 시기이고 동시에 '文'자와 '문장'이 글을 짓는 문학의 개념으로 정립되고 '문학'이 문학 방면에서 포괄적 개념으로 쓰이게 되는 한나라와 위진남북조시기의 전시기이다. 따라서 상나라와 선진시기는 '文'자와 '문장', '문학'의 문학 개념 형성을 연구하기 위해서 간과할 수 없는 중요한 시기이다.

선진시기에 '文'자와 '章'자는 의미가 급격히 분화되지만 한편으로는 일정한 방향성을 갖게 되는데, 이것은 혼란스러웠지만 그 속에 질서와 자유를 간직하고 있던 당시의 사회상을 그대로 반영하고 있다. 또한 이 시기는 '文'자가 외재적 형식미의 개념으로 정립되는 과도기로서 한나라 때 글을 짓는 문학 개념으로 확립되는 기초를 이룩하는 시기이다. 그리고 '문학'과 '문장'은 이 시기에 의미는 크게 변화하지 않았으나 학문과 관련된 의미들을 갖게 됨으로써 '文'자와 마찬가지로 한나라와 위진남북조시기에 문학의 개념으로 쓰이게 되는 바탕을 마련하게 된다. 이것이 필자가 상나라의 갑골문과 금문, 그리고 선진시기를 주목하게 된 까닭이다.

필자의 이와 같은 일련의 작업들은 이들 용어를 구성하고 있는 각각의 글자들에 담긴 문화를 엿볼 수 있도록 해주고 이 용어들이 문학으로 쓰이게 되는 과정과 원인을 밝혀줄 뿐만 아니라 고대 중국에서 글자의 생성과 의미 변화 과정, 글자의 운용 등 방면에서의 한 단면을 보여줄 것이다.

제 2 장 '文'자의 원의

제1절 원형

　본 장에서는 선진시기 '文'자에 문학이라는 개념이 형성되는 과정을 검토하는 작업의 하나로서 '文'자의 원형을 탐구하고자 한다. 엽서헌 (葉舒憲)은 일부 학자들의 견해를 빌려 원형은 언어를 주요 표현 매개로 하는 상형(形象)이라고 하였다. 프라이는 문학 예술의 관점에서 원형을 문학 전형에서 반복적으로 나타나는 의상(意象), 연상군(聯想群)이라고 하였는데, 이것은 '상(象)'이라는 점에서 모두 일치한다. 한자가 원형과 내재적인 관계를 가지는 것은 상형문자로 이루어진 고한자(古漢字) 역시 이 '상'의 보존을 특성으로 하기 때문이다. 즉 한자는 조자 시기의 집단 표상, 상징 의상과 형상 모방의 특징을 가지고 있으므로 갑골문 등의 고대 문자를 통해 그 글자의 원형을 인식할 수 있다.[1]
　고대 중국인들은 '文'자를 어떻게 만들어 냈을까? 대부분의 고대 한

---

1) 「原型與漢字」, 『北京大學學報』, 哲學社會科學版, 1995, 제2기. 44~45쪽 참조.

자는 자료가 부족한데 비해 '文'자는 시대가 가장 이른 상나라의 갑골문에서부터 보일 뿐만 아니라 같은 시기의 금문에서도 발견된다. 갑골문과 금문은 상형성이 강하기 때문에 그 속에는 글자가 만들어질 당시 고대 중국인의 풍속, 사유 등 문화적인 함의가 간직되어 있을 것이다. 따라서 본 절에서는 '文'자의 원형을 탐구하기 위해 먼저 갑골문과 금문을 통하여 '文'자의 형태를 분석하고 다음으로 이와 관련된 여러 학자들의 견해를 검토할 것이다. 이러한 분석의 타당한 근거는 갑골문과 금문, 고고학적 자료와 문헌을 참고할 것이다.

갑골문과 금문에서 '文'자의 형태는 서로 비슷하지만 금문의 형태가 갑골문보다 다양하다.

갑골문

乙 6821反　　後 1. 19. 7　　京津 2837　　甲 3940　　前 1. 18. 4[2)]

금 문

印卣[3)]　　或者鼎　　利鼎　　史喜鼎　　追簋　　伯家父簋[4)5)]

'文'자의 형태를 분석해 보면 은 사람이 두 팔과 다리를 벌리고 서있는 모양이고 가운데의 , , , , , , 등은 가슴 앞에 있는 무늬이다. '文'자의 바깥부분인 은 갑골문에서는 대부분 의

---

2) 中國科學院考古硏究所 編輯, 『甲骨文編』, 中華書局, 1978, 372~373쪽 참조.
3) 상나라의 금문
4) 주나라의 금문
5) 周法高 主編, 『金文古林(上下)』, 東文選, 1990, 1461~1462쪽 참조.

형태를 벗어나지 않지만 금문에서는 ✿, ✿, ✿ 등 형태도 다양할 뿐만 아니라 갑골문보다 부드럽다. '文'자 내부의 무늬는 형태가 정해져 있지 않으며, 생략된 경우도 있다. 그리고 갑골문보다 금문의 형태가 더 부드러우며 갑골문의 무늬는 ✿, ✕, ✕, ✕ 등으로 비교적 단순한데 비해 금문에서는 ✿, ✿, ✿ 등으로 복잡한 형태이며 어떤 경우에는 ✿(心)자 형태로까지 변형되고 있다.

갑골문과 금문의 형태상의 특징에 대해 구석규(裘錫圭)는 금문의 경우 붓으로 쓴 글자의 모양을 간직하고 있지만, 갑골문은 점복을 자주 행하여 새겨야 할 복사의 수가 많았기 때문에 글자를 새기는 사람이 효율을 높이기 위하여 붓으로 쓰는 글자의 필법을 고쳤을 것이라고 본다. 다른 한편으로는 이들 자형의 차이가 시대의 전후 혹은 용도의 차이로 인하여 생겨나게 되었다고 하였다. 초기 갑골문은 일반적으로 후기 갑골문보다 상형적이고, 금문에서 기명(記名) 금문의 상형 정도가 보통 기사에 사용된 일반 금문보다 높으며 시대가 늦은 서주 초기의 금문의 형태도 초기 갑골문보다 상형적이라고 하였다. 그는 이러한 현상이 주로 족명(族名)에 대한 옛 사람들의 보수적인 태도6)와 기명 금문의 장식성 때문에 생겨났을 것이라고 본다. 또한 상나라 후기의 일반 문자의 자형은 그림과 커다란 거리가 있으며, 어떤 글자들은 본뜬 사물의 특징을 나타내기만 하면 사람들이 인식할 수 있었기 때문에 서사 방법이 비고정적이었다고 하였다.7)

필자는 구석규의 견해가 '文'자에도 적용된다고 보고 그의 견해를 따르면서 다음과 같이 보충한다. 먼저 갑골문보다 금문의 글자가 더

---

6) 현대의 성씨(姓氏)와 땅 이름은 비교적 오래된 어음을 유지하고 있는데, 예를 들어 성씨로는 '선(洗: xiǎn)'이 있으며, 땅 이름으로는 '번(番: pān)'이 있다. 이것은 상나라 후기 사람들이 비교적 오래된 글자체를 가지고 족명(族名)을 쓴 것과 같은 현상일 것이다. 구석규 저, 이홍진 옮김, 『중국문자학』, 신아사, 2001, 89쪽 참조.
7) 구석규 저, 이홍진 옮김, 『중국문자학』, 신아사, 2001, 86~91쪽 참조.

부드러운 것은 재료의 특성 때문에 나타난 현상이라고 생각한다. 즉 갑골문은 동물의 뼈에 날카로운 도구로 새겼기 때문에 부드러운 곡선이 나오기 힘든데 반해 금문은 미리 만든 틀에다 주물을 부어 만들기 때문에 갑골문보다 부드러운 형태가 나올 수 있었을 것이다. 또한 갑골문이 점을 치는 용도로 사용된 반면, 금문은 상나라 때는 씨족표지나 제사에서 쓰였고 주나라 때는 천자를 비롯한 제후들의 신분을 상징하는 용도로 쓰였다. 따라서 갑골문은 형태에 주의할 필요가 없었기 때문에 단순한 형태로 쓰여졌고 금문은 천자와 제후들의 권위를 나타내기 위하여 복잡한 형태로 쓰여졌을 것이다.

한자의 구조는 일반적으로 허신(許愼)의 상형(象形)·지사(指事)·회의(會意)·형성(形聲)·전주(轉注)·가차(假借) 등 육서설(六書說)을 따른다. '文'자에 대해『중문대사전(中文大辭典)』에서는 지사자(指事字)라고 하였고『대한화사전(大漢和辭典) 5권』에서는 상형지사자(象形指事字)라고 하였다. 상형과 지사는 경계가 모호하여 구분할 수 없다는 견해도 있지만, 오늘날 학자들은 대체로 상형은 사물의 형상을 본뜬 것, 지사는 약정된 부호로서 글자를 만드는 것으로 정의한다.8) '文'자는 갑골문과 금문에서 ✶·✪ 로 쓰였고, 이것은 가슴에 무늬가 있는 사람의 형상을 본뜬 것이므로『중문대사전』의 지사자라는 견해는 설득력이 부족하다. 또한『대한화사전』의 상형지사자라는 견해는 앞에서 언급한 바와 같이 상형자와 지사자가 구분되는데도 불구하고 이것을 합한 글자라고 하였으므로 애매모호하다. 따라서 '文'자는 상형자라고 보는 것이 타당하다.

'文'자는 그 형태 속에 어떠한 문화 정보를 함유하고 있는가? 비록 갑골문이나 금문 등 자료가 있다고 하더라도 조자 원리에 대해서는

---

8) 상형과 지사의 구분에 대해서는 구석규 저, 이홍진 옮김,『중국문자학』, 신아사, 2001, 173~175쪽, 이규갑,「漢字의 起源과 造字 方法의 變遷 硏究」, 연세대학교 박사학위논문, 1992, 214~215쪽 참조.

고고학적 자료나 추측에 의존할 수밖에 없으므로 이에 대한 견해도 다양하다. 이에 대해서 대표적인 몇 가지 견해를 검토하도록 한다.

첫째, '文'자가 직물 무늬의 형상, 도기의 무늬, 동물 형상의 부분적인 문양, 문신의 무늬 등 구체적이고 개별적인 그림과 문자를 통하여 일반적인 내용을 표시하였다는 설인데, 이에 대해서는 우민(于民)⁹⁾의 견해를 검토해 보자. 그는 이러한 무늬가 최초에 무엇에서 유래하였는지 중요하지 않으며, 중요한 것은 이러한 구체적인 무늬가 어떻게 규칙적인 인식을 형성하였는지 도출해내는 것이라고 본다. 『설문해자(說文解字)』에서는 "錯畫也, 象交文"이라고 하였는데, 이와 같이 교차하여 그린 것이 무늬를 이룬다는 인식은 노예 사회가 출현한 후 회화, 조각, 편직 등의 발전과 밀접한 관련이 있으며 특히 방적 공예의 발전이 이러한 인식을 촉진시켰다고 하였다.¹⁰⁾

그러나 우민의 견해는 문신설을 수용하여 갑골문에서의 '文'자의 형태를 부분적으로는 고려하고 있지만, 전반적으로 보면 '文'자의 형태를 고려하지 않고 있다. 또한 그는 자신의 주장을 뒷받침할 만한 근거를 제시하지 않았을 뿐만 아니라 너무 포괄적이어서 무엇을 의미하는지 명확하지 않다. 다른 한편으로 갑골문에서 '文'자의 형태는 사람의 형상을 본뜬 것이 분명한데, '文'자가 직물이나 도기의 무늬, 동물 형상의 문양에서 유래하였다는 견해는 설득력이 부족하다.

둘째, 죽은 사람에 대한 문신¹¹⁾설이 있는데 대표적인 학자로는 허

---

9) 이것은 1981년 중국고대, 근대문학연구에 발표한 논문 「從文, 美, 樂論我國早期美和美感認識及其發展」에서의 동식물의 간략한 묘사와 직물, 도기 장식의 무늬 등에서 유래하였다는 견해를 수정한 것으로 보인다.

10) 『春秋前審美觀念的發展』, 中華書局, 1984. 130~131쪽 참조.

11) 고대 중국의 문신은 『묵자(墨子)·공맹편(公孟編)』 등의 문헌에 언급되어 있다. 고대 중국의 문헌에서 언급한 문신이 어떠한 것이었는지는 진(晉)나라 진수(陳壽)의 『삼국지·동이전(한)』의 "남자들은 때때로 몸에 바늘로 먹물을 넣어 글씨나 그림을 그리는데 이것을 문신이라고 한다."라는 기록이 있다. 이것으로부터 고대 중국의 문신은 오늘날의 문신과 같은 의미임을 알 수 있다. 조현설, 『문신의 역

진웅(許進雄)을 들 수 있다. 그는 고대인들은 사람이 죽으면 영혼이 빠져나가게 하기 위하여 피를 흘려야 한다는 관념을 가지고 있었다고 본다. 이에 대한 그의 견해를 살펴보자.

　　고대인들은 생명 탄생의 과정을 거의 몰랐기 때문에 삶과 죽음을 하나의 계속되는 과정으로 여겼다. 사람이 죽으면 그 영혼은 원래의 토템으로 되돌아가며, 거기에서 다시 이 세상에 태어난다고 생각하였다. 그들은 사람이 죽을 때는 육체가 심하게 피를 흘리게 된다는 것을 알게 되었을 것이다. 이로 인해 그들은 사람이 죽으면 많은 피를 흘려야 영혼이 빠져나갈 수 있고 환생할 수 있다고 믿었다. 고대인들의 이러한 관념은 고고학적 자료를 통해서도 알 수 있다. 예를 들어 반파(半坡)와 앙소(仰韶)문화 등의 유적지에서 손, 발가락들이 잘려져 시체와 함께 묻혀 있는 유골이 발견되었다. 또한 고대에는 노인 타살 풍습이 있었는데 초기 문명사회에서는 여러 지역에서 보편적으로 행해졌다. 이러한 풍습은 상대의 갑골문 '미(微)'자에도 반영되어 있다.[12]

　　허진웅은 상나라와 주나라 사람들 또한 이러한 방혈 풍습으로 인하여 붉은 물질로 시체의 가슴에 문신을 새기거나 색칠을 하였을 것이라고 하였다. 이것은 갑골문과 금문에서 '文'자가 모두 죽은 사람을 찬미하거나 호칭하는 데 쓰인 것을 근거로 하고 있다.[13]

　　그러나 유약우(劉若愚)는 고대 중국에서 조상에게 제사지낼 때 제주(祭主)의 친척 한 사람을 죽은 조상으로 분장시켜 시(尸)라고 하였다고 하지만 그 시에 문신을 하였다는 믿을 만한 증거가 없다고 하였

사』, (주)살림출판사, 2003, 7~22쪽 참조. 문신 풍습은 다이족, 푸랑족, 리족, 와족, 까오산족 등 중국의 일부 소수 민족들 사이에서 오늘날에도 행해지고 있다. 강명상, 『재미있는 중국의 이색 풍속』, 을유문화사, 1995, 243~246쪽 참조.

12) 허진웅 저, 영남대중국문학연구실 옮김, 『중국고대사회』, 지식산업사, 1997, 317~320쪽 참조. 한상복 외 2인의 『문화인류학개론』(2003, 95쪽)에 의하면 학계에서는 네안데르탈인들이 시체에 붉은 황토칠을 하여 매장하는 등 원시적인 종교 관념을 가졌던 것으로 추측하고 있다.

13) 許進雄 著, 영남대중국문학연구실 옮김, 『중국고대사회』, 지식산업사, 1997, 317~323쪽 참조

다. 그는 또한 문신설이 고대 명문(銘文)에서 발견되는 간단한 문자의 변체(變體)로는 설명이 잘 되지 않는다고 본다. 이 도안의 중간에 있는 무늬[14]들이 문신을 나타낸다면, 이러한 모든 중요한 요소가 떨어져 나가 버릴 수도 있다고 믿는다는 것은 불합리하다는 것이다. 오히려 이러한 무늬들이 장식적인 목적 때문에 간단한 형태에 추가된다고 믿는 것이 합리적일 것이라고 하였다. 다음으로 '文'자가 가끔 죽은 사람을 제시하는데 사용된 것이 사실이라 할지라도, 『시경』과 『서경』에서는 송사(頌詞)에 쓰이는 용어로 사용되었으며 바로 죽은 사람을 뜻하지는 않은 듯하다고 하였다.[15]

필자는 유약우의 견해를 따르면서 다음과 같이 보충한다. 허진웅은 갑골문과 금문에서 '文'자가 죽은 사람을 찬미하거나 호칭하는 데 쓰였다는 것을 근거로 제시하였다. 그러나 3장의 의미의 확정에서 분석한 바에 의하면, 갑골문과 금문에서 '文'자의 의미는 '왕에 대한 칭호'인데, 현재로서는 이것이 후대의 시호와 같이 죽은 왕에게 붙여졌는지 알 수 없다.

셋째, 살아 있는 사람에 대한 문신설로서 대표적인 학자로 장법(張法)을 들 수 있다. 이 견해를 살펴보기 전에 먼저 고대의 문신에 대해 검토해 보면, 알프스 산에서 발견된 B.C. 3300년경의 냉동 사냥꾼의 문신, B.C. 3000년에서 B.C. 2000년경 고대 이집트 미이라의 문신, B.C. 5000년에서 B.C. 2000년 무렵까지 남부 러시아에서 활약했던 스키타이 족장 미이라의 문신, B.C. 5000년에서 B.C. 1000년경까지 동유럽과 서아시아 스텝 지역에 거주했던 철기시대 유목민 파지리크족 족장 미이라의 문신 등이 있다. 또한 살아 있는 사람의 문신을 보았다는 기록이 있는데, 예를 들어 1600년경 캐나다 동부 지역의 원주민의 보편적인 문신 풍습, 1500년경 멕시코 원주민 전사들의 문신, 1700년경

---

14) 갑골문이나 금문에서 '文'자 내부에 있는 ⎔, ✕, ✓, ✗, ⎔, ⎔ ⎔ 등을 말한다.
15) 劉若愚 著, 이장우 옮김, 『중국의 문학 이론』, 명문당, 1994, 30~31쪽 참조.

사모아 원주민의 문신, 1880년 일본 홋카이도 아이누인의 문신 등이
다. 그리고 일찍이 아프리카에 들어갔던 상인들이나 선교사들은 아프
리카 대부분 지역에서 문신이 행해졌다고 하였다.16) 이와 같이 지금까
지 발굴된 유물이나 문헌의 기록에 의하면 문신은 이미 B.C. 5000년
경의 원시인류로부터 광범위하게 행해져 왔음을 알 수 있다.

　살아 있는 사람에 대한 문신설은 장법에 앞서 많은 학자들이 제기
한 바 있다. 그들은 대체로『곡량전(穀梁傳)·애공(哀公) 13년』17),『장
자(庄子)·소요유(逍遙游)』18),『묵자(墨子)·공맹(公孟)』19),『예기(禮記)·
왕제(王制)』20) 등 문헌에서 吳나라와 越나라 사람들이 문신을 했다는
기록을 근거로 제시하고 있다.21)

　그러나 여기에서의 문신은 모두 주변 민족들의 풍습일 뿐만 아니라
시기 또한 춘추전국시기이기 때문에 '文'자가 만들어진 상나라와는
시기적으로 맞지 않다. 이것으로부터 주변의 문화가 중심 문화에 영
향을 끼쳤거나 상나라 이전이나 초기에 한족에게도 문신 풍습이 있었
을 것이라고 추측할 수 있지만 '文'자 형성의 근거로는 미약한 점이
있다. 따라서 중국의 고대 문헌에 기록된 문신 풍습만으로는 '文'자의

---

16) 조현설,『문신의 역사』, (주)살림출판사, 2003, 7~22쪽 참조.

17) 오(吳)나라는 오랑캐 나라이다. 머리를 자르고 몸에 문신을 하였다. 진(晉)나라 범녕
　　(范寧)의 주(注)에서는 "문신은 몸에 그림을 새겨서 '文(무늬)'으로 삼은 것이다."라
　　고 하였다.(吳, 夷狄之國也, 祝髮文身. 晉范注, "文身, 刻畫其身以爲文也.")

18) 월(越)나라 사람들은 머리를 짧게 자르고 문신을 하였다.(越人斷髮文身.)

19) 월나라 왕 구천(句踐)은 머리를 깎고 문신을 하고서 나라를 다스렸다.(越王勾踐
　　剪髮文身, 以治其國.)

20) 동쪽을 이(夷)라 한다. 머리를 자르고 몸에 문신을 하였으며, 음식을 익혀 먹지 않
　　는 자들이 있다. 공영달(孔穎達)의 소(疏)에서는 다음과 같이 풀이하고 있다. "문
　　신은 몸을 붉은색과 푸른색으로 꾸민 것이다.……월나라에는 머리를 자르고 문신을
　　하는 풍습이 있었는데 이것으로 교룡(蛟龍)의 해를 피하였다. 그러므로 피부에 새
　　겨 붉은색과 푸른색으로 물들였다."(東方曰夷, 被髮文身, 有不火食者矣. 孔疎: 文身
　　者, 謂以丹靑文飾其身.……越俗斷髮文身, 以辟蛟龍之害, 故刻其肌, 以丹靑涅之.)

21)『수호지』에는 송나라 때 한족의 무인들이 상대방을 위협하기 위하여 문신을 하였
　　다는 기록이 있다. 申士堯·傅美琳,『中國風俗大辭典』, 中國和平出版社, 1994,
　　353~354쪽 참조.

원형을 분석해 낼 수 없기 때문에 다른 견해를 검토하도록 한다.

장법은 '文'자가 문신을 하고 예를 행하는 사람에서 기원하였다고 본다. 이에 대한 그의 견해를 검토해보자.

······원시 의식은 주로 문신을 한 사람으로부터 진행되는데, 춤은 문신을 한 사람의 춤으로부터 시작되었고 樂은 춤을 돕는 것으로 쓰였으며 시는 사람의 노래로부터 왔고 劇은 사람의 연기로부터 시작되었다. 따라서 문신을 한 사람은 핵심적인 지위에 있다. 의식에서 사람의 몸에 문신을 한 부호의 형상은 의식에서의 그릇의 부호 형상과 일치하고 의식에서의 樂과 동질의 것이다. 따라서 '文'은 모든 의식을 대표할 수 있으므로 '文'은 곧 '禮'이다. '禮'는 그릇의 관점으로 보았을 때 의식을 상징하고 '文'은 사람, 즉 무당의 관점으로 보았을 때 의식을 상징한다. '文'은 원시 의식에서 중심적인 위치에 있으므로 모든 의식을 대표한다. 따라서 '文'은 곧 '禮'이다. '禮'는 원시 문화에서 중심 위치에 있으며, 모든 씨족 사회의 문화적 구성물인 예를 행할 때의 그릇, 明堂, 묘지, 촌락의 건축 형식 등은 모두 '文'이다.······만약 사람으로부터 '文'을 말한다면 몇 가지 객관적 단계로 나뉠 수 있는데, 그것은 신체상에 무늬를 새기는 것, 곧 문신으로부터 신체상에 그림을 그리는 것으로 발전하였고 이것은 다시 복식과 가면으로 발전하였으며, 맨 마지막에는 조정의 면복으로 발전하였다.[22]

장법은 '文'자가 문신으로 신체를 꾸민 것에서 만들어졌다는 관점에서 '文'자가 문신에서 그림으로, 다시 가면, 조정의 복식으로 발전하였다고 주장한 것으로 보인다. 그는 자신의 견해에 대한 근거로 원시 암각화와 원시 사회의 보편적인 문신 풍습을 제시하고 있다. 필자는 장법의 견해 중에서 '文'자가 예를 행하는 사람에서 기원했다는 것과 원시 암각화 부분에는 타당성이 있다고 여기지만 문신 풍습에 대해서는 의문을 갖는다. 문신설은 대부분 『설문해자』의 "文은 교차한 무늬이다

---

22) 張法, 『中國美學史』, 上海人民出版社, 2002, 15쪽 참조.

(錯畫也)"와 갑골문에서 '文'자의 형태가 ⚛이라는 것 때문에 제기되었고 이것에 대한 근거로는 고대에 세계 곳곳에서 행해진 문신 풍습을 제시하고 있다. 그러나 신체를 장식하는 데는 목걸이와 같은 장식품을 걸치거나 몸에 그림을 그리는 것 등 다양한 방법이 있다. 따라서 필자는 '文'자의 원형을 문신이 아닌 다른 관점에서 살펴볼 것이다.

'文'자의 원형을 살펴보기 전에 먼저 필자가 '文'자가 예를 행하는 사람으로부터 기원하였다고 보는 견해에 대한 근거를 살펴보면 다음과 같다. 첫째, 갑골문과 금문에서 '文'자의 형태이다. '文'자는 가슴에 그림이 그려져 있는 사람의 형상으로서 이것은 어떠한 목적을 위하여 의식적으로 몸을 꾸민 모습이다. 둘째, '文'자가 『시경』에서 '예'라는 의미로 쓰였다는 것이다. '文'자에 '예'라는 의미가 있다는 것은 '文'자가 의례(儀禮)와 관계있다는 것을 의미한다. 이것을 갑골문에서의 '文'자의 형태와 결합시키면 '文'자는 가슴에 무늬가 그려져 있는 사람이 예를 행하는 것을 의미한다.

중국에서 완정한 체계를 갖춘 최초의 문자는 갑골문이다.23) 갑골문 이전에도 도기에 새겨진 도기문자가 있었는데, 여기에는 갑골문의 문자와 같은 글자가 있고 일부 문자의 형태를 갖춘 글자도 있다. 그러나 이것은 극히 일부분이기 때문에 도기문자는 완정한 문자로 볼 수 없다는 것이 학자들의 정론이다. 따라서 필자는 '文'자가 갑골문에서부터 출현하고 있

---

23) 한자가 언제 완전한 문자 체계로 형성되었는지에 대해서는 다양한 견해가 있다. 구석규의 『중국문자학』(2001, 66쪽)에서는 하(夏)나라와 상나라 사이인 B.C. 17세기 전후라고 하였고 하영삼의 『한자의 세계(기원에서 미래까지)』(1998, 56쪽)에서는 상나라 초기라고 하였으며, 최영애의 『중국어란 무엇인가』(2008, 120쪽)에서는 확실한 고대 문자 자료는 B.C. 1300~1100년의 갑골문이라고 하였고, 양동숙의 『중국문자학』(2006, 81쪽)에서는 상나라 후기의 갑골문에 이르러 완전한 문장 체계를 갖추어 원활하게 사용하였다고 본다. 그러나 양동숙의 『중국문자학』(2006, 77쪽)과 최영애의 『한자학강의』(2006, 163쪽) 역시 상나라 전기 문화에 속하는 B.C. 1600년경의 二里岡문화 유적지에서 소량의 갑골문이 발견되었는데, 이것은 이 시기에도 갑골문이 쓰였음을 말해준다고 하였다.

으므로 '文'자의 원형을 상(商)나라의 문화를 중심으로 살펴볼 것이다.

갑골문은 상나라[24] 때 거북의 껍데기나 소의 어깻죽지뼈 등 동물의 뼈를 사용해 점을 치던 것으로서 당시의 문화를 잘 나타내주고 있다. 갑골문 가운데는 상나라의 제왕들이 날씨·제사[25]·정벌·수렵 등에 관하여 점치는 내용이 있는데, 이들 기록은 상왕조의 제왕들이 곧 무당들의 우두머리이며 유일하게 예언권을 가지고 있었음을 말해준다. 또한 복사에는 왕이 춤을 추며 기우제(祈雨祭)[26]를 올리거나 꿈을 해몽하는 기록이 있다. 기우제에 대한 갑골문의 기록을 보자.

丙辰蔔, 貞；今日奏舞, 屮 雨?	「粹 744」
舞, 允 雨.	「續 1·33·5」
貞, 我舞, 雨.	「乙 7171」
舞, 雨.	「燕 533」
王舞, 允雨.	「京都 3085」
王舞? 貞；王勿舞?	「乙 2592」
王其乎戌 孟, 又雨.	「掇 1·385」[27]

비는 사람이 살아가는 데 있어서 없어서는 안 되는 것이기 때문에 왕이 직접 춤을 추면서 비가 내리기를 기원했을 것이다. 앞에서 필자는 '文'자가 가슴에 무늬가 그려져 있는 사람이 예를 행하는 것을 의

---

24) 상나라 초기는 중국 고대 문명 중에서 이리두(二里頭)문화 말기에 속할 가능성이 있다. 자세한 내용은 윤내현, 『商周史』, 民音社, 1984, 34~40쪽 참조.

25) 갑골문에 언급된 신은 수없이 많은데 크게 上帝 또는 帝, 자연신, 조상신의 세 종류로 나누어진다. 자연신과 조상신에 대한 제사 의식은 주기적으로 행해졌으며 대단히 규모가 크고 성대하였다. 자세한 내용은 이춘식, 『중국고대사의 전개』, 藝文出版社, 1986, 52~54쪽, 윤내현, 『商周史』, 民音社, 1984, 73~76쪽 참조.

26) 무술 의미를 띠고 있는 기우제는 매우 이른 시기부터 시작되었는데 대부분 노래와 춤으로 진행되었다. 자세한 내용은 鄭愛蘭, 「商周巫術與宗教政治之心態」, 『國際中國學研究 제3집』, 한국중국학회, 2000, 308~309쪽 참조.

27) 鄭愛蘭, 「商周巫術與宗教政治之心態」, 『國際中國學研究 제3집』, 한국중국학회, 2000, 308~309쪽 재인용.

미한다고 하였는데, 갑골문의 이와 같은 기록으로부터 ‘文’자는 상나
라의 제사에서 의식을 주관하는 우두머리, 즉 예를 행하는 제사장인
왕의 모습을 본떴을 것이라고 생각한다.[28]

지금까지 발굴된 갑골문이나 유물로는 상나라의 제사와 다른 의식
에서 제사장인 왕과 기타 제사에 참가한 사람들이 어떻게 치장하였는
지 정확하게 알 수 없지만 암각화를 통하여 추측해 볼 수 있다.

〈그림 1〉 운남(雲南) 창원(滄源) 암각화(신석기시대)[29]

28) 앙리 마스페로의『고대중국』(1995. 115쪽)에서는 고대 중국의 종교에 대해서 다
음과 같이 설명하고 있다. "고대 중국의 종교는 본질적으로 귀족적이었다. 그것
은 귀족에게 속했고 귀족의 극히 전문적인 영역이었다. 그들만이 조상들의 덕으
로 말미암아 숭배의 권리, 가장 넓은 의미의 제사의 권리를 소유했으며 반면에
평민은 조상도 없었거니와 그와 같은 권리도 갖지 못했다. 귀족들만이 신 또는
적어도 특정의 신과 개인적인 접촉을 할 수 있었고 따라서 그들만이 신들에게 의
사를 전달할 수 있었다.……종교는 무엇보다도 집단의 일이었으며 개인의 일은 아
니었다. 아무리 작은 집단이라도 누군가 그 집단의 수장이 되어 자신이 아닌 자신
이 관장하는 공동체 전체를 위해 제사를 행해야만 했다. 그리하여 왕은 제국 전체
를 위해, 제후는 자신의 봉국을 위해, 영주는 자신의 영지를 위해, 읍재(邑宰)는
자기 읍을 위해 그리고 일족의 종주(宗主)는 자신의 가문을 위해 제사를 거행했던
것이다." 주나라의 도읍에서는 상나라의 사멸한 토지신이   제사되었는데, 이것은
주나라가 상나라의 제사 의식을 계승하였음을 말해준다. 주나라는 상나라에서 왕
이 직접 제사 의식을 행하였던 풍습을 계승하였을 것이고, 이것은 모든 제사에서
제사장이 제사를 행하는 형태로 나타났을 것이다.

위의 암각화는 평상시의 모습인지 의식을 행하는 것인지 알 수는 없으나 당시 사람들이 화려하게 치장했음을 잘 보여주고 있다. 이러한 모습은 북아메리카의 인디언이 의식을 행하거나 전투에 나갈 때의 모습을 생각하면 쉽게 상상할 수 있다. 3장에서는 사람의 머리 위에 양의 모습을 한 동물이 장식되어 있는 상나라 때의 청동기가 있다고 하였는데, 그것은 <그림 1>의 신석기시대의 그림과 같은 신체 장식이 시간이 흐르면서 변형되었거나 지역에 따라 다른 모습으로 전승된 것으로 보인다.

그렇다면 상나라 때 의식을 주관하는 사람은 어떻게 꾸몄을까? 사람의 옷차림은 기후의 영향과 사회적 관습, 생활 수준 등의 영향을 받는데, 상나라의 기후는 '文'자가 만들어지는 데 있어 어떠한 영향을 미쳤을지 살펴보자.

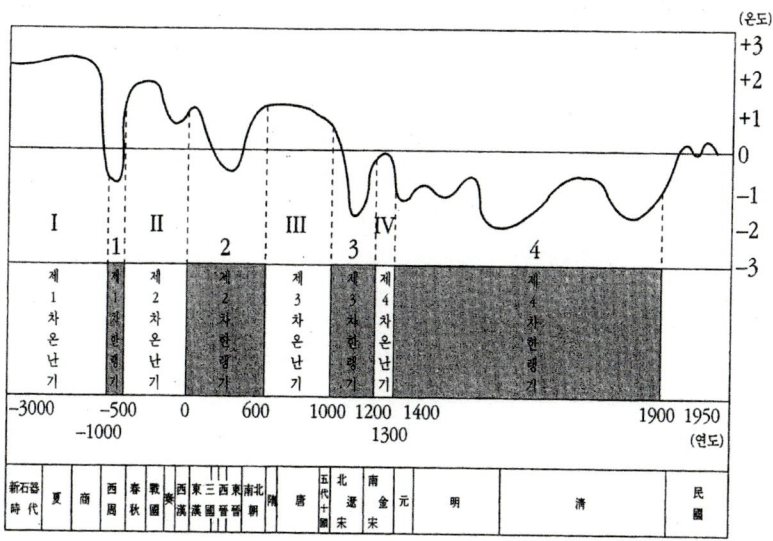

〈그림 2〉 B.C. 3000년경부터 1950년까지 중국의 기후[30]

29) 朱狄, 『原始文化硏究』, 三聯書店, 1988, 572쪽 참조.

위의 기후도와 황하 유역에서 출토된 동물의 유해를 가지고 살펴보면, B.C. 3000~B.C. 1000년경 하나라와 상나라 때의 연평균 기온이 지금에 비해 2℃ 가량 높았고 겨울철 온도는 현재보다 3~5℃ 높은 온난 습윤한 기후였다는 것을 알 수 있다. 또한 하남성 안양의 은허에서 출토된 물소·코끼리 등 동물의 유해는 이러한 기후가 대체로 B.C. 1000년경 상나라 때까지 지속되었을 것이라는 것을 나타내준다. 이와 같이 따뜻한 기후는 제사 의식에서의 복식에도 영향을 미쳤을 것이다.

한편, 상나라의 유적지에서 발굴된 유물을 보면, 부패되어 실물이 확인되지는 않았지만 갑골문에 잠(蠶)·사(絲)·의(衣)·포(布) 등 문자가 있는 것으로 보아 당시에 방직물이 있었음을 알 수 있다. 또한 청동기에 침투되어 보존돼 있는 방직물의 조각에서 마름모꼴의 무늬와 자수가 확인되었는데, 이것은 이때 이미 무늬 있는 직물이 생산되었음을 말해준다. 그러나 이 시기에 무늬 있는 옷감이 생산되었다고는 하지만, 이것이 제사 의식을 행하는 사람의 복장을 크게 변화시키지는 못했을 것이다. 왜냐하면 인류는 과거의 유산을 보존하려는 의식이 강하기 때문에 고대부터 내려오던 풍습을 유지했을 가능성이 크기 때문이다. 오늘날과 같이 급변하는 사회 속에서도 유림이나 종갓집 등에서는 조선시대의 제례복을 입고 제사를 지내고 있고, 비록 형식이 변형되어 과거의 모습을 찾을 수는 없지만 결혼식에서 신랑과 신부가 전통 복식을 차려입는 것에서도 그러한 의식을 엿볼 수 있다. 상나라 사람들은 코끼리와 물소가 살 수 있었던 따뜻한 기후로 인해 일상 생활이나 제사 의식에서 우리가 상상할 수 있는 고대 중국의 복장을 꼭 갖추어 입지 않아도 됐을 것이다.

청동 예기31)를 보면 상나라 때는 제사 의식이 매우 복잡하고 성대

---

30) 류제헌, 『중국역사지리』, 문학과지성사, 1999, 46쪽 참조.
31) 하·상·주 3대의 예기는 청동이 가장 중요한 재료로 쓰였는데, 특히 상나라와

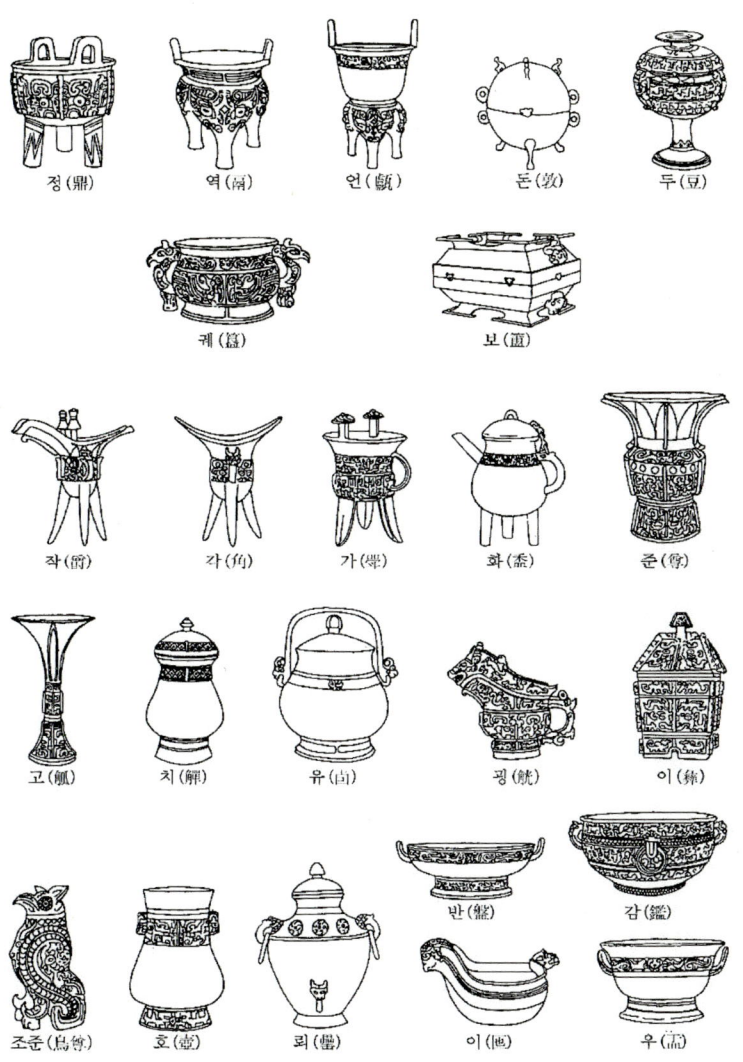

정 (鼎)   역 (鬲)   언 (甗)   돈 (敦)   두 (豆)

궤 (簋)   보 (簠)

작 (爵)   각 (角)   가 (斝)   화 (盉)   준 (尊)

고 (觚)   치 (觶)   유 (卣)   굉 (觥)   이 (彝)

조준 (鳥尊)   호 (壺)   뢰 (罍)   반 (盤)   감 (鑑)   이 (匜)   우 (盂)

〈그림 3〉 商周시기의 청동기[32]

주나라의 예기는 종류가 많을 뿐만 아니라 형태가 아름답고 정교하다. 예기에 대해서는 張光直 著, 이철 옮김, 『신화미술제사』, 동문선, 1998, 154~163쪽 참조.

32) 마이클 설리번 지음, 최성은·한정희 옮김, 『중국미술사』, 예경, 2005, 23쪽.

하게 치러졌다는 것을 알 수 있는데, 이것으로부터 이 의식에 참여하는 사람들의 치장 또한 독특하고 화려했을 것이라는 것을 짐작할 수 있다. 제사 의식을 행하는 사람은 암각화에서처럼 머리에 커다란 장식을 하고 화려한 염료를 사용하여 가슴에 그들만의 상징을 그렸을 것이다. 한상복 등에 의하면, 신체를 색깔로 칠하는 것은 특히 종교적 의례를 행할 경우 특별한 의미를 가진다. 예를 들면 북미 인디언의 한 부족인 샤이안족들이 행하는 태양무(太陽舞)라는 종교 의식의 춤에는 여자가 아침을 나타내게 된다. 이 여자는 얼굴을 빨간색으로 칠하고 두 개의 파란 태양을 얼굴에 그리며, 가슴에는 아침별을 상징하는 한 개의 파란별을, 그리고 오른쪽 어깨에는 역시 파란색으로 초생달을 그려 넣는다. 그리고 의식에 참가하는 다른 사람들은 모두 천체(天體)를 나타내는 치장을 하게 된다. 이들의 춤은 곧 우주 전체의 움직임을 나타내며, 이 속에서 부족의 남자들은 그 여자를 찾아냄으로써 태양의 힘을 획득하게 된다.[33]

상나라의 갑골문에서 '文'자는 ♈ · ♈ · ♈ · ♈ · ♈ 등이고 금문에서는 ♈ 로서 가슴에 있는 무늬가 여러 가지라는 것을 알 수 있다. '文'자의 이와 같은 다양한 형태와 북미 인디언의 풍습, 오늘날 축제 등에서의 바디 페인팅 등은 상나라 사람들도 제사 의식에서 몸에 문신이 아닌 그림을 그렸을 가능성이 있음을 말해준다. 앞에서도 살펴보았듯이 지금까지 발굴된 자료에 의하면, 상나라 때는 제사가 대단히 많았다. 필자는 상나라 사람들은 제사의 종류에 따라 제사장의 가슴에 다른 그림을 그리고 머리나 다른 신체의 장식도 달리하였으며 독특하고 화려하게 치장하였을 것이라고 생각한다. 이것은 오늘날에도 문화마다 다르지만 결혼식이나 축제, 무속 등 특별한 의식에서의 주요 인물은 그 의식에 맞는 독특한 치장을 하는 데서도 추측할 수 있다.

---

33) 한상복 외 2인, 『문화인류학개론』, 서울대학교출판부, 2003, 353~354쪽 참조.

필자는 '文'자의 원형을 상나라의 풍습과 기후 등을 근거로 하여 살펴보았다. 지금까지 살펴본 것과 같이 '文'자의 원형은 다양한 견해가 있는데 현재로서는 어느 것도 명확한 해답을 제시하지 못하고 단지 추측만 할 수 있을 뿐이다. 만약 이후 새로운 자료가 발굴된다면 이에 따라서 '文'자의 원형 또한 바뀌게 될 것이다.

제2절 본 의[34)]

세상에는 지칭해야 할 대상이나 표현해야 할 개념의 종류와 수량은 무한하지만 어휘의 수량에는 일정한 한계가 있으므로 경제성의 원칙에 의하여 언어는 필연적으로 다양한 의미를 갖게 된다. 표의문자인 한자는 다의 현상이 두드러지는데 이것은 처음 의미인 본의로부터 파생된 결과이다. '文'자 또한 20여 개의 의미가 있으며 이것들은 본의로부터 인신된 것이다.

'文'자는 갑골문에서는 으로 쓰였고 금문에서는 로 쓰였으며 의미는 단지 '왕명 위에 덧붙여진 칭호'로서 현재로서는 명확한 의미를 알 수 없다. 만약 상나라의 갑골문과 금문에 있는 '文'자의 의미가 명확히 밝혀진다면 그것이 '文'자의 본의가 될 것이다. 현재로서는 갑골문과 금문에서 글자의 형태와 『설문해자』, 『시경』, 『서경』 등 문헌

---

34) 본의에 대해서는 이영주, 『한자자의론』, 서울대학교출판부, 2001, 59~60쪽, 中國大百科全書 語言文字編輯委員會 지음, 전광진 편역, 『중국문자훈고학사전』, 동문선, 1993, 274~275쪽 참조.

에서의 의미를 근거 자료로 하여 '文'자의 본의를 파악할 수밖에 없다. '文'자는 갑골문과 금문에서부터 발견되기 때문에 먼저 이들 유물에 쓰인 글자의 형태를 분석해야 하는데, 이 작업은 본 장의 1절에서 하였다. 따라서 여기에서는 허신의 『설문해자』와 학자들의 견해를 검토하도록 한다. 『설문해자』에서는 '文'부수에서 '文'자를 아래와 같이 설명하였다.

> 文, 錯畫也, 象交文. 凡文之屬皆从文.
> 文은 교차하여 그린다는 뜻이다. 교차하는 무늬를 상형하였다. 文부에 속하는 한자는 모두 文을 의미부로 한다.

이에 대해 단옥재(段玉裁)의 주(注)에서는 다음과 같이 풀이하고 있다.

> 錯當作逪. 逪畫者迭逪之畫也. 考工記曰靑與赤謂之文. 逪畫之一耑也. 逪畫者文之本義. 㝬彰者㝬之本義. 義不同也. 黃帝之史倉頡見鳥獸蹏迒之迹. 知分理之可相別異也. 初造書契. 依類象形, 故謂之文. 像兩紋交互也. 紋者文之俗字, 無分切. 十三部.
> 착(錯)은 逪으로 써야 한다. 逪畫이란 것은 교차하여 그린다는 뜻이다. 『주례(周禮)·고공기(考工記)』에서는 "청(靑)과 적(赤)을 文이라 한다"라고 하였으니 획을 교차하여 그리는 한 방법이다. 逪畫은 文의 본의이고 문창(㝬彰)은 㝬의 본의이니 (文과 㝬은) 의미가 다르다. 황제의 사관 창힐(倉頡)은 새, 짐승의 발자국을 보고 무늬[분리(分理)]가 서로 다른 것을 알고 처음으로 서계(書契)를 만들었는데 종류(類)에 따라 모양(形)을 상형하였으므로 그것을 文이라 한다. 두 가지 무늬가 서로 교차하는 모양을 상형하였다. 문(紋)은 文의 속자(俗字)이다. 文의 발음은 無와 分의 반절이고 13부에 속한다.

허신은 전서(篆書)에서의 '文'자 모양을 근거로 '교차하여 그리는 것, 교차하는 무늬를 상형한 것'이라고 해석한 듯하다. 단옥재는 『설문해자』에 충실하여 '文'자의 본의를 '교차하여 그리는 것'이라고 하였는데, 이러한 견해가 제기된 것은 당시에는 갑골문의 형태를 볼 수 없었기 때문일 것이다. 본의에 대한 후대 학자들의 견해는 '색채가 교차한 것', '무늬', '선의 교차 혹은 색채가 교차하여 섞인 것', '신체상의 장식(꾸밈)' 등으로 다양하다. 이에 대한 대표적인 학자들의 견해를 살펴보자.

첫째, 왕정백(王政白)은 '교차한 무늬'를 인신의로 간주하고 있다. 그는 『주역(周易)·계사(系辭) 하(下))』의 "사물이 서로 섞여 있으므로 '文'이라 한다.(物相雜, 故曰文.)"와 『예기(禮記)·악기(樂記)』의 "오색이 무늬를 이루었으나 어지럽지 않다.(五色成文而不亂.)"를 근거로 '文'자의 본의를 '색채가 교차한 것'이라고 본다.[35] 그러나 『주역·계사 하』와 『예기·악기』는 진(秦)나라와 한(漢)나라 사이의 전적이며 『설문해자』 또한 한나라의 것이다. 따라서 왕정백의 견해처럼 이것을 가지고 본의를 파악한다는 것은 다소 무리가 있다.

둘째, 장법은 '文'자의 형태와 고대 중국에서는 신체상에 문신을 한 사람이 의식을 진행하였다는 것을 근거로 하여 본의를 '신체의 장식(꾸밈)'이라고 보고 있다.[36] 갑골문의 '文'자 중에는 간혹 사람 형태의 가운데(가슴) 부분에 아무것도 없는 것도 있지만 대부분 여러 가지 형태의 문양이 그려져 있다. '文'자의 이러한 형태로부터 '文'자는 가슴을 무엇인가로 꾸민 사람을 본뜬 것이라는 것을 알 수 있다. 이러한 의미에서 장법의 견해는 타당성이 있다고 할 수 있으나 '신체의 장식(꾸밈)'은 범위가 너무 넓고 의미가 사람에게만 한정되기 때문에 설득력이 부족하다.

필자는 원형에서 '文'자가 몸에 그림을 그리고 예를 지내는 사람을

---

35) 『古漢語同義詞辨析』, 黃山書社, 1992. 138~139쪽 참조.
36) 『中國美學史』, 上海人民出版社, 2002, 12쪽 참조.

본뜬 것임을 검토하였고, 의미의 확정에서는 『시경』과 『서경』에 '무늬'라는 의미가 있다는 것을 살펴보았다. 갑골문과 금문에서의 글자 형태와 원형, 문헌에서의 의미로부터 '文'자의 본의는 '신체에 그려진 무늬(문양)'라는 것을 알 수 있다. 그러나 '신체에 그려진 무늬'는 단지 사람에게만 한정되므로 '文'자의 본의라고 하기에는 무리가 있다. '文'자는 사람의 몸에 그려진 무늬를 가지고 일반적인 '무늬'를 나타낸 것이라고 생각된다. 따라서 '文'자의 본의는 '무늬'라고 보는 것이 타당하다고 본다.

제3절 '무늬'와 '문채나다'라는
의미의 고금자(古今字)

한자는 시간의 경과에 따라 자형(字形)·어음(語音)·어의(語義) 등 세 방면에서 끊임없이 변화해 왔다. 이런 변화의 결과로 나타나는 현상 중에는 동일한 의미를 표시하지만 시기에 따라 쓰이는 글자가 다른 경우가 있는데, 이것을 고금자라고 한다. '文'자는 전국 말기에는 '문정(文靜: 침착)', '표상', '균열', '온문(溫文: 온화하고 예의바르다)', '詩書', '지식', '학문', '문채나는 말' 등 의미가 있었으나 東漢시기에는 주로 '글', '문장', '무늬', '武의 대칭', '文質의 文' 등 의미로 쓰였다.[37] 그러나 한나라 때는 '文'자 이외에 '문(紋)'자가 '무늬'로 쓰이고 '문(彣)'자가 '문채나다'의 의미로 쓰이는데, 이것은 '文'자의 본의인 무늬는 '紋'자가 갖게 되었고 문채나다는 '彣'자가 갖게 되었기 때문이라고 생각한다. 그렇다면 '紋'자와 '彣'자를 구성하고 있는 '文'자와 '糸'자, '彡'자는 이 글자들의 의미와 어떠한 관련이 있을까?

『설문해자』에서 '文'자가 들어간 글자는 모두 15개[38]이다. 이 중에서 '文'부에 속하는 글자는 4개인데 모두 '무늬', '문채나다' 등과 관련된 의미를 가지고 있으며, '文'부에 속하지 않는 글자는 몇 개를 제외하고 대부분 다른 의미를 가지고 있다. 『설문해자』의 文부에 속하는 글자들을 예를 들어 살펴보면 아래와 같다.

> 文: 교차하여 그린다는 뜻이다. 교차하는 무늬를 상형하였다. 文부에 속하는 글자는 모두 文을 의미부로 한다.(錯畫也, 象交文. 凡文之屬皆从文.)
> 斐: 분별문(分別文)이며 文을 의미부로하고 非를 소리부로 한다. 『역』에서 이르기를 "군자가 개과천선하면 문채가 난다."라고 하였다.(分別文也, 从文非聲. 易曰, 君子豹變其文斐也.)
> 辬: 얼룩덜룩한 무늬이다. 文을 의미부로 하고 𢍺을 소리부로 한다.(駁文也, 从文𢍺聲.)
> 斈: 희미하게 그려진 무늬이다. 文을 의미부로 하고 芞를 소리부로 한다.(微畫文也, 从文芞聲.)

한자에서 부수는 글자의 의미를 나타내는데, '文'부에 속하는 글자

---

37) '文'자는 오늘날 17개의 의미를 갖는 다의어로서 서로 관련이 없는 의미들이 공존하고 있지만 실제로는 단독으로 쓰이지 않고 다른 글자와 결합하여 한 단어를 이룬다. 오늘날 중국어 사전인 『中韓大辭典』(강식진 編, 진명출판사, 1993, 2737쪽 참조)에는 '文'자의 의미가 문자·언어·문장·韻文·文言文·문어체이다·(천체, 대지 따위 자연계의) 형상·문화·(옛날의) 예절 의식·武의 대칭·용모·무늬·문신하다·온화하다·숨기다·(量) 푼·姓氏 등 17개가 있다.

38) '文'자가 들어간 글자를 각 부수별로 살펴보면 ① '口'부수 : 吝 ② '扌'부수: 撲 ③ '文'부수: 文, 斐, 辬, 斈 ④ '王'부수: 玟 ⑤ '日'부수: 旻 ⑥ '心'부수: 忞 ⑦ '虍'부수: 虔 ⑧ '糸'부수: 紊 ⑨ '汶'부수: 汶 ⑩ '彣'부수: 彣 ⑪ '門'부수: 閔 ⑫ '馬'부수: 駁 등이 있다. 이 중에서 '文'부수에 속하지 않으면서 '무늬', '문채나다' 등 의미와 관련있는 글자는 '王'부수의 '玟'자와 '彣'부수의 '彣'자, '馬'부수의 '駁'자 등이다.

들이 모두 '무늬', '문채나다' 등과 관련된 의미를 갖는 것은 '文'자의 '무늬', '문채나다'라는 의미로부터 영향을 받은 것이라고 생각된다.39) 그런데 '文'자가 들어 있는 글자 중에 '文'부수에 속하지 않지만 '무늬', '문채나다'와 관련된 의미를 갖는 글자들이 있다는 것은 '紋'자와 '彣'자가 '文'자로부터 영향 받았을 가능성이 있음을 말해준다. 그렇다면 이 글자들을 구성하고 있는 다른 부분인 '糸'자와 '彡'자는 어떤 작용을 했을까? 아래에서는 '紋'자와 '彣'자가 어떻게 생성되었고 어떻게 '무늬'와 '문채나다'라는 의미를 갖게 되었는지에 대해 살펴보도록 한다.

1. '무늬'의 고금자 '紋'

'紋'자는 『설문해자』에는 보이지 않고 한나라 때의 것으로 추정되는 『황제내경(皇帝內經)』, 『금궤요략(金匱要略)』 등 문헌에서 '무늬'의 의미로 쓰였다.40) 앞에서는 '紋'자가 '무늬'라는 의미를 갖는 것이 '文'자의 '무늬'라는 의미로부터 영향 받았을 가능성이 있음을 살펴보았다. 그리고 '文'자와 '紋'자는 상고음이 文韻이고 明紐이며 平聲이고 국제음성기호가 mǐwən으로서 음이 같다. 이것은 '紋'자의 음이 '文'자와 관계있다는 것을 말해주는데, 그렇다면 이 글자에서 '糸'자는 어떤 작용을 했을까? 여기에서는 갑골문과 금문, 문헌, 유물로부터 '糸'자가 내포하고 있는 문화 정보를 검토하고, 이것을 바탕으로 '文'

---

39) 오늘날 한자에서도 '文'자를 부수로 하는 글자는 대체적으로 '무늬'나 '문채나다'의 의미를 가지고 있다.
40) 오늘날 사전에서는 '糸'부수에 있는데, 의미는 '무늬', '주름' 등이다.

자와 '紋'자의 관계를 분석할 것이다.

'糸'자는 갑골문과 금문에서부터 출현하고 있는데, 갑골문에서 형태는 ∮「乙 6733」・∮「籣曲 100」・∤「乙 124」등41)이고 금문에서는 ∮「糸父壬爵」・∮「子糸爵」등42)이다. 이 글자의 형태에 대해서 『갑골문자전』에서는 묶여 있는 실의 모양을 본뜬 것으로서 위아래 끝부분이 간혹 ϟ, ⋏으로 쓰여 있는 것은 묶고 남은 끈(실)을 본뜬 것43)이라고 하였는데, 그의 이와 같은 견해는 타당성이 있다고 판단된다. 즉 가운데의 ∮・∮・∮은 실이 꼬여 있는 부분이고 윗부분의 ϟ・∤・↯과 아랫부분의 ∤・⋏ 등은 묶고 남은 실의 끝부분이다. 의미는 '사람 이름으로 쓰인 듯하다.(庚辰貞卣从糸責亡禍.「合 85」)'이다.44) 허신의 『설문해자』에서는 '糸'부수에서 '糸'자에 대해 다음과 같이 설명하였다.

糸, 細絲也. 象束絲之形. 凡糸之屬皆从糸. 讀若覛. ∮古文糸.

糸는 가는 실이라는 뜻이다. 묶여 있는 실의 형태를 본뜬 것이다. 糸부수에 속하는 글자는 모두 糸를 의미부로 한다. 맥(覛)과 같이 발음한다. ∮은 고문의 糸자이다.

단옥재 주에서는 『설문해자』를 다음과 같이 풀이하였다.

絲者, 蠶所吐也. 細者, 微也. 細絲曰糸. 糸之言蔑也. 蔑之言無也. 此謂古文也. 古文見下. 小篆作糸, 則有增益. 莫狄切. 十六部.

絲는 누에가 토해낸 것이다. 細는 가늘다는 뜻이다. 가는 실을 糸라고 한다. 糸는 없어지려고 한다는 말이다. 멸(蔑)은 없다는 말이다. (象束絲

---

41) 中國科學阮考古硏究所 編輯, 『甲骨文編』, 中華書局, 1978, 505쪽 참조.

42) 四川大學歷史系古文字硏究室 方逑鑫 외 編, 『甲骨金文字典』, 巴蜀書社, 1993, 1001쪽 참조.

43) 徐中舒, 『甲骨文字典』, 四川辭書出版社, 1998, 1409쪽 참조.

44) 徐中舒, 『甲骨文字典』, 四川辭書出版社, 1998, 1409쪽 참조.

之形) 이것은 고문의 자형을 말한다. 고문은 아래에 보인다.(허신이 말한 고문의 형태이다.) 소전에서는 糸 형태로 쓰는데, 이것은 획이 더해진 것이다. 糸의 발음은 莫과 狄의 반절이고 16부에 속한다.

갑골문과 금문에서는 '糸'자 이외에 '絲'자가 발견되고 있는데, 갑골문에서는 형태가 丨丨「通別 2. 5. 3」· 丨丨「燕 51」· 丨丨「簠天 38」 등[45]이고 금문에서는 丨丨「曶鼎」· 丨丨「辛伯鼎」· 丨丨「守宮盤」 등[46] 형태가 있다. 글자의 형태를 살펴보면 가운데의 丨丨 · 丨丨 등은 실이 꼬여 있는 모양이고 윗분의 ⋁⋁ · ⋁ 등과 아랫부분의 ⋀⋀ · 丨丨 등은 실을 묶고 남은 끝부분으로서 묶여 있는 실 두 개의 모양을 본뜬 것이다. 갑골문에서는 세 가닥 또는 한 가닥으로 된 실의 끝 부분이 위아래 모두 있거나 아예 없는 것도 있고, 윗부분은 이것이 없거나 하나의 줄만 있는 것도 있으나 금문에서는 형태가 정형화되고 있다.

『갑골문자연구 하』에서는 『설문해자』에서는 '糸'자와 '絲'자를 나누어 두 개의 부수로 하였으나, 율(繘)은 고문에서는 繘이고 주문(籒文)에서는 繘이며, 경(絅)은 금문에서 絅으로서 모두 '絲'를 의미부로 하는데, 이것은 곧 '糸'자와 '絲'자는 본래 한 글자였고 글자체에 번다한 것과 간략한 것이 있음을 말해준다고 하였다. 또한 이 글자들은 모두 묶여 있는 실의 형태를 본뜬 것이라고 본다.[47] 필자는 갑골문에서는 『갑골문자연구 하』의 설명과 같이 글자가 정형화되지 않았기 때문에 글자의 형태가 여러 가지로 만들어졌을 수도 있으나 상나라 때는 '糸'와 '絲' 두 글자의 의미가 명확하게 구분되었을 가능성이 있다고 생각한다. 의미는 '上絲로 쓰였는데, 관직명인 듯하다.(……夫貞令上絲眔……侯……. 「後下 8. 6」)'이다.[48] 이와 같이 '糸'자

---

45) 中國科學院考古硏究所 編輯, 『甲骨文編』, 中華書局, 1978, 507쪽 참조.
46) 周法高 主編, 『金文古林(上下)』, 東文選, 1990, 1926쪽 참조.
47) 商承祚 撰, 『甲骨文字研究 下』, 北京圖書館出版社, 1992, 23~24쪽 참조.

와 '絲'자는 갑골문에서부터 출현하고 있지만 모두 명확한 의미를 알수 없다.

허신의 『설문해자』에서는 '絲'자를 별개의 부수로 간주하고, 다음과 같이 설명하였다.

絲, 蠶所吐也. 从二糸. 凡絲之屬皆从絲.
絲는 누에가 토해낸다는 뜻이다. 두 개의 糸를 의미부로 한다. 絲부수에 속한 글자는 모두 絲를 의미부로 한다.

이에 대해 단옥재 주에서는 다음과 같이 풀이하였다.

吐者, 寫也. 息玆切, 一部.
吐는 뱉는다는 것이다. 絲의 발음은 息과 玆의 반절이고 1부에 속한다.

허신은 '糸'자를 가는 실이라고 하고 '絲'자는 누에가 토해낸 것, 즉 비단으로 된 실이라고 하여 두 글자를 구분하였고 단옥재는 허신의 견해를 따르고 있다. 허신은 '糸'자와 '絲'자를 별개의 부수로 보았는데, 이것은 글자의 형태를 가지고 구분한 것으로 보인다. 『시경』, 『서경』, 『묵자』 등 선진시기 문헌에서는 '絲'자가 '실'의 의미로 쓰이고 '糸'자는 단지 부수로만 쓰였다.[49]

그렇다면 고대 중국인들은 어떻게 '紋'자를 '무늬'의 의미로 쓰게 되었을지 문헌과 유물을 통해 검토하도록 한다. 『설문해자』에는 '糸'를 부수로 하는 글자가 255개가 있는데, 그 중에서 '색채'를 나타내는 글자는 38개가 있다.

纅: 실의 색이라는 뜻이다. 糸를 의미부로 하고 樂을 소리부로 한다.

---

48) 徐中舒, 『甲骨文字典』, 四川辭書出版社, 1998, 1421쪽 참조.
49) 오늘날 사전에서 '絲'자는 '糸'부수에 있다.

(糸色也, 从糸, 樂聲.)

紈: 희다는 뜻이다. 糸를 의미부로 하고 丸을 소리부로 한다. (素也, 从糸, 丸聲.)

綺: 무늬가 있는 비단이라는 뜻이다. 糸를 의미부로 하고 奇를 소리부로 한다. (文繒也, 从糸, 奇聲.)

縛: 희고 선명한 색이라는 뜻이다. 糸를 의미부로 하고 專을 소리부로 한다. (白鮮色也, 从糸, 專聲.)

縞: 선명한 색이라는 뜻이다. 糸를 의미부로 하고 高를 소리부로 한다. (鮮色也, 从糸, 高聲.)

縵: 무늬가 없는 비단이라는 뜻이다. 糸를 의미부로 하고 曼을 소리부로 한다. (繒無文也, 从糸, 曼聲.)

繡: 다섯 가지 채색이 갖추어진 것이라는 뜻이다. 糸를 의미부로 하고 肅을 소리부로 한다. (五采備也, 从糸, 肅聲.)

絢: 『시경』에서 말하였다. “흰 것은 무늬가 고운 것으로 여긴다.” 糸를 의미부로 하고 旬을 소리부로 한다. (『詩』云, 素以爲絢兮. 从糸, 旬聲.)

繪: 다섯 가지 채색을 모아서 수를 놓은 것이라는 뜻이다. 『우서(虞書)』에서는 “山龍華蟲이 그려진 것이다.”라고 하였고 『논어』에서는 “그림 그리는 일은 흰 비단을 마련하는 것보다 뒤에 하는 것이다.”라고 하였다. 糸를 의미부로 하고 會를 소리부로 한다. (會五采繡也. 『虞書』曰, 山龍華蟲作繪. 『論語』曰, 繪事後素. 从糸, 會聲.)

縷: 흰 무늬의 모양이라는 뜻이다. 『시경』에서 말하였다. “아름답고 문채가 있는 것으로 자개 무늬의 비단을 이룬다.” 糸를 의미부로 하고 妻를 소리부로 한다. (白文兒(貌), 詩曰, 縷兮斐兮, 成是貝錦. 从糸, 妻聲.)

絲: 수놓은 무늬가 작은 쌀을 모아 놓은 것과 같다는 뜻이다. 糸와 米를 의미부로 하고 米는 또한 소리부이다. (繡文如聚細米也, 从糸米, 米亦聲.)

絹: 비단의 색이 보릿대 색과 같다는 뜻이다. 糸를 의미부로 하고 肙을 소리부로 한다. (繒如麥**稍**色, 从糸, 肙聲.)

綠: 청황색 비단이라는 뜻이다. 糸를 의미부로 하고 彔을 소리부로 한다. (帛青黃色也, 从糸, 彔聲.)

縹: 희고 푸른색 비단이라는 뜻이다. 糸를 의미부로 하고 票를 소리부로 한다. (帛白青色也, 从糸, 票聲.)

絹: 청색 날실과 옥색 씨실의 비단이라는 뜻이다. 첫째, 육양(育陽)[50]의 염색을 말한다. 糸를 의미부로 하고 育을 소리부로 한다. (帛青經縹緯, 一曰育陽染也, 从糸, 育聲.)

絑: 깨끗한 붉은색이라는 뜻으로 『우서』의 "丹朱"가 이와 같다. 糸를 의미부로 하고 朱를 소리부로 한다. (純赤也, 『虞書』"丹朱"如此. 从糸, 朱聲.)

纁: 옅은 진홍색이라는 뜻이다. 糸를 의미부로 하고 熏을 소리부로 한다. (淺絳也, 从糸, 熏聲.)

絀: 진홍색이라는 뜻이다. 糸를 의미부로 하고 出을 소리부로 한다. (絳也, 从糸, 出聲.)

絳: 대단히 붉은색이라는 뜻이다. 糸를 의미부로 하고 夅을 소리부로 한다. (大赤也, 从糸, 夅聲.)

綰: 좋지 않은 진홍색이라는 뜻이다. 糸를 의미부로 하고 官을 소리부로 한다. (惡絳也, 从糸, 官聲.)

縉: 붉은색 비단이라는 뜻이다. 糸를 의미부로 하고 晉을 소리부로 한다. (帛赤色也, 从糸, 晉聲.)

綪: 붉은색 비단이라는 뜻이다. 누린내풀로 염색하였으므로 綪이라 한다. 糸를 의미부로 하고 靑을 소리부로 한다. (赤繒也, 以茜染故謂之綪, 从糸, 靑聲.)

緹: 붉은색과 누런색을 띤 비단이라는 뜻이다. 糸를 의미부로 하고 是를 소리부로 한다. (帛丹黃色也, 从糸, 是聲.)

縓: 붉은색과 누런색을 띤 비단이라는 뜻이다. 한 번 염색한 것을 縓이라 하고 두 번 염색한 것을 䞓이라 하며 세 번 염색한 것을 纁이라 한다. 糸를 의미부로 하고 原을 소리부로 한다. (帛赤黃色也, 一染謂之縓, 再染謂之䞓, 三染謂之纁, 从糸, 原聲.)

紫: 푸르고 붉은색 비단이라는 뜻이다. 糸를 의미부로 하고 此를 소리부로 한다. (帛青赤色也, 从糸, 此聲.)

紅: 붉고 흰색 비단이라는 뜻이다. 糸를 의미부로 하고 工을 소리부로

---

50) 단옥재 주에서는 "育陽은 漢南郡의 屬縣이다. 縣은 育水 북쪽에 있다. 그러므로 育陽이라 한다.(育陽, 漢南郡屬縣. 縣在育水北. 故曰育陽.)"라고 하였다.

한다. (帛赤白色也, 从糸, 工聲.)

繱: 푸른색 비단이라는 뜻이다. 糸를 의미부로 하고 蔥을 소리부로 한다. (帛青色也, 从糸, 蔥聲.)

紺: 짙은 푸른색과 揚赤색 비단이라는 뜻이다. 糸를 의미부로 하고 甘을 소리부로 한다. (帛深青而揚赤色也, 从糸, 甘聲.)

綼: 蒼艾색 비단이라는 뜻이다. 糸를 의미부로 하고 畀를 소리부로 한다. (帛蒼艾色也, 从糸, 畀聲.)

繰: 감색과 같은 비단이라는 뜻으로 혹은 深繒이라고도 한다. 糸를 의미부로 하고 喿를 소리부로 한다. (帛如紺色, 或曰深繒, 从糸, 喿聲.)

緇: 검은색 비단이라는 뜻이다. 糸를 의미부로 하고 甾를 소리부로 한다. (帛黑色也, 从糸, 甾聲.)

纔: 참새의 머리색 비단이라는 뜻이다. 첫째, 흐린 흑색으로 감색과 같은 것을 말한다. 纔은 옅다는 뜻이다.……糸를 의미부로 하고 毚를 소리부로 한다. (帛雀頭色也, 一曰斂(微)黑色如紺, 纔, 淺也,……从糸, 毚聲.)

緅: 검푸른 털에 흰털이 섞인 말(또는 풀의 싹)색의 비단이라는 뜻이다. 糸를 의미부로 하고 剡를 소리부로 한다. (帛騅色也, 从糸, 剡聲.)

綟: 莫艸51)로 염색한 비단이라는 뜻이다. 糸를 의미부로 하고 戾를 소리부로 한다. (帛莫艸染色也, 从糸, 戾聲.)

秠: 흰색이 선명한 옷 모양이라는 뜻이다. 糸를 의미부로 하고 不를 소리부로 한다. (白蠱(鮮)衣皃(貌), 从糸, 不聲.)

綖: 흰색이 선명한 옷 모양이라는 뜻이다. 糸를 의미부로 하고 炎을 소리부로 한다. 옷의 채색이 선명한 것을 말한다. (白蠱(鮮)衣皃(貌), 从糸, 炎聲, 謂衣采色鮮也.)

繻: 채색이 있는 비단이라는 뜻이다. 糸를 의미부로 하고 需를 소리부로 한다. (繒采色也, 从糸, 需聲.)

縟: 복잡한 채색으로 꾸미다라는 뜻이다. 糸를 의미부로 하고 辱을 소리부로 한다. (緐(繁)采飾也, 从糸, 辱聲.)

---

51) ① 억새와 비슷하며 노란색 염료로 쓰임. ② 수크령(포아풀과에 딸린 여러해살이 풀로 들이나 길가에서 자란다.) ③ 지치(지치과에 딸린 여러해살이풀). 이가원 외 監修, 『東亞 漢韓大辭典』, 동아출판사, 1993, 1539쪽 참조.

'糸'부수에서 색채를 의미하는 글자들이 이렇게 많다는 것은 선진시기에 이미 옷감의 색깔과 무늬가 다양했을 뿐만 아니라 아름답게 수놓은 비단이 많이 생산됐을 가능성이 있음을 말해준다. 지금까지 발굴된 유물 중에는 전국시기의 방적 기술을 잘 보여 주는 직물이 있다.

명주 바탕에 용과 봉황 무늬를 아홉 가지 채색으로 수놓은 수의(壽衣)

얇고 성긴 명주 바탕에 용과 봉황, 호랑이 무늬가 수놓아진 홑옷의 일부분

〈그림 4〉 전국시기의 직물[호북강릉출토(湖北江陵出土)][51]

위의 옷감은 전국시기에 죽은 사람에게 입혔던 수의인데, 무늬와 색채가 아름답고 화려하여 오늘날의 것과 비교하여도 전혀 뒤떨어지지 않는다. 수의의 문양이 이렇게 아름다웠다면 실제 살아 있는 사람이 입던 옷은 얼마나 화려했을지 짐작할 수 있다.

한나라 때의 문헌인 『설문해자』에 '糸'를 부수로 하는 글자가 많다

---

52) 吳淑生, 田自秉 著, 『中國染織史』, 上海人民出版社, 1986.

는 것과 위에 제시된 유물은 고대 중국의 방적 기술이 대단히 발달하였음을 말해준다. '糸'를 부수로 하는 글자는 이와 같은 방적 기술의 발달로 인하여 '색채'의 의미를 갖게 되었을 것이다. 또한 '紋'자가 '文'자의 의미 중 '무늬'를 대신하여 쓰이게 된 데는 '文'자의 '무늬'라는 의미 이외에도 '糸'를 부수로 하는 글자들이 '색채'의 의미로 쓰인 경우가 많았기 때문이라고 생각한다.

'紋'자를 글자의 생성 원리로부터 살펴보면, '紋'자는 초문인 '文'자에 편방 '糸'를 더하여 만든 분별문(分別文)[53]으로서 전국시기에 초문인 '文'자가 여러 가지 의미를 갖게 되자 분별문인 '紋'자를 만들어 초문인 '文'자의 여러 의미 중 하나를 부여한 것이다. 그러나 초문인 '文'자가 분별문이 가진 의미를 여전히 가지고 있기 때문에 '文'자와 '紋'자는 고금자[54]가 되었다.

지금까지 발견된 자료에 의하면, '紋'자는 『설문해자』에는 없으나 『황제내경(皇帝內經)』, 『금궤요략(金匱要略)』, 『태평경합교(太平經合校)』 등에서 '무늬'의 의미로 쓰였다. 『설문해자』는 동한 중기의 문헌인데, 『황제내경』은 『한서・예문지』에 실려 있기 때문에 동한 초기의 문헌이고 『금궤요략』, 『태평경합교』 등은 동한 후기의 문헌이다. 이것은 '紋'자가 비록 『설문해자』에는 기록되어 있지 않지만 동한 초기부터 쓰였다는 것을 말해준다. '紋'자는 한나라 때부터 '文'자와 함께 '무늬'의 의미로 쓰이기 시작하다가 차츰차츰 '文'자를 대신하여 '무늬'의 의미로 쓰인 것으로 보인다.[55]

---

53) 분별문에 대해서는 經本植 著, 김현철 외 4인 옮김, 『古漢語文字學의 기초』, 신아사, 2000, 212∼216쪽, 이영주, 『한자자의론』, 서울대학교출판부, 2001, 173쪽 참조.

54) 고금자에 대해서는 經本植 著, 김현철 외 4인 옮김, 『古漢語文字學의 기초』, 신아사, 2000, 199∼218쪽, 이영주, 『한자자의론』, 서울대학교출판부, 2001, 170∼217쪽 참조.

55) 어떤 글자는 비록 『설문해자』보다 먼저 쓰였으나 『설문해자』에는 없는 경우가 있는데, '紋'자는 이러한 경우에 속한다.

2. '문채나다'의 고금자 '嫠'

현재까지 발굴된 자료에 의하면, '嫠'자는 갑골문이나 금문, 선진시기 문헌 등에서는 쓰이지 않았고 『설문해자』의 '嫠'부에서 보이는데, 의미는 '빛나다'이다.56) 앞에서는 '嫠'자가 '빛나다'라는 의미를 갖는 것은 '文'자의 영향 때문일 가능성이 있다는 것을 살펴보았다. 그리고 '文'자와 '嫠'자는 상고음이 같기 때문에 '嫠'자의 음은 '文'자와 관계 있다는 것을 알 수 있다. 이 두 글자의 이와 같은 특징은 '嫠'자가 '文'자의 의미와 소리로부터 영향 받았음을 말해준다. 그렇다면 '彡' 자는 어떠한 문화 정보와 의미를 가지고 있고 '文'자와 결합했을 때 이 글자에 미친 영향은 무엇인가? 여기에서는 먼저 '彡'자의 원형을 검토하고 이것을 바탕으로 '嫠'자를 분석할 것이다. 이에 대한 근거는 갑골문, 『설문해자』 등 유물과 문헌을 참고하도록 한다.

'彡'자는 금문에서는 보이지 않고 갑골문에서만 출현하고 있는데, 형태는 ∭「粹 107」·彡「合集 25091」·彡「合集 27107」 등이다.57) 글 자의 형태를 살펴보면, 같은 길이의 사선 모양이 세 개 또는 네 개가 같은 방향으로 나란하거나 긴 사선 사이에 짧은 사선이 하나씩 같은 방향으로 나란히 있는데, 방향은 왼쪽이 높고 오른쪽이 낮은 것이 있으나 대부분 왼쪽이 낮고 오른쪽이 높은 형태이다. 『갑골문자전』에서는 『설문해자』와 단옥재의 주를 예로 들면서 붓으로 그린 무늬를 '彡'이라고 하지만, 실제로 칼로 새긴 것과 자수 등의 무늬를 포괄한다고 하였다.58)

그러나 '彡'자가 들어간 글자들 중에는 '무늬'의 의미를 가진 경우

---

56) 오늘날 사전에서는 '彡'부수에 있다.
57) 徐中舒, 『甲骨文字典』, 四川辭書出版社, 1998, 995쪽 참조.
58) 徐中舒, 『甲骨文字典』, 四川辭書出版社, 1998, 995쪽 참조.

도 있으나 '털'의 의미를 가진 경우도 있다. '彡'자는 갑골문에서 의미가 명확하지 않을 뿐만 아니라 선진시기 문헌에서도 단독으로 쓰이지 않고 부수로만 쓰였기 때문에 의미가 무엇인지 명확하지 않지만, 갑골문에서 '彡'자 형태가 들어 있는 다른 글자와 후대에 부수로 쓰인 다른 글자의 의미로부터 '彡'자의 의미와 원형을 유추해 볼 수 있다. 따라서 필자는 갑골문에서 '彡'자 형태가 들어간 글자와 문헌 등을 통하여 '彡'자에 대해서 살펴볼 것이다.

먼저 갑골문에서 '彡'자 형태가 들어 있는 글자로는 '방(尨)', '馬', '彭'자 등이 있다. '尨'자는 갑골문에서 형태가 🐕「前 4. 52. 3」· 🐕「佚 946」 등[59]이 있다. 『갑골문자전』에서는 개의 배에 긴 털이 있는 모양을 본뜬 것이라고 하였다.[60] '馬'자는 갑골문에서 🐎「乙 5408」· 🐎「前 4. 46. 3」· 🐎「後下 6. 1」 등[61] 형태인데, 등에 갈기가 있는 말의 모양을 본뜬 것으로서 몸에 줄이 있는 것은 무늬 있는 말을 표현한 것으로 보인다. '彭'자는 갑골문에서 형태가 🥁「戩 43. 1」· 🥁「後上 9. 5」 등이다.[62] 『갑골문자전』에서는 '彡'이 북소리를 상징한다고 하였는데[63], 필자 역시 彡·彡 등이 소리를 표현한 것이라고 생각한다. 이것으로부터 갑골문에서 '彡'자 형태는 털이나 소리 등을 나타낸다는 것을 알 수 있으며, 이것은 '彡'자가 이러한 것들과 관계가 있을 가능성이 있음을 말해준다.

다음으로 문헌에 쓰인 '彡'자의 용례를 살펴보면, '彡'자는 『설문해자』에서 처음으로 보인다. 『설문해자』에는 '彡'을 부수로 하는 글자가

59) 徐中舒, 『甲骨文字典』, 四川辭書出版社, 1998, 1098쪽 참조.
60) 徐中舒, 『甲骨文字典』, 四川辭書出版社, 1998, 1098쪽 참조. 그는 '개 종류의 짐승(……一尨.「佚 946」)', '사람 이름(貞令尨……「前 4. 52. 3」)' 등 의미가 있다고 하였다.
61) 徐中舒, 『甲骨文字典』, 四川辭書出版社, 1998, 1067쪽 참조.
62) 徐中舒, 『甲骨文字典』, 四川辭書出版社, 1998, 515~516쪽 참조.
63) 徐中舒, 『甲骨文字典』, 四川辭書出版社, 1998, 515~516쪽 참조.

9개 있는데, 그 중에서 '무늬', '밝다', '꾸미다' 등 의미를 가진 글자
는 6개가 있고 머리카락과 관련된 글자가 1개 있다.

　　彡: 털로 무늬를 쓸며 그린다는 뜻이며 형태를 본뜬 것이다. 彡부에 속
하는 字는 모두 彡을 의미부로 한다. (毛飾畫文也, 象形. 凡彡之屬皆从彡.)
　　參: 빽빽한 머리털이라는 뜻이다. 彡을 의미부로 하고 人을 소리부로
한다. 『시경』에서는 "숱 많은 머리카락이 구름과 같다."라고 하였다. (稠髮
也. 从彡人聲. 詩曰 參髮如雲.)
　　修: 꾸민다는 뜻이다. 彡을 의미부로 하고 攸를 소리부로 한다. (飾也,
从彡, 攸聲.)
　　彰: 빛나고 밝다는 뜻이다. 彡과 章을 의미부로 하며 章은 또한 소리부
를 나타낸다. (妛彰也, 从彡章, 章亦聲.)
　　彫: 무늬를 조각한다는 뜻이다. 彡을 의미부로 하고 周를 소리부로 한다.
(琢文也, 从彡, 周聲.)
　　彰: 조촐하게 꾸민다는 뜻이다. 彡을 의미부로 하고 青을 소리부로 한다.
(清飾也, 从彡, 青聲.)
　　彡: 가는 무늬라는 뜻이다. 彡을 의미부로 하고 㕣을 소리부로 한다.
(細文也, 从彡, 㕣省.)

　　『설문해자』에는 '彡'부수 이외에 '彡'자가 들어간 글자 중에 '털'
또는 '무늬', '밝다', '꾸미다' 등 의미를 가진 글자들이 있다. 먼저
'人'부수에는 '份'자가 있는데, 이 글자는 '彬'이라고도 한다.

　　份: 문과 질이 갖춰졌다는 뜻이다. 人을 의미부로 하고 分을 소리부로
한다. 『논어』에서는 "문과 질이 문채난다"라고 하였다. 彬은 고문의 份이
다. 彡과 林을 의미부로 한다. (文質備也. 從人分聲. 論語曰 文質份份.
彬古文份. 從彡林.)

　　'牛'부수에는 '방(牻)'자가 있다.

犛: 흰색과 검은색 털이 섞인 소라는 뜻이다. 牛를 의미부로 하고 虍을
소리부로 한다. (白黑襍毛牛. 从牛虍聲.)

『설문해자』에는 '표(髟)'자를 부수로 하는 글자가 38개 있는데, 이
중에서 머리카락을 직접적으로 지칭하거나 머리와 관계있는 글자가
37개이다.[64] 『설문해자』에서의 '髟'자를 살펴보자.

髟: 긴 머리카락이 흩날린다는 뜻이다. 長과 彡을 의미부로 한다. 첫째,
희고 검은 머리카락이 섞여 흩날리는 것을 말한다. 髟자에 속하는 글자는
모두 髟를 의미부로 한다. (長髮猋猋也. 从長彡. 一曰白黑髮襍而髟. 凡
髟之屬皆从髟.)

『설문해자』에서는 '髟'자에서 '彡'을 머리카락으로 보고 있는데, 이
것은 허신이 '髟'자를 의미부로 하는 글자들이 대부분 머리와 관계있
는 의미를 갖는 것은 '彡'자의 영향 때문이라고 보았기 때문일 것이
다. 또한 '虎'부수에는 '彪'자가 있다.

彪: 호랑이의 무늬라는 뜻이다. 虎와 彡을 의미부로 한다. 彡은 그 무
늬를 본뜬 것이다. (虎文也. 从虎彡. 彡象其文也.)

'妟'부수에는 '妟'자와 '彦'자가 있는데, 먼저 '彦'자를 살펴보자.

彦: 아름다운 선비는 빛나는 것이 있다는 것으로 사람이 말한 것이라는

---

64) 머리카락을 직접적으로 의미하는 글자가 27개이고, 가발을 의미하는 글자가 2개,
머리를 빗는다는 의미가 1개, 상투 또는 묶은 머리를 의미하는 글자가 6개, 상투
에 감는 머리 장식을 의미하는 글자가 1개이다. 髳자는 『설문해자』에서 "髳은
佀(似)와 같다는 뜻이다.[髳, 若佀(似)也.]"라고 하였다. 오늘날 사전에는 부녀자
의 머리 장식, 머리가 흩트러진 모양이라는 의미가 있으나, 본 책에서는 『설문
해자』의 의미를 따라서 머리카락을 의미하는 글자에 포함하지 않았다.

뜻이다. 彣을 의미부로 하고 厂을 소리부로 한다. (美士有彣, 人所言也. 从
彣厂聲.)

'彣'자는 다음과 같이 풀이하고 있다.

　　彣, **馘**也. 从彡文. 凡彣之屬皆从彣.
　　彣은 빛난다는 뜻이다. 彡과 文을 의미부로 한다. 彣부에 속하는 글자
는 모두 彣을 의미부로 한다.

이에 대하여 단옥재의 注에서는 다음과 같이 설명하고 있다.

　　有部曰, **馘**有彣彰也. 是則有彣彰謂之彣. 彣與文義別. 凡言文章皆當作
彣彰, 作文章者, 省也. 文訓**遺畫**, 與彣義別. 以毛飾畫而成彣彰. 會意. 文
亦聲. 無分切. 十三部.
　　有部에서는 "**馘**은 빛나는 것이 있다는 뜻이다"라고 하였다. 이는 "빛
나는 것이 있다(有彣彰)"는 것이 彣이라는 말이다. 彣과 文은 뜻이 다르
다. 흔히 문장(文章)이라고 말할 때는 모두 문창(彣彰)으로 써야 하며 文
章이라고 쓰는 것은 생략된 것이다. 文은 "획을 교차한 것(遺畫)이다."라
고 풀이되어 있으니 彣과는 뜻이 다르다. 털로 쓰며 그려서 빛남을 이룬
다. 회의자(會意字)이다. 文은 또한 발음을 나타내기도 한다. 彣의 발음은
無와 分의 반절이고 13부에 속한다.

　　지금까지 살펴본 바와 같이 갑골문에서 '彡'자 형태는 털이나 소리
등을 나타내지만 『설문해자』에서 '彡'자가 들어간 글자들은 대부분
'털'이나 '무늬', '밝다', '꾸미다', '문채나다' 등과 관계있는데, 이것은
'彡'자가 '털'과 관계있을 것이라는 것을 말해준다. 따라서 『갑골문자
전』의 '彡'자가 칼로 새긴 것과 자수의 무늬라는 견해는 무리가 있으
며, '彣'자의 의미는 '文'자와 '彡'자 모두로부터 영향 받은 것이라고

생각한다.

'彣'자의 의미는 오늘날『동아한한대사전』에서는 '무늬', '자줏빛'이
라고 하였고,『한어대사전』에서는 '문채나다'라고 하였으며,『중문대사
전』에서는 '文章(彣彰)이 있는 것(『설문해자』와 단옥재주,『설문통훈정
성』)', '청색과 적색이 섞인 것(『광운』)', '文과 통용하여 쓴다.(『집운』)'
라고 하였다. 오늘날 사전에 있는 '무늬', '자줏빛' 등 의미는『설문해자』
와 단옥재의『설문해자주』,『설문통훈정성』,『광운』,『집운』 등 고대 문
헌의 기록을 따른 것으로 보인다.

『설문통훈정성(說文通訓定聲)』에서는 "'文'자는 가차되어 '彣'자가
되었다."라고 하였다. 오늘날 가차에 대한 학계의 정설은 어떤 의미를
나타내는 음은 있었지만 그것을 표기하는 자형이 없었기 때문에 어음
이 같거나 유사한 다른 글자를 빌려서 원래 가지고 있었던 의미를 부
여한 것으로서 그 본래의 자형(形)과 의미(義)와는 아무런 연관이 없
다는 것이다.65) 따라서 가차자의 생성 원리에 의하여 '文'자와 '彣'자
사이에 가차자 관계가 성립하려면 두 글자는 형태가 같고 음은 비슷
하지만 의미는 달라야 한다.

먼저 형태를 살펴보면, 이 두 글자는 '文'과 '彣'으로서 전혀 다르
다. 다음으로 음을 살펴보면,『광운(廣韻)』에서는 '彣'자가 무분절(無
分切, 독음이 wén)이고 平聲이며, 文韻이고 성모가 微라고 하였다.
서론에서는 '文'자의 음이 세 가지가 있다는 것을 살펴보았는데, 그
중에서『광운(廣韻)』의 무분절(無分切, 독음이 wén)이면서 平聲이고
文韻이며 성모가 微라는 기록이 '彣'자의 음과 같다. 이때 의미는
'문채나다'로서『설문해자』에서 '彣'자의 의미와 같다. 이와 같이 두

---

65) 가차자에 대한 자세한 설명은 經本植 著, 김현철 외 4인 옮김,『古漢語文字學
의 기초』, 신아사, 2000, 176~198쪽, 中國大百科全書 語言文字編輯委員會
지음, 전광진 편역,『중국문자훈고학사전』, 동문선, 1993, 103~104쪽, 이영주,『한
자자의론』, 서울대학교출판부, 2001, 109~112쪽 참조.

글자는 형태는 다르지만 소리와 의미가 서로 같다. 따라서 두 글자가 가차자라는 견해는 설득력이 부족하다.

그렇다면 '文'자와 '彣'자는 어떤 관계가 있는가? '彣'자는 '紋'자와 마찬가지로 초문인 '文'자에 편방 '彡'을 더하여 만든 분별문이다. 고대 중국인들은 전국시기에 초문인 '文'자가 다양한 의미를 갖게 되자 분별문인 '彣'자를 만들어 초문인 '文'자의 여러 의미 중 하나를 갖게 하였다. 그러나 초문인 '文'자가 분별문인 '彣'자가 가진 의미를 여전히 가지고 있기 때문에 '文'자와 '彣'자는 고금자가 되었다.

지금까지 필자가 조사한 바에 의하면 '彣'자는 '文'자의 여러 가지 의미 중에서 '문채나다'라는 의미를 가졌지만 위진남북조시기까지 『설문해자』 이외의 문헌에서는 보이지 않는다.[66] 오늘날에도 '文'자는 '문채나다'라는 의미로 쓰이는 文과 질(質)의 경우 여전히 '彣'자가 아닌 '文'자를 쓰고 있다. 이와 같이 '彣'자는 사용 빈도가 대단히 낮은데, 이것은 비록 '彣'자가 '文'자의 '문채나다'라는 의미를 갖게 되었으나, 이 '문채나다'라는 의미는 또 다른 글자가 갖게 됨에 따라 경제성의 원리에 의해 '彣'자는 거의 쓰이지 않게 된 데서 기인한 것으로 보인다.

위에서 살펴본 결과에 의하면 초문인 '文'자를 의미부로 하는 글자는 모두 '무늬', '문채나다' 등과 관련된 의미를 가지고 있고, '糸'자를 의미부로 하는 글자 중 일부는 '무늬가 있거나 없는 비단', '색채'를 나타내는 의미를 가지고 있으며, '彡'자를 의미부로 하는 글자 또한 '무늬', '꾸미다', '빛나다' 등 의미를 가지고 있다. 따라서 '文', '糸', '彡'을 의미부로 하는 글자들은 모두 '무늬', '색채' 등 의미를 가지고 있다는 것을 알 수 있는데, 이것이 '紋'자가 '文'자의 무늬라

---

66) 이 조사 자료에는 주석서(註釋書)가 포함되지 않았고 혹 누락된 자료가 있을 수 있기 때문에 약간의 차이가 있을 수 있다.

는 의미를 대신하게 되고 '彣'자가 문채나다의 의미를 대신하게 되는 원인이 되었을 것이다.

다른 한편으로 『서경잡기(西京雜記)』에는 무제(武帝, B.C. 140∼ B.C. 87 재위) 때 사마상여의 "모으고 짠 것을 합하여 무늬를 이루고 비단수를 늘어놓아 바탕으로 삼음에 한 번 날줄질하고 한 번 홀줄질 하며……이것이 부(賦)의 흔적이다(合纂組以成文, 列錦繡以爲質, 一經 一緯, ……此賦之跡也)."라는 언급이 있다. 당시 글을 짓는 작업에 대한 이러한 관념 때문에 '文'자가 '사장', '글' 등 글과 관련된 의미로 쓰이면서 고금자인 '紋'자와 '彣'자가 생성된 것으로 보인다. '紋'자는 비록 『설문해자』에는 없으나 문헌에서는 점차 '무늬'의 의미로 쓰이게 된다. '紋'자는 한동안 '文'자와 같이 무늬의 의미로 쓰이다가 나중에는 무늬의 의미를 완전히 갖게 되었을 것이다. 그러나 '彣'자는 『설문해자』에만 있을 뿐 문헌에서는 위진남북조시기까지 쓰이지 않은 것으로 보아 후대에 잠깐 쓰이다가 소실된 것으로 보인다.

제 3 장 '文'자에 '美' 관념이 형성되는 과정

제1절 고대 중국인의 '美'에 대한 자각

    '文'자의 본의인 '무늬'라는 의미에는 '美' 개념이 내포되어 있는데, 이것은 전국 말 무렵에 이르러 '文'자가 형식미를 나타내는 개념으로 쓰이게 되는 원인이 되었을 것이다. 필자는 '文'자가 '문학'으로 쓰이게 된 데에는 본의인 '무늬'라는 의미와 형식미 방면으로의 '文'자의 쓰임이 크게 작용했을 것이라고 생각한다. 따라서 '文'자가 문학으로 정착되는 과정을 고찰하기 위해서는 고대 중국에서 '美' 관념이 어떻게 생겨나고 표현되었는지 살펴보아야 할 것이다. 본 절에서는 고대 중국인들이 미 개념을 갖게 되는 과정을 먼저 '美'자로부터 살펴보고 다음으로 지금까지 발굴된 유물을 가지고 검토할 것이다. 이것은 갑골문과 금문, 고고학적 유물, 고대 문헌 등을 근거로 하여 살펴보도록 한다.

1. '美'字에 내포된 '美'

　　사람은 미각, 시각, 촉각, 후각, 청각 등 다섯 가지 감각을 가지고
있다. 고대 중국인들의 '美' 관념은 이 다섯 가지 감각 중 어느 것으
로부터 왔는가? 이것은 오늘날 우리에게 대단히 어려운 질문이지만,
한편으로는 우리의 상상력과 호기심을 자극한다. 갑골문과 금문은 비
록 완정한 문자 체계를 갖춘 성숙된 글자로서 선조화, 추상화 되었다
고는 하지만 여전히 상형성이 강하게 남아 있고 일부 금문은 갑골문
보다 상형성이 더 강하다. '美'자는 이러한 갑골문과 금문에서부터 출
현하고 있는데, 여기에는 고대 중국인들의 '美' 관념이 내포되어 있을
것이다.

　　우리 주변에는 눈으로 식별할 수 있는 사물도 있지만 눈에 보이지
않는 관념적인 것들이 있다. 우리는 '아름답다'라는 것을 단지 사물에
서만 느끼는 것이 아니고 사람이나 동물의 행위, 주변의 갖가지 소리
등에서도 느낄 수 있다. '아름다움'은 대단히 주관적이고 관념적인 개
념인데, 고대 중국인들은 이 '아름다움'을 의미하는 '美'자를 어떻게
만들어냈을까? 이것은 六書說과 글자의 원형을 통해 검토하도록 한다.

1) 六書說로 살펴본 '美'字

　　본 절에서는 육서설을 검토하기 전에 먼저 '美'자의 형태를 살펴보
도록 한다. 갑골문과 금문에서 '美'자의 형태는 다음과 같다.

갑골문

甲 1269   乙 3415反   乙 5327   前 7. 28. 2   京都 981 1)

금 문

美爵   中山王嚳壺 2)

'美'자는 머리에 장식을 쓴 사람의 형태를 본뜬 것으로서 윗부분의
⚹ · ⚹ · ⚹ · ⚹ · ⚹ · ⚹ · ⚹ · ⚹ 등은 머리에 쓴 장식이고 아
랫부분의 ⚹ · ⚹ · ⚹ · ⚹ · ⚹ 등은 두 팔과 다리를 벌리고 서있
는 사람의 형상이다. 갑골문에서 '美'자의 윗부분은 ⚹ · ⚹ · ⚹ ·
⚹ · ⚹ · ⚹ 등으로 형태가 복잡하고 다양한 반면 아랫부분은 ⚹ ·
⚹ · ⚹ · ⚹ · 등으로서 어떤 것은 사람의 발 모양을 표현한 것도 있
지만 대체적으로 형태가 비슷하다. 그러나 금문에서는 윗부분은 ⚹ ·
⚹ 등이고 아랫부분은 ⚹ · ⚹ 등으로서 형태가 단순하고 비슷할 뿐만
아니라 갑골문에서보다 간화되고 있다.

고대 한자는 일반적으로 記名 금문이 상형 정도가 가장 높고 초기
갑골문이 만기 갑골문보다 상형성이 강하며 記事 금문의 자형은 만기
갑골문과 비슷하다. 필자가 검토한 바에 의하면 '文'자는 갑골문에서
는 말기의 것이 더 상형적인 경우도 있으나 대체적으로 갑골문보다
금문이 더 상형적인데, 일부 글자의 경우 전혀 다른 현상이 나타나기
도 한다. 예를 들면 '龍'자는 갑골문에서는 상형성이 강하지만 금문에

---

1) 中國科學院考古研究所 編輯,『甲骨文編』, 中華書局, 1978, 183쪽 참조.
2) 周法高 編撰,『金文古林補』, 中央研究院歷史語言研究所, 民國86(1997), 1295
   쪽 참조.

서는 글자의 형태가 정형화되고 있다. '文'자와 '龍'자의 이와 같은 특성은 글자마다 형태 변화가 다르게 진행되었음을 말해준다. '美'자는 금문에서 簡化, 정형화되고 있는데, '美'자 역시 '龍'자와 같은 경우에 속하는 것일까? 현재까지 발굴된 자료에 의하면 '美'자는 갑골문에서는 사용 빈도가 높지만, 금문에서는 사용 빈도가 극히 낮아서 『금문고림보』와 『금문대자전』³⁾에 단지 2개가 실려 있을 뿐이다. 따라서 금문에서 '美'자의 형태를 명확하게 검토하기 위해서는 앞으로 더 많은 자료의 발굴을 기다려야 할 것이다.

그렇다면 '美'자의 이와 같은 형태는 어떻게 만들어진 것일까? 지금까지 '美'자의 구조에 대한 견해로는 회의설(會意說), 형성설(形聲說), 상형(象形)과 회의설(會意說), 상형설(象形說) 등이 있다.

(1) 會意說

'美'자는 허신의 『설문해자 · 羊部』에서 다음과 같이 설명하였다.

> 美, 甘也. 从羊大, 羊在六畜主給膳也. 美與善同意.
> 美는 달다는 뜻이다. 羊과 大를 의미부로 한다. 양은 여섯 가지 가축에 속하며 주로 음식을 공급한다. 美는 선(膳)과 같은 의미이다.

송(宋)나라 초기 서현(徐鉉)의 『교설문해자(校說文解字)』에서는 다음과 같이 풀이하였다.

> 羊大則美, 故從大.
> 羊이 크면 맛이 있다. 그러므로 大를 의미부로 한다.

---

3) 『金文大字典』에는 「中山王壺」에 1개가 있고 「美爵」에 2개가 있으나 「美爵」에 있는 것 중에서 1개는 형체를 알아보기 힘들기 때문에 1개로 간주하였다.

이들의 견해에 대해 장극화(臧克和)는 다음과 같이 지적하고 있다. "허신은 '美'의 의미를 감(甘)이라고 하여 미각적 체험의 관점에서 말하였고, 서현은 양이 크다는 것에 착안하여 큰 것은 곧 아름다운 것이라고 시각적 관점에서 말하였다. 그러나 이들은 시각적인 '羊大'부터 미각적인 '甘美'까지 양자의 관계가 무엇인지 언급하고 있지 않다. 또한 자원학적으로 살펴보면 '大'는 '사람(人)'에서 取類[4]한 것으로 갑골문과 금문에서 '大'자의 형태는 성인이 몸을 펼친 정면의 형상인데 이들은 人과 大, 大와 羊 등의 관계를 분명하게 해석하지 못하였다."[5]

필자는 장극화의 견해를 따르면서 다음과 같이 보충한다. 허신이 '美'를 '甘'이라고 한 것은 허신 자신의 시대보다 이른 시기의 문헌과 당시의 주요 의미를 가지고 해석한 것이라고 생각한다. 또한 그는 "甘也. 從羊大"라고 하였으나 "從羊大"가 왜 '달다(甘)'가 되는지 설명하지 않았다. 이와 같이 허신이 '羊'과 '大'의 관계를 설명하지 않은 것은 당시 '美'자의 의미에 '달다'가 있었기 때문에 당연한 것으로 받아들인 듯하다. 서현은 허신의 "美는 달다는 뜻이다. 羊과 大를 의미부로 한다.(美, 甘也. 從羊大.)"라는 견해와 '大'의 의미인 '크다'를 가지고 "양이 크면 맛이 있다.(羊大則美)"라고 해석한 것으로 보인다. 허신과 서현은 갑골문과 금문의 형태를 보지 못하였기 때문에 이와 같은 견해를 제시한 것이라고 생각한다.

'美'자에 대해서 장극화는 갑골문과 금문의 형태로부터 '美'자는 羊과 大 두 개의 글자를 가지고 會意한 會意字로 본다. 그는 '美'자가 羊과 大人으로 구성되어 있는데, 여기에서 말하는 대인은 정치적인 권력이 크다는 것과 다르다고 하였다. 왜냐하면 이러한 '정치적 권력

---

4) 허신은 『설문해자·大部』에서 "大는 하늘이 크고 땅이 큰 것이다. 사람 또한 큰 것이다. 사람의 형상을 본뜬 것이다.(大, 天大, 地大. 人亦大焉. 象人形.)"라고 하였다. 취류란 이와 같이 어떤 특징을 가지고 있는 구체적인 하나의 사물을 가지고 일반적인 의미(어떤 특징을 나타내는 의미)를 표시한 것이다.

5) 臧克和, 『漢字單位觀念史考述』, 學林出版社, 1998, 48~49쪽 참조.

이 크다'라는 추상적인 것은 한자의 조자 원리 중에서 "가까이는 몸에서 취하였다.(近取諸身)"라고 할 수 없으며, 문자학적으로 보면, 두 팔과 다리를 벌린 大人의 형상이 '사람'이라는 字義와 같다고 할 수 없기 때문이라는 것이다. '美'자는 처음에 大人에서 모양을 취한 것인데, 大人은 取類한 것, 즉 크다는 특징을 가지고 있는 구체적인 사물을 가지고 일반적인 大를 표시한 것이라고 하였다. 羊에서 모양을 취하였다면 이 羊 역시 取類한 것으로서 羊을 대표적인 六畜으로 여긴 것이라는 것이다. 따라서 그는 '美'자의 형태가 원시인들의 생식에 대한 갈망과 번식에 대한 숭배에서 왔다고 본다.[6]

또 다른 견해로는 일본의 입원중이(笠原仲二)가 있다. 그는 중국인의 가장 원초적 미의식이 '양(羊)'이 '크다(大)'라는 양의 모습을 가지고 만들어진 각종 생활 감정에서 기원하였다고 본다. 이에 대해 그는 다음과 같은 근거를 제시하고 있다. 고대 중국의 미의식과 관계가 있는 문헌에서는 일반적으로 허신, 단옥재와 같이 원초적 미의식이 음식의 '단맛(甘)'의 미각미에서 기원하였으며, 최초에는 살찐 양고기의 '단맛(甘)'이라는 관능적 감수성에서 기원하였다고 본다고 하였다. 또한 『설문해자』에서 '甘'자의 본의는 '美'로 해석할 뿐만 아니라 '羊'을 의미부로 하는 '유(羰)'자 역시 '美'로 해석된다고 하였다. 그리고 『설문해자』 이외의 문헌에서 음식의 맛을 언급할 때 '美'자는 또한 언제나 '달다(甘)'라는 의미로 사용되었다는 것이다. 예를 들면 '朁'자보다 뒤에 만들어지고 '甘'자의 본자(本字)인 '향(香)'자 역시 '美'로 해석한다고 하였다. 이 밖에 '旨', '甛' 등 '甘' 또는 '舌'을 의미부로 하는 글자는 모두 '美'訓인데, 이것은 '美', '羊', '甘'이 서로 관련이 있다는 명확한 증거라고 하였다. 즉 '美'자는 羊과 大를 의미부로하고 독음은 無와 鄙의 반절인데, 이것은 '甘'류의 미각미를 나타내는

6) 臧克和, 『漢字單位觀念史考述』, 學林出版社, 1998, 53~55쪽 참조.

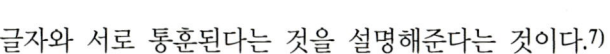

글자와 서로 통훈된다는 것을 설명해준다는 것이다.[7]

필자는 본 절의 상형설과 '美'자의 원형에서 '美'자가 머리에 장식을 쓴 사람의 형상을 본뜬 것이라는 것을 검토하였다. 그러나 장극화와 입원중이(笠原仲二)는 '美'자의 윗부분을 '羊'으로 간주하여 '羊'과 '大'가 결합된 회의자로 보고 있으므로 이들의 견해는 설득력이 부족하다.

(2) 形聲說

마서륜(馬敍倫)은 다음과 같이 풀이하고 있다.

> 徐鉉謂羊大則美, 亦附會耳. 倫謂字蓋從大, 芈聲. 芈音微紐, 故美音無鄙切. 『周禮』美惡字皆作媺, 本書(『說文解字』): 媄, 色好也. 是媄爲美之轉注異體, 媄轉注爲媺. 從女, 敳聲, 亦可證美從芈得聲也, 芈美形近, 故訛爲羊; 或羊古音本如芈, 故美從之得聲. 當入大部, 蓋媄之初文, 從大猶從女也.(『說文解字六書疏證 7권 美字條』, 119쪽)

徐鉉은 "羊大則美"라고 하였는데, 역시 억지로 갖다 붙인 것일 뿐이다. 나는 이 글자가 大를 의미부로하고 芈를 소리부로 한다고 하였는데, 芈音은 微紐이므로 美音은 無와 鄙의 반절이다. 『周禮』에서는 美惡을 의미하는 美惡이라는 용어에서 '美'자를 모두 媺(착하고 아름다울 미)로 썼다. 본서(『설문해자』)에서는 "媄는 색이 좋은 것이다."라고 하였다. 媄는 美의 전주이체자(轉注異體字)이며 媄는 媺로 轉注되었다. 媺자는 女를 의미부로하고 敳를 소리부로 하는데, 역시 美가 芈로부터 소리를 얻었음이 증명된다. 芈자와 美자는 형태가 비슷하기 때문에 羊으로 잘못 말한 것이다. 혹은 羊의 古音이 본래는 芈와 같았기 때문에 美가 그것(芈)으로부터 소리를 얻은 것이다. 이 글자는 마땅히 大部에 속하며 원래 媄의 初文으로서 大를 의미부로 한 것은 女를 의미부로 한 것과 같다.[8]

---

7) 笠原仲二 著, 魏常海 옮김, 『古代中國人的美意識』, 北京大學出版社, 1987, 4~5쪽 참조.

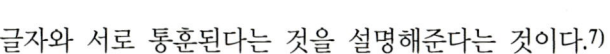

장극화는 마서륜의 견해에 대해 '美'와 '媄'는 古今의 관계가 있고 羊의 형태를 빼면 문제는 간단해지지만 갑골을 새긴 옛 사람들이 글자를 잘못 썼음을 포괄해서 가정하는 것은 증명할 근거가 없다고 하였다.9) 일본의 입원중이(笠原仲二) 또한 마서륜의 '色', 즉 미인이 주는 미적 감수성이 중국인의 원초적 미의식을 형성하는 중요한 계기가 되었다는 견해에 동의하지 않는다. 그는 이에 대해『설문해자』등 고대 문헌에서 '美'자가 '달다(甘)'라는 의미로 쓰였다는 것을 근거로 제시하고 있다.10)

필자 역시 마서륜의 견해는 설득력이 부족하다고 생각한다. 왜냐하면 만약 마서륜의 견해처럼 '美'와 '羊'이 글자의 형태가 비슷하여 잘못 변한 것이라면 이에 대한 고고학적 근거를 제시하여야 하기 때문이다.

(3) 象形과 會意說

상형과 회의설은 오늘날 학자들에 의해 제기된 것으로서 이택후(李澤厚) 등의 견해가 있다.

美는 어떤 大人이 머리에 양머리나 양뿔을 쓰고 있는 모습을 상형한 것으로 이러한 大는 원시 사회에서 종종 권력이나 지위가 있는 무사 혹은 수장이다. 그는 각종 무술 의식을 주관하면서 양머리나 양뿔을 머리에 꽂아 그의 신비함과 권위를 드러냈다.
……美의 최초 함의는 '羊人爲美'이며 '美'자는 회의자일 뿐만 아니라 상형자임을 알 수 있다.11)

---

8) 李澤厚 외 主編,『中國美學史』, 中國社會科學出版社, 1990, 80쪽 참조.
9) 臧克和,『漢字單位觀念史考述』, 學林出版社, 1998, 49쪽 참조.
10) 笠原仲二 著, 魏常海 옮김,『古代中國人的美意識』, 北京大學出版社, 1987, 4~5쪽 참조.
11) 李澤厚 외 主編,『中國美學史』, 中國社會科學出版社, 1990, 80~81쪽 참조.

처음에는 머리 위에 양 모양의 장식을 쓰고 있는 '大人'을 상징하여 무술 신앙이나 토템과 직접적인 관계가 있었다.……후한의 허신의 『설문해자』에서는 "美는 달다는 말이다. 羊을 의미부로하고 大를 의미부로 한다. 양은 여섯 가지 가축 가운데 주요한 재물로 바쳐진다."라고 하였다.……美는 '달다(甘)'와 같은 것이다.……상술한 어원학적 고증에 따르면, 중국에서 '美'란 글자는 또한 미각적 쾌감과 함께 연결된다.[12]

장극화는 이택후 등의 견해에 대해 다음과 같은 몇 가지 문제점을 지적하고 있다. 첫째, 이택후 등은 무술 활동의 토템숭배와 관양무(冠羊舞)가 가장 아름다운 사물이며 일종의 아름다운 무술 禮儀라고 여기는데 이것은 원시인이 체험한 '美'인지 아니면 후대 사람들이 감지한 '美'인지 분명하지 않다고 하였다. 둘째, 이들은 고대에 '味' 등과 관계있는 심미 현상을 고려하려고 했기 때문에 '美'자를 羊人의 무술 토템무로 해석하고 다시 羊大는 甘美라고 간주하여 '美'자가 문자학상 '회의와 상형이 결합된 것'이라는 애매모호한 조자법으로 만들어졌다고 하였다.[13]

필자는 장극화의 견해를 따르면서 다음과 같이 보충한다. 갑골문의 형태를 보면 '美'자는 상형자임이 분명한데, 이들은 상형자 이외에 『설문해자』의 회의자라는 견해를 함께 수용하고 있다. 이것은 오히려 이들의 견해를 애매하게 만드는 원인이 되었다.

(4) 象形說

상형설에는 상형자에서 회의자로 바뀌었다는 설과 상형설 두 가지 견해가 있다.

---

12) 李澤厚 외 主編, 權德周 외 共譯, 『중국미학사』, 대한교과서주식회사, 2001, 82쪽 참조.
13) 臧克和, 『漢字單位觀念史考述』, 學林出版社, 1998, 51~52쪽 참조.

첫째, 상형자에서 회의자로 바뀌었다는 설

먼저 소병(蕭兵)의 견해를 살펴보자.

> 美의 원래 함의는 갓에 羊 모양 혹은 양머리의 장식을 꽂은 큰 사람이다. 최초에는 '양머리 장식을 한 사람은 아름답다.(羊人爲美)'였다가 뒤에 '양이 크면 맛이 있다.(羊大則美)'로 변하였다.『楚辭審美觀瑣記』,『美學』제3기.[14]

이와 비슷한 견해로는 주균도(周鈞韜)가 있다.

> 고대 티벳인은 무술을 행할 때면 언제나 머리에 양뿔이나 소뿔을 꽂거나 소나 양의 머리 모양이나 가면을 썼다고 한다. 현존하는 대영박물관(大英博物館)에 소장되어 있는 상나라의 청동기에는 인간의 머리 위에 양의 모습을 한 동물이 장식되어 있다. 이것은 양의 모습으로 머리를 장식했던 고대의 생생한 예증이며, 양과 사람이 결합한 '美'란 글자를 정확하게 보여 주는 것이다. '美'란 글자의 최초의 의미가 羊과 사람(人)의 결합이었음을 쉽게 알 수 있다.
> 원시사회에서 이 '大'(혹은 人)란 글자는 권력의 지위에 오른 무사(巫師), 추장을 가리킨다. 그는 갖가지 무술의식을 집행할 때마다 양머리나 양뿔을 머리에 씀으로써 신비함과 권위를 나타냈다. 후에 노예사회의 노예주나 사제 역시 이에 따라 행하였으며, '사람'의 의미를 나타내던 '大'란 글자는 점차 '大人物'의 '大'의 의미로 바뀌어졌다. 이렇게 하여 '羊＋人＝美'는 '羊＋大＝美'로 바뀌어졌다. '美'란 글자가 사물의 모양을 본뜬 상형문자에서 글자의 뜻을 합친 회의문자로 바뀐 것이다.[15]

소병과 주균도의 견해는 다소 명확하지 않은 점이 있으나 상형자로 보는 부분은 타당성이 있다. 이들은 '美'자가 양머리 장식과 사람의

---

14) 李澤厚 외 主編,『中國美學史』, 中國社會科學出版社, 1990, 80쪽 참조.
15) 周鈞韜 著, 유홍준 편역,『미학에세이』, 청년사, 1988, 23~24쪽 참조.

결합체에서 만들어진 상형자로 보고 있으며 후대에 회의자로 변화하였다고 하였다. 필자의 분석에 의하면 '美'자는 사물의 형상을 본떠 만든 글자이므로 상형자이다. 그런데 이들이 상형자에서 회의자로 변하였다고 한 것은 전대 학자들의 견해를 완전히 부정하지 못하고 부분적으로 수용하려고 한 데서 온 오류로 보인다.

둘째, 상형설

이 견해에는 머리 장식이라는 설과 머리를 장식한 사람의 모습이라는 설 등이 있다.

먼저 머리 장식이라는 설은 대표적으로 허진웅을 들 수 있다. 그는 갑골문의 '美'자가 깃털이나 이와 유사한 장식품으로 아름답게 꾸민 머리 장식을 나타내며 이 때문에 '아름답다', '훌륭하다' 등 의미를 가지게 되었다고 하였다. 이에 대한 근거로는 중국의 운남 소수 원주민들의 그림을 들고 있다.16) 그는 이 그림에서 사람의 몸을 크게 그린 것은 머리 장식도 풍부하고 몸을 작게 그린 것은 머리 장식이 전혀 없는데, 이것은 머리 장식이 그 사람의 사회적 지위를 나타내는 중요한 역할을 한다는 것을 보여준다고 하였다. 그 예로 중국뿐만 아니라 다른 고대 문명 사회에서도 통치자들은 일반적으로 모자나 왕관을 썼고 고대 이집트의 부조석에는 파라오가 항상 머리 장식을 한 모습으로 나타난다는 것을 들고 있다. 또한 고대의 세계 여러 지역에서는 군대의 최고 지휘관이 바로 정치적 최고 지도자였으며, 군대 지휘관의 높은 깃털 장식 모자는 군대 안에서 좀 더 눈에 잘 띄도록 하기 위한 것이었다고 하였다.17)

---

16) 2장 1절의 <그림 1> 참조. 허진웅이 예로 든 그림은 필자가 '文'자의 원형에서 예로 든 것과 같은 유적지의 그림이다. 비록 예로 든 그림은 서로 다르지만 그림 속 사람의 형태는 비슷하므로 좋은 참고 자료가 될 것이라고 생각한다.

그러나 갑골문에서 '美'자의 형태는 🐾·🐾·🐾·🐾 등으로서 머리 장식만 있는 것이 아니라 그것을 쓰고 있는 완전한 사람의 모습이다. 허진웅은 '美'자가 머리 장식을 본뜬 것이라고 하였는데, 이것은 갑골문의 형태에서 윗부분의 머리 장식 모양인 🐾·🐾·🐾·🐾만 고려하고 아랫부분의 사람 모양인 🐾·🐾·🐾·🐾 등은 고려하지 않았기 때문이라고 판단된다. '美'자가 어떻게 만들어졌는가를 분석할 때는 글자 전체를 고려해야 하는데, 허진웅은 글자의 일부분만을 고려하였으므로 그의 견해는 설득력이 부족하다.

다음으로 머리를 장식한 사람이라는 견해로서 강은(康殷)을 들 수 있다. 그는 『문자원류천설(文字原流淺說)』에서 '美'는 사람이 깃털로 머리를 장식하고 춤을 추는 모습을 본뜬 것이라고 해석하고 있다. 그는 이에 대해 두 가지 가설을 제시하고 있다. 첫째, 옛 사람들은 깃털에 아름답고 예쁘다는 의미가 있다고 여겼다. 둘째, 은허 복사중의 '美'자가 羊을 의미부로 한 것은 글자를 잘못 쓴 것이다.[18]

장극화는 강은의 첫 번째 가설은 토론을 필요로 하지만 두 번째 가설은 마서륜의 견해와 마찬가지로 이해할 수 없다고 하였다. 왜냐하면 실제 갑골문 중의 '美'자의 구조에 나타나는 양머리가 어떻게 깃털로 변화했는지 알 수 없기 때문이라는 것이다.[19]

필자는 장극화의 견해를 따르면서 다음과 같이 보충한다. 강은의 사람이 깃털로 머리 장식을 하고 춤을 추는 것이라는 견해는 갑골문에서 '美'자의 형태에 근접한 견해로서 설득력이 있다. 그러나 羊을 의미부로 한 것이 글자를 잘못 쓴 것이라는 견해는 이에 대한 근거를 제시하여야 한다.

---

17) 許進雄 著, 영남대중국문학연구실 옮김, 『중국고대사회』, 지식산업사, 1997, 38~40쪽 참조.
18) 臧克和, 『漢字單位觀念史考述』, 學林出版社, 1998, 50쪽 참조.
19) 臧克和, 『漢字單位觀念史考述』, 學林出版社, 1998, 50쪽 참조.

양동숙[20] 역시 갑골문과 금문에서의 '美'자는 大위에 고깔을 쓴 모양으로 아름다움을 표현한 상형자인데, 고깔은 글자가 아니므로 합체상형이라고 본다. 필자는 상형자라는 견해는 따르지만 합체상형이라는 것에 대해서는 다른 견해를 가지고 있다. 즉 '美'자는 머리에 장식을 쓴 사람의 형상을 본뜬 것이므로 독체자라고 생각한다. 또한 大위에 고깔을 쓴 모양이라는 견해는 타당성이 있으나 현재로서는 머리에 쓴 것이 무엇인지 명확하지 않으므로 더 많은 자료의 발굴을 기다려야 할 것이다. 그리고 '美'자 역시 '文'자와 마찬가지로 새로운 유물이 발굴된다면 그 결과에 따라 원형에 대한 견해가 수정되어야 할 것이다.

위의 분석을 종합해 보면, 한나라 때 허신은 갑골문을 볼 수 없었기 때문에 당시 쓰이던 '맛있다'라는 의미를 근거로 하여 "美는 달다는 뜻이다. 羊과 大를 의미부로 한다. 양은 여섯 가지 가축에 속하며 주로 음식을 공급한다.(美, 甘也. 从羊大, 羊在六畜主給膳也.)"라는 견해를 제시하였을 것이다. 후대의 학자들 역시 갑골문이 발견되기 전에는 갑골문에서의 '美'자 형태를 볼 수 없었을 것이므로 허신의 견해를 그대로 따르거나 글자가 잘못 쓰여졌다는 등 여러 가지 견해를 제시한 것으로 보인다.

일부 학자들 중에는 '羊과 大를 의미부로 한다.'라는 회의설과 '美'자에 '맛있다'라는 의미가 있다는 것을 근거로 하여 '美'자가 미각에서 비롯되었다는 견해를 제시하고 있다. 그러나 앞에서 분석한 바와 같이 갑골문의 '美'자는 머리에 장식을 쓴 사람의 모습을 본뜬 상형자이다. 따라서 필자는 고대 중국에서 '美' 관념은 미각이 아니라 시각에서 비롯되었다고 생각한다.

---

20) 필자는 '美'자의 기원에 대한 설이 다양하기 때문에 이것을 명확하게 분석하기 위하여 양동숙 선생께 문의하였다.

2) 원형 - '文'字와의 관련성

필자는 '美'자의 형태 분석에서 '美'자가 象形字임을 검토하였다. 그렇다면 '美'자 속에는 어떠한 문화 정보와 조자(造字) 원리가 간직되어 있는가? '美'자는 '文'자와 마찬가지로 상나라의 갑골문에서부터 출현하고 있기 때문에 상나라의 풍습, 사상, 자연 환경 등으로부터 살펴보아야 한다. 따라서 필자는 '美'자의 원형을 글자의 형태와 의미, 고고학적 유물을 가지고 살펴볼 것이다.

앞의 상형설에서 살펴본 바와 같이 '美'자가 상형자라고 주장하는 학자들은 '美'자가 사람의 꾸밈과 관계있다는 점에 있어서는 견해가 일치한다. 일부 학자들의 '美'자가 몸을 장식하고 춤을 추던 고대 무술 의식에서 유래하였다는 견해는 '文'자의 원형에서 제시한 암각화와 B.C. 6000년경의 유물 중에 이미 뼈로 만든 피리가 있는 것으로 보아 가능성을 유추해 볼 수 있으며, 상나라 때 갑골문의 왕이 춤을 추며 기우제를 지냈다는 기록은 이들의 견해를 뒷받침한다.

그러나 학자들은 머리에 장식을 한 사람이라는 것에는 견해가 일치하지만 그 장식이 무엇인지에 대해서는 견해가 다양하다. 이택후(李澤厚) 등, 소병(蕭兵), 주균도(周鈞韜) 등은 양 모습으로 머리를 장식하였다고 하였고, 강은(康殷)은 깃털로 장식한 것이라고 하였으며 양동숙은 고깔로 보고 있다. 그리고 『갑골문자전』에서는 "사람의 머리 위에 깃털 혹은 양머리 등 장식을 한 형태를 본뜬 것으로서 옛날 사람들은 이것을 아름답다고 여겼다. ᵞ은 양머리이고 ᵛ은 깃털이다.21)"라고 풀이하고 있다. 실제로 갑골문에서 '羊'자는 ᵞ로서 '美'자 중에서 간단하게 표현된 윗부분의 모양인 ᵞ과 비슷한 형태이다. 하지만 일부 '美'자의 형태가 이와 같다고 하여 ᵞ을 모두 양머리라고

---

21) 徐中舒 主編, 『甲骨文字典』, 四川辭書出版社, 2003, 416쪽 참조.

단정한다는 것은 무리가 있다.

필자는 갑골문에서 '美'자의 윗부분의 장식이 한 겹인 것도 있으나 두 겹 또는 세 겹인 경우 등 여러 가지인 것으로 보아 상나라 사람들은 제사 때마다 몸의 그림을 달리 그린 것처럼 머리의 장식도 다르게 하였을 것이라고 생각한다. 그것은 청동기의 장식에서처럼 양뿔 모양 또는 깃털 장식도 있었을 것이고 양뿔 모양이나 깃털 장식을 여러 겹으로 한 것 등 다양했을 것이다.

갑골문에서 '文'자의 형태는 🜊로서 가슴에 무늬가 있는 사람의 형상이고, '美'자의 형태는 🜊로서 머리에 장식을 쓴 사람의 형상이다. 2장에서는 '文'자가 상나라의 제사 의식에서 제사장의 모습을 본뜬 것이라고 하였다. 그리고 본 절에서는 '美'자 역시 제사 의식으로부터 만들어졌다는 것을 살펴보았다. 필자는 지금까지 분석한 '文'자와 '美'자의 원형에 근거해 볼 때 이 두 글자가 만들어진 원리가 서로 관련이 있다고 생각한다. '文'자와 '美'자는 같은 원시적인 풍습에서 만들어졌을 것이고 이 글자들의 대상의 모습은 원시 암각화에서처럼 화려하게 치장한 사람의 모습과 관련이 있을 것이다. 즉 '文'자는 상나라 때 몸에 장식을 하고 제사 의식을 진행하는 사람을 정면에서 본 모습을 본뜬 것이고, '美'자는 그 사람의 윤곽을 본뜬 것이라고 생각한다.

필자가 이 두 글자가 같은 풍습에서 만들어졌다고 보는 또 다른 근거는 고대 중국인들은 글자를 만들 때 필요에 따라서 하나의 사물을 가지고 여러 개의 글자를 만들었다는 것이다. 예를 들면, 갑골문에서 '見'자(🜊「前 7. 33. 1」)·'目'자(🜊「鐵 16. 1」)·'相'자(🜊「卜 496」)·'省'자(🜊「前 3. 23. 2」)·'直'자(🜊「合 258」) 등은[22] 모두 '보다'와 관계있는 의미가 있는데, 글자의 형태는 사람의 얼굴에서 눈을 취하

---

22) 徐中舒 主編, 『甲骨文字典』, 四川辭書出版社, 2003, 977, 361, 364, 376, 1385쪽 참조.

여 '보다'라는 의미를 나타내고 이 밖에 세부적인 의미는 그것을 나타낼 수 있는 다른 사물의 형태를 취하였다.

글자의 의미로부터 살펴보면, '文'자는 갑골문에서 王名과 사람 이름, 땅 이름 등으로 쓰였고 '美'자는 땅 이름(🐚 貯其乎取美御. 「掇 2. 78」)과 사람 이름(子美亡蚩. 「乙 3415」) 등으로서[23] 그 의미를 명확하게 알 수 없다.

그렇다면 이 두 글자는 상나라 때 어떠한 의미로 쓰였을까? 현재까지 발견된 갑골문의 개별 글자 수는 약 5천여 자이고 해독된 글자 수는 약 1천 5백여 자에 이른다. 위에서 살펴본 바와 같이 이 두 글자는 지금까지 갑골문과 금문에서 고유명사로 쓰인 경우만 발견되었을 뿐이고 일반명사나 형용사 등 그 의미를 알 수 있는 품사로 쓰인 경우는 발견되고 있지 않은데, 그것은 갑골문과 금문의 용도가 가지고 있는 특성으로 인하여 글자의 쓰임이 극히 제한적일 수밖에 없었기 때문에 나타나는 현상일 것이다. 이렇게 제한된 용도로 쓰인 경우의 글자 수가 이와 같이 많고 갑골문에서 '文'자와 '美'자가 많이 발견되고 있다는 것은 당시에 '文'자와 '美'자가 지금까지 발견된 것보다 더 많은 의미를 가졌을 뿐만 아니라 명확한 의미를 가지고 있었을 가능성이 있음을 말해준다. '文'자의 본의는 '무늬'라는 것을 정설로 하는데, 이 '무늬'라는 의미는 『시경·小雅』[24]에서부터 쓰이고 있다. '美'자는 『시경』[25]과 『서경』[26]에서 모두 '아름답다'라는 의미로 쓰였다. 이 것으로부터 이 두 글자는 상나라 때에도 '무늬', '아름답다'라는 의미

23) 徐中舒 主編, 『甲骨文字典』, 四川辭書出版社, 2003, 416쪽 참조.

24) 주나라 宣王(B.C. 827~B.C. 780: 서주 말기), 3장 의미 확정 참조.

25) '美'자는 모두 국풍에서 쓰였다. 현재까지 시기를 알 수 있는 것에서는 「衛風·碩人」(동주 초)에서 1번, 「鄭風·叔又田」(춘추 중엽)에서 3번, 「齊風·盧令」(춘추 초)에서 3번, 「魏風·汾沮洳」(춘추 초)에서 6번, 「唐風·葛生」(동주 초)에서 3번 등으로 모두 16번 쓰였고, 시기를 알 수 없는 것에서는 24번 쓰였다.

26) 현재까지 학계에서 공자 이후의 자료로 간주하는 「商書·說命 下」, 「周書·畢命」(모두 古文이다.)에서 각각 1번씩 쓰였다.

가 있었을 가능성을 유추할 수 있다.

'文'자의 '무늬'라는 의미는 비록 '아름답다'라는 의미는 아니지만 여기에는 아름다움이라는 개념이 함유되어 있고, '美'자는 '아름답다'라는 의미가 있다. 따라서 '文'자와 '美'자는 모두 아름다움이라는 개념을 가지고 있다고 할 수 있는데, 이와 같이 이 두 글자의 의미 역시 이 글자들이 모두 아름다운 사물과 관련이 있을 뿐만 아니라 같은 풍습에서 만들어졌을 가능성이 있음을 말해준다. 지금까지 살펴본 것을 종합해 보면, '文'자와 '美'자는 글자의 형태와 고대 중국인들의 조자 원리, 의미로부터 같은 풍습에서 만들어졌다는 것을 알 수 있다. 그러나 이 견해는 새로운 유물이 발굴된다면 그 유물의 내용에 따라 수정될 것이다.

2. 유물에 표현된 '美' 관념

고대 중국인의 '美' 관념은 글자뿐만 아니라 유물로부터도 확인해 볼 수 있는데, 이 유물들은 고대 중국인들과 소통할 수 있는 훌륭한 매개체이다. 그러나 이 고고학적 유물들은 고대로 갈수록 수량이 적을 뿐만 아니라 오늘날과는 시기적으로도 너무 거리가 멀기 때문에 그 해석에 있어서 많은 부분을 상상력에 의존할 수밖에 없다. 따라서 필자는 먼저 원시시대 사람들의 미의식 형성에 대한 학자들의 견해를 검토하고, 다음으로 고대 중국의 유물을 통하여 그들의 미의식 형성을 살펴볼 것이다. 이에 대한 근거 자료는 현재까지 발굴된 유물을 참고로 한다.

인류의 미의식이 어떻게 형성되었는가에 대해서는 학자들의 견해가 다양한데, 여기에서는 대표적인 학자들의 견해를 검토하도록 한다.

첫째, 유희로부터 기원하였다는 설로서 대표적인 학자로는 스펜서와 알렌이 있다. 그들은 유희를 인간과 동물에 똑같이 내재되어있어 예술의 원천을 이루는 심리적・생리적 활동, 나아가 순전히 생리적인 활동으로 보았다. 따라서 예술 창조가 미적 욕구를 충족시키고 동시에 노동을 통해서 소모되지 않은 에너지를 배출하기 위한, 인간 본성에 내재된 욕구로부터 발생한다고 생각하였다.[27]

그러나 20세기의 많은 학자들은 이 견해가 설득력이 없다고 본다. 플레하노프는 낮은 발전 단계에 있는 수렵부족의 수렵과 전쟁은 생존 유지와 자신의 방어를 위한 필수적인 활동이었기 때문에 유희와 동일시하는 것은 무리가 있다고 하였다. 또한 그는 야만인의 생활에 대해 전문가들은 야만인들이 단지 유희를 위해서 수렵을 하지는 않았을 것이라고 본다고 하였다. 이에 대한 그의 북아메리카 원주민들의 예를 보자. 그는 북아메리카 원주민들이 들소춤을 추는 것은 바로 오랫동안 들소를 잡지 못하여 자신들이 굶어 죽을 위험이 있을 때라고 하였다. 춤은 들소가 나타날 때까지 계속되며, 인디언들은 들소의 출현이 춤과 관계가 있다고 여긴다는 것이다. 이때의 들소춤, 또는 동물이 출현할 때 시작된 수렵은 모두 유희로 볼 수 없으며, 춤은 공리적 목적을 추구하는 활동이면서 동시에 그들의 주요 생활 활동과 밀접한 관련이 있다고 하였다.[28] 진중권 역시 자연의 횡포 앞에 알몸으로 내던져진 이들의 삶이 남아도는 에너지를 발산하지 못해 안달할 정도로 편안하지 않았을 것이라고 본다.[29]

---

27) M.S. 까간 지음, 진중권 옮김, 『미학강의 1』, 새길, 1998, 245∼246쪽 참조.
28) 플레하노프 지음, 유염하・이승민 옮김, 『주소 없는 편지』, 1989, 77쪽 참조.
29) 진중권, 『미학 오디세이 1』, 휴머니스트, 2003, 34쪽 참조.

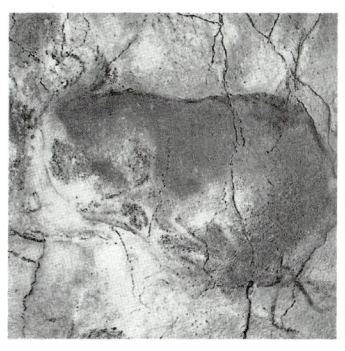

질주하는 검은 황소
B.C. 2만~1만 년
프랑스 라스코 동굴 벽화[30]

순록
B.C. 1만 5천~1만 년
프랑스, 퐁드 공프[31]

들소
B.C. 2만~1만 년, 라스코 동굴 벽화[32]

〈그림 5〉 구석기시대 동굴 벽화

30) 이병철 지음, 『위대한 발굴』, 도서출판 가람기획, 1996, 118쪽.
31) 진중권, 『미학 오디세이 1』, 휴머니스트, 2003, 27쪽 참조.
32) 이병철 지음, 『위대한 발굴』, 도서출판 가람기획, 1996, 123쪽.

필자는 이들의 견해를 따르면서 다음과 같이 보충한다. 19세기 말과 20세기 초에 스페인의 알타미라 동굴과 프랑스의 라스코 동굴에서는 커다란 들소와 말, 산양, 소 등이 그려진 B.C. 2만~1만 년경의 구석기시대 벽화가 발견되었다. 이것은 구석기시대 사람들이 남긴 삶의 흔적이자 예술품의 하나로서 오늘날 인류에게 자신들의 존재를 알림과 동시에 우리의 궁금증에 단서를 제공하면서도 한편으로는 이 궁금증을 증폭시킨다. <그림 5>를 보면 당시의 회화 수준이 상당히 뛰어나다는 것을 알 수 있는데, 이 시기 사람들은 미적 욕구를 충족시키고 남아도는 힘을 소모하기 위해 이 그림들을 그렸을까? 구석기시대 사람들은 채집과 수렵, 동굴 생활과 이동 생활을 하면서 혹독한 자연과 사나운 들짐승들의 공격으로부터 살아남아야 했다. 그런데 이러한 그들이 들짐승을 잡거나 채집을 하고 난 후 남아도는 에너지를 방출하기 위해 예술 활동을 할 만큼 먹을 것이 풍족하거나 편안한 생활을 하지는 않았을 것이다. 간혹 이들 중에 번뜩이는 예술적 재능을 가지고 그 끼를 주체하지 못한 사람이 있었을 수도 있으나, 이들은 오히려 남은 에너지를 비축하거나 들짐승을 잡기 위해 힘을 기르거나 방법을 모색했을 것이다. 따라서 이 견해는 설득력이 부족하다.

둘째, 노동으로부터 형성되었다는 견해인데, 대표적인 학자로는 플레하노프가 있다. 그는 노동이 예술에 앞서며 인간은 처음에 공리적 관점에서 사물과 현상을 관찰하다가 나중에야 심미적 관점에서 이들을 대하게 되었다고 본다. 즉 원시인들의 예술 활동 성격은 유용한 물품의 생산과 일반적인 경제 활동이 예술의 발생보다 앞서며 예술에 선명한 자국을 남겼다고 하였다.[33]

하지만 까간은 형상적 의식의 형성이 세계를 예술적으로 전유할 가능성을 낳았고 노동이 이 가능성을 현실성으로 전화시켰으나, 이것이

---

33) 플레하노프 지음, 유여하・이승민 옮김, 『주소 없는 편지』, 1989, 86쪽 참조.

인간이 예술을 발명하게 된 사회적 필요성을 설명해 주지 못한다고 하였다.34) 진중권은 노동과 예술에 대해 다음과 같이 요약하고 있다.

> 여기서 다른 가설이 나온다. 예술은 노동에서 비롯되었다. 가령 수렵무나 전쟁무를 보자. 그 춤은 당연히 수렵과 전쟁에서의 승리를 기원하기 위한 거다. 또 원시인들의 음악을 보자. 그건 노동 과정에 뒤따르는 노동요로, 노동의 수고를 덜기 위한 거다. 악기의 생김새를 보라. 북은 짐승 가죽을 말리던 둥근 틀에 울림통만 갖다붙인 거고, 여러 관악기는 짐승의 뿔이나 바닷가의 고동과 비슷하다. 즉 악기의 원형은 농경, 어로, 수렵, 목축 등의 노동 도구였음에 틀림없다. 회화를 보라. 회화는 원래 의사 소통을 위한 신호에서 나온 거다. 수렵 단계의 구석기 벽화에는 사냥감이 되는 동물만 나타난다. 하지만 농경이 시작되는 신석기 벽화에는 동물 대신에 나무나 농작물, 해와 달처럼 농경과 관계 깊은 자연 현상들이 나타난다.

그러나 그 역시 이 견해가 원시인들이 힘겨운 삶 속에서도 예술을 해야 했던 이유를 충분히 설명하지 못한다고 본다.35)

필자는 까간과 진중권의 견해를 따르면서 다음과 같이 보충한다. 앞에서는 구석기시대 사람들이 생존을 위해서 살았기 때문에 오늘날 말하는 순수 예술 활동은 생각조차 할 수 없었을 것이라는 것을 검토하였다. 이들은 절박한 생존의 필요에 의해서 사냥이나 채집을 위한 도구를 제작하였을 것이고, 이들의 미 관념은 이 과정에서 발전하였을 것이다. 그리고 후기구석기시대 유물인 동굴 벽화, 뼈나 상아로 조각한 사람 및 동물 역시 순수한 예술 작품이라기보다는 생존을 위한 절박한 마음에서 제작되었을 것이다. 즉 인류의 미 의식 형성에 크게 기여했을 것이라고 추측되는 벽화나 조각품 등은 감상을 위한 심미적

---

34) M.S. 까간 지음, 진중권 옮김, 『미학강의 1』, 새길, 1998, 261쪽 참조.
35) 진중권, 『미학 오디세이 1』, 휴머니스트, 2003, 34~35쪽 참조. 이 밖에 노동과 예술 창조에 대한 자세한 내용은 M.S. 까간 지음, 진중권 옮김, 『미학강의 1』, 새길, 1998, 260~261쪽 참조.

관점이 아닌 필요에 의한 공리적 관점인 그들이 진정으로 바라던 것을 표현한 것이라고 생각된다.

그들은 들소의 이미지를 죽이는 의식을 통해 진짜 동물을 잡을 수 있다고 믿었다.

〈그림 6〉 창 자국이 난 들소, B.C. 2만~1만 년 프랑스 라스코 동굴 벽화[36]

셋째, 원시시대 주술에서 기원하였다는 설로서 대표적인 학자로는 르낙 등이 있다. 그들은 예술이 종교적 필요성으로부터, 즉 춤과 노래, 토템과 정령과 신비적 힘에 대한 조각 혹은 회화적 묘사의 도움을 받을 때에만 수행될 수 있는 마법적 주술의 필요성으로부터 발생했다고 본다.[37]

이와 비슷한 다른 견해를 보자. 까간은 수렵무는 동물들에게 주문을 걸기 위한 것이었으나 실제로는 스스로에게 주문을 거는 것이었는

---

36) 진중권, 『미학 오디세이 1』, 휴머니스트, 2003, 36쪽 참조.
37) M.S 까간 지음, 진중권 옮김, 『미학강의 1』, 새길, 1998, 247쪽 참조.

데, 이러한 주술적 무용은 모든 참가자들에 대한 사회적 교육 수단, 즉 육체적, 직업적, 윤리적, 미적 교육의 수단이었다고 본다. 또한 손도끼와 투창에 찔린 자국이 남아 있는 진흙으로 만든 동물 모형과 암벽화 역시 제의로서 실제의 동물에 주술적으로 작용하기 위한 하나의 형식이었는데, 이 과정에서 사냥꾼에게 필수적인 직업적 숙련이 완수되었다고 하였다.[38]

르낙, 까간 등은 모두 원시시대의 춤과 노래, 조각, 동굴 벽화 등이 의식을 위한 것이라는 점에서 견해가 일치한다. 그들의 당시 무술 활동이 춤추는 것이었다는 견해는 B.C. 6000년경의 유물 중에 뼈로 만든 피리가 있는 것으로 보아 가능성을 유추해 볼 수 있다. 그러나 이것은 만여 년에서 수천 년 전인 구석기시대와는 거리가 너무 멀기 때문에 이러한 악기를 동굴 벽화의 주인공인 구석기인들과 결부시키기에는 무리가 있다. 현재까지는 단지 구석기인들이 이러한 의식을 행할 때 정교한 악기가 아닌 다른 방법으로 악기를 대신하였을 것이라고 추측할 수 있을 뿐이다.

오늘날에도 우리나라에서는 전통적인 방식으로 무속 의식을 행할 때 그 의식을 주관하는 사람은 화려하게 치장하고 연주에 맞춰 춤을 추면서 노래 또는 긴 사설을 읊는데, 지금은 과거와 같이 영혼을 달래거나 질병의 치료 등을 위해 진행되는 경우는 드물고 대부분 몇몇 전수자들 또는 무용가들에게 보존해야 될 전통무로서 전승된다. 그러나 이삼십 년 전만 하더라도 목적에 따라 다르긴 하지만 무당이 갖가지 색의 얇은 종이로 만든 꽃과 장식, 그리고 여러 가지 상징적 물건들로 화려하게 꾸민 데다가 다양한 색깔의 갖가지 음식이 차려진 상 앞에서 형형색색의 옷을 차려 입고 악기 소리에 맞춰 노래하고 춤을 추는 점이 많이 행해졌었다. 고대인들 역시 오늘날처럼 화려하진 않

---

38) M.S. 까간 지음, 진중권 옮김, 『미학강의 1』, 새길, 1998, 262~269쪽 참조.

지만 그들이 할 수 있는 최선의 방법으로 의식을 진행했을 것이다. 그리고 고대인들은 의식을 행할 때의 엄숙함, 몸치장, 춤 등에서 아름다움을 느꼈을 것이고, 이것은 동굴 벽화에서의 동물 그림과 함께 그들의 미의식 형성과 발전에 기여했을 것이다.

그렇다면 중국인들의 미의식은 고대 유물에서 어떻게 나타나고 있는지 살펴보자. 중국에서는 1만 8천여 년 전 구석기시대 후기에 살았던 북경 주구점(周口店)에서 발견된 산정동인(山頂洞人)의 유적지에서 흰색을 띤 구멍 뚫린 작은 돌 구슬, 황록색을 띤 구멍 뚫린 조약돌, 구멍 뚫린 짐승의 이빨 등이 발견되었다.[39] 이와 같이 생산 공구와는 별도로 미적 요소가 가미된 물건을 만들어내기 시작했다는 것은 원시인들이 이 시기에 이미 심미에 대해 눈뜨기 시작했다는 것을 의미한다.

B.C. 5000~B.C. 4000년경의 신석기시대[40] 유적지에서는 밑 부분에 무늬가 있는 직물의 흔적이 남아 있는 토기가 발굴되었다. 또한 B.C. 3000년경의 유적지에서는 터키석을 꿴 장식품, 옥팔찌, 옥반지 등 장식품과 여러 가지 색깔과 무늬가 묘사되어 있는 토기, 훈이라는 악기[41] 등이 출토되었다.

---

39) 于民, 『春秋前審美觀念的發展』, 中華書局, 1984, 2쪽, 윤내현 편저, 『중국사 1』, (주)민음사, 1993, 44~45쪽 참조.
40) 중국의 대표적인 신석기시대 문화는 B.C. 5000~B.C. 2500년경의 앙소문화(仰韶文化)와 B.C. 2300~B.C. 1800년경의 용산문화(龍山文化)이다.
41) B.C. 4000년 전의 절강성 여도현 하모도 유적지에서는 뼈로 만든 호각과 질나팔인 훈이 발굴되었고 서안 반파 유적지에서는 질나팔 훈이 발굴되었다. 許進雄 著, 영남대중국문학연구실 옮김, 『중국고대사회』, 지식산업사, 1997, 352쪽 참조.

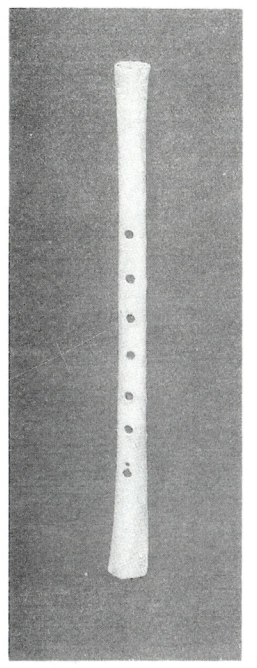

〈그림 7〉 뼈로 만든 피리(골적骨笛).
길이 22.2cm. 7개의 큰 구멍과 1개의 작은
구멍이 있다.
하남성 무양현(舞陽縣) 가호(賈湖) 유지
출토.
B.C. 6000년경, 신석기시대[42]

〈그림 8〉 紅陶彩繪 학(鶴)·물고기(魚)·
돌도끼(석부石斧) 무늬 항아리(옹甕)
신석기시대(앙소문화 大河村 제4기)
입구 직경 32.7cm /
바닥 직경 19.5cm / 높이 47cm[43]

이와 같은 다양한 색채와 무늬가 있는 토기, 그리고 악기는 신석기
시대 사람들의 심미 의식이 상당히 발달했음을 말해준다. 이 시기 사
람들은 맛·소리·색의 아름다움에 대해 자각하고 여기에 그들의 심
미 관념을 투영시켰을 것이고, 이 과정에서 그들의 미적 감각도 풍부
해지고 발달하게 되었을 것이다.

---

42) 서울대학교동양사학연구실 編, 『강좌 중국사 1』, 지식산업사, 1994, 10, 41쪽
참조.
43) 정한덕 編著, 『중국 고고학 연구』, 학연문화사, 2000, 7쪽.

상나라 때는 유물44)의 종류와 품질, 예술성 등이 크게 변화하고 발전하였다. 당시 유적지에서는 자기(瓷器), 동경(銅鏡), 패옥(佩玉)과 비녀 등을 포함한 다양한 수공업 제품, 여러 종류의 악기, 다양한 종류의 청동기 등이 출토되었다. 이 시기의 회화에 관한 유물로는 묘 안에서 발견된 방패, 깃발에 남아 있는 용과 호랑이를 그린 흔적, 일부 갑골 위쪽에 새겨진 동물 모양 등이 있다.

상나라의 유물 중에서 특히 주목할 것은 청동기이다. <그림 9>는 청동기 문양 중 일부이고 <그림 10>은 청동 제기 중 하나인 鼎이다. 상나라의 청동 기물은 종류가 많을 뿐만 아니라 기물의 형태도 다양하고 아름답다. 그리고 여기에 새겨진 문양 또한 다양하고 복잡, 정교하여 예술성이 뛰어나다. 특히 동물 문양은 상나라와 주나라 초기 청동 장식 예술의 전형적인 특징이라 할 수 있는데, 상나라 말기인 安陽시기에 가장 발전하였다. 이것은 대부분 두 개씩 짝을 이루며 좌우 대칭이고 도안화된 형태이다.45) 이러한 청동기의 형태와 문양 등은 상나라 사람들의 기술과 예술 수준이 상당한 경지에 이르렀음을 말해 준다. 유적지에서 발굴된 청동기는 오래되었기 때문에 산화되어 청색을 띤 검은색에 가깝지만 오늘날 복원된 청동기를 보면 황금빛이 나는 화려한 모습이다. 당시 이와 같은 청동기의 모습은 고대인들에게 경외감과 미적 쾌감을 동시에 주었을 것임을 짐작할 수 있다.

---

44) 상나라의 유물에 대해서는 윤내현, 『商周史』, 民音社, 1984, 79~81쪽, 이춘식, 『중국고대사의 전개』, 藝文出版社, 1986, 44~45쪽 참조.
45) 상나라와 서주 초기 청동기 동물 문양의 특징과 의미는 張光直 著, 이철 옮김, 『신화미술제사』, 동문선, 1998, 100~128쪽 참조.

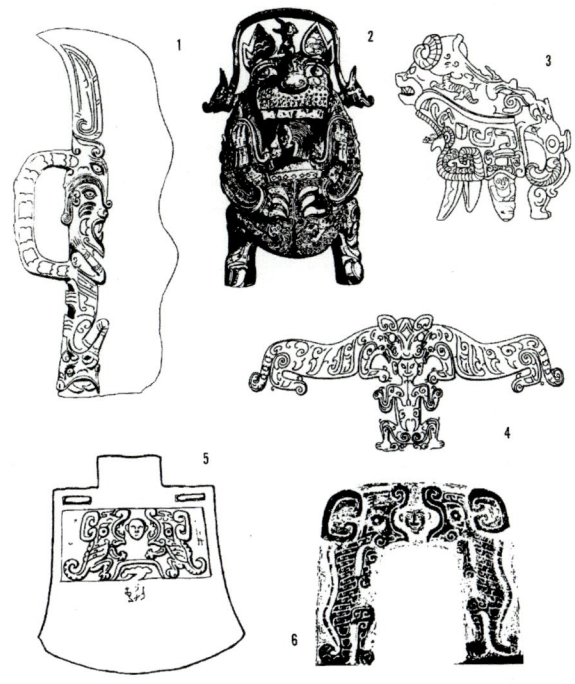

1. 프리어 미술관 소장 大刀
2. 교토 스미모토氏 소장 유(卣)
3. 플리에르 미술관 소장 굉(觥)
4. 안휘 부남(阜南)에서 출토된 술잔의 도안
5. 안양 은허 5호묘에서 출토된 월(鉞)
6. 은허에서 출토된 정(鼎) 손잡이의 무늬

〈그림 9〉 상대 청동 예술 중의 사람과 동물 문양[46]

---

46) 張光直 著, 이철 옮김, 『신화미술제사』, 동문선, 1998, 105쪽.

〈그림 10〉 청동 제기(祭器), 정(鼎). 상대 중기. 河南省 鄭州 출토[47]

　　앞에서 살펴본 바에 의하면, 원시시대 사람들의 '美' 관념은 그들의 주술, 수렵 활동 등 생존을 위한 활동과 밀접한 관계가 있다. 학자들은 대부분 토템 활동에서의 춤과 노래, 조각, 벽화 등이 고대 원시인들의 정서를 자극하여 심미 의식이 발생하였을 것이라고 본다. 필자는 원시 중국인들 역시 여기에서 크게 벗어나지 않을 것이라고 생각한다. 그들의 심미 의식은 도구의 제작과 사용으로부터 더욱 발전하게 되었을 것이다. 그리고 이것이 글자로 표현되기까지는 수만 년의 세월을 필요로 하였다.

---

47) 마이클 설리번 지음, 최성은·한정희 옮김, 『중국미술사』, 예경, 2005, 13쪽.

제2절 '文'자에 대한 '美' 관념의 형성

1. 시대 배경

'文'자는 한나라 때 글을 짓는 詞章의 의미로 쓰이게 되는데, 그 주요 원인 중 하나는 선진시기에 '文'자가 형식미의 개념으로 쓰였다는 것이다. '文'자가 이러한 개념으로 쓰인 데는 당시의 사회, 경제, 문화적 배경이 많은 영향을 미쳤을 것이기 때문에 여기에서는 이에 대해서 살펴보도록 한다.

주나라는 상나라를 멸망시키고 새로운 왕조를 건국하였는데, 상나라가 원시 씨족 공동체 사회였다면 주나라는 체계적인 종법 제도인 周禮를 기본으로 하는 사회였다. 서주시기의 토지제도는 土地王有制度(전국의 토지가 天子인 왕에게 귀속되는 것)라고 할 수 있는데, 天子는 제후에게 일정한 땅을 봉지로 내리고 제후는 자기에게 내려진 땅의 일부를 대부에게 나누어 주며 大夫는 다시 그 땅을 士에게 나누어 주었다. 이 시기에는 농업 기술이 상나라에 비하여 상당히 발달하여 주로 사용된 농기구는 석기였으나 청동제 농기구가 부분적으로 사용되었고 관개시설이 이용되었으며 휴경법(休耕法)이 사용되었다.48) 다른 한편으로는 衣·食·住 등 각 방면의 일용품 제작이 세분화되었고 청동기 제조 공업, 질그릇 제조 기술, 방직업, 칠기 공예 등 수공예가 발전하였다.

---

48) 서주시기 토지 제도와 농업 기술에 대한 자세한 내용은 윤내현, 『商周史』, 民音社, 1984, 121~126쪽 참조.

춘추전국시기에는 경제, 정치, 사상 등 사회 전반에 걸쳐 대변혁이 일어난다. 이 시기의 사회 변동을 가속화시킨 근본 요인은 농업 생산력의 급격한 변화, 발전이다. 춘추시기에는 우경이 발명되고 철제 농기구가 사용되기 시작하면서 농업혁명이 일어나게 된다. 이것은 농업 생산의 증대를 가져왔으며 小土地所有制를 출현하게 하여 경제 구조를 변화시켰다. 전국시기에는 이러한 농경법이 확대되고 보편화되었으며 비료가 사용되었다. 그러나 당시의 농업생산력을 증대시킨 것은 수리관개시설의 발달로서 이것은 수도 재배뿐만 아니라 황무지 개간에도 이용되었다.

당시 생산력의 발전은 방직업 · 철기(鐵器) · 동기(銅器) · 옥기(玉器) 등 기타 수공업품의 제작 기술 또한 발달하게 하여 다양한 종류와 문양, 채색 등을 가진 제품이 생산되었다. 이들 제품의 형태와 문양 등은 당시 사람들의 심미 관념에 커다란 영향을 끼쳤을 것이다. 사람의 미감을 자극하는 것은 예술 작품뿐만 아니라 우리 주변에 있는 여러 가지 기물도 똑같은 작용을 한다. 예를 들어 사람들은 잘 만들어진 감상용 도자기에서 미감을 자극받기도 하지만 투박한 옹기에서도 미적 영감을 얻는다. 또한 일상생활에서 사용하는 기물 중에는 예술품이라 할 만한 작품들도 많으며, 이것은 사용하는 사람에게 미적 쾌감을 준다. 당시 수공예품 역시 대부분 일상생활이나 몸을 치장하는 데 쓰기 위하여 제작되었지만, 장인들의 뛰어난 기술로 만들어진 제품들은 사람들의 미감을 자극하고 발달시켰을 것이다.

정치적으로는 패국의 등장과 함께 주나라 왕은 정치적 통제력을 상실하고 각 제후국은 사실상 독립 국가로 발전하여 서로 전쟁 상태에 들어가게 된다. 이것은 대제후국을 중심으로 패자에 의한 세력의 계열화를 진행시켰고 이러한 정치적 패권 다툼 과정에서 제후들은 군사적, 행정적 목적을 달성하기 위하여 士⁴⁹⁾를 등용하였다. B.C. 7세기에서 B.C. 6세기 사이에는 지배층의 중앙권력 조직화를 위한 노력이 지식인인 사의 사회적 상승을 강하게 촉진시켰다. 이 결과 전국시기에는 다양한 계층에서 형성된 제자백가가 출현하였으며 그들은 사상·언어·미 등 사회 전반에 관하여 논쟁하였다. 이 시기에는 대부분의 세습귀족 또한 몰락해갔는데 새로이 경제적 부를 획득하여 지주로 등장한 농민들과 상인들은 이들과 대립하였다. 이러한 정치 투쟁으로 지위가 다른 사람들은 심미 관념이 구별되게 되었고, 서로 대립하고 침투하며 교차되었다.

사회, 경제적인 발전은 다른 한편으로 음악·詩歌·건축 예술 등의 발전을 가져왔다. 음악과 시가에 대한 문헌의 기록을 보자. 『전국책(戰國策)·제책(齊策)』에는 소진(蘇秦)이 齊나라 宣王에게 유세하면서 말한 다음과 같은 기록이 있다. "······임치(臨淄)는 매우 부유하고 실한 곳으로 백성들이 피리를 불고, 큰거문고를 타고, 축(筑)을 치고, 거문고를 타지 않는 사람이 없습니다.(······臨淄甚富而實, 其民無不吹竽·鼓瑟·擊筑·彈琴.)" 이것은 다소 과장된 면이 있겠지만 당시에는 사람들이 음악을 연주하는 것이 보편적인 현상이었음을 알 수 있다. 『좌전』에는 詩가 노래로 불리어졌다는 내용이 있는데, 이것은 시와 음악이 서로 밀접한 관계를 가지고 있을 뿐만 아니라 노래 역시 발달했었음을 말해준다.

심미 관념은 대상의 외부 형태로부터 생겨나는데, 사람들은 사물을 보거나 소리를 들음으로써 마음이 움직인다. 춘추전국시기의 경제·사회·예술의 발전은 심미 관념의 발전을 촉진시켰으며, 이것은 美와 善, 文과 質, 樂과 悲, 雅와 俗, 物과 欲, 音과 心, 和와 不和, 禮와 樂, 本과 末 등 철학과 심미 방면의 개념이 형성되는데 크게 기여 하였다.

---

49) 士에 대한 자세한 내용은 송영배, 『중국사회사상사』, 사회평론, 1998, 48쪽, 벤자민 슈월츠 著, 나성 옮김, 『중국고대사상의 세계』, 살림, 1996, 201쪽, 김승혜, 『유교의 뿌리를 찾아서』, 지식의 풍경, 2002, 114~115쪽 참조.

2. '文'자에 표현된 '美' 관념

중국 고대 미학에서 '文'자는 모든 사물의 존재 형식 및 형식미를 총괄하는 중요한 범주이다. 그것은 자연과 사회의 사물이 사람에게 드러내고 감지된 대상을 포괄하며 사람이 창조한 정보를 총괄한다. 고대 중국에서 '文'자는 '道', '質', '德'과 대응하므로 우주의 모든 사물을 포함하고 인간의 존재 형식과 양상을 포괄하였다. 그러나 사회가 발전하고 사람들이 심미 관념에 대해 자각함에 따라 '文'자가 내포하고 있는 개념 역시 역사적, 논리적으로 전개되어 '文'자는 철학, 미학, 문학의 중요한 범주가 되었다.[50]

선진시기에 '文'자는 시각, 청각, 언어 등 예술 방면의 형식미를 나타낼 뿐만 아니라 철학적 논의를 시각적으로 나타내고 있다. 본 책에서는 '文'자가 문학으로 쓰이게 되는 과정을 검토하기 때문에 '文'자의 철학 방면에서의 논의는 간략하게 살펴보도록 한다.

1) 視覺

'文'자의 시각적 표현은 서주시기의 『시경』, 그리고 『서경』에서는 공자 이전의 자료에서부터 출현하고 있다.

① 織(幟)文鳥章
깃발의 무늬는 새를 그린 휘장이다. 『詩經·小雅·六月』

---

50) 成復旺 主編, 『中國美學範疇辭典』, 中國人民大學出版社, 1995, 35쪽 참조.

② 爲九文, 六采, 五章, 以奉五色.

아홉 가지 무늬와 여섯 가지 채색과 다섯 가지 무늬로써 다섯 가지 색을 나타낸다.[51] 『左傳·昭公25년』

③ 畫繢之事, 雜五色.……靑與赤謂之文, 赤與白謂之章, 白與黑謂之黼, 黑與靑謂之黻, 五彩備謂之繡.

화회(畫繢)의 일은 다섯 가지 색을 섞는 것이다.……靑과 赤을 文이라 하고 赤과 白을 章이라 한다. 白과 黑을 보(黼)라 하고 黑과 靑을 불(黻)이라 하며 다섯 가지 채색이 갖춰진 것을 繡라 한다.……『周禮·考工記』

『시경』에서는 '文'자를 가지고 직접적으로 '美'를 언급한 것은 아니지만 '무늬'라는 의미 자체에 '아름다움(美)'의 의미가 내포되어 있으므로 '文'자에 '美' 개념이 생겨난 것은 서주시기부터라고 할 수 있다. 『周禮·考工記』에서는 '文'자를 구체적인 색을 가리키는 것으로 사용하였다. 화회(畫繢)란 직업을 지칭하는 것으로서 옷에 수를 놓는 사람을 말하기 때문에 '하회가 하는 일이 다섯 가지 색을 섞는 것'이라는 말은 다섯 가지 색깔의 실을 가지고 옷감에 수를 놓는다는 의미이다. 『左傳·桓公 2년』에는 "화, 용, 보, 불은 무늬를(무늬로 귀천을) 밝히기 위함이며, 五色으로 각종 物象을 모방하여 그리는 것은 物色을 밝히기 위함이다(火龍黼黻, 昭其文也, 五色比象, 昭其物也)."라는 기록이 있는데, 이때 '火龍黼黻'은 「고공기」에서 말하는 '火龍黼黻'이다.[52] 따라서 「고공기」에서 '文'자의 의미는 옷감에 수놓은 특정 색깔을 가진 '무늬'라는 것을 알 수 있다.

---

51) 九文은 山·龍·華·蟲·藻·火·粉米·黼·黻이고 六采는 靑白赤黑玄黃이며 五章은 靑赤白黑靑 등 다섯 가지 색을 조화시킨 무늬이다. 남기현 해역, 『춘추좌전』, 자유문고, 2003, 211쪽 참조. 두예의 주에서는 五章을 위 예문 ③『주례·고공기』의 내용에서 색과 관련된 부분이라고 하였다. 李學勤 主編, 『春秋左傳正義(下)』, 北京大學出版社, 1999, 1453쪽 참조.

52) 이와 관련된 내용은 4장 '文'자의 의미 확정 중에서 『左傳』의 '무늬'라는 의미에 있다.

한나라 때 유희(劉熙)의 『석명(釋名)』에서는 "文이란 여러 가지 채색을 모아서 비단의 수를 이룬 것이며, 여러 글자들을 모아서 말뜻을 이룬 것인데, 그것은 수놓은 무늬와 같다는 것이다(文也, 會集衆綵, 以成錦繡, 會集衆字, 以成辭義, 如文繡然也)."라고 하였다. 이것은 고대 중국인들이 '文'자의 '무늬'라는 의미가 아름다움의 개념을 내포하고 있다는 것을 잘 파악하고 있었으며, '文'자가 글을 짓는 詞章의 의미로 사용된 데는 '무늬'라는 의미가 결정적 역할을 하였다는 것을 말해준다.

2) 聽覺

앞에서 살펴보았듯이 출토된 고대 중국의 유물 중에는 B.C. 6000년경의 뼈로 만든 피리와 상나라 때의 다양한 악기가 있다. 이것으로부터 음악은 고대부터 있었으며, 상나라 때는 음악이 상당히 발전했음을 짐작할 수 있다. 전국시기에는 사람들이 길거리에서 악기를 연주할 정도로 음악이 일반화되었다. 그러나 우리가 청각으로 감지할 수 있는 것은 음악뿐만 아니라 우리 주변의 다양한 소리들이 있다. 아래에서는 청각 방면에서 '文'자의 쓰임을 살펴보도록 한다.

> 三年之喪, 哭之不文也,……
> 삼년상에서 곡을 할 때 가락이 없고……『荀子·禮論』[53]

---

53) 이 예문은 王先謙의 『荀子集解』이다. 김학주, 『순자』, 을유문화사, 2001, 540~542쪽 참조. 이운구가 번역한 『순자』(2006, 121~124쪽)에서는 "三年之喪, 哭之不反也,……"라고 하여 '文'자를 '反'자로 보고 있으며, '不反'을 '곡성을 지르기만 하고 억양이 없는 상태'라고 풀이하였다. 그러나 필자는 『禮記』에서 '文'자가 소리의 의미로 쓰인 것으로 보아 전국 말기에도 '文'자가 이러한 의미로 쓰였을 가능성이 있다고 생각하기 때문에 이 예문을 여기에 포함하였다.

이때 '文'은 소리의 의미로 쓰였는데, 이것은 일반적인 소리가 아닌 높낮이 장단이 있는 노랫가락과 같은 소리를 말한다. 우리나라에서도 오늘날에는 장례식장에서 곡을 하지 않지만 불과 이삼십 년 전까지만 하더라도 상갓집에서 상주는 '아이고, 아이고'라고 곡을 하였다. 그런데 이것은 상이 났을 때 죽음에 대한 충격과 슬픔으로 인해 격정적으로 우는 울음소리가 아니라 상갓집에서 상주가 예의상 우는 울음이라고 볼 수 있다. 『禮記』에는 다음과 같은 기록이 있다.

> 聲成文, 謂之音.
> 소리가 文을 이루는 것을 音이라 한다. 『禮記·樂記』

이것을 성복왕(成復旺)은 다음과 같이 설명하고 있다. "『文心雕龍·情采』에서는 '聲文은 五音이다.(聲文, 五音是也.)'·'五音이 갖춰져 「소」와 「하」를 이룬다.(五音比而成「韶」,「夏」.)'고 하였다. 이것으로부터 '聲文'은 음악 작품이라는 것을 알 수 있다."54) 필자는 "소리가 文을 이룬다"에서의 '文'자 또한 '무늬'를 의미한다고 생각한다. 이것은 청각을 시각적으로 표현한 것으로서 옷감을 짤 때 經과 緯가 교차하면서 무늬를 이루듯이 소리 또한 여러 가지 음이 어우러져 조화로운 음악을 만들어낸다는 것을 의미한다.

3) 言語

문헌에 나타난 언어에 대한 논의는 춘추시대 말기부터 출현하고 있다. 공자는 『논어·衛靈公篇』에서 "말은 뜻이 통달할 뿐이다.(辭, 達而已矣.)"라고 언급하고 있다. 말에 대한 표현은 『노자』에도 있는데,

---

54) 成復旺 主編, 『中國美學範疇辭典』, 中國人民大學出版社, 1995, 40쪽 참조.

「81章」에서는 "믿을 수 있는 말은 아름답지 않고 아름다운 말은 믿을 수 없다.(信言不美, 美言不信.)"라고 하였고 「27章」에서는 "좋은 말에는 흠이 없다.(善言, 無瑕讁.)"라고 하였다. 그러나 '文'자를 가지고 언어를 표현한 것은 공자 이전부터 있었다.

① 仲尼曰, 志有之, 言以足志, 文以足言. 不言, 誰知其志. 言之無文, 行而不遠…….
중니께서 말씀하셨다. "古書에 이러한 말이 있다. '말로써 뜻을 성취하고 文으로써 말을 성취한다.' 말을 하지 않으면 누가 그 뜻을 알겠는가? 말에 문채가 없으면 행하여도 멀리 가지 못한다.……". 『左傳・襄公25년』

② 臣視非之言, 文其淫說靡辯, 才甚,……
신이 보기에 韓非는 거짓 사설과 말을 꾸미는 재주가 출중합니다.…… 『韓非子・存韓』

③ 范且虞慶之言, 皆文辯辭勝而反事之情.
범저나 우경이 하는 말은 모두 화려한 변설이며 말솜씨가 뛰어나지만 일의 실정과는 맞지 않는다. 『韓非子・外儲說左上』

『좌전』에서의 "文以足言"은 공자 이전에 이미 언어의 예술성에 대해 인식하고 있었으며 공자가 말한 "言之無文"은 춘추 말기에 언어 예술로서의 문학을 사고하는 전 단계까지 나아가고 있음을 나타내준다. 『한비자(韓非子)』에서는 '거짓 사설과 말을 꾸미다(文其淫說靡辯)'와 '화려한 말(文辯)', '문채나는 말(文辭)' 등이 쓰이고 있는데, 이것은 전국 말기에 이르러 '文'자의 美와 관련된 의미들이 구두 언어의 수식 방면에서 정착되고 있음을 말해준다. 이것은 '文'자가 한나라 때에 이르러 문학 개념으로 쓰이는 주요한 원인이 되었을 것이다.

4) 哲 學

'文'자는 서주 말부터 철학 범주에서 쓰이기 시작하는데, 춘추전국
시기에는 제자백가의 다방면에 걸친 논쟁에 의하여 함의가 풍부해지
고 철학 개념으로 확립되었다. 이때 '文'자는 세상의 온갖 사물과 사
회, 사람들이 인식하는 외형과 형식 등을 의미한다.

> ① 聲一無聽, 物一無文, 味一無果, 物一不講.
> 소리가 하나이면 들리는 것이 없고, 사물이 하나이면 무늬가 없다. 맛
> 이 하나이면 배를 부르게 할 수 없고, 사물이 하나이면 조화를 말할
> 수 없다. 『國語·鄭語』

이것은 서주 말기 鄭나라 史伯의 말로서 세상 만물은 다양한 측면
들이 어우러져서 조화를 이루어야 함을 강조한 말이다. 여기에서 '文'
자는 모든 사물을 구성하는 규칙과 존재 방식을 추상적으로 개괄한
것으로서 다양성을 말한다.

> ② 象曰 賁亨, 柔來而文剛, 故亨, 分剛, 上而文柔, 故小利有攸往, 天文
> 也, 文明以止, 人文也, 觀乎天文, 以察時變, 觀乎人文, 以化成天下.
> 「象傳」에서 말하였다. "賁이 형통함은 柔가 와서 剛을 문식하기 때문
> 에 형통하고, 剛을 나누어 올라가 柔를 문식하기 때문에 가는 바를 둠
> 이 조금 이로운 것이니 이는 天文이요, 文明에 그치니 人文이다. 天
> 文을 관찰하여 四時의 변화를 살피며, 人文을 관찰하여 천하를 교화
> 하여 이룬다." 『周易·賁』

위 예문에 있는 '天文'과 '人文'에서의 '文'자는 모두 무늬라는 의미
로서 '천문'은 하늘의 무늬이고 '인문'은 사람의 무늬이다. 고대 중국인
들에게 있어 천문과 인문은 무엇인가? 성복왕에 의하면, '천문'은 하늘

에 있는 형상, 즉 日月星辰, 風雷雲雨 등과 땅에 있는 형상, 즉 地理로
서 山川草木, 鳥獸蟲魚 등을 가리킨다. '인문'은 禮, 樂, 刑, 政, 제도, 고
대로부터 전해지는 문화와 典籍, 문자, 文辭 등 인류가 창조한 모든 사
회 문화 현상을 말한다. 종합해보면 '천문', '지리', '인문'의 '文'은 인
류의 물질문명, 정신문명이 만들어낸 존재 형식이다. 즉 선진시기에 확
립된 철학 범주로서의 '文'은 사람과 인류사회가 창조한 모든 인식의
형식과 사물의 변화 형태에 대해 총체적으로 개괄한 것이다.55)

　　위에서 살펴본 결과에 의하면 '文'자의 본의인 무늬는 아름다움이
라는 개념을 함유하고 있으며, 이 의미가 분화되면서 '文'자는 춘추전
국시기에 형식미를 나타내는 용어로 쓰이게 되었다. 전국시대 말기와
진한 교체기의 사람들은 '文'자가 형식미를 나타내는 개념이라는 것
에 대해 정확히 파악한 것으로 보인다. 이것은 이 시기에 '文'자가 시
각, 청각, 언어, 철학 등에서 외부 형식미를 나타내는 개념으로 혼용
된 것으로부터 알 수 있다. '文'자는 선진시기의 과도기를 거쳐 한나
라 때부터는 독립된 심미 범주로서 주로 문학에서 쓰였다. 이러한 원
인은 4장의 의미 변화 분석에서 고찰하겠다.

---

55) 成復旺 主編, 『中國美學範疇辭典』, 中國人民大學出版社, 1995, 39쪽 참조.

제 4 장 '文'자, '文學', '文章'에 '文學' 개념이 형성되는 과정과 원인

　한나라와 위진남북조시기에는 문학을 지칭하는 용어로 文, 文學, 文章 등을 혼용하였다. 그러나 글을 짓는 문학의 개념으로 쓰인 것은 '文'자와 文章이고 文學은 위진남북조시기에 당시 문사들의 학술 활동과 문학 활동을 포괄적으로 지칭하였다. 이 세 가지 용어는 선진시기에 이미 존재하였으며 의미 또한 문학이라는 개념으로 발전할 수 있는 초보적인 모습을 보여준다. 따라서 본 장에서는 文자의 의미 변화와 文學, 文章이라는 용어의 생성과 의미 변화에 대해 고찰할 것이다.

제1절 '文'자에 '文學'이라는 개념이
생성되는 과정과 원인

　　언어는 사회와 시간의 산물로서 생명체처럼 태어나고 살다가 변하기도 하고 죽기도 하는데, 한자를 구성하고 있는 形, 音, 義 또한 오랜 세월 동안 이와 같은 과정을 겪어 왔다. 특히 한자는 표의자라는 특성과 오랜 세월 동안 자료의 축적으로 인하여 하나의 글자가 여러 가지 의미를 갖는 경우가 많은데, '文'자의 경우를 보면 『중문대사전』에는 28가지, 『한어대사전』에는 31가지의 의미가 있다. '文'자가 비록 이와 같이 다양한 의미를 가지고 있지만, 이것은 본의로부터 파생된 결과이다.

　　그렇다면 선진시기에 '文'자의 의미는 어떠한 변화 과정을 겪게 되고 한나라 때 이르러 '文學'이라는 개념으로 쓰이게 되었을까? 의미의 변화를 분석하기 위해서는 먼저 각 시기별 의미가 무엇이었는지 검토할 필요가 있다. 따라서 필자는 먼저 의미를 확정하고 이것을 바탕으로 의미 변화를 분석할 것이다. 이것은 갑골문과 금문, 문헌, 고고학적 유물 등을 참고 자료로 하여 살펴볼 것이다.

1. 의미의 확정

125

제
4
장

「文」
자
,
「文學」
,
「文章」
에

「文學」
개
념
이

형성되는
과정과
원인

　필자는 의미의 확정을 위해 다음과 같은 자료를 참고할 것이다. '文'
자는 상나라의 갑골문과 금문에서부터 출현하고 있지만, 이 갑골문과
금문은 용도가 제한적이었기 때문에 글자의 사용 범위가 좁고 '文'자
의 의미도 한정적이다. 상나라 다음 왕조인 서주시기의 자료로는 금문
이나 『시경』, 『서경』 등이 있는데, 이 시기 금문에서의 '文'자 역시 상
나라의 갑골문이나 금문에서와 마찬가지로 의미가 한정적이다. 그러나
비록 이와 같다 하더라도 이러한 자료들은 의미 변화를 분석하는 데
있어서 대단히 중요한 자료이기 때문에 본 책에서는 갑골문과 금문, 『시
경』과 『서경』을 참고 자료로 사용할 것이다. 갑골문과 금문, 『시경』, 『서
경』 등 자료만으로는 상나라와 서주시기, 춘추시기의 '文'자의 의미 변
화를 고찰하기에 부족한 점이 있지만, 현재로서는 이러한 자료들에 의
지하는 수밖에 없다.

　오늘날 『시경』과 『서경』은 공자가 정리하였다는데 학자들의 견해가
일치하지만, 『서경』의 내용은 모두 공자(孔子, B.C. 551~B.C. 479)
이전의 자료라고 볼 수 없으며 이 부분에 있어서는 학자들의 견해가
조금씩 다르다.1) 공자는 주나라가 쇠퇴한 이후인 춘추 말기2) 사람이

---

1) 오늘날 연구 결과에 의하면 공자 이전의 사료로 안전하게 쓸 수 있는 것은 「대고(大
誥)」, 「강고(康誥)」, 「주고(酒誥)」, 「재재(梓材)」, 「소고(召誥)」, 「낙고(洛誥)」, 「다사
(多士)」, 「군석(君奭)」, 「다방(多方)」, 「고명(顧命)」, 「문후지명(文侯之命)」, 「비서
(費誓)」 등 12편이다. 김승혜, 『유교의 뿌리를 찾아서』, 지식의 풍경, 2002, 46~
48쪽 참조. 금문상서와 고문상서에 속하는 것은 성백효 譯註, 『書經集傳(上下)』,
전통문화연구회, 2002, 6쪽 참조.
2) 주나라는 서주시기가 B.C. 1122년부터 B.C. 771년까지이고 동주시기가 B.C. 770
년부터 B.C. 221년까지이다. 춘추시기는 B.C. 770년부터 B.C. 453년까지이고 전
국시기는 B.C. 453년부터 B.C. 221년까지이다. 이에 대한 자세한 내용은 서울대
학교동양사학연구실 編, 『강좌 중국사 1』, 지식산업사, 1994, 89~90쪽 참조.

기 때문에 공자 이전의 자료는 서주시기와 춘추 말기의 자료로 볼 수 있고, 공자 이후의 자료는 춘추 말기에서 전국시기의 자료로 볼 수 있다. 따라서 필자는 『서경』을 공자 이전과 이후로 구분하여 분석할 것이다.

춘추 말기부터 전국시기까지의 자료는 비교적 풍부하여 『논어(論語)』3), 『노자(老子)』, 『맹자(孟子)』, 『장자(莊子)』, 『좌전(左傳)』4), 『국어(國語)』, 『묵자(墨子)』, 『순자(荀子)』, 『한비자(韓非子)』 등이 있다. 『논어』는 비록 공자가 직접 저술하지는 않았으나 그의 언행이 몇 대에 걸쳐 제자들에 의해 기록된 문헌이므로 여기에는 공자가 살았던 춘추 말기의 언어뿐만 아니라 전국 초기의 언어 또한 기록되어 있을 것이다. 『노자』는 공자보다 연장자인 李耳가 지은 것이라 하지만, 많은 학자들이 전국시대 중엽 이후의 것으로 보고 있다.5) 따라서 이들 문헌 중에서 춘추 말기와 전기 초기 언어를 반영하고 있는 것은 『논어』이다.

다른 한편으로 '文'자의 의미 변화를 연구하기 위해서는 문헌에서 '文'자의 사용 빈도가 높아야 하고 다른 문헌에 비해 의미 변화가 많아야하며, 풍부한 주석서가 있어야 한다. 『논어』와 『좌전』은 이와 같은 조건을 모두 충족시켜 주고 있다. 따라서 춘추 말기부터 전국시기 '文'자의 의미 변화 분석은 『논어』와 『좌전』을 참고 자료로 한다.

『시경』과 『서경』, 『논어』, 『좌전』 등 원전에 대한 의미의 확정은 역대 학자들의 注와 疏를 기본으로 한다. 왜냐하면 현재로서는 당시의 의미가 무엇이었는지 검토하기 위해 활용할 수 있는 자료가 후대 학자들의 注와 疏이기 때문이다. 비록 후대의 주와 소에는 각 시대의

---

3) 『논어』의 최종 편집 연대는 전국시기 말경으로, 학자들은 마지막 5편이 가장 늦다는 데 의견이 일치하고 있다. 김승혜, 『유교의 뿌리를 찾아서』, 지식의 풍경, 2002, 28~29 · 36쪽 참조.
4) 공자가 魯나라 隱公 元年(B.C. 722)부터 哀公 27년(B.C. 468)까지의 일을 기록한 『춘추』를 보충 해설한 책이다.
5) 김하주, 『중국문학사』, 신아사, 1999, 94쪽 참조.

사고와 주석가의 개인적 견해가 내포되어 있을 것이지만, 여기에는 그들 나름대로 근거가 있을 것이다. 역대 학자들의 견해가 동일할 경우에는 이들의 견해를 따르고 견해가 다양할 경우에는 문맥이나 다른 근거를 통해 분석한 후 적합하다고 판단되는 학자의 견해를 따른다.

분석할 의미의 범위는 '美'와 '文學'과 관련된 것으로 한정한다. 왜냐하면 선진시기 '文'자의 의미는 다양한데, 실제로 글을 짓는 문학 개념에 영향을 미친 것은 '美'와 '文學' 방면의 의미이기 때문이다. 방법은 통시적인 것과 공시적인 것 중에서 통시적인 분석 방법을 사용할 것이다. 이것은 선진시기에 '文'자의 의미가 변화되는 전반적인 과정을 보여줄 것이다.

1) 甲骨文

'文'자는 상나라 때의 갑골문과 금문에서 모두 쓰였다. 상나라의 갑골문에서는 다음과 같은 세 가지 의미로 쓰였다.

① 王名 혹은 선조(선인先人)의 위에 덧붙여 미칭으로 여겼다.6)

丁酉卜貞王賓文武丁伐十人卯六牢鬯六卣七尤.　　　　　「前 1. 18. 4」

---

6) 四川大學歷史系古文字硏究室　方述鑫 외 編, 『甲骨金文字典』, 巴蜀書社, 1993, 650~651쪽 참조. 이 책에서는 모두 8개의 의미가 있다고 하였는데, 이것은 본 절의 (2) 주나라의 금문 주석에 있다. 서중서는 『갑골문자전』(2003, 995~997쪽)에서 文武丁과 文武帝에서 '文'자의 의미가 '아름답다(丙戌卜貞翌日丁亥王其又礿于文武帝正王受又 =.「合集 36168)'라고 하였다. 劉興隆의 『新編甲骨文字典』(1993, 564~565쪽)에서는 ① 사람 이름(令蓍氏文取大任亞 「合集 4889」,……文邕王事……「合集 946」) ② 집 이름(室名)(于文室 「合集 27695」) ③ 文武의 文[文武丁 「續 6. 7. 4」: 文武丁은 文武帝라고도 칭하며 상나라 직계 선왕(先王)이다.] 등이 있다고 하였다.

② 사람 이름[7]

文入十.　　　　　　　　　　　　　　　　　　　　　「乙 6820」

丁未卜䚃貞鑊从 **ß** 職……文協王事**吕**.　　　　　「乙 8165」

③ 땅 이름[8]

丁丑卜彭貞于文室.　　　　　　　　　　　　　　　　「甲 2684」

癸酉卜……文邑.　　　　　　　　　　　　　　　　　「甲 3614」

2) 金文

(1) 상나라의 金文

상나라의 금문에서는 갑골문의 文武丁과 마찬가지로 선왕에 대한
칭호로 사용되었다.

王**ㅂ**薄文武帝乙俎.(文武帝乙: 文武丁의 아들인 帝乙이다.)　「印卣」[9]

갑골문 ①번의 文武丁과 文武帝를 『갑골문자전』에서는 "아름답다.

---

7) 徐中舒, 『甲骨文字典』, 四川辭書出版社, 2003, 995~997쪽 참조.

8) 徐中舒, 『甲骨文字典』, 四川辭書出版社, 2003, 995~997쪽 참조.

9) 潘悠, 玫耀, 沃興華 編纂, 『金文大字典』, 學林出版社, 1995, 3020쪽 참조. 여기
에서는 「印其卣」라고 하였으나 『금문고림』, 『금문편』 등에서는 「印卣」라고 하
였다. 필자는 후자의 견해를 따랐다. 陳初生의 『金文常用字典』에는(1987, 853~
854쪽) **ㅂ**이 曰자로 되어 있고, 俎자는 宜자로 되어 있다. 『金文大字典』에는 文
武帝乙로 쓰인 경우가 「印卣」 하나밖에 없고 『金文常用字典』 역시 「印卣」를 예로
들고 있다

왕명 위에 덧붙여서 미칭으로 여겼다."라고 설명하고 있고 『갑골금문자전』에서는 "왕의 이름 혹은 선조(선인先人)의 위에 덧붙여서 미칭으로 여겼다."라고 풀이하고 있으며, 『신편갑골문자전』에서는 '文武의 文'이라고 해석하고 있다. 조성(趙誠)은 갑골문과 금문에서의 '文武丁', '文武帝乙'이 시호와 관계가 있다고 하였다. 상나라 때는 아직 시호법이 시행되지는 않았지만 죽은 왕에게 붙이는 이름에 몇 가지 규칙이 있었으며 갑골문의 文武丁과 금문의 文武帝乙 또한 이러한 규칙 중 하나라는 것이다.[10] 그러나 유약우는 '文'자가 시호로 쓰일 때 정확히 무엇을 의미하는지 알 수 없으며 상나라 말에서 주나라 초(B.C. 12세기경)에 칭호를 표시하는 것이었는지 아니었는지 불확실하다고 본다. 그러나 이것이 애도를 표시하는 말이었고 武, 즉 武人的인 것과 대칭으로 사용되었기 때문에 비군사적인 성격을 표시하였을 것이라고 하였다.[11]

『갑골문자전』에서의 '아름답다'라는 의미는 '文'자의 본의가 무늬라는 것에서 나온 견해인 듯하다. '文'자에는 서주시기에 '무늬'라는 의미가 있고 전국시기부터 '문채나다'라는 의미가 있는 것으로 보아 상나라 때에 '아름답다'라는 의미가 있었을 가능성이 있다. 그런데 갑골문이나 금문에서는 의미가 명확하지 않지만 『시경』, 즉 서주시기부터 '아름답다'라는 의미로 쓰인 '美'자가 있는데, '美'자 역시 상나라 때에도 '아름답다'라는 의미가 있었을 가능성이 있다. 언어는 몇 개의 글자 또는 단어가 한 가지 의미로 쓰이는데 상나라 때도 그러했을 가능성이 있다. 따라서 당시에 '文'자가 '美'자와 함께 '아름답다'라는 의미로 혼용되었을 수도 있으나 이것은 추측만 할 수 있을 뿐 현재까지는 명확하지 않기 때문에 이 견해는 무리가 있다.

---

10) 趙誠, 『甲骨文與商代文化』, 遼寧人民出版社, 2001, 210~211쪽 참조.
11) 王國維에 의하면 '문무' 등 주나라 초기 왕들의 칭호는 사후에 붙여진 것이 아니며, 곽말약(郭沫若)은 사후에 추존(推尊)하는 것은 춘추시대 중엽 이후까지도 없었을 것이라고 하였다. 劉若愚 著, 이장우 옮김, 『중국의 문학이론』, 명문당, 1994, 33쪽 참조.

『신편갑골문자전』과 유약우의 '文武의 文, 즉 武의 대칭'이라는 견해는 오늘날의 관점에서 보면 타당하지만 당시 왕의 이름에서의 文武가 대칭으로 사용된 것이라고 확정할 수 없다. 조성은 시호와 관계있다고 하였는데, 상나라 말기에 왕에 대한 규칙적인 칭호 현상이 있었다는 것에는 긍정하지만 죽은 왕에게 붙여진 것이라는 견해는 현재로서는 알 수 없으므로 설득력이 부족하다. 현재로서는 『갑골금문자전』에서의 왕 혹은 선조의 이름 위에 덧붙여서 미칭으로 여긴 것, 즉 '王名 위에 덧붙여진 칭호'라고 보는 것이 타당하다고 생각한다. 왜냐하면 갑골문에서의 의미가 무엇인가에 따라서 '文'자의 본의가 바뀌는데, 현재로서는 대부분의 학자들이 '무늬'라고 보는 '文'자의 본의를 바꿀만한 명확한 근거가 없기 때문이다. 갑골문에서의 인명과 지명에 대해서는 지금까지 연구되어 있지 않으므로 이것을 명확하게 분석하기 위해서는 더 많은 고고학적 자료가 발굴되기를 기다려야 할 것이다.

(2) 주나라의 金文[12]

① 非軍事的인 것을 가리키며, '武'와는 상대적인 의미이다.

이 의미는 상나라 때의 갑골문과 금문에서 쓰인 文武丁 등 왕에

---

12) 陳初生, 『金文常用字典』, 陝西人民出版社, 1987, 850~854쪽 참조. 四川大學 歷史系古文字研究室 方述鑫 외 編, 『甲骨金文字典』(1993, 650~651쪽)에서는 ① 王名 혹은 先人에 덧붙여 미칭으로 여겼다.(旅用作文父曰乙寶尊彝. 「旅鼎」) ② 사람 이름(文作寶尊彝. 「文篇」) ③ 땅 이름(丁丑卜彭貞于文室. 「甲 2684」) ④ 武와 상대적인 의미이다.[王肇遹眚(省)文武堇(勤)疆土. 「㝬鐘」] ⑤ 文侯, 사람 이름으로 곧 晉나라 文侯이다.[勿灋文戻觀令(命). 「晉姜鼎」] ⑥ 文公, 사람 이름으로 곧 秦나라 文公이다.[剌剌(烈烈)邵(昭)文公, 靜公, 憲公, 不彖(墜)于上. 「秦公鐘」] ⑦ 王, 사람 이름으로 곧 주나라 王이다.[曰古文王, 初氒(肇)龢于政. 「牆盤」] ⑧ 前文人, 주나라 때의 관용어로서 이전의 문덕이 있는 사람을 말한다.(用追孝侃前文人. 「井人鐘」) 등 8가지 의미가 있다고 하였다. 그러나 이것은 갑골문과 금문의 의미를 모두 합한 것일 뿐만 아니라 시호와 사람에 대한 칭호를 일일이 구분한 것이다.

대한 칭호와 주나라의 文王과 武王에서 영향을 받은 듯하다. 周文王은 국정을 바로잡아 융적(戎狄)을 토벌하여 선정을 베풀었으며, 그의 영토 안에 문화적인 영향을 미치게 하였다. 周武王은 상나라를 정복하고 주나라를 세웠다. 문헌에서는 문왕과 무왕을 문무(文武)라고 칭하기도 하는데, 이것은 주나라 건국의 기틀을 다진 문왕과 주나라를 세운 무왕에 대한 존숭 때문으로 보인다. 그러나 『시경』과 『서경』에서는 주나라를 세운 무왕보다 문왕을 칭송하고 있는데, 이것이 '文'자의 개념 형성에 영향을 미쳤을 것이다. 즉 문왕은 주나라에 문화적인 영향을 끼쳤기 때문에 '文'자가 武의 상대적인 의미, 문화, 문헌(전적), 글자 등 의미로 쓰이는데 영향을 주었을 것이다.

② 시호와 조상 또는 사람에 대한 미칭

文王: 周文王을 말한다. 姓은 姬, 이름은 昌이며 周武王의 아버지이다. 상나라 때에 제후가 되어 기산(岐山) 아래에서 살았다.
文公: 秦나라 제2대 國君을 가리킨다.
文祖: 文德이 있는 조상을 말하며, 조상에 대한 미칭이다.
文母: 文德이 있는 어머니를 말하며, '文'자는 찬미하는 말이다.
文考: 文德이 있는 아버지이다.
文武: ㄱ. 周文王과 周武王을 합하여 부른 것이다.
     ㄴ. 中山國 임금 文公과 武公을 가리킨다.
文人[13)

금문에 쓰인 용어들은 같은 시기의 『시경』과 『서경』에서도 쓰였다. 본 장의 2절 의미 변화 분석에 의하면 『시경』과 『서경』에서는 文祖, 文母, 文考, 文人에서 '文'자가 文德이나 文王을 의미하는데, 금문에

---

13) 『金文大字典』(1995, 3015쪽)의 용례를 모두 확인한 결과 금문에서도 文人이 쓰였으므로 본 책에서는 포함한다.(唯用妥福唬前文人.「善鼎」)

서의 의미도 이와 같을 것이다. 또한 이들 문헌에서는 '무늬', '예', '사전(祀典)' 등 의미가 다양하지만 금문에서는 금문의 제한된 용도 때문에 주로 위와 같은 용어들이 쓰였을 것이다.

3) 詩 經

(1) 禮

大雅 大明[14]

大邦有子	큰 나라에서 따님을 두셨으니
俔天之妹	하늘에 비길 만한 여인이로다
文定厥祥	**禮로 그 길함을 정하시고**
親迎于渭	渭水에서 親迎하사
造舟爲梁	배를 만들어 다리를 놓으시니
不顯其光	그 빛이 드러나지 아니할까

정현(鄭玄, 127~200년)의 전(箋)에서는 "문명[15]한 후 점을 쳐서 길함을 얻었다. 문왕이 예로써 길함을 정하시고 납폐하게 한 것을 말한다[16]"라고 풀이하였고 공영달(孔穎達, 574~648)의 소(疏)에서는 정현

---

14) 이 편의 시기에 대해서는 두 가지 견해가 있다. 첫째, 주공 성왕(B.C. 1122~1091). 허세욱, 『중국고전문학사(상)』, 법문사, 1997, 37쪽 참조. 둘째, 이아(二雅) 중 가장 빠른 시기이지만 주송(周頌, 서주 초: 무왕, 성왕, 강왕, 소왕)보다는 후대, 그러나 서주 말엽에 지어졌을 가능성도 있다. 김학주, 『중국문학사』, 신아사, 1999, 68~69쪽 참조.

15) 구식 결혼 의식의 하나로, 신랑 측에서 사람을 보내 신부의 이름, 생년월일 등을 물어 보는 절차를 말한다. 강식진 編, 『中韓大辭典』, 진명출판사, 1993, 2745쪽 참조.

16) 問名之後, 卜而得吉, 則文王以禮定其吉祥, 謂使納幣也.

의 견해를 따르고 있다.

주희(朱熹, 1130~1200)의 『집주』에서는 다음과 같이 설명하였다. "文은 禮이고 祥은 길함이니, 점을 쳐 길함을 얻어서 납폐의 예로써 그 길함을 정한 것을 말한다.[17]"

굴만리(屈萬里)의 『시경석의(詩經釋義)』에서는 "朱氏의 傳에서는 말하였다. '문은 예이다. 상은 길함이다. 점을 쳐 길함을 얻어 납폐의 예로써 그 길함을 정한 것을 말한다.' 그래서 문정은 이른바 오늘날의 혼례를 정한다는 것이다.[18]"라고 풀이하였다.

기존의 연구 결과에 의하면, 학자들은 여기에서의 '文'이 '예'라는데 견해가 일치한다. 따라서 필자는 이들의 견해를 따른다.

(2) 무늬

① 小雅 六月: 宣王(BC 827-BC 780)

玁狁匪茹	玁狁이 스스로 헤아리지 아니하여
整居焦穫	焦땅과 穫땅에 정연하게 거처하여
侵鎬及方	鎬와 朔方을 침략하여
至于涇陽	涇陽에 이르거늘
織文鳥章	**깃발의 무늬는 새의 무늬이며**
白斾央央	흰 깃발 선명하니
元戎十乘	元戎 十乘으로
以先啓行	먼저 길을 떠나도다

정현의 전에는 '文'자를 직접적으로 풀이하지 않고 "직(織)은 휘장

---

17) 文, 禮, 祥, 吉也. 言卜得吉, 而以納幣之禮, 定其祥也.
18) 朱傳, '文, 禮, 祥, 吉也. 言卜得吉, 而以納幣之禮定其祥也.' 按文定, 即今所謂訂婚也.

의 표지이다. 조장(鳥章)은 새와 새매의 무늬로서 장수 이하의 옷에는 모두 그려져 있다.19)"라고 설명하였다.

공영달의 소에서는 다음과 같이 풀이하였다. "그리고 장수 이하의 사람들은 모두 휘장 표지의 형상이 있는데, 그 무늬는 새와 새매의 무늬가 있으며 비단을 이동하는 깃발로 삼았다.……20)"

주희의 『집주』에서는 다음과 같이 설명하였다. "직은 치(幟)자와 같다. 조장은 새와 새매의 무늬이다.21)"

역대 학자들의 견해에 따르면 직은 휘장의 표지이고 조장은 여기에 그려져 있는 새의 형상이다. 고대에는 전쟁에 나갈 때 깃발에 상징적인 그림을 그렸는데, 여기에서의 "織文鳥章"은 이러한 깃발의 무늬를 말한다. 따라서 직문(織文)은 휘장 표지의 무늬이고 조장(鳥章)은 새 형상의 무늬라고 보는 것이 타당하다고 생각한다.

② 秦風 小戎: 서주 말에서 춘추 중엽

小戎俴收	兵車라 수레 뒤턱이 얕으니
五楘梁輈	다섯 곳을 묶은 굽은 끌채로다
游環脅驅	돌아다니는 고리이며 가슴에 끈이며
陰靷鋈續	속에 끈을 매되 이음새에 도금을 하였으며
文茵暢轂	**무늬 있는 자리와 긴 곡이로소니**
駕我騏馵	나의 騏馵를 멍에하도다
言念君子	君子를 생각하니
溫其如玉	온화함이 옥과 같도다
在其板屋	板屋에 있어
亂我心曲	나의 心曲을 어지럽히도다

---

19) 織, 徽織也. 鳥章, 鳥隼之文章, 將帥以下衣皆著焉.
20) 而將帥以下皆有徽織之象, 其文有鳥隼之章, 以帛爲行旆,……
21) 織, 幟字同 鳥章, 鳥隼之章也.

모형(毛亨)의 전(傳)에서는 다음과 같이 해석하였다. "문인(文茵)은 호랑이 가죽이다.22)"

공영달의 소에서는 다음과 같이 풀이하였다. "수레 위에는 또한 호피 무늬의 요가 있다.……23)"

그는 또한 모형의 전을 다음과 같이 설명하였다. "인(茵)은 수레 위의 요이며 가죽을 사용하여 만들었다. 문인은 가죽이 문채가 있는 것을 말하므로 호피임을 알 수 있다. 유희(劉熙)의 『석명(釋名)』에서는 '문인은 수레 가운데의 앉는 것으로 호피를 사용하여 문채가 있다.'라고 하였다.24)"

주희(朱熹)의 『집주(集注)』에서는 "문인은 수레 가운데의 앉는 호피 요이다.25)"라고 풀이하였다.

굴만리의 『시경석의』에서는 다음과 같이 설명하였다. "인은 음이 인(因)이고 수레의 자리라는 뜻이다. 문인은 호피로 만든 수레의 자리이다.26)"

역대 학자들의 견해는 약간의 차이가 있으나 호랑이 가죽이라는 데는 모두 견해가 일치한다. 이들의 견해를 종합해보면 호랑이의 가죽은 무늬가 있으며, 가죽이 문채가 있다는 것은 가죽에 무늬가 있어 문채가 있다는 의미이다. 따라서 여기에서의 文은 오늘날 '문채나다'라고 풀이하는 경우도 있으나 '무늬'라고 보는 것이 타당하다고 생각한다.

---

22) 文茵, 虎皮也.
23) 車上又有虎皮文章之茵蓐,……
24) 茵者, 車上之褥, 用皮爲之. 言文茵, 則皮有文彩, 故知虎皮也. 劉熙釋名云, 文茵, 車中所坐也, 用虎皮, 有文彩是也.
25) 文茵, 車中所坐虎皮褥也.
26) 茵, 音因, 車席也. 文茵, 虎皮車席也.

4) 書經[27]

(1) 공자 이전

가) 무늬

西序東嚮, 敷重底席, 綴純, 文貝仍几.

西序에 東嚮하여 여러 문채로 선을 두른 이중으로 된 부들로 만든 자리를 펴니, **무늬 있는 조개로 꾸민 궤는 그대로 두었다.** 「周書 顧命 제16장」

공안국(孔安國)의 전(傳)에서는 "무늬 있는 조개로 궤를 장식한 것이다.[28]"라고 해석하였다.

공영달의 소에서는 공안국의 전을 다음과 같이 풀이하였다. "조개는 물속의 생물로서 그 껍데기를 취하여 기물을 장식한다. 『석어(釋魚)』의 貝에서는 다음과 같이 설명하고 있다. '여지는 황백색의 무늬이고 여천은 백황색의 무늬이다.' 이순(李巡)은 말하였다. '조개의 껍데기가 누런 바탕에 희게 문채나는 것을 여지라고 하고 조개의 껍데기가 흰 바탕에 누렇게 문채가 나는 것을 여천이라고 한다.' '무늬 있는 조개로 궤를 장식한다.'는 것은 이 여지와 여천이라는 조개를 사용하여 궤를 장식하는 것을 말한다.[29]"

주희의 『집주』에서는 다음과 같이 설명하였다. "문패는 무늬 있는 조개이니 이것으로 궤를 꾸민 것이다.[30]"

---

27) 모두 今文에서 쓰였다.
28) 有文之貝飾几.
29) 貝者水虫. 取其甲以飾器物. 釋魚於貝之下云, 餘蚳, 黃白文. 餘泉, 白黃文. 李巡曰, 貝甲以黃爲質, 白爲文彩, 名爲餘蚳. 貝甲以白爲質, 黃爲文彩, 名爲餘泉. 有文之貝飾几, 謂用此餘蚳餘泉之貝飾几也.……
30) 文貝, 有文之貝, 以飾几也.

기존 학자들의 풀이에 의하면, '文貝'의 '文'은 무늬라는 것을 알
수 있는데 필자는 이들의 견해를 따른다.

　나) 사전(祀典)

　① 周公曰, 王肇稱殷禮, 祀于親邑, 咸秩無文.
　　周公이 말씀하셨다. "王께서 처음 성대한 禮를 거행하여 새 都邑에서
　　제사하시되 **祀典에 기재되지 않은 것까지 모두 차례로 제사하소서.**" 「周
　　書 洛誥 제5장」

　공안국의 전에서는 다음과 같이 설명하였다. "왕께서 처음 성대하
게 나라의 제사를 거행하는데 예전(禮典)을 가지고 새로운 읍에서 제
사하되 모두 차례대로 하여 예문(禮文)에 있지 않은 것도 제사하였다
는 것을 말한다.[31]"

　주희의 『집주』에서는 다음과 같이 설명하였다. "無文은 사전(祀典)
에 기재되지 않은 것이다. 왕께서는 처음 성대한 예를 행하여 낙읍
(洛邑)에서 제사하되 모두 마땅히 제사할 것을 차례로 제사하고 비록
사전에 기재되지 않은 것이라도 의리상 마땅히 제사할 것 또한 차례
로 제사한 것을 말한다.[32]"

　굴만리의 『상서집석(尙書集釋)』에서는 다음과 같이 설명하였다. "……
文은 紊이라고 읽으며 어지럽다는 뜻이다.……[33]"

　『한어대사전』에서는 다음과 같이 풀이하였다. "문(紊)과 통한다. 어지
럽다이다.……왕인지(王引之)의 『경의술문·상서하(經義述聞·尙書下)』
에서는 '文은 마땅히 紊으로 읽어야 한다. 紊은 어지럽다이다.'라고

---

31) 言王當始擧殷家祭祀, 以禮典祀于新邑, 皆次秩不在禮文者而祀之.
32) 無文, 祀典不載也. 言王始擧盛禮, 祀于洛邑, 皆序其所當祭者, 雖祀典不載, 而
　　義當祀者, 亦序而祭之也.
33) 文, 讀爲紊, 亂也,……

하였다."

『대한화사전』에서는 다음과 같이 설명하였다. "『설문통훈정성(說文通訓定聲)』에서는 '文은 가차되어 紊이 되었다'고 하였다." 오늘날 사전에서는 시대가 이른 학자들의 견해보다는 오늘날과 가까운 시기 학자들의 견해를 수용하고 있다.

『설문통훈정성』에서는 '文'이 가차되어 '紊'이 되었다고 하였는데, 굴만리와 오늘날 사전에서는 『설문통훈정성』의 견해를 따른 것으로 보인다. 여기에서 '文'이 가차되어 '紊'이 되었다는 견해를 살펴보자. 이 두 글자가 가차 관계가 성립하려면 형태는 같고 음은 비슷하며 의미는 달라야 한다. 의미를 검토해보면 '紊'자는 『시경』에서는 쓰이지 않았고 『서경·盤庚 上 제9장』[34]에서 1번 쓰였다. 현재까지 「반경」은 공자 이후의 자료로 추정하고 있으므로 공자 이전에는 '紊'자가 없었음을 알 수 있다. 만약 이처럼 글자가 없어서 가차되었다면 글자의 형태가 같아야 하는데 이 두 글자는 형태가 서로 다르다. 그리고 지금까지 필자가 조사한 자료에 의하면 '文'자에는 선진시기에 '어지럽다'라는 의미가 없다. 소리 부분은 상고음에서 '文'은 음이 文韻이고 明紐이며 국제음성기호는 mǐwən이고 성조가 平聲이며, '紊'은 음이 文韻이고 明紐이며 국제음성기호는 mǐwən이고 성조가 去聲이다.[35] 이와 같이 '文'자와 '紊'자는 형태와 의미가 다르고 소리가 비슷하다. 따라서 『설문통훈정성』의 견해는 설득력이 부족하다.

공안국은 禮文이라고 하였고 주희는 祀典이라고 하였다. 『순자』에 "예의의 형식(禮義之文)"이라는 언급이 있는 것으로 보아 공안국이 말하

---

34) 허세욱의 『중국고전문학사(상)』(1997, 87쪽)에서는 최초의 산문으로 보인다고 하였고 김학주의 『중국문학사』(1999, 78쪽)에서는 宋나라에 전해진 서주시기의 것인 듯하다고 하였다. 그러나 김승혜의 『유교의 뿌리를 찾아서』(2002, 46~48쪽)에서는 「반경」이 현재까지 공자 이전의 것으로 안전하게 쓸 수 있는 자료에 포함되지 않는다고 하였는데, 필자는 이 견해를 따른다.

35) 李珍華, 周長楫 編撰, 『漢字古今音表』 수정본, 中華書局, 1999, 168, 184쪽 참조.

는 '禮文'은 예의의 형식이라고 볼 수 있다. 그런데 원문에서 "咸秩無文"은 제사를 지낼 때의 여러 가지 의식을 말하는 것이라고 생각되는데, 당시 주나라는 이제 막 새로운 왕조를 연 상태이기 때문에 국가적 규모에 어울리는 제사 절차가 정립되지 않았을 가능성이 있다. 주나라 사람들은 제사 절차에서 그들에게 없는 것은 전 왕조인 상나라에서 빌려왔거나 혹은 그들만의 절차를 새롭게 만들었을 것이다. 그리고 이러한 제사 절차는 글로 기록하고 제사를 행할 때 기록된 순서대로 행하였을 것이다. 이것은 오늘날 종갓집에서 제사를 지낼 때 한 사람이 손에 제사 절차를 기록한 종이를 들고 소리 내어 읽으면 그에 따라 제사를 행하는 데서도 찾아 볼 수 있다. 따라서 여기에서의 '文'자는 주희의 견해에서와 같이 '祀典'이라고 보는 것이 타당하다고 생각한다.

② 惇宗將禮, 稱秩元祀, 咸秩無文.
功宗을 돈독히 하되 큰 禮로 하여 元祀를 들어 차례로 제사하되 모두 **祀典에 기재되지 않은 것까지 차례로 제사하였다.** 「周書 洛誥 제15장」

공안국의 전에서는 다음과 같이 해석하였다. "큰 예를 받들어 존중하고 큰 제사를 행함에 있어 차례대로 하는데 모두 차례가 예문(禮文)에 없지만 마땅히 사전(祀典)에 있는 것이니 무릇 이것은 公을 대우하여 행한 것이다.[36]"

공영달의 소에서는 다음과 같이 풀이하였다. "……큰 예를 받들어 존중한다는 것은 큰 제사를 행함에 있어 차례대로 하는 것을 이르는 것으로 모두 예를 지내는 차례가 文에 없지만 모두 제사지내는 것이다.……[37]"

---

36) 厚尊大禮, 擧秩大祀, 皆次秩無禮文而宜在祀典者, 凡此待公而行.
37) 其厚尊大禮, 謂擧秩大祀, 皆次秩禮所無文者而皆祀之.……

또한 공영달의 소에서는 공안국의 전을 다음과 같이 설명하였다. "『석고(釋詁)』에서는 다음과 같이 설명하고 있다. '將은 크다이다.' '큰 예를 받들어 존중한다.'는 것은 제사의 예를 말한다. 『제통(祭統)』에서는 '예에는 오경(五經)이 있는데 제사보다 중한 것이 없다.'라고 하였다. 이것은 제례가 가장 존귀하고 크다는 것이다. 公이 성왕을 가르칠 때 '처음 성대한 예를 거행하여 새 도읍에서 제사하시되 사전(祀典)에 기재되지 않은 것까지 모두 차례로 제사하소서.'라고 하였는데, 公이 자기를 가르친 일에 보답하고자 하여 公의 말을 다시 서술하기를 '큰 제사를 행함에 있어 차례로 하되 모두 차례가 예문(禮文)에 없으나 마땅히 사전(祀典)에 있는 것이다.'라고 하였다.……38)"

이 예문의 "咸秩無文"은 ①번의 예문에서와 같은 구절이다. 따라서 여기에서 '文'자의 의미는 위 ①번과 같은 祀典의 의미라고 보는 것이 타당하다고 생각한다.

(2) 공자 이후

가) 무늬

厥貢漆絲, 厥篚織文.
貢物은 옻과 生絲이고 광주리에 담아서 바치는 폐백은 **무늬 있는 직물이다.** 「夏書 禹貢 제19장」

공안국의 전에서는 다음과 같이 설명하였다. "직문(織文)은 비단 등속이다.39)"

---

38) 釋詁云, 將, 大也. 厚尊大禮. 謂祭祀之禮. 祭統云, 禮有五經, 莫重于祭. 是祭禮最尊大. 公誨成王, 令肇稱殷禮, 祀于親邑, 咸秩無文. 欲答公誨己之事, 還述公辭, 舉秩大祀, 皆次秩無禮文而宜在祀典者……
39) 織文, 錦綺之屬

공영달의 疏에서는 다음과 같이 풀이하였다. "……'기(綺)'는 비단이 무늬가 있는 것으로 비단의 다른 이름이다. 그러므로 '비단 등속'이라고 한 것이다. 모두 직물이며 무늬가 있는 것이다.……40)"

주희의 『집주』에서는 다음과 같이 설명하였다. "직문은 직물에 무늬가 있는 것으로 금(錦: 비단), 기(綺: 비단) 등속이다. 한 가지 색깔이 아니므로 직문이라고 총괄한 것이다.41)"

굴만리의 『상서집석』에서는 다음과 같이 풀이하였다. "직문은 僞공안국의 전에 '비단 등속'이라고 하였는데 곧 무늬가 있는 견직물이다.42)"

역대 학자들은 이 예문에서의 '文'자를 별도로 설명하지 않고 직물에 '文'이 있는 것이라고 하였는데, 이때 '文'은 직물에 있는 것이므로 '무늬'로 보아야 할 것이다. 즉 여기에서의 '직문(織文)'은 『시경·소아(小雅)』에서의 '직문(織文)'과 같은 용어로서 '文'자의 의미는 '무늬'로 보는 것이 타당하다고 생각한다.

나) 문채나다

① 日若稽古, 帝堯, 日放勳, **欽明文思安安**, 允恭克讓, 光被四表, 格于上下.
옛 帝堯를 상고하건대 공이 크시니 **공경하고 밝고 문채롭고 생각함이 편안하고 편안하시며** 진실로 공손하고 능히 겸양하시어 광채가 四表에 입혀지시며 上下에 이르셨다. 「虞書 堯典 제1장」

공안국의 전에서는 '文'자에 대한 설명이 없으나, 공영달의 소에서는 공안국의 전을 "정현이 말하였다. 천지를 경위(經緯)하는 것을 文

---

40) 綺是織繪之有文者, 是綾錦之別名, 故云錦綺之屬, 皆是織而有文者也.
41) 織文者, 織而有文, 錦綺之屬也, 以非一色, 故以織文總之.
42) 織文, 僞孔傳, "錦綺之屬", 卽有花紋之絲織品也.

이라 한다.43)"라고 풀이하였다.

주희의 『집주』에서는 다음과 같이 설명하였다. "文은 문장이다. 思는 의사이다. 文이 드러나고 생각이 심원한 것이다.44)"

굴만리의 『상서집석』에서는 다음과 같이 해석하였다. "文은 質(질박하다)의 반대되는 것으로서 오늘날 말하는 문아(文雅)와 같다.45)"

공영달은 철학적으로 해석하였고 주희는 '문장(文章)'이라고 하였다. 주희는 위에서 인용한 주(注) 바로 앞에서 "흠은 공경함이요 명은 통명(通明)함이니 경이 체(體)이고 명이 용(用)이다.(欽, 恭敬也, 明, 通明也, 敬體而明用也.)"라고 하였다. "欽明文思"는 사람의 인품을 묘사한 것인데, 이와 같이 欽과 明을 體와 用으로 본 것은 송나라 때의 관점에서 해석한 것으로 보인다. 이것으로부터 그가 말한 '文章' 또한 이것과 관계가 있을 것이라는 것을 짐작할 수 있다. 필자의 분석에 의하면 '文章'은 선진시기에는 '六藝(六經)', '예악과 법도', '무늬', '문물제도' 등 의미가 있고 한나라 때는 글을 짓는 문학의 개념, '문장', '법도', '무늬' 등 의미가 있다. 위 원문은 사람의 인품에 관한 것이므로 주희가 말한 '文章'은 이 중에서 '예악과 법도'라는 의미가 세월이 흘러 약간 변형된 의미이지만 여전히 이러한 개념을 가진 것일 것이라고 생각된다. 따라서 주희의 견해는 설득력이 부족하다.

굴만리는 문채나다라고 해석하였는데, 『논어』의 「옹야(雍也) 제16장」에는 "文과 質이 적당히 배합된 뒤에야 군자이다.(文質彬彬然後君子.)"라는 구절이 있다. 이것으로부터 '文'자는 이미 공자가 살았던 춘추시기부터 사람의 됨됨이를 묘사하는 용어로 사용되었다는 것을 알 수 있다. 위 예문 「우서·요전(虞書·堯典)」은 현재까지 공자 이후의 자료로 보고 있기 때문에 여기에서 '文'자는 『논어』에서와 같이 사람의 인품을

---

43) 鄭玄云,……經緯天地謂之文.
44) ……文, 文章也. 思, 意思也. 文著見而思深遠也.……
45) 文, 質之反, 猶今言文雅也.

묘사할 때의 문채나다라고 보는 것이 타당하다고 생각한다.

② 曰若稽古, 帝舜, 曰重華, 協于帝. 濬哲文明, 溫恭允塞, 玄德升聞, 乃命以位.

옛 황제 순을 상고하건대 거듭 빛나서 황제에 합하시니, **깊고 명철하고 문채나고 밝으시며** 온화하고 공손하고 성실하고 독실하시어 그윽한 덕이 올라가 알려지시니, 황제 요가 마침내 직위를 명하셨다. 「虞書 舜典 1章」

공영달의 소에서는 "이것은 순(舜)의 성품이 심침(深沈: 침착하고 빠뜨림이 없음)하고 지혜로우며 문장(文章)이 있고 뛰어난 식견이 있으시며 온화한 안색이 있고 공손한 용모가 있다는 것이다……46)"라고 설명하였다.

또한 그는 공안국의 전을 다음과 같이 풀이하였다. "천지를 경위하는 것을 文이라 한다.47)"

주희의 『집주』에서는 다음과 같이 설명하였다. "……인하여 그 조목을 말하면 심침(深沈: 침착하고 빠뜨림이 없음)하면서 지혜가 있고 문리(文理)가 있으면서 광명하다.……48)"

역대 학자들은 '文'자를 '文章', '천지를 경위하다', '문리(文理)' 등으로 보고 있다. 먼저 '文章'을 살펴보자. 선진시기에 '文章'의 의미는 '무늬', '六藝(六經)', '예악과 법도', '문물제도' 등이 있고 한나라 때는 '문장', '법도', '무늬', 글을 짓는 문학의 개념으로 쓰였다. 그런데 위 원문은 '순(舜)'의 사람됨을 설명한 것이다. 따라서 '문장'의 이러한 의미는 위 원문의 '文'자의 의미라고 하기에 다소 무리가 있다. 다음으로 '천지를 경위하다'를 살펴보면 공영달은 공안국의 전을 "經緯天地曰文"이라고 풀이하였는데, 이것은 『서경·우서·요전』의 "欽

---

46) 此舜性有深沈智慧, 文章明鑒, 溫和之色, 恭遜之容,……
47) 經緯天地曰文.
48) ……因言其目, 則深沈而有智, 文理而光明……

明文思安安"에서의 '文'자와 같은 의미로 해석한 것이라고 여겨진다.

마지막으로 '문리(文理)'는 『순자』에서 16번 쓰였는데, 의미는 '꾸미다', '형식과 합리성(문식과 규제)', '사회 질서. 그 조리 또는 맥락' 등이다.49) 위 예문은 사람의 인품을 설명하는 것이기 때문에 주희가 말하는 '문리(文理)'는 '사회 질서. 그 조리 또는 맥락'으로 보기에는 무리가 있고 '꾸미다' 역시 성군의 인품으로 보기에는 무리가 있다. 그러므로 주희의 '문리'는 '형식과 합리성'이라고 할 수 있으며, 이것을 문맥으로부터 살펴보면 순(舜)의 성품이 형식과 합리성을 잘 갖추었다는 말이 된다. 그러나 위 원문에서는 순(舜)의 성품이 임금이 될 수 있을 만큼 훌륭하다는 것을 말하고 있기 때문에 '형식과 합리성'이라는 의미는 무리가 있다. 따라서 여기에서의 '文'자는 ①번과 같이 공자가 살았던 시기부터 인품을 묘사하는 데 쓰였던 '문채나다'라고 보는 것이 타당하다고 생각한다.

5) 論語

'文'자의 의미는 『논어』에서 꾸미다, 문헌(전적), 글자, 문화 등으로 분화되고 있다.

(1) 문채나다

① 子曰, 質勝文則野, 文勝質則史, 文質彬彬然後君子.
　　孔子께서 말씀하셨다. "質이 文을 이기면 촌스럽고, 文이 質을 이기면 史(겉치레만 잘함)하니, 文과 質이 적당히 배합된 뒤에야 군자이다."
　　「雍也 제16장」

---

49) 규범이 형식, 예절을 갖추는 형식, 형식적인 수식 등 형식이라고 보는 견해도 있다.

하안(何晏, 193(?)~249)의 집해(集解)에서는 포함(包咸)의 말을 인용하여 "野는 촌사람과 같으니 비루하고 소략함을 말한다.[50]", "史는 文이 많고 質이 적은 것이다.[51]", "빈빈(彬彬)은 文과 質이 서로 반씩 섞여 있는 모양이다.[52]"라고 설명하였다.

형병(邢昺, 932~1010)의 의소(義疏)에서는 다음과 같이 풀이하였다. "이 장은 군자에 대해서 밝힌 것이다. ……'文質彬彬然後君子'는 彬彬은 文과 質이 서로 반씩 적당히 섞여 있는 모양이고 文은 화려함이며 質은 질박함이니 이것이 서로 반반씩 적당히 배합된 연후에야 군자가 될 수 있음을 말한 것이다.[53]"

공자는 文과 質을 반대의 개념으로 사용하고 있으며 역대 학자들은 質을 질박함으로 보고 있다. 따라서 質은 文과 반대 개념이므로 '文'은 문채나다가 타당하다고 생각한다.

> ② 棘子成曰, 君子, 質而已矣, 何以文爲. 子貢曰, 惜乎, 夫子之說, 君子也, 駟不及舌, 文猶質也, 質猶文也, 虎豹之鞟, 猶犬羊之鞟.
> 棘子成이 말하였다. "군자는 質뿐이니, 文을 어디에 쓰겠는가?" 子貢이 말하였다. "애석하다! 夫子(棘子成)의 말씀이 군자다우나 駟馬도 혓바닥을 따라잡지는 못하는 것이다. 文이 質과 같으며, 質이 文과 같은 것이니, 虎豹의 털 없는 가죽이 犬羊의 털 없는 가죽과 같은 것이다." 「顔淵 제8장」

하안의 집해에서는 공안국의 말을 인용하여 다음과 같이 풀이하였다. "가죽의 털을 제거한 것을 곽(鞟)이라 한다. 호랑이와 표범이 개와 양과 구별되는 것은 바로 털의 무늬가 다르기 때문이다. 지금 文

---

50) 野, 如野人言鄙略也.
51) 史者, 文多而質少.
52) 彬彬, 文質相半之貌.
53) 此章明君子也.……文質彬彬, 然後君子者, 彬彬, 文質相半之貌, 言文華質朴相半, 彬彬然, 然後可爲君子也.

과 質을 같다고 하면서 어찌 호표(虎豹)와 견양(犬羊)을 다르다고 하
겠는가?54)"

황간(皇侃, 488~545년)의 의소(義疏)에서는 다음과 같이 설명하였다.
"호랑이와 표범이 개와 양보다 귀한 까닭은 확실히 털의 무늬가 선명
하고 아름다운 것을 특별한 것으로 여기기 때문이다. 지금 만약에 호
랑이와 표범 그리고 개와 양의 가죽을 취하여 그 털을 모두 없애고
오직 남은 가죽만 있다면 누가 다시 그 귀천을 식별하고 虎豹와 犬
羊을 구별하겠는가? 군자를 귀한 것에 비유한 것은 확실히 문화함을
가지고 구별한 것이다. 지금 마침내 질박하게 하고 문채나지 않게 한
다면 무엇으로써 군자와 중인을 구별하겠는가?55)"

역대 학자들은 '무늬'와 '문채나다' 등 두 가지로 해석하였는데, 여
기에서의 '文'자 또한 質과 대비하여 사용하고 있으므로 ①번과 같은
의미라고 생각한다.

> ③ 子路問成人. 子曰, 若臧武仲之知, 公綽之不欲, 卞莊子之勇, 冉求之藝,
> **文之以禮樂**, 亦可以爲成人矣.
> 子路가 완성된 사람을 물으니 공자께서 말씀하셨다. "만일 臧武仲의
> 지혜와 公綽의 탐욕하지 않음과 卞莊子의 용기와 冉求의 才藝에 **禮**
> **樂으로 문채를 내면** 또한 성인이 될 수 있을 것이다." 「憲問 제13장」

하안의 집해에서는 '文'자에 대해 설명하지 않고 다만 다음과 같이 풀
이하였다. "공안국이 말하였다. 예악으로써 더하면 文이 이루어진다.56)"
주희의 『집주』에서는 다음과 같이 설명하였다. "……또 예로써 절제

---

54) 皮去毛曰鞟. 虎豹與犬羊別者, 正以毛文異耳. 今使文質同者, 何以別虎豹與犬羊邪.
55) 虎豹所以貴於犬羊者, 政以毛文炳蔚爲異耳. 今若取虎豹及犬羊皮, 俱減其毛, 唯
餘皮在, 則誰復識其貴賤, 別於虎豹與犬羊乎. 譬於君子所以貴者, 政以文華爲
別, 今遂若使質而不文, 則何以別於君子與衆人乎.
56) 孔曰, 加之以禮樂文成.

하고 악으로써 화하여 덕이 안에서 이루어지고 文이 밖으로 드러나게 한다.……57)"

역대 학자들은 '文'자에 대해서 명확하게 설명하지 않았다. 위 예문은 여러 사람들의 훌륭한 인품에다 예악으로써 文하게 하면 성인이 될 수 있다는 공자의 말씀이다. 즉 이들과 같이 훌륭한 인품을 가지고 있으면서 예악까지 배운다면 성인이 될 수 있을 만큼 문채나고 빛난다는 뜻이다. 따라서 여기에서 '文'자의 의미는 '문채나다'라고 보는 것이 타당하다고 생각한다.

(2) 꾸미다(문식하다)

> 子夏曰, 小人之過也, 必文.
> 자하가 말하였다. "소인들은 허물이 있으면 **반드시 문식한다**." 「子張 제8장」

하안의 집해에서는 공안국의 말을 인용하여 다음과 같이 설명하였다. "그 허물을 문식하고 마음속의 진실을 말하지 않는다.58)"

형병의 의소에서는 다음과 같이 해석하였다. "소인은 허물이 있으면 반드시 그 허물을 문식하고 억지로 말의 조리가 있게 하며 마음속의 진실을 말하지 않는다는 말이다.59)"

주희의 『집주』에서는 "文은 문식하다.60)"라고 하였고 양백준은 "덮어 숨기다"라고 풀이하였다.

역대 학자들은 '문식하다', '덮어 숨기다'라고 하였는데, 필자는 하안 등의 견해를 따르면서 다음과 같이 보충한다. 문식(꾸밈)하는 것은

---

57) ……而又節之以禮, 和之以樂, 使德成於內而文見乎外,……
58) 文飾其過, 不言情實.
59) 言小人之有過也, 必文飾其過, 疆爲辭理, 不言情實也.
60) 文, 飾之也.

화려하게 꾸미는 것도 있으나 잘못을 덮어 숨긴다는 의미로도 쓰일 수 있다. 자신의 허물을 문식한다는 것은 허물을 문식하여 감춘다는 의미이므로 여기에서의 '文'자는 문식하다라는 의미 속에 숨기다라는 의미를 내포하고 있다고 할 수 있다. 학자들은 「子張」편을 전국 말기의 것으로 간주하고 있으므로 춘추 말기에는 문식하다라는 의미가 생겨나지 않은 것으로 보인다.

(3) 문헌(전적 典籍)

① 子曰, 弟子入則孝, 出則弟, 謹而信, 汎愛衆, 而親仁, 行有餘力, 則以 **學文.**
　　孔子께서 말씀하셨다. "弟子가 들어가서는 효도하고 나가서는 공손하며, 삼가고 성실하게 하며, 널리 사람들을 사랑하되 仁한 이를 친히 해야 하니, 이것을 행하고 여력이 있으면 **文을 배워야 한다.**" 「學而 제6장」

　　하안의 집해에서는 마융(馬融)의 注를 인용하여 말하였다. "文은 옛날의 遺文이다.[61]"
　　형병의 의소에서는 다음과 같이 설명하였다. "이미 위의 여러 가지 일을 행하고 여가와 여력이 있으면 선왕의 유문을 배울 수 있다.…… 注에서 말한 옛날의 유문은 시서예악역춘추의 육경이 이것이다.[62]"
　　황간은 의소에서 다음과 같이 풀이하였다. "곧 마땅히 선왕의 遺文을 배워야 하니 오경육적이 이것이다.[63]"
　　주희의 『집주』에서는 "文은 시서와 육예의 文을 말한다.[64]"라고 하였다.

---

61) 文者, 古之遺文.
62) 能行已上諸事, 仍有閑暇餘力, 則可以學先王之遺文,……注言古之遺文者, 則詩書禮樂易春秋六經是也.
63) 則宜學先王遺文, 五經六籍是也.
64) 文, 謂詩書六藝之文.

역대 학자들은 文자를 '옛사람이 남긴 문헌'이라고 풀이하였지만 그 내용에 대해서는 견해가 조금씩 다르다. 형병 이후의 학자들은 선왕의 유문을 공자가 주로 가르쳤던 과목이라고 해석하였는데, 이것은 한나라 때 국가 통치 이념으로 채택되면서 이후 2000년 동안 중국을 지배하게 된 유가의 영향으로 보인다. 공자가 제자들을 가르칠 때는 주요 과목이 있었지만, 제자들에게 학문할 것을 권고할 때는 단지 그 과목만을 의미하지는 않았을 것이다. 따라서 필자는 여기에서의 '文'이 옛 사람이 남긴 모든 문헌을 의미한다고 생각한다.

② 子曰, 夏禮, 吾能言之, 杞不足徵也, 殷禮, 吾能言之, 宋不足徵也, 文獻不足故也.
공자께서 말씀하셨다. "夏나라의 禮를 내가 말할 수 있으나 杞나라에서 증거를 대주지 못하며 殷나라의 禮를 내가 말할 수 있으나 宋나라에서 증거를 대주지 못함은 **문헌(전적)과 어진 인재가 부족하기 때문이다.**"「八佾 제9장」

하안의 집해에서는 다음과 같이 설명하였다. "鄭씨가 말하였다. '獻은 어진 사람과 같다. 나는 예로써 이루어진 사람이 아니다. 이것은 이 두 나라의 군주에게 문장과 어진 인재가 부족하기 때문이다.'[65]"

형병의 의소에서는 다음과 같이 해석하였다. "……文獻不足故也, 足, 則吾能徵之矣는 이 또한 충분히 증거를 댈 수 없다는 뜻을 말씀하신 것이다. 獻은 어진 사람이다. 공자께서는 '나는 예로써 이루어진 사람이 아니다. 이것은 이 두 나라의 군주에게 문장과 어진 인재가 부족하기 때문이다.'라고 말씀하셨다.[66]" 이와 같이 형병은 하안 집해의 풀이를 그대로 따랐다.

---

65) 鄭曰, 獻, 猶賢也. 我不以禮成之者, 以此二國之君文章賢才不足故也.
66) ……文獻不足故也. 足, 則吾能徵之矣者, 此又言不足徵之意, 獻, 賢也. 孔子言, 我不以禮成之者, 以此二國之君文章賢才不足故也.

주희의 『집주』에서는 "文은 전적이고 獻은 어진 사람이다.[67]"라고 풀이하였다.

역대 학자들은 '文'자를 문장(文章), 전적(典籍) 등으로 풀이하였는데, 선진시기와 한나라 때 '文章'의 의미로부터 살펴보면 이때 '文章'은 '六藝(六經)' 또는 '문장'으로 볼 수 있다. 그런데 위 예문에서는 夏나라나 殷나라의 예를 후손들이 잘 보존하지 못하였기 때문에 공자가 비록 그것을 말할 수는 있으나 그것이 옳은지 그른지에 대해서는 증명할 수 있는 근거 자료가 없다는 것을 말하고 있다. 따라서 공자 당시에 夏나라나 殷나라의 예가 어떠한 것이었는지 말해줄 수 있는 것은 문헌과 그 후손들이므로 여기에서의 '文'자는 문헌(전적)을 의미한다고 생각한다.

③ 子曰, **君子博學於文,** 約之以禮, 亦可以弗畔矣夫.
　孔子께서 말씀하셨다. **"군자가 文에 대해서 널리 배우고** 禮로써 요약한다면 또한 어긋나지 않을 것이다." 「雍也 제25장」

형병의 의소에서는 다음과 같이 설명하였다. "이 章은 군자가 만약 선왕의 유문에 대해 널리 배우고 다시 예를 사용하여 스스로 요약함을 선택한다면 도를 어기지 않는 것임을 말한 것이다.[68]"

황간의 의소에서는 "六藝의 文"이라고 풀이하였다.

역대 학자들은 여기에서의 '文'이 '선왕의 유문', '육예' 등으로써 문헌이라는 데 견해가 일치한다. 공자는 사람이 어긋나지 않기 위해서는 예로써 몸가짐을 바르게 하고 문헌을 통하여 지식이나 사람된 도리 등을 배워야 한다는 것을 강조하였을 것이다. 따라서 이 예문에서의 '文'자는 문헌(전적)으로 보는 것이 타당하다고 생각한다.

---

67) 文, 典籍也. 獻, 賢也.
68) 此章言君子若博學於先王之遺文, 復用禮以自檢約, 則不違道也.

④ 子以四敎, 文行忠信.

　　孔子께서는 네 가지로써 가르치셨으니, 文·行·忠·信이었다. 「述而
　　제24장」

　　형병의 의소에서는 다음과 같이 해석하였다. "이 장은 공자께서 가
르침을 행할 때 이 네 가지 일을 우선으로 하였음을 기록한 것이다.
文은 선왕의 유문이다.……69)"

　　황간의 의소에서는 "典籍 辭義"라고 하였고 유보남(劉寶楠)의 『논
어정의(論語正義)』에서는 "시서예약"이라고 풀이하였다.

　　역대 학자들은 '文'자를 '선왕의 유문', '전적 사의', '시서예약' 등
으로 보고 있는데, 위 예문에서는 공자가 제자들을 가르치던 주요 덕
목을 얘기하고 있다. 따라서 여기에서 '文'자는 여러 학자들의 견해를
아우를 수 있는 문헌(전적)으로 보는 것이 타당하다고 생각한다.

⑤ 顏淵喟然歎曰, 仰之彌高, 鑽之彌堅, 瞻之在前, 忽焉在後. 夫子循循然
　善誘人, 博我以文, 約我以禮.
　　顏淵이 크게 탄식하며 말하였다. "우러러 볼수록 더욱 높고, 뚫을 수
　록 더욱 견고하며, 바라봄에 앞에 있더니 홀연히 뒤에 있도다. 夫子께
　서 차근차근히 사람을 잘 이끄시어 文으로써 나를 넓혀주시고 禮로써
　나의 행동을 요약하게 해주셨다." 「子罕 제10장」

　　하안의 집해에서는 공안국의 말을 인용하여 다음과 같이 풀이하였
다. "夫子께서 이미 문장으로써 우리를 열어 넓히시고 또한 예절로써
우리를 요약하였음을 말한다.……70)"

　　형병의 의소에서도 하안의 집해와 마찬가지로 '文'자를 '文章'이라
고 해석하였다.

---

69) 此章記孔子行敎以此四事爲先也. 文謂先王之遺文.
70) 言夫子旣以文章開博我, 又以禮節節約我,……

제4장 「文」자, 「文學」, 「文章」에 「文學」개념이 형성되는 과정과 원인

역대 학자들은 '문장'이라고 하였다. 필자가 분석한 바에 의하면 '문장'은 선진시기에 '六藝(六經)', '예악과 법도', '문물제도' 등 의미가 있는데, 한나라 때는 '법도', '문장', '글을 짓는 詞章' 등 의미로 변화한다. 위의 원문에서는 "文으로써 나를 넓혀주시고 禮로써 나를 요약하신다.(博我以文, 約我以禮.)"라고 하였다. 그런데 ③번의 원문에는 "군자가 文에 대해서 널리 배우고 禮로써 요약한다.(君子博學於文, 約之以禮)"라는 공자의 말씀이 있다. 필자는 여기에서 '文'이 위 원문의 '文'과 같다고 생각한다. 따라서 여기에서 '文'자의 의미는 '문장'의 의미 중에서 '六藝(六經)', '문장' 등이 위 원문의 의미에 가깝지만 이 보다는 이것들을 아우를 수 있는 ③번과 같은 문헌(전적)이라고 본다. 즉 여기에서 말하는 "文으로써 나를 넓혀준다"는 "문헌(전적)으로써 나의 지식, 사고 등을 넓혀준다"라고 볼 수 있다.

⑥ 子曰, **博學於文**, 約之以禮, 亦可以弗畔矣夫.
孔子께서 말씀하셨다. "**文에 대해서 널리 배우고** 禮로써 요약한다면 또한 어긋나지 않을 것이다." 「顏淵 제15장」

여기에서 '文'자는 ①번과 같은 의미이다.

(4) 글 자

子曰, 吾猶及史之闕文也, 有馬者借人乘之, 今亡矣夫.
공자께서 말씀하셨다. "**나는 오히려 史官들이 글을 빼놓고 기록하지 않음과** 말을 소유한 자가 남에게 빌려주어 타게 함을 미쳐 보았는데 지금은 그것도 없어졌구나!" 「衛靈公 제25장」

하안의 집해에서는 포함(包咸)의 말을 인용하여 "옛날의 좋은 사관은 書의 글자에서 의심스러운 것이 있으면 그것을 빼놓고 아는 사람을 기다렸다.[71]"라고 설명하였다.

형병의 의소에서는 다음과 같이 해석하였다. "文은 글자이다. 옛날의 좋은 사관은 書의 글자에서 의심스러운 것이 있으면 그것을 빼놓고 할 수 있는 사람을 기다리지 견강부회하지 않았다.[72]"

역대 학자들은 '文'자를 글자의 의미로 파악하였다. 서주시기에는 사관들이 글을 기록하였는데, 당시에는 글자의 모양이 하나로 정립되지 않고 여러 가지 형태를 가지고 있었을 뿐만 아니라 사람이 일일이 손으로 기록하였기 때문에 오류가 많이 있었을 것이다. 위 예문은 과거에는 이와 같이 좋은 풍습이 있었는데 공자 당시에는 사라졌기 때문에 안타깝다는 것을 말한 것이다. 따라서 여기에서의 '文'자는 '글자'이며, 사관들이 실수로 글자를 빼먹은 것이 아니라 하안과 형병의 견해와 같이 사관들은 의심스러운 것이 있으면 그것을 빼놓고 아는 사람을 기다렸다고 보는 것이 타당하다고 생각한다.

(5) 문화

① 子曰, 周監於二代, 郁郁乎文哉.
   孔子께서 말씀하셨다. "周나라는 夏·殷 二代를 보았으니, **찬란하다. 그 文이여!**"「八佾 제14장」

하안의 집해에서는 다음과 같이 풀이하였다. "공안국이 말하였다. 監은 보다이다. 주나라의 文章이 二代에 갖춰졌으니 마땅히 이것을 따르겠다는 것을 말한 것이다.[73]"

71) 古之良史, 於書字有疑則闕之, 以待知者.
72) 文, 字也. 古之良史, 於書字有疑則闕之, 以待能者, 不敢穿鑿.

형병의 의소에서는 다음과 같이 설명하였다. "오늘날 주나라의 예법과 문장을 가지고 하나라와 상나라 2대를 돌아본즉 주나라는 찬란한 문장이 있음을 말한다.74)"

역대 학자들은 여기에서 '文'자의 의미를 '문장(文章)'으로 보았다. 필자의 분석에 의하면 이들이 말한 문장은 선진시기에 '六藝(六經)', '예악과 법도', '무늬', '문물제도' 등 의미가 있다.

위 원문은 공자가 주나라를 찬미하는 말로서 "주나라는 하나라와 은(상)나라 2대를 보았으니(周監於二代)"는 주나라가 하나라와 은나라를 계승하였다는 의미이다. 이것은 곧 은나라는 하나라를 멸망시켰으나 그 문화를 계승하였고 주나라는 은나라를 멸망시켰으나 은나라의 문화를 계승하였다는 말이다. 2장의 원형에서 살펴본 바와 같이 주나라는 비록 은나라를 멸망시켰지만 여전히 그들의 도읍에서 은나라의 사멸한 토지신이 제사되었고 갑골이나 청동기는 상나라의 것이 계승된 것이며, 뛰어난 옥공예술 또한 계승·발전되었다. 그러나 단지 이것뿐만 아니라 의식주(衣食住), 학문, 예술, 제도 등 사회 전반에 걸친 문화가 새 왕조에 의해 개혁이 단행되었을 것이지만 대부분 계승되었을 것이다. 역사적으로 보면 한 왕조가 다른 왕조를 무너뜨리고 들어섰을 때 새 왕조는 자신들 정권의 정당성 확보나 권력 장악을 위하여 개혁을 단행하지만, 실제로는 많은 부분이 단시일에 바뀌지 않고 오랜 기간에 걸쳐 서서히 변화한다. 따라서 여기에서의 '文'자는 주나라가 하나라와 은나라로부터 계승한 六藝(六經), 문물제도 등 주나라의 문화를 의미한다고 생각한다.

② 子畏於匡曰, 文王旣沒, 文不在玆乎. 天之將喪斯文也, 後死者不得與於斯文也. 天之未喪斯文也, 匡人其如予何.

---

73) 孔曰, 監, 視也. 言周文章備於二代, 當從之.
74) 言以今周代之禮法文章, 回視夏商二代, 則周代郁郁乎有文章哉.

孔子께서 匡땅에서 경계심을 품고 계시면서 말씀하셨다. "文王이 이미 별세하셨으니, 文이 이 몸에 있지 않겠는가? 하늘이 장차 이 文을 없애려 하셨다면 뒤에 죽는 사람(내 자신)이 이 文에 참여하지 못하였을 것이다. 그러나 하늘이 이 文을 없애려 하지 않으셨으니, 匡땅 사람들이 나를 어떻게 하겠는가?" 「子罕 제5장」

하안과 형병은 '文'자에 대해서 별도로 설명하지 않고 문장 속에서 단지 '文'이라고만 하였다.

황간의 의소에서는 다음과 같이 설명하였다. "옛 문왕의 성덕은 문장으로써 천하를 교화하였음을 말한다. 문왕이 지금 이미 별세하셨으니 문장은 마땅히 사람이 전하여야 한다. 문장을 전하는 자는 내가 아니면 누구이겠는가?[75]"

유보남의 『논어정의』에서는 이 견해를 따르면서 더욱 구체적으로 풀이하였다. "文武의 도는 모두 서적(목간과 죽간)에 있었다. 夫子가 주유하면서 얻은 전적을 스스로 따랐으므로 이것을 가리켜 말한 것이다.[76]"

주희의 『집주』에서는 "道가 드러난 것을 文이라 하니 예악과 제도를 말한다. 道라고 말하지 않고 文이라고 한 것은 또한 겸사이다.[77]" 라고 하였다.

역대 학자들은 '文'자에 대해 다양한 견해를 제시하였다. 주나라의 문왕은 국정을 바로 잡고 문화적인 영향을 미치게 하였기 때문에 후대 사람들로부터 칭송된다. 따라서 여기에서의 '文'자는 시서예악, 문물제도 등 주 문왕이 영향을 끼쳤을 것이라고 여겨지는 서주시기의 문화를 의미한다고 생각한다.

---

75) 言昔文王聖德, 有文章以敎化天下也. 文王今旣沒, 則文章宜須人傳. 傳文章者, 非我而誰.
76) 文武之道, 皆存方策. 夫子周遊, 以所得典籍自隨, 故此指而言之.
77) 道之顯者, 謂之文. 蓋禮樂制度之謂, 不曰道而曰文, 亦謙辭也.

(6) 시호

子貢問曰, 孔文子, 何以謂之文也. 子曰, 敏而好學, 不恥下問, 是以謂
之文也.

子貢이 물었다. "孔文子를 **어찌하여 文이라고 시호하였습니까?**" 孔子께
서 말씀하셨다. "明敏하면서도 배우기를 좋아하였으며 아랫사람에게 묻기를
부끄럽게 여기지 않았다. **이런 까닭으로 文이라 한 것이다.**" 「公冶長 제14장」

형병의 의소에서는 다음과 같이 설명하였다. "이 장에서는 文이 아
름다운 시호가 됨을 말하였다. '子貢問曰, 孔文子, 何以謂之文也'는
文이 시호 중에서 아름다운 것이므로 위나라 대부 공어(孔圉)가 어떤
선행을 행하여 '文'이라는 시호를 얻었는가 물은 것을 말한다. '子曰,
敏而好學, 不恥下問, 是以謂之文也'는 夫子께서 子貢에게 文子의 아
름다운 행실을 말한 것이다.[78]"

주희의 『집주』에서는 다음과 같이 풀이하였다. "그러므로 시호법에
배우기를 부지런히 하고 묻기를 좋아하는 행실을 文이라 한 경우가
있으니 이 역시 사람이 하기 어려운 것이다. 공어가 文을 시호로 얻
은 것은 이 때문일 뿐이다.[79]"

'文'자는 시호로 쓰일 때 첫째, 經緯天地 둘째, 道德博厚 셋째, 勤
學好問 넷째, 慈惠愛民 다섯째, 愍民惠禮 여섯째, 錫民爵位 등 여
섯 가지 의미가 있는데,[80] 공어의 시호는 이 중에서 勤學好問에 해
당된다.

---

78) 此章言文爲美諡也. 子貢問曰, 孔文子何以謂之文也者, 言文是諡之美者, 故問
衛大夫孔圉有何善行, 而得謂之文也. 子曰, 敏而好學, 不恥下問, 是以謂之文
也者, 此夫子爲子貢說文子之美行也.

79) 故諡法, 有以勤學好問爲文者, 蓋亦人所難也, 孔圉得諡爲文, 以此而已.

80) 黃懷信 외 2인 撰, 『逸周書彙校集注 下券』, 上海古籍出版社, 1995, 678~680
쪽 참조.

6) 左傳

(1) 무늬

① 宋武公生仲子, 仲子生而有文在其手, 曰爲魯夫人, 故仲子歸于我.
송나라 武公이 仲子를 낳았는데 **중자는 태어나면서부터 손바닥에 "魯나라 부인이 된다."라는 글자 모양의 무늬가 있었다.** 그러므로 仲子가 우리 惠公에게 시집왔다. 「隱公 元年」

두예(杜預) 주의 풀이는 다음과 같다. "부인이 시집가는 것을 歸라고 한다. 손금이 자연적으로 글자를 이룬 것이 천명인 듯하므로 그를 노나라로 시집보낸 것이다.[81]"

양백준의 『춘추좌전주(春秋左傳注)』에서는 다음과 같이 풀이하였다. "文은 곧 글자(字)이다. 그러나 선진의 書에는 字를 말한 것이 없다. 『주례·외사』, 『의례·빙례』에서는 모두 名을 말하였고 『좌전』, 『논어』, 『중용』에서는 똑같이 文을 말하였다. 字를 文으로 여긴 것은 『사기』의 진시황 낭야대 각석에서 '同書文字'라고 한 것에서부터 시작되었다. 상세한 것은 고염무의 『일지록』과 단옥재의 『설문해자서주』에 있다.[82]"

그러나 양백준은 "故仲子歸于我"를 설명하는 곳에서 다음과 같이 풀이하였다. "공영달의 소에서는 말하였다. '석경의 고문에는 虞가 ᘉ로 쓰여 있고 魯는 ᘸ로 쓰여 있다. 손바닥의 무늬 모양이 혹 이것과 비슷한 듯하다.' 공영달의 말에 의거해보면 손바닥에 진실로 문자가 있다는 것은 믿을 만한 것이 아니고 대체로 손금이 魯夫人 3자와 비슷하거나 혹은 虞자와 비슷한 점이 있어서 당시 사람들 혹은 후세 사

---

81) 婦人謂嫁曰歸. 以手理自然成字, 有若天命, 故嫁之於魯.

82) 文卽字, 而先秦書未有言字者. 『周禮·外史』, 『儀禮·聘禮』皆言名, 『左傳』, 『論語』, 『中庸』並言文. 以字爲文, 始於『史記』秦始皇琅邪臺石刻曰 '同書文字'. 詳顧炎武『日知錄』及段玉裁『說文解字敍注』.

람들이 이 때문에 억지로 갖다 붙인 것이다. 宋나라의 仲子가 노나라로 시집간 것은 손금이 '魯夫人' 3자와 비슷한 점이 있다는 것을 가지고 억지로 갖다 붙인 것일 뿐이다.83)"

위의 분석으로부터 역대 학자들의 견해는 '글자'와 '손바닥의 무늬' 등 두 가지가 있다는 것을 알 수 있다. 양백준은 처음에는 '글자'라고 하였으나 다음에는 공영달의 소를 인용하여 '손금 즉 손바닥의 무늬'라고 하여 서로 모순된 점이 있다. 필자는 손바닥에 있는 '文'이 완전한 형태의 글자라고 하기에는 무리가 있으며, 단지 글자 모양의 무늬라고 보는 것이 타당하다고 생각한다.

　② 及生, 有文在其手曰友, 遂以命之.
　　그(成季)가 출생함에 미쳐 **그 손바닥에 '友'라는 글자 모양의 무늬가 있으므로** 마침내 友라고 이름을 지었다. 「閔公 2년」

　③ 及生, 有文在其手曰虞, 遂以命之.
　　그(唐叔)가 출생함에 미쳐 **그 손바닥에 '虞'라는 글자 모양의 무늬가 있으므로** 마침내 虞라고 이름을 지었다. 「昭公 元年」

　④ 及生, 如卜人之言, 有文在其手曰友, 遂以名之.
　　그(成季)가 출생함에 미쳐 무당이 말한 것과 같이 **그 손바닥에 '友'라는 글자 모양의 무늬가 있으므로** 마침내 友라고 이름을 지었다. 「昭公 32년」

　①, ②, ③, ④번은 같은 문장에 쓰였으므로 같은 의미이다.

　⑤ 火龍黼黻84), 昭其文也, 五色比象, 昭其物也.

---

83) 孔穎達疏云 "石經古文'虞'作'㔫', '魯'作'𢽾', 手文容或似之." 據孔說, 不以其手掌眞有文字爲可信, 蓋手紋有似'魯夫人'三字或似'虞'字者, 當時人或後世人因而附會之. 宋仲子之嫁於魯, 蓋附會其手紋有似'魯夫人'三字耳.

84) 이에 대한 두예 주의 풀이는 다음과 같다. "火는 袞衣에 불을 그린 것이고 龍은

화, 용, 보, 불은 **무늬를(무늬로 귀천을) 밝히기 위함이며,** 五色으로 각 종 物象을 모방하여 그리는 것은 物色을 밝히기 위함이다. 「桓公 2년」

두예의 주에서는 "文章85)으로 귀천을 밝힌다.86)"라고 설명하였다.

양백준의 『춘추좌전주』에서는 "이 네 가지는 모두 문채가 있으므로 昭其文이라고 한 것이다.87)"라고 풀이하였다.

이에 대한 오늘날 학자들의 견해에는 '문장 즉 무늬'와 '文飾의 高下' 등이 있다.

두예는 '文'을 '문장'이라고 하였고 양백준은 정확한 설명을 하지 않았다. "文章으로 귀천을 밝힌다."는 것은 옷의 무늬를 가지고 귀천을 구분하는 것을 말하는데, 이것은 공자 이후의 것으로 간주되는 『서경·虞書·皐陶謨 第6章』의 "다섯 가지 복식은 다섯 가지 무늬로 한다(五服五章哉)"라는 기록으로부터 짐작할 수 있다. 그것이 어떠한

용을 그린 것이다. 백색과 흑색의 실을 사용해 자수한 것을 黼라 하는데 모양이 도끼와 같고 흑색과 청색의 실을 사용해 자수한 것을 黻이라 하는데 모양이 두 '己'자가 서로 등지고 있는 것 같다.(火, 畫火也. 龍, 畫龍也. 白與黑, 謂之黼, 形若斧. 黑若靑, 謂之黻, 兩己相戾.)" 林堯叟의 주에서는 "이것은 上衣 下裳의 꾸밈(文飾)이다.(此上衣下裳之飾.)"라고 설명하고 있다. 정태현 역주, 『역주 춘추좌씨전 1권』, 전통문화연구회, 2002, 268쪽 참조. 양백준은 『춘추좌전주』에서 다음과 같이 해석하고 있다. "네 가지는 모두 衣裳의 무늬이다. 火의 형태는 반 고리 모양이다. 龍은 용의 형상을 그렸다. 黼는 音이 斧이며 白과 黑 두 가지 색을 사용하여 한 쌍의 도끼 머리 형상을 수놓은 것이다. 黻은 音이 紱이다. 黑과 靑 두 가지 색으로 수놓은 무늬로서 두 개의 弓 형태가 서로 등지고 있는 것을 닮았는데 亞와 같다. 前人들은 두 己자가 서로 등지고 있는 것으로 여겼으나 확실하지 않다.(四者皆衣裳上之花紋. 火形作半環. 龍, 畫爲龍形. 黼音斧, 用白黑兩色所刺繡之一對斧頭形. 黻音紱, 用黑與靑兩色所刺繡之花紋, 像兩個弓形相背, 如亞. 前人以爲兩己相背, 恐不確)."

85) 오늘날 의미는 ① 靑과 赤의 무늬를 '文'이라 하고, 赤과 白의 무늬를 '章'이라 한다. 의복에 수놓은 무늬를 말한다. ② 문채(빛깔을 넣은 천. 무늬 있는 피륙) 등이 있다. 이가원 외 監修, 『東亞 漢韓大辭典』, 동아출판사, 1993, 773쪽 참조.

86) 以文章明貴賤.

87) 此四者均爲文彩, 故云昭其文.

것이었는지는 조선시대 때 왕과 신하, 文臣과 武臣, 품계의 높고 낮음, 신분의 고하 등을 구분하던 옷의 색깔과 무늬 등을 생각하면 될 것이다. 따라서 여기에서 '文'자는 '무늬'라고 보는 것이 타당하다고 생각한다. 즉 이 예문에서의 '文'자의 무늬라는 의미 속에는 '문식의 高下'라는 의미가 내포되어 있으며, '무늬를 밝힌다'는 것은 '문식의 高下를 밝힌다'는 것임을 알 수 있다.

⑥ 夫德, 儉而有度, 登降有數, 文物以紀之, 聲明以發之, 以臨照百官. 百官於是乎戒懼, 而不敢易紀律.
德은 검소하면서도 법도가 있고 登降에 일정한 수가 있으니 **文과 物로 그것(귀천)을 기록(표시)하고**, 聲과 明으로 그것(덕)을 드러내어 백관을 감시하면 백관은 이에 경계하고 두려워하여 감히 기율을 위반하지 않을 것이다. 「桓公 2년」

주신(朱申)의 주에서는 "昭其文·昭其物은 덕을 기강으로 하는 까닭을 말한 것이다.[88]"라고 풀이하였다.

양백준의 『춘추좌전주』에서는 다음과 같이 설명하였다. "文은 화용 보불을 이은 것이고 物은 오색으로 형상을 모방하여 비슷하게 그린 것을 이은 것이다.[89]"

정태현은 『역주춘추좌씨전(譯註春秋左氏傳)』에서 "文物以紀之"를 "文은 昭其文의 文으로 山·龍·華蟲 등의 무늬이고, 物은 昭其物의 物로 5색의 색채를 이름인데, 무늬의 多寡와 색채로 신분의 귀천을 드러낸다는 말이다.[90]"라고 풀이하였다.

이 예문에서는 바로 앞 문장에서 언급한 내용의 핵심인 '文物과 聲明'을 가지고 '德'에 대해서 설명하였다. 이 문장은 ⑤번의 "火, 龍,

---

88) 謂昭其文, 昭其物, 所以紀綱此德也.
89) 文承火龍黼黻, 物承五色比象.
90) 정태현 譯註, 『譯註 春秋左氏傳 1』, 전통문화연구회, 2002, 269쪽 참조.

黼, 黻, 昭其文也." 다음 문장의 일부분인데, 文物은 ⑤번의 文과 物이다. 따라서 여기에서의 文은 ⑤번의 '昭其文'의 '무늬'와 같은 의미로 보는 것이 타당하다고 생각한다.

⑦ 爲九文六采五章, 以奉五色.

아홉 가지 무늬와 여섯 가지 채색과 다섯 가지 무늬로써 다섯 가지 색을 나타낸다. 「昭公 25년」

두예의 주에서는 다음과 같이 설명하였다. "산, 용, 화, 충, 조, 화, 분미, 보, 불을 말한다.[91]"

양백준의 『춘추좌전주』에서는 다음과 같이 풀이하였다. "아홉 가지 종류의 문채는 다음과 같다. 龍, 山, 華(花)蟲, 火(반원형으로 된 불꽃과 비슷한 것), 宗彝[호랑이와 긴 꼬리 원숭이(蜼)], 이 다섯 가지는 모두 上衣 위에 그려진 그림이다. 藻(水草), 粉米(흰 쌀), 黼(「고공기」에 이르기를 '白과 黑을 黼라 한다.'고 하였다. 僞 공안국 『상서』 주에서는 '黼는 도끼의 형상과 같은데 칼날은 희고 몸체는 검은 것을 말한다.'고 풀이하였다.), 黻(두예의 주에서는 '두 개의 己자가 서로 등지고 있는 것과 같다.'고 해석하였다. 「고공기」에서는 '黑과 靑이 서로 이어지는 무늬를 이룬다.'고 하였다.) 등 네 가지가 있는데 黻은 사실 두 弓이 서로 등지고 있는 亞와 같다. 이 네 가지는 치마 위에 수놓은 것이다.[92]"

두예는 자신이 말한 것들이 무엇인지 여기에서는 직접적으로 언급하지 않았으나 앞의 ⑤번 주를 보면 옷감에 수놓은 것이라고 하였고,

---

91) 謂山龍華蟲藻火粉米黼黻也.
92) 九種文彩: 龍·山·華(花)蟲·火(爲半圓形似火)·宗彝(虎與蜼-長尾猴)此五者皆畵于衣上. 藻(水草)·粉米(白米)·黼(「考工記」曰, 白與黑謂之黼. 僞孔安國 『尙書』注, 黼若斧形, 謂刀白身黑)·黻(杜注, '若兩己相戾.' 「考工記」曰, 黑與靑相次文). 黻實若兩弓相背亞. 此四者繡于裳上.

양백준은 '文'자를 '문채'라고 하였으나 '九文'은 上衣와 치마 위에
수놓은 것이라고 설명하였다. 즉 이들의 설명에 의하면 '九文'은 옷
위에 수놓은 여러 가지 형상을 말한다. 따라서 여기에서 '文'자는 '무
늬'라고 보는 것이 타당하다고 생각한다.

⑧ 宋人以兵車百乘, 文馬百駟以贖華元于鄭.
　 송나라 사람이 병거 백승, 文馬 **백필을 속물(贖物)로 주고 정나라로부
　 터 華元을 넘겨받기로 하였다.**「宣公 2年」

두예의 주에서는 "말에 그림을 그려서 四百匹의 말에 무늬를 만드
는 것이다.[93]"라고 설명하였다.
공영달의 소에서는 두예 주에서의 "畫馬爲文"을 다음과 같이 해석
하였다. "문식하고 새기고 그린 것을 말하며 마치 꼬리와 갈기를 붉
게 물들인 류와 같다.[94]"
양백준의 『춘추좌전주』에서는 다음과 같이 풀이하였다. "文馬는 옛
날에 두 가지 의미가 있었다. 첫째, 말의 털색이 문채가 있는 것이고
둘째, 말에 그림을 그려서 무늬를 만드는 것을 말한다. 「주본기」의 '여
융(주나라 때 陝西省에 있었던 나라 이름)의 文馬를 구한다.'와 『상
서대전』의 '散宜生의 犬戎씨가 아름다운 말을 얻었는데 얼룩무늬 몸
에 붉은 갈기, 닭의 눈을 가지고 있었다.'에 의하면 당연히 앞의 말이
옳다. 설명은 심흠한의 보주와 장병린의 독을 참조하였다. 文馬百駟
는 「송세가」에서 '말 사백필에 무늬를 만든다.'라고 번역하였다.[95]"
두예는 '文'이라고 하였고 공영달은 문식하고 새기고 그림을 그려

---

93) 畫馬爲文四百匹.
94) 謂文節雕畫之, 若朱其尾鬣之類也.
95) 文馬古有兩義, 一謂馬之毛色有文彩者, 一謂畫馬爲文. 按之「周本紀」'求驪戎
之文馬', 『尙書大傳』'散宜生之犬戎氏, 取美馬駁身朱鬣雞目者', 自以前說爲
是. 說參沈欽韓補注, 並章炳麟讀. 文馬百駟, 「宋世家」譯作'文馬四百匹'.

서 인위적으로 말을 장식하는 것이라고 하였으며, 양백준은 타고난 무늬와 인위적인 무늬, 즉 그려서 만든 무늬라고 하였다.

오늘날 학자들 중에는 『사기・宋微子世家』의 "文馬四百匹"에서의 '文'을 '문신'으로 보는 경우가 있는데, 필자는 춘추전국시기에서 한 나라에 이르는 시기에 말에 문신을 하는 풍습이 있었다는 기록을 찾지 못하였다. 2장의 원형에서는 '文身'이라는 용어가 전국시기의 문헌에서 처음으로 등장하는데, 그것은 吳越 두 나라의 왕이 문신을 하고 나라를 다스렸다는 것임을 검토하였다. 필자는 이때 '文身'을 단어로 간주하였으나 이것을 좀 더 명확하게 분석한다면 '몸에 무늬를 새기다'로서 '文'자의 의미는 '무늬'로 보아야 할 것이다. 필자의 분석에 의하면 한나라 때에도 '文'자에는 '문신'이라는 의미가 없는데, 이 시기 문헌에 비해 필자가 분석한 자료의 수량이 극히 적기 때문에 이것을 단언할 수는 없다. 그리고 필자는 두예가 살았던 위진시기의 '文'자의 의미를 분석하지 않았으므로 당시에 이 의미가 있었는지 알 수 없다. 따라서 위 원문에서의 '文'자를 '문신'으로 보는 것에 대해서는 더 많은 자료의 분석을 필요로 한다.

양백준이 예로 든 『사기・주본기』와 『상서대전』의 기록을 보면 文馬란 본래 몸에 무늬가 있는 좋은 말을 뜻한다는 것을 알 수 있다. 이러한 기록과 위에서 예로 든 학자들의 설명은 고대 중국인들이 사람이나 수레를 꾸민 것과 마찬가지로 말 역시 화려하게 꾸몄음을 말해준다. 필자는 두예와 양백준이 "畵馬爲文"에서 '文'을 문신이라는 의미로 사용하였다 하더라도 위 예문 文馬에서의 '文'은 원래 무늬가 있거나 그려서 만든 무늬라고 생각한다. 왜냐하면 적에게 위압감을 주기 위해 말을 꾸밀 때는 문신보다는 화려하고 독특한 그림을 그려 넣었을 것이기 때문이다. 즉 전쟁에서 사용하는 말은 원래 무늬가 있는 좋은 말이거나 위협적이고 화려하게 그림을 그린 말에 여러 가지 장식을 한 것이었을 것이다. 이와 같이 말이 원래 가지고 있는 무늬

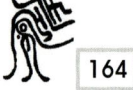

와 말에 그림을 그려 무늬를 만드는 것은 모두 '무늬'가 있다는 공통
점이 있다. 따라서 여기에서 '文'자의 의미는 무늬라고 보는 것이 타
당하다고 생각한다.

(2) 문채나다

① 仲尼曰, 志有之, 言以足志, 文以足言. 不言, 誰知其志. 言之無文, 行
而不遠. 晉爲伯, 鄭入陳, 非文辭不爲功. 愼辭哉.
중니께서 말씀하셨다. "古書에 이러한 말이 있다. '말로써 뜻을 성취하고
文으로써 말을 성취한다.' 말을 하지 않으면 누가 그 뜻을 알겠는가? **말
에 문채가 없으면** 행하여도 멀리가지 못한다. 晉나라가 侯伯(제후의 盟
主)이 되었을 때 鄭나라가 陳나라를 공격하였는데, 子産이 **말을 잘하지
못하였다면** [진(晉)나라에 전리품을 바치는 일을] **성공하지 못했을 것
이다.** 言辭를 신중하게 사용해야 한다." 「襄公 25년」

역대 학자들은 '文'자에 대해 설명하지 않았다. 오늘날 학자들은
"言之無文"에서 '文'을 '문채나다'로 보는데, 필자는 이들의 견해를
따른다. 공자는 옛 책에 있는 "言以足志, 文以足言"을 언급하면서
"말을 하지 않으면 누가 그 뜻을 알겠는가? 말에 문채가 없으면 행하
여도 멀리 가지 못한다."라고 하였다. 공자의 이 말은 "言以足志, 文
以足言"을 설명한 것이라고 할 수 있는데, 이것은 말을 잘해야 한다
는 것, 즉 말에 문채가 있어야 한다는 뜻이다. 따라서 여기에서 '文'
자 역시 '문채나다'라고 보는 것이 타당하다고 생각한다.

"非文辭不爲功"은 외교에서 말을 잘하였다는 의미이다. 따라서
'文辭'는 문채나는 말이라고 볼 수 있으므로 여기에서 '文'자 또한
'문채나다'로 보는 것이 합당하다고 생각한다.

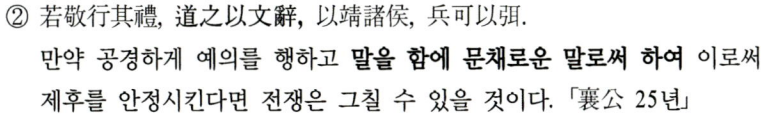

② 若敬行其禮, **道之以文辭**, 以靖諸侯, 兵可以弭.

만약 공경하게 예의를 행하고 **말을 함에 문채로운 말로써 하여** 이로써
제후를 안정시킨다면 전쟁은 그칠 수 있을 것이다. 「襄公 25년」

양백준의 『춘추좌전주』에서는 다음과 같이 설명하였다. "『순자·영
욕편(榮辱篇)』의 楊씨 주에서는 '道는 말하다이다.'라고 하였다. 이것
은 楚나라와 왕래하면서 외교할 때의 말은 반드시 잘해야 한다는 것
을 말한다.[96]"

이 예문은 말을 잘하여야 한다는 의미로서 文辭는 문채나는 말이
라고 보는 것이 타당하다고 생각한다.

③ 仲尼使擧是禮也, 以爲多文辭.

공자께서 이 禮를 기록하게 한 것은 **문채로운 말이 많다고 여겨서이
다.** 「襄公 27년」

②번과 같은 의미이다

④ 對曰, 盟以底信. 君苟有信, 諸侯不貳, 何患焉. **告之以文辭**, 董之以武
師, 雖齊不許, 君庸多矣.

劉獻公이 대답하였다. "맹서는 믿음을 표시하기 위한 것입니다. 왕께서
만약 믿음이 있으시다면 제후는 배반하지 않을 것인데 어찌 근심하십니
까? **문채로운 말로써 그들에게 알리고** 무력으로 바로잡는다면 비록 제
나라가 허락하지 않더라도 왕의 공은 많은 것입니다." 「昭公 13년」

두예의 주에서는 "토론하는 말이 있으므로 공이 많은 것이다.[97]"라
고 설명하였다.

---

96) 『荀子·榮辱篇』楊注, 道, 語也. 此謂與楚來往, 外交辭令必善.
97) 討之有辭, 故功多也.

여기에서는 말과 무력 두 가지로써 외교에 임해야 한다는 것을 얘기하고 있는데, 앞에서는 외교 또는 일상생활에서 말을 잘해야 한다는 용어로 '文辭'가 쓰였음을 살펴보았다. 이것으로부터 전국시기에는 '文辭'가 말을 잘해야 한다는 의미로 쓰였음을 짐작할 수 있다. 따라서 여기에서의 '文' 역시 문채나다라고 보는 것이 타당하다고 생각한다.

⑤ 閔馬父聞子朝之辭, 曰, 文辭以行禮也. 子朝干景之命, 遠晉之大, 以專其志, 無禮甚矣, 文辭何爲.

閔馬父가 王子朝의 말을 듣고 말하였다. **"문채로운 말은 예를 실행하는 데 쓰는 것이다.** 子朝는 景王의 명령을 위배하고 晉나라의 큼을 疏遠히하며 그 뜻을 오로지하니(오로지 왕이 될 것만을 생각하니) 무례함이 심하다. **문채나는 말이 무슨 작용을 하였겠는가?"** 「昭公 26년」

역대 학자들은 文辭에 대해 별도로 풀이하지 않았다. 그러나 위의 ①, ②, ④번 예문에서 분석한 것과 같이 '文辭'에서의 '文'자는 모두 같은 의미인 '문채나다'로서 '文辭'는 '문채나는 말'이라는 뜻이라고 생각한다. 이 '文辭'라는 용어는 秦漢 교체기에 한 단어로 쓰이게 된 것으로 보인다.

(3) 꾸미다(문식하다)

其母曰, 亦使知之, 若何. 對曰, 言, 身之文也. 身將隱, 焉用文之. 是求顯也.

그 어머니가 말하기를 "임금에게 너의 생각을 알리는 것이 어떻겠느냐?"라고 하였다. (介之推가) 대답하기를 **"말은 몸을 꾸미는 것입니다. 장차 몸을 숨기려 하면서 무엇 때문에 꾸미겠습니까?** (만약 꾸민다면) 이는 顯達하기를 구하는 것입니다."라고 하였다. 「僖公 24년」

양백준의 『춘추좌전주』에서는 "其母曰,……言, 身之文也."를 "이것은 말(言)이 몸을 꾸민다는 것을 말한다.[98]"라고 풀이하였다.

양백준은 '文'자에 대해서 별도로 설명하지 않고 다만 '文身'이라고 하였다. 그런데 이때 '文身'은 말과 관련된 것이므로 여기에서 '文'은 몸에 文身을 할 때의 '文(무늬)'이 아닌 '꾸미다'로 보는 것이 타당하다고 생각한다. 오늘날에도 우리는 말로 자신을 꾸민다(포장한다)라는 말을 하는데, 여기에서 의미 역시 이러한 것이라고 본다.

(4) 우아하다

> 故君子在位可畏,……德行可象, 聲氣可樂, **動作有文**, 言語有章,……
> 그러므로 군자는 지위에 있는 모습이 사람들이 경외할 만하고……덕행은 사람들의 본보기가 될 만하고 음성은 사람들을 즐겁게 할 만하며 **동작은 우아하고** 언어는 조리가 있었다.……「襄公 31년」

역대 학자들은 '文'자에 대해 해석하지 않았다. 오늘날 이몽생(李夢生)의 『좌전역주(左傳譯注)』에서는 '우아하다'로 보았다. 필자는 이 견해를 따르면서 다음과 같이 보충한다. 이 예문은 군자가 갖추어야 할 몸가짐, 言行에 대한 언급이므로 "動作有文"은 '거동은 문채나다' 또는 '거동은 우아하다'로 볼 수 있는데, 동작을 나타낸 것이므로 우아하다가 타당하다고 생각한다.

(5) 글 자

① 夫文, 止戈爲武.
글자의 구조에서 보면 止와 戈를 합하면 '武'자가 된다. 「宣公 12년」

---

98) 此謂言所以文身.

두예의 주에서는 "文은 글자이다.99)"라고 하였다.

양백준의 『춘추좌전주』에서는 다음과 같이 설명하였다. "단옥재의 『설문서목주』에 이르기를 '『주례・외사』, 『예기・빙례』, 『논어・자로편』에서는 모두 名을 언급하였고 『좌전』의 反正爲乏, 止戈爲武, 皿蟲爲蠱에서는 모두 文을 말하였으나 육경에서는 字를 언급하지 않았다. 진나라의 각석에 同書文字가 있는데 이것이 字를 언급한 것으로는 최초의 것이다.'라고 하였다.100)"

두예와 양백준의 설명을 종합하면, 여기에서 ‘文’자의 의미는 글자임을 알 수 있다.

② 於文, 皿蟲爲蠱, 穀之飛亦爲蠱.
　　글자의 관점에서 보면 皿(그릇)에 蟲(벌레)이 있는 것을 고(蠱)라고 하는데 곡물에 생기는 날벌레 또한 蠱라고 한다. 「昭公 元年」

두예의 주에서는 "文은 글자이다.101)"라고 풀이하였다.

이 예문은 글자의 생성 원리를 설명하는 것으로서 두예의 견해가 타당하다고 생각한다.

③ 故文, 反正爲乏.
　　그러므로 글자 正을 반대로 쓰면 ‘乏’자가 된다. 「宣公 15년」

두예의 주에서는 "文은 글자이다.102)"라고 풀이하였다.

공영달은 다음과 같이 해석하였다. "허신의 『설문서』에서는 말하였

---

99) 文, 字.
100) 段玉裁說文敍目注云, 『周禮・外史』, 『禮記・聘禮』, 『論語・子路篇』皆言‘名’, 『左傳』‘反正爲乏’・‘止戈爲武’・‘皿蟲爲蠱’皆言‘文’, 六經未有言‘字’者. 秦刻石 ‘同書文字’, 此言‘字’之始也.
101) 文, 字也.
102) 文, 字.

다. '창힐이 처음 글자를 만들 때 종류에 의거하고 형태를 본떴으므로 文이라 한다. 그 후 형성이 서로 더해진 것을 字라 한다. 文은 물상의 근본이고 字는 파생되어 생겨난 것이다.' 이것은 文이 字임을 말한 것이다. 글자를 만드는 체제는 글자 正을 반대로 쓰면 乏이 된다.[103]"

양백준의 『춘추좌전주』에서는 다음과 같이 설명하였다. "소전에는 正자가 疋이다. 乏자는 𝍄으로서 형체가 正자의 반대 모양과 비슷하다. 그러므로 백종은 '正을 반대로 쓰면 乏이 된다.'고 하였고 『설문』에서는 또한 이것을 인용하여 乏자를 설명하였는데 사실 조자의 본래 의도는 아마도 이와 같지 않았을 것이다. 왕소란의 『경설』 4권에서는 『주례・춘관・사인』의 정사농 주를 가지고 이것을 '화살을 받는 것을 正이라 하고 화살을 막는 것을 乏이라 하는데 그 쓰임이 서로 반대이다.'라고 해석하였는데 본래 『전』의 문장과는 부합하지 않는다. 백종의 뜻은 郤舒가 정도를 위반하고 행동하므로 반드시 匱乏에 이를 것이라는 것을 말한 듯하다.[104]"

역대 학자들의 풀이에 의하면, 여기에서 '文'자의 의미는 글자임을 알 수 있다.

(6) 지식

光又甚文, 將自同於先王.

오왕 光은 또한 매우 지식이 있어 스스로 선왕과 같아지려 하고 있다. 「昭公 30년」

---

103) 許慎說文序云, 蒼頡之初作書, 盖依類象形, 謂之文. 其後形聲相益, 謂之字. 文者, 物象之本. 字者, 孳乳而生. 是文謂之字也. 制字之体, 文反正爲乏.

104) 小篆正作'疋', 乏作'𝍄', 形似正字之反, 故伯宗謂'反正爲乏', 『說文』亦引之解說'乏'字, 其實造字之本意恐不如是. 王紹蘭『經說』卷四以『周禮・春官・射人』鄭司農注解之, 謂'所以受矢謂之正, 所以禦矢謂之乏, 其用相反', 於本 『傳』之文不合. 伯宗之意蓋謂郤舒反其正道而行之, 必致匱乏.

두예의 주에서는 다음과 같이 풀이하였다. "선왕은 大王 王季를 말한다. 또한 스스로 西戎을 처음으로 문화가 발달한 나라에 견주었다.105)"

양백준의 『춘추좌전주』에서는 "文은 지식이 있다는 것을 말한다.106)"라고 설명하였다.

두예는 '文'자에 대해 설명하지 않았으나 양백준의 견해에 의하면 여기에서 '文'자의 의미는 지식임을 알 수 있다.

(7) 학 문

楚子曰, 晉公子廣而儉, 文而有禮.……
楚子가 말하였다. "晉公子는 뜻이 광대하면서도 검소하고 **학문이 뛰어나면서도(文華하면서도) 예가 있다.……**" 「僖公 23년」

주신의 주에서는 다음과 같이 풀이하였다. "문화한 사람은 오만에 이르기 쉬운데 공자는 능히 예로써 자신을 요약한다.107)"

주신은 文華한 사람이 쉽게 오만해 진다는 것을 언급하고 다음에 "約之以禮"라고 禮를 말하였다. 『논어』에는 "文으로써 나를 넓혀주시고 禮로써 나의 행동을 요약하게 해주셨다(博我以文, 約我以禮)"라는 언급이 있는데, 주신은 『논어』에서의 이 말을 인용한 것으로 보인다. 필자는 이때 '文'을 '문헌(전적)'으로 보았다. 그러나 위 예문은 사람의 인품에 관한 것이므로 '문헌(전적)'에 국한된 것이 아닌 넓은 의미의 학문이라고 보는 것이 타당할 것이다. 그리고 주신이 말한 '文華'는 오늘날 사전에서 문명의 화려함(『後漢書』), 문학에 뛰어난 사람,

---

105) 先王, 謂大王王季, 亦自西戎始比諸華.
106) 文謂有知識.
107) 文華者, 易至傲慢, 而公子能約之以禮.

문장의 화려함 등 의미108)가 있다.109) 이 예문은 晉公子의 인품이 고결하다는 것에 대한 언급이기 때문에 오늘날의 의미로 본다면 주신주의 文華는 문학에 뛰어난 사람으로 보는 것이 타당하다. 그러나 위 원문은 전국시기의 자료이기 때문에 문학보다는 학문이 뛰어남으로 보는 것이 타당하다고 생각한다. 왜냐하면 당시에는 오늘날과 같은 문학 개념이 생성되지 않았을 것이기 때문이다.

(8) 문채나는 말(文辭), 응대하는 말

① 子犯曰, 吾不如衰之文也. 請使衰從.
    子犯이 말하였다. "**나는 말솜씨가 趙衰만 못하니** 趙衰를 데리고 가소서." 「僖公 23년」

두예의 주에서는 "문채나는 말솜씨가 있다는 것이다.110)"라고 하였고, 양백준의 『춘추좌전주』 역시 "文은 문채나는 말솜씨가 있다는 것이다.111)"라고 풀이하였다.

역대 학자들의 견해에 의하면, 여기에서 '文'자의 의미는 '문채나는 말솜씨'임을 알 수 있다.

② 寡君少遭閔凶, 不能文.
    우리 군주께서는 어린 나이에 우환을 당하시어 **응대하는 말을 잘하지 못하신다.** 「宣公 12년」

---

108) 이가원 외 監修, 『東亞 漢韓大辭典』, 동아출판사, 1993, 774쪽 참조.
109) 오늘날 사전의 의미는 고대 문헌에 있는 것을 수록한 경우가 많기 때문에 고대의 의미와 완전히 동떨어진 것은 아니다. 그러나 사전을 편찬한 사람들이 누구의 注와 해석을 인용했느냐에 따라서 그 글자나 단어의 의미가 달라진다는 문제점이 있다.
110) 有文辭也.
111) 文, 有文辭也.

양백준의 『춘추좌전주』에서는 다음과 같이 설명하였다. "「희공 23년」 전에서는 '자범이 말하기를 나는 말솜씨가 조사(趙衰)만 못하다.'고 하였다. 여기에서의 '不能文'은 아마도 당시에 외교에서 겸손하게 응대하는 말을 나타낸 것으로서 말이 솔직하여 꾸미지 않는 것을 말한 듯하다.112)"

양백준의 견해에 의하면, 여기에서 '文'자의 의미는 '응대하는 말'임을 알 수 있다.

   ③ 子大叔美秀而文.
     子大叔은 용모가 아름답고 재주가 뛰어나서 말에 문채가 있다. 「襄公 31년」

두예의 주에서는 "용모가 아름답고 재주가 뛰어난 것이다.113)"라고 풀이하였으나 '文'자에 대해서는 설명하지 않았다.

양백준의 『춘추좌전주』에서는 다음과 같이 해석하였다. "美秀는 외모와 행동거지를 말한다. 文은 전장 제도 시악을 익힌 것을 말하며 자범이 말한 '나는 말솜씨가 조사만 못하다.(吾不如衰之文也)'에서 '文'이 곧 이 文이다.114)"

양백준의 설명에 의하면 여기에서의 '文'자는 전장 제도 시악을 익혀 문채나는 말솜씨가 있다는 것으로서 ①번과 같은 의미라는 것을 알 수 있다.

---

112) 僖二十三年『傳』, "子犯曰, '吾不如衰之文也.' ". 此'不能文'蓋亦當時表謙虛之外交辭令, 言其辭坦率無文節也.
113) 其貌美, 其才秀.
114) 美秀謂其外貌舉止. 文謂習典章制度詩樂, 子犯曰'吾不如衰之文也', 卽此文

『시경』·『서경』·『논어』·『좌전』의 '文'자 사용 현황

〈표 1〉 단독으로 쓰였을 때의 의미

의미 \ 문헌	시 경	서 경	논 어	좌 전
무 늬	2	1(공자 이전) 1(공자 이후)		8
문채나다		2(공자 이후)	7	8
禮	1			
祀 典		2(공자 이전)		
꾸미다(문식하다)			1	2
文獻(典籍)			6	
학 문				1
글 자			1	3
문 화			5	
諡 號			3	
우아하다				1
지 식				1
문채나는 말(文辭), 응대하는 말				3
文 德	4		1 *	
文 治				1
周文王				1
文 王	3	13	2	13
文 公				6
衛文公				1
晉文公				4
鄭文公				1
晉文侯				1
周文王, 楚文王				1
晉文侯, 文公				1
武의 대칭	4	2		1
힘쓰다			1 *	
의미 불명확				1
소 계	14	21	27	59

〈표 2〉 시호(諡號)

시호 \ 문헌	시 경	서 경	논 어	좌 전
文 王	38	32	1	32
楚文王				3
周文王				1
文 公				39 / 經:1
晉文公			1	5 / 經:1
衛文公				3 / 經:1
邾文公				5
鄭文公				2
宋文公				3 / 經:1
曹文公				1 / 經:1
王叔文公				1
杞文公				2 / 經:1
劉文公				3 / 經:1
魯文公				1
尹文公				1
滕文公				1
蔡文公				經:1
文 侯				1
蔡文侯				1
소 계	38	32	2	105 / 經:8

<表 3> 성과 이름

성 이름 ＼ 문헌	시 경	서 경	논 어	좌 전
臧文仲			2	15
文姜				7 / 經:1
子文			1	13
文子				44
陳文子			1	7
季文子			1	29
公叔文子			3	2
孔文子			1	3
中行文子				3
趙文子				16
范文子				13
孫文子				8
析文子				1
大叔文子				3
北宮文子				4
鮑文子				3
知文子				2
文芈				1
文嬴				1
文伯				8
士文伯				6
公父文伯				2
公文懿子				1
公文要				1
公文氏				1
文之鍇				1
文之				1
소 계			9	196 / 經:1

〈표 4〉단어

단어 \ 문헌	시 경	서 경	논 어	좌 전
文 祖		4		1
文 考		7		
文 人	1	1		
文 子		2		
文 孫		2		
文 母	1			
文 身				1
文 德	1	1	1	4
文 命		1		
文 教		1		
文 章			2	2
文 學			1	
소 계	3	19	4	8
합 계	55	72	42	368 / 經:9

【표의 풀이】

▶ '文'자만 쓰인 경우에는 내용을 파악하여 의미를 구분하였다. 예를
들어 '文'자만 쓰였는데 '文王'을 의미할 경우에는 의미 부분의
'文王'에 포함하였다. 그러나 『좌전』의 의미 중에서 '文王'에는
'周文王'과 '楚文王'이 포함되어 있을 것이라고 생각되는데, 필자
는 이것을 별도로 구분하지 않고 명확한 경우에만 구분하였다.

▶ 文祖, 文考, 文子, 文孫, 文母 등은 단어로 간주하였다.

▶ 『좌전』의 사람 이름 중에서 '文子'는 姓이 있는 경우에는 구분하
였으나, 姓이 없을 경우에는 구분하지 않고 '文子'로 집계하였다.

▶ 『좌전』의 文王, 文公, 文侯 등은 원문에 나라 이름이 표기되어 있
는 것은 구분하였으나, 그렇지 않은 경우에는 내용상 나라 이름이

구분되더라도 원문 그대로 집계하였다.

▸ 『좌전』의 집계는 經과 傳을 구분하였다.

▸ 〈표 1〉의 의미 분석

■ 文德: 『논어』

曾子曰, 君子以文會友, 以友輔仁.

曾子가 말씀하셨다. "군자는 **文으로써 벗을 모으고**, 벗으로써 仁을 돕는다." 「顏淵 제24장」

何晏의 集解에서는 "孔씨가 말하였다. '벗은 문덕으로써 합한다.'[115]"라고 풀이하였다.

邢昺의 義疏에서는 "군자의 사람됨은 문덕으로써 벗을 모은다는 것을 말한다.[116]"라고 설명하였다.

주희의 집주에서는 다음과 같이 해석하였다. "학문을 강하여서 벗을 모으면 道가 더욱 밝아진다.[117]"

유보남(劉寶楠)의 『論語正義』에서는 공안국의 말을 인용하면서 다음과 같이 풀이하였다. "文은 시서예악을 말한다.[118]" 그는 또한 하안 집해의 "友以文德合"을 다음과 같이 설명하였다. "文德이라는 것은 文을 배우는 것이 모두 덕에 있음을 말한다.[119]"

楊伯峻은 "문장과 학문"이라고 하였다.

여기에서 '文'자의 의미는 송나라 주희 이전에는 문덕이라고 하였

---

115) 孔曰, 友以文德合.
116) 言君子之人以文德會合朋友.
117) 講學以會友, 則道益明.
118) 文謂詩書禮樂也.
119) 文德者, 言所學文皆在德也.

으나 주희 때부터 학문, 시서예악 등이라고 하였다. 이것은 벗을 사귈 때 중점을 두는 것이 시대마다 다르기 때문에 나타난 현상이라고 생각한다. 그리고 형병(932~1010)과 주희(1130~1200)는 모두 송나라 사람이고 시기적으로도 큰 차이가 없지만 두 사람의 견해가 다른데, 이것은 200여 년이라는 시차에서 오는 전반적인 사상의 차이이거나 두 사람의 개인적인 견해 차이라고 생각한다.

오늘날 대부분의 나라는 신분의 구분이 없고 배움의 기회도 누구에게나 열려있기 때문에 벗을 사귀는데 있어서도 학문뿐만 아니라 여러 가지가 작용한다. 그러나 100여 년 전까지만 해도 중국이나 우리나라에서 이러한 일은 상상도 할 수 없는 일로서 당시에는 신분의 고하가 분명하고 천민들은 배움의 기회를 갖지 못하였다. 이 증자의 말씀은 춘추 말기의 것인데, 당시에는 모든 제후국들이 전쟁 상태에 돌입하게 되고 이로 인해 서주 사회의 禮로 나타났던 종법 지배 질서가 근본적으로 흔들렸으며 평민들도 배움의 기회를 갖게 되어 지식인들이 늘어났다. 그렇지만 이 시기에는 지식으로 벗을 사귈 만큼 학문이 보편화되거나 체계가 잡히지는 않았을 것이기 때문에 벗을 모으는데 있어서 중요한 것은 학문보다는 덕이 크게 작용하였을 것이다. 따라서 필자는 하안과 형병의 견해를 따른다.

■ 힘쓰다: 『논어』

본 장의 의미 변화 과정 중에서 『논어』 참조.

2. 의미 변화 과정

필자는 본 장의 1절에서 '文'자의 의미를 확정하였다. 그렇다면 '文'자의 의미가 변화된 원인은 무엇인가? 의미가 변화하는 데는 역사적, 언어적, 사회적, 심리적 원인 등이 있는데, 이러한 의미 변화의 원인들은 대개 복합적으로 작용한다.[120] 선진시기에 '文'자의 의미가 변화하는 데에도 이와 같은 원인들이 작용하였을 것이다. 따라서 필자는 '文'자의 의미가 변화되는 과정을 의미의 확정에서 분석한 의미를 바탕으로 하여 언어적인 방면과 역사적, 사회적 방면으로 나누어 검토할 것이다. 시기는 서주시기, 춘추시기, 전국시기, 한나라로 구분하도록 한다. 이 작업이 비록 선진시기 '文'자의 의미 변화를 명확하게 밝혀 줄 수는 없겠지만, 적어도 선진시기에 '文'자의 의미가 변화해 가는 희미한 단서 정도는 잡을 수 있을 것이다.

1) 선진시기

(1) 시경과 서경

본 장의 1절에서는 상나라 때는 '文'자가 단지 '왕에 대한 칭호', '사람 이름', '땅 이름' 등으로 쓰였고, 주나라의 금문에서는 '文考', '文祖', '文母', '文人', '晉文公' 등 용어와 '武의 대칭'이라는 의미로 쓰였다는 것을 고찰하였다. '文'자는 단어에 사용된 것을 포함하여 『시

---

120) 이에 대한 자세한 내용은 심재기 외 2인 著, 『意味論序說』, 集文堂, 1998, 43~46쪽 참조.

경』에서는 55번 쓰였고 『서경』에서는 72번[121] 쓰였는데, 대부분 文王[122]으로 쓰였다. 그러나 『시경』과 『서경』에서는 금문에서 쓰인 용어 이외에 '文德', '文命', '文教', '文子', '文孫' 등 용어가 출현하고 있으며 '무늬', '문채나다', '예', '사전(祀典)', '文德' 등으로 의미가 분화되고 있다.

아래에서는 '文考', '文祖', '文母', '文人', '文武', '文德', '文命', '文教', '文子', '文孫' 등 용어에 대해서 살펴보도록 한다.

첫째, '文考', '文祖', '文母', '文人' 등 용어를 살펴보자. 文考는 『서경』에서 7번 쓰였는데, 문왕, 문덕이 있는 아버지를 의미한다. 文祖는 『서경』에서 4번 쓰였는데, 堯의 문덕이 있는 조묘(祖廟), 문덕이 있는 조상인 文王 등을 의미한다. 文母는 『시경』에서 1번 쓰였는데, 문덕이 있는 母, 즉 文王의 妃를 의미한다. 文人은 『시경』과 『서경』에서 각각 1번씩 쓰였는데 선조 중에 문덕이 있는 사람이라는 의미이다. 따라서 文考·文祖·文母·文人에서의 '文'자는 문왕, 문덕을 의미한다는 것을 알 수 있다.

둘째, '文武'에서 '文'은 '武의 대칭'과 '文王'으로 쓰였다. '武의 대칭'이라는 의미는 금문에서 쓰인 것 이외에 『시경』에서 4번 쓰였고 『서경』에서는 今文에서는 쓰이지 않고 古文에서만 2번 쓰였는데, 이때 文자는 대부분 "文武"와 "允文允武" 등 형태로 쓰였다. '文王'은 주나라에 이르러 상나라 때 왕명에서의 文武가 文王과 武王으로 분리되어 쓰인 것이다. 이것은 상나라 때의 文武丁·文武帝·文武帝乙의 文武가 주나라 초기에 文자와 武자로 개념이 분화되고 있음을 의미한다. 필자는 文자가 文武로부터 분리되어 文王으로 칭해지고 '武

---

121) 今文尚書에서는 55번 쓰였고 古文尚書에서는 17번 쓰였다.
122) 문왕('文'자만 쓰인 것 포함)은 『시경』에서는 41번 쓰였는데 大雅에서 31번, 周頌에서 9번, 魯頌에서 1번 쓰였다. 『서경』에서는 고문상서에서는 7번 쓰였고, 금문상서에서는 38번 쓰였다. 금문상서에서는 공자 이전의 것으로 확실시되는 자료에서는 29번, 그 외 공자 이후의 자료에서는 9번 쓰였다.

제
4
장
「文」
자
,
「文學」
,
「文章」
에
「文學」
개념이
형성되는
과정과
원인

의 대칭'이라는 의미로 쓰이게 된 데는 다음과 같은 원인이 있다고 생각한다. 첫째, 文武丁, 文武帝 등 상나라 때 왕명으로 쓰이던 文武가 세월이 흐르면서 다른 의미를 갖게 되었을 것이다. 둘째, 주나라 때 왕명이나 문자를 다루는 사람에 의해 武와 상대되는 의미가 부여되었을 것이다.

셋째, 文德, 文敎, 文命 등 용어를 살펴보자. 文德은 『시경』에서는 「대아·강한(大雅·江漢)」편의 "……밝고 밝으신 天子께서 훌륭한 명예가 그치지 않으시며 文德을 베푸사 이 四國을 무젖게 하소서(……明明天子, 令聞不已, 矢其文德, 洽此四國.)"라는 구절에서 1번 쓰였다. 이 부분을 공영달의 소에서는 "또한 천지를 경위하는 문덕을 베푼다.123)"라고 풀이하였다. 『서경』에서는 古文으로 간주되는 「우서·대우모(虞書·大禹謨)」의 "帝舜이 마침내 文德을 크게 펴시다.(帝乃誕敷文德)"라는 구절에서 1번 쓰였다. 이것을 공안국의 전에서는 "멀리 있는 사람이 복종하지 않으면 문덕을 크게 베풀어 오게 한다.124)"라고 설명하였다. 주희의 「집주」에서는 "문덕은 文命과 德敎이다.125)"라고 하였다.

공영달과 공안국은 '文德'을 한 단어로 간주하는데, 주희는 여기에서 '文'자를 文命으로 보고 있다. 그는 『서경·우서·대우모』의 '文命敷于四海'에서 '文命'을 '聲敎' 또는 '文敎'로 보면서 '命'을 '敎'라고 하였다. 그는 또한 '德'을 '德敎'라고 하였기 때문에 그의 견해에 의하면 '文德'은 '文敎'와 聲敎, '德敎'라고 볼 수 있다. 그런데 위 원문은 서주시기의 시이기 때문에 이 四國을 무젖게 하는 것은 가르침이 아닌 德이라고 보는 것이 타당하다고 생각된다. 따라서 필자는 공영달과 공안국의 견해를 따른다.

---

123) 又施布其經緯天地之文德
124) 遠人不服, 大布文德以來之.
125) 文德, 文命德敎也.

文教는 『시경』에서는 쓰이지 않았고 『서경』에서 쓰였다. 『서경』에서 文教는 공자 이후의 今文으로 간주되는 「하서・우공(夏書・禹貢)」편의 "5백 리는 수복이니 3백 리는 문교를 헤아리고 2백 리는 무위를 떨친다.(五百里, 綏服, 三百里, 揆文教, 二百里, 奮武衛.)"라는 구절에서 1번 쓰였다. 이 예문을 공안국의 전에서는 다음과 같이 풀이하였다. "왕이 문교를 헤아려 행하면 삼백리가 모두 같게 된다.126)" 주희의 『집주』에서는 다음과 같이 설명하였다. "그러므로 안의 3백 리는 文教를 헤아리고 밖의 2백 리는 무위를 떨쳐서 文으로 안을 다스리고 武로 밖을 다스린 것이다.……127)" 역대 학자들은 모두 文教를 한 단어로 보았는데, 필자는 이들의 견해를 따른다. 그리고 원문을 보면 文教는 武와 상대되는 개념으로 쓰였다는 것을 알 수 있다.

文命은 『시경』에서는 쓰이지 않았고, 『서경』 중에서 古文으로 간주되는 「虞書・大禹謨」편의 "옛날 大禹를 상고하건대 문명을 사해에 펴시고 공경히 帝舜을 받드셨다. 禹가 말씀하셨다. '임금이 임금됨을 어렵게 여기며 신하가 신하됨을 어렵게 여겨야 정사가 바로 다스려져서 黎民이 德에 속히 교화될 것입니다.'(曰若稽古, 大禹, 曰, 文命敷于四海, 祗承于帝. 曰, 后克艱厥后, 臣克艱厥臣, 政乃乂, 黎民敏德.)"라는 구절에서 1번 쓰였다. 공영달의 소에서는 "이것은 우가 능히 문덕과 교명을 사해에 편 것이다.128)"라고 설명하였다. 주희의 『집주』에서는 다음과 같이 풀이하였다. "명은 가르침이다. ……문명을 사해에 폈다는 것은 「우공」에 이른바 '동쪽에 무젖고 서쪽에 입혀지며 북쪽과 남쪽에 미쳐서 聲教가 사해에 이르렀다.'는 것이다. 사신이 말하기를 '우가 이미 그 문교를 사해에 펴셨다.' ……문명은 『사기』에서 '우의 이름이다.'라고 하였는데, 소씨는 말하기를 '문명을 우의 이름이라고 한다면 사

---

126) 度王者文教而行之, 三百里皆同.
127) 故以內三百里, 揆文教, 外二百里, 奮武衛, 文以治內, 武以治外,……
128) 此禹能以文德教命布陳于四海

해에 폈다는 것은 무슨 일인가?'라고 하였다.129)"

공영달은 文命을 文과 命으로 구분하여 文을 문덕으로 해석하고 命은 敎命으로 해석하였는데, 오늘날 사전에서 敎命은 '황후의 명령'이라는 뜻이다.130) 그러나 원문의 내용을 보면 禹가 舜임금에게 "임금이 임금됨을 어렵게 여기며 신하가 신하됨을 어렵게 여겨야 정사가 바로 다스려져서 黎民이 德에 속히 교화될 것입니다(后克艱厥后, 臣克艱厥臣, 政乃乂, 黎民敏德)."라고 말하는데, 이것으로 보아 여기에서의 命은 '황후의 명령'이라고 보기에는 무리가 있다. 따라서 공영달의 견해에서 '文'을 文德으로 보는 부분은 타당성이 있으나 '命' 부분의 풀이는 설득력이 부족하다.

필자는 주희의 견해를 따르면서 다음과 같이 보충한다. 주희는 文命에서의 '文'을 명확하게 설명하지 않고, '命'을 '가르침'이라고 보았다. 그는 文命에 대해서 우공의 말을 빌려서는 '聲敎'131)라고 하였고, 사신의 말을 빌려서는 '文敎'라고 하였다. 주희의 견해를 종합하면 文命은 '聲敎', '文敎'라는 것을 알 수 있는데, 그는 비록 '文'자를 별도로 해석하지 않았으나 '命'을 '가르침'이라고 보았기 때문에 여기에서 文命은 聲敎 또는 文敎로 보는 것이 타당하다고 생각한다.

넷째, 成王을 의미하는 文子와 文孫은 현재까지 공자 이후의 것으로 간주되는 「周書·立政篇」에서 두 번 출현하고 있는데, 이 중에서 한 가지 예를 보자. "나 旦은 이미 남에게서 받은 아름다운 말씀을 모두 유자인 왕께 아뢰었사오니, 지금부터 이후로 문자, 문손은 서옥과 서신을 그르치지 마시고 오직 정(담당관)을 다스리소서.(予旦 已受

---

129) 命, 敎.……文命敷于四海者, 卽禹貢所爲東漸西被朔南曁, 聲敎訖于四海者是也. 史臣言, 禹旣已布其文敎於四海矣. ……文命, 史記以爲禹名, 蘇氏曰, 以文命爲禹名, 則敷于四海者, 爲何事耶.

130) 이가원 외 監修, 『東亞 漢韓大辭典』, 동아출판사, 1993, 760쪽 참조.

131) '임금의 德化' 또는 '임금이 백성을 감화하는 덕택(德澤)'이라는 뜻이다. 이가원 외 監修, 『東亞 漢韓大辭典』, 동아출판사, 1993, 1450쪽 참조.

人之徽言, 咸告孺子王矣. 繼自今, 文子文孫, 其勿誤于庶獄庶愼, 惟正 是乂之.)" 공안국의 전에서는 "文王의 아들과 손자이다.132)"라고 하였고 공영달의 소 역시 "문왕의 아들과 손자133)"라고 설명하였다. 주희의 『집주』에서는 다음과 같이 해석하였다. "……文子와 文孫은 성왕으로서 무왕의 문자이고, 문왕의 문손이다. 성왕 때에 법도가 밝고 예악이 드러나서 이룸을 지키고 文을 숭상하므로 文이라 한 것이다. ……134)" 역대 학자들의 견해를 보면, 공안국과 공영달은 文子와 文孫에서의 '文'자를 文王이라고 하였고 주희는 수식어로 보았다. 이 예문은 周公 旦이 조카인 성왕에게 정사를 가르치는 말이다. 따라서 文子文孫은 성왕을 의미하며 文子와 文孫에서의 '文'자는 존경심이나 경외감을 표현한 것으로 보인다.

『서경·堯典』편에는 '문채나다'라는 의미가 있는데, 오늘날 학자들은 「요전」편을 공자 이후의 것으로 간주한다. 그러나 『좌전』에는 공자의 "말로써 뜻을 성취하고 文으로써 말을 성취한다.(言以足志, 文以足言)"라는 언급이 있다. 공자는 이것을 '古書에 있는 말'이라고 하였는데, 여기에서 '文'자는 '문채나다'라는 의미이다. 이것은 '문채나다'라는 의미가 공자 이전에 이미 사용되고 있었음을 말해준다. 그리고 필자는 '무늬'라는 의미에 '미'라는 개념이 내포되어 있으며 여기에서 '문채나다', '꾸미다' 등 의미가 파생되었다고 생각한다.

2장의 원형에서는 '文'자가 몸에 그림을 그리고 예를 행하는 사람을 본뜬 것이며 『시경』의 '예'라는 의미는 '文'자의 원형과 관계있음을 고찰하였다. 『시경』에는 '文'자 이외에 '禮'자가 '예'라는 의미로 쓰였는데, 아래에서는 '禮'자에 대해서 살펴보고 이것을 바탕으로

---

132) 文王之子孫.
133) 文王之子孫.
134) ……文子文孫者, 成王, 武王之文子, 文王之文孫也. 成王之時, 法度彰, 禮樂著, 守成尙文, 故曰文,……

'文'자와의 관련성에 대해서 검토하도록 한다. 이 분석에 대한 근거는 갑골문과 금문, 『시경』과 『서경』 등 문헌을 참고할 것이다.

'禮'자는 갑골문과 금문에서부터 발견되고 있는데, 갑골문에서 형태는 🌿「合集 14625」·🌿「屯 2142」·🌿「屯 2921」 등이고 금문에서는 🌿「天亡𣪕」·🌿「穆王饗醴長由盉」 등이다.135) 『갑골문자전』에서는 천신과 지신을 받들던 그릇에 옥이 가득 찬 모양을 본뜬 것인데, 처음에는 모두 豊으로 썼으나 후대에 점차 분화되었다고 본다.136) 『신편갑골문자전』에서도 그릇에 가득한 옥의 형태를 본뜬 것이라고 하였고,137) 『금문상용자전』 역시 왕국유의 말을 인용하여 '禮'자가 그릇(ㅂ) 안에 들어 있는 옥(珏)을 의미부로 하고 또한 豆를 의미부로 하는 회의자(會意字)라고 하였다.138) 이와 같이 학자들은 '禮'자가 예기 안에 옥이 가득한 모양을 본뜬 것이라는데 견해가 일치한다.

---

135) 劉興隆 著, 『新編甲骨文字典』, 國際文化出版公司, 1993, 284쪽 참조. 容庚의 『金文編』(1985, 330쪽)에서는 「穆王饗醴長由盉」를 🌿이라고 하여 『新編甲骨文字典』과 글자의 형태가 다르다.

136) 徐中舒 主編, 『甲骨文字典』, 四川辭書出版社, 2003, 523쪽 참조.

137) 劉興隆 著, 『新編甲骨文字典』, 國際文化出版公司, 1993, 284쪽 참조. 류흥륭 역시 갑골문에서 禮, 豊, 醴자를 한 글자로 보고 있다.

138) 陳初生 編纂, 『金文常用字典』, 陝西人民出版社, 2004, 14쪽 참조. 그는 또한 이 글자를 설명하는데 希白師의 "금문에서 醴자의 편방은 형태가 豐과 같고 豊과 한 글자이며, 豆라는 祭器가 가득 차 있는 것을 豊이라고 한다. 한나라 예서(隸書)에서 '豊'자와 '豐'자는 모두 豐으로 쓰여 있다."라는 말을 인용하였다. 『고문자류편』 역시 '豊'자와 '豐'자를 같은 글자로 보고 있으나 『갑골문자전』과 『신편갑골문자전』, 『금문고림』, 『갑골금문자전』 등에서는 이 두 글자를 구분하고 있는데, 이와 같이 학자들의 견해가 다른 것은 갑골문과 금문의 글자가 정형화되지 않았을 뿐만 아니라 의미가 명확하지 않은 글자가 많기 때문일 것이다. 『金文常用字典』에서는 의미가 '제사[隹(惟)王初𤮝(遷)宅于成周, 復亶(稟)珷(武)王豊(禮).「𣁧尊」]', '사회 행위를 규정하는 법칙이나 규범, 의식의 총칭[郾(燕)㫃(故)君子𣅏, 新君子之, 不用豊(禮)宜(義).「中山王䤼壺: 전국시기」]' 등이라고 하였다. 方述鑫 등의 『갑골금문자전』(1993, 8~9쪽)에서는 '하늘과 땅, 사람과 귀신에 대한 제사 활동(王又大豊.「天亡𣪕」)', '신을 섬기고 윗사람을 존중하고 賢者를 존경하는 행위[新君子之不用豊(禮)宜(義).「中山王䤼壺: 전국시기」] 등 의미가 있다고 하였다.

필자는 이들의 견해를 따르면서 다음과 같이 보충한다. 갑골문에서 '禮'자는 윗부분인 𖾷·𖾷·𖾷과 아랫부분인 𓎛·𓎛·𓎛으로 나눌 수 있는데, 윗부분은 예기 안에 옥이 가득 채워져 있는 모양이고 아랫부분은 '𓎛(豆)'자와 비슷한 형태인 것으로 보아 또 다른 그릇이라고 생각된다. 갑골문에서 '玉'자의 형태는 𖾷「合集 10171」·𖾷「合集 6016」·𖾷「合集 4720」 등으로서 한 꿰미의 옥 형태를 본뜬 것이고, '豆'자는 𖾷「甲 1613」·𓎛「合集 24713」·𓎛「合集 29364」 등으로서 식기를 본뜬 것인데, 가운데 옆으로 그어진 짧은 줄은 豆라는 그릇에 들어 있는 음식물을 나타낸다.[139] 필자는 '禮'자가 학자들의 견해처럼 예기 안에 옥이 가득한 형태를 본뜬 것으로 볼 수 있지만, 다른 한편으로는 아랫부분의 예기에 처음부터 술을 채워 놓았거나 아니면 의식을 진행하는 절차의 하나로서 술을 채우고 그 위에 옥을 가득 채운 그릇을 또 하나 올려놓은 형태를 본뜬 것일 가능성이 있다고 생각한다. 갑골문의 '단술'이라는 의미와 『시경』의 '예'라는 의미, 그리고 상나라와 주나라는 청동기로 만든 술그릇이 22종이라는 것 등은 그 가능성을 뒷받침해 준다. 그리고 이와 같이 술그릇의 종류가 많다는 것은 상나라의 제사 의식에서는 술이 대단히 중요한 것이었으며 절차가 복잡하였을 것이라는 것을 말해준다. '단술'과 '예'라는 의미는 이와 같은 제사 의식에서 예를 행하는 주요한 요소였던 술과 예기, 술로써 예를 행하는 절차로부터 만들어졌을 것이다.

갑골문에서 의미는 '단술(丙戌卜叀新豐用.「粹 232」)'이다.[140] 『서경』에서는 '禮'자가 쓰이지 않았다. 『시경』에서는 10번 쓰였는데,[141] 서주 초

---

139) 劉興隆 著, 『신편갑골문자전』, 국제문화출판공사, 1993, 25, 282쪽 참조.
140) 徐中舒 主編, 『甲骨文字典』, 四川辭書出版社, 2003, 523쪽 참조. 서중서는 '酒醴'라고 하였는데 필자는 이것을 '단술'로 해석하였다. 그러나 劉興隆의 『新編甲骨文字典』(1993, 284쪽)에서는 '禮로 쓰인 것은 禮器라는 뜻이다.[用玆豐 (禮).「屯 2921」]', '醴로 쓰였다.[刕作豐(醴)).「屯 2276」]', '땅 이름(王其田于 豐.「懷 1444」)' 등 의미가 있다고 본다.

의 「周頌・有瞽」와 「周頌・載芟」에서부터 쓰였으며 의미는 '예(禮)'이다. 이와 같이 서주 초부터 '예'의 의미로 쓰였다는 것은 상나라 때에도 이 의미로 쓰였을 가능성이 있음을 말해준다. 그러나 서주시기에는 '禮'자가 대부분 제사나 다른 의식에서의 예법으로 쓰였다. '禮'자가 사회적인 통념상의 예법, 즉 일상 생활의 규범으로서 지켜 나가야 할 일정한 형식으로서의 예법의 의미로 쓰인 것은 「國風・鄘風・相鼠」, 「小雅・十月之交」 등이며, 모두 3번 쓰였다. 이 중에서 「國風・鄘風・相鼠」는 서주 말에서 동주 초 또는 춘추 중엽의 것이고, 「小雅・祈父之什・十月之交」는 서주 말인 유왕 때의 것이다. 따라서 '禮'자가 사회 통념상의 예법으로 쓰인 것은 서주 말 이후라는 것을 알 수 있다.[142]

필자는 본 장의 의미 확정에서 '文'자가 서주 초기에 '예'라는 의미로 쓰였음을 분석하였는데,[143] 이것으로부터 '文'자 역시 상나라 때부터 '예'의 의미로 쓰였을 가능성이 있음을 알 수 있다. 따라서 '文'자와 '禮'자는 서주시기에 모두 '예'라는 의미로 쓰였으며, 이 의미는 상나라 때부터 쓰였을 가능성이 있다. '文'자는 본래 '예'라는 의미를 가지고 있었으나 '禮'자가 주로 '예'라는 의미로 쓰이게 되면서 '예'라는 의미를 점차 상실하게 되었을 것이다. 그러나 전국시기에는 '文'자에 '예법'이라는 의미가 있는데, 이 의미는 '예'라는 의미로부터 분화되었을 것이다. 그리고 이것은 '예'라는 의미가 오랫동안 소멸되지 않고 남아 있었음을

---

141) 서주 초의 「周頌・有瞽」와 「周頌・載芟」에서 각각 1번씩, 서주 말에서 동주 초 또는 서주 말에서 춘추 중엽으로 보는 「國風・鄘風・相鼠」에서 2번, 유왕 때의 「小雅・祈父之什・十月之交」에서 1번, 서주 말 또는 서주 중엽 이후로 보는 「小雅・北山之什・楚茨」에서 3번(禮儀로 2번 쓰였다), 「小雅・楚茨」와 같은 시기의 「小雅・桑扈之什・賓之初筵」에서 2번 쓰였다.

142) 김승혜 역시 '禮'자는 주로 儀式적인 의미를 지녔고 서주시기에는 아직 그 개념이 인간 생활 전체에 적용될 만큼 보편화되지 않았다고 본다. 『유교의 뿌리를 찾아서』, 지식의 풍경, 2002. 83~84쪽 참조.

143) 이것은 학자에 따라서 二雅 중 가장 빠른 시기지만 周頌(무왕, 성왕, 강왕, 소왕)보다는 후대이며 서주 말엽에 지어졌을 가능성도 있다고 보는 자료에서 쓰였다.

말해준다.

　『서경』에는 공자 이전의 자료로 확실시되는 「周書·洛誥」편에 ‘祀典’이라는 의미가 있다. 『논어』의 ‘문헌(전적)’이라는 의미는 이 ‘祀典’이라는 의미로부터 분화되었을 것이다. 그러나 ‘文’자에 ‘祀典’이라는 의미가 어떻게 생겨났을 지에 대해서는 현재로서는 참고할 만한 자료가 없으므로 앞으로 관련 자료가 발견되기를 기다려야할 것이다.

　『시경』에는 ‘文德’이라는 의미가 있는데, 아래에서는 ‘德’자에 대해서 갑골문과 금문, 『시경』, 『서경』 등을 참고 자료로 하여 검토하고 이것을 바탕으로 ‘文’자와의 관련성에 대해서 살펴보도록 한다. 갑골문에는 〔글자〕「粹 864」·〔글자〕「粹 1140」·〔글자〕「鄴初下 29. 4」 등이 있는데,[144] 학자들은 이에 대해서 견해가 조금씩 다르다. 『갑골문편』, 『교정갑골문편』, 『고문자류편』 등에서는 이것을 ‘德’자로 본다. 그러나 『갑골문자전』에서는 ‘치(値)’자로 간주하면서 〔글자〕과 〔글자〕을 의미부로 하며, 〔글자〕은 곧 ‘直’자로서 눈으로 매달려 있는 추를 살펴보고 나서 똑바른 것을 취하는 모양을 본뜬 것이라고 하였다. 또한 갑골문의 ‘値’자는 ‘德’자의 초문이고 금문의 ‘德’자인 〔글자〕「辛鼎」은 갑골문의 ‘値’자와 같다고 하였다.[145] 『新編甲骨文字典』 역시 ‘値’자로 본다.[146]

　이들이 말한 ‘値’자를 살펴보면 갑골문에서 형태는 〔글자〕「人 876」·〔글자〕「乙 3537」·〔글자〕「人 51反」·〔글자〕「甲 2304」 등이다.[147] 『갑골문자전』에서는 ‘척(彳)’을 의미부로 하는 글자는 ‘가다’라는 의미가 있다고 하였고, 『新編甲骨文字典』 역시 ‘彳’자를 의미부로 하는 글자는 간혹 ‘가다’라는 의미가 있다고 하였다. 이처럼 학자들은 ‘彳’자와 ‘直’

---

144) 藝文印書館, 『校正甲骨文編』, 藝文印書館, 民國63(1974), 74쪽 참조.
145) 徐中舒, 『甲骨文字典』, 四川辭書出版社, 2003, 168~169쪽 참조.
146) 劉興隆 著, 『新編甲骨文字典』, 國際文化出版公司, 1993, 96쪽 참조. 그는 ‘순시, 관찰하다.(王値出.「合集 7241」)’, ‘제사 이름(値出于祖乙.「合集 272」)’ 등 의미가 있다고 하였다.
147) 徐中舒 主編, 『甲骨文字典』, 四川辭書出版社, 2003, 168~169쪽 참조

자를 근거로 제시하였는데, 갑골문에서 '行'자는 〔글자〕「河 30」·〔글자〕「前 732. 2」·〔글자〕「後 2. 2. 12」 등이고, '直'자는 〔글자〕「乙 4678」·〔글자〕「戩 11. 8」·〔글자〕「佚 57」 등[148]으로서 '值'자를 구성하고 있는 글자 형태가 있다는 것을 알 수 있다. 그러나 이처럼 '值'자에 이 두 글자 형태가 있다고 하여 이 글자들 중 일부가 결합된 형태라는 견해는 가능성은 있으나 이것을 명확하게 분석하기 위해서는 좀 더 많은 자료가 발굴되기를 기다려 연구해야 할 것이다.

필자는 금문에서 '德'자의 형태 중에 갑골문과 비슷한 〔글자〕이 있는 것으로 보아 학자들이 '值'자로 간주하는 글자가 상나라 때에도 '德'자로 쓰였거나 혹은 일부학자들의 견해처럼 처음에는 다른 의미를 가진 글자였으나 후대에 '德'이라는 의미로 분화되었을 가능성이 있다고 생각한다.

'德(또는 '值')'자의 의미는 '순행하며 살피다(戊辰卜〔글자〕貞王值土方. 「京 1255」)', '제사 이름(甲午卜王貞我有值于大乙歆翌乙未.「金 409」)' 등이 있다.[149]

금문에서 형태는 〔글자〕「孟鼎」·〔글자〕「辛鼎」·〔글자〕「秦公簋」·〔글자〕「齊陳曼簋」·〔글자〕「王孫鐘」 등[150]이다. 의미는 '도덕, 덕행[不(丕)顯文武, 皇天引猒〔글자〕(厥)德.「毛公鼎」]', '德業[隹(惟)苟(敬)德, 亡迢違.「班簋」]', '은혜[合(答)揚〔글자〕(厥)德, 者(諸)侯〔글자〕薦吉金, 用乍(作)孝武〔글자〕公祭器錞.「陳侯因〔글자〕錞」]', '사람 이름[王易(賜)德貝卅朋.「德方鼎」]' 등이다.[151] 금문에서 '德'자는 갑골문에서의 '德(또는 '值')'자와 비슷한 형태이거나 '心'자가 더해진 형태이다. 이처럼 '心'자가 더해진 것은 글자의 의미

148) 藝文印書館, 『校正甲骨文編』, 藝文印書館, 民國63(1974), 81, 497쪽 참조.
149) 徐中舒 主編, 『甲骨文字典』, 四川辭書出版社, 2003, 168~169쪽 참조.
150) 周法高 主編, 『金文古林(上下)』, 東文選, 1990, 322~323쪽 참조.
151) 陳初生 編纂, 『金文常用字典』, 陝西人民出版社, 2004, 194~195쪽 참조.

를 명확하게 드러내기 위해서 그 의미를 잘 나타낼 수 있는 모양으로
변화된 것이라고 생각된다.

『시경』에서는 71번 쓰였고 의미는 '덕', '은덕' 등이 있다. 『서경』에
서는 223번 쓰였으며 의미는 '덕', '가까이 하다152)' 등이 있다. 아래
에서 '덕'에 대한 이은봉의 견해를 보자.

> 무(巫)와 덕(德)의 관계를 살펴보면 신령이 내려오는 조건으로 덕이 있
> 는 자를 들고 있다.(『춘추좌전·僖公 5년』) "신의 빙의는 덕이 있는 자에
> 게만 가능하다."라는 말은 유교의 덕이 고대에는 무의 접신과 일정한 관
> 계가 있었음을 강력히 시사하는 대목이라고 할 수 있다. ……이렇게 보면
> 덕의 가장 원시적인 개념은 종교적인 데서 왔다고 말할 수 있다. 이른바
> 유덕자(有德者)라는 사람은 고대로 거슬러 올라가 보면 사회적 카리스마
> 를 지닌 사람이었을 것이고, 아주 고대로 올라가면 이와 같은 무의 주술
> 적 능력을 갖춘 자라야 가능했을 것이다.153)

이와 같은 『춘추좌전』의 기록과 '文'자가 제사 의식에서 의식을 행
하는 왕의 모습을 본뜬 것이라는 것은 '文'자의 '문덕'이라는 의미가
제사 의식에서의 왕으로부터 만들어졌을 가능성이 있음을 말해준다.
처음에는 '文'자와 '德'자 혹은 '文'자가 '덕'의 의미로 쓰였으나 후대
에 '德'자가 주로 '덕'의 의미로 사용됨에 따라 '文'자는 점차 이 의
미를 상실하게 되었을 것이다.

필자는 『시경』과 『서경』에서의 '예', '祀典', '武의 대칭', '문왕',
'문덕' 등 의미가 춘추시대에 '문헌(전적)', '글자', '문화' 등으로 인신
되었다고 생각한다. 지금까지 살펴본 文자의 기원과 이것으로부터 만

---

152) 『周書·洪範』의 "지위에 있는 사람들이 사사로이 친함이 없고(人無有比德)"
    에서 쓰였다. 주희는 이에 대해 "比德은 사사로이 서로 가까이 따르는 것이다.
    (比德, 私相比附也.)"라고 해석하였다. 필자는 주희가 '比德'을 '比附'로 보았
    다고 판단하여 '德'자를 가까이 하다로 간주하였다.
153) 이은봉, 『중국 고대 사상의 원형을 찾아서』, 소나무, 2003. 26쪽 참조.

들어진 의미를 표로 나타내면 다음과 같다.

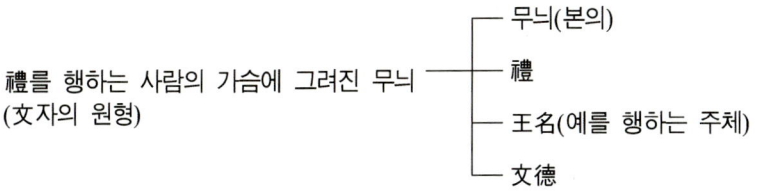

앞에서는 서주시기 '文'자의 의미 변화에 대해 살펴보았는데, 필자는 이 시기에 '文'자의 의미가 분화되는 데는 다음과 같은 원인이 있다고 생각한다.

첫째, 주나라의 건국이다. 주 무왕은 상나라와 다른 여러 주변 종족들을 정벌하여 주왕조를 건국하였다. 주나라는 정치상으로 통일되었고 상나라에 비해 사회, 경제적으로 발전하였다. 주나라의 주변국 정벌은 그들의 문화와 언어에 영향을 미침과 동시에 그들로부터 영향을 받았을 것이다. 당시의 이러한 상황은 언어와 문자를 발전시키고 통일을 촉진시켰을 것이다.

둘째, 서주 말기에서 춘추 초기 사관(史官)과 서인(筮人)에 의한 영향이다. 주나라는 B.C. 9세기~B.C. 8세기의 宣王, 幽王 때까지도 반야만적 상태였다. 앙리 마스페로는 고대 중국에서 철학의 실마리가 전개되고 중국 사상이 싹트기 시작한 것은 B.C. 7세기에서 B.C. 6세기경 사관의 기록으로부터라고 추정한다. 주나라 때에는 공식 문서의 기록과 보관, 의식과 제전에 대비하여 그 절차와 의례를 미리 작성하는 임무를 맡았던 사관이 있었다. 당시 사관들은 공문서 작성 때와 같은 문체로 쓰여진 허구의 기록문을 작성하였는데, 이때 그들은 기록문에서 주제를 발굴하여 상상력을 발휘하였다. 예를 들면 『서경·고요모(皐陶謨)』, 『서경·익직(益稷)』 등에서는 요순시대의 성현들에게

王者가 취해야 할 행동에 대한 자신들의 견해를 가탁하였다. 또한
B.C. 8세기경 사관은 공문서 전달 업무의 효율화를 위해 篆이라는 간
단한 글자체를 고안하여 글자의 간소화를 꾀하였다. 이 밖에 왕실 서
인(筮人: 시초로 점치는 사람) 기구에서는 시초점 원리의 편찬을 시
도하여 과학적 필법에 의해 쓰여진 글이 등장한다. 또한 사관의 사상
이 서인들의 학문에 접목되어 성인에 대해 혼란스러웠던 여러 관념들
이 명료해지고 성인의 상(像)이 정립되었다.[154] 필자는 사관과 서인들
의 이러한 일련의 작업들로 인하여 어휘와 의미가 분화되고 체계화되
었을 것이라고 생각한다.

(2) 論語

'文'자는 『논어』에서 42번 쓰였는데, 의미가 '문헌(전적)', '문화',
'글자', '시호', '꾸미다(문식하다)' 등으로 다양화되고 있다. 이때 '문
화'라는 의미는 모든 문물, 법률, 제도, 전적, 시서예악 등을 포괄한다.
'꾸미다(문식하다)'라는 의미는 전국 말기의 것으로 확실시되는 「子張」
편에서 쓰였는데, 이 의미는 당시에 다른 문헌에서도 쓰인 것으로 보
아 전국시기에는 보편적인 의미였을 것이다. 다음으로 『논어』에는 아
래와 같은 구절이 있다.

> 子曰, 文莫吾猶人也, 躬行君子, 則吾未之有得. 「述而 제32장」

하안의 집해에서는 다음과 같이 풀이하였다. "莫은 '없다(無)'는 뜻
이다. 文無란 속어의 文不과 같다. 文不吾猶人이란 文에 있어서 남
보다 뛰어나지 못하다는 말이다.[155]"

---

154) 앙리 마스페로 著, 김선민 옮김, 『고대중국』, 도서출판 까치, 1995, 67, 284~
296쪽 참조.

황간의 의소에서는 "文은 文章이다. 莫은 無이며 無는 不과 같다.
……孔子는 자신의 문장이 남보다 뛰어나지 못하다고 생각하였으므로
'나는 남과 같다'고 말한 것이다.[156]"라고 해석하였다.

유보남은 『논어정의』에서 다음과 같이 설명하였다. "돌아가신 백부
님 단종군(丹從君: 劉台拱)의 『論語騈枝』에서는 '楊愼의 「丹鉛錄」에
서는 진란조(晉欒肇)의 『논어박(論語駁)』에서 <燕과 齊지방에서는 勉
强을 文莫이라고 한다고 인용하였다.>라고 하였다. 또한 『방언』에서
는 <侔莫은 强이라는 뜻이다. 북쪽 燕지방의 교외에서는 힘들게 일
하며 서로 격려할 때 노력하라라는 뜻을 나타내고자 하면 侔莫이라고
말한다.>고 하였다. 『설문해자』에 의하면 <忞은 强의 뜻이며, 慔는
힘쓰다>라는 뜻이다. 文莫은 곧 忞慔인데, 이것은 가차자이다.…… 黽
勉과 密勿, 蠠沒, 文莫은 모두 동일한 소리가 바뀌어서 나온 것이다.
文莫은 인의를 행하는 것이며 躬行君子는 인의로 말미암아 행하는
것이다.' 생각건대 『淮南子・繆稱訓』에 '猶未之莫與'라는 구절이 있
다. 이에 대해 고유(高誘)의 注에서는 '莫은 힘쓰다라는 뜻인데 또한
莫은 가차되어 慔의 뜻으로도 쓴다.'고 하였다.[157]"

장병린(章炳麟)은 다음과 같이 풀이하였다. "『한서・서역전』을 보
면 '계빈국에서는 금과 은을 화폐로 사용하였는데, 겉면의 무늬는 말
탄 모양이었고 뒷면의 무늬는 사람 얼굴 모양이었다.'라는 구절이 있
다.……본문의 '文莫'이 바로 『한서』의 '文幕'이지만 속언의 '문질'과
같을 뿐이다. '文'은 예악을 말하고 '幕'은 바탕을 가리킨다.……[158]"

---

155) 莫, 無也. 文無者, 猶俗言文不也. 文不吾猶人者, 凡言文皆不勝於人.
156) 文, 文章也. 莫, 無也. 無, 猶不也.……孔子言, 我之文章不勝於人, 故曰吾猶人也.
157) 先從叔丹從君騈枝曰, 楊愼丹鉛錄, 引晉欒肇論語駁曰, 燕齊謂勉强爲文莫. 又
方言曰, 侔莫, 强也. 北燕之外郊, 凡勞而相勉, 若言努力者, 謂之侔莫. 案說
文, 忞, 强也. 慔, 勉也. 文莫卽忞慔, 假借字也.…… 黽勉, 密勿, 蠠沒, 文莫,
皆一聲之轉. 文莫行仁義也. 躬行君子, 由仁義行也. 謹案淮南子繆稱訓, 猶未
之莫與. 高誘注, 莫, 勉之也. 亦是借莫爲慔.
158) 按漢西域傳, 罽賓以金銀爲錢, 文爲騎馬, 幕爲人面.……此文莫卽彼文幕, 猶俗

양백준은 『논어역주(論語譯注)』에서 '文莫'을 다음과 같이 설명하였다. "이전 사람들은 '文莫' 두 자를 연결해서 읽고 이음절어로 보았으나 또한 적당한 해석을 얻어낼 수 없었다. 오검재(吳檢齋)의 『亡莫無慮同詞說』(북경중국대학 『國學叢編』 제1기, 제1책에 실려 있음)에서는 '文'자를 하나의 단어로 간주하여 공자가 말한 '文章'을 가리키는 것으로 보았으며, '莫'도 또 하나의 단어로 간주하여 '대략(大約)'의 의미로 보았다. 그의 이러한 '莫'자에 대한 견해는 비록 선진시기 고서 속에서 강력한 논증을 이끌어 내지는 못했지만, 본문을 해석하는 데에 있어서는 다른 학자들의 주장보다 비교적 신뢰할 만하여 이 해석을 취했다. 주희의 『집주』에서도 역시 '莫은 아마도 辭일 것이다.(莫, 疑辭.)'라고 하였으니, 어쩌면 오검제의 설이 거기에 바탕을 두었는지도 모르겠다.159)"

이강재는 文莫을 연면자(聯綿字)로 간주하여 유보남의 견해를 따랐다. 그는 연면자를 구성하는 두 한자는 보통 쌍성(雙聲)이나 첩운(疊韻)의 관계에 있으며, 각각의 글자들이 개별적으로 의미를 나타내지 않는 경우가 많다고 하였다. 또한 '文莫'은 연면자의 조건을 갖추고 있는데, '文'자의 上古音은 文韻, 明紐, 平聲, [miwən]이며, '莫'의 상고음은 鐸韻, 明紐, 入聲, [muak]이라고 하였다. 따라서 그는 두 글자는 쌍성 관계이므로 연면자이고 文莫은 열심히 노력하다라는 의미로 해석할 수 있다고 본다.160)

이와 같이 "文莫吾猶人也"에서의 '文'자의 의미는 '文章', '힘쓰

言文質而已. 文爲禮樂, 幕指質性.

159) 以前人都把"文莫"兩字連讀, 看成一個雙音詞, 但又不能得出恰當的解釋. 吳檢齋(承仕)先生在亡莫無慮同詞說(載於前北京中國大學國學叢編第一期第一冊)中以爲'文'是一詞, 指孔子所謂的'文章'; '莫'是一詞, '大約'的意思. 關於'莫'字的說法在先秦古籍中雖然缺乏堅强的論證, 但解釋本文却比所有各家來得較爲滿意, 因之爲譯者所採用. 朱熹集注亦云, "莫, 疑辭", 或爲吳說所本.

160) 이강재, 「『論語』上十篇의 해석에 대한 연구」, 서울대학교 박사학위논문, 1998, 118~122쪽 참소.

다', '예악' 등으로 학자들의 견해가 다양하다. 필자는 이강재의 견해를 따르면서 다음과 같이 보충한다. 文章은 공자 시기의 의미로 하면 六藝(六經)이나 예악 법도가 되는데, 이것은 장병린의 견해와 같다고 볼 수 있다.

「공야장편」에서 공자는 '文'자가 시호로 쓰인 까닭을 "明敏하면서도 배우기를 좋아하였으며 아랫사람에게 묻기를 부끄럽게 여기지 않았으므로 文이라고 한 것이다.(敏而好學 不恥下問 是以謂之文也.)"라고 하였다. 이것은 춘추시대에 시호가 정착되고 있으며 '文'자의 지식의 추구와 관련된 의미가 시호에까지 영향을 미치고 있음을 나타내준다. 또한 이와 같은 '文'자의 시호 현상과 학문과 관련된 의미로의 분화는 춘추 말기에 '文'자가 배움, 학문이라는 개념으로 정립되었음을 말해준다.

「衛靈公篇」에는 '글자'라는 의미가 있다. 『맹자·萬章 上』에서는 "그러므로 시를 풀이하는 사람은 글자로써 말을 해쳐서는 안 되며 말로써 뜻을 해쳐서는 안 된다.(故說詩者, 不以文害辭, 不以辭害志)"라는 구절이 있다. 글자라는 의미는 『좌전』에서 여러 번 쓰이고 있는데, 이것은 전국시기에 이르러 '文'자에 글자라는 의미가 정착되고 있음을 의미한다.

'文'자의 의미는 『논어』에서 학문과 관련된 의미들이 생겨나기 시작한다. 필자는 여기에 다음과 같은 원인이 있다고 생각한다.

첫째, 사회구조의 변화와 교육 기회의 확대로 인한 지식의 보급과 지식인의 증가, 그리고 지식인들의 언어에 대한 이해와 연구이다. 서주시기에는 왕실이 정치, 경제의 중심지일 뿐만 아니라 학문의 중심지이기도 하였는데, 왕실은 모든 지식을 독점하였고 교육 또한 왕실에 의해 독점되었다. 왕실에 속한 관리들은 여러 분야의 특수한 지식을 가졌던 전문가들이었으며, 당시의 학문은 이들에 의해서만 발전되었다. 또한 귀족의 자제는 교육을 받았으나 서민들에게는 교육 받을

기회가 주어지지 않았다. 당시의 이러한 상황으로 인하여 이 시기에
는 지배층과 문자를 다루는 사람들이 문자를 통제할 수 있었을 것이
고 '文'자의 의미 역시 이들에 의해 통제되었을 것이다.

그러나 춘추시기 패국의 등장은 지식과 교육에 변화를 가져왔다.
B.C. 7세기 초에는 주나라의 정치 권력뿐만 아니라 사회제도가 붕괴
됨으로써 평민으로 몰락한 귀족이 생겨나고 각 학문 분야의 대표자였
던 전직 관리들은 민간으로 흩어지게 되는데, 이들 전직 관리들 가운
데 직업적 교사가 된 사람들이 있었다. 다른 한편으로 패국의 제후들
은 정권 유지를 위하여 지식인을 필요로 하였는데, 이때 등장한 것이
'士' 계층이다. 이들은 藝·樂·射·御·書·數 등 六藝에 능통했던
지식인 계층으로서 제후들에게 고용되어 군사적, 행정적으로 봉사하였
고 이후 제후들의 세력이 강해짐에 따라 위기의식을 느낀 세습귀족들
의 개인 관리로도 임용되었다. 이와 같은 지식인의 몰락과 새로운 지
식계층의 등장은 문자를 다루는 계층이 점차 확대되고 있으며, 이로
인하여 문자가 점차 왕실의 통제를 벗어나기 시작했음을 의미한다.

춘추 말기에는 교육의 기회가 평민에게까지 확대되었다. 공자는 가
세가 기운 士 계층 가문 출신으로서 당시 제후들의 쓰임을 받지 못하
자 처음으로 사교육을 시행하고 많은 제자들을 가르쳤다. 『논어·述
而 제7장』에는 공자의 교육에 대한 견해가 실려 있다.

　　自行束脩以上, 吾未嘗無誨焉.
　　포 한 속 이상을 가져와서 집지(執贄)의 禮를 행한 자에게는 내 일찍
이 가르쳐 주지 않은 적이 없었다.

공자의 이와 같은 언급은 춘추 말기에는 백성들이 교육받을 기회가
훨씬 많아졌고 평민에까지 미쳤음을 말해준다. 또한 『사기·공자세가』
에는 다음과 같은 기록이 있다.

孔子以詩書禮樂敎, 弟子蓋三千焉, 身通六藝者, 七十有二人.

공자는 시, 서, 예, 악으로써 가르쳤다. 제자는 대략 3천이었으며 몸소 육예에 통한 자가 72명이었다.

비록 위 『사기』의 제자가 3천명이었다는 기록이 모두 사실인지 알 수 없으나 이것은 당시 공자의 제자가 매우 많았음을 말해준다.

다른 한편으로 춘추 말기부터 철학사상가들은 언어가 일정한 구조로 이루어진 상징체임을 터득하기 시작했고, 名과 實이라는 명제를 제기하였다. 언어에 대한 논의는 공자의 『논어』에서부터 보이는데, 「子路 제3장」에서 공자가 자로의 질문에 답하는 것을 보자.

必也正名乎.……名不正, 則言不順, 言不順, 則事不成,……故君子名之, 必可言也, 言之, 必可行也.

반드시 이름을 바로잡아야 한다.……만일 이름이 바르지 않으면 자기가 말하는 것이 합리적으로 들리지 않게 된다. 말이 합리적으로 들리지 않으면 하고자 하는 일이 이루어지지 않는다.……따라서 군자가 어떤 것에 대해 이름을 붙이게 되면, 이것은 반드시 이야기 속에서 사용할 수 있게 되고 또 그가 무엇을 말하게 되면, 그것은 반드시 실행할 수 있게 된다.

여기에서 공자는 단순히 용어 그 자체에 대해서 논하는 것이 아니라 언어 행위 속에서 쓰여지는 용어에 대해 논하고 있다. 正名은 주로 정치상의 명분을 의미하는데 그는 정치적 혼란은 명분을 바로 잡지 않았기 때문에 생겨난다고 여겼다. 공자는 군자가 사물에 이름을 붙인다고 하였는데, 이것은 공자가 비록 正名을 정치와 관련하여 사용하였으나 언어에 대해 상당한 지식을 가지고 있었으며 당시에는 문자를 다루는 사람, 즉 지식인들이 언어에 영향을 미쳤을 뿐만 아니라 군주의 언어와 문자의 통제력이 약화되었거나 상실되었음을 나타내준다. 또한 『논어·顏淵 제17장』에는 공자가 季康子에게 "정치라는 것

은 올바름입니다. 임금께서 솔선수범하여 올바르게 한다면 누가 감히 올바르지 않겠습니까?(政者, 正也. 子帥以正, 孰敢不正.)"라고 답하는 내용이 있다. 이것 역시 공자가 자신의 정치사상을 나타내고자 한 것이지만, 이것으로부터 공자가 언어에 대해 이해하고 연구하였음을 알 수 있다.

이 시기 패국의 등장과 지식인의 증가, 지식의 보급으로 인하여 왕실은 문자를 통제할 수 없었을 뿐만 아니라 지식인들이 문자에 영향을 미쳤을 것이다. 그러나 당시에 비록 지식인이 증가하고 지식이 보급되었다고 하더라도 이 시기까지는 이들의 숫자가 많지 않았을 것이기 때문에 '文'자의 의미가 일정한 방향성을 갖게 되었을 것이다. 그리고 지식인들의 언어에 대한 이해와 연구는 '文'자의 개념 형성에 결정적 역할을 하였을 것이다.

둘째, 공자의 영향이다. 공자가 살았던 춘추시대 말기는 주나라의 종법을 기준으로 하는 예가 무너지고 모든 규범적 질서가 위배되는 혼란기였다. 공자는 천하를 주유[161]하면서 군주를 설득하고 사람들과 교류하면서 새로운 문화를 체험하였으며, 『시경』과 『서경』 등 문헌을 정리하고 편찬하였다. 이와 같은 공자의 행적은 그의 언어와 문자에 관한 지식과 사용에 영향을 미쳤을 것이다. 또한 공자는 자신의 사상을 정립하였고 이것은 제자들의 교육으로 체현되었다. 이 과정에서 공자는 비록 스스로 "옛 것을 전술(傳述)하기만 하고 창작하지 않는다.(述而不作)"라고 하였으나 새로운 글이나 의미 등을 만들어내지 않을 수 없었을 것이다.

셋째, 정치적인 대변혁과 농업 생산력의 변화, 발전으로 인한 사회

---

161) 공자 일행이 여행한 순서는 魯→衛→曹→宋→鄭→陳→衛→陳→蔡→ 楚→衛→魯로 보는데 이중에서도 위와 진에 가장 오래 머물렀다. (金谷治, 「孔子略年表」, 『논어』, 277~280쪽 참조.) 김승혜, 『유교의 뿌리를 찾아서』, 지식의 풍경, 2002, 108쪽 재인용.

전반의 대변동이다. 당시의 이러한 대변혁은 새로운 글자와 의미를 만들어 내는 등 글자 사용에도 영향을 미쳤을 것이고 '文'자 역시 의미가 변화되고 개념이 형성되었을 것이다.

(3) 左 傳

'文'자는 『좌전』에서 368번[162] 쓰였는데, 대부분 왕이나 제후에 대한 칭호, 사람 이름 등으로 쓰였다. 『좌전』에서 '文'자의 의미는 '문채나는 말(文辭)', '학문', '글자', '지식', '우아하다', '문치' 등이 있고, 『국어』에는 '詩書', '文辭(문채나는 말)', '文靜(침착함)', '표상', '균열', '溫文(온화하고 예의바르다)', '예법(禮法)' 등 의미가 있다. 이것으로부터 '文'자는 전국시기에 전혀 다른 의미로 세분화되고 구체화되지만, 다른 한편으로는 '문채나는 말', '학문', '지식', '시서' 등 말이나 지식 방면의 개념으로 일정한 방향성을 갖게 되었음을 알 수 있다. 이러한 현상에는 다음과 같은 원인이 있다고 생각한다.

첫째, '文'자의 의미가 전혀 다른 방향으로 분화된 것은 한자가 표의문자라는 것과 관계있을 것이다. 표의문자는 의미의 모호성을 동반하는데 '文'자 역시 사용자에 따라 의미가 달라졌을 것이다. 이것은 이후에도 문장의 의미에 모호성을 갖게 하였을 것이고 의미의 변화에도 영향을 주었을 것이다.

둘째, '文'자에 전혀 다른 개념의 의미들이 생겨난 것은 문자를 다루는 주체와 독자가 바뀌었던 시대적 영향이라고 생각한다. 서주시기에는 나라의 규모가 크지 않았고 문자를 다루는 사람들도 주로 사관과 서인 등으로 한정되어 있었으며 왕실이 모든 지식과 교육을 독점하였다. 그러나 전국시기에는 사회, 경제적으로 급격히 변화, 발전하

---

162) 經에서는 9번 쓰였는데, 이것은 포함하지 않았다.

였고 정치적으로 혼란하였으며, 제자백가가 출현하여 철학, 언어 등 각 방면에서 논쟁하였다. 당시의 이러한 사회적인 상황들이 글자와 의미의 분화에 어떻게 작용하였을지 살펴보자.

먼저 전국시기 문자에 영향을 미친 주요 요인 중 하나는 소설의 등 장과 산문의 발달이다. B.C. 5세기경에는 실제의 역사 사실과 상상의 산물을 혼합하여 만들어낸 소설이 등장하는데, 이것은 담화 형태를 띤 글로서 역사적, 소설적 사건들은 그 사상 개진을 위한 틀에 지나 지 않았다. 그러나 당시 소설이 이와 같이 간략한 형태였다고 하더라 도 글로써 표현해야 했기 때문에 언어에 상당한 영향을 미쳤을 것이 다. 또한 전국시기에는 많은 산문이 저술되었다. 특히 제자백가들은 자신의 사상을 책으로 저술하였는데, 이들의 저술 활동과 사상의 전 개 자체가 언어에 영향을 미쳤을 것이다. 그들의 이러한 활발한 저술 활동으로 인하여 기존의 언어는 표현의 한계가 있었을 것이고 새로운 어휘와 의미, 글자의 사용이 요구됐을 것이다.

다른 한편으로 이 시기에는 언어와 문자에 대한 연구가 활발해졌으 며 과학적인 접근이 시도되었다. 『맹자·滕文公 上 제3장』에서는 "徹 은 통한다는 뜻이고 助는 빌린다는 뜻이다.(徹者 徹也, 助者 藉也.)" 라고 하였고 "庠은 봉양한다는 뜻이고 校는 가르친다는 뜻이며, 序는 활쏘기를 익한다는 뜻이다.(庠者 養也, 校者 敎也, 序者 射也.)"라고 하였으며, 『한비자』에서는 "사의 반대되는 것을 공(公)이라고 한다.(背 私謂之公.「오두(五蠹) 제49」)"라고 하였다. 그리고 『좌전』에는 "글자 의 구조에서 보면 止와 戈를 합하면 '武'자가 된다.(夫文, 止戈爲武. 「宣公 12년」)"라는 언급이 있는데, 이것은 당시 지식인들이 글자의 의미와 구조에 대해 연구했음을 말해준다. 노자는 『노자 1장』에서 다 음과 같이 언급하였다.

名可名, 非常名. 無名, 天地之始, 有名, 萬物之母.
　이름 지을 수 있는 이름은 참 이름이 아니다. 이름이 없음은 천지의 본질이요, 이름이 있음은 만물의 母體이다.

　여기에서의 참 이름(可名)은 명칭을 가리킨다. 노자는 이외에도 "말에는 근본적인 뜻이 있다.(言有宗. 『노자 70장』)", "좋은 말에는 흠이 없다.(善言, 無瑕謫. 『노자 27장』)"라고 말에 대해 언급하고 있다. 전국 말기의 순자는 중국 언어학사에서 최초로 언어의 사회적 본질을 제시하였는데 『순자·正名篇』을 보자.

名無固宜, 約之以命, 約定俗成謂之宜, 異於約則謂之不宜. 名無固實, 約之以命實, 約定俗成謂之實名. 名有固善, 徑易而不拂, 謂之善名.
　명칭은 본래 정해진 것이 없고 약속에 의해서 정해지는 것이다. 약속이 확정되어 습관화되면 그것을 명칭이라 한다. 이 약속에서 벗어나면 합당하지 않다고 한다. 명칭에는 원래 진실이 없다. 약속해서 진실이 되고 약속이 정해져서 습관이 되면 그것이 진실이니 그것을 實名이라 한다. 명칭에는 원래 善名이 있다. 알기 쉽고 혼동을 일으키지 않는 것이 선명이다.

　순자는 명칭과 사물은 처음에는 본질적인 연관이나 필연적인 관계가 없으나 사람들이 객관 사물을 표현하기 위하여 가정한 각종 부호인 명칭을 부여한다는 것을 지적하고 있다. 그리고 인위적으로 부여된 사물의 명칭은 '約定俗成'을 거치면 그 명칭이 확정적으로 쓰인다고 본다. 또한 『순자』에서는 "만약 왕이 일어난다면 반드시 옛 명칭을 좇아 새로운 명칭을 제정할 것이다.(若有王者起, 必將有循于舊名, 有作于新名.)"라고 하였는데, 이것은 순자가 언어의 생성과 변화, 발전을 인식하고 있었음을 말해준다.
　이 시기에는 사회, 경제의 발전으로 인해 새로운 사물이 급격하게 생겨났기 때문에 이에 대한 명칭을 부여하는 일이 자주 발생하였을

것이다. 그러나 당시 지식인들의 글자를 만들어 내거나 가차하는 등 문자 운용 능력이 급격히 늘어나는 사물이나 의미의 요구에 대응할 수 없었을 뿐만 아니라 글자 사용자가 많아졌기 때문에 한 글자가 서로 다른 많은 의미들을 갖게 됐을 것이다. 하지만 비록 지식인들이 당시 급격히 변화하는 언어를 통제할 수 없었다고 하더라도 이들의 이와 같은 언어에 대한 이해와 연구는 그들 스스로 정확한 언어 사용을 위해 노력하게 하였을 것이고, 이것은 '文'자의 의미가 일정한 방향성을 갖는데 기여했을 것이다.

전국 말기의 문자 사용 상황을 말해주는 또 다른 근거로『사기・呂不韋列傳』이 있는데, 여기에는 여불위의『呂氏春秋』편찬에 관한 다음과 같은 이야기가 있다. "그것을 함양시의 성문에 진열하고 그 위에 천금을 걸어 놓고는 제후국의 유사나 빈객 중에 한 글자라도 더하거나 감하는 자가 있다면 천금을 주겠다고 알렸다.(布咸陽市門, 懸千金其上, 延諸侯游士賓客, 有能增損一字者, 予千金.)" 이것은 진나라가 중국을 통일하기 직전의 일이지만 전국시기에는 개인이 문자의 생성과 소멸에 직접적인 영향을 주었음을 말해준다.

셋째, 전국시기에는 7개 나라로 분열되어 각기 다른 언어와 문자를 사용하였는데, 이것 역시 전혀 다른 의미로의 세분화를 촉진하였을 것이다.『맹자・滕文公 下 제6장』에는 "여기에 楚나라 대부가 있는데, 자기 아들이 齊나라 말을 하기를 원한다.163)"라는 구절이 있고,『戰國策・秦策』에는 "鄭나라 사람들은 다듬지 않은 옥을 박(璞)이라 하고, 周나라 사람들은 소금에 절여 말리지 않은 쥐고기를 박(朴)이라 한다.164)"라는 구절이 있다. 또한『설문해자・序文』에서는 당시의 상황을 "7개 나라로 나뉘어……말은 소리가 서로 달랐고 문자는 형체가 달랐다.(分爲七國,……言語異聲, 文字異形.)"라고 기술하고 있다. 이와

---

163) 有楚大夫於此, 欲其子之齊語也.
164) 鄭人謂玉未理者璞, 周人謂鼠未腊者朴.

같은 문헌의 기록은 당시의 언어 사용 상황을 잘 말해주고 있다.

넷째, 당시에는 정치, 경제, 문화 각 방면의 교류와 끊임없는 전쟁의 발발로 인하여 황하 유역 일대의 여러 민족의 언어가 점차 융합되어 지역성을 띤 공동어를 형성하였는데, 이것이 '文'자의 의미가 말이나 지식 등 일정한 방향으로 세분화되는 원인이 되었을 것이다. 당시 유세가들은 여러 나라를 돌아다녔는데, 이것은 당시 지리적으로 인접한 각 나라들이 언어면에서 상당히 일치하고 있으며 서면어 방면에서는 이와 같은 현상이 더욱 현저하였음을 나타내준다. 당시 이러한 상황은 '文'자의 의미가 지나치게 다른 방향으로 분화되는 것을 방지하였을 것이다.

지금까지 살펴본 것을 종합하여 '文'자의 의미가 본의인 '무늬'로부터 한나라 때에 글을 짓는 詞章의 개념으로 쓰이게 되는 과정을 표로 정리하면 다음과 같다.

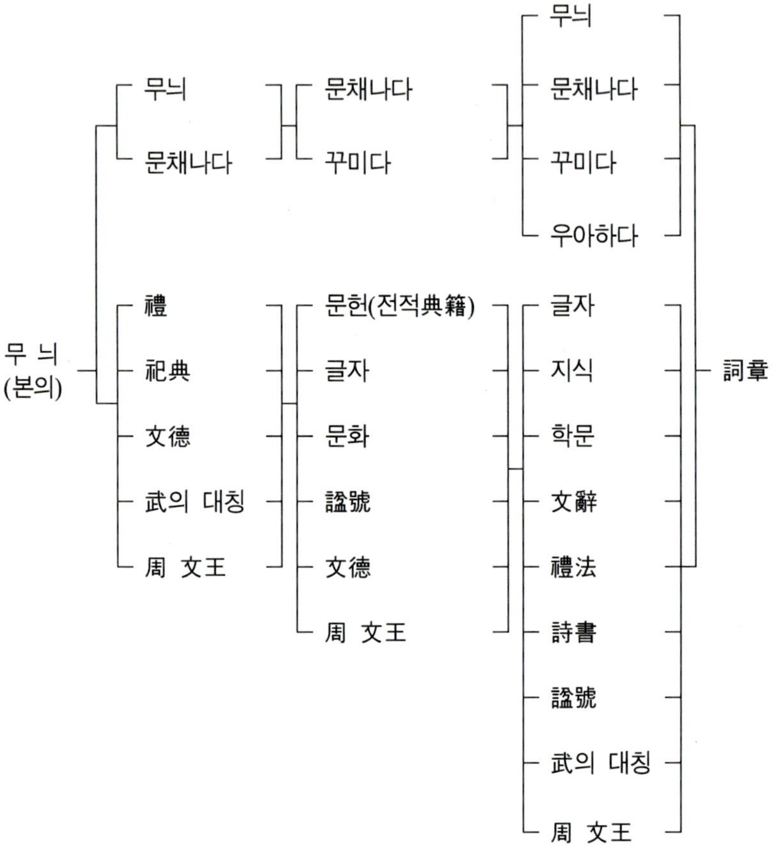

```
무늬 ─┬─ 무늬 ─┬─ 문채나다          ┌─ 무늬
(본의) │   └─ 문채나다 ─┤               ├─ 문채나다
       │               └─ 꾸미다        ├─ 꾸미다
       │                               └─ 우아하다
       │
       ├─ 禮 ─┬─ 문헌(전적典籍)      ┌─ 글자 ─┐
       │      ├─ 글자                ├─ 지식  │
       ├─ 祀典 ├─ 문화                ├─ 학문  │
       │      ├─ 諡號                ├─ 文辭  ├─ 詞章
       ├─ 文德 ├─ 文德                ├─ 禮法  │
       │      └─ 周 文王              ├─ 詩書  │
       ├─ 武의 대칭                   ├─ 諡號  │
       │                             ├─ 武의 대칭
       └─ 周 文王                     └─ 周 文王 ─┘
```

『시경』·『서경』 - 『논어』 - 『좌전』·『국어』 - 한나라

〈문학 개념 형성에 영향을 미친 선진시기 '文'자의 의미 변화 과정〉[166]

---

165) '문채나다'라는 의미는 『서경』에서 공자 이후의 자료에 쓰였으나, 필자가 분석한 『좌전』의 의미 확정에 의하면 이 의미는 공자 이전에 이미 존재했었다. 이에 대한 자세한 내용은 본 절의 의미 확정 참조. '무늬'와 '武의 대칭'이라는 의미는 『논어』에서는 쓰이지 않았으나 『좌전』에서 쓰인 것으로 보아 공자가 살았던 춘추 말기에도 이 의미들이 있었을 것이라고 생각한다.

이 표는 서주시기의 『시경』과 『서경』, 춘추 말기에서 전국시기의 『논어』, 전국시기의 『좌전』, 『국어』 등 문헌에서의 의미를 순서대로 나타낸 것이다. 전국시기의 의미에서 '詩書'와 '禮法'은 『국어』에 쓰인 의미인데, 이 의미 또한 한나라 때 '文'자가 詞章의 개념으로 쓰이는데 영향을 미쳤을 것이라고 판단되기 때문에 이 표에 포함하였다. 필자는 '文'자의 의미 중에서 아름다움과 학문 방면의 의미들이 한나라 때 詞章의 개념으로 쓰이게 된 데 영향을 미쳤을 것이라고 판단하여 이 의미들을 두 묶음으로 구분하였다.

위 표에 나타난 바와 같이 선진시기에 '文'자는 본의인 '무늬'로부터 3번의 급격한 분화 과정을 거치는데, 그 공통적인 원인은 경제, 정치 등 사회 전반에 걸친 획기적인 변화, 발전으로서 이것은 문자와 문화가 밀접한 관계를 가지고 공존하고 있음을 말해준다. 선진시기는 한나라의 전시기로서 '文'자가 한나라 때에 글을 짓는 詞章의 개념으로 쓰이게 된 데 근본적인 원인을 제공하였다. 결론적으로 선진시기는 '文'자의 의미가 확대되고 구체화되어 한나라에 이르러 개념이 정립될 수 있는 기반을 다진 시기라고 할 수 있다.

2) 한나라

한나라 때는 '文'자의 의미가 어떻게 변화되었는지 살펴보자. 먼저 유안(劉安, B.C. 178?∼B.C. 122)의 『회남자(淮南子)』에서는 163번 쓰였는데, 대부분 文王, 제후의 칭호, 文質의 文, 武의 대칭 등으로 쓰였다. 아래에서 일반적인 의미로 쓰인 예를 살펴보자.

① 古者, 民童蒙不知東西, 貌不羨乎情, 而言不溢乎行. 其衣致煖而無文, 其兵戈銖而無刃, ….

옛날에는 백성들이 몽매해서 동서의 구별을 몰랐고 안색은 마음보다 넘치지 않았으며(안색은 心情 그대로여서 꾸밈이 없었으며) 말은 행동보다 넘치지 않았고 **의복은 흰바탕 그대로여서 무늬가 없었다**…「齊俗訓」

② 作之上古, 施及千歲而文不滅, ….
상고시대 사람들의 공적은 천년이란 시간을 거쳤으나 **문채나게 그 자취를 남기고 있다** …「主術訓」

③ 禮者, 實之文也. 仁者, 恩之效也. 故禮因人情而爲之節文, 而仁發怫以見容.
예란 실을 꾸미는 것이고 인이란 은의 실효이다. **즉 예는 사람의 정에 바탕을 두고 이것에 節度를 주며** 인은 팽(怫, 순간적으로 나타나는 연민의 기색)에서 나와 형상으로 나타낸다.「齊俗訓」

④ 求貨者爭難得以爲寶, 詆文者處煩撓以爲慧. 爭爲佹辯, 久稽而不訣, 無益于治.
재화를 구하는 자는 얻기 어려운 것을 서로 다투어 보물로 삼고, **학문을 논하는 자는 번잡을 일삼아서 현명하다고 생각하며** 다투어 궤변을 논하는데 오래도록 논의하나 결론이 나지 않으므로 정치에는 도움이 안된다.「齊俗訓」

⑤ 在內而合乎道, 出外而調于義, 發動而成於文, ….
안으로는 도에 맞았고 밖으로는 의에 적합했으며 **움직이면 법도가 있었다**…「本經訓」

⑥ 厭文搔法, 治官理民者, 有司也, 君無事焉, 猶尊君也.
문서 법령을 가지고 관민을 통제하는 것은 관원들이며 군주는 아무 일도 하지 않는데 오히려 관민은 군주를 떠받든다.「詮言訓」

한나라 초기의 『회남자(淮南子)』에서는 '무늬', '문채나다', '꾸미다 (문식하다)', '문서', '학문', '법도', '文質의 文', '武의 대칭' 등 의미가 있다. 이것으로부터 한나라 초기에 '文'자는 선진시기의 의미들이 그대로 쓰이면서도 한편으로는 서로 관련성이 없었던 다양한 의미들이 정리되고 다른 한편으로는 새로운 의미들이 생겨났음을 알 수 있다. 그리고 이것은 이 시기에는 '文'자의 의미가 정리되지 않았으며, 이러한 현상은 다른 글자들도 마찬가지였을 것이라는 것을 말해준다. 그리고 『회남자(淮南子)』에서는 '節文', '文理' 등이 쓰였는데, 이 용어들은 전국시기의 『순자』에서부터 쓰인 것으로 보아 전국시기에 생성되어 한나라 때는 점차 관용어가 된 것이라고 생각된다.

다음으로 왕충(王充, AD 27~100?: 東漢)의 『논형』에서는 879번 쓰였는데, 대부분 文王, 왕의 칭호, 사람 이름, 武의 대칭 등으로 쓰였다. 다음은 '무늬', '문장', '글' 등 의미로 쓰인 예이다.

① 蹂躪文錦於泥塗之中, 聞見之者, 莫不痛心. 知文錦之可惜, 不知文人之當尊, 不通類也.
무늬 있는 비단옷을 입고 진흙탕을 밟는다면 보고 듣는 사람들이 마음 아파하지 않을 수 없을 것이다. **무늬 있는 비단옷이 아까운 줄은 알면서 문인들이 마땅히 존중되어야하는 것은 알지 못한다면** 함께 할 수 있는 무리가 못될 것이다. 「佚文」

② 文墨辭說, 士之榮葉皮殼也. 實誠在胸臆, 文墨著竹帛, 外內表裏, 自相副稱. 意奮而筆縱, 故文見而實露也. 人之有文也, 猶禽之有毛也.
필묵(문장)과 언사는 선비의 꽃잎이요, 껍질이다. 진실이 가슴 속에 있으면 필묵(문장)이 죽백에 드러나, 안과 밖이 자연 서로 부합되게 마련이다. 뜻이 분발해 나오면 붓이 따르게 된다. **그러므로 문장이 드러나면서 그 진실이 드러나는 것이다. 사람에게 문장이 있는 것은** 새에게 털이 있는 것과 같다. 「超奇」

③ 夫俗好珍古不貴今, 謂今之文不如古書. 夫古今一也.……善(蓋)才有
　淺深, 無有古今, 文有僞眞, 無有故新.
　무릇 세속에서는 옛것을 귀하게 여기고 지금의 것을 귀하지 않다고
　하여 **지금의 문장이 옛것만 못하다고 말하는데** 옛것과 오늘날의 것
　은 한 가지이다.……무릇 재주에 좋고 나쁨이 있는 것이지 고금의 구
　별이 있는 것이 아니며, **글에 거짓과 진실이 있는 것이지** 오래된 것
　과 새것에 차이가 있는 것은 아니다. 「案書」

　『논형』에서 ‘文’자는 ‘글’, ‘문장’, ‘무늬’, ‘武의 대칭’, ‘文質의 文’
등 의미로 쓰였는데, 이것으로부터 한나라 중기 이후에는 선진시기까
지의 다양한 의미들이 정리되었음을 알 수 있다. 그리고 여기에서는
文辭, 文雅, 天文, 人文, 文德, 文人(이 여섯 가지 용어들은 서주시기
또는 전국시기부터 쓰였다.), 文士, 文墨, 文書, 文字, 古文, 文語, 文
言, 文義, 文筆 등 용어가 여러 번 쓰이고 있다. 이것은 선진시기부
터 쓰이던 용어들이 한나라에 이르러 관용어가 되고 ‘文’자가 다른
글자와 결합하여 생성된 새로운 용어들이 많아졌음을 말해준다. 또한
이와 같은 ‘文’자의 쓰임은 ‘文’자가 한나라 때에 글을 짓는 문학, 학
문, 철학 등과 관련된 용어로 정착되었음을 나타내준다.

3. ‘文學’ 개념의 생성 원인

　본 절에서는 ‘文’자가 상나라 때 만들어져 선진시기에 의미 변화를
거친 후 한나라에 이르러 글을 짓는 詞章의 의미로 쓰이는 과정을
살펴보았다. 필자는 ‘文’자가 글을 짓는 詞章으로 쓰인 데에는 다음

과 같은 원인이 있을 것이라고 생각한다.

첫째, '文'자의 의미와 형식미의 개념으로의 정립이다. 전국시기에는 의미가 본의인 무늬에서 문채나다, 꾸미다, 우아하다 등 아름다움과 관련된 의미로 분화되고, 다른 한편으로는 문채나는 말, 지식, 글자, 시서 등 지식이나 학문 방면의 의미로 분화되었다. 또한 춘추전국시기에는 형식미의 개념으로 정립되었는데, 특히 언어 방면에서 형식미의 개념으로 쓰인 것이 큰 영향을 미쳤을 것이다. 『좌전』에는 "文(문채)으로써 말을 성취한다(文以足言)", "말이 문채나지 않으면(言之無文)", "문채나는 말(文辭)" 등 '문채나다'라는 의미가 말과 관련해서 여러 번 쓰였다. 3장의 2절에서 검토하였듯이 '文'자의 언어와 관련된 이와 같은 표현은 『한비자』에서도 여러 번 쓰이고 있다. 이러한 '文'자의 의미와 쓰임은 아래와 같은 한나라 때의 여러 가지 요인과 복합적으로 작용하여 글을 짓는 '詞章'의 의미가 되었을 것이다.

둘째, 형식미를 추구한 辭賦의 성행과 산문의 변려화이다. 한나라 때 성행하였던 부는 화려한 수식어를 나열하여 형식미를 추구했는데, 이때 산문도 형식화되어 변려문의 성격이 뚜렷해진다. 이것은 한나라 사람들에게 글을 짓는 것은 비단에 수를 놓듯이 하여야 한다는 인식을 갖게 하였을 것이고 '文'자의 개념 형성에도 영향을 미쳤을 것이다.

셋째, 한나라 사람들의 글을 짓는 작업에 대한 인식이다. 『西京雜記』에는 한나라 무제(武帝, B.C. 140~B.C. 87 재위) 때 부로 이름을 날렸던 사마상여의 다음과 같은 말이 있다. "모으고 짠 것을 합하여 무늬를 이루고 비단수를 늘어놓아 바탕으로 삼음에 한 번 날줄질하고 한 번 씨줄질하며, 한 번 宮音을 치고 한 번 商音을 치듯이 하는 것은 부의 흔적이다.(合纂組以成文, 列錦繡以爲質, 一經一緯, 一宮一商, 此賦之跡也.)" 이것은 한나라 초기부터 글을 짓는 작업은 옷감을 짤 때 무늬를 이루고 악기를 연주할 때 소리가 화음을 이루듯이 형식의 아름다움이 수반되어야 한다고 인식하고 있었음을 의미한다.

'詞章'으로서 '文'자의 의미는 한나라 때 유희(劉熙)의 『석명(釋名)』 4권 「言語」에 집약되어 있다. "文이란 여러 가지 채색을 모아서 비단의 수를 이룬 것이며, 여러 글자들을 모아서 말뜻을 이룬 것인데, 그것은 수놓은 무늬와 같다.(文也, 會集衆綵, 以成錦繡, 會集衆字, 以成辭義, 如文繡然也.)" 이것은 비단에 무늬를 만드는 것과 같이 글을 지을 때도 글의 내용이 조화롭고 문체가 아름다워야 한다는 의미이다. 이와 같은 글을 짓는 작업에 대한 인식과 '文'자의 무늬, 문채나다라는 의미가 가지고 있는 미 개념으로 인하여 한나라 사람들은 '文'자를 글을 짓는 詞章의 의미로 사용한 것으로 보인다.

이와 같은 한나라 사람들의 美文 의식은 위진남북조시기에도 유지되는데, 이것은 이 시기의 유미주의 풍조와 글자 수뿐만 아니라 성조의 해화에까지 신경을 썼던 변려문의 영향이라고 생각한다. 또한 고대 중국인들은 위진남북조시기에도 한나라 때와 마찬가지로 글은 비단에 수를 놓듯이 아름다워야 한다고 인식하고 있었는데, 이러한 인식은 변려문의 성행과 맞물려 '文'자의 개념 형성에 영향을 미쳤을 것이다.

넷째, 공자와 『논어』, 후대 유가들의 영향 때문이다. '文'자는 『논어』에서부터 인물에 대한 묘사에 쓰였고 학문과 관련된 의미들로 분화되고 있으며, 『좌전』에는 '文'자를 가지고 언어를 표현한 공자의 말이 있다. 이것은 공자나 제자들이 만들어낸 것이 아니라 그 시기에 일반적으로 사용되던 의미일 가능성이 있다. 그러나 공자는 제자들이 많았고 그 제자들 역시 교육에 종사하는 경우가 많았기 때문에 공자의 영향을 받은 후대의 제자들이 대단히 많았을 것인데, '文'자는 이들에 의해 점차 개념이 정립되고 발전되었을 것이다. '文'자는 한나라 초기 무왕 때 유교가 국가의 통치 이념으로 채택된 후 유가들이 한자를 지배하면서 이들에 의해 문학 개념으로 선택되고 권위를 인정받게 되었을 것이다.

다섯째, 秦始皇(B.C. 259~B.C. 210) 때의 문사 통일이다. 진시황

은 중국을 통일한 후 문자 통일 정책을 시행하여 진나라의 글자체로 보이는 大篆의 형태를 개량한 小篆이라는 글자체를 만들어 표준자로 삼고 다른 지역에서 쓰이던 문자들은 폐지하였다. 진나라의 이러한 정책은 글자 형태의 통일뿐만 아니라 의미에도 많은 영향을 끼쳤을 것이다.

여섯째, 중국 사회의 기틀 확립이다. 한나라 때는 천문학, 의학, 농학, 산학 등 중국 전통 과학을 대표하는 전문 분야들이 형성된 시기이며, 황제 지배 체제의 확립, 관료 체제의 정비, 유교의 국교화를 통한 사상적인 통일 등 이후 중국 사회의 전형적인 모습이 갖추어진 시기이다. 이와 같은 나라의 기틀 확립과 사상의 통일 등 사회적 안정은 그들의 언어 사용에도 영향을 미쳐 전혀 다른 의미들이 공존하던 '文'자는 경제성의 원칙에 의해 의미가 정리되었을 것이다.

일곱째, 식자교육(識字教育)의 중시와 경학(經學) 숭상 풍조로 인한 언어와 문자 연구의 발전, 이 시기 사람들의 뛰어난 문자 사용 능력이다. 한나라는 중국을 통일한 후 識字教育을 중시하여 소학류(小學類) 서적들이 저술되었고 '識字', 즉 글자를 아는 것이 관리 선발의 기준이 되었으며, 소학가들이 존중되었다. 이 시기에는 이와 같은 정책으로 인하여 문자 연구가 중시되었고 금고문(今古文) 논쟁이 발생하여 중국 고대 언어학 연구가 시작되었다.[166] 그리고 당시에는 『이아(爾雅)』, 『방언(方言)』, 『설문해자(說文解字)』, 『석명(釋名)』 등 언어학 저서들이 쓰여졌다.

다른 한편으로 이 시기에는 진나라 때부터 쓰이던 隸書가 보편적으로 사용되었고 초서가 보조 글자로 쓰였으며, 동한 중기에는 해서가 만들어지고 동한 말기에는 행서가 생겨난다. 또한 동한시기에는 한자의 예술성을 인식하여 서예가 성행하는데, 당시의 상황은 조일(趙

---

166) 이에 대한 자세한 내용은 濮之珍 著, 김현철 외 6인 共譯, 『중국언어학사』 신아사, 1999, 67~78쪽 참조.

壹)의 『非草書』에 있는 "저녁에도 근심하여 쉬지를 않고, 해가 저물
어도 밥 먹을 겨를도 없었다.(夕惕不息, 仄不暇食.)"라는 기록으로부
터 짐작할 수 있다. 이와 같은 언어학 서적의 저술과 새로운 글자체
의 창조, 예술로의 승화 등은 한나라 사람들이 글자의 구조에 대해
잘 이해하고 있었으며 문자 사용 능력이 뛰어났다는 것을 말해준다.
그들의 글자에 대한 축적된 지식은 글자의 의미와 어휘 방면에도 영
향을 미쳤을 것이다.

제2절 '文學'에 '學術 활동과 文學 활동' 개념이 생성되는 과정과 원인

'文學'에 대한 정의는 오늘날에도 완전하고 정확하게 내릴 수 없다.
고대 중국의 '文學'은 오늘날과 거리가 있는데, 오늘날 우리가 사용하
는 '文學'이라는 용어는 'literature'를 '文學'으로 번역한 것이다. 전야
직빈(前野直彬)은 이것이 청나라 말기인 19세기 말이나 20세기 초에
일본의 영향을 받은 것이라고 본다. 청나라 말기 장병린(章炳麟,
1868~1936)은 『文學總論』에서 '文學'이라는 용어에 대해 다음과 같
이 정의하였다.

   文學者, 以有文字著於竹帛, 故謂之文. 論其法式, 謂之文學.
   문학이란, 문자로 죽백에 기록한 것이기 때문에 文이라 한다. 그 법식

을 논해서 문학이라고 한다.

장병린의 이와 같은 견해는 필자가 분석한 '文'자가 문학으로 쓰이게 된 원인[167]과 거리가 있을 뿐만 아니라 고대 중국의 '문학'이라는 용어의 의미와도 거리가 있다. 그런데 호적(胡適)은 1917년에 쓴『문학개량추의(文學改良芻議)』에서 '문학'을 'literature'의 의미로 쓰고 있다. 이것은 19세기 말에서 20세기 초에 서구의 영향으로 용어의 사용에 커다란 변화가 있었음을 말해준다.

그렇다면 고대 중국인들에게 '문학'은 무엇이었을까? 본 책의 목적 중 하나는 '문학'이라는 용어가 어떻게 생성되었고 어떠한 과정을 거쳐 학술 활동과 문학 활동을 포괄적으로 지칭하는 용어가 되었는지 검토하는 것이다. 따라서 본 책에서는 오늘날 '문학'으로 인식하는 시, 산문, 소설 등 고대 중국의 '문학'은 다루지 않을 것이다.

현재까지 발굴된 자료에 의하면, '문학'이라는 용어는 『논어』에서 처음으로 쓰였다. 한자는 글자 하나하나가 자신만의 의미를 가지고 있기 때문에 고대 중국인들이 어떤 글자들을 결합시켜 한 단어로 쓸 때는 그 단어를 구성하고 있는 한자 각각의 의미를 고려했을 것이다. 필자는 '문학'이라는 용어 역시 이 용어를 구성하고 있는 '文'자와 '學'자의 의미가 영향을 미쳤을 것이라고 생각한다. 따라서 본 절에서는 '學'자('文'자는 2장과 4장에서 분석하였다.)와 '文學'이라는 용어에 대해서 살펴볼 것이다. 그 연구 방법은 아래와 같다.

'學'자는 갑골문과 금문에서부터 출현하고 있는데, 그 속에는 고대 중국인들의 문화 정보가 들어 있을 것이다. 따라서 여기에서는 '學'자의 원형을 갑골문과 금문을 통하여 분석하고 이에 대한 여러 학자들

---

167) 필자는 '文'자가 문학의 개념으로 쓰이게 된 데는 '文'자의 의미 중에 '글자'가 있기 때문이기도 하지만 이것이 직접적인 원인은 아니라고 본다. 자세한 내용은 본 장 1절의 '의미 변화 과정' 참조.

의 견해를 검토할 것이다. 또한 '學'자의 의미를 확정하고 이것을 바탕으로 하여 의미 변화를 분석한 후 '文'자와의 결합과 '文學'이라는 용어의 개념 형성에 대해서 살펴볼 것이다. 이것은 갑골문과 금문, 문헌, 고고학적 유물 등을 근거로 분석할 것이다.

1. '學' 字

1) 원 형

'學'자는 갑골문과 금문에서부터 출현하고 있는데, 금문에서는 '學'자 이외에 '敎'자 형태가 발견되고 있다. 학자들은 갑골문과 금문의 글자를 '學'자와 '敎(斅)168)'자, '學(斅)'자 등이라고 하여 견해가 일치하지 않는다.169) 선진시기 문헌에서는 '學'자와 '敎'자가 분리되어 쓰였으나 『설문해자』에서는 '學'자와 '敎'자가 같은 글자라고 하였다. 이것은 선진시기에 '學'자와 '敎'자가 글자의 형태가 달라 문장 속에서 구분되어 쓰이기도 하였지만, 실제적으로는 한 글자로 간주되었음을 말해준다. 따라서 본 책에서는 이 두 글자를 분리해서 설명해야 하는 경우를 제외하고는 모두 '學'자를 사용한다. 그리고 갑골문과 금문에서는 '學'자와 '敎'자가 명확하게 구분되지 않기 때문에 모두 '學'자로 간주한다.

---

168) 오늘날은 '斅'자와 '敎'자 중에서 '敎'자를 쓰기 때문에 이후로는 '敎'자를 사용한다.

169) 갑골문과 금문에서의 '學'자와 '敎'자에 대해서는 본 절의 4) 의미 변화 과정과 '文學'이라는 용어의 생성 참조.

그렇다면 '學'자에는 어떠한 문화 정보가 내포되어 있는가? 먼저 갑골문과 금문의 형태부터 검토해보자.

갑골문

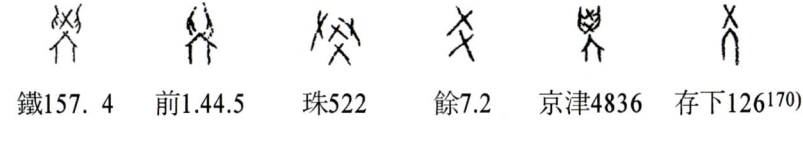

鐵157. 4   前1.44.5   珠522   餘7.2   京津4836   存下126[170]

금 문

盂鼎   靜簋   令鼎   師餐簋   沈子簋[171]

'學'자의 형태를 분석해 보면, 윗부분의 ᠄᠄·᠄᠄·᠄᠄ 등은 사람의 손이고 아랫부분의 ᠇·᠇·᠇ 등은 집이다. 그리고 가운데의 ᠄·᠄·᠄ 등은 학습 내용을 본뜬 것이다. 위 그림에서 보는 바와 같이 갑골문에서의 글자 형태는 ᠄·᠄·᠄·᠄ 등으로서 글자를 구성하는 세 가지 중에서 하나가 생략되거나 ᠄만 있는 경우 등 여러 가지이다. 그러나 손이 생략된 경우는 많지만 ᠇과 ᠄이 생략된 경우는 드문데, 이것은 당시에는 ᠇과 ᠄이 손 모양 보다 가르치거나 배운다는 것을 잘 나타낼 수 있었기 때문이라고 생각된다.

그러나 금문에서 글자 형태는 ᠄·᠄ 등 두 가지로서 갑골문에는

---

170) 中國科學院考古研究所 編輯, 『甲骨文編』, 中華書局, 1978, 146~147쪽 참조. 여기에서는 '敎'자라고 하였으나 일부 학자들은 '學(敎)'자라고 하였다.

171) 周法高 主編, 『金文古林(上下)』, 東文選, 1990, 573쪽, 周法高 編撰, 『金文古林補』, 中央研究院歷史語言研究所, 民國86(1997), 1099쪽, 容庚 編著, 張振林·馬國權 摹補, 『金文編』, 中華書局, 1985. 224~225쪽 참조. 이들은 모두 '敎'자라고 하였으나 일부 학자들은 '學'자라고 하였다.

없던 손에 나뭇가지 모양의 물건을 들고 있는 ↑과 집 내부에 있는
사람을 의미하는 ♀이 첨가되었다. 『고문자류편』에서는 현재까지 발
견된 금문의 자료를 모두 주나라의 것으로 보고 있다. 이것은 '學'자
의 형태가 주나라에 이르러 어느 정도 정형화되었음을 의미하며, ↑과
♀을 보탠 것은 의미를 좀 더 정확하게 표현하기 위해서였을 것이다.
즉 건물 안에 사람의 형태를 첨가하여 배우는 사람을 나타냈으나, 이
것만으로는 가르치는 것인지 배우는 것인지 명확하지 않기 때문에 손
에 나뭇가지를 들고 있는 ↑을 추가하여 가르치는 것을 나타냈을 것
이다.

의미를 살펴보면, '學'자는 갑골문에서는 '가르치다', '제사 활동인
듯하다', '學戊, 사람 이름이다' 등 의미로 쓰였고 금문에서는 '가르치
다', '배우고 모방하다', '學宮으로 귀족 학교이다' 등 의미로 쓰였다.
'斅'자는 『서경』의 공자 이후 자료에서 '가르치다'로 쓰였다.[172] 이외
에 '가르치다'라는 의미로 쓰인 글자로는 '敎'자가 있다.

'敎'자는 갑골문과 금문에서부터 출현하고 있는데, 갑골문에서는 형
태가 ✕「陳 99」· ✕「粹 1319」· ✕「甲 1251」· ✕「甲 206」· ✕「前
5 · 8 · 1」[173] 등이고 금문에서는 ✕✕「散盤」· ✕✕「郾侯簋」[174] 등이다.
먼저 '敎'자의 형태를 살펴보면, 갑골문에서는 사람 위에 있는 것이
✕, ✕ 등이고, 금문에서는 ✕ · ✕ 등으로서 형태가 같은 경우도 있
고 다른 경우도 있다. 또한 갑골문과 금문에서는 모두 사람을 의미하
는 ♀이 있는 것도 있지만 없는 경우도 있는데, 이것은 ♀이 가르치다
라는 의미를 나타내는데 크게 영향을 미치지 않았기 때문일 것이다.
갑골문에서는 사람의 손과 손에 쥐고 있는 지시봉의 형태가 ✕ · ↑ ·

172) 금문인 「盤庚 上」에서 1번, 古文인 「說命 下」에서 1번 쓰였으며, 의미는 모두
    '가르치다'이다.
173) 中國科學院考古研究所 編輯, 『甲骨文編』, 中華書局, 1978, 146쪽 참조.
174) 容庚 編著, 張振林 · 馬國權 摹補, 『金文編』, 中華書局, 1985, 224쪽 참조.

↑ · ↑ 등으로서 사람의 손과 지시봉이 명확히 구분될 뿐만 아니라 지시봉의 형태가 세로줄의 긴 나무 막대기 같지만, 금문에서는 ↓ · ↓ 등으로서 손과 지시봉이 하나로 연결되어 있고 지시봉에는 오른쪽 옆으로 짧은 가로줄이 있다. 금문에서의 이와 같은 형태는 '敎'자의 글자 형태가 정형화되고 있다는 것을 말해준다. 그러나 금문에서 '敎'자는 두 개 밖에 발견되지 않았기 때문에 이것을 명확하게 분석하기 위해서는 앞으로 더 많은 자료의 발굴을 기다려야 할 것이다.

의미는 갑골문에서는 '땅 이름(戊戌卜雀敎于敎.「甲 206」)'이고[175], 금문에서는 '관직 이름[敳人小子鬻(眉), 田戎, 敚父, 敊(敎)爨父.「散盤」]'[176]등으로서 명확하지 않다. 『시경』에서는 '가르치다', '교훈'[177] 등이 있는데, 이것은 '敎'자가 상나라 때에도 이러한 의미로 쓰였을 가능성이 있음을 말해준다.

위에서 살펴본 바와 같이 '學'자와 '敎'자는 갑골문과 금문에서 모두 ⅹ · ⅹ · ⅹ · ⅹ 등 형태가 있다. 그리고 '學'자는 갑골문과 금문에서부터 '가르치다'라는 의미가 있고 '敎'자는 서주시기부터 '가르치다'라는 의미가 있다. 이 글자들의 이와 같은 특성은 상나라 때는 ⅹ · ⅹ · ⅹ · ⅹ 이 아이들이 배우는 가장 중요한 것이었음을 말해준다. 허진웅은 그 교육 과정에 대해서는 거의 알려져 있지 않지만 상나라에 정규 교육기관이 있었다는 것은 의심의 여지가 없다고 본다.[178] 그러나

---

175) 徐中舒 主編, 『甲骨文字典』, 四川辭書出版社, 2003, 347쪽 참조. 그러나 『신편갑골문자전』(1993, 188~189쪽)에서는 ① 가르쳐 인도하다(其敎戌.「合集 28008」), ② 땅 이름(雀, 鬻于敎.「合集 20500」), ③ 貞人의 이름(癸亥卜, 敎貞.「甲 1251」) 등이라고 하였다.

176) 진초생 編纂, 『금문상용자전』, 섬서인민출판사, 2004, 393~394쪽 참조. 『갑골금문자전』(1993, 267쪽)에서는 '사람 이름[散人小子眉(履)田戎微父敎爨父.「散盤」]'이라고 하였다.

177) 모두 10번 쓰였는데, '가르치다'로 9번, '교훈'으로 1번 쓰였다.

178) 許進雄 著, 영남대중국문학연구실 옮김, 『중국고대사회』, 지식산업사, 1997, 332쪽 참조.

상나라 때는 글자를 다루는 사람이 왕을 비롯한 점복과 관련된 일부 사람들에 국한되어 있었기 때문에 만약 허진웅의 견해처럼 정규 교육 기관이 있었다면 그것은 이들 일부 특정인, 즉 왕의 후계자나 점복의 계승자에 한정되었을 것이다.

문헌에 기록된 고대 중국의 교육 과정에 대한 것으로는 『예기』와 『주례』[179]에 주나라의 교육에 대한 기록이 있는데, 이에 대해 앙리 마스페로는 자신의 견해를 덧붙여 다음과 같이 요약하였다.

> 본래 귀족의 자제들은 어른들과 떨어져 특별한 생활을 보냄으로써 사춘기와 결별하는 입문 의식을 그들 스스로 마련했던 것으로 보인다. …… 소년들은 지역마다 있는 학교에서 교육을 받았다. 10살에서 20살까지 9년 간을 주야로 거숙하며 삼덕(三德)과 육예(六藝: 禮, 樂, 射, 御, 書, 數)를 배웠다. 교육 과정은 계절에 따라 반년을 한 학기로 했으며 봄여름에는 옥외 훈련을, 가을 겨울에는 (쓰기 등의) 옥내 학습을 했다. 장남에게는 도읍에 있는 왕립 대학에 입학할 수 있는 특권이 있었는데, 그곳은 세자가 교육을 받는 곳이기도 했다. 지역 학교의 우수 학생도 그곳에 들어갈 수 있었고 교과 과정은 동일했던 것으로 보인다. 학생들의 생활이 학교라는 울타리 안에 한정되어 있었던 것은, 그 옛날 소년들이 입문 의식에 대비하여 어른 사회와는 완전히 격리된 청소년들만의 공동체생활을 영위했던 시절의 잔재가 아닌가 한다. 이런 맥락에서 학교는 읍 바깥 서북쪽에 위치했던 것이며 그를 둘러싼 반원형의 호(濠)는 속세와의 단절을 의미했다(도읍의 왕립 대학만이 주위의 호가 완전한 원형을 이루었다). 낡은 관념들이 생명력을 잃기 시작하는 역사시대에 와서조차 학교는 여전히, 여자에게는 출입 금지의, 선생을 제외한 성인 남자의 경우 오로지 규정에 있는 의식 참관만이 허용되는 그런 신성한 장소로 남게 되었다.[180]

---

179) 『예기』의 「文王世子」와 『주례』의 「春官・大司樂」・「地官・師氏(三德)」・「地官・保氏(六藝)」 등에 기록되어 있는데, 주나라의 교육에 대한 이 두 문헌의 기록이 다르다.
180) 앙리 마스페로 著, 김선민 옮김, 『고대중국』, 도서출판 까치, 1995, 100~101쪽 참조.

주나라는 상나라의 전왕조이지만 '學'자가 만들어졌을 것이라고 추측되는 시기와는 시간상으로 다소 거리가 있기 때문에 이것을 가지고 상나라의 교육 과정을 유추하기에는 무리가 있다. 그러나 모든 인간은 성장 과정이 동일하기 때문에 모든 방면의 교육 순서와 유형이 모든 사회에서 대체적으로 동일하다. 즉 낙후된 사회와 매우 진보한 사회 모두 생계와 관련된 기술을 먼저 가르치고, 다음으로 신체 단련을 하고 사회 풍습과 예의범절은 맨 나중에 가르친다.[181] 상나라 역시 비록 주나라와 교육 내용은 다를지라도 그 시대에 맞는 기본 교육을 하였을 것이다.

그렇다면 상나라 때에는 무엇을 교육 하였을까? 이에 대해 대표적인 학자들의 견해를 검토하도록 한다.

첫째, 산가지에서 유래하였다는 설로서 대표적으로는 방술흠(方述鑫) 등의 견해가 있다. 그들은 '爻'는 산가지(산주算籌)의 형상인데, 옛날에는 산가지로 가르치고 배웠기 때문에 실내에서 산가지로 가르치는 모양을 본뜬 것이라고 하였다. ᾷᴋ은 손에 산가지를 잡고 있는 것을 본뜬 것이고, '子'는 가르치는 대상이라는 것이다.[182]

그러나 허진웅은 爻을 '효(爻)'자로 간주하며 이 글자가 후대에 이르러 괘효(卦爻)를 의미하게 되는데, 이러한 관점에서 爻이 수를 세기 위한 산가지가 서로 엇갈린 형상이라는 견해는 무리가 있다고 본다. 왜냐하면 그는 산가지의 이용은 상나라와 춘추시대까지는 발달하지 못했을 것이라고 여겨지는 고등 과목일 뿐만 아니라 이것이 괘상(卦象)을 해석하여 치는 점이라고 한다면, 이는 어린 학생들이 이해하기 힘든 어려운 분야라는 것이다. 그는 爻이 어린 학생들이 이해할 수

181) 許進雄 著, 영남대중국문학연구실 옮김, 『중국고대사회』, 지식산업사, 1997, 332쪽 참조.
182) 四川大學歷史系古文字研究室 方述鑫 외 編, 『甲骨金文字典』, 巴蜀書社, 1993, 267쪽 참조.

있는 어떤 내용을 의미하였을 것이라고 본다.183)

　필자는 허진웅의 견해를 따르면서 다음과 같이 보충한다. 산가지는 대나무나 뼈 따위로 젓가락처럼 만든 것인데, 갑골문의 '學'자에서 방술흠 등이 산가지로 간주하는 부분은 ⚡・⚡・✕ 등으로서 비스듬한 세로줄이 서로 엇갈린 형상이 위아래로 나란히 있거나 하나만 있는 모양으로서 산가지가 엇갈려 있는 형태로 볼 수도 있다. 그러나 산가지가 어쩌면 상나라의 풍습이 계승된 것일 수도 있으나 현재로서는 이것이 언제부터 사용되었는지 명확하지 않을 뿐만 아니라 이것을 어린아이들에게 가르쳤을 가능성은 희박하다고 생각한다. 왜냐하면 상나라 때는 문자를 쓸 줄 아는 사람이 점치는 행위와 관련된 극히 일부분의 사람에 한정되어 있었기 때문이다. 따라서 이 견해는 설득력이 부족하다.

　둘째, 결승으로부터 생겨났다는 설로서 대표적인 학자로는 허진웅과 하영삼이 있다. 먼저 끈을 교차하여 묶은 것이라는 허진웅의 견해를 살펴보자. 그는 ⚡은 '효(爻)'자로서 노끈을 교차하여 묶은 모양을 나타낸다고 본다. 예를 들면 금문에서 교(較)자184)는 𩵋로서 수레를 본뜬 것인데, 수레에서는 노끈이 앞쪽 가로대의 여러 가지 수평 수직의 버팀목을 교차된 모양으로 묶는 데에 사용되었을 것이고, 금문에서 번(樊)자는 𣏀인데 노끈으로 나무기둥들을 묶어서 만든 울타리를 나타낸다고 하였다. 결승은 고대에 두 가지 물건을 함께 묶는 가장 보편적인 수단이었으며, 물건을 끈으로 묶는 것은 자연환경을 극복하는 데 필요한 기본 기술의 하나였으므로 물건을 잘 묶는 능력은 필수적이고도 가장 중요한 기술이었다는 것이다. 그는 𦥯(學)자의 𢆶은

---

183) 許進雄 著, 영남대중국문학연구실 옮김, 『중국고대사회』, 지식산업사, 1997, 333~334쪽 참조.

184) '較'자는 '교'와 '각' 두 가지 음이 있고 '각(較)'자 역시 '각'과 '교' 두 가지 음이 있으며, '교'로 읽을 때나 '각'으로 읽을 때 모두 같은 의미가 있다. 이 두 글자는 금문에서 한 글자였으나 후대에 다른 글자로 분화된 것으로 보인다.

끈을 묶는 데는 두 손이 필요하다는 것을 나타내고 ∩은 집의 골격을 의미한다고 본다. 이것은 고대에는 사람들이 집을 짓는 데 참여할 기회가 오늘날보다 많았고, 비정착생활을 하던 시대에는 이동에 따른 집의 철거와 건축이 생활의 큰 부분이었기 때문이라는 것이다.[185]

다음으로 하영삼은 결승이 기억의 보조 수단으로 쓰였던 것이라고 하였다. 그는 '學'자가 집 안에서 아이에게 매듭 짓는 법을 가르치는 모습인데, 매듭 짓는 법은 달리 결승(結繩)이라고 하며 문자가 생겨나기 전에 기억의 보조 수단으로 쓰였던 주요 방법 중의 하나라고 본다. 또한 어떤 경우에는 '學'자를 '효(斅)'라고도 쓰는데, 이는 원래 글자에 매를 들고 있는 모습이 추가된 것이며, '敎'자 역시 매를 들고 아이에게 매듭짓는 법을 가르치는 모습이라고 하였다.[186]

필자는 이들의 견해를 따르면서 다음과 같이 보충한다. 이들은 ✕이 결승이라는 것에는 견해가 일치하지만 결승이 무엇인지에 대해서는 견해가 다르다. 또한 '學'자 아랫부분의 ⋀ · ⋔ · ⋔ 등이 건물을 본뜬 것이라는 데는 견해가 일치하지만, 이것이 어떤 용도인지에 대해서는 견해가 일치하지 않는다. 따라서 필자는 먼저 허진웅이 언급한 '爻'자의 원형과 의미를 검토한 후 이것을 바탕으로 '爻'자와 결승과의 관계, '爻'자와 '學'자와의 관련성을 살펴보고, 다음으로 집을 본뜬 형태인 ⋀에 대해서 검토하도록 한다. 이것의 분석은 갑골문과 금문, 문헌, 유물 등을 참고 자료로 한다.

Ⅹ(爻자)

'爻'자는 갑골문과 금문에서부터 출현하고 있는데, 갑골문에서 형태

---

185) 許進雄 著, 영남대중국문학연구실 옮김, 『중국고대사회』, 지식산업사, 1997, 334쪽 참조.
186) 하영삼, 『문화로 읽는 한자』, 동방미디어, 1999, 133쪽 참조.

는 犮「後 2. 144」· 犮「後 2. 41. 1」· 犮「甲 3533反」· 犮「中大 52」· 犮
「金 36」 등187)이고, 금문에서는 犮「盂文」· 犮「小臣系卣」· 犮「父乙爻
角」· 犮「父丁簋」· 犮「鞞侯鼎」188) 등이다.189) 형태를 살펴보면 '爻'
자는 X 형태가 아래 방향으로 나란히 있는데, 갑골문에서는 두 개가
나란하지만 금문에서는 두 개 또는 세 개가 나란히 배열되어 있다.

그렇다면 '爻'자는 그 형태 속에 상나라의 어떠한 풍습과 사유 등
문화 정보를 간직하고 있으며, '學'자와는 어떠한 관련이 있는가? 이
에 대해서 대표적인 학자들의 견해를 검토하도록 한다.

첫째, 종횡으로 교차된 X(五)가 중첩되고 서로 쌓여 있는 형태를
본뜬 것이라는 설로서 서중서의 견해가 있다.190)

갑골문에서 '五'자의 형태는 X「鐵 247. 2」과 X「後上 22. 1」
등 두 가지가 있다.191) 서중서의 견해를 따르면, '爻'자는 '五'자의 X
형태에서 위아래 가로줄을 뺀 가운데 부분인 X 형태를 아래 방향
으로 나란히 배열한 모양이다. 그런데 '爻'자는 갑골문과 금문에서는
의미가 명확하지 않고, 『주역』에서는 전국 말기에서 한나라 초기의
자료에서부터 괘를 해석하는 용도로 사용되었는데 '본뜨다'라는 의미
가 있다. 이것으로부터 살펴보면, '爻'자와 '五'자는 형태 방면에서는
비슷한 부분이 있으나 의미 방면에서는 관련성이 없다는 것을 알 수
있다. 갑골문은 상당히 발달한 문자인데, 고대 중국인들이 글자를 만
들 때 의미를 고려하지 않고 단순하게 다른 글자의 일부분을 본뜨지
는 않았을 것이다. 따라서 이 견해는 설득력이 부족하다.

둘째, 산가지의 형태를 본뜬 것으로서 '學', '斅', '教'자는 모두 이

---

187) 中國科學院考古研究所 編輯, 『甲骨文編』, 中華書局, 1978, 155쪽 참조.
188) 『금문편』(1985, 231쪽)과 『금문대자전』(1995, 58쪽)에서는 「伯晨鼎」이라고
    하였다.
189) 周法高 主編, 『金文古林(上下)』, 東文選, 1990, 594쪽 참조.
190) 徐中舒 主編, 『甲骨文字典』, 四川辭書出版社, 2003, 356~357쪽 참조.
191) 徐中舒 主編, 『甲骨文字典』, 四川辭書出版社, 2003, 1528쪽 참조.

것을 의미부로 한다는 견해가 있는데, 대표적인 학자로는 방술흠 등이 있다.[192]

'學'자의 원형에 대한 학자들의 견해 분석에서는 산가지가 춘추시대까지는 발달하지 못했을 것이라고 여겨지는 고등 과목이라는 것을 검토하였다. 따라서 이 산가지라는 견해는 설득력이 부족하다.

셋째, '각(較)'자의 생략된 형태라는 손이양(孫詒讓)의 견해가 있다. 그는 『설문해자』의 車부수에서 "較은 兵車와 騎馬 위의 굽은 갈고리라는 뜻이다."라고 하였고 글자는 較으로도 쓰였는데, 예를 들면 『시경 · 淇澳』의 "아! 중각이로다.(猗重較兮)[193]"와 「毛傳」의 "중각은 경사의 수레이다.(重較卿士之車)" 등이 있다고 하였다.[194]

'較(較)'자는 금문에서부터 출현하는데, 형태는 𣥂「虢侯鼎」 · 𣦺「毛公鼎」 · 𣦺「師兌簋」 · 𣦺「彔伯簋」 등이다.[195] 학자들이 '爻'자와 같은 형태로 보는 것은 「虢侯鼎」인데, 「虢侯鼎」은 학자에 따라 「伯晨鼎」으로 보는 경우도 있다. 「伯晨鼎」 또는 「虢侯鼎」의 𣥂은 통가하여 '較(較)'자로 쓰였는데[196] 이것을 가지고 𣥂자를 '較'자의 생략된 형태라고 하는 것은 무리가 있다. 그리고 갑골문에는 𣥂이 들어간 글자가 '學'자와 '敎'자 이외에도 '박(駁)'자가 있는데, 형태는 𣥂「前 4. 47. 3」 · 𣥂「甲 298」[197] 등이 있다. 따라서 손이양의 견해는 설득력이 부족하다.

넷째, '學'자에서 언급한 결승이라는 설로서 허진웅의 견해가 있

---

192) 四川大學歷史系古文字硏究室 方述鑫 외 編, 『甲骨金文字典』, 巴蜀書社, 1993, 272~273쪽 참조.

193) 주희의 집주에서는 "重較은 卿士의 수레이다. 較은 두 의(輢)가 식(軾) 위로 솟아나온 것이니 수레의 양 곁을 이른다.(重較, 卿士之車也. 較, 兩輢上出軾者, 謂車兩傍也.)"라고 하였다.

194) 古文字詁林編纂委員會 編纂, 『古文字詁林』, 上海敎育出版社, 1999~2004, 766쪽 참조.

195) 周法高 主編, 『金文古林(上下)』, 東文選, 1990, 2023쪽 참조.

196) 이에 대한 자세한 내용은 본 절의 '𣥂(爻)'자 참조.

197) 중국과학원 고고연구소 편집, 『갑골문편』, 중화서국, 1978, 398쪽 참조.

다.198)

　　필자는 허진웅의 견해를 따르면서 다음과 같이 보충한다. '學'자에
서 살펴보았듯이 허진웅은 결승이 끈을 교차하여 묶은 것인데 이것은
고대에 두 가지 물건을 함께 묶었던 가장 보편적인 수단이라고 하였
으나 하영삼은 문자가 생겨나기 전에 기억의 보조 수단으로 쓰였던
매듭이라고 하였다.

　　그렇다면 고대 중국의 결승은 어떠한 것이었을까? 이것은 먼저 이
들 학자들이 언급한 결승에 대해서 검토하고 이것을 바탕으로 결승과
'爻'자와의 관련성에 대해서 살펴보도록 한다. 결승에 대한 문헌의 기
록을 살펴보면, 『노자』에는 다음과 같은 기록이 있다.

　　　　小國寡民……使民復結繩而用之.
　　　　적은 백성을 가진 작은 나라가 되게 한다.……백성들로 하여금 매듭 짓
　　는 법을 되찾아 사용하게 한다. 「제80장」

　　또한 『주역·계사하전』에는 다음과 같은 언급이 있다.

　　　　古者包犧氏之王天下也……近取諸身, 遠取諸物, 於是始作八卦,……. 作
　　結繩而爲網罟, 以佃以漁, 蓋取諸離.
　　　　옛날 복희씨가 천하에 왕노릇할 때……가까이는 자신에게서 취하고 멀
　　리는 사물에서 취하여 이에 비로소 팔괘를 만들었다.……결승을 맺어 그물
　　을 만들어서 사냥하고 고기를 잡으니 離卦에서 취하였다. 「第二章」

　　이것은 『노자』와 『주역』이 지어졌을 것으로 추측되는 전국시기와
전국 말기에서 한나라 초기에 먼 옛날에 결승 풍습이 존재했었다는 이
야기가 있었음을 말해준다. 문맥으로부터 살펴보면, 『노자』에서 말한

---

198) 이에 대한 자세한 내용은 본 절의 '學'자의 원형 참조.

결승은 전국시기에는 이미 사라졌지만 실생활과 관련된 풍습이며, 『주역』에서 말하는 결승 역시 실생활과 직결되는 도구를 만드는 방법 중 하나라는 것을 알 수 있다. 『주역・계사하전』에는 결승에 대한 또 다른 언급이 있다.

> 上古結繩而治, 后世聖人易之以書契.
> 상고시대에는 매듭을 지어서 다스렸는데, 후세의 성인이 서계로 바꾸었다. 「第二章」

여기에서 말하는 서계란 나무에 새긴 글자를 말한다. 결승이 후세에 서계로 바뀌었다는 것으로 보아 이때의 결승은 생각을 표현하는 글자와 비슷한 것 또는 문자가 생겨나기 전에 사용하던 기억의 보조 수단을 의미하는 것으로 보인다.

상나라 때는 이미 완전한 글자 형식을 갖춘 갑골문이 만들어졌는데, '爻'자가 매듭을 지어서 다스린 것을 본뜬 것이라고 보기에는 무리가 있다. 그렇다면 당시의 글자 사용 상황은 어떠하였을까? 장광직은 상나라 때는 점치는 지식을 장악하던 사람이 바로 최초의 지식 계급에 속한 사람이라고 하였다. 또한 이 시기에는 각 시기마다 전문적으로 복사를 새기던 복관은 소수인에 지나지 않았을 것인데 이 복사를 새기는 사람은 문자를 쓸 줄 아는 유일한 사람이며, 점치는 사람은 다만 종교적인 활동에만 전념했을 것이라고 본다. 그러나 그는 점치는 사람도 복사 기록의 보관과 해석에 관여했을 가능성이 높은데, 이렇게 한 개인에게 사관(史官)과 무당의 직분이 집중되었을 것이라는 추측은 많은 학자들의 공통된 견해인 '최초의 사관은 또한 무당이었다.'는 이론과 일치한다고 하였다.[199] 이것은 상나라 때 문자를 사용할 수 없었던 계층은 문자 이외에 결승이나 또 다른 방법을 기억의 보조 수단 또는

---

199) 張光直 著, 이철 옮김, 『신화미술제사』, 동문선, 1998, 145~149쪽 참조.

생각을 표현하는 수단으로 사용하였을 가능성이 있음을 말해준다. 그리고 당시 사람들은 결승으로 생활에 필요한 각종 물품을 만들어 사용하였을 것이다. 따라서 '爻'자는 결승, 즉 매듭을 지어서 기억의 보조수단 또는 실생활에 필요한 물품을 만들었던 것을 본뜬 것이라고 생각한다.

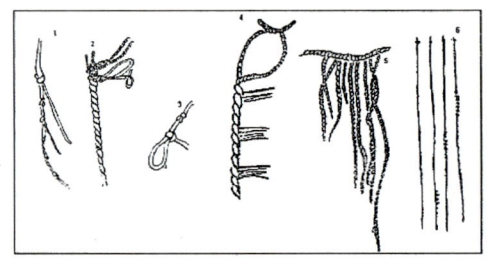

결승 1. 고대 일본의 결승(오타니게 소쇼우, 『중국 고대 문양사 상』, 7~8쪽)

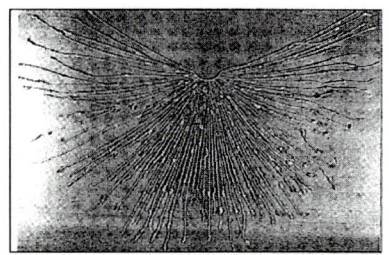

결승 2. 페루에서 출토된 퀴푸(quipu)(대영박물관 소장). 퀴푸는 정보 저장을 위한 고도의 효과적 수단이었으며, 잉카 제국의 행정은 이것에 대폭 의존했다(앨버틴 가우어, 『문자의 역사』, 40쪽).[200]

---

200) 결승 1과 2. 하영삼, 『한자의 세계(기원에서 미래까지)』, 늘함께, 1998, 42쪽 참고.

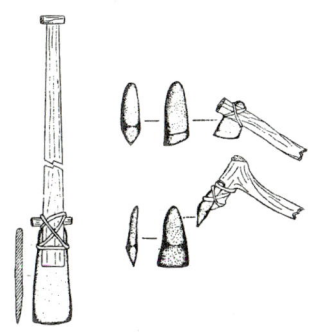

결승 3. 원시 사회에서 생산 도구를 끈으로 묶어 놓은 형상[201]

의미를 살펴보면, 갑골문에서는 '敎(敎)와 같은 것으로서 본받다이다 (丙寅卜敎貞翌丁卯王其爻不冓雨. 「卜 501」)[202]', '爻戊는 곧 敎(敎)戊로 서 사람 이름이다(貞侑于爻戊. 「後下 4. 11」)', '의미가 명확하지 않다. (……王弜……爻馬……亡疒. 「拾 10. 6」)'[203] 등이 있다.

이 의미 중에서 '敎(敎)와 같은 것으로서 본받다'를 살펴보자. 『甲骨 文字典』에서는 '學(敎)'자에서 「卜 501」의 爻 을 '제사 활동인 듯하다' 라는 의미로 보고 있으며, '學(敎)'자에 '본받다'라는 의미는 없다고 본다. 이와 같이 『甲骨文字典』에서는 같은 글자인 爻 을 '본받다'와 '제사 활동인 듯하다' 등 두 가지로 보고 있으므로 '爻'자 중에서 '본 받다'라는 의미가 있다는 견해는 좀 더 자세한 설명을 필요로 한다.

---

201) 許進雄 著, 영남대중국문학연구실 옮김, 『중국고대사회』, 지식산업사, 1997, 350쪽 참조.
202) 『갑골문자전』(2003, 347~348쪽)에서는 '學(敎)'자에서 이 복사의 '丙寅'을 '丙午'라고 하였다.
203) 徐中舒 主編, 『甲骨文字典』, 四川辭書出版社, 2003, 356~357쪽 참조. 유흥 륭의 『新編甲骨文字典』(1993, 197쪽)에서는 "卜辭에서 爻은 '敎學'자와 같다. 爻戊는 곧 學戊로서, 學戊는 상나라 때의 옛 신하 이름이다."라고 하였고, 방 술흠 등의 『甲骨金文字典』(1993, 272~273쪽)에서는 "爻戊는 神祇의 이름이 다. 간혹 學戊라고 쓴다.(貞侑于爻戊. 「後下 4. 11」)"라고 하였다.

금문에서의 의미는 '씨족 이름(爻父乙. 「父乙簋」)', '각(較)'으로 가
차되었는데, 較은 수레 위의 部件으로서 命士 이상은 較이 하나이고
卿 이상은 較이 두 개이다.(錫汝矩𩁷一𤰈玄袞衣……幬爻(較). 「𩰖侯
鼎」)'204) 등이 있다.

이 중에서 '수레 위의 部件인 '較'으로 가차되었다'는 견해에 대해
살펴보자. 이 견해가 성립하려면 음은 있었으나 표기하는 자형이 없어
음이 유사한 글자를 빌려 쓴 것으로서 그 본래의 자형(形)과 의미(義)
와는 아무런 연관이 없어야 한다는 가차자의 성립 조건에 부합하여야
한다. 『古文字類編』에서는 「𩰖侯鼎」을 주나라 중기의 유물이라고 하
였다.205) 그러나 현재까지 발굴된 자료에 의하면, '𩰖較(較)'자는 주나
라 초기의 「吳方彝」에서부터 쓰였으므로 자형이 없어야 한다는 가차
자의 조건에 부합하지 않는다.

고대 중국인들의 문자 사용 원리에는 가차자 이외에 통가자가 있는
데, 통가자란 그 의미를 갖는 本字가 있으나 本字와 어음이 같거나
비슷한 글자를 빌려 쓰는 것을 말한다.206) 위에서는 '較(較)'자가 '爻'

---

204) 四川大學歷史系古文字硏究室 方述鑫 외 編, 『甲骨金文字典』, 巴蜀書社, 1993,
    272~273쪽 참조. 「𩰖侯鼎」의 명칭과 𠂤에 대해서는 몇 가지 견해가 있다. 『甲
    骨金文字典』에서는 「𩰖侯鼎」의 𠂤을 '爻'자에서 설명하면서 '較(較)'자라고
    하고 「伯晨鼎」의 𠂤을 '較(較)'자에 수록하여 「𩰖侯鼎」과 「伯晨鼎」의 𠂤을
    모두 '較(較)'자로 보고 있다. 『금문고림보』에서는 「𩰖侯鼎」에서 '較'자로
    쓰였다고 하였다. 『金文編』에서는 「伯晨鼎」에서 '較'자로 파생 되었다고 하면
    서 각각 '爻'자와 '較(較)'자에서 설명하였다. 『고문자고림』에서는 '爻'자에서
    설명하면서 이 견해를 따르고 있다. 『금문고림』에서는 「𩰖侯鼎」에서 '較'자
    로 파생되었다고 하였다. 『금문대자전』에서는 「伯晨簋」에서 '爻'자로 보고 있
    다. 이와 같이 학자들은 𠂤이 쓰였다는 유물은 다르지만 대체로 '較'자로 보고
    있다.
205) 高明 編, 『古文字類編』, 中華書局, 1980, 370쪽 참조.
206) 통가자에 대한 자세한 내용은 經本植 著, 김현철 외 4인 옮김, 『古漢語文字學
    의 기초』, 신아사, 2000, 176~198쪽, 中國大百科全書 語言文字編輯委員會
    지음, 전광진 편역, 『중국문자훈고학사전』, 동문선, 1993, 103~104쪽, 이영주,

자로부터 가차되었다고 주장하는 시기 이전부터 이미 존재하고 있었음을 살펴보았다. 그리고 오늘날 우리나라의 한자음은 중국의 상고음을 반영하는데, '較(較)'자는 우리나라 한자음으로 '교'이고 '爻'자는 '효'자로서 운모가 같고 성모는 차이가 있으나 설근음 'g·k·h'에 속한다. 따라서 𠂤은 '較(較)'으로 통가되었다는 것을 알 수 있다.[207]

문헌으로부터 살펴보면, '爻'자는 선진시기 문헌에서 사용 빈도가 대단히 낮아 『주역』[208]에서 17번 쓰였고, 『국어』에서 1번 쓰였을 뿐 다른 문헌에서는 쓰이지 않았다. 『주역』에서는 모두 전국 말기부터 한나라 초기의 자료에서[209] 卦를 설명하는 용도로 쓰였고, 『국어』에서도 卦를 설명하는 것으로 쓰였다. 이와 같이 '爻'자는 갑골문과 금문에서는 많이 쓰였으나 다른 문헌에서는 卦를 설명하는 용도 이외에는 쓰이지 않았는데, 이것으로부터 당시에는 '爻'자가 일반적으로 쓰이는 용어가 아니었다는 것을 알 수 있다. '爻'자는 모두 전국 말기부터 한나라 초기의 자료에서 쓰였기 때문에 상나라와 시간 차이가 많이 나는 데다가 사용 빈도 또한 낮아 상나라 때 '爻'자의 의미를 유추하는 자료로 사용하기에 다소 미흡한 점이 있으나 현재로서는 이 자료에 의지할 수밖에 없다. 따라서 아래에서는 문헌에 쓰인 '爻'자를 검토하도록 한다.

『한자자의론』, 서울대학교출판부, 2001, 113~126쪽 참조.

207) 필자는 이에 대해 전광진 선생과 정진강 선생께 문의하였다.

208) 『주역』의 편찬 연대를 살펴보면, 괘사(卦辭)와 효사(爻辭)는 주 문왕 또는 주공이 지은 것이라 하지만 대체로 서주 초기에 이루어진 것이고, 십익(十翼)은 공자가 지었다고 하지만 대략 전국 말엽부터 한나라 초기 사이에 여러 사람에 의해 이루어진 것이다. 자세한 내용은 김학주, 『중국문학사』, 신아사, 1999, 82~83쪽 참조. 鄭玄과 王弼은 經文의 해석에 '彖曰', '象曰', '文言曰'을 덧붙여 經文과 구별하였다. 자세한 내용은 成百曉 譯註, 『周易傳義(上)』, 전통문화연구회, 2003, 19쪽 참조.

209) '乾卦'에서 1번 쓰였으나, 공자 또는 이후 제자들이 덧붙인 자료인 '文言曰'에서 쓰였다. 그 외 16번은 모두 공자가 편찬한 「繫辭傳」에서 15번, 「說卦傳」에서 1번 쓰였다.

허신의 『설문해자』에서는 '爻'부수에서 '爻'자를 다음과 같이 설명 하였다.

爻也. 象易六爻頭交也. 凡爻之屬皆从爻.
교차한다는 뜻이다. 易의 六爻의 머리가 교차한 것을 본뜬 것이다. 爻 부에 속하는 글자는 모두 爻를 의미부로 한다.

단옥재의 주에서는 『설문해자』를 다음과 같이 풀이하고 있다.

疊韻. 繫辭曰 爻也者, 效天下之動者也. 胡茅切. 二部.
交와 爻는 첩운이다. 『易・繫辭』에서는 "爻란 천하의 움직임을 본받는 것이다."라고 하였다. 爻의 발음은 胡와 茅의 반절이다. 2부에 속한다.

허신의 견해는 당시 '爻'자의 쓰임과 형태를 가지고 풀이한 것으로 보인다. 즉 허신은 자신이 살았던 시기에 '爻'자가 주로 卦를 설명하 는 용어로 사용되었기 때문에 이러한 견해를 제시한 것이라고 생각된 다. 단옥재는 허신의 견해를 일부 수용하면서 『주역』을 가지고 설명 하고 있다. 단옥재 주에서 예로 든 것 이외에 『주역』에서의 '爻'에 대 한 설명을 보자.

夫乾, 確然, 示人易矣. 夫坤, 隤然, 示人簡矣. 爻也者, 效此者也.
乾은 굳세니 사람에게 쉬움으로 보여주고, 坤은 순하니 사람에게 간략 함으로 보여준다. 爻는 이것을 본받은 것이다.「繫辭下傳 第1章」

이것은 비록 '爻'를 설명한 것이지만, '爻'자의 의미와도 관련이 있 을 것이다. 당시 사람들은 '爻'자의 의미를 가지고 그 의미에 맞는 용 도로 사용한 것으로 보인다. 이것으로부터 '爻'자는 괘를 설명하는 용 도 이외에 '본받다'라는 의미로 쓰였을 가능성이 있음을 유추할 수 있다. 『주역』에서의 또 다른 예를 살펴보자.

道有變動, 故曰爻.
도가 변동함이 있으므로 爻라고 하였다.「繫辭下傳 第10章」

"道有變動"은 괘의 한 體를 말하는데, 이 역시 '爻'자의 의미로부터 쓰임이 확대되었을 것이다. 이것은 '爻'자가 변화와 관련이 있는 의미를 가지고 있었을 가능성이 있음을 말해준다. '爻'자는 『주역』에서 전국 말기부터 한나라 초기의 자료에서 쓰였으므로 상나라와 시기적으로 많은 차이가 나지만, 상나라와 서주시기에 '본받다', 변화와 관련된 의미를 가지고 있었거나 이러한 의미로 분화될 수 있는, 즉 비슷한 개념을 가진 의미를 가지고 있었을 가능성이 있다. 그러나 '爻'자의 자세한 분석을 위해서는 더 많은 자료의 발굴을 기다려야 할 것이다.

지금까지 살펴본 바에 의하면 '爻'자는 결승을 본뜬 것인데, '學'자역시 결승을 본뜬 것이다. 의미는 '爻'자는 '사람 이름', '씨족 이름', '較(較)으로 통가되었다', '본받다', 변화와 관련된 의미 등이 있고 '學'자는 '가르치다', '배우고 모방하다' 등이 있다. '爻'자의 '본받다'라는 의미는 전국 말기부터 한나라 초기의 자료에서 쓰였고 '學'자의 '배우고 모방하다'는 금문에서 쓰였기 때문에 시기적으로 차이가 있다. 그러나 글자의 형태는 두 글자 모두 결승을 본뜬 것이고 의미인 '본받다(爻자)'와 '배우고 모방하다(學자)'는 뜻은 다르지만 남의 것을 모방한다는 점에서는 같다고 볼 수 있다. 따라서 '爻'자는 '學'자의 爻과 관련이 있을 가능성이 있다고 생각한다. 하지만 이것은 추측만 할 뿐 명확한 것이 아니므로 앞으로 새로운 자료가 발굴된다면 이에 따라 이 견해도 바뀔 것이다.

⋔ (갑골문과 금문에서 '學'자의 일부분)

학자들은 ⋔ 형태가 집이라는 것에 대해서는 견해가 일치하지만, 이것이 의미하는 것이 무엇인가에 대해서는 견해가 다르다. 허진웅은 '學'자의 ⋔을 공부를 하던 집이나 학교가 아닌 완성되지 않은 짓고 있는 집을 본뜬 것으로 보는데, 필자는 어린아이들이 집 짓는 것을 배우는 것은 어느 정도 성장한 청소년기의 일이고 어릴적에는 생활에 필요한 단순한 것부터 배웠을 것이라고 생각한다. 따라서 허진웅의 견해는 설득력이 부족하다.

방술흠 등은 단지 실내라고만 하였고 하영삼은 집이라고 하였다. 만약 상나라 때 정규 교육 기관이 있었다면 ⋔이 학교가 될 가능성이 크지만 현재까지는 당시에 이러한 교육 기관이 있었는지 명확하지 않기 때문에 ⋔을 학교보다는 집으로 보는 것이 타당하다고 생각한다.

지금까지 살펴본 내용을 종합해 보면, '學'자는 갑골문에서 형태가 𤕌이다. 금문에서 형태는 𤕌과 𤕌로서 갑골문의 형태에 사람의 형상인 𤓰과 손에 나뭇가지 모양의 물건을 들고 있는 𤔖이 첨가되고 있다. 그리고 갑골문에서는 글자가 비록 비슷한 특징들을 가지고 있지만 여러 가지 형태인데 반해 금문에서는 글자가 두 가지 형태로 정형화되고 있다. 의미는 갑골문에서는 '가르치다'가 있고 금문에서는 '가르치다', '배우고 모방하다' 등이 있다. 이러한 글자의 형태와 의미는 '學'자가 집 안에서 어린아이가 결승을 배우거나 어린아이에게 결승을 가르치는 모습을 본뜬 것임을 말해준다. 이때 결승은 기억의 보조 수단 또는 실생활에 필요한 물품을 만들었던 매듭을 말한다.

2) 본 의

'學'자의 의미는 『한어대사전』에서 15개, 『중문대사전』에서 15개 등으로서 다양한데, 이것은 모두 본의로부터 파생된 의미들이다. '學'자는 갑골문과 금문에서부터 출현하고 있으며, 의미는 갑골문에서는 '가르치다'이고 금문에서는 '가르치다', '배우고 모방하다' 등이 있다. 현재까지는 상나라 때의 갑골문과 금문의 의미를 본의라고 보아야 하는데, 갑골문에서의 '가르치다'가 '學'자의 본의일까? 여기에서는 '學'자의 본의를 갑골문과 금문에서의 형태와 의미, 『설문해자』, 『시경』, 『서경』 등 문헌으로부터 살펴보도록 한다.

허신의 『설문해자』에서는 '敎'부수의 '斆'자에서 '學'자를 설명하면서 '學'자는 '斆'자에서 '복(攵)'을 생략한 것이라고 풀이하고 있는데, 이것은 당시에 '學'자와 '斆'자가 같은 글자로 쓰였다는 것을 말해준다. 아래에서 '學'자에 대한 『설문해자』의 풀이를 보자.

> 斆, 覺悟也. 从教冂, 冂, 尙矇也. 臼聲, 斈篆文斆省.
> 斆는 깨닫는다는 뜻이다. 敎와 冂을 의미부로 하며 冂은 아직 깨닫지 못했다는 뜻이다. 臼은 소리부이다. 斈은 篆文으로서 斆의 생략된 형태이다.

단옥재의 주에서는 『설문해자』에 대해 다음과 같이 설명하였다.

> 斆覺疊韻. 學記曰 學然後知不足. 知不足然後能自反也. 按知不足所謂覺悟也. 記又曰 敎然後知困. 知困然後能自强也. 故曰 敎學相長也. 兌命曰 學學半. 其此之謂乎. 按兌命上學字 謂敎. 言敎人 乃益己之學半. 敎人謂之學者. 學所以自覺. 下之效也. 敎人所以覺人. 上之施也. 故古統謂之學也. 枚頤僞尙書說命上字作斆, 下字作學. 乃巳下同玉篇之分別矣. 會意, 逗, 冂下曰 覆也. 尙童矇故敎而覺之. 此說從冂之意. 詳古之製字. 作斆從敎. 主於覺人. 秦以來去攵作學. 主於自覺. 學記之文. 學敎分列. 巳與兌命統名爲學

者殊矣. 胡覺切. 三部. 後人分別斅胡孝反. 學胡覺反. 此爲篆文 則斅古文也. 亦一部之例.

斅와 覺은 첩운이다. 「학기」에서 말하였다. "배워본 연후에야 부족함을 알고 부족함을 안 연후에야 스스로 돌이켜 볼 수 있다." 그래서 부족함을 안다는 것은 이른바 깨달았다는 것이다. 「학기」에서는 또 말하였다. "가르쳐본 연후에야 부족함을 알고 부족함을 안 연후에야 스스로 노력할 수 있다. 그러므로 말하기를 '가르치고 배우면서 서로 성장한다.'라고 한다." 「태명」에서 말한 "가르침은 배움의 반이다."는 이것을 말한다. 그래서 「태명」에서 앞에 있는 學자는 가르치다(敎)라고 한다. 남을 가르친다는 것은 자기가 배우는 것의 절반을 보태는 것이니 남을 가르치는 것을 배운다고 말한다. 배움은 스스로 깨닫는 것이기 때문에 아래에서 본받는 것이다. 남을 가르치는 것은 남을 깨닫게 하는 것이므로 위에서 베푸는 것이다. 그러므로 옛날에는 총괄하여 배움(學)이라고 하였다. 枚頤의 위고문 『상서·열명』에서는 앞 글자가 斅이고 뒷 글자가 學으로서 바로 아래의 옥편에서 구별하는 것과 같다. 회의자이고 (冖은) 머무르다이다. [아직 깨닫지 못했기(尙朦也.)때문에] 冖 아래는 덮다라고 한다. 어린아이는 아직 깨닫지 못했으므로 가르쳐서 깨닫게 한다는 것으로서, 이것은 冖을 의미부로 한다는 것을 말한다. 옛날에 글자를 만드는 것을 자세히 살펴보면 斅는 敎를 의미부로 하여 만들었는데, 이것은 남을 깨닫게 하는 것을 위주로 한다는 것이다. 진나라 이래로 斅에서 복(攵) 부분을 없애고 學이라고 하였는데, 이것은 스스로 깨닫는 것을 위주로 한다는 것이다. 「학기」의 문장에서는 學과 敎가 나뉘어 있는데, 「태명」에서 모두 學이라고 한 것과 다르다. 斅의 발음은 胡와 覺의 반절이고 3부에 속한다. 후세 사람들은 斅는 胡와 孝의 반절로, 學은 胡와 覺의 반절[210]로 나누어 구별하였다. (斅) 이것은

---

210) 필자는 胡覺反의 '反'에 대한 해석을 명확하게 하기 위하여 정진강 선생께 문의하였는데, 그는 "胡覺切"은 "胡가 반절상자이고 覺이 반절하자이다."로 해석하고 "斅胡孝反. 學胡覺反"은 "斅는 피반절자(被反切字)이며 胡가 반절상자이고 孝가 반절하자이다. 學은 피반절자이며 胡가 반절상자이고 覺이 반절하자이다."로 해석할 수 있다고 본다. 필자 역시 내용의 정확한 전달을 위해서는 이렇게 해석하는 것도 좋다고 생각하지만, 대부분의 학자들이 切를 '반절'이라고 해석하고 있으며 '反'은 '切'보다 먼저 쓰였다는 차이가 있을 뿐 '切'과 같은 이미이기 때문에 여기에서는 '切'과 '反'을 모두 '반절'이라고 해석하였다.

篆文으로서 敹의 고문이고 또한 두(亠)부의 예에 속한다.

허신은 '學'자가 '깨닫다'라고 하였고 단옥재는 허신의 견해를 따랐다. 그러나 갑골문과 금문에서는 '깨닫다'라는 의미가 없으며, 『시경』에서의 의미 역시 '배움'으로서 '깨닫다'라는 의미가 없다. 허신이 살았던 시기는 갑골문이 만들어진 시기와 많은 차이가 있을 뿐만 아니라 갑골문을 볼 수도 없었기 때문에 허신은 자신이 살았던 당시의 의미를 가지고 설명한 것이라고 생각된다.

필자는 원형에서 공자 이전까지 '學'자와 '敎'자가 구분되지 않았으며, '學'자의 형태는 갑골문에서는 이고 금문에서는 으로서 집에서 손으로 결승을 가르치거나 배우는 것을 본뜬 것임을 검토하였다. 의미는 갑골문에서는 '가르치다'이고 금문에서는 '가르치다'와 '배우고 모방하다' 등이며 『시경』에서는 '배움'이 있는데, 이것은 상나라 때 '가르치다'라는 의미가 있었으며 '배우고 모방하다', '배움'이라는 의미가 있었을 가능성이 있음을 말해준다. 따라서 갑골문과 금문의 형태와 원형, 의미로부터 '學'자의 본의는 '가르치다' 또는 '배우다'라는 것을 알 수 있다.211)

3) 의미의 확정

'學'자의 의미 변화를 분석하기 위해서는 먼저 각 시기별 주요 문헌에 쓰인 의미가 무엇인지부터 알아야한다. 따라서 필자는 '文'자의

---

211) 의미의 확정에서는 갑골문에서 '가르치다'라는 의미가 있다고 하였으나 본의는 '가르치다'라고 하지 않고 '가르치다' 또는 '배우다'라고 하였다. 왜냐하면 의미의 확정에서는 『신편갑골자전』의 견해를 수용하여 갑골문의 의미에 '가르치다'가 있다고 하였으나 다른 학자들은 의미가 명확하지 않은 것으로 간주하고 있기 때문에 본의를 '가르치다'라고 단정하지 않았다.

의미 확정에서와 같이 갑골문과 금문, 『시경』, 『서경』, 『논어』, 『좌전』 등 문헌과 이들 문헌에 대한 후대 학자들의 주와 소를 참고로 하여 의미를 검토할 것이다.

(1) 甲骨文

① 가르치다.

王學衆伐于冕方, 受有佑.   「合集 32」

② 제사 활동인 듯하다.212)

辛亥貞王其衣不冓雨之日王學允衣不冓雨   「存 2. 126」

于大學帮.   「屯南 60」

丁巳卜𣪘貞王學衆伐于𠂤方受𡆥又.   「丙 21」

③ 學戉, 사람 이름이다.213)

貞學戉不蚩.   「遺 522」

勿𧁥侑于學戉.   「合 194」

---

212) ②번과 ③번은 徐中舒 主編, 『甲骨文字典』, 四川辭書出版社, 2003, 347~349쪽 참조. ①번은 劉興隆 著, 『新編甲骨文字典』, 國際文化出版公司, 1993, 189쪽 참조. 유흥륭은 이외에 ① 학교, 庠序의 總名(于大學迎. 「屯 60」) ② 사람 이름 (侑于學戉. 「合集 952」) 등이 있다고 하였다. 그는 ✕ 을 '學'자로 보고 있으며, '爻'자에서는 ✕ 이 '𢼄(學)'자와 같은 것으로서 爻戉는 곧 學戉라고 하였다.

213) 『신편갑골문자전』(189쪽 참조) 역시 사람 이름으로 보고 있다. 그러나 方述鑫 외 編의 『갑골금문자전』(1993, 267~268쪽 참조)에서는 '學戉, 신의 이름이다. (勿𧁥侑于學戉. 「合 194」)'라고 하였는데, 『甲骨文字典』에서는 이 예문의 '𧁥' 을 '선(𧁥)'이라고 하였다.

유흥륭(劉興隆)의 『신편갑골문자전』에서는 古文에서 '學'자는 '敎'
자와 통용되었는데, 예를 들면 『예기·학기(學記)』의 "兌命曰, 學學
半"에서 앞에 있는 '學'자는 '敎'로 읽으며 오늘날의 '교학상장(敎學
相長)'은 옛날에 쓰이던 의미가 남아있는 것이라고 하였다.[214]

필자는 원형에서 '學'자와 '敎'자가 비록 『서경』에서는 구분되어 쓰
였지만, 갑골문과 금문에서는 두 글자가 구분되지 않고 후한대에는
같은 글자로 간주되었음을 검토하였다. '學'자는 갑골문에서는 '가르
치다'라는 의미가 있고, 금문에서는 '가르치다'와 '배우고 모방하다'라
는 의미가 있다. 그리고 '敎'자는 『서경』에서 '가르치다'라는 의미로
쓰였다. 이것으로부터 『예기』의 "學學半"에서 앞의 '學'자가 '가르치
다'라는 의미로 쓰인 것은 당시에는 '學'자와 '敎'자가 구분되지 않고
쓰였기 때문이라는 것을 알 수 있다. 따라서 유흥륭의 '學'자가 '敎'자
와 통용되었으며, '學'자가 '가르치다'라는 의미로 쓰일 때 '敎'로 읽
는다는 견해는 설득력이 부족하다.

(2) 金文[215]

① 가르치다.

静學(敎)無 界(敎).　　　　　　　　　　　　　　「静簋」

② 배우고 모방하다.
小子眾㪃(服)眾小臣眾尸僎學射.　　　　　　　　「静簋」

---

214) 1993, 189쪽 참조.
215) 진초생 編纂, 『금문상용자전』, 섬서인민출판사, 2004, 394~395쪽 참조. 방술흠 등
　　의 『甲骨金文字典』(1993, 267~268쪽)에서는 ① 가르치다.[静學(敎)無敎.「静簋」]
　　② 배우다.(小子眾服眾小臣眾尸仆學射.「静簋」) 등 의미가 있다고 하였다.

③ 學宮으로 귀족 학교이다.

余(余)隹(惟)卽朕小學, 女(汝)勿剋余(余)乃辟一人.   「盂鼎」
師嫠, 才(在)昔先王小學, 女(汝)敏可吏(使).   「師嫠簋」
王命靜餇射學宮.   「靜簋」

금문에서 글자의 형태를 살펴보면, 「靜簋」는 𥄕이고 「盂鼎」은 𥄕으로서 '學'자이지만, 「沈子簋」는 𥄕이고 「中山王䁐鼎」은 𥄕 형태로서 '斅'자이다. 『古文字類編』에서는 「盂鼎」와 「沈子簋」는 주나라 초기의 금문이고 「靜簋」는 주나라 중기의 금문이라고 하였는데,216) 이것으로부터 '斅'자 형태는 주나라 초기부터 쓰였음을 알 수 있다.

반유(潘悠) 등의 『金文大字典』에서는 『설문해자』에서 '敎'부수에는 '斅'자 하나밖에 없으며 '斅'자가 본래 '敎'자와 한 글자였으나 후대에 분화되었다고 하였다. 예를 들면, 「中山王䁐鼎」에는 "雩人飮斅備恁"이라는 구절이 있고, 『國語』의 「越語」, 「吳語」, 「越絶書」 등에는 모두 "越人修敎備信之道"라는 구절이 있는데, 이때 '敎'자 역시 '斅'자라고 하였다.217) 그러나 '敎'자는 갑골문에서부터 출현하고 있고 '學'자 역시 갑골문에서부터 출현하고 있으며, 『설문해자』에서는 '斅'자와 '學'자를 같은 글자라고 하였다. 그리고 '敎'자는 『시경』에서부터 '가르치다'라는 의미가 있고 '學'자는 갑골문에서부터 '가르치다'라는 의미가 있다. '斅'자는 서주 초기부터 쓰였는데, 일부 학자들은 이 시기의 '斅'자를 '學'자와 같은 글자로 간주하고 있으며 『서경』에서는 공자 이후의 자료에서 '가르치다'로 쓰였다. 이것은 곧 '斅'자가 서주시기부터 '가르치다'라는 의미를 가지고 있었다는 것을 말해준다. 따라

---

216) 高明 編, 『古文字類編』, 中華書局, 1980, 50쪽 참조.
217) 潘悠, 玫耀, 沃興華 編纂, 『金文大字典』, 學林出版社, 1995, 2052쪽 참조.

서 반유 등의 견해는 설득력이 부족하다. 또한 이들이 예로 제시한 「中山王▨鼎」과 『國語』에서 '敎'자와 '教'자가 같은 의미이기 때문에 같은 글자라는 견해 역시 설득력이 부족하다. 왜냐하면 「中山王▨鼎」과 『國語』는 전국시기 자료인데, 이 시기 사람들은 이미 한자의 구조에 대해서 어느 정도 인식하고 있었기 때문에 글자를 사용하다가 간혹 생각이 나지 않아 의미가 같은 글자를 빌려 썼을 수는 있어도 의미가 같다고 하여 같은 글자로 간주하지는 않았을 것이다.

(3) 詩經

『시경』에서는 1번 쓰였으며, 의미는 '배움'이다.

周頌 敬之: 西周 초 武王, 成王, 康旺, 昭王

維予小子	나 小子가
不聰敬止	총명하지 못하여 공경하지 못하나
日就月將	날로 나아가며 달로 진전하여
學有緝熙于光明	**배움이 이어 밝혀서 광명함에 이르려 하며**
佛時仔肩	이 맡은 짐을 도와주어서
示我顯德行	나에게 드러난 德行을 보여줄지어다.

정현의 전에서는 "장차 광명이 있는 사람의 광명에 대해 배우고자 하는 것은 어짐 중의 어짐이라고 한다.[218]"라고 풀이하였다.

공영달의 소에서는 다음과 같이 설명하였다. "왕은 몸소 정사를 다스려야 하며 광명이 있는 자에게서 배워야 함을 말한다. 이는 왕의 뜻이 정치에 미치지 못하면 곧 그 일을 맡을 수 없기 때문에 장차 저

---

218) 且欲學於有光明之光明者, 謂賢中之賢也.

광명이 있는 사람에게서 광명이 있게 하는 것을 배우고자 하여 어짊(현자) 중의 어짊(현자)을 선택하여 이에 쫓아서 배우는 것을 말한다.[219]"

이와 같이 역대 학자들은 여기에서의 '學'자에 대해 따로 설명하지 않고 원문을 풀이하는 과정에서 '學'자를 '배움'의 의미로 사용하고 있는데, 이것은 '學'자가 주로 '배움'과 '학문'의 의미로 쓰였기 때문일 것이라고 판단된다. 따라서 필자는 역대 학자들의 견해를 따라 여기에서의 '學'자는 '배움'이라고 본다.

(4) 書經[220]

『서경』에서는 7번 쓰였는데, 현재까지 모두 공자 이후로 간주하는 작품에서 쓰였으며 의미는 '배우다'이다. '敎'자는 2번 쓰였고,[221] 의미는 모두 '가르치다'이다.

① 王曰, 來, 汝說. 台小子**舊學于甘盤**, 旣乃遯于荒野, 入宅于河. 自河徂亳, 暨厥終罔顯.

왕이 말씀하셨다. "이리 오라. 傅說아! 나 小子는 **옛날에 甘盤에게 배웠는데** 이윽고 황야로 물러갔으며, 河水가에 들어가 살며 河水에서 박(亳)으로 가서 마침에 이르도록 학문이 드러나지 못하였노라."
「商書 說命下 第1章」

공안국의 전에서는 "선왕의 도를 배우는 것이다. 甘盤은 은나라의

---

219) 王身當理政事, 而言學有光明, 是王意以己不達於政, 未能卽任其事, 且欲學作有光明於彼光明之人, 謂選擇賢中之賢, 乃從之學.

220) 모두 古文에서 쓰였다.

221) 「商書 盤庚 上」과 「商書 說命 下」에서 각각 1번씩 쓰였다. 「반경」은 금문에 속하며, 「열명」은 고문에 속하는데, 현재까지 모두 공자 이후의 것으로 보고 있다. 그러나 「반경」은 최초의 산문(허세욱, 『중국문학사』) 또는 송나라에 전해진 서주시기의 것(김학주, 『중국문학사』)으로 추정하는 견해가 있다.

현명한 신하로 도와 덕이 있는 사람이다.222)"라고 설명하였다. 그는
또한 "旣乃遯于荒野"를 "이미 배웠으나 중도에 배우는 것을 폐하고
초야로 물러가 살았다.223)"라고 풀이하였다.

공영달의 소에서는 다음과 같이 해석하였다. "그러나 아래 구에서
말한 '旣乃遯于荒野'는 배움이 끝나자 이에 물러난 것이므로 즉위
초에 감반에게서 배운 것이 아니다.224)"

주희의 『집주』에서는 다음과 같이 설명하였다. "고종은 '나 小子는
옛날에 감반에게서 배웠는데 이윽고 황야로 물러갔고, 뒤에 또 하수
에 들어가 살며 하수로부터 박으로 가서 옮겨 다니고 일정하게 살지
않았다.'고 말씀하여 학문을 폐한 원인을 일일이 서술하고 그리하여
학문이 끝내 드러나 밝음이 없음을 한탄한 것이다.225)"

위의 분석을 보면, 역대 학자들은 '學'자를 직접적으로 해석하지 않
았다. 이것은 '學'자가 주로 '배우다', '학문' 등 의미로 쓰였기 때문
에 달리 해석하지 않고 문장 속에서 사용한 것으로 보인다. 따라서
필자는 역대 학자들의 견해를 따라 여기에서 '學'자의 의미를 '배우
다'라고 생각한다.

② 說曰, 王, 人求多聞, 時惟建事, **學于古訓**, 乃有獲. 事不師古, 以克
永世, 匪說攸聞.
傅說이 말하였다. "왕이여! 사람을 들은 바가 많은 자를 구함은 이
일을 세우기 위해서입니다. **옛 가르침을 배워야** 얻음이 있을 것이
니, 일을 옛것을 본받지 않고서 능히 장구하게 하는 것은 제가 들은
바가 아닙니다." 「商書 說命下 第3章」

---

222) 學先王之道. 甘盤, 殷賢臣有道德者.
223) 旣學而中廢業, 遯居田野.
224) 但下句言旣乃遯于荒野, 是學訖乃遯, 非卽位之初從甘盤學也.
225) 高宗言, 我小子舊學於甘盤, 已而, 退于荒野, 後又入居于河, 自河徂亳, 遷徙
不常, 歷敍其廢學之因, 而歎其學, 終無所顯明也.

공안국의 전에서는 "군주가 들음이 많은 자를 구하여 정사를 세우고 옛 가르침에서 배운다면 얻는 바가 있을 것이다.226)"라고 설명하였다.

주희의 『집주』에서는 다음과 같이 해석하였다. "들음이 많은 자를 구하는 것은 남에게 의지하는 것이요, 옛 가르침을 배우는 것은 자신에게 돌이키는 것이다. 옛 교훈이란 옛날 돌아가신 성왕의 교훈으로 몸을 닦고 천하를 다스리는 방도를 기재한 것이니 이전(「요전(堯典)」·「순전(舜典)」)과 삼모(「대우모(大禹謨)」·「고요모(皐陶謨)」·「익직(益稷)」)류가 이것이다.227)"

역대 학자들은 '學'자를 문장 속에서 '배움'의 의미로 사용하고 별도로 설명하지 않았는데, 이것은 당시에 '學'자가 주로 '배우다', '학문'이라는 의미로 사용되었기 때문일 것이다. 따라서 필자는 여기에서 '學'자의 의미를 역대 학자들의 견해를 따라 '배우다'로 본다.

③ 惟學遜志, 務時敏, 厥修乃來. 允懷于玆, 道積于厥躬.
배움은 뜻을 겸손하게 해야 하니 힘써서 때로 민첩하게 하면 그 닦여짐이 올 것이니, 독실히 믿어 이것을 생각하면 도가 그 몸에 쌓일 것이다. 「商書 說命下 第4章」

공안국의 전에서는 "배움에 있어 뜻을 따르고 힘써서 민첩하게 하면 그 덕이 닦여져 이에 (그 덕이 자기에게) 올 것이다.228)"라고 풀이하였다.

공영달의 소에서는 다음과 같이 해석하였다. "사람들의 뜻은 본래 선을 구하고자 하고 다른 사람의 근본적인 뜻을 배워 따르고자 하는데, 배움에 있어 힘써서 민첩하게 할 수 있으면 그 덕이 닦여져 이에 스스로 올 것이다. 229)" 그는 또한 "允懷于玆, 道積于厥躬."을 "진실

---

226) 王者求多聞以立事, 學於古訓, 乃有所得.
227) 求多聞者, 資之人, 學古訓者, 反之己, 古訓者, 古先聖王之訓, 載修身治天下之道, 二典三謨之類, 是也.
228) 學以順志, 務是敏疾, 其德之脩乃來.

로 이렇게 배울 뜻을 품는다면 도가 자신에게 쌓일 것이다.230)"라고 풀이하였다.

주희의 『집주』에서는 다음과 같이 설명하였다. "그 뜻을 겸손히 하여 마치 할 수 없는 바가 있는 듯이 하고, 학문에 민첩하여 미치지 못하는 바가 있는 듯이 하여 겸허히 남에게서 받아들이고 부지런히 자기를 힘쓰면 그 닦여지는 바가 마치 샘물이 처음 나오듯이 하여 源源히 올 것이다.231)"

역대 학자들은 '學'자에 대해 별도의 설명을 하지 않고 문장 속에서 '배움'의 의미로 사용하고 있다. 따라서 필자는 역대 학자들의 견해를 따라 여기에서 '學'자의 의미가 '배우다'라고 생각한다.

④ 惟斅學半, 念終始典于學, 厥德修罔覺.
　　가르침은 배움의 반이니, 생각의 마지막과 처음을 **배움에 주장하면** 그 德이 닦여짐을 자신도 깨닫지 못할 것이다. 「商書 說命 下 第5章」

공안국의 전에서는 다음과 같이 풀이하였다. "斅는 가르치다이다. 가르친 연후에야 부족함을 아는 것이니 이것이 배움의 절반이다. 처음과 끝에 항상 배움을 생각한다면, 그 덕이 닦아져도 자각할 수 없을 것이다.232)"

공영달의 소에서는 다음과 같이 해석하였다. "남을 가르친 연후에야 부족함을 알 수 있고 부족함을 알면 반드시 장차 스스로 힘쓸 것이다. 남을 가르치는 것은 곧 배움의 절반이기 때문에 그 공의 절반이 배움에 있음을 말한다. 배우는 법에 대해서는 끝을 생각하고 처음

---

229) 人志本欲求善, 欲學順人本志, 學能務是敏疾, 則其德之脩乃自來.
230) 信懷此學志, 則道積於其身.
231) 遜其志, 如有所不能, 敏於學, 如有所不及, 虛以受人, 勤以勵己, 則其所修,
　　 如泉始達, 源源乎其來矣.
232) 斅, 教也. 教然後知所困, 是學之半. 終始常念學, 則其德之脩, 無能自覺.

을 생각하더라도 항상 배우는 데 있는 것이니 그 덕이 닦여져서 점점 나아가 더해지지만 그 나아감을 자각할 수 없을 것이다.233)"

주희의 『집주』에서는 다음과 같이 설명하였다. "斅는 가르침이니, 사람을 가르침은 배움의 반을 차지함을 말한 것이다.……처음에 스스로 배우는 것도 學이요 종말에 남을 가르침도 또한 學이니, 한 생각의 終과 始가 항상 學에 있어 조금도 간단함이 없다.……234)"

역대 학자들은 '學'자에 대하여 별도의 해석을 하지 않고 원문을 설명하는 과정에서 사용하고 있는데, 이것은 '學'자가 주로 '배움'과 '학문'의 의미로 쓰였음을 말해준다. 따라서 필자는 여기에서의 '學'자를 '배움'이라고 생각한다.

⑤ 學古入官, 議事以制, 政乃不迷. 其爾典常作之師, 無以利口亂厥官. 蓄疑敗謀, 怠忽荒政, 不學牆面, 莅事惟煩.
　　옛 법을 배우고 관에 들어가 일을 의논하여 맞게 하여야 정사가 마침내 잘못되지 않을 것이니 너희는 떳떳한 법을 스승으로 삼고 말 잘하는 입으로 관직을 어지럽히지 말라. 의심이 쌓이면 계책을 무너뜨리며 게으르고 소홀히 하면 정사를 황폐시키며 **배우지 않으면 담장에 얼굴을 대고 있는 것과 같아서** 일에 임함에 번거로울 것이다.
　　「周書 周官 第16章」

먼저 "學古入官"에 대한 학자들의 견해를 살펴보자.

공안국의 전에서는 "마땅히 먼저 옛 가르침을 배운 연후에 관에 들어가 정사를 다스린다는 말이다.235)"라고 풀이하였다.

공영달의 소에서는 "옛날의 전적과 가르침을 배운 연후에 관에 들

---

233) 敎人然後知困, 知困必將自强, 惟敎人乃是學之半, 言其功半於學也. 於學之法, 念終念始, 常在於學, 則其德之脩漸漸進益, 無能自覺其進.
234) 斅, 敎也, 言敎人, 居學之半.……始之自學, 學也, 終之敎人, 亦學也, 一念終始, 常在於學, 無少間斷.……
235) 言當先學古訓, 然後入官治政.

어가 정사를 다스린다.236)"라고 해석하였다. 또한 그는 공안국의 전을 다음과 같이 설명하였다. "『좌전·양공 31년』에서 자산이 말하였다. '나는 배운 이후에 정치에 입문하였다는 말은 들었으나 정사를 다스리면서 배웠다는 자에 대한 얘기는 듣지 못하였다.' 장차 정치에 입문하고자 한다면 먼저 옛날의 가르침과 전적을 배우고 옛날의 성패를 관찰하여 좋은 것을 가려서 따른 연후에야 관에 들어가 정사를 다스릴 수 있다는 말이다.237)"

주희의 『집주』에서는 "學古는 전대의 법을 배우는 것이다.238)"라고 하였다.

다음으로 "不學牆面"에 대한 역대 학자들의 견해를 보자.

공안국의 전에서는 다음과 같이 설명하였다. "사람이 배우지 않으면 바로 얼굴을 담장에 대고 서있는 것과 같아서 정사에 임하면 반드시 번거로워질 것이다.239)"

공영달의 소에서는 다음과 같이 풀이하였다. "사람이 배우지 않으면 얼굴이 담장을 향해 있는 것과 같아서 보이는 바가 없을 것이니, 이것으로써 맡은 일에 임한다면 오직 번거롭고 어지러워져서 이치를 다스릴 수 없을 것이다.240)"

주희의 『집주』에서는 다음과 같이 해석하였다. "사람이 배우지 않으면 바로 얼굴을 담장에 대고 선 것과 같으니 반드시 보는 바가 없어서 섞여 지내기가 번거롭고 어지러울 것이다. 241)"

역대 학자들은 문장 속에서 '學'자를 '배우다'의 의미로 사용하였

---

236) 學古之典訓, 然後入官治政.
237) 襄三十一年左傳子産云, 我聞學而後入政, 未聞以政學者也. 言將欲入政, 先學古之訓典, 觀古之成敗, 擇善而從之, 然後可以入官治政矣.
238) 學古, 學前代之法也.
239) 人而不學, 其猶正牆面而立, 臨政事必煩.
240) 人而不學, 如面向牆, 無所覩見, 以此臨事, 則惟煩亂, 不能治理.
241) 人而不學, 其猶正牆面而立, 必無所見, 而擧錯煩擾也.

다. 따라서 필자는 역대 학자들의 견해를 따른다.

(5) 論語

『논어』에서는 모두 65번 쓰였는데, '文學'으로 1번 쓰인 것 이외에는 모두 '學'자만 단독으로 쓰였으며 의미는 '배우다'와 '학문'이다. 아래에서 이 두 가지 의미를 예를 들어 살펴보도록 한다.

　가) 배우다

　　子曰, **學而時習之, 不亦說乎.**
　　孔子께서 말씀하셨다. "**배우고 그것을 때때로 익히면** 기쁘지 않겠는가."「學而 第1章」

　하안의 주에서는 "왕숙(王肅)이 말하였다. '時는 배우는 자가 때로써 외우고 익히는 것이다.' 외우고 익히기를 때로써 한다면 배운 것이 없어지지 않을 것이므로 기쁨이 될 것이다.[242]"라고 풀이하였다.
　형병의 소에서는 다음과 같이 해석하였다. "이 장은 사람들에게 배워서 군자가 될 것을 권면한 것이다. ……『白虎通』에서 이르기를 '學이란 깨닫는다는 뜻이다. 이는 알지 못하는 것을 깨닫는 것이다.'라고 하였다. 공자께서 말씀하셨다. '배우는 자가 때로써 그 경업을 외우고 익혀서 폐지하여 쓸모없게 되지 않게 할 수 있다면 또한 기쁘지 않겠는가? 학업이 조금 이루어져서 벗을 초대하여 동문의 벗이 먼 곳으로부터 찾아와 자기와 더불어 강습할 수 있다면 또한 즐겁지 않겠는가?……'[243]"

---

242) 王曰, 時者, 學者以時誦習之. 誦習以時, 學無廢業, 所以爲說懌.
243) 此章勸人學爲君子也,……白虎通云, 學者, 覺也, 覺悟所未知也. 孔子曰, 學者

그는 또한 하안의 주를 다음과 같이 풀이하였다. "하안이 말한 '時者, 學者以時誦習之'에 대해서는 황씨는 배움에는 세 번의 때가 있다고 여겼는데, 첫째, 신체의 때이다. 「학기」에서 이르기를 '발한 연후에 금한다면 바로잡고 막을 수 없다. 때가 지난 연후에 배운다면 부지런히 힘써도 이루기 어렵다.'고 하였다. ……둘째, 일 년 중의 때이다. 「왕제」에서 이르기를 '봄가을에는 예와 악을 가르치고 겨울과 여름에는 시와 서를 가르친다.'고 하였다. ……셋째, 하루 중의 때이다. 「학기」에서 이르기를 '그러므로 군자는 배움에 있어서 감추고 닦으며, 쉬고 노닌다.'라고 하였는데, 이것은 날마다 익히는 것이다. 배우는 자가 이 때에 따라 배운 책의 글을 외우고 익힌 것이 예악의 몸가짐에 미쳐서 날마다 없어질 바를 알고 달마다 그 할 수 있는 바를 잊지 않으므로 기쁨이 된다는 것을 말한 것이다.244)"

주희의 『집주』에서는 "學이란 말은 본받는다는 뜻이다.245)"라고 설명하였다.

위에서 살펴본 바와 같이 하안은 '배움'이라고 하였고, 형병 역시 『백호통』의 '깨닫다'라는 것을 예로 들고 있기는 하지만 '배움'으로 보았다.

그렇다면 공자의 학문에 대한 관심과 성취는 어떠하였는지 문헌의 기록을 검토해보자. 『논어·爲政』에는 "공자께서 말씀하셨다. '나는 열다섯 살에 학문에 뜻을 두었다.'(子曰, 吾十有五而志于學.)"라는 공자의 언급이 있고, 『좌전·昭公 17년』에는 "가을에 담자가 조회에 왔는데, 소공이 그와 함께 연회에 참석하였다.……공자(이때 공자의 나이는

而能以時誦習其經業, 使無廢落, 不亦說懌乎. 學業稍成, 能招朋友, 有同門之朋從遠方而來, 與己講習, 不亦樂乎.…….

244) 云時者, 學者以時誦習之者, 黃氏以爲, 凡學有三時, 一, 身中時. 學記云, 發然後禁, 則扞格而不勝. 時過然後學, 則勤苦而難成.……二, 年中時. 王制云, 春秋教以禮樂, 冬夏教以詩書.……三, 日中時. 學記云, 故君子之於學也, 藏焉, 脩焉, 息焉, 遊焉. 是日日所習也. 言學者以此時誦習所學篇簡之文, 及禮樂之容, 日知其所亡, 月無忘其所能, 所以爲說懌也.

245) 學之爲言, 效也.

스물여덟이다.)께서 그것을 듣고서 담자를 찾아뵙고 그에게서 배웠다.
(秋, 郯子來朝, 公與之宴.……仲尼聞之, 見於郯子而學之.)"라는 기록
이 있으며, 『좌전·昭公 7년』에는 昭公 24년 공자가 35세 때 노나라
의 대부 孟僖子가 죽음에 임하여 그의 두 아들에게 "'나는 장차 깨달
음이 있을 사람은 孔丘라는 말을 들었다. ……그들로 하여금 공자를 섬
겨서 (공자에게) 예를 배우게 하여 그 지위를 안정되게 하여라.' 그러
므로 孟懿子와 南宮敬叔이 공자를 스승으로 섬겼다.(吾聞將有達者曰孔
丘,……使事之, 而學禮焉, 以定其位. 故孟懿子與南宮敬叔師事仲尼.)"
라고 유언하는 기록이 있다.[246) 이것으로부터 공자는 어려서 학문에
뜻을 두었고 배움에 열성적이었으며 훗날 학문적 성취와 명성을 얻었
다는 것을 알 수 있다.

주희는 '본받는다'라고 하였는데, 이것은 어떤 일이나 행동 따위를
본보기로 하여 그대로 따라 한다는 뜻이다.[247) 위 내용은 본받은 것
을 때때로 익힌다라기 보다는 배운 것을 때때로 익힌다고(자신의 것
으로 만들고 가슴에 새긴다고) 볼 수 있으므로 주희의 견해는 설득력
이 부족하다. 따라서 공자의 학문에 대한 열정을 보았을 때 여기에서
의 '學'자는 하안과 형병의 견해와 같이 '배움'이라고 보는 것이 타당
하다고 생각한다.

나) 학문

子曰, 吾十有五而志于學.
공자께서 말씀하셨다. **"나는 열다섯 살에 학문에 뜻을 두었다."** 「爲政
第4章」

---

246) 이에 대한 자세한 내용은 狩野直喜(가노 나오키) 著, 오이환 역, 『중국철학사』,
을유문화사, 1998, 103~105쪽 참조.
247) 이기문 감수, 『동아 새국어사전』, 동아출판사, 1994, 912쪽 참조.

형병의 소에서는 다음과 같이 설명하였다. "이 장은 부자께서 성인임을 감추고 범인과 같게 하여 다른 사람을 권면한 까닭을 밝힌 것이다. '吾十有五而志于學'은 15세 정도 아이로 성장하였을 때 사방의 밝음을 인식하고 생각하여 이에 학문에 뜻을 두었음을 말한다. ……공자께서 이것을 말씀하신 것은 사람들을 권면하여 학문에 뜻을 두게 함으로써 처음에도 선하고 마지막에도 좋게 하시고자 한 것이다.[248]"

주희의 『집주』에서는 다음과 같이 풀이하였다. "옛날에는 15세에 대학에 입학하였다. 마음이 가는 것을 지(志)라 한다. 여기에서 말하는 학문은 곧 대학의 도이다. 여기에 뜻을 둔다면 생각하고 생각함이 여기에 있어서 하기 싫어하지 않을 것이다.[249]"

형병은 '學'자에 대해 별도로 설명하지 않고 원문을 해석하는 과정에서 '학문'이라는 의미로 사용하였다. 가)의 '배우다'라는 의미 분석에서는 공자의 학문에 대한 열정과 성취가 대단하였음을 살펴보았다. 따라서 필자는 형병의 견해를 따라 여기에서 '學'자의 의미를 '학문'이라고 보면서 다음과 같이 보충한다.

주희는 옛날에는 15세에 대학에 입학하였으므로 공자가 말한 학문이 '대학의 도'라고 하였는데, 공자는 15세 때 어떠한 교육을 받았을까? 그의 어린 시절에 대해 『논어·子罕』에는 공자가 자신에 대해 언급한 "나는 어려서 비천하였기 때문에 비루한 일에 능한 것이 많다.(吾少也賤, 故多能鄙事.)"라는 기록이 있고, 『맹자·萬章 하』에는 "공자께서는 일찍이 委吏가 되었는데 '회계를 마땅하게 하였을 뿐이다.'라고 말씀하셨고, 일찍이 乘田이 되었는데 '소와 양이 살찌고 건강하게 잘 자랐을 뿐이다.'라고 말씀하셨다.(孔子嘗爲委吏矣, 曰會計

---

248) 此章明夫子隱聖同凡, 所以勸人也. 吾十有五而志于學者, 言成童之歲, 識慮方明, 於是乃志於學也. ……孔子輒言此者, 欲以勉人志學, 而善始令終也.

249) 古者, 十五而入大學, 心之所之, 謂之志, 此所謂學, 則大學之道也, 志乎此, 則念念在此而爲之不厭矣.

當而已矣. 嘗爲乘田矣, 曰牛羊, 茁壯長而已矣.)"라는 기록이 있는데, 이것으로부터 공자가 불우한 어린 시절을 보냈다는 것을 알 수 있다. 그러나 그는 어려운 환경 속에서도 아버지 공흘(孔紇)이 하급사족(下級士族)에 속한 무사였기 때문에 사족의 자제로서 춘추시기 기초 교양 과정이며 직업을 갖는데 요구되었던 藝·樂·射·御·書·數 등 육예(六藝)를 배웠다.

주희는 원문의 '學'자가 '대학의 도'라고 하였으나 이것은 송나라 때의 관점에서 해석한 것이라고 생각된다. 김승혜는 공자가 15세경부터 고급 학문인 시와 서, 높은 수준의 예악을 연구하였고 정치, 도덕, 문화의 본질을 철저히 규명하기 시작하였을 것이라고 본다.250) 공자는 이미 30대에 학문으로 명망이 있었으며, 시서예악을 바로잡아 제자를 가르치고 정치 사회적 이상을 펴기 위해 각국을 주유하였다. 따라서 필자는 여기에서의 '學'자를 六藝, 詩, 禮뿐만 아니라 정치와 도덕 등을 포괄하는 학문이라고 생각한다.

(6) 左 傳

『좌전』에서 '學'자는 24번 쓰였는데, 모두 '학문', '배우다' 등 의미이고 '斅'자는 쓰이지 않았다. 아래에서는 '학문'과 '배우다'라는 의미로 쓰인 경우를 각각 하나씩 예를 들어 검토하도록 한다.

가) 학문

衛文公大布之衣, 大帛之冠, 務材訓農, 通商惠工, **敬教勸學**, 授方任能.
衛나라 文公은 거친 베로 만든 옷을 입고, 거친 명주로 만든 모자를

---

250) 김승혜, 『유교의 뿌리를 찾아서』, 지식의 풍경, 2002, 107쪽 참조.

쓰고, 힘써 목재를 쌓고 농사를 가르치며, 물자를 유통시키고 공인을 우대하며, **교육을 중시하고 학문을 권장하며,** 도리를 가르쳐 능력 있는 자를 임용하였다.「閔公 2년」

공영달의 소에서는 "勸學은 백성들에게 학문할 것을 권면한 것이다.251)"라고 풀이하였다.

주신의 주에서는 "五敎를 중시하고 학문할 것을 권면한 것이다.252)"라고 설명하였다.

역대 학자들은 여기에서의 '學'자가 '학문', '學'이라고 하였다. 위 예문은 衛나라 文公의 검소함과 치적에 관한 것이다. 그는 농업, 상업, 수공업을 발전시키기 위해 노력하였는데, 부강한 나라를 만들기 위해서는 물질적인 것뿐만 아니라 좋은 인재의 등용 또한 중요하기 때문에 인재를 양성하는 데에도 힘썼을 것임을 짐작할 수 있다. 따라서 인재 양성을 위해 필요한 것은 교육이므로 "敬敎勸學"에서 '學'자는 '학문'이라는 것을 알 수 있다.

나) 배우다

大人患失而惑, 又曰, **可以無學, 無學不害. 不害而不學**, 則苟而可. 於是乎下陵上替, 能無亂乎. **夫學, 殖也, 不學將落**, 原氏其亡乎.

지위에 있는 사람(公卿大夫)들이 배움은 있으나 도를 잃어버릴 것을 근심하면서 그 뜻을 의심하여 또 말하였다. **"배우지 않을 수 있으니 배우지 않는다고 하여 해 될 것은 없다." 해 될 것이 없다고 하여 배우지 않는다면** 곧 政務가 구차해질 것이다. 그래서 아래에 있는 자들이 위에 있는 사람을 업신여기고 위에 있는 자들이 폐이(廢弛: 마음이나 규율이 피폐하고 느즈러짐)해 진다면 어지럽지 않을 수 있겠는가? **배움이란 기르는**

---

251) 勸學, 勸民學問也.
252) 敬重五敎, 勸勉爲學.

것이다. 배우지 않는다면 초목이 잎을 떨어뜨리는 것과 같게 될 것이니
이것이 原氏의 망함이 아니겠는가? 「昭公 18년」

두예의 주에서는 "大人患失而惑, 又曰, 可以無學, 無學不害."를
"배움이 있으나 도를 잃어버릴 것을 근심한 것은 그 뜻을 의심한 것
이다.253)"라고 풀이하였다. 그는 또한 "不害而不學, 則苟而可."를 "해
가 없다고 여겨서 결국 배우지 않는다면 곧 모두 구차함에 이를 것이
다.254)"라고 설명하였고, "於是乎下陵上替, 能無亂乎. 夫學, 殖也. 不
學將落, 原氏其亡乎."는 "배워서 덕에 나아가는 것은 농사에서 싹을
키우는 것과 같아서 날로 새로워지고 날로 더해진다는 말이다.255)"라
고 해석하였다.

공영달의 소에서는 다음과 같이 설명하였다. "……나라 안의 사람들
이 반드시 학문을 말하는 것을 좋아하지 않는 일이 많다. ……지위에
있는 사람(공경대부)들이 나라 안에 배웠으나 그 도를 잃어버린 자가
많은 것을 근심하여 이 말로써 의심하니 이 말은 道理가 있음을 말
한다. 지위에 있는 사람(공경대부)들이 이에 또 말하기를 실제로 배우
지 않을 수 있으니 배우지 않아도 해 될 것이 없다. 해 될 것이 없다
고 여겨 마침내 배우지 않는다면 구차해질 수 있다.……배움이란 草木
을 기르는 것과 같다. 만약 사람들을 날로 성장하고 날로 나아가게
한다면 草木이 가지와 잎을 기르는 것과 같을 것이다. 배우지 않는다
면 재주와 지식이 날로 퇴보하여 장차 草木이 가지와 잎을 떨어뜨리
는 것과 같게 될 것이니 이것이 原氏의 멸망함이 아니겠는가?256)"

---

253) 患有學而失道者以惑其意.
254) 以爲無害, 遂不學, 則皆懷苟且.
255) 言學之進德, 如農之殖苗, 日新日益.
256) ……夫其國內之人, 必多有是不說學問之說也.……大人患其國內有多學而失其
道者, 而疑惑於此言, 謂此言有道理也. 大人於是又爲言曰, 其實可以無學, 無
學不爲害也. 以爲無害而遂不學, 則苟且而可也.……夫學如殖草木也. 令人日
長日進, 猶草木之生枝葉也. 不學, 則才知日退, 將如草木之隊落枝葉也, 原氏

양백준의 주에서는 "又曰, 可以無學, 無學不害. 不害而不學,"을 "無知함을 해가 없는 것으로 여겼으므로 배우지 않은 것이다.257)"라고 풀이하였으며, "能無亂乎. 夫學, 殖也."는 "배움을 씨 뿌리는 것과 같은 일에 비유하여 말한 것이다.258)"라고 설명하였다.

역대 학자들은 여기에서의 '學'자를 모두 '배움'이라고 하였는데, 필자는 이들의 견해를 따른다.

4) 의미 변화 과정과 '文學'이라는 용어의 생성

본 절의 의미 확정에서는 '學'자의 의미가 갑골문에서는 '가르치다', '제사 활동인 듯하다', '學戌, 사람 이름이다' 등이 있고, 금문에서는 '가르치다', '배우고 모방하다', '學宮으로 귀족 학교이다' 등이 있으며, 『시경』과 『서경』에서는 모두 '배우다'이고 『논어』와 『좌전』에서는 '배우다'와 '학문' 등이 있다는 것을 살펴보았다. 이외에도 『묵자』에서는 「貴義 제47장」에서 "가난한 집에서 부유한 집의 의식을 많이 쓰는 것을 모방하면 빨리 망하는 것은 필연적인 것이다.(貧家而學富家之衣食多用. 則速亡必矣.)"라고 하여 '모방하다'라는 의미로 쓰였고, 『한비자』에서는 「顯學 제50장」에서 "세상에 현저하게 드러난 학파는 유가와 묵가이다.(世之顯學, 儒墨也.)"라고 하여 '학파'라는 의미로 쓰였다.

이와 같이 '學'자는 선진시기에 다른 글자들에 비해 의미의 변화를 심하게 겪지 않았는데, 여기에는 다음과 같은 원인이 있을 것이라고 생각한다. 첫째, '가르치다', '배우다' 등 의미가 그들의 상상력을 제

其亡減乎.
257) 以無知爲無害, 因而不學.
258) 言學習譬如種植.

한하였을 것이다. 둘째, 당시 글자의 의미에 많은 영향을 미쳤을 제자 백가들이 제한적으로 사용하였기 때문일 것이다.

『논어』에서는 '학문'이라는 의미가 추가되고 있는데, 이것은 '가르치다', '배우고 모방하다' 등 의미로부터 분화된 것이라고 판단된다. 『묵자』와 『한비자』에서의 '모방하다', '학파'라는 의미는 '배우다', '학문'이라는 의미로부터 파생되었을 것이라고 생각한다. 그런데 한나라 초기의 문헌인 『예기・文王世子 제8장』[259])과 『예기・學記 제18장』[260])에서는 '가르치다'라는 의미로 사용되었다. 현재까지 살펴본 자료에 의하면 '學'자는 갑골문과 금문에서는 '가르치다'라는 의미가 있지만 선진시기 문헌에서는 대부분 '배우다', '학문' 등으로 쓰였는데, 이렇게 한나라 초기의 문헌에서 '가르치다'라는 의미로 쓰인 원인은 무엇인가?

선진시기에 '學'자는 '敩'자와 함께 '가르치다'라는 의미로 쓰였다. 그런데 『서경』에서는 '學'자와 '敩'자를 구분하고 있지만, 갑골문과 금문, 『설문해자』에서는 이 두 글자가 구분되지 않는데, 갑골문에서는 비록 모양은 다르지만 '學'자로 볼 수 있는 형태만 있으나 금문에서는 '敩'자 형태가 있다. 이것은 '學'자가 처음 만들어진 상나라 때는 '學'자 형태가 '가르치다'라는 의미로 쓰였는데, 후대(서주 초이지만 더 이전인 상나라 후기일 수도 있다)에 의미가 '가르치다', '배우고 모방하다' 등으로 분화되자 '敩'자를 만들어 '가르치다'라는 의미로 썼으나 이 글자들이 처음 의도와는 달리 서로 명확하게 구분되지 않았기 때문일 것이다. 그리고 이러한 현상은 한나라 때까지 지속되었을 것이다.

다른 한편으로 선진시기에는 '學'자와 '敩'자 이외에 '敎'자가 '가

---

259) 세자 및 학사를 가르침에는 반드시 때가 있으니, 봄과 여름에는 간과를 가르치고, 가을과 겨울에는 우약(꿩의 깃털과 피리. 文舞를 출 때 손에 쥐는 것.)을 가르친다.(凡學世子及學士必時. 春夏學干戈, 秋冬學羽籥.)

260) 그러므로 말하기를 "가르치고 배우면서 서로 성장한다"라고 한다. 태명에서 말하였다. "가르침과 배움은 반반이다."(故曰, 敎學相長也. 兌命曰, 學學半.)

르치다'라는 의미로 사용되었는데, '學'자는 금문에서 '가르치다'로 쓰였고 '斅'자는『서경』에서 '가르치다'라는 의미로 쓰였으며 다른 문헌에서는 대부분 '敎'자가 '가르치다'라는 의미로 사용되었다. 이와 같이 선진시기와 한나라 때에는 '學'자와 '斅'자, '敎'자가 '가르치다'라는 의미로 사용되었지만, 오늘날 '學'자는 '배우다', '모방하다', '학문', '학과', '학교' 등 의미가 있고 '敎'자는 '가르치다', '교육' 등 의미가 있으며, '斅'자는 비록 '가르치다'라는 의미가 있지만 사용 빈도가 극히 낮다. 이것은『설문해자』의 '斅'자에서 '學'자를 설명하고 있듯이 당시에는 이 두 글자가 서로 혼용되었기 때문에 두 글자 모두 '가르치다'라는 의미로 사용되었으나 후대(『설문해자』 이후이지만 시기가 명확하지 않다.)에는 완전히 분리되었기 때문에 '學'자는 주로 '배우다', '학문' 등으로 쓰이고 '斅'자는 '가르치다'라는 의미로 쓰였을 것이다. 그러나 '學'자에서 분리된 '斅'자는 같은 의미를 가진 '敎'자가 '가르치다'라는 의미로 사용됨으로써 그 사용 빈도가 점차 낮아졌을 것이다.

지금까지는 '學'자에 대해서 살펴보았다. '學'자는 '文'자와 결합하여 '文學'이라는 용어가 되었다. 이 '文學'이라는 용어가 처음 보이는 것은『논어』인데, 의미는 넓은 의미의 학문이다. 그렇다면 이 용어는 어떻게 만들어졌을까? 필자는 여기에 다음과 같은 원인이 있다고 생각한다.

첫째, 고대 중국인들이 춘추전국시기부터 한자에 대해 관심을 가지고 연구하였다는 것이다.『좌전』에는 "글자의 구조에서 보면 止와 戈를 합하면 '武'자가 된다.(夫文, 止戈爲武.「宣公 12년」)", "그러므로 글자 '正'을 반대로 쓰면 '乏'자가 된다.(故文反正爲乏.「宣公 15년」)"라는 언급이 있는데, 이와 같은 고대 중국인들의 한자에 대한 관심과 지식은 그들이 글자와 글자를 결합하여 사용할 때에도 이용되었을 것이다. '文學'이라는 용어 역시 고대 중국인들의 이러한 글자에 대한

관심과 지식이 반영되었을 것이다.

둘째, 공자가 살았던 시기 또는 그 이전에 '文'자와 '學'자가 가지고 있었던 의미 때문일 것이다. 『논어』에서 '文'자는 학문과 관련된 의미가 있으며, 「공야장편」에서는 '文'자가 시호로 쓰인 까닭을 "명민하면서도 배우기를 좋아하였으며 아랫사람에게 묻기를 부끄럽게 여기지 않았다.(敏而好學 不恥下問.)"라고 하였다. 이것은 '文'자가 춘추 말기에 '學과 問, 즉 배우고 묻는다'는 개념을 가지고 있었음을 의미한다. '學'자는 서주시기에는 '배움'의 의미로 쓰였고, 『논어』에서는 '배움', '학문'의 의미로 쓰였다. 이와 같이 '文'자는 학문과 관련된 의미가 있을 뿐만 아니라 배우고 묻는다는 개념을 가지고 있으며, '學'자는 '학문', '배움' 등 의미를 가지고 있다. 선진시기 글자를 다루던 사람들은 이러한 의미와 개념을 가진 글자들을 결합하여 '문학'이라는 용어를 만들었을 것이고, 이것을 넓은 의미의 '학문'이라는 의미로 사용하였을 것이다.

2. '文學'의 의미 변화 과정

1) 선진시기

'文學'이라는 용어는 『논어·선진편(先進篇) 2장』에서 처음으로 출현하며, 1번 쓰였다.

> 子曰, 從我於陳蔡者皆不及門也, 德行, 顏淵閔子騫冉伯牛仲弓, 言語,

宰我子貢, 政事, 冉有季路, 文學, 子游子夏.

　　孔子께서 말씀하셨다. "나를 陳나라와 蔡나라에서 따르던 자들이 모두 문하에 있지 않구나!" 德行에는 顔淵·閔子騫·冉伯牛·仲弓이었고, 言語에는 宰我·子貢이었고, 政事에는 冉有·季路였고, 文學에는 子游·子夏였다.

『논어』에서 '문학'은 단 한 번만 쓰였을 뿐 더 이상의 설명이 없으므로 정확한 의미를 알 수 없다. 이것은 후대 학자들의 주석이나 다른 전적을 통하여 유추할 수 있는데, 대부분의 학자들은 이에 대해 주석을 달고 있지 않으며 단지 송나라 형병(邢昺)의 『논어소(論語疏)』에서 '문장박학'이라고 주를 달고 있을 뿐이다. 그러나 오늘날에는 이에 대해 다음과 같은 해석들이 있다.

　　먼저 나근택(羅根澤)의 견해를 보자. 그는 자유(子游)와 자하(子夏)가 모두 글을 읽고 예를 아는 방면에 치우쳤기 때문에 공자가 '繪事後素'[261]로써 자하를 경계하였는데, 이 때문에 후대에 나온 모시서(毛詩序), 상복대전(喪服大傳)과 같은 각종 유가의 전적들이 자하가 지은 것으로 오인되기도 한다고 하였다. 그는 또 다른 근거로 자유에 관한 얘기가 『예기』의 「단궁(檀弓)」, 「옥조(玉藻)」 등에 보이는데, 여기에서는 대부분 자유가 예를 말하고 예를 따른다는 것을 언급하고 있다고 하였다. 그리고 그는 『논어』에서 자하와 자유를 '文學'에 두었기 때문에 『논어』에서의 '문학'이 넓은 의미라고 본다.[262]

　　다음으로 오임백(吳林伯)의 견해를 살펴보자. 오임백은 '學文'에서의 文이 육경을 의미하고 문학은 '육경의 學', 즉 經學을 말한다고 하였다. 그는 몇 가지 근거를 가지고 그의 견해를 설명하였는데, 첫째, 『논어·

---

261) 공자께서 말씀하셨다. "그림 그리는 일은 흰 비단을 마련하는 것보다 뒤에 하는 것이다." 자하가 대답하였다. "예가 뒤이겠군요?"라고 하자 공자께서 말씀하셨다. "나를 흥기시키는 자는 상이로구나! 비로소 함께 시를 말할 만하다." (子曰, 繪事後素. 曰, 禮後乎. 子曰, 起予者, 商也. 始可與言詩已矣. 『논어·팔일편(八佾篇) 8장』)

262) 『羅根澤古典文學論文集』, 上海古籍出版社, 1985, 48쪽 참조.

학이편(學而篇)』의 '학문'을 마융의 주에서 "文은 옛날의 유문이다.(文者, 古之遺文.)"라고 풀이하였다는 것을 예로 들고 있다. 여기에서 '유문'은 고대로부터 내려오던 『三蕢』, 『五典』, 『八索』, 『九丘』 등 문헌으로서 연대가 오래되어 순서가 뒤섞여 있었는데, 공자가 정리하면서 자기의 뜻을 담고 자료의 편집을 다르게 하여 『육경』이라 하였으며 공자는 이것을 가지고 스스로 공부하고 제자들을 가르쳤다는 것이다. 둘째, 『장자·천도편(天道篇)』에는 공자가 스스로 시, 서, 예, 악, 역, 춘추 등 육경을 익힌다는 언급이 있고, 『사기·공자세가(孔子世家)』에는 공자가 시, 서, 예, 악으로써 가르쳤다는 기록이 있다는 것이다. 셋째, 『예기·단궁(檀弓)』에는 당시 公卿, 大夫, 士, 庶 등이 예를 의논하여 결정할 수 없으면 반드시 자유의 말을 가지고 경중으로 삼았다는 기록이 있다는 것이다. 넷째, 자하는 더욱 많은 경전에 통달하였는데, 東漢의 서방(徐防)은 자하에 대해 "시, 예, 악은 공자가 정리하였으나 章句를 밝힌 것은 자하에서 시작되었다.(詩禮樂, 定自孔子, 發明章句, 始于子夏.)"라고 하였다는 것이다.263)

위에서 살펴본 바와 같이 송나라의 형병은 '문학'을 '문장박학'이라 하였고 나근택은 정확한 언급은 하지 않고 단지 넓은 의미의 문학이라고 하였으며, 오임백은 '경학'이라고 하였다. 이것으로부터 학자들마다 견해는 다르지만 『논어』에서의 '문학'은 넓은 의미의 학문을 의미한다는 것을 유추할 수 있다. '文學'은 『묵자』에서 3번 쓰였다.

> 子墨子言曰, 凡出言談由文學之爲道也, 則不可而不先立義法.
> 자묵자가 말하였다. **"무릇 언담을 하고 문학을 통하여 도를 행하려면** 먼저 義法을 세우지 않으면 안된다." 「非命 中篇 第36章」

여기에서는 문학을 통하여 도를 행한다고 하였으므로 '학문'의 의

---

263) 『「文心雕龍」字義疏證』, 武漢大學出版社, 1994, 60~61쪽 참조.

미로 보는 것이 타당하다고 생각된다. 아래에서 다른 예를 살펴보도
록 한다.

> 是故子墨子曰, "今天下之君子之爲文學, 出言談也, 非將勤勞其喉舌,
> 而利其脣呡(吻)也, 中實將欲其國家邑里萬民刑政者也.
> 이런 까닭에 자묵자가 말하였다. **"오늘날 천하의 군자가 문학을 하고
> 언론을 내는 것은** 바로 그의 목구멍과 혀를 수고롭게 하여 脣呡을 이롭
> 게 하고자 함이 아니다. 진정으로 장차 국가 읍리 만민의 형정을 위한 것
> 이다."「非命下篇 第37章」

전야직빈(前野直彬)은 여기에서의 '문학'은 대체로 '言談'과 같은
것으로 입으로 말하는 것과 붓으로 쓰는 것의 차이에 지나지 않는다
고 하였다. 그는 당시에는 붓으로 쓰는 것이 그다지 쉽지 않았으므로
묵자의 말도 언담쪽으로 기울어진 표현이 되었을 것이라고 본다.[264]
필자 역시 원문의 내용만으로 보면 전야직빈의 견해와 같이 여기에서
'문학'은 '언담'과 같은 것으로 볼 수 있다고 생각한다. 그러나 묵자
가 문학을 하고 언론을 내는 것을 목구멍과 혀를 수고롭게 하는 것이
라고 한 것은 문학과 언론을 사람의 신체를 가지고 표현하려했기 때
문에 나타난 현상이라고 생각한다. 그가 말한 군자가 문학을 하고 언
론을 낸다는 것은 학문을 닦고 자신의 생각을 밖으로 표출하는 것을
의미한다고 판단된다. 따라서 묵자가 말한 '문학'은 '학문'을 의미한
다고 본다. 아래에서 또 다른 예를 보자.

> 故子墨子之有天之意也, 上將以度天下之王公大人爲刑政也, 下將以量
> 天下之萬民爲文學出言談也.
> 그러므로 자묵자가 하늘의 뜻을 파악하는 것은 위로는 천하 왕공대인
> 의 형정을 살피고 **아래로는 천하의 만민이 문학을 하고 언담을 하는 것을**

---

264) 前野直彬 지음, 김양수・최순미 옮김,『중국문학서설』, 토마토, 1996, 142쪽 참조.

헤아리는 것이다.「天志 中篇 제27장」

묵자는 여기에서도 '형정'과 '문학', '언담'을 같이 언급하고 있는데, 위 원문 역시 '문학'이 무엇인지 언급한 것이 아니기 때문에 '문학'이 정확하게 무엇을 말하는지 알 수 없다. 그러나 두 번째 예문에서는 천하의 군자가 문학을 하고 언론을 내는 것은 장차 국가 읍리 만민의 형정을 위한 것이라고 하였다. 그런데 위 원문에서는 단지 지배 계층인 천하 왕공대인의 형정과 피지배 계층인 천하 만민의 문학, 언담을 대응시키고 있을 뿐이어서 두 번째 예문과 말뜻은 다르지만 사용하고 있는 형정, 문학, 언담 등 용어는 같은 의미라고 생각한다. 그리고 지금까지 살펴본 바에 의하면 묵자는 항상 '문학'과 '언담'을 함께 언급하고 있는데, 이것은 곧 묵자에서 쓰인 '문학'이 모두 같은 의미라는 것을 말해준다. 따라서 필자는 여기에서 '문학'의 의미 역시 '학문'이라고 본다. '문학'의 이와 같은 쓰임은 전국시기에 이르러 '문학'이라는 용어가 일반적인 용어로 정착되어 가는 과정에 있으며, 『논어』에서 '문학'의 쓰임이 학문과 무관하지 않음을 말해준다. '문학'이라는 용어는 『좌전』, 『국어』, 『노자』, 『장자』, 『맹자』 등에는 보이지 않고 『순자』에서 5번 쓰였는데, 예를 들면 다음과 같다.

今之人, 化師法, **積文學**, 道禮義者爲君子.
요즘 사람은 스승의 법도에 감화되고 **문학을 쌓고** 예의를 따르는 자를 군자라고 한다.「性惡篇 第23章」

人之於文學也, 猶玉之於琢磨也. 詩曰, 如切如磋, 如琢如磨. 謂學問也.
사람과 문학의 관계는 옥과 조탁의 관계와 같다. 『시경』에서 말하기를 "옥을 자르고 쪼개고 정으로 쪼고 줄로 갈아 낸다"라고 하였는데 이것은 학문을 말한다.「大略篇 第27章」

순자는 당시 사람들이 군자란 예의와 문학을 갖춘 사람이라고 여겼다고 하면서 문학을 예의와 동등한 위치에 놓고 있다. 또한 그는 여기에서 '문학'과 '학문'을 혼용하였는데, 옥은 갈고 다듬어야 빛나듯이 사람을 빛나게 하는 것은 문학이라고 여기고 있다. 즉 여기에서의 문학은 옥을 갈고 다듬듯이 사람을 교화하여 새로운 모습으로 변화시키는 것, 즉 배우고 깨달아 변화되는 것을 말한다. 이것은 순자가 문학을 군자가 갖추어야 할 중요한 덕목이면서 배울 수 있는 학문으로 여겼음을 나타내준다. 『한비자』에서는 '문학'이 8번 쓰였는데, 한비자는 당시 문학을 하는 사람에 대해 다음과 같이 설명하였다.

> 學道立方, 離法之民也, 而世尊之曰文學之士.
> 도를 배우고 수단을 세우는 것은 법을 벗어난 백성이다. **그러나 세상이 그를 높여 학문을 한 인사라고 한다.**「六反」

전야직빈(前野直彬)은 여기에서의 '문학'이 '학문이나 교양과 거의 같은 의미'라고 하였다. 그러나 이운구는 道는 법과 대립되는 儒·墨을 가리키고 方은 각자의 처세술을 말한다고 하였는데, 그의 견해에 의하면 여기에서의 문학은 '유가와 묵가의 학문'을 가리킨다는 것을 알 수 있다.

위에서 예로 든 반(反)은 정치, 사회의 명실 대응이 상반되는 현상을 가리키는데, 한비자는 이것을 세상의 존경을 받는 여섯 종류의 사람과 세상의 비난을 받는 여섯 종류의 사람으로 구분하여 설명하였다. 그런데 그는 세상의 존경을 받는 백성이 세상을 해치고 세상의 비난을 받는 백성이 세상에 이익을 준다고 하였다. 여기에서의 세상에 대한 손해와 이익이란 군주에 대한 손익을 말하는 것으로서 군주에게 득이 안 되는 사람이 백성들의 칭송을 받고 백성의 비난을 받는 사람이 도리어 군주에게 존중되는 것을 말한다. 이 중에서 '문학'을 하

는 사람은 세상의 존경을 받는 여섯 종류의 사람 중 하나이다.265) 그
는 세상의 비난을 받는 여섯 종류의 사람을 학문과 관련해서 다음과
같이 설명하였다. "식견이 적고 명령에 잘 따르는 것은 법을 온전하
게 지키는 사람이다. 그러나 세상은 그를 헐뜯어 멋없고 고루한 사람
이라고 한다.(寡聞從令, 全法之民也, 而世少之曰樸陋之民也.)" 이때
'과문(寡聞)'은 학문이나 지식을 달리 구하려고 하지 않아 식견이 적
은 것으로서 군주에게 득이 되는 사람을 의미한다. 한비자가 여기에
서 말하는 학문이나 지식이란 무엇인가?

　한비자는 「六反」에서 "지금 학자가 군주를 설득하여 모두 이익을
구하는 마음을 버리고 서로 사랑하는 길로 나아가게 하는데, 이것은 군
주가 부모보다 더 친밀할 것을 요구하는 것이다.(今學者之說人主也,
皆去求利之心, 出相愛之道, 是求人主之過於父母之親也.)"라고 하였
고, "그러므로 법을 가지고 도를 삼으면 처음에는 고생스럽지만 장기
적인 이득이 있다. 인을 가지고 도를 삼으면 일시적인 즐거움은 있으
나 뒤에는 궁해진다.(故法之爲道, 前苦而長利, 仁之爲道, 偸樂而後
窮.)"라고 하였으며, "말이 쓰이지 못하는데도 꾸며서 말 잘하는 척하
고 자신이 맡지 못하면서도 스스로 꾸며 고결한 척하여 세상의 군주
가 그 변설에 현혹되고 그 고결함에 속아 그를 존귀하다고 여긴다.……
그런즉 허황되고 낡은 학문이 말을 못하고 거만하고 속이는 행동을
꾸미지 못하게 될 것이다.(言不用而自文以爲辯, 身不任而自飾以爲高.
世主眩其辯·濫其高而尊貴之,……然則虛舊之學不談, 矜誣之行不飾矣.)"
라고 하여 묵가와 유가의 학문을 비판하고 있다. 따라서 앞의 예문에
서 '문학'은 '유가와 묵가의 학문'을 의미한다는 것을 알 수 있다. 한

---

265) 한비자는 「六反」에서 세상의 존경을 받는 사람을 귀생지사(貴生之士), 문학지
　사(文學之士), 유능지사(有能之士), 변지지사(辯智之士), 염용지사(磏勇之士),
　임예지사(任譽之士) 등 여섯 종류로 분류하였고, 세상의 비난을 받는 사람을
　실계지민(失計之民), 박루지민(樸陋之民), 과능지민(寡能之民), 우당지민(愚戇
　之民), 겁섭지민(怯懾之民), 첨참지민(讒讒之民) 등 여섯 종류로 분류하였다.

비자는 또한 '문학'에 대해 다음과 같이 언급하였다.

> 儒以文亂法, 俠以武犯禁, 而人主兼禮之, 此所以亂也. 夫離法者罪, 而 **諸先生以文學取**, 犯禁者誅, 而群俠以私劍養.
>
> 유자는 문을 가지고 법을 어지럽히고 협객은 무를 가지고 금령을 어기지만 군주가 아울러 그들을 예우하니 이것이 어지러움의 원인이다. 법을 어긴 자는 죄를 지은 것이지만 **여러 학자들은 학문을 가지고 채용되고** 금령을 어긴 자는 처벌 받지만 여러 협객들은 사사로운 검술을 가지고 고용된다.「五蠹」

한비자는 여기에서 유자와 협객을 예로 들어 자신의 견해를 밝히고 있는데, 위 예문에서의 여러 학자들은 유가를 의미하므로 여기에서 말하는 '문학'은 유가들의 학문을 의미한다. 또한 여기에서는 '文'이 '武'와 상대적인 의미로 사용되었으므로, 유가들의 학문은 '武'와 상대적인 학문으로서 시서예악 등 유가의 가르침을 의미한다는 것을 알 수 있다. 문학에 대한 한비자의 또 다른 견해를 보자.

> 博習辯智如孔墨, 孔墨不耕耨, 則國何得焉. 修孝寡欲如曾史, 曾史不戰攻, 則國何利焉.……不作而養足, 不仕而名顯, 此私便也. **息文學而明法度**, 塞私便而一功勞, 此公利也. 錯法以道民也, **而又貴文學**, 則民之師法也疑.……**夫貴文學以疑法**, 尊行修以貳功, 索國之富強, 不可得也.
>
> 박학하여 변설과 지혜가 공자나 묵적과 같더라도 공자나 묵적 같은 자가 농사를 지을 수 없다면 나라에 무슨 도움이 되겠는가. 효행과 욕심 적음이 증삼(曾參)이나 사추(史鰍)와 같더라도 증삼이나 사추 같은 자가 전쟁에 나가지 않는다면 나라에 무슨 이득이 되겠는가.……일을 하지 않아도 양육에 족하며 벼슬하지 않아도 이름을 드러내는 것이 사적인 편의다. **문학을 금지하고 법도를 밝히며** 사사로운 편의를 막아서 功勞를 하나로 하는 것이 공리이다. 법을 시행하는 것은 백성을 이끌기 위한 것인데 **또 문학을 귀하게 여긴다면** 백성이 법을 본받는 것을 의심할 것이다.……**문학을 귀하게 여겨 법을 의심하게 하고** 행동이 단정한 것을 높여 공적을 의심하

게 하면 나라가 부강하기를 바라더라도 해낼 수가 없다. 「八說」

한비자는 유가, 묵가와 같이 학문이 높고 덕행이 있더라도 이것이 실용성이 없다면 나라에 도움이 되지 않는다고 하면서 법을 시행하기 위해서는 문학을 귀하게 여기면 안 된다는 것을 강조하였다. 즉 공리를 위해서는 유가, 묵가와 같은 비실용적인 학문은 가까이하지 말아야 한다는 것이다. 따라서 여기에서의 '문학' 역시 유가와 묵가의 학문을 의미한다는 것을 알 수 있다. 지금까지 살펴본 바와 같이『한비자』에서의 '문학'은 법·령과 대립되는 학문인 유가의 학문, 유가와 묵가의 학문을 의미한다. 이것은 '문학'의 의미가 '文'자와 마찬가지로 전국 말기에 이르러 구체화되고 있음을 말해준다.

위에서 살펴본 것을 종합해 보면 문학이라는 용어는『논어』의 춘추 말기 공자의 말에서부터 출현하고 있는데, 의미는 단지 넓은 의미의 학문이다. 문학은 전국 초기의『묵자』에서 사용 빈도가 늘어나고 있는데, 이것은 문학이 일반적인 용어로 정착되고 있음을 의미한다. 전국 말기의『순자』와『한비자』에서는 사용 빈도가 더욱 높아지고 있으며 의미가 정의되고 구체화되고 있다. 이것은 전국 말기에 이르러 '문학'이라는 용어가 일정한 의미로 정착되어가고 있음을 나타내준다.

2) 한나라

문학이라는 용어는 한나라 때에 이르러 사용 빈도는 높지만, 대부분 관직명으로 쓰였다. 유안(劉安, B.C. 178?~B.C. 122)의『회남자(淮南子)』에서는 '학문'의 의미로 1번 쓰였다.

藏詩書, 脩文學, 而不知至論之旨, 則拊盆叩瓴之徒也.
『시경』과 『서경』을 가지고 있으면서 **학문을 닦아도(수학해도)** 지극한 논리의 뜻을 알지 못하니 물동이를 치고 동이를 두드리는 무리이다.「精神訓」

원문에서는 "『시경』과 『서경』을 간직하고 학문을 닦았다.(藏詩書, 脩文學)"라고 하였기 때문에 여기에서 '문학'은 유가의 학문을 의미한다는 것을 알 수 있다. 환관(桓寬, B.C. 73 전후)의 『염철론(鹽鐵論)』에서는 182번 쓰였는데, 대부분 관직명으로 쓰였다. 아래에서 '학문'의 의미로 쓰인 예를 살펴보자.

日者, 淮南衡山修文學, 招四方遊士, 山東儒墨咸聚於江淮之間, 講議集論, 著書數十篇.
이전에 淮南王 유안(劉安)과 衡山王 유사(劉賜)가 학문을 닦으면서(학문을 좋아하여) 사방의 遊士를 부르니 산동의 유가와 묵가가 모두 강남과 회수 일대에서 모여들어 강론하고 논의를 모아 책 수십 편을 저술하였다.「晁錯」

위 예문을 보면 '文學'은 유사(遊士)와 관계가 있고 그 유사는 유가와 묵가라는 것을 알 수 있는데, 이것으로부터 여기에서의 '文學'은 유가와 묵가의 학문이라는 것을 유추할 수 있다. 위의 분석으로부터 한나라 때 '문학'에는 '유가의 학문', '유가와 묵가의 학문' 등 개념이 내포되어 있다는 것을 알 수 있다. 전국 말기의 '文學'이라는 용어에도 유가의 학문, 유가와 묵가의 학문이라는 의미가 있는데, 이것이 한나라 때에도 유지된 것으로 보인다. 사마천(司馬遷, B.C. 145~B.C. 86?)의 『사기(史記)』107권 「魏其武安侯列傳 제47」에는 다음과 같은 기록이 있다.

夫不喜文學, 好任俠, 已然諾. 諸所與交通, 無非豪桀大猾.
夫는 문학을 좋아하지 않고 임협을 좋아하여 승낙하였다. 여러 왕래하는 사람들은 호걸대활이 아닌 자가 없었다.

여기에서는 ‘文學'이 武와 반대되는 학문으로 쓰였는데, 이것 역시
전국시기의 개념이 그대로 유지되었다는 것을 말해준다. 『염철론』에
서는 ‘賢良, 文學之士'와 ‘賢良, 方正, 文學之士'가 각각 1번씩 쓰였
고, 이외에도 한나라 때에는 ‘賢良, 文學之士' 또는 ‘文學之士' 등이
많이 쓰였는데, 이때 ‘文學'은 학문 또는 관직명으로 쓰였다. 또한 『염
철론』에서는 ‘文學曰'이 121번 쓰였고 ‘文學對曰'이 1번 쓰였으며,
‘賢良, 文學'은 13번 쓰였다266). 이때 ‘文學' 역시 모두 관직명이다.
왕충(王充, A.D. 27~100?)의 『논형(論衡)』에서는 관직명으로 1번 쓰
였다. 이와 같이 ‘文學'이라는 용어는 한나라 때 이르러 학문이라는
의미 이외에 관직명이라는 전혀 새로운 개념으로 쓰이기 시작하는데,
이것은 전국시대 말기의 ‘文學之士'라는 쓰임이 세월이 흐름에 따라
국가에 의해 관직명으로 채택되었기 때문으로 보인다.

　그러나 위진남북조시기에는 이 문학이라는 용어에 새로운 개념이
생겨난다. 문학은 학문의 의미, 관직명으로 쓰였지만, 『세설신어(世說
新語)』에서는 문학편을 별도로 구분하여 기술하고 있다. 이 문학편은
당시 문인들의 학술 활동과 글을 짓는 문학 활동 등 두 부분으로 구
성되어 있다.267) 이것은 위진남북조시기에는 문학의 개념이 확대되어
포괄적인 의미로 쓰였음을 의미한다.

　지금까지 분석한 것을 종합해 보면 ‘文學'은 춘추 말기에는 넓은
의미의 학문을 의미하였으나 전국시기에는 ‘학문', ‘유가의 학문' ‘유
가와 묵가의 학문' 등 의미로 세분화되었다. 한나라 때는 주로 관직

---

266) ‘賢良, 文學'은 13번 쓰였는데, ‘賢良, 文學'이 11번 쓰였고 ‘文學, 賢良'이 2
　　번 쓰였다.
267) 학술 부분은 삼현(三玄: 노(老), 장(莊), 역(易))을 중심으로 유학, 명리학, 현학,
　　불학 등을 포괄하고 있으며 문학 부분은 당시 문인들의 문학 활동에 관한 일화
　　는 물론이고 각종 문체에 관한 언급과 작품에 대한 비평 및 작가의 재직(才識)
　　에 대한 논평 등이 실려 있다. 劉義慶 撰, 劉孝標 注, 김장환 譯注, 『世說新語
　　·上』, 살림, 1996, 261쪽 참조.

명으로 쓰였으나 전국시기와 마찬가지로 '학문', '유가의 학문', '유가와 묵가의 학문' 등으로 쓰였다. 위진남북조시기에는 한나라 때처럼 관직명으로 쓰였으며, '학문'의 의미, 문인들의 학술 활동과 글을 짓는 문학 활동을 지칭하는 용어 등으로 사용되었다. 이와 같은 분석으로부터 '문학'이라는 용어는 다른 글자들과 마찬가지로 전국시기에 의미가 구체화되고 일정한 방향성을 갖게 되었으며 한나라와 위진남북조시기에 이르러 개념이 점차 정립되었다는 것을 알 수 있다.

3. '學術 활동과 文學 활동' 개념의 생성 원인

한나라와 위진남북조시기에 오늘날 지칭하는 '문학'은 '文'자와 '文章'이 쓰였고 '文學'은 '학문'의 의미로 쓰이거나 문인들의 학술 활동과 글을 짓는 문학 활동을 지칭하는 포괄적인 개념으로 쓰였다. 필자는 여기에 아래와 같은 원인이 있을 것이라고 생각한다.

첫째, 한나라 사람들의 글을 짓는 문학에 대한 인식이다. 한나라 사람들은 글을 지을 때 형식미를 추구하였기 때문에 '학문', '유가의 학문', '유가와 묵가의 학문' 등 의미로 쓰였던 '문학'은 쓰임이 제한적이었을 것이다.

둘째, '學'자에 의해 의미가 제한되었을 것이다. '學'자의 배움이라는 의미는 이미 존재하고 있는 것을 다른 사람으로부터 습득한다는 것으로서 그 속에 창조성은 배제되어 있기 때문에 한자의 특성을 잘 파악하고 있던 한나라 사람들은 '文學'을 창조적인 글을 짓는 詞章으로 쓰지 않고 지식을 습득하는 것으로서의 '학문'의 의미로 사용한

것이라고 생각한다.

　셋째, 위진남북조시기에 문인들의 학술 활동과 글을 짓는 문학 활동을 지칭하는 개념으로 쓰인 것은 이 시기 문학의 발전과 문인들의 지식 방면에서의 활동 때문일 것이다. 한나라와 위진남북조시기에는 귀족이 지식인이면서 문학을 이해하는 사람이었기 때문에 이 시기 문인들에게 있어 학문과 저술 활동은 별개의 것이 아니라 문인이라면 누구나 하는 일이었을 것이므로 '문학'이 이 두 가지를 아우르는 개념으로 쓰였을 것이다.

제3절 '文章'에 '文學'이라는 개념이 생성되는 과정과 원인

　'文章'은 '文'자와 함께 고대 중국에서 글을 짓는 詞章의 개념으로 쓰였다. 현재까지 발굴된 자료에 의하면 '文章'은 『논어』에서부터 발견되고 있다. '文學'에서 살펴본 바와 같이 고대 중국인들은 글자와 글자를 결합하여 하나의 개념으로 사용할 때 서로 관련이 있는 글자들을 이용하였다. '文章' 역시 '章'자가 '文'자와 결합되어 사용된 데는 이 두 글자 사이에 어떤 관련성이 있기 때문일 것이다. 따라서 '文'자는 2장과 4장에서 분석하였으므로 여기에서는 '章'자의 분석을 통하여 두 글자의 결합 관계를 검토하고 '文章'이 한나라 때 글을 짓는 詞章의 의미로 쓰이게 된 과정과 원인을 살펴볼 것이다.

지금까지 '章'자는 갑골문에서는 발견되지 않았고 금문에서부터 출현하고 있는데, 금문은 글자가 만들어질 당시의 문화 정보를 간직하고 있을 것이다. 따라서 여기에서는 금문을 통하여 '章'자의 원형을 살펴보고 이와 관련된 여러 학자들의 견해를 검토하도록 한다. 또한 '章'자의 의미 변화 분석을 통하여 '章'자가 '文'자와 결합하여 '文章'이라는 용어로 쓰이게 된 원인을 살펴볼 것이다. '文章'은 의미 변화를 분석하고 이것을 토대로 한나라 때 詞章의 의미로 쓰이게 된 원인을 검토할 것이다. 이러한 분석에 대한 근거는 갑골문과 금문, 문헌, 고고학적 유물 등을 참고로 한다.

1. '章'字

1) 원형

현재까지 발굴된 유물로부터 살펴보면, '章'자는 갑골문에서는 보이지 않고 금문에서부터 발견되고 있다.

乙亥簋	頌簋	頌鼎	大簋	大簋 268)

'章'자의 형태를 살펴보면, 윗부분은 ☰·☰·☰·☰·☰ 등으로서 대부분 역삼각형 모양이지만 여기에는 역삼각형이 까맣게 메

---

268) 陳初生, 『金文常用字典』, 陝西人民出版社, 1987, 269쪽 참조.

워진 것과 역삼각형이 없는 것 등이 있다. 그 아래 가로줄은 평평한 것과 위로 향한 것, 역삼각형 모양을 꿰뚫은 것 등 모양이 다양한데, 가로줄이 없는 경우도 있다. 그리고 역삼각형 모양 위에는 대부분 하나의 가로줄이 있으나 없는 경우도 있다. 그 아랫부분은 甲·甲·甲·甲·甲 등으로 둥근 것과 각진 것이 있으나 대체로 비슷한 형태이며 맨 아래 세로줄은 곧게 뻗은 형태와 약간 구부러진 형태가 있다.

'章'자는 고대 중국인의 어떠한 문화 정보를 간직하고 있는가? 이에 대해서는 죄인에게 묵형을 행하던 풍습으로부터 유래하였다는 것으로서 가등상현(加藤常賢)의 견해가 있다.

> '章'자의 형태는 금문에서는 丮·丮·丮 이고 전문에서는 丮 이다. 『설문해자』의 해석은 전문에 의거하여 설명한 것이다. 그러나 전문과 금문의 글자 형태가 크게 다르기 때문에 이것은 타당하지 않다. 금문의 자형을 보면 명확하게 '辛'자의 형태를 본뜬 것으로서 '辛'자와 다른 것은 단지 ⊕ 형태뿐이다. 그러므로 이 글자는 '辛'자를 의미부로 한다. '辛'자의 형태는 契文에서는 丮 이고 금문에서는 丮·丮 등인데, 이것은 묵형을 행할 때 쓰는 바늘이다. 고대에는 범죄자는 물론이고 노예에 대해서도 묵형을 행하여 도망가지 못하게 하였다. 그러므로 '辛'자 역시 범죄의 의미로 쓰였다. 丮자와 丮자를 비교해 보면 丮자의 丨을 크게 쓰면 甲의 형태가 되는데, 丨을 비대한 형태로 썼기 때문에 점차 甲의 형태로 쓰게 되었다.(林潔明 옮김, 『漢字之起源』, 546쪽)[269]

위에서 가등상현(加藤常賢)은 丨을 비대한 형태로 썼기 때문에 점차 甲의 형태로 쓰게 되었다고 하였는데, 이에 대해 살펴보자. 먼저 갑골문에서 '古'자는 甲「甲 1839」·甲「甲 475」등[270] 형태로서 윗부

269) 周法高 編撰, 『金文詁林補』, 中央研究院歷史語言研究所, 民國86(1997), 798～799쪽.
270) 藝文印書館, 『校正甲骨文編』, 藝文印書館, 民國63(1974), 93～94쪽 참조. 예로 든 글자들은 모두 1기 때의 것이다.

분이 '中'자 또는 '申'자 모양 등이지만, 금문에서는 ⊔「古伯尊」· ⚶「師旂鼎」· ⚷「盂鼎」 등271)으로서 윗부분의 가로줄이 명확하게 선으로 구분된 경우도 있고 점으로 표현된 경우도 있다. 다음으로 '十'자는 갑골문에서 형태가 ￨「燕 119」· ￨「甲 870」 등272)으로서 세로로 긴 막대 모양이다. 그러나 금문에서는 ￨「餘尊」· ￩「盂鼎」· ✛「五年師𣄼簋」· ￩「散盤」· ￩「申鼎」 등273) 형태로서 가운데가 볼록한 세로줄 형태도 있고 '古'자와 같이 가운데 가로줄이 점으로 표현된 경우와 오늘날과 같은 '十'자 모양 등이 있다. 이와 같이 '十'자의 경우에는 금문에서 가운데 가로줄이 첨가되었으나 '古'자는 오히려 갑골문보다 금문의 형태가 더 간략하다.

그렇다면 '章'자 역시 이 글자들처럼 형태가 변화되어 🌿 모양이 되었을까? 만약 가등상현(加藤常賢)의 견해처럼 단순하게 글자를 변화시켜 새로운 글자를 만들어낸 것이라면 두 글자의 의미가 관련이 있을 것이다. 그러나 '章'자는 금문에서 의미가 '사람 이름', '장(璋)'자와 통용되는 것으로서 옥으로 만든 예기명(禮器名)'이고, 『시경』에서는 '무늬', '밝다', '법', '표(表: 본보기)', '법도', '예문(禮文)' 등인데, '辛'자는 갑골문에서 의미가 '천간(天干)의 하나', '선왕(先王) 및 선비(先妣)의 묘호(廟號)'이고 금문에서는 '천간의 8번째'이며, 『시경』에서는 '천간의 하나', '맵다' 등으로서 이 두 글자는 관련있는 의미가 없다. 그리고 '辛'자의 ￩이 '章'자의 ⊕로 변화된 형태라면 '章'자 역시 아래의 ⊕·⊕·⊕ 부분이 '辛'자와 같은 형태가 있거나 '辛'자의 ￩이 변화되어가는 과정의 글자가 있어야 한다고 생각되는데, '章'자의 윗부분은 형태가 '辛'자와 비슷하고 여러 가지 모양이지만 아랫

---

271) 容庚 編著, 張振林·馬國權 摹補, 『金文編』, 中華書局, 1985, 133쪽 참조.
272) 藝文印書館, 『校正甲骨文編』, 藝文印書館, 民國63(1974), 94쪽 참조.
273) 容庚 編著, 張振林·馬國權 摹補, 『金文編』, 中華書局, 1985, 133~135쪽 참조.

부분은 '辛'자와 다를 뿐만 아니라 형태가 서로 비슷하다. 따라서 그의 견해는 무리가 있다.

이와 같이 일부 학자들은 '章'자와 '辛'자가 관련이 있다고 보는데, 필자는 '辛'자의 형태와 의미 변화 분석을 통해 '章'자와의 관련성을 검토할 것이다. 이 분석의 근거는 갑골문과 금문, 『시경』, 『서경』, 고고학적 유물 등을 참고로 한다.

(1) '辛'字

가) 원형

'辛'자는 갑골문과 금문에서부터 출현하고 있다.

갑골문

餘 1. 1   林 2. 27. 14   存 2737   甲 2903   佚 427 274)

금문

辛爵   父辛鼎 275)   大父辛卣   子辛卣   服尊   孝卣   父辛⋀簋   申鼎 276)

글자의 형태를 분석해보면, 갑골문에서는 맨 윗부분에 ▬ 이 있는 것과 없는 것이 있다. 가운데 부분은 ▽ · ▽ · ▼ · ▼ · ▽ 등으로서 완전한 역삼각형(▽)과 윗부분이 양쪽으로 튀어 나온 모양(▼),

---

274) 中國科學阮考古硏究所 編輯, 『甲骨文編』, 中華書局, 1978, 553~554쪽 참조.
275) 상나라의 금문.
276) 주나라의 금문. 금문의 형태는 모두 周法高 主編, 『金文古林(上下)』, 東文選, 1990, 2113~2114쪽 참조.

273

제
4
장
「文」
자
,
「文學」
,
「文章」
에
「文學」
개념이
형성되는
과정과
원인

윗부분과 아랫부분이 약간 떨어져 있는 모양(▽) 등이 있는데, 이것은 갑골문이 정형화되지 않았고 뼈나 거북의 등껍질 등 재료가 딱딱하기 때문에 생겨난 현상일 것이다. 역삼각형 모양 아래에는 Ⴘ・Ⴤ・Ⴙ・Ⴥ・ǀ 등과 같이 세로형의 긴 줄에 양 옆으로 뻗어 나와 위로 향해 있는 나뭇가지 모양이 붙어 있는 경우도 있고 세로형의 긴 줄만 있는 경우도 있다. 그리고 '辛'자가 다른 글자와 합해져서 쓰인 경우가 있는데, 𣂁「乙 8515」과 𡴞「後 2. 34. 6」 등이다. 이때 𣂁은 '辛'자와 '卯(卯)'자가 합해진 것이고 𡴞은 '辛'자와 '亥(亥)'자, '貞(貞)'자가 합해진 것인데, 이것은 당시에는 아직 글자의 체계가 잡혀 있지 않았기 때문에 일어난 현상일 것이다.

  금문에서 맨 윗부분은 갑골문에서와 마찬가지로 ━ 이 있는 것과 없는 것이 있지만, 그 아랫부분은 갑골문과는 또 다른 형태로써 모양이 다양하다. 가운데 역삼각형 모양은 ▼・▮・Ⴤ・Ⴥ・Ⴧ 등과 같이 가운데 역삼각형 모양이 까맣게 메워져 있는 것과 ▽・▽・▽・▽・▽ 등과 같이 가운데가 비어 있는 것, ⊤ 처럼 역삼각형이 아닌 세로줄만 있는 것, ▽ 처럼 역삼각형을 가로지른 가로줄이 있는 것 등이 있다. 역삼각형 아래 가로줄은 Ⴧ・Ⴧ 등과 같이 역삼각형에 가로질러 있는 것과 Ⴕ・Ⴕ・Ⴕ 등과 같이 가로로 평평한 모양, Ⴤ・Ⴤ・Ⴤ・Ⴤ・Ⴤ 등과 같이 양쪽에서 직선으로 올라가거나 Ⴤ・Ⴤ・Ⴤ・Ⴤ・Ⴤ 등과 같이 굽은 형태로 올라간 모양 등이 있다. 그리고 가로줄 아래에는 Ⴤ・Ⴤ・Ⴤ・Ⴧ・Ⴕ 등과 같이 점이나 또 하나의 가로줄이 있는 것과 ✳ 처럼 그 아래에 직선형이 양쪽에서 밑으로 향해 있는 것 등이 있다. 또한 맨 아래 세로줄의 끝 부분은 Ⴕ 과 같이 네모지고 뭉툭한 것, Ⴤ・Ⴤ・Ⴤ・Ⴤ・Ⴤ 등과 같이 뾰족한 창과 같은 모양 등이 있다.

  '辛'자는 이와 같은 형태 속에 고대 중국의 어떠한 문화 정보를 간

직하고 있는가? 아래에서는 이에 대한 대표적인 학자들의 견해를 검토하도록 한다.

첫째, 나무에 새겨서 일을 기록한 것에서 유래하였다는 설로서 동래운(董來運)의 견해가 있다. 그는 '辛'자의 세로획은 나뭇가지를 본뜬 것이고 윗부분의 삼각형은 계권(契券)의 각치(刻齒)를 본뜬 것으로서 옛날 사람들은 木刻을 부신(符信)으로 여겼기 때문에 '辛'자가 '信'의 本字라고 하였다. 즉 '辛'자의 윗부분인 ▽은 목각의 뾰족하게 아래로 향한 톱날 모양을 본뜬 것이고 아랫부분인 丫의 세로획은 목각의 긴 선 모양을 본뜬 것이며, ∨은 각치의 다른 반쪽인 우묵하게 들어간 부분을 나타내는데 위의 ▽과 서로 합치될 수 있다는 것이다. 또한 갑골문과 금문에는 윗부분에 하나의 작은 가로획이 있는데, 이것은 목각이 둘 중에서 반쪽이 있다는 것을 나타낸 듯하다고 하였다.

또한 그는 '辛'자가 '맵다'라는 의미를 갖는 것 역시 고대의 부신과 관련있다고 본다. 고대에는 목각으로 소식을 전할 때 항상 호의 또는 분노를 나타내는 물건을 함께 보냈다는 것이다. 예를 들면 옛날 와족(佤族)과 납호족(拉祜族)은 고추를 보내서 분노와 상심을 표시하였는데, 이처럼 고추를 보내는 것은 사람의 신경을 자극하기 때문에 사람들은 이것에 대해 깊은 인상을 가지고 있다고 하였다. 따라서 고추는 본래 이름이 없었으나 고추의 맛이 사람의 감각으로는 참기 어려운 자극을 주기 때문에 옛날 사람들은 '辛'자를 가지고 이러한 맛을 나타내고 매운맛을 말할 때 '辛'이라고 하였다고 본다. 그리고 그는 고대에 소식을 전하는 사람은 풍찬노숙하며 걸어서 갔기 때문에 대단히 지치게 되었는데, 이것이 바로 '辛', '辛苦', '辛勞' 등으로서 처음에는 소식을 전하는 사람의 피로해진 근육이 시큰거리는 것을 가리켰으나 나중에는 피곤한 사람이 이러한 종류의 경험을 나타내는 공통 어휘가 되었으며, 이 때문에 '辛'자에는 '辛苦', '勞苦'라는 의미가 있다고 하였다. 다른 한편으로 그는 '辛'을 의미부로 하는 글자 중에는 '信', '言', '音', '親', '新', '亲(糸)'자 등이 있는데, 이들 글자들은 '辛'을 의미부로 하기 때문에 부신과 관계가 있다고 본다.277)

동래운은 '辛'자가 목각을 본뜬 것으로서 '부신'을 나타낸다고 하였다. 그러나 금문의 '辛'자 형태 중에서 ⟨표시⟩ 등은 계권의 각치와 나뭇가지로 보기에는 무리가 있다. 또한 <그림 11>에서 볼 수 있듯이 그가 제시한 목각은 그가 설명한 것처럼 나뭇가지가 아니라 평평한 나무판으로서 갑골문과 금문에서 '辛'자의 형태와 거리가

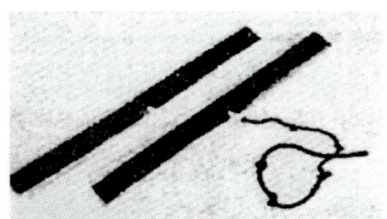

景頗族의 일을 기록하던 목각
(오른쪽 아래는 일을 기록하던 결승)

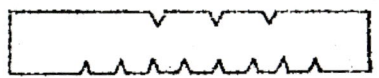

佤族의 일을 기록하던 목각

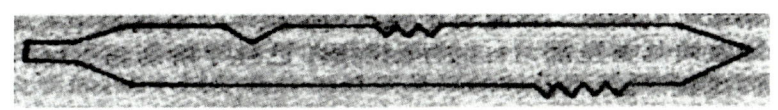

獨龍族의 일을 기록하던 목각

〈그림 11〉 동래운이 예로 든 목각278)

277) 董來運, 『漢字的文化解析』, 上海古籍出版社, 2002, 1~20쪽 참조.
278) 董來運, 『漢字的文化解析』, 上海古籍出版社, 2002, 3~4쪽 참조.

있다는 것을 알 수 있다. 의미로부터 살펴보면, 『설문해자』와 오늘날 사전의 '辛'부수에는 '부신'과 관계있는 글자가 없을 뿐만 아니라 필자는 '辛'자가 들어간 글자에서 '부신'과 관련이 있는 글자를 찾지 못하였다. 따라서 그의 이 견해는 설득력이 부족하다.

그리고 동래운은 '辛'자가 '맵다'라는 의미를 갖는 것이 고대에 목각으로 소식을 전할 때 분노를 표시할 경우 고추를 같이 보낸 데서 유래하였다고 하였는데, 고추는 남아메리카의 볼리비아 중부 지역이 원산지로서 고추가 중국에 유입된 것은 콜롬버스가 신대륙을 발견한 이후의 일이다. 따라서 '辛'자가 고추와 관련이 있다는 그의 견해는 설득력이 부족하다.

그렇다면 '辛'자가 '맵다'라는 의미를 가지고 있다고 하여 맛과 관련된 사물과 관계가 있을까? 아래에서 '辛'자와 같이 맛을 나타내는 다른 글자들을 살펴보자.

먼저 달다(감甘)는 갑골문에서는 발견되고 있으나 금문에서는 발견되지 않았다. 갑골문에서 형태는 ㅂ「前 1. 52. 5」·ㅂ「後上 12. 5」 등279)인데, 『甲骨文字典』에서는 입 속에 물건을 머금고 있는 모양을 본뜬 것이며, 의미는 '땅 이름(貞王往于甘.「後上 12. 5」)', '명확하지 않다(……旬又𡿨王甘衛.「明 716」)' 등이 있다고 하였다.280)

다음으로 쓰다(고苦)는 갑골문과 금문에서는 쓰이지 않았다. 『시경』에서는 7번 쓰였는데, 의미는 '고달프다', '쓰다', '쓴나물' 등이다. 「凱風」에서는 '고달프다'로 1번 쓰였고 「匏有苦葉」에서는 '쓰다'로 1번 쓰였으며 「谷風」에서는 '쓰다'로 1번 쓰였는데, 이 시들을 김학주는 서주 말에서 동주 초로 보고 있고 허세욱은 서주 말에서 춘추 중엽이라고 하였다. 「小明」에서는 '쓰다'로 1번 쓰였는데, 이 시를 김학주는 서주 말이라고 하였고 허세욱은 서주 중엽 이후로 본다. 따라서 학자

279) 劉興隆 著, 『신편갑골문자전』, 국제문화출판공사, 1993, 271쪽 참조.
280) 徐中舒 主編, 『甲骨文字典』, 四川辭書出版社, 2003, 497쪽 참조.

들의 견해를 종합해보면, '고달프다'와 '쓰다'라는 의미는 서주 중엽에
서 동주 초까지의 자료에서 쓰였다는 것을 알 수 있다. 이외에 동주
초의 「采荼」에서는 '쓴 나물'로 2번, 서주 말의 「東山」에서는 '쓰다'로
1번 쓰였다.

『서경』에서는 금문이면서 공자 이후의 자료인 「盤庚 中」과 「洪範」
에서 각각 1번씩 쓰였는데, 의미는 '괴롭히다', '쓰다' 등이 있다.[281]
이것으로부터 '苦'자는 현재까지 서주 중엽 이후의 자료에서부터 발견
되고 있으며, 이 시기부터 '고달프다', '쓰다' 등 의미로 쓰였음을 알
수 있다. 또한 '苦'자는 현재까지 상나라의 '갑골문'과 '금문'에서 발
견되지 않는 것으로 보아 서주시기에 만들어졌거나 혹은 상나라 때에
만들어졌으나 발견되지 않았을 것이다. 글자의 형태로부터 살펴보면,
'쓰다'라는 의미는 글자의 윗부분에 있는 '艸'와 관계가 있을 것이다.

마지막으로 시다(산酸), 짜다(함鹹) 등은 갑골문과 금문에서 발견되
지 않았고 『시경』에서도 쓰이지 않았다. 『서경』에서는 공자 이후의
자료로 인정되는 「洪範」편에서 각각 1번씩 쓰였다. 이것은 '酸'자와
'鹹'자가 상나라나 서주시기에 있었지만 아직 발굴되지 않았거나 혹
은 공자 이후에 만들어졌을 가능성이 있음을 말해준다.

위의 분석으로부터 맛을 의미하는 글자들은 대부분 입 또는 먹을 것
과 관계가 있다는 것을 알 수 있다. 현재까지 발굴된 자료에 의하면
'甘'자 이외에는 모두 서주시기 또는 그 이후에 만들어졌는데, 이때는
이미 글자를 만드는 데 있어서 어느 정도 기틀이 잡혀있었기 때문에
그 맛을 나타내는 사물 또는 그 맛을 나타내는 글자와 다른 글자를 결
합시켜 글자를 만들었을 것이다. 상나라 때 만들어진 '甘'자는 단맛이

---

281) 허세욱의『중국고전문학사(상)』(1997, 87쪽)에서는 「盤庚」을 상·주·춘추시기
의 산문에 속하는 것으로서 최초의 산문으로 보인다고 하였고 김학주의 『중국
문학사』(1999, 78쪽) 역시 서주시기의 산문으로 본다. 그러나 김승혜의『유교
의 뿌리를 찾아서』(2002, 46~48쪽)에서는 이것을 안전하게 쓸 수 있는 공자
이전의 자료에 포함시키지 않았다.

나는 사물을 가지고 글자를 만든 것이 아니라 입으로 표현하였는데, 이 것은 단맛은 입에 들어왔을 때 좋은 느낌이 들기 때문일 것이다.

'辛'자는 서주 초기의 자료에서 '맵다'라는 의미로 쓰였는데, 갑골 문에서 '辛'자의 형태는 Ⴤ・Ⴤ・Ⴤ・Ⴤ 등이고 금문에서는 Ⴤ・Ⴤ・ Ⴤ・Ⴤ・Ⴤ 등이다. 현재까지 발굴된 자료와 연구 결과에 의하면 이 글자는 형벌 도구를 본뜬 것이라는 견해가 가장 설득력이 있으며, 갑 골문과 금문의 형태 또한 먹을 것보다는 오히려 도구처럼 보일 뿐만 아니라 갑골문에서 '辛'자 형태가 들어 있는 글자들이 모두 입이나 맛과 관계가 있는 것은 아니다. '甘'자의 조자 원리와 '辛'자의 이와 같은 특성으로 볼 때 고대 중국인들은 '맵다'라는 추상적인 의미를 갖는 글자를 만들 때 이러한 맛을 내는 물건의 특징을 가지고 표현한 것이 아니라 '맵다'라는 의미를 나타낼 수 있는 다른 사물의 형태를 가지고 글자를 만들면서 은유적으로 '맵다'라는 의미로 사용하였을 가능성이 있다.

또한 동래운은 '辛'자가 들어 있는 글자 중에 '信', '言', '音', '親', '新', '業(糸)'자 등이 '辛'자가 들어 있기 때문에 부신과 관계가 있 다고 본다. 필자는 이 글자들이 '辛'자와 관계가 없다고 보는데, 이것 은 본 절의 의미의 변화 과정과 '章'자와의 관련성에서 검토하였다.

둘째, 묵형을 가하던 형벌 도구라는 설로서 대표적인 학자로는 곽말 약이 있다. 그는 옛날 기궐(剞劂: 끝이 구부러진 조각칼)의 형상을 본뜬 것으로 기궐은 구부러진 칼로서 묵형을 행하던 형구인데, 마치 오늘날 의 둥근 끝과 같이 끝을 뾰족하게 한데다가 칼의 몸체는 60도의 孤形 으로 만든 것이라고 하였다. 또한 금문에서 Ⴤ과 Ⴤ은 정면의 모양이고, Ⴤ과 Ⴤ은 종단한 측면으로 본다. 그는 이것이 辛, 辛, 辛자가 어떻게 한 글자가 되는지 알려준다고 하였다.(『갑골문자연구』, 釋干支)282)

---

282) 徐中舒 主編, 『갑골문자전』, 四川辭書出版社, 2003, 1561~1562쪽 참조. 서중

필자는 곽말약의 견해를 따르면서 다음과 같이 보충한다. 금문의 형태 중에서 ＊ · ＊ · ＊ · ＊ · ＊ 등은 끝이 뾰족하면서 손잡이가 달린 도구처럼 보인다. 그리고 『시경』에는 '맵다'라는 의미가 있다. 이러한 형태와 의미는 '辛'자가 고통과 관계있을 가능성이 있음을 말해주는데, 필자는 형벌을 받을 때 따르는 고통에서 '맵다'라는 의미가 생겼을 가능성이 있다고 생각한다. 본 절의 의미의 변화 과정과 '章'자와의 관련성에서 분석한 바와 같이 갑골문에는 '＊(辛)'자와 비슷한 형태가 들어 있는 글자가 많이 있다. 그런데 이 글자들은 의미가 고통이나 허물, 죄 등과 관련있는 경우가 있는 반면 전혀 다른 의미를 갖는 경우도 있다. 따라서 '辛'자의 원형을 좀 더 명확하게 검토하기 위해서는 더 많은 자료의 발굴을 기다려야 할 것이다.

나) 본의

'辛'자의 의미는 『한어대사전』에서 9개[283], 『중문대사전』에서 9개[284] 등으로서 다양하다. 이것은 본의로부터 파생된 결과인데, '辛'자의 본의는 무엇일까? '辛'자의 형태는 갑골문에서는 ＊이고 금문에서는 ＊

서는 ＊ · ＊ · ＊은 처음에 한 글자였으나 『설문해자』에서 辛 · ＊ · 辛 등 세 글자로 나뉘었으며, 의미는 모두 다르다고 하였다. 劉興隆의 『신편갑골문자전』(1993, 969~970쪽 참조.)에서는 굽은 칼의 형태를 본뜬 것으로 정면은 ＊이고, 측면은 ＊이라고 하였다. 方迷鑫 외 編의 『갑골금문자전』(1993, 1159~1160쪽 참조.) 역시 곽말약의 견해를 따르면서 위에 ▬을 덧붙인 것은 상하의 의미를 나타내기 위한 것이라고 하였다.

283) 羅竹風 主編, 『漢語大詞典』, 漢語大詞典出版社, 1990~1993, 478쪽 참조. 『광운』에서는 식린절(息鄰切)이고 음은 xīn이며, 平聲, 眞韻이고 성모가 心이라고 하였다.

284) 中文大辭典編纂委員會 編, 『中文大辭典』, 中國文化大學, 民國68(1979), 1778쪽 참조. 『광운』에서는 식린절(息鄰切)이라고 하였고 『집운』, 『운회』에서는 사인절(斯人切)이라 하였으며 『정운』에서는 사린절(斯鄰切)이라 하였다. 또한 이들 운서에서는 음이 新(xīn)이고 平聲이며 眞韻이라고 하였다.

이며, 의미는 '천간의 하나', '선왕(先王) 및 선비(先妣)의 묘호(廟
號)', '천간의 8번째' 등으로서 명확하지 않다. 따라서 필자는 '辛'자
의 본의를 『설문해자』와 문헌, 학자들의 견해로부터 살펴볼 것이다.

　　허신의 『설문해자』에서는 '辛'부수에서 '辛'자를 다음과 같이 풀이
하였다.

　　　　辛, 秋時萬物成而孰, 金剛味辛, 辛痛卽泣出. 从一辛, 辛, 辠也. 辛承
　　庚, 象人股. 凡辛之屬皆从辛.
　　　　辛은 가을에 만물이 자라서 무르익는다는 뜻이다. 金은 단단하면서 맛
　　이 맵다. 매운맛이 심하면 눈물이 난다. 一과 辛을 의미부로 한다. 辛은
　　죄, 허물, 헐뜯다라는 뜻이다. 辛은 庚을 잇는다. 사람의 넓적다리를 본뜬
　　것이다. 辛부에 속하는 한자는 모두 '辛'을 의미부로 한다.

단옥재의 주에서는 이에 대해 다음과 같이 설명하였다.

　　　　律書曰, 辛者, 言萬物之新生. 故曰, 辛. 律曆志曰, 悉新於辛. 釋名曰,
　　辛, 新也. 物初新者, 皆收成也. 謂成孰之味也. 故以爲艱辛字. 一者, 陽
　　也. 陽入於辛. 謂之愆陽. 息鄰切. 十三部. 辛痛泣出. 辠人之象. 凡辠宰
　　辜辭辭, 皆从辛者, 由此. 篆大一經.
　　　　『사기·율서』에서 말하였다. "辛은 만물이 새롭게 자라는 것을 말한다.
　　그러므로 辛이라고 한다." 『한서·율력지』에서 말하였다. "모두 辛에서 새
　　로워진다." 『석명』에서 말하였다. "辛은 새롭다는 뜻이다. 사물이 처음 새
　　로운 것은 모두 성숙한 것을 거둔다." ("金은 단단하면서 맛이 맵다.[金剛
　　味辛]"라는 것은) 다 자라서 익은 맛을 말한다. ("매운맛이 심하면 눈물이
　　나기[辛痛卽泣出]") 때문에 '辛'자를 고생, 괴로움을 뜻하는 글자로 삼게
　　되었다. 一은 陽이다. 陽이 죄로 들어가는 것을 건양이라고 한다. '辛'의
　　발음은 息과 鄰의 반절이고 13부에 속한다. 매운맛이 심하여 눈물을 흘리
　　는 것이 죄인의 형상이다. 대체로 죄, 재, 고, 설, 사가 모두 辛을 의미부
　　로 한 것은 이러한 이유에서이다. 『太一經』을 따른 말이다.

　필자가 살펴본 바에 의하면 '辛'자는 선진시기에 '천간의 하나', '맵
다', '고생하다' 등 의미가 있다. 그러나 허신은 '辛'자가 '만물이 성
숙하여 무르익은 것'이라는 뜻이라고 하면서 "金은 단단하면서 맛이
맵다. 매운맛이 심하면 눈물이 난다.(金剛味辛, 辛痛卽泣出.)"라고 하
였다. 문헌에서 '辛'자가 五行의 하나인 金으로 쓰인 것은 공자 이후
의 자료로 인정되고 있는 『書經·周書·洪範』의 "金은 從革이고(金
曰從革) … 從革은 매운 것이 된다(從革作辛)"이다. 이에 대해서 前
漢시기의 孔安國과 모공은 "辛은 金의 냄새와 맛이다(辛, 金之氣
味.)"라고 해석하였다.[285] 이와 같은 『서경』의 기록은 전국시기부터
'辛'자가 五行의 하나로 쓰였음을 말해준다. 五行을 모든 사물에다 대
입한 것은 『禮記·月令』이다. 『여씨춘추』에서 오행을 四時에 대입한
것을 보면 봄은 木, 여름은 火, 가을은 金, 겨울은 水라고 하였다. 한
나라 때 유가들은 논란에 항상 오행을 끌어들여 그 논거로 삼았는데,
이것으로부터 당시에는 이에 대한 믿음이 대단히 두터웠다는 것을 알
수 있다.[286] 허신의 견해는 자신이 살았던 당시에 '辛'자가 이와 같이
오행의 하나로 쓰였던 데서 온 것이라고 생각된다. 단옥재는 '辛'자의
의미를 직접적으로 언급하지 않고 고대 문헌을 예로 들었는데, 이들 문
헌의 의미를 종합해 보면 그는 '辛'자의 의미를 '새롭다'로 본다는 것
을 알 수 있다.

　필자가 분석한 자료에 의하면 '辛'자의 일반적인 의미는 『시경』과
『서경』에서부터 보이는데, 의미는 '맵다'이다. 그리고 『논어』에서는 '辛'
자가 쓰이지 않았고, 『좌전』에서는 '사람 이름', '천간의 하나', '고생하
다'라는 의미로 쓰였다. 따라서 '辛'자의 '새것'이라는 의미는 전국시기

---

285) 『書經·周書·洪範』의 원문과 이에 대한 역대 학자들의 해석은 '辛'자의 의미
　　확정 참조.
286) 狩野直喜(가노 나오키) 著, 오이환 역, 『중국철학사』, 을유문화사, 1998, 83~
　　85쪽 참조.

또는 그 이후에 생겨난 의미일 가능성이 크다고 생각한다. 이것으로부터 허신과 단옥재의 견해는 '辛'자의 본의와 거리가 있음을 알 수 있다.

유흥룡은 『신편갑골문자전』에서 '묵형을 행하던 형구(其利辛. 「英 2264」)'라고 하였다.[287] 그는 "其利辛"에서 '利'자를 '날카롭다'라는 의미로 간주한 것으로 보이는데, '利'자의 형태와 의미에 대해 살펴보자. 이것은 갑골문과 금문, 『시경』, 『서경』, 『주역』 등 문헌을 참고 자료로 하여 검토할 것이다.

'利'자는 갑골문에서 형태가 「甲 3914」· 「粹1505」· 「明 1687」 등[288]이고 의미는 '길하다(庚戌卜王曰貞其利又馬. 「後下 5. 15」)', '땅 이름(庚午卜 貞王其田于利亡災. 「甲 3914」)', '사람 이름(利示六屯 亘. 「南南 2. 25」)' 등이 있다.[289] 금문에서 형태는 「師遽方彝」· 「利 簋」 등[290]이 있고, 의미는 '사람 이름[易(賜)又事利金. 「利簋」]'이 있다.[291] 『시경』에서는 2번 쓰였는데, 서주 중엽 이후 또는 서주 말기의 자료에서 쓰였으며 의미는 '이익', '이롭다' 등이 있다. 『서경』에서는 9번 쓰였는데, 모두 공자 이후의 자료에서 쓰였고 의미는 '이익', '이롭다' 등이 있다. 『주역』의 괘사와 효사에서는 모두 '이롭다'로 쓰였다. 이것으로부터 '利'자의 '날카롭다'라는 의미는 공자 이후에 생겨난 것임을 알 수 있다. 따라서 유흥룡의 견해는 설득력이 부족하다.

원형에서는 '辛'자가 형벌 도구를 본떴을 가능성이 있음을 검토하였다. 의미 변화 분석에서는 『시경』의 서주 초기 작품에서 '맵다'라는 의미로 쓰였기 때문에 상나라 때에도 '맵다'라는 의미를 가지고 있었을 가능성이 있다는 것을 살펴보았다.[292] 따라서 갑골문과 금문에서

287) 국제문화출판공사, 1993, 969~970쪽 참조.
288) 예문인서관, 『교정갑골문편』, 예문인서관, 民國63(1974), 199~200쪽 참조.
289) 徐中舒 主編, 『甲骨文字典』, 四川辭書出版社, 2003, 471~472쪽 참조.
290) 周法高 編撰, 『금문고림보』, 중앙연구원역사어언연구소, 民國68(1997), 1413쪽 참조.
291) 四川大學歷史系古文字研究室 方述鑫 외 編, 『甲骨金文字典』, 巴蜀書社, 1993, 326쪽 참조.

‘辛’자의 형태와 원형, 서주시기의 의미로부터 ‘辛’자의 본의는 ‘맵다’라는 것을 알 수 있다.[293]

다) 의미 확정

본 절에서 ‘辛’자의 의미를 분석하는 목적은 ‘辛’자가 ‘章’자의 생성 원리와 어떠한 관련이 있는지 검토하기 위한 것이다. ‘辛’자가 ‘章’자와 관련이 있다면 그것은 ‘章’자가 만들어졌을 것이라 추측되는 때와 가까운 시기의 일반적인 의미일 것이다. 따라서 ‘章’자는 금문에서부터 발견되고 있고, 『시경』에서 명확한 의미로 쓰였기 때문에 상나라와 서주시기까지 ‘辛’자의 의미를 검토하여야 한다고 생각한다. 여기에서는 ‘辛’자의 의미를 갑골문과 금문, 『시경』, 『서경』 등 문헌을 참고 자료로 하여 검토할 것이다.

(가) 갑골문[294]

갑골문에서 ‘辛’자의 의미는 다음과 같다.

---

292) 이영주의 『한자자의론』(2001, 111쪽 참조)에서는 干支인 ‘己’, ‘卯’ 등은 상형이나 지사, 회의의 방법으로 쉽게 그 개념을 표시하여 글자를 만들기가 어려웠기 때문에 다른 글자를 빌리는 가차의 방법을 이용하였다고 하였다. 이것은 갑골문에서부터 ‘천간의 하나’로 쓰인 ‘辛’자 역시 다른 의미로 쓰였으나 가차되었을 가능성이 있음을 말해준다. 갑골문에서 干支의 형태 분석은 최영애, 『한자학강의』, 통나무, 2006, 322~329쪽 참조.

293) 필자는 ‘辛’자가 형벌 도구를 본뜬 것일 가능성이 있다고 보았으나 이것을 본의로 간주하지 않았다. 왜냐하면 현재까지는 ‘辛’자의 조자 원리가 명확하지 않을 뿐만 아니라 갑골문과 금문에서 의미가 명확하지 않기 때문이다.

294) 徐中舒, 『甲骨文字典』, 四川辭書出版社, 2003, 1561~1562쪽 참조. 劉興隆의 『新編甲骨文字典』(1993, 969~970쪽 참조)에서는 ① ‘辛’자의 본의로서 묵형을 행하던 형구(其利辛. 「英 2264」) ② 땅 이름(在亞辛. 「合集 21912」 ③ 상나라 선왕, 先妣의 묘호(御于祖辛. 「合集 376」) 등이라고 하였다.

① 천간(天干)의 하나.

辛未卜行貞其乎ᅵᅵ行又轟.   「粹 511」

② 선왕(先王) 및 선비(先妣)의 묘호(廟號).

侑于大甲祖乙祖辛.   「乙 4694」
辛卯卜其冊妣辛.   「南明 673」

(나) 금문295)

금문에서 '辛'자의 의미는 아래와 같다.

천간의 8번째

隹(惟)十又三月辛卯.   「趞卣」

劉興隆은 갑골문에서 '묵형을 행하던 형구'라는 의미로 쓰였는데,
이것이 '辛'자의 본의라고 하였다. 그러나 필자는 본의에서 유흥룡이
예로 든 "其利辛.「英 2264」"에서 '利'자가 갑골문에서는 '길하다'라는
의미이고 『시경』에서는 '이익', '이롭다' 등 의미로 쓰였기 때문에 이
견해는 설득력이 부족하다는 것을 검토하였다. 따라서 현재까지 '辛'
자는 갑골문과 금문에서 의미가 명확하지 않다고 보아야 할 것이다.

---

295) 陳初生 編纂, 『金文常用字典』, 陜西人民出版社, 2004, 1154~1155쪽 참조.
方述鑫 외 編의 『갑골금문자전』(1993, 1159~1160쪽 참조.)에서는 ① 천간의
여덟 번째. 지지(地支)와 서로 짝을 이루며 날짜를 기록하는 것으로 썼다.(在五
月旣望辛酉.「臣辰卣」) ② 선공 선왕(先公 先王) 및 선비(先妣)의 묘호[用乍
(作)文且(祖)辛公寶鼎毁.「彔簋」] ③ 사람 이름[多友荸(釐)辛.「辛鼎」] 등이
라고 하였다.

(다) 시경

『시경』에서 '辛'자는 2번 쓰였는데, 의미는 '천간의 하나'와 '맵다'이다.

① 천간의 하나.

小雅 十月之交: 幽王(B.C. 781－B.C. 771)

十月之交	시월의 日月이 서로 만나는
朔月辛卯	**초하루 辛卯日에**
日有食之	해가 먹힘이 있으니
亦孔之醜	또한 심히 추악하도다.
彼月而微	저 달은 이지러질 수 있지만
此日而微	이 해의 이지러짐이여
今此下民	이제 下民들이
亦孔之哀	또한 심히 가엾도다.

정현의 전에서는 "辛은 金이다. 卯는 木이다. 또한 卯가 辛을 침탈하는 것이므로 매우 나쁜 것이다.[296]"라고 풀이하였다.

공영달의 소에서는 다음과 같이 설명하였다. "그 날은 또 辛卯이니 辛은 金이고 卯는 木인데, 金이 항상 木을 이기지만 지금 木이 반대로 金을 침범하였으니 또한 신하가 임금을 치는 형상이다. 신하가 임금을 공격한 것은 거스름이 큰 것이다.[297]" 또한 그는 정현의 전을 다음과 같이 풀이하였다. "이것은 『시경』에서는 본래 신묘(辛卯)일에 일식이 있었다는 뜻을 말한 것으로 해석해야 한다는 것을 말한다. 일식은 음이 양을 침범하는 것인데 辛卯일이다. 卯는 신하를 비유한 것

---

296) 辛, 金也. 卯, 木也. 又以卯侵辛, 故甚惡也.
297) 其日又是辛卯, 辛是金, 卯是木, 金常勝木, 今木反侵金, 亦臣侵君之象. 臣侵君, 逆之大者.

이고 辛은 임금을 비유한 것으로 이것은 卯가 辛을 침범한 것이다. 辛日은 辰(별)이 해를 침범한 것인데 日은 金이고 辰은 木이다. 金은 마땅히 木을 이기는데 木이 오히려 金을 침범하였으니 이는 五行이 서로 거슬려진 것으로 마치 군신이 전도된 것과 같으므로 또한 매우 나쁜 것을 말한다. 그래서 이 '朔月辛卯'는 자연히 해가 먹힌 것이다.[298]"

역대 학자들은 '辛'자에 대해 별도의 해석을 하지 않고 음양오행을 가지고 설명하였는데, 이것은 '辛'자가 오랜 세월 동안 천간의 하나로 쓰여졌기 때문일 것이다. 따라서 필자는 역대 학자들의 견해를 따른다.

② 맵다

周頌 小毖: 西周 초 武王, 成王, 康旺, 昭王

予其懲而毖後患	내 그 징계하는지라 후환을 삼갈 수 있을까
莫予荓蜂	내 벌을 부리지 말지어다.
自求辛螫	**스스로 맵게 쏨을 구하는 것이로다.**
肇允彼桃蟲	처음에 저 桃蟲(뱁새, 즉 작은새)으로 믿었더니
拚飛維鳥	훨훨 날아가니 큰 새로다
未堪家多難	집에 多難함을 견디지 못하거늘
予又集于蓼	내 또 독한 여뀌풀에 앉았노라.

정현의 전에서는 "너는 이와 같이 단지 스스로 신고독석(辛苦毒螫, 毒螫: 독이 있는 벌레에 쏘여 고생하다)의 해로움을 구하였을 뿐이니 장차 형벌이 있을 것이라는 말이다.[299]"라고 해석하였다.

공영달의 소에서는 "만약 이와 같다면 나는 반드시 너를 벌하고 벨

---

298) 言此者, 解詩本言辛卯日食之意. 日食, 陰侵陽, 而以辛卯日. 卯比臣, 辛比君, 是爲卯侵辛也. 辛日以辰侵日, 而日爲金, 辰爲木, 金應勝木, 木反侵金, 是五行相逆, 猶君臣顚倒, 故言亦甚惡也. 案此朔月辛卯, 自是所食之日.

299) 女如是, 徒自求辛苦毒螫之害耳, 謂將有刑誅.

것이니 이는 너 스스로 辛苦毒螫의 해로움을 구한 것이다.[300]"라고 설명하였다.

역대 학자들은 '辛'자에 대해 별도의 설명을 하지 않고 원문을 설명하는 과정에서 '辛苦'라는 용어를 사용하였다. "自求辛螫"의 바로 앞에는 "내 벌을 부리지 말지어다.(莫予荓蜂)"라는 구절이 있다. 이것으로부터 "自求辛螫"에서 '辛螫'은 벌을 부려서 쏘여 아프게 된다는 것이므로 여기에서 '辛'자의 의미는 고통과 관계있을 것이라는 것을 알 수 있다. 학자들이 언급한 '辛苦'라는 용어를 살펴보면 '辛'자가 '辛苦'로 쓰인 것은 전국시기의 『좌전』에서부터이다. '辛'자는 『서경』의 공자 이후 자료에서 '맵다'의 의미로 쓰였다. '苦'자는 서주 중엽 이후의 자료에서부터 발견되고 있고 의미 중에는 '쓰다'가 있다. 『좌전』에서의 '辛苦'라는 용어는 맛과 관련된 의미를 가진 글자들이 결합된 용어로서 '辛'자가 '맵다'라는 의미를 가지고 있고 '苦'자가 '쓰다'라는 의미를 가지고 있기 때문에 생겨났을 것이다. 그리고 이것은 '辛'자에 '고생하다'라는 의미보다 '맵다'라는 의미가 먼저 생겨났을 가능성이 있음을 말해준다. 따라서 필자는 여기에서 '辛'자의 의미를 '맵다'라고 생각한다.

(라) 서경

『서경』에서 '辛'자는 현재까지 今文이면서 공자 이후의 것으로 인정되는 자료에서 2번 쓰였는데, 의미는 '천간의 하나'와 '맵다'이다.

① 천간의 하나.

予創若時, 娶于塗山, 辛壬癸甲, 啓呱呱而泣, 予弗子. 惟荒度土功, 弼

---

300) 若其如是, 我必刑誅於汝, 是汝自求是辛苦毒螫之害耳.

成五服, 至于五千, 州十有二師. 外薄四海, 咸建五長.

　나는 이와 같음을 징계하여 塗山씨에게 장가들고서 辛, 壬, 癸, 甲의 **4일을 지냈으며,** 啓가 呱呱히 울었으나 나는 자식으로 여겨 사랑하지 못하고 土功을 크게 헤아려 五服의 제도를 도와 이루되 5천 리에 이르게 하고 州마다 12師를 두었으며 밖으로 사해에 이르기까지 모두 五長을 세웠다. 「虞書 益稷 8장」

　모공의 전에서는 "단주의 오만함을 징계하고 辛日에 처에게 장가들었는데, 甲日에 이르러 다시 가서 물을 다스리니 사사로운 것이 공적인 것을 해치지 않은 것이다.301)"라고 풀이하였다.

　공영달의 소에서는 모공의 전을 다음과 같이 설명하였다. "단주의 오만함을 징계하였으므로 삼가지 않을 수 없었다. 그러므로 辛日에 처에게 장가들고 甲日에 이르러 다시 가서 물을 다스렸다.……정현이 말하였다. '등용된 해에 비로소 도산씨에게 장가들어 세 밤을 자고 나서 제의 명을 받아 물을 다스렸다.' 정현이 말한 것의 의미는 장가든 후에 처음 제의 명을 받은 것이지 장가들기 전에 물을 다스린 것이 아니라는 것이다. 그러나 장가든 후에 처음 제의 명을 받았으니 마땅히 명을 듣고 즉시 행한 것이지 辛과 甲日의 수의 많고 적음을 계산한 것이 아니라는 것을 말한다. 마땅히 내가 말한 것과 같이 일을 멈추고 혼인을 맺은 것이다.302)"

　주희의 『집주』에서는 "辛壬癸甲은 4일이니 우가 도산씨에게 장가들어 겨우 4일 만에 즉시 가서 홍수를 다스린 것이다.303)"라고 풀이하였다.

---

301) 懲丹朱之惡, 辛日娶妻, 至于甲日, 復往治水, 不以私害公.
302) 懲丹朱之惡, 故不可不勤, 故辛日娶妻, 至于甲日復往治水.……鄭玄云, 登用之年, 始娶于塗山氏, 三宿而爲帝所命治水. 鄭意娶後始受帝命, 娶前未治水也. 然娶後始受帝命, 當云聞命卽行, 不須計辛之與甲日數多少, 當如孔說, 輟事成昏也.
303) 辛壬癸甲, 四日也, 禹娶塗山, 甫及四日, 卽往治水也.

여기에서 '辛'자에 대해서 역대 학자들은 별도의 해석을 하지 않고 날짜를 지칭하는 것이라고 보았다. '辛'자는 갑골문과 금문에서부터 이미 천간의 하나로 쓰였고 '辛'자와 같이 쓰인 '壬', '癸', '甲' 등도 천간의 하나이다. 따라서 필자는 학자들의 견해를 따라 여기에서 '辛' 자의 의미를 '천간의 하나'로 본다.

② 맵다

> 一, 五行. 一曰水, 二曰火, 三曰木, 四曰金, 五曰土. 水曰潤下, 火曰炎 上, 木曰曲直, 金曰從革, 土爰稼穡. 潤下作鹹, 炎上作苦, 曲直作酸, 從 革作辛, 稼穡作甘.
> 첫 번째 오행은 첫 번째는 水이고, 두 번째는 火이고, 세 번째는 木이 고, 네 번째는 金이고, 다섯 번째는 土이다. 水는 潤下이고, 火는 炎上이 고, 木은 曲直이고, 金은 從革이고, 土는 이에 稼穡을 한다. 潤下는 짠 것이 되고, 炎上은 쓴 것이 되고, 曲直은 신 것이 되고, **從革은 매운 것 이 되고**, 稼穡은 단 것이 된다.「周書 洪範 5장」

모공의 전에서는 "金의 氣味(냄새와 맛)이다.[304]"라고 풀이하였다.

공영달의 소에서는 모공의 전을 다음과 같이 해석하였다. "금이 화에 있는 것은 달리 비린내가 있는 것으로 쓰지 않고 시지 않으며 그 맛이 매운 것에 가깝다. 그러므로 '辛'은 金의 氣味(냄새와 맛)가 된다.「월령」秋에서 이르기를 '맛이 매우면 냄새가 비리다.'라고 하였으니 이것이다.[305]"

주희의 집주에서는 "함, 고, 산, 신, 감은 오행의 맛이다. 오행은 성과 색, 기미가 있는데,[306] 유독 맛을 말한 것은 백성들이 사용함에 간

---

304) 金之氣味.
305) 金之在火, 別有腥氣, 非苦非酸, 其味近辛, 故辛爲金之氣味. 月令秋云其味 辛, 其臭腥是也.

절하기 때문이다.307)"라고 설명하였다.

역대 학자들은 '辛'자의 의미에 대해 오행의 방법으로 설명하였다. 원문에서는 오행을 설명하였는데, '辛'자는 맛을 설명하는 것으로 쓰였다. 따라서 역대 학자들의 견해와 여기에서 '辛'자의 쓰임을 보면, '辛'자의 의미는 '맵다'라는 것을 알 수 있다.

　라) 의미 변화 과정과 '章'자와의 관련성

　본 절의 의미 확정에서는 갑골문과 금문에서 '辛'자의 의미가 '천간의 하나', '선왕(先王) 및 선비(先妣)의 묘호', '천간의 8번째' 등으로 명확하지 않다는 것을 검토하였다. 『시경』에서는 '천간의 하나', '맵다'라는 의미로 쓰였다. '맵다'라는 의미는 서주 초기의 시에서 쓰였는데, 이것은 '辛'자가 서주 초기와 가까운 시기인 상나라 때에도 '맵다'라는 의미로 쓰였을 가능성이 있음을 말해준다. 다시 말해 상나라 때부터 쓰이던 '맵다'라는 의미가 주나라 때에도 계속해서 쓰였을 가능성이 있다. 『서경』에서는 공자 이후의 것으로 인정되는 자료에서 '천간의 하나'와 오행의 다섯 가지 맛을 설명할 때 '맵다'라는 의미로 쓰였다. 『논어』에서는 '辛'자가 쓰이지 않았고, 『좌전』에서는 經과 傳을 합하여 모두 145번 쓰였다. 이때 經에서는 53번 쓰였는데, '천간의 하나'로 쓰인 것이 51번이고 '천간이 辛으로 된 날'이라는 의미로 2번(上辛, 季辛.「昭公25년」) 쓰였다. 傳에서는 92번 쓰였는데, 대부분 '사람 이름'과 '천간의 하나'로 쓰였고 '辛苦'라는 용어에서 '고생하

---

306) 宮(土), 商(金), 角(木), 徵(火), 羽(水)를 五聲이라 하고 靑(木), 黃(土), 赤(火), 白(金), 黑(水)을 五色이라 하며, 氣는 냄새로 五氣는 썩은내(朽, 水), 탄내(焦, 火), 누린내[전(羶), 木], 비린내(腥, 金), 향내(香, 土)이고 五味는 산(酸, 木), 함(鹹, 水), 신(辛, 金), 감(甘, 土), 고(苦, 火)이다. 成百曉 譯註, 『書經集傳(上下)』, 전통문화연구회, 2002. 58쪽 참조.
307) 鹹苦酸辛甘者, 五行之味也. 五行, 有聲色氣味, 而獨言味者, 以其切於民用也.

다'라는 의미로 2번 쓰였다. 이것으로부터 '辛'자는 선진시기에 의미 변화를 크게 겪지 않았음을 알 수 있다.

지금까지는 '辛'자의 의미 변화에 대해서 살펴보았는데, 학자들 중에는 '辛'자와 '章'자의 형태가 비슷한 부분이 있기 때문에 이 두 글자가 서로 관련이 있다고 보는 경우가 있다. '辛'자의 형태는 갑골문에서는 ♈·♈·♈·♈ 등이고 금문에서는 ♈·♈·♈·♈·♈ 등이다. '章'자는 금문에서부터 발견되고 있는데, 그 형태는 ♈·♈·♈ 등으로서 이 두 글자가 비슷한 부분이 있다는 것을 알 수 있다.

그렇다면 '辛'자 형태가 들어 있는 다른 글자들은 '辛'자와 관련이 있을까? '辛'자의 원형에서는 동래운의 '言', '音', '信', '親', '業(枼)', '新'자 등에 '辛'자가 들어 있기 때문에 이 글자들이 부신(符信)과 관계있다는 견해를 언급하였다.[308] 그는 이 밖에 '변(辡)'자는 목각과 관계있고 '판(辦)'자는 부신과 관계있다고 하였다.[309] 그러나 이 글자들은 갑골문과 금문, 『시경』, 『서경』에서 쓰이지 않았다. 이것은 이 글자들이 동래운의 견해처럼 부신과 직접적인 관련이 있는 것이 아니라 글자 운용 과정에서 이 글자를 구성하고 있는 글자들의 의미나 소리, 형태를 가지고 만들어졌을 가능성이 있음을 말해준다.

그리고 '재(梓)'자는 목각과 관계있다고 하였는데,[310] '梓'자는 갑골문과 금문에서는 쓰이지 않았고 『시경』에서 2번 쓰였다. 『서경』에서는 今文이면서 공자 이전의 자료로 인정되는 「康誥」와 「梓材」에서 각각 1번씩 '梓材'라는 용어에서 '재목'이라는 의미로 쓰였다. 서주시기에는 글자를 만드는 것에 대해 어느 정도 틀이 잡혀 있었으나 여전히 사물의 모양을 본떠서 글자를 만들기도 했는데, '梓'자는 갑골문

---

308) 그는 '言', '音', '信', '親', '新'자 등은 부신(符信)과 직접적인 관련이 있고 '業(枼)'자는 개암나무인데 잎사귀가 '辛'자의 刻齒와 형태가 비슷하다고 하였다.
309) 董來運, 『漢字的文化解析』, 上海古籍出版社, 2002, 15~16쪽 참조.
310) 董來運, 『漢字的文化解析』, 上海古籍出版社, 2002, 20쪽 참조.

또는 금문의 글자를 볼 수 없으므로 글자를 어떻게 만들었을지 명확하게 알 수 없지만 위의 글자들처럼 이 글자를 구성하고 있는 '木'자와 '辛'자의 의미나 소리, 형태를 가지고 만들어졌거나 '재목'을 나타내는 어떤 상황이나 사물의 형태를 본떴을 것이다.

그러나 장극화는 '辛'자가 들어있는 글자는 '밝다[章(彰)]'라는 쓰임이 있는데, 예를 들면, '商', '言', '音', '辭'자 등이 있다고 하였다.311) 이 밖에도 갑골문과 금문에는 '辛'자가 들어간 글자들이 있으나, 다른 한편으로는 '章'자와 비슷한 형태가 들어 있는 글자도 있다. 따라서 필자는 먼저 학자들이 언급한 글자들과 '辛'자와 '章'자가 들어 있는 다른 글자들에 대해서 살펴보고 다음으로 이러한 분석을 근거로 '辛'자와 '章'자, '章'자와 '章'자가 들어 있는 다른 글자와의 관계에 대해서 검토할 것이다. 이것은 갑골문과 금문, 문헌, 고고학적 유물 등을 근거 자료로 하여 살펴보도록 한다.

(가) '言'·'音'·'告'·'舌'字

학자들의 견해에는 '言'자와 '音'자가 같은 글자라는 것과 '言', '告', '舌'자가 같은 글자라는 것이 있다. 따라서 여기에서는 '言', '音', '告', '舌'자에 대해서 살펴보고 이 글자들과 '辛'자와의 관계에 대해서 검토할 것이다.

'言' 字

'言'자는 갑골문에서 형태가 ꙮ「甲 499」·ꙮ「拾 14. 10」·ꙮ「庫 1250」 등312)이고 금문에서는 ꙮ「伯矩鼎」·ꙮ「禹比盨」·ꙮ「敔𤭯」·ꙮ「中

311) 臧克和, 『漢字單位觀念史考述』, 學林出版社, 1998, 3~4쪽 참조.
312) 예문인시관, 『교정갑골문변』, 예문인서관, 民國63(1974) 97쪽 참조.

山王釁鼎」 등313)이다. 갑골문의 형태를 『갑골문자전』에서는 言자가 ㅂ(告), ㅂ(舌)자와 다른 형태를 가진 한 글자로서 告, 舌, 言자가 처음에는 의미가 서로 같았으나 후대에 분화되어 세 글자가 되었다고 본다. ㅂ은 목탁이 뒤집어진 형태를 본뜬 것이고 그 위의 ㅤ과 ㅤ, ㅤ 등은 모두 목탁의 혀라고 하였다.314) 그러나 『新編甲骨文字典』에서는 ㅂ(舌)자 앞에 가로획 '一'을 더하여 ㅂ(言)자를 만든 것으로 말이 혀로부터 나온다는 것을 나타내며 언어에는 소리가 있기 때문에 卜辭에서 '音'자와 '言'자는 한 글자이고 서로 通假되었다고 본다.315) 龍宇純의 『중국문자학』에서는 '言'자를 '舌'자와 비교해 보면 '言'에는 '舌'이 없을 수 없는데, 갑골문의 '舌'자는 ㅂ·ㅂ·ㅂ라 하고 '言'자는 ㅂ·ㅂ·ㅂ라 하여 명확하게 구별된다고 하였다. 그는 합리적인 해석은 '言'자가 '舌'자의 형태에서 의미를 얻었지만 '舌'자와 구별하기 위해서 일부러 하나의 가로획(一橫)을 붙인 것이라고 본다. 또한 그는 갑골문과 금문에서 言자와 音자는 구별되지 않은 듯하다고 하면서 '言'자와 '音' 두 글자를 구별할 때는 사용시 위아래의 文을 보아 결정하였고 글자의 형태는 구별이 없다고 하였다. ㅂ字 위에 하나의 가로획을 붙여서 '音'자가 되는 것은 나중에 생겨난 것이며 意義는 역시 문자의 구별 방법에 속한다고 할 수 있다고 하였다.316)

의미는 '言으로 쓰였으며, 고소하다이다.(丁言我.「合集 21580」)', '音자로 쓰였다(言其有疾.「合集 13637」)', '告자로 쓰였으며 제사에서 빌다이다.(王侑告祖丁.「乙 4. 708」)', '사람 이름인 듯하다.(言無冓.「合

313) 주법고 編撰, 『금문고림보』, 중앙연구원역사어언연구소, 民國86(1997), 735쪽 참조.
314) 徐中舒 主編, 『甲骨文字典』, 四川辭書出版社, 2003, 221~222쪽 참조. 의미는 ① 제사 이름, 곧 告祭이다.[貞王屮言(告)祖丁正.「乙 4708」] ② 관직명인 듯하다.(……賓貞言亡冓.「拾 14, 10」) 등이 있다고 하였다.
315) 劉興隆 著, 『新編甲骨文字典』, 國際文化出版公司, 1993, 121~122쪽 참조.
316) 龍宇純 著, 양동숙 역, 『중국문자학』, 學硏社, 1994, 111~112쪽 참조.

集 4519」)' 등이 있다.317)

　금문의 형태에 대해서 『금문상용자전』에서는 '言'자와 '音'자를 같은 글자로 본다. '言'자와 '音'자는 편방이 항상 혼용되어 쓰이는데, 예를 들면 '中(終)翰且揚'이라는 구절에서 '翰'자는 「沈兒鐘」에서는 𩔖으로 쓰였으며 '音'을 의미부로 하고, 「王孫遺者鐘」에서는 𩕐으로 쓰였으며 '言'을 의미부로 한다고 하였다. 의미는 ① 말하다.[頙(寡)人瞓(聞)之, 事㚔(少)女(如)�(長), 事愚女(如)智, 此易言而難行施(也). 「中山王嚳鼎」], ② 언론, 언어[故辝(辭)豊(禮)敬則孯(賢)人至, 鳸(願)悉(愛)深則孯(賢)人寴(親), 𠬝(作)瞥(斂)中則庶民𨾇(附). 於虖(嗚呼), 夋(允)𡥈(哉)若言! 「中山王嚳鼎」], ③ '音'과 같고 '歆'과 통용되며 歆饗하다이다.[用言(歆)王出內(入)吏(使)人. 「伯矩鼎」], ④ 땅 이름[其邑夏懋言二邑奐(俾)爾从. 「爾攸从鼎」] 등이다.318)

　『시경』에서는 180번 쓰였는데, 대부분 어조사로 쓰였고 의미는 '말하다', '말', '땅 이름', '성곽의 형태로서 높고 크다.(言言으로 쓰임)' 등이 있다. 『서경』에서는 96번 쓰였는데, 의미는 '말을 잘하다', '말', '말하다', '관직명' 등이 있다.

'音'字

　'音'字는 갑골문의 형태는 '言'자와 같고 금문에서는 𩐀「邻王子鐘」·𩐏「楚王領鐘」 등이다.319) 갑골문의 형태에 대해서 『갑골문자전』에서

---

317) 劉興隆 著, 『新編甲骨文字典』, 國際文化出版公司, 1993, 121~122쪽 참조.
318) 陳初生 編纂, 『金文常用字典』, 陝西人民出版社, 2004, 239~240쪽 참조. 방술흠 등의 『갑골금문자전』(1993, 181~182쪽)에서는 '言語의 言(此易言而難行也. 「中山王鼎」)', '歆饗의 '歆'자로 가차되었다[用言(歆)王出入使人.「伯矩鼎」]', '땅 이름(夏友爾从其田其邑夏懋 言二邑昪爾从. 「爾从甗」)' 등이 있다고 하였다.
319) 周法高 主編, 『금문고림(上下)』, 농분선, 1990, 409쪽 참조.

는 뒤집어진 목탁 및 목탁의 혀 모양을 본뜬 것으로서 告, 舌, 言은 실제로 한 글자라고 하였다. 의미는 '흠(歆)과 같이 읽고 대접하다, 제사지내다(饗)이다.(甲申卜子商喜司多亞.「後下 41, 9」)'가 있다.[320]

금문의 형태를 『금문상용자전』에서는 '喜'자는 금문에서 간혹 '言'으로 쓰였다고 하였다. 여기에서는 于省吾의 "갑골문에는 '言'자는 있으나 '喜'자는 없다. 서주시기의 금문에서 '喜'자는 䚗으로서 '言'자의 䚗과 호용하여 구별이 없었으나 나중에 각각 마땅한 용도가 있었기 때문에 분화되었다."라는 견해를 근거로 제시하고 있다. 의미는 '聲喜(목소리, 소리), 樂喜(其喜鍠鍠.「邾王子鐘」)'이 있다.[321]

『시경』에서는 24번 쓰였고 의미는 대부분 '소리', '소식', '목소리', '명성' 등이다.[322] 『서경』에서는 4번 쓰였으며 의미는 '六律・五聲・八喜에서의 喜', '음악' 등이 있다.[323]

'告' 字

'告'字는 갑골문에서 형태가 ▨「甲 755」・▨「甲 2674」・▨「菁 1. 1」 등[324]이고 금문에서는 ▨「告田罍」・▨「戊方彝」・▨「沈子簋」 등[325]이다. 갑골문의 형태에 대해서 『갑골문자전』에서는 告, 舌, 言자는 위쪽을 향해 있는 방울(鈴)을 본뜬 것으로서 아래는 방울의 몸체를, 위는

---

320) 徐中舒 主編, 『甲骨文字典』, 四川辭書出版社, 2003, 228쪽 참조. 『갑골금문자전』(1993, 199~200쪽 참조)에서는 고문자에서 喜, 舌, 言자는 한 글자였으며 모두 혀 모양을 본뜬 것이라고 하였다.

321) 陳初生 編纂, 『金文常用字典』, 陝西人民出版社, 2004, 268쪽 참조.

322) '소리'로 19번, '소식'으로 1번, '목소리'로 3번, '명성'으로 1번 쓰였다.

323) 古文인 「夏書・五子之歌」의 "술을 달게 여기고 음악을 좋아하다(甘酒嗜喜)"에서 '음악'으로 쓰였다. 나머지는 모두 '八喜'이라는 용어에서 쓰였는데, 今文인 「虞書・舜典」에서 2번 쓰였고 역시 今文인 「虞書・益稷」에서 1번 쓰였다.

324) 中國科學阮考古硏究所 編輯, 『甲骨文編』, 中華書局, 1978, 38쪽 참조.

325) 周法高 主編, 『金文古林(上下)』, 東文選, 1990, 210쪽 참조.

방울의 혀를 본뜬 것이라고 하였다. 고대 酋人들은 강설할 때 먼저
목탁을 흔들어 사람들을 모은 연후에 목탁을 뒤집고서야 비로소 말을
하였으므로 告, 舌, 言자는 실제로 하나의 원류에서 나왔다고 본다.
卜辭에서는 대부분 통용되었으나 나중에 점차 분화되어 각각의 의미
를 갖게 되었다고 하였다. 의미는 ① 제사 이름, 禧와 같다.(勿于大甲
告.「乙 4626」), ② 말하다, 품고하다.(戊辰卜在 犬中告兽王其射亡
単.「粹 935」), ③ 侯告, 사람 이름(貞王令婦好从侯告伐人.「乙 2948」)
등이다.326)

    금문의 형태를 살펴보면, 『금문상용자전』에서는 劉心源의 "'告'자
는 실제로 '곡(牿)'자의 맨 처음 글자로서 ㅂ은 우리의 형태를 본뜬
것이다. 소가 ㅂ에 들어가 있는 것을 '告'라 한다."라는 말을 인용하
고 있다. 또한 『서경·周書·비서(費誓) 3장』의 "이제 소와 말이 머
물 우리를 크게 만들 것이니 네 덫을 막고(거두고) 네 함정을 막아서
감히 우리를 상하게 하지 말라. 우리가 상하면 너는 곧 마땅한 형벌
이 있을 것이다.(今惟淫舍牿牛馬, 杜乃擭, 敜乃穽, 無敢傷牿. 牿之
傷, 汝則有常刑.)"라는 구절을 예로 들면서 '牿'은 소와 말의 우리이
고 '擭'은 기함(機檻: 짐승 잡는 덫)이며 '정(穽)'은 함몰된 구덩이로
서 모두 소와 말을 기르는 곳이라고 하였다.

    의미는 ① 기도드리다.[丁亥, 令矢告 (于)周公宮.「矢令彛」], ②
보고하다.[氏以壺(符)告曰.「瑚生簋」], ③ 알리다, 훈계하다.[祗祗翼
翼, 卲(昭)告後嗣.「中山王 壺」], ④ 고소하다.(从以攸衛牧告于王曰.
「 攸从鼎」), ⑤ '造'자와 통용된다.[郢口 (府)所告(造).「王子申豆」],

326) 徐中舒 主編, 『甲骨文字典』, 四川辭書出版社, 2003, 85~87쪽 참조. 劉興隆
    의 『新編甲骨文字典』(1993, 53쪽)에서는 소가 ㅂ에 있는 것을 따르며 금문의
    '告'자와 같다고 본다. 의미는 '稟告하다, 보고하다(犬來告有鹿王往逐.「屯
    997」)', '기도드리다, 기원하다[도고(禱告)하다](告疾于祖乙.「合集 13849」)',
    '禧로 쓰였으며 제사 이름이다.(告于大甲祖乙.「合集 183」)' 등이 있다고 하
    였다.

⑥ 사람 이름[田告乍(作)母辛鼎. 「田告作母辛鼎」] 등이다.327)

　『시경』에서는 22번 쓰였고 의미는 대부분 '말하다', '알리다' 등이다. 『서경』에서는 54번 쓰였는데, 의미는 '말하다', '알리다', '가르치다'328), '告由하다(사당이나 신명에게 고함)' 등이다.

'舌' 字

　'舌'字는 갑골문의 형태는 🦴「合集 5532」·🦴「合集 13635」·🦴「英 218」·🦴「英 1697」·🦴「英 188」 등329)이고 금문에서는 🦴「舌簋」330)이다. 갑골문의 형태에 대해서『갑골문자전』에서는 목탁의 혀가 진동하는 모양을 본뜬 것으로서 ㅂ은 뒤집어진 목탁의 몸체이고 丫·￥·🦴 등은 목탁의 혀이며, 복사 중의 🦴(告), 🦴(言)과 실제로 한 글자라고 하였다.331) 그러나『新編甲骨文字典』에서는 입에서 혀가 나온 것을 본뜬 것으로서 작은 점은 침이라고 하였다.332) 용우순은 '철(歠: 마시다)'자는 갑골문과 금문에서 🦴 형태인데, '舌'자가 純象形이라는 것은 🦴자의 분석을 통해서 얻어진 것으로서 사람이 술을 마시는 모양을 본뜬 것이라고 하였다.333) 의미는 ① 제사 이름, 告와 같은데 곧『설문해자』의 禘祭이다.(貞允舌(告)王. 「乙 4550」), ② 多舌(告), 관직명인

327) 陳初生 編纂,『金文常用字典』, 陝西人民出版社, 2004, 95~96쪽 참조.
328) 「周書·召誥 제8장」의 "……庶殷을 가르침은 당신의 御事로부터 시작하여야 합니다.(……誥告庶殷, 越自乃御事.)"에서 쓰였다.
329) 유흥룡 著,『신편갑골문자전』, 국제문화출판공사, 1993, 115쪽 참조.
330) 四川大學歷史系古文字研究室 方逑鑫 외 編,『갑골금문자전』, 巴蜀書社, 1993, 172쪽 참조.
331) 徐中舒 主編,『甲骨文字典』, 四川辭書出版社, 2003, 208~209쪽 참조.
332) 劉興隆 著,『新編甲骨文字典』, 國際文化出版公司, 1993, 115쪽 참조. 의미는 '舌자의 본의(疾舌. 「合集 13634」)', '제사 이름. 告자와 같고 禘로 쓰였다.(舌母庚. 「合集 2561」)', '고소하다(舌伊侯. 「英 188」)' 등이라고 하였다.
333) 龍宇純 著, 양동숙 역,『중국문자학』, 學研社, 1994, 113~114쪽 참조.

듯하다.[多舌(告)亡禍.「乙 8892」], ③ 사람의 혀(甲辰卜古貞疒舌隹有
蛊.「戬 34. 6」) 등이다.334)

　　금문의 형태를 『갑골금문자전』에서는 입 속에 혀가 있는 모양을 본
뜬 것이라고 하였다. 의미는 ‘國族名(舌.「舌鼎」: 한 글자만 있는 銘이
다.)’이다.335) 『시경』에서는 5번 쓰였는데 의미는 ‘혀’, ‘말’ 등이고,336)
『서경』에서는 쓰이지 않았다.

　　앞에서는 ‘言’·‘音’·‘告’·‘舌’자에 대한 갑골문과 금문에서의 형
태와 의미, 『시경』과 『서경』에서의 의미 등을 살펴보았다. 그렇다면
‘言’·‘音’·‘告’·‘舌’자는 어떠한 문화 정보를 간직하고 있으며 ‘辛’
자와 관련이 있는지 살펴보자.

　　먼저 ‘舌’자를 살펴보면, ‘舌’자는 뒤집어진 목탁 및 목탁의 혀 모
양을 본떴다는 것과 입에서 혀가 나온 것을 본뜬 것이라는 견해 등이
있다. 필자는 이 중에서 입에서 혀가 나온 것을 본뜬 것이라는 견해
를 따르면서 다음과 같이 보충한다. 2장에서는 갑골문에서 ‘彭’자는
🔔·🔔 등 형태인데, 이때 彡·彡 등은 소리를 표현한 것임을 살펴보았
다. 필자는 상나라 사람들이 목탁에서 나는 소리를 표현하려 했다면
彡彡처럼 흩어진 형태가 아닌 ‘彭’자에서의 彡·彡 등과 같이 가지런한
형태로 표현했을 것이라고 생각한다. 따라서 ‘舌’자가 목탁 및 목탁의
혀 모양을 본떴다는 견해는 설득력이 부족하다. 학자들은 갑골문에서
의미가 ‘사람의 혀’ 또는 ‘고소하다’ 등이 있다고 보는데, 이것으로부
터 ‘舌’자는 사람의 입과 관계있다는 것을 짐작할 수 있다. 그리고 이
러한 ‘舌’자의 의미는 彡彡이 『新編甲骨文字典』의 견해와 같이 사람의

---

334) 徐中舒 主編, 『甲骨文字典』, 四川辭書出版社, 2003, 208~209쪽 참조.
335) 四川大學歷史系古文字研究室 方述鑫 외 編, 『甲骨金文字典』, 巴蜀書社, 1993,
　　172쪽 참조.
336) ‘혀’로 4번 쓰였고 ‘말’로 1번 쓰였다.

침을 표현한 것이라는 것을 말해준다.

다음으로 '言', '音', '告'자를 검토해보면 '言'자와 '音'자는 뒤집어진 목탁 및 목탁의 혀 모양을 본떴다는 것과 '舌'자의 형태에 가로획을 첨가하였다는 견해가 있고, '告'자는 뒤집어진 목탁 및 목탁의 혀 모양이라는 것과 소가 ㅂ(우리)에 들어가 있는 것을 본뜬 것이라는 견해 등이 있다. 이처럼 학자들은 견해가 다양한데, 이 글자들은 어떻게 생성되었을까?

갑골문에는 '占'자가 있는데, 그 형태는 ⿰「前 8. 14. 2」·⿰「佚 807」 등으로서[337] 윗부분은 卜·⿰ 등이고 아랫부분은 ㅂ·ㅂ 등으로 구성되어 있다. 그렇다면 '占'자는 상나라의 어떠한 문화 정보를 간직하고 있는지 다른 글자를 통해 살펴보자. 먼저 윗부분의 卜·⿰ 등을 검토해보면 갑골문에서 '卜'자는 형태가 ⿰「乙 4628」·⿰「前 5. 5. 7」·⿰「粹 975」 등[338]인데, 『갑골문자전』에서는 거북을 구운 후에 종횡으로 갈라진 금(선)의 형태를 보고 예측하는 것을 본뜬 것이라고 하였다.[339] 이와 같이 갑골문에서 '卜'자의 형태는 '占'자의 윗부분인 卜·⿰ 등과 비슷하다. 다음으로 아랫부분의 ㅂ은 갑골문과 금문에서 사람의 입이나 그릇을 나타내는데, 당시에는 점복을 행할 때 갈라진 갑골의 형태를 보면서 입으로 해석하였을 것이라고 추측되기 때문에 '占'자의 아랫부분인 ㅂ·ㅂ 등은 그릇이라기보다는 사람의 입을 나타낸 것이라고 볼 수 있다. 이것은 오늘날에도 점을 칠 때는 무당이 점괘를 입으로 말하는 것으로부터도 짐작 할 수 있다. 즉 '占'자의

---

337) 徐中舒 主編, 『甲骨文字典』, 四川辭書出版社, 2003, 351쪽 참조. 그는 의미가 '점을 쳐서 묻다.(己酉卜王占娥攽允其于一月……「續 5. 7. 5」)'라고 하였다.

338) 徐中舒 主編, 『甲骨文字典』, 四川辭書出版社, 2003, 349~350쪽 참조.

339) 徐中舒 主編, 『甲骨文字典』, 四川辭書出版社, 2003, 349~350쪽 참조. 그는 '卜'자의 의미가 '가죽이나 껍질을 벗긴 龜甲이나 동물의 뼈를 구운 후에 (그것을 보고) 길흉을 판단한다는 뜻이다.(貞隹玆卜用一月.「存 1. 1646」)'라고 하였다.

윗부분은 갑골의 갈라진 형태이고 아랫부분은 입모양으로서 '占'자는 점을 친 후 갑골의 갈라진 형태를 보면서 점괘를 말하는 모양을 본뜬 것임을 알 수 있다.

'𧬛(言)', '𧬛(音)', '𢁉(告)'자를 살펴보면 윗부분은 'ꢓ(言)', 'ꢓ(音)', 'ꢃ(告)' 등으로서 형태가 다르지만, 아랫부분은 'ㅂ(言)', 'ㅂ(音)', 'ㅂ(告)' 등으로서 같은 모양이다. 필자는 '占'자에서 볼 수 있듯이 '𧬛(言)', '𧬛(音)', '𢁉(告)'자 역시 어떤 특정 사물의 형태를 본뜬 것이 아니라 이 글자들의 의미를 가장 잘 나타낼 수 있는 특징들을 모아서 만들었을 것이라고 생각한다. 이 글자들은 갑골문에서부터 모두 '말하다, 고소하다', '대접하다', '말하다, 품고하다' 등 의미가 있는 것으로 보아 아랫부분의 ㅂ은 사람의 입을 본뜬 것임을 알 수 있다. 그리고 갑골문과 금문에서의 '대접하다', '흠향하다' 등 의미는 이 글자들이 음식이나 술과 관계가 있으며 제사 의식에서 만들어졌을 가능성이 있음을 말해준다. 필자는 '言'·'音'·'告'자가 제사 의식에서 'ꢓ(言)', 'ꢓ(音)', 'ꢃ(告)' 등을 손에 들거나 보면서 입으로 말하는 형태를 본뜬 것이라고 생각한다. 따라서 이 글자들에 대한 학자들의 견해는 무리가 있으며, 용우순의 견해는 글자 생성의 선후 관계에 따라 결과가 달라질 수 있기 때문에 더 많은 자료의 발굴을 필요로 한다.

지금까지 살펴본 바와 같이 '言'자와 '音'자에는 '辛'자와 같은 형태가 있고 의미 역시 '辛'자와 같이 '말하다, 고소하다', '말하다, 품고하다' 등으로서 입과 관계되는 것이 있다. 그러나 원형에서는 '辛'자가 비록 '맵다'라는 의미를 가지고 있지만 형태는 형벌 도구를 본뜬 것일 가능성이 있다는 것을 검토하였고, 위에서는 '言'자와 '音'자가 제사 의식과 관계있을 가능성이 있음을 살펴보았다. 따라서 동래운과 장극화의 견해는 설득력이 부족하다.

제4장 「文」자, 「文學」, 「文章」에 「文學」 개념이 형성되는 과정과 원인

(나) '信'·'新'·'親'·'羕(美)'·'商'·'辭'字

信 字

'信'자는 갑골문에서는 발견되지 않고 있고, 금문에서는 ᖑ「欵叔鼎」·
ᖎ「辟大夫虎符」·ᖏ「中山王嚳符」 등 형태가 있다.[340] 의미는 '성실[余
智(知)其忠諶(信)施(也), 而欂(專)賃(任)之邦.「中山王嚳壺」]', '사람 이
름[嬉(欵)弔(叔)⚌(信)姬乍(作)寶鼎.「欵叔鼎」]' 등이 있다.[341]

『시경』에서는 21번 쓰였으며, 의미는 '펴다', '믿다', '약속', '사실',
'이틀 밤을 자다', '진실로' 등이 있다. 이 중에서 '이틀 밤을 자다'가
서주 초기의 시에서 쓰였고 나머지는 서주 중엽 이후의 시에서 쓰였
다. 『서경』에서는 11번 쓰였으며, 의미는 '믿다', '사실', '참되고 진실
되다(誠信)' 등이 있는데, 공자 이전의 자료로 확실시되는 부분에서는
'믿다'로 1번 쓰였다.

'信'자는 서주시기에 '약속', '믿다'라는 의미가 있다. 글자의 형태
를 분석해 보면 금문의 ᖑ·ᖏ 등은 '信'자가 '人(사람)', '口(입)',
'言(말)'자 등이 결합된 글자로서 사람(ᖑ人)과 입(☉口), 말(ᖏ言) 등
과 관계가 있다는 것을 말해준다. 즉 '信'자는 다른 사람과 입으로 약
속을 하는 것 또는 사람은 말에 믿음이 있어야 한다는 것을 표현한
글자라고 생각된다. 따라서 동래운의 '辛'자가 들어 있기 때문에 부신
(符信)과 관계있다는 견해는 무리가 있다.

---

340) 陳初生 編纂, 『金文常用字典』, 陝西人民出版社, 2004, 248~249쪽 참조.
341) 陳初生 編纂, 『金文常用字典』, 陝西人民出版社, 2004, 248~249쪽 참조.

新 字

'新'자는 갑골문과 금문에서 모두 발견되고 있는데, 갑골문에서 형태는 ✦「甲 2113」·✦「林 2. 7. 7」·✦「乙 4603」·✦「乙 4603」·✦「佚 211」 등342)이고, 금문에서는 ✦「新嘼簋」·✦「頌壺」·✦「師湯父鼎」·✦「仲義父鼎」·✦「師酉簋」 등343)이다. 갑골문의 형태에 대해서 『甲骨文字典』에서는 도끼로 나무를 찍는 모양을 본뜬 것으로서 薪자의 本字이며, ✦은 소리 부분이라고 하였다. 의미는 '新舊의 新(丙戌卜㞢新豊用. 「粹 232」)', '땅 이름(……自新束卅……. 「林 2. 7. 7」)', '제사 이름인 듯하다(㞢丁午貞弜新. 「佚 580」)' 등이 있다.344) 금문에서 의미는 '舊와 상대되는 의미이다.[新君子之, 不用豊(禮)宜(義). 「中山王響壺」]', '사람 이름에서 字로 쓰였다.[新嘼乍(作)饙𣪕(簋). 「新嘼簋」]' 등이 있다.345)

『시경』에서는 14번 쓰였으며, 의미는 '새 또는 새로운', '새롭다', '2년 된 밭(新田)', '산 이름' 등이 있다. 『서경』에서는 24번 쓰였으며, 의미는 '새 또는 새로운', '새롭게 하다', '새로워지다', '親의 誤字' 등이 있다. 이 의미 중에서 공자 이전의 자료로 확실시 되는 부분에서는 '새 또는 새로운'으로 10번 쓰였고, '새롭게 하다'로 1번 쓰였다.

글자의 형태를 분석해 보면 『甲骨文字典』에서는 도끼로 나무를 찍는 모양을 본뜬 것이라고 하였는데, 갑골문에서 '木'자는 ✦「存 2. 638」·✦「甲 600」 등346)이고 다른 글자에 들어 있는 '木'자 역시 이와 비슷한 형태이다. 그런데 '新'자의 왼쪽 부분은 갑골문에서는 ✦·

---

342) 藝文印書館, 『校正甲骨文編』, 藝文印書館, 民國63(1974), 529~530쪽 참조.
343) 容庚 編著, 張振林·馬國權 摹補, 『金文編』, 中華書局, 1985, 926~927쪽 참조.
344) 徐中舒 主編, 『甲骨文字典』, 四川辭書出版社, 2003, 1492~1493쪽 참조.
345) 陳初生 編纂, 『金文常用字典』, 陝西人民出版社, 2004, 1126~1127쪽 참조.
346) 徐中舒, 『甲骨文字典』, 四川辭書出版社, 2003, 639~640쪽 참조.

ꝯ·ꝯ·ꝯ·ꝯ 등 형태이고 금문에서는 ꝯ·ꝯ·ꝯ·ꝯ·ꝯ 등으로서 '〼(辛)'자와 같은 형태이거나 '木'자 모양 위에 '〼(辛)'자의 윗부분이 덧붙여져 있다. 따라서 이것은 『甲骨文字典』의 견해와 같이 단순히 나무라고 보기에는 무리가 있다.

'新'자의 오른쪽 부분은 갑골문에서는 ꝯ·ꝯ·ꝯ·ꝯ·ꝯ 등이고 금문에서는 ꝯ·ꝯ·ꝯ·ꝯ·ꝯ 인데, 갑골문과 금문에는 이와 비슷한 형태를 가진 글자로 '斤'자가 있다. '斤'자는 갑골문에서는 ꝯ「坊間 4. 204」·ꝯ「存下 463」·ꝯ「前 8. 7. 1」 등 형태이고[347] 금문에서 형태는 ꝯ「天君鼎」이다.[348] 『갑골문자전』에서는 굽어 있는 자루를 가진 도끼의 형태를 본뜬 것이라고 하였고,[349] 『금문상용자전』에서는 도끼의 형태를 본뜬 것이라고 하였다.[350] 『서경』에서는 쓰이지 않았고 『시경』에서는 「周頌·執競」에서 '살피다'로 2번 쓰였다.

지금까지 살펴본 바와 같이 갑골문에서 '新'자는 ꝯ·ꝯ·ꝯ과 ꝯ·ꝯ·ꝯ이 결합된 형태이다. 동래운은 '新'자에는 '辛'자 형태가 있는데, '辛'은 믿음(信)이고 契券을 나타낸다고 하였다. 이때 契券은 믿음(신용信)을 의미하기 때문에 채권자와 채무자가 각각 반쪽씩 가지고 있다가 결산할 때 서로 각치를 맞춰본 후 소각하여 문제가 복잡해지는 것을 방지하였다고 하였다. 그는 사람들이 이 때문에 밥을 하거나 난방을 위하여 건초를 태우는 것을 '辛'이라고 하였으며 이것이 '辛'이 '땔감'의 의미로 사용된 이유라고 본다. 고대 중국인들은 '辛'자 옆에

---

347) 藝文印書館, 『校正甲骨文編』, 藝文印書館, 民國63(1974), 529쪽 참조. 『甲骨文字典』(2003, 1491쪽)과 『新編甲骨文字典』(1993, 921쪽)에서는 의미가 명확하지 않다고 하였다.

348) 容庚 編著, 張振林·馬國權 摹補, 『金文編』, 中華書局, 1985, 925쪽 참조.

349) 徐中舒 主編, 『甲骨文字典』, 四川辭書出版社, 2003, 1491쪽 참조.

350) 陳初生 編纂, 『金文常用字典』, 陝西人民出版社, 2004, 1124쪽 참조. 진초생은 의미가 ① 중량 단위[豙(重)一石三百斤之豙(重). 「胤嗣𣄰𣄰壺」] ② 땅 이름[才(在)斤. 「天君鼎」] ③ 사람 이름(仕斤造戈. 「仕斤戈」) 등이라고 하였다.

는 도끼 형태를 첨부하고 '辛'자 형태에는 직선 아랫부분에 두 개의 사선 또는 '木'자를 첨가하여 '新'자를 '땔감'의 의미로 사용하였다고 하였다.[351]

그러나 필자는 '辛'자가 형벌 도구를 본떴을 가능성이 있다고 본다. 그리고 '辛'자에는 선진시기까지 '땔감'의 의미가 없고 '新'자 역시 서주시기에 '땔감'의 의미가 없다. 또한 '辛'자는 오늘날 사전에서 '新'자와 같은 의미인 '새, 새것'이 있지만, 선진시기까지는 이 의미가 없는 것으로 보아 이 의미는 후대에 생성된 것으로 보인다. 이와 같이 '辛'자와 '新'자는 형태는 비슷한 부분이 있으나 서로 부합하지 않고, 의미 역시 관련성이 없으므로 동래운의 견해는 설득력이 부족하다.

'新'자의 생성 원리에 대해서 살펴보면 갑골문과 금문에서 '新'자는 두 부분으로 구성되어 있는데, 하나는 '辛'자 형태와 거의 같거나 '辛'자 형태 밑에 두 개의 사선이 아래쪽으로 향해 있는 모양이고 다른 하나는 '斤'자 형태이다. 그런데 비록 '新'자에 '辛'자 형태가 있다고 하지만 이것이 무엇을 본뜬 것인지 현재로서는 명확하지 않다. 그러나 필자는 이러한 글자의 형태와 갑골문에서의 의미 등은 '新'자에서 '斤'자 옆에 있는 형태가 무엇인지 명확하지 않지만 '新'자가 도끼로 이것을 만들거나 다듬는 것을 본뜬 것이라는 것을 말해주며, '新舊의 新'의 의미는 이것으로부터 만들어졌을 가능성이 있다고 본다. 그리고 만약 '斤'자 옆에 있는 것이 '辛'자가 맞다면 도끼로 형벌 도구를 만들거나 다듬는 것을 본뜬 것이라고 생각한다.

---

351) 董來運, 『漢字的文化解析』, 上海古籍出版社, 2002, 17~18쪽 참조.

親 字

'親'자는 갑골문에서는 발견되지 않고 있으며 금문에서 형태는 🦌「克鐘」· 🦌「益駒尊」· 🦌「王臣簋」352) · 🦌「史懋壺」· 🦌「中山王嚳壺」· 🦌「中山王嚳鼎」 등이다.353) 의미는 '친애하다[哭(鄰)邦難新(親). 「中山王嚳鼎」]', '몸소(王親令克遹涇東至于京卣. 「克鐘」)', '襯과 통용된다[易(賜)女(汝)朱黃(衡), 🦌親(襯), 玄衣, 黹屯(純), 🦌(鑾)旂五曰, 戈畫𢦏, 厚必(柲), 彤沙(綏), 用事. 「王臣簋」]' 등이 있다.354)

『시경』에서는 4번 쓰였으며, 의미는 '친히'이다. 『서경』에서는 9번 쓰였으며, 의미는 '친하다', '친목', '어버이', '친척' 등이 있는데, 모두 공자 이후의 자료로 인정되는 부분에서 쓰였다.

동래운은 '親'자에서 '辛'자는 부신을 의미하고 '見' 혹은 '目'은 본다는 것을 나타내는데, 옛날에는 한 쪽에서 다른 쪽으로 부신을 전할 때 부신을 받은 쪽의 우두머리가 서로 맞는지 직접 맞춰보고 나서 진위를 판별하였기 때문에 '親'자는 '몸소', '스스로 참여하다'라는 의미가 있다고 하였다.355)

그러나 금문에서 '親'자에는 🦌·🦌·🦌·🦌 등으로서 '辛'자 형태가 있으나, 원형에서는 '辛'자가 형벌 도구를 본뜬 것일 가능성이 있다는 것을 검토하였다. 그리고 의미로부터 살펴보면 '辛'자는 서주시기에 '천간의 하나', '맵다' 등 의미가 있기 때문에 '親'자와 관련짓기에는 무리가 있다. '親'자의 왼쪽 부분인 🦌·🦌·🦌 등은 '보다'라는 의미를 가진 '見'자이지만 오른쪽 부분인 🦌·🦌·🦌·🦌 등은 무엇을

---

352) 容庚 編著, 張振林·馬國權 摹補, 『金文編』, 中華書局, 1985, 619쪽 참조.
353) 陳初生 編纂, 『金文常用字典』, 陝西人民出版社, 2004, 836~837쪽 참조. 『金文常用字典』과 『고문자류편』에서는 '𥦗'자를 '親'자와 같은 글자로 간주하였다.
354) 陳初生 編纂, 『金文常用字典』, 陝西人民出版社, 2004, 836~837쪽 참조.
355) 董來運, 『漢字的文化解析』, 上海古籍出版社, 2002, 16~17쪽 참조.

의미하는지 명확하지 않다. 필자는 '親'자가 눈으로 𝐘·𝐘·𝐘·𝐘을 보는 것을 본뜬 것이며, '見'자의 '보다'라는 의미에서 '몸소', '친히' 등 의미가 생성된 것이라고 생각한다. 따라서 동래운의 '見'자와 관련이 있다는 견해는 타당하지만 '辛'자가 부신과 관련있다는 견해는 무리가 있다.

橤(系) 字356)

'橤(系)'字는 갑골문과 금문에서 모두 발견되고 있다. 갑골문의 형태는 𝐗「合集 30757」이고,357) 금문에서는 𝐗「中伯壺」·𝐗「中伯簋」 등358) 형태이다. 갑골문의 형태를 『신편갑골문자전』에서는 과일 나무 이름이라고 하였고, 의미는 복사에서 동사로 쓰였으며 '橤 열매를 따다(狄貞, 王其橤. 「合集 30757」)'라고 하였다.359) 이것은 『설문해자』의 "'橤'자는 橤 열매로 작은 밤과 같다. 木을 의미부로 하고 辛이 소리부이다.(橤實如小栗. 從木辛聲.)"라는 견해를 따른 것으로 보인다. 그런데 『신편갑골문자전』에서는 처음에는 '과일 나무 이름'이라고 하였으나 의미 해석에서는 '橤의 열매를 따다'라고 하였는데, 이것은 예문인 "狄貞, 王其橤."의 문맥에 맞춰 해석했기 때문일 것이다. 금문에서 의미는 '國族 이름(中伯作橤姬 𝕫𝕫 彝.「中伯簋」)'이고,360) 『시경』

---

356) 『금문고림』, 『금문고림보』, 『금문대자전』, 『고문자류편』, 『금문편』 등에서는 系이라고 하였으나, 『甲骨金文字典』과 동래운은 橤(zhēn)이라고 하였고 『신편갑골문자전』에서는 系과 橤을 같은 글자로 보고 있다. 오늘날에는 系자를 '親'자의 속자로 본다.

357) 劉興隆 著, 『新編甲骨文字典』, 國際文化出版公司, 1993, 344쪽 참조.

358) 容庚 編著, 張振林·馬國權 摹補, 『金文編』, 中華書局, 1985, 390쪽 참조.

359) 劉興隆 著, 『新編甲骨文字典』, 國際文化出版公司, 1993, 344쪽 참조.

360) 四川大學歷史系古文字研究室 方述鑫 외 編, 『甲骨金文字典』, 巴蜀書社, 1993, 420쪽 참조.

과 『서경』에서는 쓰이지 않았다.

'業(枼)'자는 갑골문에서는 ⍊이고 금문에서는 ⍊·⍊ 등으로서 갑골문과 금문에서 이 두 글자는 모두 '辛'자 형태가 있다. 동래운은 개암나무(榛樹)를 業(枼)이라고 하는데 잎사귀의 톱니 모양이 '辛'자의 刻齒와 모양이 비슷하므로 이 '辛'자로부터 의미와 소리를 얻었다고 하였다.[361] 그런데 필자는 '辛'자가 형벌 도구를 본떴을 가능성이 있다고 하였으며, '業(枼)'자와 '辛'자는 의미 방면에서도 관련성이 없다. 따라서 '業(枼)'자는 비록 글자 형태에 '辛'자 형태가 들어 있다고 하지만 그것이 정말 '辛'자와 관련이 있는지 연결 고리를 찾을 수 없으므로 동래운의 견해는 설득력이 부족하다. 그러나 '業(枼)'자는 현재까지 발굴된 자료가 극히 적기 때문에 명확한 분석을 위해서는 앞으로 더 많은 자료의 발굴을 기다려야 할 것이다.

商 字

'商'字는 갑골문과 금문에서 모두 발견되고 있는데, 갑골문의 형태는 ⍊「甲 3690」·⍊「前 2. 2. 6」·⍊「甲 2325」·⍊「甲 2327」·⍊「甲 2365」 등이고,[362] 금문의 형태는 ⍊「康侯簋」·⍊「商角蓋」·⍊「小子射鼎」·⍊「剛𤳖簋」·⍊「䕫尊」 등이다.[363] 의미는 갑골문에서는 '땅 이름, 殷의 왕도(戊辰卜出貞商受年十月. 「餘 8. 1」)', '사람 이름(癸巳卜貞商冉𤳖. 「甲 2123」)', '방국 이름(癸巳王卜貞旬亡禍在二月王來正人方在𤳖𤳖商𤳖𤳖. 「綴 189」)' 등이 있고,[364] 금문에서는 '成湯이 건설한

361) 董來運, 『漢字的文化解析』, 上海古籍出版社, 2002, 19~20쪽 참조.
362) 中國科學院考古研究所 編輯, 『甲骨文編』, 中華書局, 1978, 38쪽 참조, 92~93쪽 참조.
363) 容庚 編著, 張振林·馬國權 摹補, 『金文編』, 中華書局, 1985, 130~132쪽 참조.
364) 徐中舒 主編, 『甲骨文字典』, 四川辭書出版社, 2003, 214~216쪽 참조.

나라의 이름(珷征商. 「利簋」)', '고대 다섯 가지 음(궁宮, 상商, 각角, 치徵, 우羽) 중의 하나(穆鐘之商. 「曾侯乙甬鐘」)', '賞과 통용된다.[王商(賞)乍(作)冊般貝. 「般甗」]', '사람 이름[商乍(作)父丁吾尊. 「商角蓋」]' 등이 있다.365)

『시경』에서는 22번 쓰였으며, 의미는 모두 '상나라'이다. 『서경』에서는 42번 쓰였는데, '헤아리다'와 '사람 이름'으로 각각 1번씩 쓰였으며 나머지 40번은 '상나라'로 쓰였다. 이 중에서 공자 이전의 자료로 확실시되는 부분에서는 '상나라'로 6번, 그리고 '헤아리다'가 쓰였다. 갑골문의 의미 중에는 '殷의 왕도'가 있고 금문에서는 '成湯이 건설한 나라의 이름'이라는 의미가 있는 것으로 보아 '商'자는 상나라 때부터 자신들의 나라 이름인 '商'으로 쓰였음을 알 수 있다.

장극화는 '辛'자가 들어 있는 글자는 '밝다'라는 쓰임이 있다고 하였다. 그러나 필자가 분석한 바에 의하면 '辛'자가 들어 있는 글자들은 '밝다'와 관련이 없다. 그리고 '章'자의 원형 결론에서는 '商'자의 윗부분 ♣이 상서로움을 표현한 것이라는 것을 검토하였고, 의미 역시 서주시기까지 밝다와 관련이 없으므로 그의 견해는 무리가 있다.

辭 字

'辭'자가 갑골문에서 쓰였는지에 대해서는 학자들에 따라 견해가 다르다. 한자에는 '辭'자 이외에 '䛀'자가 있는데, 대부분의 학자들은 '辭'자와 '䛀'자를 구분하고 있으나 『신편갑골문자전』에서는 '사(辭)', '사(辤)', '사(䛀)', '사(嗣)', '사(辞)', '사(詞)'자를 같은 글자로 간주하면서 갑골문의 형태는 ❡「南南 1. 182」이며, 의미는 '辭의 본의로 쓰였다(……申卜, 疾辭…….「南南 1. 182」: 疾辭는 곧 言辭가 맑지

---

365) 陳初生 編纂, 『金文常用字典』, 陝西人民出版社, 2004, 229~230쪽 참조.

못한 병을 얻었다는 것이다.)'라고 하였다.366) 그러나 『갑골문자전』에서는 𩲀이 어떤 글자이고 의미가 무엇인지 명확하지 않다고 하였다.367) 그런데 𩲀이 금문의 형태와 비슷하고 '辭'자가 『시경』과 『서경』에서 '말'이라는 의미로 쓰인 것으로 보아 『신편갑골문자전』의 견해는 가능성이 있으나 이것을 명확하게 분석하기 위해서는 더 많은 자료의 발굴을 기다려야 할 것이다.

금문에서의 '辭'자와 '𤔔'자에 대해서 살펴보자. 먼저 '辭'자의 형태는 𤔔「盂鼎」·𤔔「𦣞鼎」·𤔔「司工丁爵」·𤔔「𤼍匜」·𤔔「兮甲盤」 등368)이 있는데, 이때 「盂鼎」은 주나라 초기의 것이고 「𦣞鼎」·「司工丁爵」·「𤼍匜」 등은 주나라 중기의 것이며, 「兮甲盤」은 주나라 말기의 것이다. 의미는 '訟辭하다[亦旣從𤔔(辭)從誓.「𤼍匜」]', '言詞, 文詞[故(故)𤔔(辭)豐(禮)敬則𠨢(賢)人至.「中山王壺」]', '治자와 통용된다. 다스리다.[廣𤔔(治)四方.「晉公𥂝」]', '司자와 통용된다. 관리하다.[命女(汝)𤔔𤔔(司)公族𩁹(與)參有𤔔.「毛公鼎」]', '司자와 통용된다. 벼슬이름[𤔔(司)徒單白(伯)內右𪊧.「揚簋」]' 등이 있다.369) 『시경』에서는 厲王 때의 「大雅·板」에서 '말'이라는 의미로 2번 쓰였다. 『서경』에서는 23번 쓰였으며, 의미는 '말', '사양하다', '명예', '명성' 등이 있다. 이 중에서 공자 이전의 자료로 확실시되는 부분에서는 '말'이라는 의미로 6번 쓰였다.370)

다음으로 '𤔔'자는 형태가 𤔔「𩰚鎛」·𤔔「邾公牼鐘」·「鑄𤔔龢鐘」·

---

366) 劉興隆 著, 『新編甲骨文字典』, 國際文化出版公司, 1993, 972쪽 참조.
367) 徐中舒 主編, 『甲骨文字典』, 四川辭書出版社, 2003, 231~232쪽 참조. 그는 辛과 𤔕을 의미부로 하는데, 회의(會意)한 바가 명확하지 않다고 본다.
368) 容庚 編著, 張振林·馬國權 摹補, 『金文編』, 中華書局, 1985, 976~979쪽 참조.
369) 四川大學歷史系古文字研究室 方述鑫 외 編, 『甲骨金文字典』, 巴蜀書社, 1993, 1163쪽 참조.
370) 「大誥」에서 1번, 「酒誥」에서 1번, 「洛誥」에서 1번, 「多士」에서 2번, 「多方」에서 1번 쓰였다.

「伯六辝鼎」 등371)이 있는데, 모두 춘추시기의 것이다. 의미는 '予와 통용된다. 나[某(世)蠆(萬)至於辝(予)孫子. 「齊鎛」]', '以와 통용된다. 是辝는 곧 是以로서 그러므로라는 뜻이다.[是辝(以)可吏(使). 「齊鎛」]', '사람 이름[白(伯)六辝(舜)乍(作)鸞寶蹲盡(盨). 「伯六辝鼎」]' 등이 있다.372) '舜'자는 『시경』과 『서경』, 『논어』에서 쓰이지 않았다.

현재까지는 '辭'자가 갑골문에서부터 쓰였다는 것에 대한 학자들의 견해가 다를 뿐만 아니라 갑골문에서 쓰였다는 글자도 하나밖에 없기 때문에 이 글자가 언제부터 쓰였는지 명확하지 않다. 하지만 갑골문에서 '辭'자로 보는 경우의 의미는 말과 관련이 있다. 그리고 '辭'자는 금문에서 형태는 '辛'자가 있는 경우도 있으나 의미는 장극화의 견해처럼 밝다와 관련이 없으며, 『시경』과 『서경』에서도 밝다와 관련 있는 의미가 쓰이지 않았다. 따라서 장극화의 견해는 설득력이 부족하다.

(다) '宰'·'辛'·'辥'·'辟'·'辜'·'辠'字

앞의 (가)와 (나)에서는 '言'·'音'·'信'·'新'·'親'·'棄(糸)'·'商'·'辭'자 등이 비록 '辛'자 형태는 있으나 '辛'자와는 관련성이 없다는 것을 살펴보았다. 그런데 이 밖에도 '辛'자가 들어간 글자로는 '재(宰)'·'건(辛)'·'설(辥)'·'벽(辟)'·'고(辜)'·'죄(辠)'자 등이 있는데, 아래에서 이 글자들과 '辛'자와의 관계에 대해서 살펴보자.

'宰'자는 갑골문에서 형태는 「乙 8688」·「粹 3下. 39. 8」·「粹 1196」 등373)이고 금문에서는 「頌鼎」·「師憝簋」·「邾大宰𠤳」

371) 容庚 編著, 張振林·馬國權 摹補, 『金文編』, 中華書局, 1985, 975~976쪽 참조.
372) 四川大學歷史系古文字研究室 方逑鑫 외 編, 『甲骨金文字典』, 巴蜀書社, 1993, 1162쪽 참조.

등374)이다. 의미는 갑골문에서는 '벼슬 이름(壬午王田于麥麓隻商戠眔王易宰丰寢小㚔兄在五月佳王六祀肜日.「佚 518」)', '땅 이름(其㝬갂在宰.「粹 1196」)', '제사 이름인 듯하다(旬有不宰.「掇 1. 131」)' 등이고,375) 금문에서는 '관직 이름[昔先王旣令女(汝)乍(作)宰.「蔡簋」]'이다.376)『시경』에서는 서주 중엽 이후 또는 서주 말기의 작품에서 3번 쓰였는데, 의미는 모두 '관직 이름'이다.『서경』에서는 공자 이후의 자료로 인정되는 부분에서 3번 쓰였는데, 모두 '관직 이름'으로 쓰였다. 이것은 '宰'자가 공자 이전까지는 주로 관직 이름으로 쓰였으며 다른 의미들은 공자 이후에 생겨났을 가능성이 있음을 말해준다.

'宰'자에 대해서『설문해자』에서는 "죄인을 집 아래에다 잡아두고 다스리는 것이다. 宀과 辛을 의미부로 하고, 辛은 허물이라는 뜻이다.(辠人在屋下執事者. 从宀从辛, 辛, 辠也.)"라고 하였는데, 이것은 '辛'자가 들어간 글자 중에 죄, 허물 등과 관계있는 경우가 있기 때문에 나온 견해로 보인다. '學'자의 원형에서는 ∧이 집 모양을 본뜬 것이라는 것을 검토하였고, '辛'자의 원형에서는 '辛'자가 형벌 도구를 본뜬 것일 가능성이 있다고 하였다. 이와 같이 갑골문에서 '宰'자에 '辛'자와 비슷한 𠦄 형태가 있고 의미가 '벼슬 이름'인 것으로 보아『설문해자』의 견해는 타당성이 있으나, 서주시기까지 주로 관직 이름으로 쓰였고 명확한 의미로 쓰이지 않았기 때문에 이 글자에 대해 명확하게 분석하기 위해서는 앞으로 더 많은 자료가 발굴되기를 기다려야 할 것이다.

'辛'자는 갑골문에서 𩵋「乙 3119」・𩵋「續存 1276」 등377) 형태인데,

---

373) 中國科學阮考古硏究所 編輯,『甲骨文編』, 中華書局, 1978, 317쪽 참조.
374) 容庚 編著, 張振林・馬國權 摹補,『金文編』, 中華書局, 1985, 525~526쪽 참조.
375) 徐中舒 主編,『甲骨文字典』, 四川辭書出版社, 2003, 805~806쪽 참조.
376) 陳初生 編纂,『金文常用字典』, 陝西人民出版社, 2004, 738~739쪽 참조.
377) 金祥恒 輯, 元亨利 貞,『續甲骨文編』, 民國49(1960), 1918쪽 참조.

『갑골문자전』에서는 곽말약의 형벌 도구라는 견해를 인용하여 그의 견해를 따르고 있다. 의미는 '사람 이름(癸巳卜辛値允.「文 579」)', '나라 이름(丙申卜王令山戈辛.「前 8. 3. 1」)', '땅 이름(……尞彳……辛台……月.「京 1072」)', '귀신 이름(司辛.「南明 572」)' 등이 있다.[378]

'辥'자는 갑골문에서 형태가 ᄒ「鐵 113. 4」・ᄒ「誠 337」・ᄒ「粹 487」 등[379]이고 의미는 '얼(孼)이라고 읽으며 재난이다.(貞玆風不佳辥.「前 6. 4. 1」)'이다.[380]

'辟'자는 갑골문에서 형태가 ᄒ「甲 1046」・ᄒ「前 4. 7. 5」・ᄒ「佚 611」 등이고,[381] 의미는 '辟臣, 陳夢家는 왕의 친근한 설신(褻臣)이라고 할 수 있다고 하였다. 辟은 마땅히 폐(嬖)와 같이 읽는다.(……卜多辟臣其…….「粹 1280」)', '사람 이름(庚午卜王于母庚祐子辟.「續 1. 41. 5」)', '宮室의 門인 듯하다.(己巳卜王于正辟門尞.「前 4. 15. 7」)' 등[382]이 있다. 금문에서는 ᄒ「盂鼎」・ᄒ「商卣」・ᄒ「師㝬鼎」 등 형태가 있고,[383] 의미는 '법, 본받다, 법칙(用辟于先王.「師望鼎」)', '辟治, 辟事[令女(汝)辟百寮.「牧簋」]', '천자, 제후 군왕의 통칭[女(汝)勿剋令(余)乃辟一人.「盂鼎」]', '官長을 가리킨다.[……, 隹(惟)殷𨤲(邊)侯田(甸)雩(與)殷正百辟𢆶(率)肆于酉(酒), ……「盂鼎」]' 등이 있다.[384]

『시경』에서는 '군주', '제후', '법', '피하다', '간사하다', '개척하다' 등 의미와 '辟王', '벽옹(辟廱: 천자의 學宮)', '辟公(제후)'이라는 용어가 있다. '章'자의 원형 결론에서는 '辟'자가 상서로운 대상이나 특수한 지위에 있는 사람 등을 글자로 표현한 것임을 검토하였다.

---

378) 徐中舒 主編, 『甲骨文字典』, 四川辭書出版社, 2003, 228~229쪽 참조.
379) 中國科學阮考古研究所 編輯, 『甲骨文編』, 中華書局, 1978, 554쪽 참조.
380) 徐中舒 主編, 『甲骨文字典』, 四川辭書出版社, 2003, 1562~1564쪽 참조.
381) 中國科學阮考古研究所 編輯, 『甲骨文編』, 中華書局, 1978, 379쪽 참조.
382) 徐中舒 主編, 『甲骨文字典』, 四川辭書出版社, 2003, 1015~1016쪽 참조.
383) 容庚 編著, 張振林・馬國權 摹補, 『金文編』, 中華書局, 1985, 648~649쪽 참조.
384) 陳初生 編纂, 『金文常用字典』, 陝西人民出版社, 2004, 868~869쪽 참조.

'䅈'자는 금문에서 형태가 「胤嗣䢂溫壺」이고 의미는 '범죄[以慝(憂)乎(厥)民之隹(罹)不䂢(䅈).「胤嗣䢂溫壺」]'이다.[385]

'辠'자는 금문에서 「中山王嚳鼎」 형태이고 의미는 '법을 어기다.[隹(雖)有死辠(罪), 及㗬(三)殜(世)亡不若.「中山王嚳鼎」]'이다.[386]

위에서 살펴본 바와 같이 '宰'·'辛'·'䑏'·'辟'·'䅈'·'辠'자 등은 '辛'자와 비슷한 형태가 있고 의미는 '재난(䑏)', '법, 본받다, 법칙(辟)', '간사하다(辟)', '범죄(䅈)', '법을 어기다(辠)' 등으로서 대부분 부정적인 뜻을 내포하고 있다. 이 글자들 중에서 '宰'자와 '辛'자는 후대의 의미가 부정적이라는 것으로부터 상나라 때도 이러한 의미가 있었을 가능성이 있음을 추측할 수 있을 뿐이다. 그리고 '䑏'자의 '재난'이라는 의미는 갑골문에서부터 있는데, 이것은 상나라 때부터 '辛'자 형태가 들어 있는 글자에 '辛'자와 마찬가지로 고통과 관련있는 의미가 내포되어 있다는 것을 말해준다. 그러나 '辟'자의 경우는 『시경』에서 '간사하다'라는 의미가 있지만 상서로운 대상이나 특수한 지위에 있는 사람 등을 본뜬 것이고 갑골문에서 '辟臣, 진몽가는 왕의 친근한 설신(褻臣)이라고 하였다.'라는 의미가 있다. 이것으로부터 상나라 때는 '辛'자 형태가 들어 있는 글자가 긍정적인 의미로도 쓰였음을 알 수 있다.

(라) 億(㪟)字

금문에는 '章'자와 비슷한 모양이 들어 있는 '億(㪟)'자가 있는데, 이 글자가 '章'자와 관련이 있는지 아래에서 살펴보자.

'億(㪟)'자는 금문에서부터 발견되고 있는데, 형태는 「㪟簋」·「九

---

385) 陳初生 編纂, 『金文常用字典』, 陝西人民出版社, 2004, 1156쪽 참조.
386) 陳初生 編纂, 『金文常用字典』, 陝西人民出版社, 2004, 1155~1156쪽 참조.

年衛鼎」·𣀊「牆盤」·𣂅「命瓜君壺」 등이다.387) 의미를 살펴보면『금문
상용자전』에서는 '𪾢'자에서 설명하면서 의미는 '意과 통용되는 것으
로서 곧 億이며 十萬은 億이 된다.[旂(祈)無彊(疆)至于萬𪾢(億)年.「命
瓜君壺」]', '사람 이름[𪾢 乍(作)寶簋.「𪾢簋」]' 등이라고 하였다.388)『설
문해자』에서는 '億'자를 "편안하다라는 뜻이다. 人을 의미부로 하고
𪾢이 소리부이다.(安也. 从人𪾢聲.)"라고 하였고 '𪾢'자를 "기뻐하다
라는 뜻이다. 言과 中을 의미부로 한다.(快也. 从言中.)"라고 하여 이
두 글자를 구분하였다. 이와 같이 학자들은 '億'자와 '𪾢'자를 구분하
거나 한 글자로 간주하고 있다. 갑골문과 금문의 형태는 확실히 정립
되지 않았기 때문에 한 글자가 여러 가지 형태를 갖는다. 금문에서 이
두 글자는 형태가 비슷한데『설문해자』에서 서로 구분한 것은 이 두
글자가 본래 서로 다른 글자였거나 혹은 한 글자였으나 후대에 분화되
었을 가능성이 있음을 말해준다.

　『시경』에서 '億'자는 7번 쓰였는데, 의미는 모두 숫자 '억'이다.389)
『서경』에서는 4번 쓰였는데, 공자 이전의 자료에서는 숫자 '억'의 의
미로 1번 쓰였다.390)『논어』에서는 2번 쓰였고, 의미는 '헤아리다', '억

---

387) 古文字詁林編纂委員會 編纂,『古文字詁林』, 上海敎育出版社, 1999~2004, 370,
　　732쪽 참조.「命瓜君壺」는 전국시기의 유물이다.

388) 陳初生 編纂,『金文常用字典』, 陝西人民出版社, 2004, 244쪽 참조.『갑골금
　　문자전』(1993, 184, 587쪽)에서는 '億'자와 '𪾢'자를 구분하였는데, '億'자의
　　의미는 '億萬[旂無疆至于萬意(億)年.「命瓜君壺(令狐君壺)」]'이라고 하였고
　　'𪾢'자의 의미는 '意자의 初文인데, 億萬의 億자로 가차되었으며 數詞이다[祈
　　無疆至于萬𪾢(億)年.「令狐君壺」]', '사람 이름(𪾢 作寶𣪊.「𪾢簋」)' 등이
　　라고 하였다. 이와 같이 이 책에서는「令狐君壺」를 '億'자와 '𪾢'자에서 모두
　　설명하였다.『고문자고림』(상해교육출판사, 1999~2004, 370, 371, 732, 733
　　쪽 참조.) 역시「命瓜君壺」를 '億'자와 '𪾢'자에서 모두 설명하였으나 의미는
　　분석하지 않았다.

389) 춘추 초기의「伐檀」에서 숫자 '억'으로 1번, 서주 중엽 또는 서주 말의「楚茨」
　　에서 2번, 周公 成王 또는 서주 말엽의「文王」과「假樂」에서 각각 1번, 서주
　　초의「豊年」과「載芟」에서 각각 1번씩 쓰였다.

측하다'이다.[391] 이것은 '億'자가 서주시기에는 대체로 숫자 '억'으로
쓰이다가 후대에 다른 의미들이 생겨났을 가능성이 있음을 말해준다.
이와 같이 '億(音)'자는 형태는 '彰(章)'자와 비슷하지만 의미는 관련
성이 없다.

지금까지 살펴본 바에 의하면 '言'·'音'·'信'·'新'·'親'··'業
(羍)'·'商'·'辭'자 등은 갑골문과 금문에서 '辛'자 형태가 있지만
의미는 '辛'자와 관련이 없고 원형 또한 '辛'자와 관련성이 없다. 그
러나 '宰'·'辛'·'辪'·'辟'·'辜'·'皇'자 등은 '辛'자 형태를 가지고
있으면서 의미 역시 '辛'자와 마찬가지로 부정적인 뜻을 내포하고 있
기 때문에 이 글자들은 '辛'자와 관련이 있을 가능성이 있다. 이 글자
들 중에서 '辟'자는 긍정적인 의미가 있고 원형 또한 상서로운 대상
이나 특수한 지위에 있는 사람을 본뜬 것일 가능성이 있기 때문에
'辛'자와의 관련성 여부는 더 많은 관련 자료의 발굴을 필요로 한다.
그리고 앞의 다른 글자들 역시 새로운 자료가 발굴된다면 그 결과에
따라 분석 내용이 바뀔 것이다.

'辛'자는 '章'자와 형태는 비슷한 부분이 있다. 그러나 의미 방면에
서는 '辛'자는 '맵다'로서 고통과 관련있으나 '章'자는 '禮器名', '무
늬', '밝다', '법', '표(表: 본보기)', '법도', '禮文', '드러나다' 등으로
서 고통과 관계있는 의미가 아닌 오히려 고통과 반대되는 '무늬', '밝
다' 등 의미가 있다. 이것으로부터 '章'자는 '辛'자와 비슷한 형태가
있지만 '辛'자와 관련이 없다는 것을 알 수 있다. '億(音)'자 역시 형

---

390) 모두 숫자 '억'으로 쓰였는데, 「泰誓 上 제8장」에서 2번 쓰였고 「泰誓 中 제6
장」에서 1번 쓰였으며, 「洛誥 제4장」에서 1번 쓰였다. 이들 자료는 모두 今文
인데, 「洛誥」는 학자들이 공자 이전의 자료로 간주한다.
391) 「先進 제18장」에서 '헤아리다'로 1번, 「憲問 제33장」에서 '억측하다'로 1번 쓰
였다.

태는 '章'자와 비슷한 부분이 있지만 의미는 '章'자와 연결점을 찾을 수 없기 때문에 이 두 글자는 서로 관련성이 없다. 따라서 글자의 일부분이 비슷하다는 것이 글자가 같은 풍습으로부터 만들어졌다는 것을 의미하는 것은 아니라는 것을 알 수 있다.

(2) '章'字의 원형 결론

필자는 '辛'자의 분석에서 '辛'자가 '章'자와 관련이 없다는 것을 확인하였다. 그렇다면 '章'자에는 어떠한 문화 정보가 간직되어 있는가? 금문에서 '章'자의 의미 중에는 '장(璋)'자와 통용되는 것으로서 玉으로 만든 禮器名이 있다. 여기에서 말하는 '璋'자는 '章'자와 어떤 관계가 있는지 살펴보자.

먼저 '璋'자의 형태를 살펴보면, '璋'자 역시 갑골문에서는 발견되지 않고 있고 금문에서부터 발견되고 있다. 글자의 형태는 𩵋「乙亥簋」・𩵋「𩵋簋」・𩵋「善夫山鼎」・𩵋「子璋鐘」・𩵋「楚王戈」392)・𩵋「陳璋壺」 등393)으로서 금문에서의 '章'자 형태와 같은 것들이 있는데,『금문상용자전』에서는 이른 시기에는 간혹 '玉'을 의미부로 하지 않으며 '章'자와 같다고 하였다.394)

다음으로 의미는 '반쪽 圭[𩵋黃賓(賓)𩵋章(璋)一.「𩵋簋」]', '사람 이름[陳璋內伐匽亳邦之隻(獲).「陳璋壺」]' 등이 있다.395)

---

392)『금문편』(1985, 25쪽)에서는 「楚王畬璋戈」라고 하였다.

393) 陳初生 編纂,『金文常用字典』, 陝西人民出版社, 1987, 44쪽 참조.

394) 陳初生 編纂,『金文常用字典』, 陝西人民出版社, 1987, 44쪽 참조.

395) 陳初生 編纂,『金文常用字典』, 陝西人民出版社, 1987, 44쪽 참조. 방술흠 등의『갑골금문자전』(1993, 24쪽)에서는 글자의 형태에 대해서 별다른 설명을 하지 않고『설문해자』의 설명을 그대로 인용하면서 '章'자를 참고하라고 하였고, 의미는 '옥그릇(𩵋黃賓𩵋章一.「𩵋簋」)', '사람 이름(𩵋孫㫊子子璋.「子璋鐘」)' 등이 있다고 하였다.「𩵋簋」의 '章'을『금문상용자전』에서는 '반쪽 圭'라고 하였

『시경』에서는 5번 쓰였는데, 서주 초기부터 쓰였다.396) 「小雅·斯干」에는 "남자를 낳아서 평상에 재우고 치마를 입히며 璋을 희롱하게 하니 우는 소리가 우렁차 붉은 膝甲이 휘황하여 室家를 소유하며 君王이 되리로다.(乃生男子, 載寢之牀, 載衣之裳, 載弄之璋, 其泣喤喤, 朱芾斯皇, 室家君王.)"라는 시가 있다. 주희의 『집주』에서는 "반쪽 규를 璋이라 한다.(半圭曰璋.)"라고 하였다. 이 시는 남자 아이를 낳으면 장차 군왕이 될 것이므로 이에 걸맞는 잠자리와 옷, 장난감 등으로 키울 것을 읊은 것이다. 따라서 여기에서 말하는 '璋'은 군왕이 될 아기가 가지고 놀기에 적합한 의식에서 사용하는 귀한 물건인 '반쪽 圭'임을 알 수 있다.

『서경』에서는 학자들이 공자 이전의 자료로 간주하는 「周書·顧命 제27장」의 "태보가 同을 받고 내려와 손을 씻고는 딴 同으로 璋을 잡아 술을 따른다.(太保受同, 降盥, 以異同, 秉璋以酢.)"에서 1번 쓰였다. 이 부분은 주나라 성왕의 장례 의식에서 성왕의 뒤를 이을 康王이 사당에서 제사 지내는 것을 묘사한 글이다. 주희의 『집주』에서는 이 예문에 대해서 "太保는 왕이 咤한 同을 받아 堂에서 내려와 손을 씻고는 다시 딴 同을 사용하여 璋을 잡고 술을 따른 것이다. 酢는 報祭(亞獻)이다. 「祭禮」에 '군주가 圭瓚을 잡고 尸에게 술을 따르거든 太宗이 璋瓚을 잡고 아관(亞祼)을 한다.' 하였으니, 報祭는 또한 아관의 類이므로 또한 璋을 잡은 것이다.397)"라고 풀이하였다. 예문에서 말하는 '同'은 「顧命 제23장」에도 있는데, 주희의 『집주』에서는 "同은 술잔 이름이니 제사에서 술을 따르는 것이다.(同, 爵名, 祭

으나, 『갑골금문자전』에서는 '옥그릇'이라고 하여 견해가 다르다.

396) 선왕 때의 「小雅·斯干」에서 1번, 주공 성왕 또는 서주 말엽 때의 「大雅·棫樸」에서 2번, 주공 성왕 때의 「大雅·卷阿」에서 1번, 여왕 때의 「大雅·板」에서 1번 쓰였다.

397) 太保受王所咤之同, 而下堂盥洗, 更用他同, 秉璋以酢, 酢, 報祭也, 祭禮, 君執圭瓚祼尸, 太宗, 執璋瓚亞祼, 報祭, 亦亞祼之類, 故亦秉璋也.

以酌酒者.)"라고 하였다. 따라서 앞에서 예로 든 『서경』의 "딴 同으로 璋을 잡아 술을 따른다.(以異同, 秉璋以酢.)"에서 '璋'은 손잡이가 달린 술을 따르는 禮器로서 제사 의식 등에서 사용하던 기물 중의 하나라는 것을 알 수 있다.

지금까지 살펴본 바와 같이 '章'자와 '璋'자는 금문에서 같은 형태가 있다. 의미를 살펴보면 '章'자는 금문에서는 '禮器名', '사람 이름' 등이 있고 문헌에서는 『시경』에서 '무늬', '밝다', '법', '표(表: 본보기)', '법도', '예문' 등이 있다. '璋'자는 금문에서는 '반쪽 圭', '사람 이름' 등이 있고 『시경』에서는 '반쪽 圭'가 있으며, 『서경』에서는 '禮器名'이 있다. 금문에서 '璋'자에 '玉'자가 덧붙여진 것은 ⁇「子璋鐘」· ⁇「陳璋壺」· ⁇「楚王戈」 등인데, 『고문자류편』에서는 「子璋鐘」은 춘추시기, 「陳璋壺」·「楚王酓璋戈」는 전국시기의 것이라고 하였다. 이것은 '章'자와 '璋'자가 춘추 무렵부터 구분되기 시작하였다는 것을 말해준다. 처음에는 '章'자가 '禮器名'으로 쓰였으나 의미가 분화되면서 다양해졌기 때문에 옥으로 만든 그릇이나 물건이라는 것을 명확하게 나타낼 수 있도록 '玉'자를 첨가한 '璋'자를 만들어 원래 '章'자가 가지고 있던 '禮器名', '반쪽 圭' 등 의미로 사용하고 '章'자는 일반적인 의미로 사용했을 것이다.

서주시기에 '璋'자의 의미는 '반쪽 圭', 의식에서 사용하던 기물의 이름, 즉 '禮器名' 등이 있는데, '璋'자는 무엇의 형태를 본뜬 것일까? 먼저 반쪽 圭에서 圭를 보자. 『이아·釋器 제6』에서는 "璋의 길이가 8寸인 것을 琡이라 한다.(璋大八寸謂之琡.)"라는 구절이 있는데, 진(晉)나라 곽박(郭璞, 276~324)의 주에서는 "장은 반쪽 珪³⁹⁸)를 말한다"³⁹⁹)라고 하였다. 오늘날 사전에서는 '圭'를 '홀, 옥으로 만든 홀

---

398) 圭의 옛 글자(古字)이다.
399) 璋, ⁇珪也.

(위는 뾰족하고 밑은 네모진 옥으로, 천자가 제후를 봉할 때 내리던 信印)'이라고 하였다.[400]

다음으로 '禮器名'을 살펴보자. 『서경』에서의 '璋'을 주희는 별도로 설명하지 않았으나 내용의 설명에서 '璋瓚'이라고 하였다. 오늘날 사전에서는 '璋'을 "구기, 璋으로 자루를 만든 구기이다. 종묘·산천 등의 제사에서 울창주를 따르는 데 쓴다."라고 하였고, '璋瓚'을 "璋으로 자루를 하여 강신제(降神祭)를 지낼 때 사용하는 구기"라고 하였다.[401] 금문에서 '璋'자의 형태는 이 '반쪽 圭(璋)', '璋瓚'과 관련있을까? 만약 관련이 있다면 그것은 무엇일까? 이것은 圭와 반쪽 圭(璋), 璋瓚 등의 형태를 통해 살펴보도록 한다.

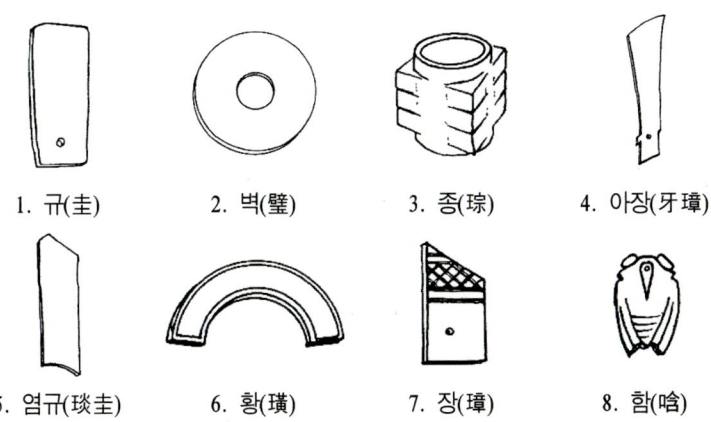

1. 규(圭)   2. 벽(璧)   3. 종(琮)   4. 아장(牙璋)

5. 염규(琰圭)   6. 황(璜)   7. 장(璋)   8. 함(唅)

주나라의 제사와 부장용 옥기(玉器)[404]

400) 이가원 외 監修, 『東亞 漢韓大辭典』, 동아출판사, 1993, 381쪽 참조.
401) 이가원 외 監修, 『東亞 漢韓大辭典』, 동아출판사, 1993, 1148쪽 참조. 주희는 본 책에서 예로 든 『서경·周書·顧命』의 풀이에서 圭瓚도 언급하였다. 오늘 날 사전인 『東亞 漢韓大辭典』(1993, 381쪽 참조.)에서는 圭瓚을 종묘에서 쓰던 옥으로 만든 술그릇이라고 하였는데, 이 책에 수록되어 있는 그림을 보면 형태가 璋瓚과 비슷하다.
402) 마이클 설리번 지음, 최성은·한정희 옮김, 『중국미술사』, 예경, 2005, 37쪽 참조.

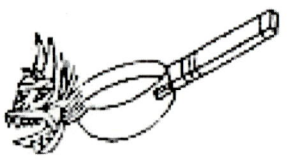

장찬(璋瓚)[405]

〈그림 12〉 각종 玉器와 璋瓚

위 그림을 보면 圭는 넓적한 긴 막대 모양이고 반쪽 圭(璋)는 윗부분의 한쪽이 뾰족한 긴 막대 모양이며, 璋瓚은 돌출된 용머리 조각과 손잡이가 달린 둥근 그릇이다. 먼저 圭와 반쪽 圭(璋)는 긴 막대 모양이기 때문에 금문에서의 '璋'자 형태와 관련짓기에는 무리가 있고 『서경』에서의 '禮器'라는 의미와도 부합하지 않는다. 다음으로 '璋瓚'을 살펴보자. 앞에서 필자는 『서경』의 기록으로부터 '璋'자가 손잡이가 달린 술을 따르는 예기라는 것과 역대 학자들이 『서경』에서 '璋'자를 '璋瓚'이라고 하였다는 것을 검토하였는데, 이것은 서주시기의 '璋瓚' 역시 위 그림과 비슷한 모양이었을 가능성이 있음을 말해준다. 그리고 앞에서 '璋'자는 '章'자와 처음에는 한 글자였음을 살펴보았다. 이러한 문헌의 기록과 학자들의 견해, 금문에서 글자의 형태, 유물 등은 '章'자가 璋瓚을 본뜬 것이라는 것을 말해준다.

그렇다면 고대 중국인들은 위 그림과 같은 모양의 璋瓚을 어떻게 홍·홍·홍·홍·홍 형태의 글자로 만들었을까? 이것은 금문에서 '章'자와 형태가 비슷한 부분이 있는 다른 글자들을 통해 살펴보도록 한다.

'龍'字

'龍'자는 갑골문과 금문에서부터 발견되고 있다.

---

403) 이기원 외 監修, 『東亞 漢韓大辭典』, 농아출판사, 1993, 381, 1148쪽 참조.

갑골문

甲 1632　　　佚 234　　　拾 55　　　前 4. 53. 4　　　前 4. 54. 1　　　甲 3360[404]

금 문

龍母尊　　　昶仲無龍鬲　　　昶仲無龍鬲　　　邵鐘　　　王孫鐘[405]

위 글자의 형태를 살펴보면, 갑골문에서 등은 동물의 형태와 거의 비슷한 반면 등은 동물의 형상이 점차 부호화, 간화되고 있다. 윗부분의 등은 용의 머리이고 등은 몸과 꼬리이다. 금문에서는 등은 용의 머리이고 등은 몸과 꼬리로서 글자의 형태가 점차 정형화되고 있음을 알 수 있다.

갑골문의 형태에 대해서 『갑골문자전』에서는 용의 형태를 본뜬 것인데, 용은 옛 사람들의 상상의 신물이며, 갑골문의 '龍'자는 몇 가지 종류의 동물 형태를 모아 놓은 것에 상상력이 더해져 만들어진 것이라고 본다.[406]

의미는 '天神과 地神, 천지신명, 신의 이름(壬寅卜賓貞若玆不雨帝隹玆邑龍不若王固曰帝隹玆邑龍不若. 「遺 620」)', '龍甲, 은(殷, 상)나라 선조의 시호[407](……卜殼貞御婦好于龍甲. 「戠 8. 12」)', '方國 이

---

404) 中國科學院考古硏究所 編輯, 『甲骨文編』, 中華書局, 1978, 458~459쪽 참조.
405) 陳初生 編纂, 『金文常用字典』, 陝西人民出版社, 2004, 984쪽 참조.
406) 徐中舒 主編, 『甲骨文字典』, 四川辭書出版社, 2003, 1259~1261쪽 참조.
407) 여기에서는 서중서의 견해를 따라 시호라고 하였으나 현재까지는 상나라 때 시

름(王叀龍方伐. 「乙 3797」)', '재앙(……夬貞婦好龍. 「粹 1231」)' 등이
있다.408) 이와 같은 '龍'자의 의미는 상나라 사람들에게 용이 신성한
것 또는 두려움의 대상이었음을 말해준다.

'鳳'·'商'·'辟'·'帝'·'妾'字

'鳳'자는 갑골문에서 형태가 ⿰「粹 830」· ⿰「粹 844」· ⿰「前 4. 43.
1」· ⿰「菁 5. 1」· ⿰「乙 18」 등409)이고 의미는 '神鳥의 이름(于帝史
鳳二犬 「遺 935」)', '風으로 가차되었다.[貞翌丙子其有鳳(風). 「前 4.
43. 1」]' 등이 있다.410) 금문에서 형태는 ⿰「南宮中鼎」이고 의미는
'새 이름[中呼歸(饋)生鳳于王.「中鼎」]'이 있다.411)

'商'자는 본 절의 앞부분에서 살펴본 바와 같이 갑골문에서 형태가
⿰·⿰·⿰·⿰·⿰ 등이고 의미는 '땅 이름, 殷의 왕도', '사람 이
름', '방국 이름' 등이 있다. 금문에서는 ⿰·⿰·⿰·⿰·⿰ 등
형태가 있고 의미는 '成湯이 건설한 나라의 이름', '고대 다섯 가지
음 중의 하나', '賞과 통용된다', '사람 이름' 등이 있다.

'辟'자 역시 본 절의 앞부분에서 살펴본 바와 같이 갑골문에서 형
태는 ⿰·⿰·⿰ 등이고 금문에서는 ⿰·⿰·⿰ 등이다. 의미는 갑골
문에서는 '辟臣', '사람 이름', '宮室의 문인 듯하다' 등이 있고 금문
에서는 '법, 본받다, 법칙', '辟治', '천자, 제후 군왕의 통치', '官長을

호가 있었는지 명확하지 않다. 그러나 본 책에서는 학자들의 견해를 그대로 사
용한다. 상나라의 시호에 대한 자세한 내용은 4장 1절 의미의 확정 중에서 갑
골문과 금문 참조.

408) 徐中舒 主編,『甲骨文字典』, 四川辭書出版社, 2003, 1259~1261쪽 참조.
409) 中國科學阮考古硏究所 編輯,『甲骨文編』, 中華書局, 1978, 188쪽 참조.
410) 徐中舒 主編,『甲骨文字典』, 四川辭書出版社, 2003, 427~428쪽 참조.
411) 四川大學歷史系古文字硏究室 方述鑫 외 編,『甲骨金文字典』, 巴蜀書社, 1993,
302쪽 침조.

가리킨다' 등이 있으며, 『시경』에서는 '군주', '제후', '피하다', '간사하다' 등이 있다.

'帝'자는 갑골문에서 형태가 釆「乙 6406」·釆「甲 1164」[412]·釆「粹 1311」·釆「後 1. 265」·釆「乙 653」등[413]이고, 의미는 '은(상)나라 사람들의 관념 속에 있는 천지신명으로 上帝라고도 한다. 바람과 비, 재앙과 상서로움 및 인간의 禍福을 주재한다.(今二月帝令雨.「鐵 123. 1」)', '은(상)나라 선왕의 칭호(……卜貞翌日……王其又勺……文武帝升 正王受有祐.「前 1. 22. 2」)' 등이다.[414] 금문에서는 釆「印卣」·釆「井庚 簋」·釆「秦公簋」등[415] 형태가 있고, 의미는 '군왕을 가리킨다.[王曰專文 武帝且(祖)乙俎.「印卣」]', '천신 상제를 가리킨다.[其嚴才(在)帝左右.「馭 狄鐘」]', '크다.[其用喜(享)用孝于皇祖帝考.「仲師父鼎」]' 등이 있다.[416]

'妾'자는 갑골문에서 형태가 釆「前 4. 25. 8」·釆「粹 1239」·釆「合 303」등[417]이고, 의미는 '은(상)나라 왕의 배우자이며, 釆(奭), 釆(妻) 자와 쓰임이 같고 혹은 신의 배우자로 쓰였다.(辛丑卜于河妾.「後上 6. 3」)', '쓰임이 母와 같다.[干妾(母)庚.「前 1. 29. 4」]', '재물로 바쳐진 사람(出妾于妣己.「乙 2729」)' 등이 있다.[418] 금문에서는 형태가 釆 「克鼎」·釆「伊簋」등이고,[419] 의미는 '여자 노예[釆(攝)官嗣康宮王 臣妾百工.「伊簋」]'이다.[420]

'妾'자는 어떠한 문화 정보를 간직하고 있을까? 현재까지 발굴된

---

412) 徐中舒 主編, 『甲骨文字典』, 四川辭書出版社, 2003, 7쪽 참조.
413) 劉興隆 著, 『新編甲骨文字典』, 國際文化出版公司, 1993, 7쪽 참조.
414) 徐中舒 主編, 『甲骨文字典』, 四川辭書出版社, 2003, 7쪽 참조.
415) 周法高 主編, 『金文古林(上下)』, 東文選, 1990, 88쪽 참조.
416) 陳初生 編纂, 『金文常用字典』, 陝西人民出版社, 2004, 9~10쪽 참조.
417) 徐中舒 主編, 『甲骨文字典』, 四川辭書出版社, 2003, 230쪽 참조.
418) 徐中舒 主編, 『甲骨文字典』, 四川辭書出版社, 2003, 230쪽 참조.
419) 周法高 主編, 『金文古林(上下)』, 東文選, 1990, 412쪽 참조.
420) 陳初生 編纂, 『金文常用字典』, 陝西人民出版社, 2004, 271쪽 참조.

자료에 의하면 상나라에서는 제사와 건축 의식에서 노예를 동물과 함께 희생으로 바치거나 주인이 죽으면 그 무덤에 순장하기도 하였다. '妾'자가 『甲骨文字典』에서 말한 바와 같이 상나라 때 '은(상)나라 왕의 배우자이며, 爽(爽), 妻(妻)자와 쓰임이 같고 혹은 신의 배우자로 쓰였다.'와 '재물로 바쳐진 사람'이라는 의미가 있었다면, 당시에는 노예 중에서 젊고 아름다운 여자를 골라 정성껏 꾸미서 신에게 재물로 바쳤을 가능성이 있다. 다른 한편으로는 다른 부족에서 잡아오거나 멸망한 부족의 여자 중에서 왕의 마음에 든 사람이 있을 경우에는 그 사람을 상나라 왕의 비로 삼았을 것이고 이 밖에 적당한 사람을 골라 신의 재물로도 이용했을 가능성이 있다. 이때 사람을 신에게 재물로 바치는 것은 곧 신에게 시집보내는 것과 같은 것이라고 볼 수 있기 때문에 신의 배우자와 희생은 같은 의미로 볼 수 있다.

여자를 신에게 재물로 바치는 풍습은 문헌을 통해서도 살펴볼 수 있는데, 『사기·滑稽列傳補』에는 다음과 같은 기록이 있다.

魏文侯時, 西門豹爲鄴令. 豹往到鄴, 會長老, 問之民所疾苦. 長老曰, 苦爲河伯娶婦, 以故貧. 豹問其故, 對曰, 鄴三老廷掾常歲賦斂百姓, 收取其錢得數百萬, 用其二三十萬爲河伯娶婦, 與祝巫共分其餘錢持歸. 當其時, 巫行視小家女好者, 云是當爲河伯婦, 卽娉取. 洗沐之, 爲治新繒綺縠衣, 間居齋戒. 爲治齋宮河上, 張緹絳帷, 女居其中. 爲具牛酒飯食, (行)十餘日. ……鄴吏民大驚恐, 從是以後, 不敢復言爲河伯娶婦.

위나라 문후 때에 서문표가 업(鄴)땅의 슈이 되었다. 서문표가 업에 이르러 장로들을 모아 놓고 백성들의 어려움을 물으니, 장로가 말하기를 "황하의 신 하백에게 아내를 얻어주는 데 시달렸기 때문에 가난합니다." 라고 하였다. 서문표가 그 연유를 물으니 장로가 대답하였다. "업땅의 3老와 정연은 항상 해마다 백성들에게 세를 거두는데 수백만의 돈을 거두어 그 중 이삼십만의 돈은 하백을 장가보내기 위해 쓰고 무당과 함께 그 나머지 돈을 나누어 가지고 돌아갑니다. 그때 무당이 다니면서 가난한 보통

집안의 딸 가운데서 어여쁜 사람을 보고, 이 아이가 마땅히 하백의 아내가 되어야 한다고 말하고는 즉시 폐백을 보내어 아내로 맞이합니다. 그 여자를 목욕시키고 새 무늬가 있는 데다 주름이 잡힌 비단옷을 입혀 편안하게 지내며 심신을 깨끗하게 합니다. 물 위에 齋宮을 차려놓고 붉은 비단 휘장을 치고 여자가 그곳에 있게 합니다.……"……업의 관리와 백성들은 크게 두려워하여 이로부터 이후로 감히 다시는 하백에게 아내를 취해주자고 말하지 못하였다.

위 기록은 비록 상나라와 시기적으로 차이가 많이 나지만 고대에는 신을 달래는 목적으로 사람을 재물로 사용하기도 하였음을 말해준다. 또한 이 『사기·滑稽列傳補』에는 "민간에 전해오는 말에 이르기를 '만약 하백에게 아내를 얻어주지 않으면 큰물이 몰려와 재산을 물에 잠기게 하고 백성들을 물에 빠져 죽게 할 것이다.'라고 하였다(民人俗語曰, 卽不爲河伯娶婦, 水來漂沒, 溺其人民云)."라는 언급이 있는 것으로 보아 훨씬 이전부터 이러한 일이 행해졌음을 알 수 있다. 따라서 갑골문에서의 형태와 의미, 문헌에서의 기록 등으로부터 '妾'자가 신에게 재물로 바쳐진 여인과 관계있을 가능성이 있다는 것을 유추할 수 있다. 그러나 이 글자를 좀 더 명확하게 분석하기 위해서는 앞으로 더 많은 고고학적 유물이 발굴되기를 기다려야 할 것이다.

앞에서 살펴본 바와 같이 이 글자들은 윗부분이 모두 ✲과 ✲·✲(鳳), ✲·✲(商), ✲·✲(辟), ✲·✲(帝), ✲·✲(妾) 등[421] 형태로서 '✲(龍)'자와 비슷한 모양이고, 의미는 모두 '神鳥의 이름', '상왕조의 왕도', '辟臣', '上帝', '은(상)나라 왕의 배우자 또는 神의 배우자', '神의 이름' 등으로서 대부분 상서로운 대상이나 특수한 지위에 있는 사람에 대한 칭호로 쓰였는데, '龍'자 역시 '천신과 지신', '은(상)나라 선조의 시호' 등 의미가 있다. 이것으로부터 상나라 사람

---

421) 앞에 있는 형태가 갑골문이고 뒤에 있는 것이 금문이다.

들은 상서로운 대상이나 특수한 지위에 있는 사람 등을 문자화 할 때 형태를 가지고 표현했음을 추측할 수 있다.

지금까지 검토한 것을 종합해 보면, '龍'자의 윗부분은 갑골문에서 는 등이었는데, 금문에서는 등으로서 형태가 정형화되고 있다. '鳳'자는 갑골문에서 는 형태였으나 금문에서는 형태로서 갑골문에서의 복잡 한 형태와 비슷한데, 현재까지 금문에서는 하나밖에 발견되지 않았으 므로 서주시기의 형태 변화를 명확하게 추측할 수 없다. 그러나 후 대에 · (篆文인데 『설문해자』에 있다.) 형태로 변화되는 것으로 보아 '龍'자와는 다른 변화 과정을 거쳤을 것이라고 생각된다. '商', '辟', '妾'자 등은 갑골문에서는 윗부분의 형태가 (商), (辟), (妾) 등이고, 금문에서는 '(商)'·'(辟)'·'(妾)' 등으로서 이 부분의 형태 변화가 크지 않지만, '帝'자는 갑골문에서는 윗부분의 모양이 · · · 등으로서 여러 가지 형태였으나 금문에서 는 · · 등 형태로 정형화되고 있다. 이와 같이 이 글자 들은 '鳳'자를 제외하고는 금문에서 윗부분의 형태가 비슷한데 이것 은 '章'자와 어떠한 관련이 있을까?

'章'자는 금문에서부터 발견되고 있는데, 글자의 윗부분이 · · · · 등으로서 금문에서 '(龍)'·'(商)'·'(辟)'· '(帝)'·'(妾)'자 등 형태와 비슷하다. 앞에서는 '璋瓚'이 끝 부분에 용의 머리 조각이 있고 손잡이가 달린 예기라는 것을 검토하 였다. 필자는 璋瓚의 앞부분에 있는 용의 형상이 '(章)'자의 윗부분 인 · · · · 등이고 가운데의 둥근 그릇이 글자의 가운 데 부분인 · · · 등이며, 안에 있는 십자(+) 모양의 줄은 그릇 또는 그릇 안에 있는 술이고 맨 아랫부분의 丨·丿·一·丶

등은 손잡이를 본뜬 것이라고 생각한다.

필자는 ⊞ 이 그릇 안에 있는 술이라고 하였는데 이것을 살펴보자. 이것은 갑골문과 금문에서 이 형태가 들어 있는 다른 글자를 가지고 검토하도록 한다. 먼저 '복(鬲)'자는 갑골문에서는 형태가 □「粹 245」・□「佚 925」 등[422])이고 금문에서는 ⊞「鬲父辛爵」・⊞「季□尊」 등[423])이다. 금문의 형태에 대해서 『금문상용자전』에서는 그릇의 형태를 본뜬 것이라고 하였다.[424]) 다음으로 '福'자는 갑골문에서는 형태가 □「佚 775」・□「戬 41. 9」 등[425])이고, 금문에서는 □「井侯簋」・□「曾伯簠」등[426])이다. 갑골문의 형태에 대해서 『갑골문자전』에서는 신 앞에서 술을 넘치게 따르는 형태를 본뜬 것인데, □은 흐르는 것이 있는 술그릇이라고 하였다.[427])

이 두 글자는 금문에서 그릇의 형태가 '鬲'자는 ⊞이고 '福'자는 ⊞으로서 서로 비슷한데, 이러한 형태는 두 글자 모두 상나라 때부터 나타나고 있고 주나라 때는 '福'자에서 다른 형태가 나타나는 경우도 있지만 '福'자 역시 대체로 이 형태이다. 이 두 글자의 이와 같은 특징으로부터 서주시기에는 글자 형태가 어느 정도 정형화되고 있고 상나라 때와는 글자를 표현하는 것이 달랐을 것이기 때문에 '章'자의 ⊞ 은 금문에서 '鬲'자와 '福'자의 그릇 형태가 ⊞(鬲)・⊞(福)인 것처럼 그릇이나 그릇 안에 술이 가득 들어 있는 것을 표현한 것임을 짐작할 수 있다. 이것은 상나라 때는 '豆(豆)'자가 그릇

---

422) 高明 編, 『古文字類編』, 中華書局, 1980, 5쪽 참조.
423) 陳初生 編纂, 『金文常用字典』, 陝西人民出版社, 2004, 598~599쪽 참조.
424) 陳初生 編纂, 『金文常用字典』, 陝西人民出版社, 2004, 598~599쪽 참조.
425) 徐中舒 主編, 『甲骨文字典』, 四川辭書出版社, 2003, 14~16쪽 참조.
426) 陳初生 編纂, 『金文常用字典』, 陝西人民出版社, 2004, 15~16쪽 참조.
427) 徐中舒 主編, 『甲骨文字典』, 四川辭書出版社, 2003, 14~16쪽 참조.

에 음식이 가득한 모양을 본뜬 것이고 '𧧬(福)'자가 술그릇에 술이 넘쳐흐르는 것을 본뜬 것처럼 그릇 안에 무언가가 들어 있는 것을 표현할 때 '묘(豆)'자처럼 가로줄을 가지고 나타내거나 '𧧬(福)'자처럼 십자(+) 또는 엑스자(×), 가로줄이 하나 또는 두 개인 것 등 여러 가지 형태를 가지고 나타냈으나 서주시기에는 대체로 십자 모양으로 나타냈음을 말해준다.

'章'자는 서주시기에 만들어졌기 때문에 술이 담긴 그릇의 모양을 ⊕ 형태로 나타냈을 것이고 글자의 용머리 부분을 금문에서 '龍'자의 용머리 부분인 ☝ · ☝ · ☝ · ☝ · ☝ 등과 비슷한 형태로 만들었을 것이다. 그리고 이것은 '商', '辟', '帝', '妾'자 등이 '章'자와 비슷한 형태를 가지고 있지만 '章'자의 생성과는 관련이 없다는 것을 말해준다.

그렇다면 璋瓚의 재질은 무엇이었을까? 그리고 이것은 '章'자의 의미에 어떠한 영향을 미쳤을까? 상나라 때 유물 중에는 각종 색깔의 옥에다 사람 얼굴, 용, 호랑이, 코끼리, 제비 등 문양을 새긴 佩玉과 비녀 등이 있다. 주나라 때는 귀족들이 청동기와 옥기를 애용하였는데, 당시에는 조상신에 대한 제사가 신성시되었기 때문에 제사 의식과 典禮가 성대하였고 이에 따라 예기가 발달하여 청동기 이외에 圭·璧·璋·琮 등 옥기가 사용되었다. 그런데 '章'자와 '璋'자는 처음에는 '章'자가 구분되지 않고 쓰이다가 후대에 '玉'자를 덧붙인 '璋'자를 만들어 '章'자와 구별하였다. 이것은 처음에는 '璋瓚'이 옥과 청동으로 만들어진 예기였으나 후대에 전체를 옥으로 만들었을 가능성이 있음을 말해준다. 실제로 상나라 때에는 옥으로 된 날에 청동 손잡이가 있는 戈가 있다.

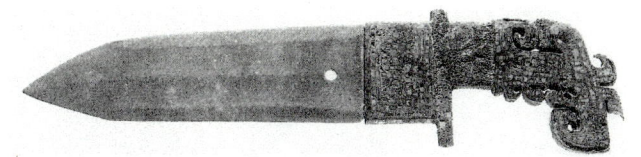

〈그림 13〉玉 원(援) 銅內戈(옥날과 청동 손잡이가 있는 戈) 殷墟婦好墓出土
길이 27.8㎝[424)]

　그러나 다른 한편으로는 '璋瓚'이 처음부터 옥으로 만들어졌을 가
능성도 있다. 결론적으로 '璋瓚'은 <그림13>과 같이 청동과 옥으로
만들어졌거나 <그림 14>의 옥으로 만든 봉황이나 코끼리, 용처럼 전
체가 옥으로 만들어진 예기의 하나였을 것이다. 부식되지 않은 청동
기는 금빛이 나고 화려하며 옥 역시 색깔이 아름다운 데다 용의 머리
가 장식되어 있기 때문에 이것은 대단히 화려하고 아름다우며 신비감
을 주었을 것이다. 오늘날에도 옥그릇이나 옥반지 등은 비록 크기가
작고 별다른 조각을 하지 않았어도 색깔만으로도 아름다운데 다른 정
교한 옥 장식품을 보면 더욱 화려하고 아름답다. 아래는 상나라와 주
나라, 전국시기의 옥 제품들이다.

---

428) 정한덕 編著, 『중국 고고학 연구』, 학연문화사, 2000, 25쪽.

옥봉(玉鳳) **옥상(玉象)**

옥으로 만든 봉황, 길이 13.6cm 옥으로 만든 코끼리, 길이 6cm 높이 3cm

상나라의 옥 제품429)

옥황(玉璜) **옥종(玉琮)**

용 모양을 한 패옥(佩玉) 장식. 옥으로 만든 옥홀. 서옥(瑞玉).

최대 지름 6.5cm 높이 5.5cm

주나라의 옥 제품430)

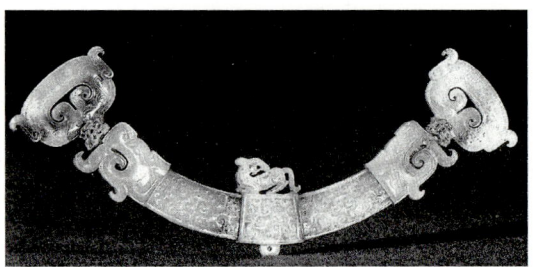

대옥황(大玉璜)

벽옥으로 만든 장식. 길이 20.2cm

전국시기 玉 장식431)

⟨그림 14⟩ 商周·전국시기의 玉 제품

위의 그림을 보면 전국시기는 옥 장식이 대단히 정교하고 아름다운데, 상나라와 서주시기의 옥 장식은 전국시기 만큼 정교하지는 않지만 사물의 특징을 잘 살리고 있고 여기에 옥색의 아름다움이 더해져 투박한 아름다움이 있다. '章'자는 이와 같은 서주시기의 옥공예 기술에 의해 만들어진 예기일 것이다. '章'자에는 『시경』에서 '밝다', '무늬', '법', '표(表: 본보기)', '법도', '예문' 등 의미가 있는데, 이러한 의미들 역시 '章'자가 제사나 기타 의식과 관계가 있고 아름다운 것이었을 가능성이 있음을 뒷받침해 준다. 따라서 필자는 글자의 형태와 의미로부터 '章'자는 여러 가지 의식에 쓰이던 예기인 璋瓚을 본뜬 것이라고 생각한다. 그러나 이 견해 역시 새로운 자료가 발굴된다면 그 자료의 연구 결과에 따라 바뀔 것이다.

2) 본 의

오늘날 '章'자의 의미는 『한어대사전』에서는 27개, 『중문대사전』에서는 30개 등으로서 다양한데, 이것은 본의로부터 파생된 의미가 오랜 세월 동안 변화되고 축적된 결과이다. 현재까지 '章'자는 갑골문에서는 출현하지 않고 있고 서주시기의 금문에서 발견되고 있는데, 형태는 🐝이고, 의미는 '사람 이름', '璋자와 통용되는 것으로서 玉으로 만든 禮器名' 등이 있다. 그리고 『시경』에서는 '무늬', '밝다', '법', '표(表: 본보기)', '법도', '예문(禮文)' 등 의미가 있다. 그렇다면 '章'

---

429) 殷墟 유적지 발굴(BC. 1300~1046). 웨난 著, 심규호·유소영 옮김,『천년의 학술 현안 1』, 일빛, 2003, 203쪽.
430) 풍호(豊鎬) 서주 유적지 발굴(BC 1046~771). 웨난 著, 심규호·유소영 옮김,『천년의 학술 현안 2』, 일빛, 2003, 197쪽.
431) 휘현 고위촌 대묘 발굴(BC 403~221). 웨난 著, 심규호·유소영 옮김,『천년의 학술 현안 2』, 일빛, 2003, 207쪽.

자의 본의는 무엇일까? 필자는 이것을 금문과 『설문해자』, 문헌, 학자들의 견해를 가지고 검토할 것이다.

허신의 『설문해자』에서는 '音'부수에서 설명하고 있다.

> 章, 樂竟爲一章, 从音十. 十, 數之終也.
> 章은 樂이 결국 하나의 장으로 이루어져 있다는 뜻이다. 音과 十을 의미부로 한다. 十은 숫자의 끝이다.

단옥재 주에서는 『설문해자』를 다음과 같이 풀이하고 있다.

> 歌所止曰章. 會意. 諸良切. 十部. 說从十之意.
> 노래가 멈추는 곳을 장이라 한다. 회의자이며 章의 발음은 諸와 良의 반절이고 10부에 속한다. 十을 의미부로 한다는 것을 설명한 것이다.

허신은 금문의 형태를 볼 수 없었으므로 자신이 살았던 한나라 때 '章'자의 실제 쓰임을 토대로 '음악의 악장'이라고 풀이하고 '章'자를 두 부분으로 나누어 윗부분의 '音'과 맨 아랫부분의 '十'을 의미부로 한다고 설명한 것으로 보인다. 단옥재 역시 금문을 볼 수 없었기 때문에 허신의 견해를 그대로 따른 것이라고 생각한다.

그러나 장극화는 '章'자의 의미부는 '辛'이며, '章'은 곧 '彰'자의 본자(本字)이고 본의는 '현저하게 밝다'라고 본다. 그는 『주역·구괘(姤卦)』에서 "만물이 모두 밝아진다(品物咸章)"라고 하였고 注에서는 여기에서의 '章'자를 "章은 밝음이다."라고 풀이한 것과 『의례(儀禮)』에서 '章甫'를 "章은 밝음이다."라고 설명한 것, 『광운(廣韻)』에서 "彰은 밝음이다."라고 한 것 등을 예로 들고 있다. 또한 '辛'자가 들어 있는 글자 중에는 '위에 무늬를 새기다'라는 의미를 가지고 있는 경우가 있으며, 현대 중국어의 圖章, 徽章, 校章, 領章, 勳章, 獎章,

規章 등에서 '章'자는 '현저하게 밝다'라는 기본 의미를 가지고 있다고 하였다.[432] 진초생(陳初生) 역시 '章'자는 금문에서 '辛'을 의미부로 하고, '音'과 '十'을 의미부로하지 않는다고 하였다.[433]

장극화는 『주역·구괘(姤卦)』에 "만물이 모두 밝아진다(品物咸章)"라는 구절이 있다는 것을 근거로 들고 있는데, 이것을 살펴보자. '章'자는 서주 초기의 금문에서부터 발견되고 있기 때문에 '章'자의 본의를 분석하기 위해서는 서주 초기 또는 서주시기의 자료가 적합한데, 장극화가 예로 든 『구괘』는 괘사에 있으므로 서주 초기의 기록이지만, "品物咸章"은 '象曰'의 내용 중 일부분이기 때문에 전국 말기에서 한나라 초기의 자료임을 알 수 있다. 따라서 장극화의 이 견해는 설득력이 부족하다.

다음으로 그는 '辛'자가 들어 있는 글자 중에 '위에 무늬를 새기다'라는 의미를 가진 경우가 있다는 것을 근거로 들고 있다. 『설문해자』의 '辛'부수에는 '辠[법을 어기다라는 뜻이다.(犯灋也.)]'·'辜[법을 어기다라는 뜻이다.(辠也.)]'·'辟[법을 어기다라는 뜻이다.(辠也.)]'·'舜[받지 않는다는 뜻이다.(不受也.)]'·'辭[말하다라는 뜻이다.(說也.)]'자 등이 있는데, 이 글자들의 의미는 모두 '무늬'와 관련이 없다. 오늘날 『東亞漢韓大辭典』의 '辛'부수에는 '무늬'의 의미를 가진 글자로 '반(辬)'자 하나밖에 없으며, 정확한 의미는 '얼룩무늬'이다. 그러나 이 의미는 글자의 일부분인 '文'자의 '무늬'라는 의미에서 영향을 받은 것으로 보인다. 왜냐하면 선진시기와 오늘날 사전에는 '辛'자에 '무늬'라는 의미가 없기 때문이다. 이와 같이 『설문해자』의 '辛'부수에 있는 글자들이 '무늬'와 관계없을 뿐만 아니라 오늘날에도 '辛'부수에는 '무늬'의 의미를 가진 글자가 '반(辬)'자 하나밖에 없는데, 이것을

가지고 '辛'자를 무늬와 관련짓는다는 것은 무리가 있다. 따라서 장극화의 이 견해 역시 설득력이 부족하다.

그는 또한 현대 중국어에서 '章'자가 다른 글자와 결합하였을 때 '밝다'라는 기본 의미를 가진다는 것을 근거로 들고 있다. 그러나 오늘날 의미는 선진시기와 거리가 너무 멀기 때문에 '章'자의 본의와 관련이 있다고 보기에는 무리가 있다.

필자는 원형에서 '章'자가 용머리 조각과 손잡이가 달린 예기의 모양을 본뜬 것임을 검토하였다. '章'자는 금문에서는 '禮器名'으로 쓰였고 문헌에서는 『시경』에서 '무늬', '밝다', '법', '법도', '표(表: 본보기)', '예문' 등 의미가 있다. 필자는 이와 같은 원형, 금문과 문헌에서의 의미로부터 '章'자의 본의는 '禮器名'이라고 생각한다. 『시경』의 '무늬', '밝다', '법', '법도', '표(表: 본보기)', '예문' 등 의미는 본의인 '禮器名'에서 인신되었을 것이다. 즉 '章'자의 원형인 璋瓚은 끝부분에 용의 머리가 조각되어 있고 손잡이가 달린 옥으로 만든 예기로서 대단히 아름다웠기 때문에 '무늬', '밝다'라는 의미가 만들어지고 여러 가지 의식에 쓰이던 禮器에서 '법', '법도', '표(表: 본보기)', '예문' 등 의미가 만들어졌을 것이다.

3) 의미의 확정

'文章'은 '文'자와 '章'자가 결합된 용어이다. '文學'과 마찬가지로 '章'자가 '文'자와 결합하여 '文章'이라는 용어로 쓰이게 된 데는 '文'자의 의미뿐만 아니라 '章'자의 의미 또한 중요한 작용을 하였을 것이다. 왜냐하면 고대 중국인들은 한자의 구조에 대해서 잘 파악하고 있었고 연구하였는데, 그들은 이러한 한자에 대한 지식을 가지고 글자를 만들었을 것이기 때문에 '文章' 역시 '文'자와 '章'자의 특성을 이용하였을 것이다. 따라서 여기에서는 '文'자의 의미 확정과 같은 방법을 사용하여 '章'자의 의미를 확정하도록 한다.

(1) 금문434)

가) '장(璋)'자와 통용되는 것으로서 玉으로 만든 禮器名

　　賞競章(璋).　　　　　　　　　　　　　　　　　　　　　　「競卣」

나) 사람 이름

　　楚王酓章乍(作)曾侯乙宗彝.　　　　　　　　　　　　「楚王酓章鐘」

'章'자와 '璋'자에 대해서는 본 절의 '章'자의 원형 결론 참조.

(2) 詩 經

『시경』에서는 12번 쓰였다.

가) 무늬

① 小雅 六月: 宣王(B.C. 827~B.C. 780)

여기에서 '章'자는 "깃발의 무늬는 새의 무늬이다(織(幟)文鳥章)"에

---

434) 陳初生 編纂, 『金文常用字典』, 陝西人民出版社, 1987, 269쪽 참조. 방술흠 등의 『갑골금문자전』(1993, 200쪽)에서는 '圭璋의 璋으로 쓰였다.[返納菫章(瑾璋). 「頌鼎」]'라고 하였다.

서 '무늬'의 의미로 쓰였다. 자세한 설명은 4장 1절 '文'자의 의미 확정 중에서 『시경』 참조.

② 小雅 大東: 서주 중엽 이후 또는 서주 말기

雖則七襄	비록 일곱 번 자리를 바꾸나
不成報章	**보답해 줄 文章을 이루지 못하여**
睆彼牽牛	반짝이는 저 견우성은
不以服箱	수레에 멍에하지 못하도다
東有啓明	동쪽에 啓明星이 있고
西有長庚	서쪽에 長庚星이 있으며
有捄天畢	굽은 天畢星이 있지만
載施之行	行列에 베풀 뿐이로다

모공의 전에서는 "보답할 章을 이룰 수 없다는 것이다.[435]"라고 풀이하였다.

정현의 전에서는 다음과 같이 해석하였다. "직녀는 베 짜는 명성이 있으나 얽매어 있어(자유롭지 못하여) 서쪽은 있으나 동쪽은 없는지라 사람이 베 짜는 것과 같이 서로 보답할 문장을 이루지 못한 것이다.[436]"

공영달의 전에서는 다음과 같이 풀이하였다. "비록 종일토록 七辰을 헤아리더라도 서쪽은 있으나 동쪽은 없으니 베 짜는 법으로 보답할 문장을 이루지 못한다는 말이다. 베 짤 때는 씨줄을 이용하여 한 번 왔다가 한 번 가니 이는 보답이 돌이켜져 문장을 이룬다는 말이다. 지금 직녀성이 얽매어 있어서 서쪽은 있으나 동쪽은 없으므로 거꾸로 되돌아갈 수 없으니 이는 이름은 있으나 이루어진 것이 없는 것이다.[437]"

---

435) 不能反報成章也.
436) 織女有織名, 爾駕則有西無東, 不如人織, 相反報成文章.

역대 학자들은 '章'자를 별도로 해석하지 않거나 '文章'으로 풀이하였는데, '문장'에는 '무늬'라는 의미가 있고 직녀성은 베짜는 것과 관련있으며, 별자리는 밤하늘을 수놓은 무늬로 볼 수 있으므로 이때 '문장'은 '무늬'라고 생각한다. 이것을 문맥으로부터 살펴보면 위에서 예로 든 부분의 바로 앞에는 "三角으로 있는 저 직녀성은 종일토록 자리를 일곱 번 바꾸도다(跂彼織女, 終日七襄.)"라는 구절이 있고 예문 바로 아래에는 "저 견우성은 수레에 멍에하지 못하도다"라는 구절이 있으므로 이 시는 직녀성과 견우성을 의인화하여 노래한 것이라는 것을 알 수 있다. 따라서 직녀성이 일곱 번 자리를 바꾸어도 보답할 '章'을 이루지 못한다는 것은 직녀가 베를 짜더라도 옷감의 무늬를 만들어내지 못한다는 것으로서 별자리로 얘기하면 보답할 별자리의 형태(무늬)를 이루지 못한다는 뜻이다.

③ 大雅 棫樸: 서주 초에서 중엽 또는 二雅 중에서 가장 빠른 시기이지만 周頌보다는 후대이고 서주 말엽일 가능성도 있다.

倬彼雲漢	큰 저 은하수여
爲章于天	**하늘에 文章이 되었도다**
周王壽考	周王이 천수를 누리시니
遐不作人	어찌 사람을 진작시키지 않겠는가

정현의 전에서는 다음과 같이 설명하였다. "하늘에 있는 운한이 문장을 만드는 것은 천자가 천하에 법도를 만드는 것과 같은 일에 비유할 수 있다.[438]"

주희의 『집주』에서는 "章은 문장이다.[439]"라고 하였다.

---

437) 言雖則終日歷七辰, 有西而無東, 不成織法報反之文章也. 言織之用緯, 一來一去, 是報反成章. 今織女之星, 駕則有西而無東, 不見倒反, 是有名無成也.
438) 雲漢之在天, 其爲文章, 譬猶天子爲法度于天下.

역대 학자들은 여기에서의 '章'자를 '文章'으로 보았다. 운한(雲漢)은 별무리, 즉 은하수를 의미한다. 따라서 여기에서 '章'자는 '문장', 즉 '무늬'이며, "하늘에 '문장'이 되었다(爲章于天)"는 것은 은하수가 하늘의 무늬를 이루었다는 의미라는 것을 알 수 있다.

④ 大雅 棫樸: 서주 초에서 중엽 또는 二雅 중에서 가장 빠른 시기이지만 周頌보다는 후대이고 서주 말엽일 가능성도 있다.

追(퇴)琢其章	잘 다듬은 그 문장이요
金玉其相	금옥 같은 그 바탕이로다
勉勉我王	힘쓰고 힘쓰는 우리 왕이시여
綱紀四方	사방의 綱紀가 되시도다

정현의 전에서는 다음과 같이 풀이하였다. "옥을 잘 다듬어 문장을 이루게 한다는 것은 문왕이 정치를 함에 먼저 마음을 궁구하고 아름답게 하여 예의 뜻에 합치되게 한 연후에 시행한 것을 비유한 것이다.440)"

공영달의 소에서는 다음과 같이 해석하였다. "毛씨는 위에서 문왕의 表章을 말하고 여기에서 또 문장이 있는 일을 말한 것으로 여겼다. 보배로운 물건을 다듬어 그릇을 만드는 까닭에 그 몸체를 조탁하여 문장을 이룰 수 있는 것은 금옥이 본래 질박한 성질이 있기 때문이라는 것을 말한 것이다. 문왕이 그 도를 닦고 꾸며 성스러운 교화를 이룰 수 있었던 것은 본래 심성이 밝고 성스러움이 있기 때문이라는 것을 비유한 것이다. 심성이 밝고 성스러움이 있으므로 닦고 꾸며서 아름다움을 이루는 것이다. 문왕은 성덕이 있어 그 文은 조탁한 것과 같고 그 質은 금옥과 같아서 이 문장으로써 천하를 교화하였으

---

439) 章, 文章也.
440) 追琢玉使成文章, 喩文工爲政, 先以心硏精, 合於禮義, 然後施之.

므로 그것을 탄미한 것을 말한다. 힘쓰고 힘써 善道를 부지런히 행하는 것을 게을리 하지 않은 우리 왕께서는 이 성덕으로써 우리 사방의 백성을 綱紀하고 백성들 위에서 천하를 이치대로 잘 다스릴 수 있었다는 것을 말한다. 정현은 위에서 펼친 정교가 아름다울 수 있다는 뜻이라고 여겼다. 장인은 이 옥을 잘 다듬어 문장을 이룬 후에 그것을 사용하게 하는데, 문왕은 궁구하고 아름답게 한 이 정교를 일으켜 禮義에 합치되면 이것을 밖으로 나타냈으니 백성들이 모두 귀하게 여기고 그것을 사랑하며, 좋아하고 즐겨서 金玉의 보물과 같이 모두 자세히 살펴보고 관찰하였음을 말한다.441)"

또한 공영달의 소에서는 모공의 전을 다음과 같이 풀이하였다. "이 두 구는 서로 대를 이루는데, 章은 文을 이룬 것이고 相은 質을 근본으로 한 것이기 때문에 相은 質이 된다. 왕숙이 말하였다. '문왕이 성덕을 일으키니 그 文은 조탁한 것과 같고 그 質은 금옥과 같다.'442)"

주희의 『집주』에서는 "追는 다듬는 것이다. 金은 雕라고 하고 玉은 琢이라고 한다. 相은 質이다.443)"라고 설명하였다.

역대 학자들은 '章'자를 '文章', '文'이라고 하였다. 정현은 '옥을 잘 다듬어 文章을 이루게 한다'고 하였다. '章'자의 원형에서 살펴보았듯이 중국에서는 이른 시기부터 옥공예가 발달하였는데, 옥공예 장인은 옥을 다듬어 여러 가지 형태를 만들어내기 때문에 정현이 말한

---

441) 毛以爲, 上言文王之表章, 此又說其有文章之事. 言治寶物爲器, 所以可彫琢其體以爲文章者, 以金玉本有其質性故也. 以喩文王所以可修飾其道以爲聖敎者, 由本心性有睿聖故也. 心性有睿聖, 故修飾以成美. 言文王之有聖德, 其文如彫琢, 其質如金玉, 以此文章敎化天下, 故歎美之. 言勉勉然勤行善道不倦之我王, 以此聖德, 綱紀我四方之民, 善其能在民上治理天下. 鄭以爲, 申上政敎可美之意. 言工人追琢此玉, 使其成文章而後用之. 以興文王研精此政敎, 合於禮義, 其出, 民皆貴而愛之, 好而樂之, 如金玉之寶, 其皆視而觀之.

442) 以此二句相對, 章是成文, 則相是本質, 故相爲質也. 王肅云, 以興文王聖德, 其文如彫琢矣, 其質如金玉矣.

443) 追, 雕也. 金曰雕, 玉曰琢, 相, 質也.

'文章'은 '무늬'로 보는 것이 타당하다고 생각한다. 공영달 역시 '文章'이라고 하면서 다른 한편으로는 "'文'은 조탁한 것과 같고 '質'은 금옥과 같다."고 하였다. 이때 '文' 역시 바탕이 되는 금과 옥을 조탁하여 만들어낸 '무늬'를 말한다. 따라서 역대학자들이 말한 '文章'과 '文'은 '무늬'임을 알 수 있다.

⑤ 大雅 韓奕: 宣王(B.C. 827~B.C. 780)

四牡奕奕	四牡가 크고 크니
孔脩且張	심히 키가 크고 또 크도다
韓侯入覲	韓侯가 들어와 뵈니
以其介圭	介圭로써
入覲于王	들어와 왕을 뵙도다
王錫韓侯	왕께서 韓侯에게 물건을 내려주시니
淑旂綏章	**좋은 旂와 綏의 무늬 있는 것과**
簟茀錯衡	화문석으로 만든 가리개와 빛나는 衡과
玄袞赤舄	검은 곤룡포(袞龍袍)와 붉은 신과
鉤膺鏤錫	갈고리와 가슴걸이와 조각한 當盧와
鞹鞃淺幭	털 없는 가죽고삐와 호피로 만든 덮개와
鞗革金厄	가죽고삐와 쇠고리로 묶은 것이로다

정현의 전에서는 다음과 같이 설명하였다. "좋은 깃발은 깃발의 색이 좋은 것이다. 綏(수: 수레 손잡이 줄)[444]는 끌어 당겨 수레에 오르는 것으로써 채색된 무늬가 있다.[445]"

공영달의 소에서는 다음과 같이 해석하였다. "왕이 이에 韓侯에게

---

444) 『동아한한사전』에는 『논어』의 "升車, 必正立執綏"를 예로 들고 있다. 따라서 정현의 견해는 『논어』의 견해를 수용하였거나 綏가 정현이 살았던 때에 수레 손잡이 줄로 사용되었던 데서 비롯된 것으로 보인다.
445) 善旂, 旂之善色者也. 綏, 所引以登車, 有采章也.

아름답고 훌륭한 교룡이 그려진 기를 하사하시니 기의 장대를 세우고 그 위에 또 큰 綏(유: 기 장식)446)를 달아 표장으로 삼았다.447)"

공영달의 소에서는 모형의 전을 다음과 같이 풀이하였다. "『天官·夏采』 주에서 말하였다. '서주는 여름 꿩의 깃털을 조공으로 바쳤는데 우씨가 綏로 만들었다. 후세에는 간혹 염색하지 않은 새의 깃털을 가지고 비슷하게(그런 용도로) 사용하였다. 혹은 깃대 장식의 소꼬리로 그것을 만들어 기 위에 꿰매었으니 이른바 「장대 머리에 깃대 장식을 매달았다.」는 것이다.' 그러한 즉 綏라는 것은 곧 교룡이 그려진 깃대를 세운 것으로서 깃발과 장대가 모두 귀천의 표장이 되므로 '綏章'이라고 말한 것이다. 왕숙이 말한 '章은 표장으로 삼는 바이다.'라는 것이 이것이다.448)"

또한 그는 정현의 전을 다음과 같이 설명하였다. "깃발은 비록 똑같이 교룡을 그려 만들었으나 나쁜 것과 좋은 것이 있으므로 '선기'라고 한 것이다. 좋은 깃발은 걸어서 늘어놓은 것들의 맡겨진 바가 각각 달라 만약에 수가 큰 수이면 기와 함께 한 물건이 된다. 좋은 기는 그것을 겸할 수 있기 때문에 마땅히 거듭 그 무늬를 드러내지 말아야 하므로 傳에서는 간략하게 綏를 수레에 오를 때 끌어당기는 것이라고 하였다. 이는 곧 「소의」에서 이른바 '임금이 타는 수레를 부리는데 마부가 좋은 수레 손잡이 줄을 잡는다.'라는 것이다. 注에서 말한 '좋은 수레 손잡이 줄은 임금의 수레 손잡이 줄이다.'가 이것이다. 이 수는 수레에 오를 때의 줄인데 당연히 채색한 실로 만들었으

---

446) 『동아한한사전』에는 유(綏)와 비슷한 것으로 유란 깃대의 꼭대기에 쇠털을 단 기를 말한다고 하면서 이에 대한 예는 "淑旂綏章"을 들고 있다. 따라서 이 의미는 공영달과 주희의 견해를 수용한 것인 듯하다.

447) 王於是錫賚韓侯以美善所畫交龍之旂, 而建旂之竿, 其上又有大綏以爲表章.

448) 天官夏采注云, 徐州貢夏翟之羽, 有虞氏以爲綏. 後世或無染鳥羽, 象而用之. 或以旄牛尾爲之, 綴於幢上, 所謂注旄於竿首者. 然則綏者, 卽交龍旂竿所建, 與旂共一竿, 爲貴賤之表章, 故云綏章. 王肅云, 章所以爲表章是也.

므로 '綏章'이라고 하며 采章이 있다는 말이다.449)"

주희의 『집주』에서는 "綏章은 새의 깃털을 물들이거나 또는 들소 꼬리로 만들어서 깃대의 머리에 달아 표장으로 삼는 것이다.450)"라고 풀이하였다.

역대 학자들은 '章'자를 별도로 해석하지 않고 문장 속에서 설명을 통하여 '무늬'451), '표장' 등이라고 하였다. 정현은 綏를 수레 손잡이 줄이라고 하였으나 공영달과 주희는 깃대의 머리에 다는 장식이라고 하였다. 이것은 고대 중국에서는 綏가 이 두 가지 의미와 소리(음)로 쓰였기 때문에 나타난 현상일 것이다. 즉 학자들은 자신들의 관점에서 시를 해석하였을 것이고 綏(수 또는 유)자 역시 그들의 시 해석 방향에 따라 다르게 사용되었을 것이다.

오늘날 『동아한한대사전』에는 '表章'에 '표면에 나타내는 일'이라는 의미가 있는데, 공영달과 주희가 말한 내용의 문맥으로 보아 이들이 말한 '表章' 역시 이 의미라는 것을 알 수 있다. 그러나 이 시에서는 왕이 韓侯에게 하사한 물건이 무엇을 의미하는지가 아니라 물건의 모양을 설명하고 있으므로 여기에서 '章'자는 '무늬'라고 보는 것이 타당하다고 생각된다.

---

449) 旂雖同畫交龍而爲之, 有惡有善, 故曰, 善旂. 旂之善者, 以此經所陳, 其事各別, 若綏是大綏, 則共旂一物, 淑旂可以兼之, 不應重出其文, 故易傳以綏爲所引登車者, 卽少儀所謂執君之乘車, 僕者負良綏. 注云, 良綏, 君綏是也. 此綏是升車之索, 當以采絲爲之, 故云, 綏章, 謂有采章也.
450) 綏章, 染鳥羽, 或旄牛尾爲之, 注於旂竿之首, 爲表章者也.
451) 필자는 '采章'에서의 '章'을 '무늬'로 보았다. 이것은 (5) 『좌전』의 '무늬'라는 의미 분석에서의 견해를 따른 것이다. 그리고 위에서 예로 든 주석서의 내용으로 미루어 보았을 때도 여기에서 '采章'의 '章'은 '무늬'라고 보는 것이 타당하다고 생각한다.

나) 밝다

大雅 卷阿: 周公 成王(B.C. 1122~B.C. 1091)

爾土宇昄章	그대 사는 疆土가 크게 밝으니
亦孔之厚矣	또한 심히 후하도다
豈弟君子	豈弟한 君子야
俾爾彌爾性	그대로 하여금 그대의 性命을 잘 마쳐서
百神爾主矣	百神들이 그대를 주인으로 삼게 하리로다

공영달의 소에서는 다음과 같이 풀이하였다. "왕께서 만약 어진 자를 얻어 그와 더불어 다스리고 그로 하여금 백성을 가르치도록 힘쓴다면 너의 토지와 거택의 백성들은 크게 禮法과 文章을 얻을 것이다.[452]"

그는 또한 정현의 전을 다음과 같이 해석하였다. "어진 자가 백성을 기르기 때문에 '土宇는 백성들이 사는 토지와 옥택을 말한다'고 한 것이다. 그들을 가르쳤기 때문에 백성들은 법으로 헤아린 바가 있고, 아래에서 그 은혜를 입었으므로 '왕의 은혜가 또한 매우 두텁다'고 말한 것이다.[453]"

주희의 『집주』에서는 다음과 같이 설명하였다. "昄章은 크게 밝음이다. 혹자는 말하기를 '昄은 마땅히 版이 되어야 하니 版章은 版圖와 같다'고 한다. [454]"

역대 학자들의 견해를 살펴보면, 공영달은 '예법과 문장'이라고 하였고 주희는 '밝다'라고 하였다. 위 시는 공영달의 견해처럼 나라가 잘 다스려짐을 말한 것이라고 생각된다. 그러나 '예법과 문장'은 이것을 포괄

---

452) 勸王若得賢者, 與之爲治, 使之敎民, 則汝之土地居宅之民大得其禮法文章矣.
453) 賢者所以養民, 故土宇, 謂居民以土地屋宅也. 以敎之, 故民有所法則, 而下得其恩, 故云王恩惠亦甚厚.
454) 昄章, 大明也. 或曰, 昄, 當作版, 版章, 猶版圖也.

하기에는 범위가 좁다. 따라서 이때 '章'자는 '밝다'로 보는 것이 타당하다고 생각한다.

다) 법

大雅 假樂: 周公 成王(B.C. 1122~B.C. 1091)

干祿百福	녹을 구하여 百福을 얻은지라
子孫千億	자손이 千이며 億이로다.
穆穆皇皇	공경하고 아름다워
宜君宜王	諸侯에게 마땅하고 天子에게 마땅한지라
不愆不忘	잘못하지 않고 잊지 않아
率由舊章	**옛 法을 따르도다.**

정현의 전에서는 "성왕의 훌륭한 덕행은 과오가 없고 잘못됨이 없어 舊典의 문장을 따라 사용하였으니 주공의 예법을 말한다.[455]"라고 해석하였다.

공영달의 소에서는 다음과 같이 설명하였다. "'循用舊典之文章'은 이것을 이용하여 천하를 다스렸다는 뜻이다. 윗 장에서 말한 '宜民宜人'은 곧 왕께서 정사를 다스림에 舊章을 좇아 이용하고 禮를 제정한 후에 다스렸다는 것이므로 이는 '주공의 예법'임을 알 수 있다. 그 시대의 大典은 비록 새 것을 제정하더라도 舊章을 오래도록 사용한다.[456]"

주희의 『집주』에서는 "舊章은 先王의 禮樂과 政刑이다.[457]"라고 풀이하였다.

---

455) 成王之令德, 不過誤, 不遺失, 循用舊典之文章, 謂周公之禮法.
456) 循用舊典之文章, 是用之以治天下也. 上章言宜民宜人, 則是王已涖政而遵用舊章, 事在制禮之後, 故知是周公之禮法也. 以其一代大典, 雖則新制, 永爲舊章也.
457) 舊章, 先王之禮樂政刑也.

역대 학자들의 견해를 종합해보면, 정현과 공영달은 주공의 禮法이라고 하였고 주희는 선왕의 禮樂과 政刑이라고 하였다. 정현과 공영달이 주공의 예법이라고 한 것은 공자의 영향을 받은 것으로서 공자가 추앙하였던 주공의 통치 방법을 모범으로 여겼기 때문으로 보인다. 주희는 좀 더 객관적인 입장에서 선왕이라고 풀이하고, 넓은 의미에서 禮樂과 政刑이라고 해석한 것이라고 생각된다. 필자는 왕이 나라를 다스리는 데는 여러 가지가 필요하기 때문에 예법보다는 주희가 말한 禮樂과 政刑이 타당하다고 생각한다. 그러나 이것을 포괄할 수 있는 것은 '법'이라고 할 수 있으므로 여기에서의 '章'은 '법'이라고 본다.

라) 표(表: 본보기)

大雅 抑: 厲王(B.C. 878~B.C. 828)

肆皇天弗尙	이러므로 皇天이 가상히 여기지 아니하시니
如彼泉流	저 흐르는 물과 같은지라
無淪胥以亡	빠져서 서로 망하지 않을까
夙興夜寐	일찍 일어나고 밤늦게 자서
灑掃廷內	뜰 안을 물 뿌리고 청소하여
維民之章	**백성의 表가 되며**
脩爾車馬	네 車馬와
弓矢戎兵	활과 화살, 병기들을 수선하여
用戒戎作	병란이 일어날 것을 境界하여
用遏(逷)蠻方	먼 오랑캐에게까지 미칠지어다.

모공의 전에서는 "章은 表이다.[458]"라고 설명하였다.

정현의 전에서는 다음과 같이 해석하였다. "章은 문장 법도이다. 厲

---

458) 章, 表也.

王 때는 정치를 구휼하지 않았으므로 이것으로써 여러 신하, 六卿(掌事)을 경계하였다.459)"

공영달의 소에서는 다음과 같이 풀이하였다. "왕이 이미 악행을 행하니 너는 마땅히 선을 행하여야 하는데 서로 끌어 주고 좇음이 없이 악을 행한다면 모두 멸망할 것이다. 이미 듣지 않고 악행을 행하니 곧 선을 행할 것을 가르쳐서 마땅히 이른 아침이면 일어나고 늦은 저녁에 잠자며, 집안을 물 뿌려 쓸고(청소하고) 부지런히 정사를 행한다면 백성과 더불어 표헌 문장을 이룰 것이다.460)"

그는 또한 모형의 전을 "章은 사람의 위에 있어 表憲이 되므로 表라고 말한 것이다.461)"라고 설명하였고, 정현의 전을 다음과 같이 해석하였다. "傳에서는 表가 되는 뜻을 말하였는데 문장 법도가 있으므로 백성의 表가 될 수 있다는 뜻이다. 백성을 위한 表章이 되도록 경계한 즉 이는 조정 대신을 경계한 것이지 청소하는 사람을 경계하여 땅을 쓸게 하려는 것이 아니다.462)"

주희의 『집주』에서는 "章은 表이다.463)"라고 풀이하였다.

역대 학자들의 견해는 '표', '문장 법도', '표헌 문장', '표헌' 등 다양하다. '表'는 문맥으로 보아 '모범', '본보기'라는 것을 알 수 있으며, 공영달이 말한 '表憲' 역시 '규범', '본보기'라는 뜻으로 볼 수 있다. 정현이 말한 '문장 법도'는 하나의 용어인지 '문장'과 '법도'로 구분하여야 하는지 명확하지 않은데, 그는 아래 『小雅・都人士』에서 '법도문장(法度文章)'이라고 하였다. 이처럼 이 용어들이 '문장 법도'

---

459) 章, 文章法度也. 厲王之時, 不恤政事, 故戒群臣掌事者以此也.
460) 王旣爲惡, 汝當行善, 無相率率爲惡, 皆以滅亡. 旣不聽爲惡, 卽敎之行善, 當侵早而起, 晚夜而寐, 洒埽室庭之內, 勤行政事, 維與民之爲表憲文章.
461) 章者, 在人之上, 爲之表憲, 故云表也.
462) 申傳爲表之義, 以有文章法度, 故得爲民之表也. 戒之使爲民之表章, 則是戒朝廷大臣, 非戒洒埽之人令埽地也.
463) 章, 表.

와 '법도 문장'으로 쓰였다는 것은 '문장 법도'에서 '문장'과 '법도'가 별개의 단어라는 것을 말해준다. 따라서 정현의 '문장 법도'는 '문장'과 '법도'464)라는 것을 알 수 있다. 필자는 선진시기에는 '문장'의 의미에 '무늬', '六藝(六經)', '예악과 법도', '문물제도' 등이 있고 한나라 때는 '무늬', '문장', '법도' 등이 있음을 살펴보았다. 원문의 "일찍 일어나고 밤늦게 자서 뜰 안을 물 뿌리고 청소한다(夙興夜寐, 灑掃廷內)."는 것은 백성의 본보기가 된다는 의미로 볼 수 있기 때문에 여기에서 '문장'은 '예악과 법도' 또는 '법도'라고 할 수 있다. 그러나 원문에서는 "백성의 章이 된다.(維民之章)"라고 하였는데, 이때 章을 '예악과 법도' 또는 '법도'로 본다면 시의 내용에 부합하지 않으므로 이 견해는 무리가 있다. 따라서 여기에서 '章'은 모공과 주희의 견해처럼 '表', 즉 '본보기'라고 보는 것이 타당하다고 생각한다.

마) 법도(法度)

① 小雅 都人士: 서주 중엽 이후 또는 서주 말기

彼都人士   저 王都의 인사여

---

464) 정현(鄭玄, 127~200)은 한나라 때 사람이기 때문에 이 시기 법도에 대해 살펴보자. 왕충의 『논형·非韓 제29장』에는 "三軍의 士를 양성하고 상벌의 명령을 밝게 하며, 형법을 엄히 준수하고 부국강병하는 것, 이것이 법도이다(養三軍之士, 明賞罰之命, 嚴刑峻法, 富國彊兵, 此法度也)."와 "韓非子가 숭상한 것은 법도이다. 사람이 선을 행하면 법도로써 상을 주고 악을 행하면 법도로써 그것을 벌하였다(夫韓子所尙者, 法度也. 人爲善, 法度賞之, 惡, 法度罰之)."라는 기록이 있고, 유향(劉向, B.C. 77~B.C. 6)의 『說苑 卷2』에는 "열사는 의를 알아 그 마음을 잃지 않고⋯⋯사사로움을 버리고 공을 앞세우며 말에는 법도가 있다.⋯⋯(列士者, 知義而不失其心, ⋯⋯去私立公而言有法度.⋯⋯)"라는 기록이 있다. 이것으로부터 한나라 때는 '법도'가 '나라를 다스리는 전반적인 것', 오늘날 말하는 '법', '말을 함에 있어서 조리 있고 예의 있는 것' 등 의미로 쓰였다는 것을 알 수 있다.

狐裘黃黃	여우 갖옷이 누렇고 누렇도다
其容不改	그 용모가 변치 아니하며
出言有章	**말을 냄에 법도가 있으니**
行歸于周	鎬京으로 돌아가거든
萬民所望	萬民이 우러러보던 바였느니라

　정현의 전에서는 "동작과 용모가 이미 법이 있으니 입으로 뱉어 내는 말 또한 법도와 문장이 있는 것이다.[465]"라고 설명하였다.

　주희의 『집주』에서는 "章은 문장이다.[466]"라고 풀이하였다.

　역대 학자들은 '법도와 문장', '문장'이라고 하였다. 앞의 시에서 살펴본 바와 같이 유향은 "말에는 법도가 있다(言有法度)."라고 하였는데, 이것은 한나라 때는 '법도'가 말에도 쓰였음을 말해준다. 본 책에서 필자가 분석한 선진시기와 한나라 때 '문장'의 의미로부터 검토해 보면 이들이 말한 '법도와 문장', '문장'은 말에 대한 것이므로 '법도'로 보는 것이 타당하다. 따라서 필자는 역대 학자들의 견해와 한나라 때 '말'과 '법도'라는 용어의 쓰임 등으로부터 여기에서 '章'자는 '법도'라고 생각한다. 즉 이 부분은 말을 할 때 조리 있고 이치에 맞으며 예의가 있다는 것을 표현한 것으로 보인다.

　② 周頌 載見: 西周 초 武王, 成王, 康王, 昭王

載見辟王	벽왕께 뵈어
日求厥章	**그 法度를 구하니**
龍旂陽陽	용 그린 기가 선명하여
和鈴央央	和와 鈴이 화하게 울리며
鞗革有鶬	고삐에 달린 방울이 화하게 울리니

---

465) 其動作容貌旣有常, 吐口言語又有法度文章.
466) 章, 文章也.

休有烈光　　　아름다워 烈光이 있도다.

정현의 전에서는 "曰求其章은 수레와 의복, 예의의 문장 제도를 구하는 것이다.[467]"라고 설명하였다.

공영달의 소에서는 다음과 같이 풀이하였다. "이것 등은 모두 스스로 그 章을 구할 수 있는 것이니 안으로 몸을 닦아 스스로 수레와 의복, 禮儀의 文章을 구하여 법도를 잃지 않게 하는 것을 말한다. 이러한 연유로 세워진 교룡의 기가 찬란한(양양한) 文章이 있고 수레의 앞 턱 가로 나무에 있는 화와 기 위의 방울이 부드럽게 울리는 소리가 있다. 또 고삐의 가죽을 재갈 머리의 가죽으로 삼아 그 끝은 금속으로 장식하니 소리가 있으면서 아름답다. 이러한 旂, 和, 鈴, 革은 이와 같이 아름답게 치장하여 드러나는 빛이 있어서 스스로 文章을 구할 수 있으므로 아름답지 않은 바가 없다.[468]"

또한 그는 정현의 전을 다음과 같이 설명하였다. "제후가 삼가 법을 받드니 곧 이것은 스스로 그 章을 구하는 것이다. 旂, 鈴은 수레에 있는 물건이므로 수레와 의복, 예의의 문장 제도를 알 수 있다.[469]"

주희의 『집주』에서는 "章은 법도이다.[470]"라고 해석하였다.

역대 학자들은 '문장 제도', '문장', '법도'라고 하였다. '문장'에는 선진시기와 한나라 때 '예악과 법도', '법도' 등 의미가 있다. 그런데 정현과 공영달은 임금께 수레와 의복, 예의의 '문장 제도' 또는 '문장'을 구하는 것이라고 하였으므로 이때 '문장'은 이 의미들 중에서 '법도'가 타당하다고 본다. 정현의 '문장 제도'는 '법도와 제도'로 볼

---

467) 曰求其章者, 求車服禮儀之文章制度也.
468) 此等皆能自求其章, 謂能內脩諸己, 自求車服禮儀文章, 使不失法度. 以此之故, 其所建交龍之旂陽陽然而有文章. 其在軾之和與旂上之鈴, 央央然而有音聲. 又以鞗皮爲轡首之革, 其末以金爲飾, 有鎗然而美. 此旂, 和, 鈴, 革如是休然盛壯而有顯光, 是能自求文章, 故無所不美也.
469) 諸侯謹愼奉法, 卽是自求其章. 旂, 鈴是在車之物, 故知車服禮儀文章制度也.
470) 章, 法度也.

수 있는데, 그는 수레와 의복, 예의에 관한 문장 제도를 구한다고 하였기 때문에 '문장 제도' 역시 '법도'가 합당하다고 생각한다. 따라서 필자는 여기에서의 '章'자를 '법도'라고 생각한다.

바) 예문(禮文)

小雅 裳裳者華: 서주 중엽 이후 또는 서주 말기

裳裳者華	常棣의 꽃이여
芸其黃矣	짙게 누렇도다
我觀之子	내 그대를 만나니
維其有章矣	**그 禮文이 있도다**
維其有章矣	**그 禮文이 있도다**
是以有慶矣	이 때문에 慶事가 있도다

정현의 전에서는 다음과 같이 풀이하였다. "章은 禮文이다. 나는 옛날의 명왕을 볼 수 있었기 때문에 비록 어진 신하는 없으나 그 정치만은 禮文 법도가 있게 할 수 있었다는 것을 말한다. 정치에 예문 법도가 있으니 이것은 곧 나에게 경사스러운 은덕의 영화로움이 있는 것이다.471)"

공영달의 소에서는 다음과 같이 해석하였다. "나는 그대 명왕을 볼 수 있었으니 비록 어진 신하는 없더라도 오직 그 정치만은 예문과 법도의 章이 있게 할 수 있다. 그 정치가 예문과 법도의 章이 있으면 나아가 덕이 있는 자를 등용할 수 있다. 이 때문에 나에게 경사스러운 은덕의 영화로움이 있으므로 내가 얻어 보고자 하는 것이다.472)"

---

471) 章, 禮文也. 言我得見古之明王, 雖無賢臣, 猶能使其政有禮文法度. 政有禮文法度, 是則我有慶賜之榮也.
472) 我得見是子明王, 雖無賢臣, 猶能使其政有禮文法度之章也. 維其政有禮文法

주희의 집주에서는 "章은 문장이니, 문장이 있으면 이 福慶이 있는 것이다.[473])"라고 설명하였다.

위에서 살펴본 바에 의하면, 정현은 '禮文'이라고 하였고 공영달은 章자에 대해 별도의 해석을 하지 않고 '예문과 법도의 章'이라고 하였으며, 주희는 '문장'이라고 하였다. '禮文'이라는 용어를 살펴보면 이 용어는 진한 교체기까지 문헌에서 쓰이지 않았으나, 『순자』에 "예의의 형식(禮義之文)"이라는 구절이 있는 것으로 보아 '禮文'은 이 '예의의 형식'을 의미하는 것이라고 생각된다. 공영달은 정현의 견해를 그대로 수용하고 있기 때문에 그가 말한 '章'은 '예문'임을 알 수 있다. 정현과 공영달은 이 시를 정치적으로 해석하고 있는데, 이것은 『모시서』의 "裳裳者華는 유왕을 풍자한 시이다.(裳裳者華, 刺幽王也.)"라는 견해를 따른 것으로 보인다.

다음으로 주희의 '文章'이라는 견해를 살펴보자. 필자가 분석한 바에 의하면, '문장'의 의미는 '무늬', '문물제도', '六藝(六經)', '예악과 법도'인데, 이 시는 다른 사람을 만났을 때 상대방에 대한 인상을 노래한 것이므로 '예악과 법도'라고 보아야 할 것이다. 지금까지 분석한 학자들의 견해를 종합하면, 여기에서의 '章'자는 '예문', '예악과 법도'이다. 그러나 위 시는 사람의 인상에 대한 것이므로 '예악과 법도' 보다는 '예문(형식적인 예의)'이라고 보는 것이 타당하다고 생각한다. 즉 위 시는 "내 그대를 만나니 예의가 있도다"라는 의미로 해석될 수 있다.

(3) 書經[474])

『서경』에서는 현재까지 모두 공자 이후로 간주하고 있는 부분에서

度之章, 則能進用有德, 是以於我有慶賜之榮矣, 我所以欲得見之也.
473) 章, 文章也. 有文章, 斯有福慶矣.
474) 今文에서 3번 古文에서 1번 쓰였다.

4번 쓰였다.

　　가) 무늬

　　天敍有典, 勅我五典五惇哉. 天秩有禮, 自我五禮有庸哉. 同寅協恭, 和
　　衷哉. 天命有德, **五服五章哉**. 天討有罪, 五刑五用哉. 政事懋哉. 懋哉.
　　하늘이 차례로 펴서 법을 두시니 우리 五典을 바로잡아 다섯 가지를
　　후하게 하시며, 하늘이 차례하여 禮를 두시니 우리 五禮로부터 하여 다섯
　　가지를 떳떳하게 하소서. (君臣이) 공경함을 함께 하고 공손함을 합하여
　　衷을 和하게 하소서. 하늘이 덕이 있는 이에게 명하시거든 **다섯 가지 복
　　식은 다섯 가지 무늬로 하시며 (이것으로 귀천을 나타내시며)**, 하늘이 죄
　　가 있는 이를 토벌하시거든 다섯 가지 형벌은 다섯 가지 등급을 쓰시어
　　(징계하시어) 정사를 힘쓰고 힘쓰소서. 「虞書 皐陶謨 第6章」

　　공안국의 전에서는 다음과 같이 설명하였다. "오복은 천자, 제후,
경, 대부, 사의 의복이다. 귀하고 천한 것의 채색과 무늬가 각각 달랐
으므로 덕이 있는 이에게 명한 것이다.[475]"
　　공영달의 소에서는 다음과 같이 해석하였다. "하늘은 또 아홉 가지
덕이 있는 자를 등용할 것을 명하여 그로 하여금 관에 살게 하고 마
땅히 하늘의 뜻을 이어 다섯 가지 등급의 의복을 제정하여 이 다섯
가지로 하여금 귀하고 천한 것이 드러나 밝게 하였다.[476]"
　　또한 그는 공안국의 전을 다음과 같이 설명하였다. "『상서·익직』
에서 이르기를 '다섯 가지 채색을 가지고 다섯 가지 색을 밝게 써서
옷을 지으니 너의 밝음이다.'라고 하였는데, 이는 천자, 제후, 경, 대
부, 사의 의복이다. 그 '尊卑采章各異'라는 것은 저 전하여 내려온
데서부터 갖춰진 것이다. 하늘이 덕이 있는 자에게 명하여 그가 지위

---

475) 五服, 天子諸侯卿大夫士之服也. 尊卑彩章各異, 所以命有德.
476) 天又命用有九德, 使之居官, 當承天意爲五等之服, 使五者尊卑彰明哉.

에 있게 하고 귀천의 순서가 있도록 명하니 지위에 상하의 구별이 있어 이름을 드러내지 않을 수 없으므로 이것으로써 등급을 매기고 사물을 본떠서 그것을 밝게 한 것이다. 선왕이 다섯 가지 의복을 제정한 것은 귀천을 나타낸 것이다. 의복에는 등급의 차이가 있으므로 귀하고 천한 것을 구별하는 것이다.[477]"

주희의 『집주』에서는 "章은 드러내다이다.[478]"라고 풀이하였다.

주희는 '드러내다'라고 직접적으로 풀이하였으나, 공안국은 '채색과 무늬'라고 하였고 공영달은 '드러나 밝게하다'라고 하여 문맥을 통하여 설명하였다. 공영달과 주희의 '드러나 밝게 하다', '드러내다' 등 의미는 의복의 무늬를 다르게 하여 신분의 등급을 드러냈다는 의미라고 생각한다. 따라서 필자는 "五服五章哉"가 다섯 가지의 의복을 다섯 가지의 서로 다른 채색과 무늬로 만들어 그 신분을 나타낸다는 뜻으로서 이때 '章'자는 '무늬'라고 본다.

　　나) 밝다

　　克明俊德, 以親九族, 九族旣睦, 平章百姓, 百姓昭明, 協和萬邦, 黎民於變時雍.

　　능히 큰 德을 밝혀 九族을 친하게 하시니 九族이 이미 화목하며 **백성을 고루 밝히시니** 백성이 밝으며 萬邦을 합하여 고르게 하시니 黎民들이 아! 변하여 이에 和하였다. 「虞書 堯典 第2章」

공안국의 전에서는 "九族을 교화시켜 평화롭고 밝게 하였다는 것

---

477) 益稷云, 以五采彰施於五色, 作服, 汝明. 是天子諸侯卿大夫士之服也. 其尊卑采章各異, 於彼傳具之. 天命有德, 使之居位, 命有貴賤之倫, 位有上下之異, 不得不立名, 以此等之, 象物以彰之. 先王制爲五服, 所以表貴賤也. 服有等差, 所以別尊卑也.

478) 章, 顯也.

을 말한다.479)"라고 풀이하였다.

공영달의 소에서는 "구족이 교화되어 이미 친목하고 또한 그들로 하여금 백관의 족성에 화합하고 협력하여 드러나 밝게 한 것이다.480)"라고 설명하였다.

또한 공영달의 소에서는 공안국의 전을 다음과 같이 풀이하였다. "위로는 고조에 이르고 아래로는 현손에 미치는 것, 이것이 구족이다. 다같이 高曾으로부터 나왔으니 모두 마땅히 친하여야 하므로 '親'이라고 말한 것이다. ……'백성'은 간혹 천하의 백성을 가리키는데, 아래 구에 '黎民'이 있으므로 '백성'은 곧 백관임을 알 수 있다. 백관을 백성이라 한 것은 『좌전·은공 8년』에 '천자는 덕이 있는 사람을 제후로 세우고 태어난 땅을 따라 (백성에게) 성씨를 하사하였다.'라고 하였는데, 이것은 유덕자를 세워 공경으로 삼아 태어난 땅에 의거하여 성씨를 하사하고 친족을 거두어 스스로 宗主가 되도록 한 것을 말한다. 명왕은 현자에게 벼슬을 내리지 친족에게 벼슬을 내리는 것이 아니기 때문에 '백성'이라고 말한 것이다. 『상서·주관편』에서는 '당과 우는 옛것을 상고하여 관을 세우고 백성을 생각하였다.'라고 하였고, 『상서·대우모』에서는 '백관을 거느리니 제의 기초이다.'라고 하여 이 당과 우 때의 경문에서는 모두 '백관'이라고 하였다. 그러나 『예기·명당위』에서 이르기를 '우씨의 관이 50이다.'라고 하였는데 후세에 기록한 것이 경과 합치되지 않는다. '평장'과 '백성'이라는 文은 구족의 일이 아닌데 傳에서는 이 경의 일을 가지고 문세가 서로 인하여 먼저 구족을 화합하고 이에 백관을 화합한다고 하였기 때문에 '化九族而平和章明'이라고 한 것이다. 구족과 백관은 모두 모름지기 덕과 의로써 이끌고 고루 다스려 화합하게 하며 예법으로 가르쳐 밝게 드러나 밝게 나타나게 하여야 한다는 것이다.481)

---

479) 言化九族而平和章明.
480) 九族蒙化已親睦矣, 又使之和協顯明於百官之族姓.

주희의 『집주』에서는 "章은 밝음이다.[482]"라고 해석하였다.

역대 학자들은 여기에서의 '章'자를 '밝다'로 보고 있는데, 필자는 이들의 견해를 따른다.

다) 드러나다

歲月日時無易, 百穀用成, 乂用明, **俊民用章**, 家用平康.

歲, 月, 日에 때가 바뀜이 없으면 百穀이 풍성하고 다스려짐이 밝아지고 **준걸스런 백성들이 드러나고** 집이 편안해질 것이다. 「周書 洪範 第36章」

공안국의 전에서는 "현명한 신하가 드러나 등용되면 나라가 다스려져 편안해진다.[483]"라고 풀이하였다.

공영달의 소에서는 다음과 같이 설명하였다. "준걸스런 백성이 이것으로 말미암아 드러나면 관의 지위에 있게 된다. 국가가 이것으로 말미암아 평안하면 풍속이 화합한다.[484]"

위 예문 바로 다음 장에는 다음과 같은 내용이 있다.

日月歲時旣易, 百穀用不成, 乂用昏不明, **俊民用微**, 家用不寧.

日, 月, 歲에 때를 잃어 바뀌어지면 백곡이 이루어지지 못하고 다스려

---

481) 上至高祖, 下及玄孫, 是爲九族. 同出高曾, 皆當親之, 故言之親也.……百姓或指天下百姓, 此下句乃有黎民 故知百姓卽百官也. 百官謂之百姓者, 隱八年左傳云, 天子建德, 因生以賜姓. 謂建立有德以爲公卿, 因其所生之地而賜之以爲其姓, 令其收斂族親, 自爲宗主. 明王者任賢不任親, 故以百姓言之. 周官篇云, 唐, 虞稽古, 建官惟百. 大禹謨云, 率百官若帝之初. 是唐, 虞之世經文皆稱百官. 而禮記明堂位云, 有虞氏之官五十, 後世所記不合經也. 平章與百姓其文非九族之事, 傳以此經之事文勢相因, 先化九族, 乃化百官, 故云化九族而平和章明. 謂九族與百官皆須導之以德義, 平理之使之協和, 敎之以禮法, 章顯之使之明著.

482) 章, 明也.

483) 賢臣顯用, 國家平寧.

484) 俊民用此而章, 在官位也. 國家用此而平安, 風俗和也.

짐이 어두워 밝지 못하고 **준걸스런 백성들이 숨어버리고** 집이 편안하지 못할 것이다.「周書 洪範 第37章」

공안국의 전에서는 다음과 같이 풀이하였다. "임금이 권력을 잃으면 권신들이 명령을 마음대로 하여 정치가 어두워지고 현자가 은거하여 국가가 어지러워진다.485)"

공영달의 소에서는 다음과 같이 설명하였다. "준걸스런 백성이 이것으로 말미암아 비천하고 작아져 모두 숨고 달아난다. 국가가 이것으로 말미암아 편안하지 못하여 난세가 된다.486)"

역대 학자들은 '章'은 '드러나다'라고 하였고 '微'는 '은거하다', '숨고 달아나다'라고 하였다. 이 두 문장을 보면, '俊民用章'과 '俊民用微'가 상대적인 의미로 쓰였기 때문에 '章'자가 '微'자와 상대적인 개념으로 쓰였다는 것을 알 수 있다. 따라서 필자는 역대 학자들의 견해를 따라 여기에서 '章'자의 의미를 '드러나다'로 본다.

　라) 법

　　率自中, 無作聰明**亂舊章**, 詳乃視聽, 罔以側言改厥度, 則予一人汝嘉.
　　따르기를 中道로부터 하고, 총명을 일으켜 **옛 법을 어지럽히 말며**, 너의 보고 들음을 상세히 하여 편벽된 말로 법도를 고치지 않으면 나 한 사람이 너를 가상히 여길 것이다.「周書 蔡仲之命 第7章」

공안국의 전에서는 다음과 같이 풀이하였다. "너는 정치를 함에 마땅히 소민의 생활을 편안히 하고 소민의 생업을 이루며 대도와 중도를 따라 써서 감히 총명함을 작게 만들고 의심되는 말을 하여 舊典

---

485) 君失其柄, 權臣擅命, 治闇賢隱, 國家亂.
486) 俊民用此而卑微, 皆隱遁也. 國家用此而不安泰, 時世亂也.

과 文章을 변하게 하고 어지럽히지 말라는 것이다.487)"

주희의 『집주』에서는 "舊章은 선왕이 이루어놓은 법이다.488)"라고 설명하였다.

공안국은 '舊典과 문장'이라고 하고 주희는 '선왕이 이루어 놓은 법'이라고 하였다. 공안국의 '舊典과 문장'에서 '舊典'은 『서경·周書·君牙』에서 쓰였는데, 학자들은 이때 '典'을 '법'으로 보았다. 필자의 분석에 의하면 선진시기 '文章'의 의미에는 '六藝(六經)', '예악과 법도', '문물제도', '무늬' 등이 있는데, 위 예문은 成王이 蔡仲을 제후로 봉하면서 나라를 어떻게 다스려야 하는가에 대해서 말한 것이므로 공안국이 말한 '문장'은 '예악과 법도'로 보는 것이 타당하다. 이러한 분석으로부터 공안국의 '舊典과 문장'은 '옛 법'과 '예악과 법도'라는 것을 알 수 있다. 그런데 위 예문은 나라를 다스리는 것에 대한 것이기 때문에 '舊典과 문장'은 이 두 가지 의미를 아우를 수 있는 넓은 의미의 '법'이라고 생각한다. 주희는 '선왕이 이루어 놓은 법'이라고 하였는데, 이것은 곧 옛 법을 말한다. 따라서 필자는 여기에서 '章'자의 의미를 '법'이라고 본다.

(4) 論語

『논어』에서는 4번 쓰였는데, '文章'에서 2번 쓰였고 禮冠을 의미하는 章甫에서 1번 쓰였으며 '章'자만 단독으로 쓰인 것은 1번이다. 여기에서는 단독으로 쓰인 경우만 분석하고 단어로 쓰인 章甫는 의미 변화 과정에서 검토하도록 한다.

---

487) 汝爲政, 當安小民之居, 成小民之業, 循用大中之道, 無敢爲小聰明, 作異辯, 以變亂舊典文章.
488) 舊章者, 先王之成法.

子在陳, 曰, 歸與. 歸與. 吾黨之小子狂簡, **斐然成章,** 不知所以裁之.

공자께서 陳나라에 계시면서 말씀하셨다. "돌아가자! 돌아가자! 吾黨의 小子들이 뜻은 크나 일에는 소략하여 **찬란하게 文理를 이루었을 뿐이요.** 그것을 마름질할 줄을 모르는구나."「公冶長 第21章」

하안의 주에서는 다음과 같이 설명하였다. "孔씨가 말하였다. '簡' 은 크다는 뜻이다. 공자께서 陳나라에 계실 때 돌아가고자 하는 마음 이 있었으므로 '吾黨의 소자들이 큰 도에 나아감에 뜻은 크나 소략하 여 멋대로 문장을 이루는데 천착하여 마름질할 줄을 알지 못하니 나 는 마땅히 마름질하는 것으로 돌아갈 것이다.'라고 말씀하시고 마침내 돌아갔다.[489]"

형병의 소에서는 다음과 같이 해석하였다. "斐然은 문장의 모양이 다. 내가 돌아가는 것은 내 향당 중에서 후학의 소자 등이 큰 도에 나아감에 멋대로 천착하여 찬란하게 문장을 이루었으나 마름질할 줄 을 알지 못하므로 나는 마땅히 마름질하는 것으로 돌아갈 뿐이라고 말한 것이다. 마침내 돌아갔다.[490]"

주희의 『집주』에서는 "成章은 文理가 성취되어 볼 만함이 있음을 말한다.[491]"라고 풀이하였다.

위에서 살펴본 바와 같이 하안과 형병은 '문장'이라고 하였으나 주 희는 '문리'라고 하였다. 위 예문에서는 공자의 제자들이 공자가 가르 쳤던 학문을 습득하여 그것을 온전히 자신의 것으로 만들었으나 세상 을 교화하지 못하였음을 말한 것으로 보인다. 그러나 배운 것을 비록 크게 쓰지는 못하였으나 성취는 크다고 하였으므로 이것은 곧 '詩·

---

489) 孔曰, 簡, 大也. 孔子在陳, 思歸欲去, 故曰, 吾黨之小子, 狂簡者進取於大道, 妄作穿鑿以成文章, 不知所以裁制, 我當歸以裁之耳. 遂歸.

490) 斐然, 文章貌. 言我所以歸者, 以吾鄉黨之中, 末學之小子等, 進取大道, 妄作 穿鑿, 斐然而成文章, 不知所以裁制, 故我當歸以裁之耳. 遂歸也.

491) 成章, 言其文理成就, 有可觀者.

書・禮・樂・易・春秋’ 등 육경을 배워서 성취를 이룬 것이라고 볼
수 있다.

　필자가 분석한 ‘문장’의 의미에 의하면 하안이 말한 ‘문장’은 문맥
으로 보아 글을 짓는 문학의 의미로 보기는 어려우며, ‘六藝(六經)’,
‘예악과 법도’, ‘법도’ 등 의미로 보아야 할 것이다. 그러나 원문의 내
용은 학문적 성취를 말하므로 이 견해는 무리가 있다.

　주희가 말한 ‘문리’는 선진시기에 ‘꾸미다’, ‘형식과 합리성(문식과
규제)’, ‘사회 질서 그 조리 또는 맥락’ 등 의미로 쓰였다. 문맥으로부
터 살펴보면 이 의미들 중에서 가장 적합한 것은 ‘형식과 합리성(문
식과 규제)’라고 할 수 있는데, 원문의 내용은 학문을 배워 자신의 것
으로 성취한 것이기 때문에 이 의미는 설득력이 부족하다. 그런데 오
늘날에는 ‘文理’에 ‘사물을 깨달아 아는 힘’[492]이라는 의미가 있다. 이
의미가 주희가 살았던 시기에도 쓰였는지 명확하지 않지만 원문의 문
맥으로 보아 이 의미가 타당하다고 생각한다. 따라서 여기에서 ‘章’자
의 의미는 ‘文理’라고 본다.

(5) 좌 전

　『좌전』에서는 모두 68번[493] 쓰였는데, ‘文章’으로 2번[494] 쓰였고
나머지 66번은 ‘章’자만 쓰였다. 여기에서는 ‘章’자가 문학이라는 개
념으로 쓰이는데 영향을 미쳤을 것이라고 판단되는 의미만을 선택하
여 각각 1가지씩 분석하도록 한다.

---

492) 이가원 외 監修,『東亞 漢韓大辭典』, 동아출판사, 1993, 771~772쪽 참조. 여
　　기에서는 ‘문장의 조리(條理)’, ‘사물을 깨달아 아는 힘’, ‘무늬’, ‘문과와 이과’
　　등 의미가 있다고 하였다.
493) 經에서 1번 쓰이고 傳에서 67번 썼다.
494) 모두 傳에서 썼다.

가) 무늬

朝而獻功, 於是有容貌采章嘉淑, 而有加貨, 謀其不免也.

알현하여 세운 공로를 기록해 올리는데, **이에 容貌, 采章, 嘉淑이 있고 정해진 금액 이외의 재화가 있다고 하니,** 이는 면할 수 없는 죄를 면하기 위한 謀策입니다. 「宣公 14년」

두예의 주에서는 "容貌는 威儀와 容顔이다. 采章은 수레와 의복의 文章이다. 嘉淑은 좋은 말로 칭찬하는 것이다.[495]"라고 설명하였다.

공영달의 소에서는 다음과 같이 풀이하였다. "采章은 수레와 의복의 文章으로서 주인이 빈객을 맞을 때 물채와 문장을 진설하는 것을 말한다. 이것은 『周禮』의 수레로 맞이하는 류이다.[496]"

주신의 주에서는 다음과 같이 해석하였다. "현훈(玄纁), 기조(璣組), 우모(羽毛), 치혁(齒革)의 류는 용모를 꾸미는 물건이다. 采는 文章이고, 嘉는 善이고, 淑은 好이다. 만약 대국에 경사스런 일이 있으면 또 정해진 것 이외의 貨物을 더하여 방문한다.[497]"

역대 학자들은 모두 '文章'이라고 하였다. 두예는 容貌, 采章, 嘉淑 등이 '위의와 용안', '수레와 의복의 문장', '좋은 말로 칭찬하는 것' 등이라고 하였으나, 『左氏會箋』에서는 容貌는 용모를 장식하는 물건이고, 采章은 車服과 旌旗 등을 만들어 귀천의 등급을 구별하는 물건이며, 嘉淑은 아름답고 좋은 물건이라고 하였다. 필자는 위 예문이 세운 공로를 기록해 올릴 때의 일이기 때문에 두예의 견해처럼 위의와 용안, 좋은 말로 칭찬하는 것, 수레와 옷의 문장 등으로 볼 수도 있고 다른 한편으로는 『좌씨회전』의 기록처럼 용모를 꾸밀 때의 물

---

495) 容貌, 威儀容顔也. 采章, 車服文章也. 嘉淑, 令辭稱讚也.
496) 采章, 車服文章, 謂主人陳設物采文章以接賓, 周禮車逆之類也.
497) 有玄纁璣組羽毛齒革之類, 以爲容貌之物. 采, 文章, 嘉, 善也, 淑, 好也. 若大國有嘉慶之事, 則又加貨物以聘之.

건, 수레와 옷·旌旗 등을 만들어 귀천을 구분하는 물건, 좋은 물건 등으로 볼 수도 있다고 생각한다. 학자들의 견해로부터 采章은 수레와 옷의 문장 또는 이것으로 귀천을 구분하는 물건 등 의미임을 알 수 있다. 선진시기 '文章'에는 '무늬', '六藝(六經)', '예악과 법도', '문물제도' 등 의미가 있는데, 학자들은 수레와 옷의 문장 또는 이것으로 귀천을 구분하는 물건이라고 하였기 때문에 그들이 말한 '文章'의 의미는 '무늬'라는 것을 알 수 있다. 따라서 필자는 여기에서 '章'자의 의미를 '무늬'라고 생각한다.

나) 밝다

> 今玆火出而章, 必火入而伏,
> **금년에 큰 화성이 출현하자 그것이 밝아졌는데** 반드시 큰 화성이 들어가면 (그것도) 어두워질 것이다. 「昭公 17년」

공영달의 소에서는 다음과 같이 해석하였다. "올해 화성이 출현하자 혜성이 밝아졌다. 이것은 혜성이 점점 더하고 자라난 것으로서 곧 소멸되지 않고 반드시 화성이 들어갈 때 화성과 함께 사라질 것이다.[498]"

양백준의 주에서는 "금년에 큰 화성이 출현하자 혜성이 더욱 밝아졌다.[499]"라고 설명하였다.

역대 학자들은 모두 '밝다'로 해석하였는데, 필자는 이들의 견해를 따른다.

---

498) 今年火星之出, 而彗星章明, 是彗漸益長, 未卽消滅, 必當火入之時, 與火俱伏也.
499) 今年大火星出而彗星更明亮.

다) 드러내다

秋, 哀姜至, 公使宗婦覿, 用幣, 非禮也. 御孫曰, 男贄, 大者玉帛, 小者
禽鳥, **以章物也.** 女贄, 不過榛栗棗脩, 以告虔也.……

　　가을에 哀姜이 魯나라로 오자, 莊公이 宗婦들에게 哀姜을 알현할 때
폐백을 올리게 하였으니 禮가 아니다. 御孫이 말하기를 "남자의 폐백은
신분이 존귀한 자는 玉帛으로 하고 신분이 낮은 자는 禽鳥로 하여 **물건
으로 신분의 귀천을 드러내고,** 여자의 폐백은 개암, 밤, 대추, 마른 고기를
사용하여 정성을 표시할 뿐이다.……"「莊公 24년」

　　두예의 주에서는 "가지고 간 물건을 드러내 보여 귀천을 구별한다
는 것이다.[500]"라고 풀이하였다.

　　임요수는 다음과 같이 설명하였다. "염소를 사용하는 것은 무리를
이루어 그 무리를 잃지 않는 점을 취한 것이고, 기러기를 사용하는
것은 때를 기다려 가는 점을 취한 것이고, 꿩을 사용하는 것은 절개
를 지켜 죽어도 절개를 잃지 않는 점을 취한 것이다.[501]"

　　양백준의 주에서는 다음과 같이 해석하였다. "여기에서의 章物은 「隱
公 5년」 傳의 '取材以章物采謂之物'에서 '章物采'와 다르다. 이것은
각각의 사람이 가지고 있는 물건의 류가 다르기 때문에 귀천의 차이
가 드러나는 것이다. 『楊寬・古史新探』에서는 '서주시기부터 춘추시
기 사이에는 귀족들이 거행하는 폐백을 가지고 알현하는 禮 중에서 폐
백은 실제로 바로 일종의 신분증이었으며 게다가 徽章의 작용도 갖추
고 있었다. 그것은 단지 찾아온 빈객의 신분을 표시할 뿐만 아니라
귀천을 식별하고 아울러 귀족의 등급을 나타내는 標誌로 쓰였다.'고

---

500) 章所執之物, 別貴賤.
501) 羔取其群而不失其類, 鴈取其時('時'는 『左傳杜林合注』本에 의거한 것이고 대
　　본에는 '侯'로 되어 있다. ―정태현 역주, 『역주 춘추좌씨전 1권』, 전통문화연
　　구회, 2002, 440쪽 참조.)而行, 雉取其守介而死不失其節.

하였다. 이것이 곧 '章物'의 의미이다.502)"

두예는 '구별하다'라고 하였고 양백준은 '드러내다'로 보는데, 필자
는 양백준의 견해를 따르면서 다음과 같이 보충한다. "以章物也" 바
로 앞에서는 "남자의 폐백은 신분이 존귀한 자는 玉帛으로 하고 신
분이 낮은 자는 禽鳥로 한다.(男贄, 大者玉帛, 小者禽鳥.)"라고 하였
기 때문에 당시에는 신분에 따라 폐백의 종류가 달랐음을 알 수 있
다. 또한 당시에는 수레나 의복, 기물 등으로도 신분을 나타냈는데 우
리나라에서도 불과 100년 전인 조선시대까지만 해도 이와 같았다. 오
늘날에도 이러한 현상이 있으나, 고대와는 달리 의복으로 신분을 구
분하는 것은 군대나 종교 단체 등 극히 일부분이고 보통 사람들은 신
분의 구분이 없으며 단지 돈이나 권력, 명예 등을 가진 사람과 그렇
지 못한 사람이 있을 뿐이다. 그리고 이러한 것들을 갖고자 하는 욕
망은 사람에 따라 다르다.

라) 전장(典章: 법)

> 請隧, 弗許曰, 王章也. 未有代德而有二王, 亦叔父之所惡也.
> 晉文公이 隧葬을 청하자, 周襄王이 허락하지 않으며 말하였다. "이는
> 왕의 典章(법)이다. 주나라의 덕을 대신할 자가 나타나지도 않았는데 두
> 왕이 있는 것은 叔父도 싫어할 것이다."「僖公 25년」

두예의 주에서는 "왕은 제후와 다르다는 것을 드러낸 것이다.503)"
라고 설명하였다.

---

502) 章物與「隱五年」傳"取材以章物采謂之物"之"章物采"不同. 此由各人所執之物
類不同而顯示其貴賤等差. 『楊寬·古史新探』謂 "在西周, 春秋間貴族擧行的
贄見禮中, 贄實際上就是一種身份證, 而且具有徽章的作用. 它不僅用來表示
來賓的身份, 用來識別貴賤, 並用作貴族中等級的標誌", 卽此'章物'之義.
503) 章, 顯王者與諸侯異.

양백준의 주에서는 다음과 같이 풀이하였다. "章은 곧 典章制度의 章이다. 『시경·대아·假樂』편의 '率由舊章'과 「哀公 3年」 傳의 '舊章不可忘也'에 있는 모든 章자는 모두 이 의미이다. 오늘날 말하는 '章程' 또한 이 의미가 인신된 것이다.504)"

역대 학자들은 '章'자를 별도로 설명하지 않거나 '典章制度의 章'이라고 하였다. 두예의 주에서는 "請隧, 弗許"를 "땅에 굴을 파서 통로를 만드는 것을 '隧'라 하는데, 이것은 왕의 장례이다. 제후는 모두 널을 매달아 하관한다.505)"라고 하였는데, 이것으로부터 고대 중국에서는 왕과 제후의 장례 절차와 규모가 달랐음을 알 수 있다. 위 예문의 내용은 진나라 문공이 주나라 양왕에게 죽은 太叔을 천자의 禮로 장례지내 줄 것을 청하였으나 주 양왕이 이는 왕의 장례법이므로 허락하지 않은 것이다. 따라서 여기에서 '章'자의 의미는 장례법을 포함한 여러 가지 것을 아우를 수 있는 '典章(법)'이 타당하다고 생각한다.

마) 공(功)

夫武, 禁暴戢兵保大定功安民和衆豐財者也. 故使子孫無忘其章.
武라는 것은 폭악을 금지하고, 전쟁을 그치고, 천하를 保有하고, 공을 세우고, 백성을 안정시키고, 제후를 화목하게 하고, 재물을 풍족하게 하는 것이다. **그러므로 자손으로 하여금 그 功을 잊지 않게 하는 것이다.**「宣公 12년」

두예의 주에서는 "篇章에 드러내어 자손으로 하여금 잊지 않게 한 것이다.506)"라고 풀이하였다.

---

504) 章卽典章制度之章, 詩大雅假樂"率由舊章", 哀3年傳"舊章不可忘也", 諸章字皆此義, 今曰章程, 亦此義之引申.
505) 闕地通路曰隧, 王之葬禮也. 諸侯皆縣柩而下.
506) 著之篇章, 使子孫不忘.

공영달의 소에서는 다음과 같이 설명하였다. "두예는 '不忘其章'이 자손들이 윗부분에 있는 4편의 시를 잊지 않는다는 말이기 때문에 '篇章에 드러내어 자손으로 하여금 잊지 않게 한 것이다.'라고 말한 것이다. 반드시 알면서 그러한 것으로 문을 '武王克商作「頌」'의 뒤에 이어서 문이 4편의 詩義를 연결하였으므로 篇章에 드러났다고 여긴 것이다. 劉炫은 '7가지 덕이 있으므로 자손들이 功業을 드러내어 잊지 않은 것이다.'라고 하였는데 아래 문의 '京觀'을 제멋대로 취하여 武功을 드러내어 잊지 않는 것으로 여기고 두예가 잘못한 것을 바로잡았으니 잘못된 것이다.[507]"

양백준의 주에서는 다음과 같이 해석하였다. "王念孫은 말하였다. '무릇 공이 드러난 것을 章이라 한다.「魯語」에서 말하기를 <오늘 한 마디 말로 경계를 명백히 하니 그 공이 크다.>고 하였고「晉語」에서 말하기를 <덕으로써 백성을 다스리니 그 공이 크다.>고 하였는데, 의미가 이 '章'자와 같다. '使子孫無忘其章'은 곧 윗 문장에서 말한 <자손에게 보여 武功을 잊지 않게 한다.>는 것이다.'[508]"

위에서 살펴본 바와 같이 역대 학자들은 여기에서 '章'자를 '篇章', '武功', '功' 등이라고 하였다. 두예와 공영달이 말한 '篇章'을 살펴보자. 위 예문은 楚子가 반당(潘黨)의 "君王께서는 어찌 武軍을 축조해 晉나라 군사들의 시체를 수습하여 京觀을 만들지 않습니까? 신이 듣건대 적을 이기면 반드시 자손에게 보여 武功을 잊지 않게 한다고 합니다.[509]"라는 말에 대한 대답 중 일부이다. 楚子는 이 예문의 앞

---

507) 杜以不忘其章, 謂子孫不忘上四篇之詩, 故云著之篇章, 使子孫不忘. 必知然者, 以文承武王克商作頌之後, 文連四篇詩義, 故以爲著之篇章. 劉炫云, 能有七德, 故子孫不忘章明功業. 橫取下文京觀爲無忘其章明武功, 以規杜失, 非也.

508) 王念孫云, "凡功之顯著者謂之章.「魯語」曰, '今一言而辟境, 其章大矣.'「晉語」曰, '以德紀民, 其章大矣.' 義與此章字同. '使子孫無忘其章', 卽上文所云 '示子孫以無忘武功.'"

509) 君盍築武軍而收晉尸以爲京觀. 臣聞克敵, 必示子孫, 以無忘武功.

부분에서 武王이 상나라를 이기고 『武』를 짓고 몇 개의 章에서 자신이 공을 세운 것을 기록하였다고 하였는데, 두예와 공영달은 이 때문에 '章'자를 '篇章'으로 본 것이라고 생각된다. 그러나 원문의 내용은 '武力'의 좋은 점을 자손들이 잊지 않도록 해야 한다는 것이므로 이 견해는 무리가 있다. '武功'과 '功'이라는 의미를 살펴보면 위 예문에서는 "故使子孫無忘其章" 앞에서 '武王'의 功과 '武'의 좋은 점에 대해 설명하고 있으므로 여기에서의 '章'자는 '武功'보다는 '功'이라고 보는 것이 타당하다고 생각한다.

　　바) 편장(篇章)

　　故君子曰, 春秋之稱, 微而顯, 志而晦, **婉而成章**, 盡而不汚, 懲惡而勸善, 非聖人, 誰能修之.
　　그러므로 군자가 말하였다. "『춘추』의 기록은 은미하되 뜻은 드러나고, 사실을 서술하되 뜻은 은미하고, **완곡하게 기록하되 篇章을 이루고,** 사실을 기록하되 왜곡하지 않고, 악을 징계하고 선을 권장한 것이니, 성인이 아니면 누가 이렇게 편수할 수 있었겠는가?"「成公 14」

　　두예의 주에서는 다음과 같이 풀이하였다. "婉은 曲이다. 文辭를 완곡하게 하여 피휘한 바가 있는 것은 大順의 도리를 보여 篇章을 이루었다는 말이다.510)"
　　양백준의 주에서는 "은근하고 완곡하게 표현하였으나 大順의 도리가 章을 이루었다.511)"라고 설명하였다.
　　두예의 「春秋左氏傳序」에는 다음과 같은 설명이 있다.

---

510) 婉, 曲也. 謂屈曲其辭, 有所辟諱, 以示大順, 而成篇章.
511) 表達婉轉屈曲, 但順理成章.

三曰, **婉而成章**, 曲從義訓, 以示大順, 諸所諱辟, 璧假許田之類, 是也.
셋째는 **완곡하게 기술하였으나 篇章을 이룬 것**으로 文辭를 완곡하게
기술하여 義訓을 따라 大順의 도리를 보인 것이니, 모든 諱避와 "璧을
주고 許田을 빌렸다."는 류가 이것이다.

주신의 주에서는 "婉而成章"을 "文辭를 완곡하게 기술하여 篇과
章을 이루었다.[512]"라고 해석하였고, "曲從義訓, 以示大順"은 "완곡
하고 자세하게 기술하여 義訓을 따른 것이 이른바 婉이고, 대순의 도
리를 보인 것이 이른바 成章이다.[513]"라고 풀이하였다.

그는 또한 이 문장 끝에서 다음과 같이 설명하였다. "모든 諱避와
許田의 일을 인용해 '婉而成章'의 설을 증명하였다. 『춘추』에는 나라
의 악을 諱하는 것을 禮로 여겨 그 일을 숨기고 사실대로 기록하지
않은 경우가 많기 때문에 '모든(諸)'이라는 말로 전체를 묶은 것이다.
「桓公 元年」 經에 '鄭伯이 璧을 얹어 주고서 許田을 빌렸다.'라고
하였는데, 그 傳에서는 '周公과 祊 때문이었다.'고 해석하였다. 許田
은 魯나라의 朝宿邑이므로 그 곳에 周公의 別廟를 세웠고, 祊田은
鄭나라의 湯沐邑인데, 이 두 邑은 모두 천자가 하사한 邑이다. (許田
은 鄭나라 가까이에 있고 祊은 魯나라 영역 안에 있으므로) 鄭伯은
地勢의 편의에 따라 두 읍을 서로 교환하고서 魯나라를 대신해 周公
의 제사를 지내고자 하였다. 그러나 祊田이 許田에 비해 작아서 허락
하지 않았기 때문에 璧을 더 얹어 주고서 교환한 것이다. 그러나 魯
나라는 鄭나라가 周公을 제사지내는 것을 허락해서는 안 되고, 또 천
자가 내리고 대대로 지켜온 읍을 桓公이 멋대로 祊田과 교환해서도
안 된다. 그러므로 『춘추』에 그 사실을 숨기고 다만 '璧假許田'이라
고만 기록하여, 마치 璧을 주고서 許田을 임시로 빌린 것이지 영원히

---

512) 婉曲其辭, 以成章篇.
513) 屈曲回互, 從其義訓, 所謂婉也. 以示其道之大順, 所謂成章也.

바꾼 것이 아닌 것처럼 썼다. 이것이 모두 文辭를 완곡하게 기술하여 大順의 도리를 보인 것으로 이른바 '婉而成章'이다.514)"

앞에서 제시한 원문은 『춘추』의 기록이 우수함을 설명한 글인데, 역대 학자들은 대체로 '篇章'이라고 하였으나 별도로 해석하지 않은 경우도 있다. 두예는 '婉而成章'의 설명에서는 '大順의 도리를 보여 篇章을 이루었다.'고 하였으나 「춘추좌전서」에서는 '章'자에 대해서 별도로 설명하지 않았다. 주신은 「춘추좌전서」의 주에서 두예의 견해를 그대로 따랐고, 양백준은 두예의 견해를 따랐으나 '章'자에 대해서 별도로 해석하지 않았다. 두예의 「춘추좌전서」와 이에 대한 주신의 주를 보면 '章'자는 '篇章'이고 이 속에는 '大順의 도리를 보인 것'이라는 의미가 내포되어 있다는 것을 알 수 있다. 따라서 필자는 이들의 견해를 따라 여기에서의 '章'자는 '篇章'이라고 생각한다. 실제로 『좌전』에는 '章'자가 '篇章'으로 쓰였는데, 예를 들면 "子家가 『詩經·載馳』의 4章을 읊으니 文子가 『詩經·采薇』 4章을 읊었다.(子家賦載馳之四章, 文子賦采薇之四章. 「文公 13년」)"라는 기록이 있다. 이것으로부터 '章'자는 전국 무렵부터 '篇章'으로 쓰였음을 알 수 있다.

사) 조리(條理)

故君子在位可畏,……德行可象, 聲氣可樂, 動作有文, **言語有章**, 以臨其下, 謂之有威儀也.

그러므로 군자는 지위에 있는 모습이 사람들이 경외할 만하고……덕행은 사람들의 본보기가 될 만하고 음성은 사람들을 즐겁게 할 만하며 동작

---

514) 引諸諱避及許田事, 以證婉而成章之說. 春秋以諱國惡爲禮, 多有諱避而不直述其事者, 故言諸以摠之也. 桓公元年經曰, 鄭伯以璧假許田, 傳釋之曰, 爲周公祊故也. 蓋許田是魯國朝宿之邑, 因創周公別廟焉. 祊田, 是鄭國湯沐之邑, 二者皆天子所賜也. 鄭伯因地勢之便, 欲兩相易, 而代魯祀周公, 而祊田之薄, 不足當許, 故加璧以易之, 然魯不宜聽鄭祀周公, 又不宜擅易祊田, 春秋諱之, 但書璧假許田, 若進璧以假用, 非久易也. 此皆委曲以示大順, 所謂婉而成章也.

은 우아하고 **언어는 조리가 있었다.** 이런 것들을 가지고 아랫사람을 다스렸기 때문에 威儀가 있다고 한 것이다.……「襄公 31년」

양백준의 주에서는 "'有章'은 오늘날 말하는 條理가 있다는 것과 같다.515)"라고 풀이하였다.

양백준은 '章'자를 조리가 있다라고 설명하였는데, 이 문장은 군자의 몸과 마음 가짐, 언행 등에 대한 것이다. 따라서 양백준의 견해와 같이 말이란 조리가 있어야 하기 때문에 여기에서의 '章'자는 '조리'라고 보는 것이 타당하다고 생각한다.

4) 의미 변화 과정과 '文章'이라는 용어의 생성

본 절의 의미 확정에서는 현재까지 '章'자가 갑골문에서는 발견되지 않았고, 금문에서 '사람 이름', '玉으로 만든 禮器名' 등으로 쓰였다는 것을 검토하였다. 『시경』에서는 12번 쓰였는데, 서주 초기의 자료에서는 '밝다', '법', '법도' 등 의미로 쓰였고 '표(表: 본보기)', '예문(禮文)' 등 의미는 서주 중엽 이후의 작품에 쓰였다는 것을 살펴보았다. '무늬'라는 의미는 학자들에 따라 서주 초 또는 서주 말엽이라고 간주되는 작품과 서주 말의 작품에 쓰였다는 것을 검토하였는데, 이것은 이 의미가 서주 초기부터 쓰였을 가능성이 있음을 말해준다. 이와 같이 금문과 『시경』의 의미가 다르게 나타나는 것은 용도의 차이에서 기인한 것이라고 생각된다. 2장에서 언급했듯이 금문은 상나라 때는 씨족표지나 제사에서 쓰였고 주나라 때는 천자를 비롯한 제후들의 신분을 상징하는 것으로 쓰였기 때문에 의미가 제한적이었으나, 『시경』은 사람의 감정을 읊는 시이기 때문에 당시에 쓰이던 다양한

515) 有章猶今言有條理.

의미가 쓰였을 것이다.

『서경』에서는 공자 이후의 자료에서 4번 쓰였고, 의미는 '무늬', '밝다', '드러나다', '법' 등이 있다는 것을 검토하였다. 『논어』에서는 모두 4번 쓰였다. 그러나 '文章'에서 2번 쓰였고 '章'자만 단독으로 쓰인 것은 2번인데, 1번은 '文理'라는 의미로 쓰이고 1번은 '禮冠'을 뜻하는 '章甫'로 쓰였다. '文理'라는 의미는 의미 확정에서 분석하였으므로 여기에서는 '章甫'로 쓰인 경우를 살펴보자.

> 赤, 爾何如. 對曰, 非曰能之, 願學焉. 宗廟之事, 如會同, **端章甫**, 願爲小相焉.
>
> "赤아 너는 어떻게 하겠느냐?" 하시자, 다음과 같이 대답하였다. "제가 능하다는 말이 아니오라, 배우기를 원합니다. 宗廟의 일과 또는 諸侯들이 會同할 때에 **玄端服을 입고 章甫冠을 쓰고** 작은 執禮者가 되기를 원하옵니다." 「先進 第25章」

하안의 주에서는 "端은 현단이라는 뜻이다. 옷을 玄端이라 하고 관을 章甫라고 하는데, 제후가 날마다 조회에 나갈 때 입는 옷이다.[516]"라고 설명하였다.

형병의 소에서는 다음과 같이 풀이하였다. "'對曰, 非曰能之, 願學焉. 宗廟之事, 如會同, 端章甫, 願爲小相焉.' 이것은 赤의 뜻이다. ……종묘의 제사를 지내는 일 또는 제후의 회동이 있으면 제후는 의복은 玄端을 입고 관은 章甫를 쓰는데 날마다 조회에서 뵈올 때는 낮은 신하가 되어 임금을 돕는 예를 행하기를 원한다는 것이다.[517]"

주희의 『집주』에서는 "章甫는 禮冠이다.[518]"라고 하였다.

---

516) 端, 玄端也. 衣玄端, 冠章甫, 諸侯日視朝之服.
517) 對曰, 非曰能之, 願學焉. 宗廟之事, 如會同, 端章甫, 願爲小相焉者, 此赤也之志也. ……宗廟祭祀之事, 如有諸侯會同, 及諸侯衣玄端, 冠章甫, 日視朝之時, 己願爲其小相君之禮焉.
518) 章甫, 禮冠.

지금까지 살펴본 바와 같이 역대 학자들은 모두 여기에서의 '章'자를 예관을 의미하는 용어의 하나로 본다. 따라서 필자는 이들의 견해를 따른다.

이와 같이 『논어』에서는 '章'자의 사용 빈도가 낮은데, 이것은 단지 『논어』에서 적게 쓰인 것이지 이 시기에 사용 빈도가 갑자기 낮아진 것은 아닐 것이다. 왜냐하면 『서경』에서는 공자 이후로 간주되는 부분에서 『시경』에서와는 다른 의미들이 출현하고 있고, 『좌전』에서는 사용 빈도가 높을 뿐만 아니라 의미가 '무늬', '밝다', '드러내다', '전장(典章: 법)', '공(功)', '篇章', '條理' 등으로 분화되고 있기 때문이다. 그리고 선진시기 '章'자의 의미 변화 원인은 '文'자의 의미 변화 원인과 비슷할 것이라고 생각한다.

지금까지는 '章'자에 대해서 분석하였다. 그런데 '章'자는 '文'자와 결합하여 '文章'이라는 용어로 쓰였다. '文章'이 문헌에서 처음 등장하는 것은 『논어』인데, 그 의미는 '六藝(六經)'과 '예악과 법도' 등이고 춘추 말엽에서 전국시기에는 '무늬', '문물제도', '무늬 혹은 꾸밈' 등 의미로 쓰였다. 이 '文章'이라는 용어는 어떻게 만들어지고 어떻게 이와 같은 의미들을 갖게 되었을까? 필자는 여기에 다음과 같은 원인이 있다고 생각한다.

첫째, '文學'에서 살펴본 바와 같이 고대 중국인들이 춘추전국시기부터 한자에 대해 연구하였다는 것이다. 그들의 한자에 대한 관심과 지식은 '文章'이라는 용어의 생성에도 영향을 미쳤을 것이다.

둘째, 공자 이전 또는 공자가 살았던 무렵까지 '文'자와 '章'자가 공통적으로 가지고 있었던 의미가 영향을 미쳤을 것이다. 즉 '文'자와 '章'자는 모두 '무늬'라는 의미를 가지고 있는 데다가 예, 전적, 법과 관련된 의미들을 가지고 있었기 때문에 서로 결합하여 '文章'이라는 용어로 쓰였을 것이다. 아래에서는 이 두 글자의 의미들과 '文章'의 의미가 어떤 관련이 있는지 검토하도록 한다.

먼저 '文章'이 '무늬'라는 의미를 갖게 된 원인을 살펴보자. '章'자는 금문에서는 '禮器名'으로 쓰였고, 『시경』과 『서경』에서부터 명확한 의미로 쓰였으나 『서경』에서는 모두 공자 이후의 것으로 간주되는 작품에서 쓰였다. '문장'은 『논어』에서 처음 쓰였기 때문에 '문장'이라는 용어가 만들어질 때 영향을 미친 것은 『시경』에서의 의미라고 생각한다. 『시경』에서 '文'자와 '章'자는 모두 '무늬'의 의미가 있는데, 이 글자들의 이러한 특성 때문에 '문장'이 '무늬'의 의미로 쓰였을 것이다. '文章'이 문헌에서 처음으로 '무늬'의 의미로 쓰인 것은 『묵자』, 『좌전』 등이다. 이것은 공자가 살았던 춘추 말기에도 무늬의 의미가 있었으나 문헌에는 쓰이지 않았거나 혹은 이전에는 없었으나 전국 초기에 생겨났을 가능성이 있음을 말해준다. 왜냐하면 '文'자와 '章'자 모두 '무늬'의 의미를 가지고 있는데, 맨 처음 이 두 글자가 결합하여 '문장'이 되었을 때는 이 글자들이 공통으로 가지고 있는 의미도 갖게 될 가능성이 있기 때문이다.

다음으로 '文章'이 '六藝(六經)'과 '예악과 법도' 등 의미로 쓰인 것은 공자 이전의 자료에서 '文'자는 '예', '祀典' 등 의미로 쓰였고, '章'자는 '전장(典章: 법)', '법도', '표(表: 본보기)', '예문', '條理' 등 의미로 쓰였기 때문일 것이다. 이와 같이 이 의미들은 서로 관련이 없는 것도 있으나 서로 관련이 있는 경우도 있는데, 맨 처음 '문장'의 의미는 두 글자가 가지고 있는 같은 의미에서 의미가 확대되거나 다른 의미들이 조합되어 만들어졌을 것이다.

2. '文章'의 의미 변화 과정

1) 선진시기

'文章'이라는 용어는 『논어』에서 처음으로 쓰였으며 2번 출현한다.

① 子貢曰, **夫子之文章,** 可得而聞也, 夫子之言性與天道, 不可得而聞也.
子貢이 말하였다. "夫子의 文章은 들을 수 있으나, 夫子께서 性과 天
道를 말씀하시는 것은 들을 수 없다." 「公冶長篇 第12章」

하안의 집해에서는 "章은 밝다이다. 문채와 형질이 나타나 귀와 눈
이 따를 수 있다.[519]"라고 하였다.

형병의 의소에서는 다음과 같이 설명하였다. "章은 밝다이다. 자공
은 부자가 서술하고 지은 威儀禮法은 문채가 있고 형질이 드러나 밝
아서 귀로 듣고 눈으로 보아 따라 배울 수 있기 때문에 들을 수 있다
고 말한 것이다.[520]"

황간의 의소에서는 "문장은 여섯 가지 전적이다. 여섯 가지 전적은
문자가 밝게 드러나 환하게 귀와 눈을 닦을 수 있으므로 부자의 문장
은 들을 수 있다고 한 것이다.[521]"라고 풀이하였다.

주희의 『집주』에서는 "문장은 덕이 밖으로 드러난 것이니 위의와
문사가 모두 이것이다.[522]"라고 설명하였다.

고명(高明)은 주희의 견해에 동의하고 있다. 그는 공자의 시서예악

---

519) 章, 明也. 文彩形質著見, 可以耳目循.
520) 章, 明也. 子貢言, 夫子之述作威儀禮法有文彩, 形質著明, 可以耳聽目視, 依
循學習, 故可得而聞也.
521) 文章者, 六籍也. 六籍者, 有文字章著, 煥然可修耳目, 故云夫子文章可得而聞也.
522) 文章, 德之見乎外者, 威儀文辭皆是也.

은 옛 사람이 남긴 것으로서 비록 공자가 정리하였으나 공자의 문장
이라고 할 수 없다고 하였다. 왜냐하면 공자는 "서술하되 창작하지
않으며, 옛것을 믿고 좋아한다.(述而不作, 信而好古)"라고 하였기 때
문이라는 것이다. 또한 공자는 시서예악으로써 가르쳤기 때문에 시서
예악은 공자의 교재이지 文章이 아니라고 하였다. 공자의 생활, 행위,
동작, 언어 등은 주희가 말한 威儀와 文辭로써 내재된 덕성이 밖으로
표현되어 문채롭고 밝게 드러난 것이며, 공자의 제자들은 이것을 보
고 들은 것이라고 하였다.523)

　육조시대의 황간은 문장을 여섯 가지 전적의 의미로 풀이하였고 송
나라의 주희는 威義와 文辭의 의미로 보고 있다. 문맥을 통해 살펴보
면 자공은 '文章, 性, 天道'를 공자에게서 '듣는 것'으로 얘기하고 있
으므로 이 세 가지는 공자의 가르침 중 하나임을 알 수 있다. 그렇다
면 자공이 말한 '文章'은 무엇일까? 본 장의 ('文'자의) 의미 변화 과
정에서 살펴보았듯이 『사기·공자세가(孔子世家)』에는 "공자는 시,
서, 예, 악으로써 가르쳤다. 제자는 대략 3천이었으며 몸소 육예에 통
한 자가 72명이었다.(孔子以詩書禮樂教, 弟子蓋三千焉, 身通六藝者,
七十有二人.)"라는 기록이 있다. 이러한 기록은 공자가 제자들을 가
르치던 주요 과목은 시서예악 등이지만 이 밖에 역, 춘추 등도 중요
한 과목이었음을 말해준다. 자공은 공자의 뛰어난 제자 중 한 명이기
때문에 六藝(시·서·예·악·역·춘추 등 六經)를 배웠고 이에 정통
하였을 것이다. 원문에서 자공은 "夫子의 文章은 들을 수 있으나 夫
子께서 性과 天道를 말씀하시는 것은 들을 수 없다."라고 하였는데,
이것은 '문장'은 중요 과목이었기 때문에 들을 수 있으나 性과 天道
는 말씀을 적게 하셨기 때문에 들을 수 없다는 말이라고 생각된다.
따라서 여기에서의 '문장'은 자공이 중점적으로 배우고 익혔을 것이

---

523) 高明, 「孔子的文學觀」, 『孔孟學報』, 民國63년 27기, 55쪽 참조.

라고 생각되는 '六藝(六經)'이라고 보는 것이 타당하다고 생각한다.

② 巍巍乎其有成功也, **煥乎其有文章.**
　　높고 높도다. 그 성공이여! **찬란하도다. 그 문장이여!** 「泰伯 第19章」

　하안의 집해에서는 문장에 대해 자세하게 설명하지 않고 단지 다음과 같이 풀이하였다. "煥은 밝다이다. 文을 세우고 제도를 드리우니 또한 드러나고 밝다.[524]" 형병의 의소에서는 하안의 견해를 따르고 있다.

　주희의 『집주』에서는 "文章은 예악과 법도이다.[525]"라고 하였다.

　유보남의 『논어정의』에서는 "煥과 奐은 같다. 『시경·大雅·卷阿』에서는 '한가히 그대가 노닌다(伴奐爾游矣)'고 하였다. 毛傳에서는 '伴奐이란 廣大하여 文章이 있다는 것이다'라고 하였다. 廣大는 伴으로 해석되고 文章은 奐으로 해석된다. 그러므로 煥은 밝음이 된다.[526]"라고 풀이 하였다.

　주희는 '예악과 법도'라고 하였고 유보남은 '밝다'라고 하였다. 오늘날의 학자 중에는 여기에서 '文章'을 '문식이나 문채'로 보는 경우도 있다. 그러나 "그 문장이여!(其有文章)"는 堯임금의 업적을 찬미한 구절인데, 찬란하게 빛나는 것이 '밝다', '문식이나 문채'라고 보는 것은 다소 무리가 있다고 생각한다. 따라서 여기에서 '文'자의 의미는 주희의 견해와 같이 '예악과 법도'임을 알 수 있다.

　『좌전』에서는 2번 쓰였는데, 의미는 모두 '무늬'이다. 아래에서 한 가지 예를 살펴보자.

　　三年而治兵, 入而振旅. 歸而飮至, 以數軍實. **昭文章,** 明貴賤, 辨等列,

---

524) 煥, 明也. 其立文垂制又著明.
525) 文章, 禮樂法度也.
526) 煥與奐同. 詩卷阿伴奐爾游矣. 毛傳, 伴奐, 廣大有文章也. 廣大釋伴. 文章釋奐. 故煥得爲明.

順少長, 習威儀也.

　　3년마다 治兵하고, 치병을 마친 뒤에 國都로 들어와 振旅하고서, 宗廟에 귀환을 고한 다음 飮至하고서 軍實을 계산한다. 治兵할 때 **무늬를 드러내어** 귀천을 밝히고, 等列(등급)을 분변하여 長幼의 순서를 정하는 것은 위의를 講習하는 것이다.「隱公 5년」

　　두예의 주에서는 "수레, 의복, 정527), 기528)이다.529)"라고 풀이하였다. 임요수(林堯叟)의 주에서는 다음과 같이 해석하였다. "昭는 드러냄이다. 임금과 大夫, 士의 수레, 의복, 정, 기에는 각자의 文章이 있다.530)"

　　양백준은 다음과 같이 설명하였다. "昭는 밝다이다. 文章은 문채라는 말과 같은 것으로 이것은 수레, 의복, 정, 기를 가리켜 말한 것이다.531)"

　　역대 학자들의 견해를 종합해 보면, 여기에서 '文章'은 신분의 높고 낮음을 구분하는 수레, 의복, 정, 기의 무늬를 의미한다는 것을 알 수 있다. 이것은 조선시대에 조복의 무늬와 색깔로 문신과 무신을 구분하고 지위의 높고 낮음을 구분하였던 것을 생각하면 쉽게 이해할 수 있을 것이다.

　　위의 분석으로부터 문장은 '六藝(六經)', '예악과 법도', '무늬'라는 의미가 있음을 알 수 있다. 『한비자』에서는 문장이 '문물제도', '무늬 혹은 꾸밈'의 의미로 쓰였다. 따라서 선진시기에 문장이라는 용어는

---

527) ① 천자(天子)가 사기를 고무시킬 때 쓰던 깃발로서 다섯 가지 색깔의 깃털을 깃대 끝에 드리워 꾸민 기. ② 淸나라 때 천자가 거둥할 때 쓰던 깃발로서 깃대 끝이 창 모양이고 붉은 깃털로 꾸민 기. ③ 넓은 의미로 쓰이는 기의 명칭. 이가원 외 監修, 『東亞 漢韓大辭典』, 동아출판사, 1993. 789쪽 참조.
528) ① 곰과 범을 그린 붉은 깃발로서 군대의 장수가 세우는 기. ② 넓은 의미로 쓰이는 기의 명칭. 이가원 외 監修, 『東亞 漢韓大辭典』, 동아출판사, 1993. 790쪽 참조.
529) 車服旌旗.
530) 昭, 著也. 君大夫士, 車服旌旗, 各有文章.
531) 昭, 明也. 文章猶言文彩, 此指車服旌旗而言.

춘추 무렵에 생겨나 전국시기에 의미가 분화되었음을 알 수 있다.

2) 한나라

유안(B.C. 178?~B.C. 122)의 『회남자』에서는 10번 쓰였는데, 아래에서 몇 가지 예를 검토하도록 한다.

① 是故不得於心而有經天下之氣, 是猶無耳而欲調鐘鼓, 無目而欲喜文章也.
이 때문에 마음에 깨달음이 없으면서 천하를 다스리는 기개를 가지는 것은 귀가 없으면서 鐘鼓를 고르려고 하고 **눈이 없으면서 문장을 즐기려고 하는 것과 같다.**「原道訓」

② 孔子弟子七十, 養徒三千, 人皆入孝出悌 言爲文章, 行爲儀表 敎之所成也.
孔子는 뛰어난 제자 70명에 삼천 명의 문하생을 양성하였는데, 모두 들어가면 효도하고 나가면 공경하여 **말을 하면 문장이 되고** 행하면 儀表가 되었으니 가르침이 이루어진 것이다.「泰族訓」

예문 ①번은 귀로는 아름다운 소리를 듣고 눈으로는 아름다운 것을 본다는 뜻이기 때문에 여기에서 '문장'의 의미는 '무늬'로 보는 것이 타당하다고 생각한다. 예문 ②번의 "말을 하면 문장이 된다"는 것은 공자가 가르치던 과목인 시서예악 등이 말로 체현되는 것, 즉 이치에 맞는 말이나 훌륭한 말 등을 법도에 맞게 한다는 것을 의미하므로 여기에서의 '文章'은 '법도'라고 생각한다.

환관(桓寬, B.C. 73 전후)의 『염철론(鹽鐵論)』에서는 3번 쓰였는데, 아래에서 한 가지 예를 살펴보도록 한다.

方今律令百有餘篇, **文章繁**, 罪名重, 郡國用之疑惑, 或淺或深, 自吏明
習者, 不知所處, 而況愚民.

지금 법령 백여 편은 **문장이 번다하고** 죄목이 많아 군국에서 그것을
사용함에 의혹이 있다. 혹은 너무 가볍고 혹은 무거워 관리 중에 잘 아는
자도 처리할 바를 알지 못하는데 하물며 우매한 백성들은 어찌하겠는가!
「刑德」

위 예문에서는 법령 백여 편의 문장이 번다하다고 하였으므로 이때
'문장'은 오늘날 말하는 '문장'임을 알 수 있다. 이것은 한나라 때에
이르러 선진시기의 '六藝(六經)', '예악과 법도' 등 의미가 '법도', '문
장' 등으로 변화되고 있음을 나타내준다.

왕충(A.D. 27~100?)의 『논형』에서는 16번 쓰였는데, 아래에서 몇
가지 예를 살펴보자.

① 孝宣帝之時, 鳳皇集于上林, 後又於長樂之宮東門樹上, 高五尺, **文章
五色.**
孝宣帝 때 鳳皇이 上林에 모였다가 뒤에 또 長樂宮 동문 나무 위에
있었는데, 높이가 五尺이고 **무늬가 다섯 가지 색이었다.**「講瑞」

② 漢世文章之徒, 陸賈司馬遷劉子政楊子雲, 其材能若奇, 其稱不由人.
漢나라 때 文章이 있는 사람은 陸賈·司馬遷·劉子政·楊子雲이 있는데
그 재능이 기이하여 사람에게서 나온 것이 아닌 듯하다고 하였다.「書解」

예문 ①번은 새의 깃털 색깔을 설명하는 것이므로 '무늬'로 보는
것이 타당하다고 본다. 예문 ②번에서의 육가(陸賈), 사마천(司馬遷),
유자정(劉子政), 양자운(양웅)[揚子雲(揚雄)] 등은 한나라 때 문장으로
이름이 알려졌던 사람들이다. 따라서 여기에서의 문장은 글을 짓는
문학 개념으로 쓰였음을 알 수 있다.

한나라 때 문장이라는 용어는 '무늬', '문장', '법도' 등 의미, '글을

짓는 문학 개념' 등으로 쓰이고 있는데, 이것은 이 시기에 문장의 개념이 정립되고 있음을 의미한다. 위진남북조시기에는 이와 같은 의미 이외에도 학문의 의미로 쓰이고 있는데, 이것은 문장이라는 용어에 새로운 의미가 생겨났음을 말해준다.

3. '文學' 개념의 생성 원인

앞에서의 분석으로부터 '문장'은 선진시기에 '六藝(六經)', '예악과 법도', '문물제도', '무늬 혹은 꾸밈', '무늬' 등 의미로 쓰였고 한나라 때에 이르러 '무늬', '문장', '법도' 등 의미와 글을 짓는 문학의 개념으로 쓰이기 시작하였으며, 위진남북조시기에는 글을 짓는 문학의 개념으로 정착됨과 동시에 다른 한편으로는 학문의 의미로도 쓰였음을 알 수 있다.

그렇다면 '문장'이 문학의 개념으로 쓰이게 된 원인은 무엇인가? 정치, 사회, 문화적인 원인은 '文'자와 '문장' 모두에 해당된다고 생각되는데, 이것은 본 장 1절의 ('文'자의) '文學' 개념의 생성 원인에서 검토하였으므로 여기에서는 의미와 관련된 원인만 분석하도록 한다.

첫째, '문장'의 '六藝(六經)', '예악과 법도' 등 의미 때문일 것이다. 한나라 때는 유가가 통치 이념으로 채택되었는데, 이것은 당시에 유가의 학문인 '六藝(六經)'이 학문의 주요 과목이었을 가능성이 있음을 말해준다. 그리고 '예악과 법도'에서 '예악'은 유가의 학문에 속한다. 이와 같이 이 의미들이 학문과 관련있기 때문에 '문장'이 글을 짓는 문학의 의미로 쓰이게 되었을 것이다.

둘째, ‘문장’이 ‘무늬’라는 의미를 가지고 있었기 때문일 것이다. 한 나라 때는 글을 짓는 것은 옷감에 수를 놓듯이 아름다워야 한다는 인식이 있었는데, 이러한 관념이 ‘문장’의 ‘무늬’라는 의미와 결합하여 ‘문장’에 문학 개념이 생겨난 것으로 보인다. 이것은 ‘文’자가 문학으로 쓰이게 된 것과 같은 이유이다.

위진남북조시기의 『세설신어』에서는 ‘문장’을 비단에 수를 놓는 것에 비유하고 있는데532), 이것은 ‘文’자와 마찬가지로 당시 극도의 형식미를 추구하던 변문의 영향이라고 생각한다. 즉, 한나라 때는 사부와 산문의 형식화 등으로 인해 글은 아름다워야 한다는 인식이 생겨났는데, 남북조시기에는 모든 문장이 변문으로 쓰여져 글자 수뿐만 아니라 성조의 해화에까지 신경을 썼기 때문에 글을 짓는 것은 비단에 수를 놓듯이 해야 한다는 관념이 유지된 것으로 보인다.

---

532) 대저 이런 여러 명현들은 커다란 붓을 쟁기로 삼고 종이를 밭으로 삼으며 幽玄默思를 경작으로 삼고 義理를 풍성한 열매로 삼으며 담론을 화려한 꽃으로 삼고 忠恕를 진귀한 보물로 삼으며 문장을 저술하되 비단에 수를 놓듯이 짓고 五經(詩·書·禮·易·春秋: 한 무제 建元 5년에 五經博士를 두었는데, 이때 처음으로 五經이라고 칭하였다.)을 모아 비단을 짜듯이 하며 겸허함을 방석삼아 앉고 禮讓을 휘장삼아 치며 仁義를 집삼아서 행동하고 도덕을 저택삼아서 수양하고 있다.(凡此諸君, 以洪筆爲鉏耒, 以紙札爲良田, 以玄默爲稼穡, 以義理爲豊年, 以談論爲英華, 以忠恕爲珍寶, 著文章爲錦繡, 蘊五經爲繪帛, 坐謙虛爲席薦, 張義讓爲帷幌, 行仁義爲宇宇, 修道德爲廣宅.「第八 賞譽」)

제4절 소 결

『文』자,『文學』,『文章』에『文學』개념이 형성되는 과정과 원인

  본 장에서는 '文'자와 '文學', '文章'을 살펴보았다. '文'자는 '문학'이나 '문장'에 비해 사용 빈도가 높을 뿐만 아니라 의미 또한 다양하다. 전국 말기에 이르러 '文'자는 '무늬', '문채나다', '꾸미다', '우아하다' 등으로 아름다움과 관련된 의미들이 있다. 그러나 다른 한편으로는 '문채나는 말', '시서', '학문', '글자', '지식' 등 말과 지식 방면의 의미가 증가하고 있다. '文學'이라는 용어는 『논어』에서 처음으로 쓰였는데, 의미는 '넓은 의미의 학문'이다. 전국시기에는 '학문', '유가의 학문', '유가와 묵가의 학문' 등 의미가 있다. '文章' 역시 『논어』에서 처음으로 쓰였고, 의미는 '六藝(六經)', '예악과 법도' 등이 있다. 『좌전』에서는 '무늬'가 있고 『한비자』에서는 '무늬 혹은 꾸밈', '문물제도' 등 의미가 있다. '文'자와 '文學', '文章'은 이와 같은 의미가 복합적으로 작용하여 '文'자와 '문장'은 한나라 때 글을 짓는 詞章의 개념으로 쓰이게 되고, '문학'은 위진남북조시기부터 문인들의 학술 활동과 글을 짓는 문학 활동 등 포괄적인 개념으로 쓰이게 된다. 필자는 여기에 다음과 같은 원인이 있다고 생각한다.

  첫째, 선진시기 '文'자의 무늬와 문채나다, 꾸미다, 문채나는 말, 학문, 시서, 지식, 글자 등 의미, '文章'의 무늬와 六藝(六經), 예악과 법도 등 의미가 복합적으로 작용하였을 것이다. 특히 이때 무늬라는 의미가 결정적인 작용을 하였을 것이다. 실제로 무늬라는 의미는 문학과 관련이 없는 듯하다. 그러나 앞에서 언급했듯이 고대 중국인들은 한나라 초기부터 글을 짓는 작업은 옷감을 짤 때 무늬를 수놓고 악기를 연주하듯이 일정한 형식을 갖추고 형식의 아름다움을 추구하

여야 한다고 인식하였는데, 이와 같은 글을 짓는 작업에 대한 인식이 '文'자와 '文章'의 개념 형성에 영향을 미쳤을 것이다.

둘째, '文學'이라는 용어는 '學'자에 의해 의미가 제한된 듯하다. 즉 '學'자의 배움이라는 의미는 이미 존재하고 있는 것을 습득한다는 것으로서 그 속에 창조성은 배제되어 있다. 따라서 한자의 특성을 잘 파악하고 있던 한나라 사람들은 文學을 창조적인 글을 짓는 詞章으로 쓰지 않고 학문의 의미로 사용하였을 것이다. 그러나 위진남북조 시기에는 문인들의 학술 활동과 글을 짓는 문학 활동 등 개념으로 쓰였는데, 이것은 당시 문인들에게 있어 학문과 저술 활동은 별개의 것이 아니라 문인이라면 누구나 하는 일이었기 때문에 생겨난 개념이라고 생각된다.

셋째, 문장에서 형식의 단조로움을 피하고 글자 수와 운율을 맞추기 위한 것이었을 것이다. 오늘날에도 작가들은 글을 쓸 때 같은 단어와 표현의 사용을 피하려고 한다. 한나라 때 성행하였던 賦는 화려한 수식어를 나열하여 형식미를 추구하였으며 서한 말기에 이르러서는 대구가 활용되기 시작하였다. 이 시기에는 산문도 형식화되는데, 동방삭(東方朔, B.C. 161?~B.C. 87?)의 문장을 보면 변려문의 성격이 뚜렷해짐을 알 수 있다. 위진남북조 때는 변문의 성행으로 문장에서 글자 수와 聲調의 해화에까지 신경을 썼는데, 이것은 남북조시기에 이르러 모든 형식의 문장에 적용되었다. 이로 인하여 당시 문인들은 글을 쓸 때 내용이나 형식에 따라 '文'자와 '文章'을 혼용하였을 것이다.

넷째, 『논어』와 공자, 유가들이 영향을 끼쳤을 것이다. 『논어』에서는 '문학'과 '문장'이라는 용어가 처음으로 쓰였고, '文'자의 의미는 '문헌(전적)', '문화', '글자' 등 의미로 분화되고 있으며 사람에 대한 표현에 쓰이고 있다. '문학'과 '문장'이라는 용어와 '文'자의 이와 같은 외미들이 공자나 제자들에 의해 만들어진 것이 아니라 당시에 일반적으로 사용되던 것일 수도 있다. 그러나 비록 그렇다고 할지라도 이 글자들은 공자의 제자들이 많았을 뿐만 아니라 그 제자들 역시 교육에 종사하는 경우가 많았기 때문에 이들에 의해 점차 개념이 정립되었을 것이다. 그리고 이 글자들은 한나라 때에 이르러 유가가 통치 이념으로 채택되면서 유가들에 의해 채택되고 권위를 인정받게 되었을 것이다.

이 밖에 본 장 1절의 ('文'자의) '文學' 개념의 생성 원인에서는 '文'자가 '문학' 개념으로 쓰이게 된 데는 위와 같은 원인들 이외에도 아래와 같은 원인들이 있다는 것을 검토하였다. 필자는 이러한 원인들이 '文章'에 '문학' 개념이 생성된 원인뿐만 아니라 '문학'의 의미와 쓰임에도 해당된다고 생각한다. 이것은 ('文'자의) '文學' 개념의 생성 원인에서 자세히 분석했기 때문에 여기에서는 간략하게 서술하도록 한다.

다섯째, 秦나라 始皇帝 때 문자가 통일되었다는 것이다.

여섯째, 한나라 때 중국 사회의 기틀이 확립되었다는 것이다.

일곱째, 한나라 때 識字敎育의 중시와 經學 숭상 풍조로 인하여 언어와 문자 연구가 발전하였고 당시 사람들의 문자 사용 능력이 뛰어났다는 것이다.

제 5 장 결론

　‘文’자는 단순히 하나의 글자로 보이지만 그 속에는 고대 중국의 역사와 문화, 사상, 문학 예술 등 그들의 삶이 담겨있다. 갑골문에서부터 출현하는 ‘文’자는 선진시기에 형식미의 개념으로 쓰이게 되고 의미가 급격히 분화되며, 한나라 때에는 글을 짓는 詞章의 개념으로 쓰이게 된다. 이로 인하여 본의인 무늬는 ‘紋’자가 갖게 되고 문채나 다라는 의미는 ‘彣’자가 갖게 된다. 필자는 여기에 다음과 같은 원인이 있음을 고찰하였다.

　첫째, ‘무늬’라는 의미와 선진시기에 視覺, 聽覺, 言語, 哲學 등 방면에서 형식미를 나타내는 개념으로의 정립이다. ‘文’자의 본의는 ‘무늬’이고, 이 ‘무늬’라는 의미 속에는 아름다움이라는 개념이 내포되어 있다. ‘무늬’라는 의미는 ‘문채나다’, ‘꾸미다’ 등 의미로 분화되는데, 이 의미들 역시 아름다움이라는 개념을 내포하고 있다. ‘文’자는 이 의미들이 갖는 이러한 특성으로 인하여 전국시기에 형식미를 나타내는 개념으로 쓰이게 되었다. ‘文’자가 형식미의 개념으로 쓰인 예를 살펴보면, 시각적인 방면에서는 『예기·악기』의 “다섯 가지 색이 무늬를 이루었으나 어지럽지 않다.(五色成文而不亂.)”라는 언급이 있다. 청각 방면에서는 『예기·악기』에서 “소리가 文을 이루는 것을 音이라

한다.(聲成文, 謂之音.)"라고 하였다. 언어 방면에서는 『좌전』에 "말이 문채나지 않으면 행하여도 멀리가지 못한다.(言之無文, 行而不遠)"라는 구절이 있다. 철학 방면에서는 『국어·鄭語』의 "소리가 하나이면 들리는 것이 없고, 사물이 하나이면 무늬가 없다. 맛이 하나이면 배를 부르게 할 수 없고, 사물이 하나이면 조화를 말할 수 없다.(聲一無聽, 物一無文, 味一無果, 物一不講.)"라는 언급이 있다. 이 중에서 특히 시각과 언어에 대한 미적 표현이 전국 말기의 문채나는 말, 글자, 시서, 지식, 학문 등 의미와 복합적으로 작용하여 한나라 때 詞章의 의미로 쓰였다.

둘째, 한나라 때 글을 짓는 작업에 대한 인식이다. 한나라 때부터는 글을 짓는 작업을 옷감을 짤 때 무늬가 생기는 것에 비유하고 있는데, 이것은 한나라 사람들이 글은 형식미를 갖추어야 한다고 여긴데서 온 것으로서 당시 성행한 사부와 산문의 변려화와 관련이 있다. 고대 중국인들의 글을 짓는 작업에 대한 이와 같은 인식은 위진남북조시기에도 여전히 유지되었다. 또한 이러한 관념은 '紋'자가 무늬의 의미를 갖게 된 직접적인 원인이 되었다.

셋째, 한나라 때 극도로 형식미를 추구한 辭賦의 성행과 산문의 변려화, 그리고 위진남북조시기의 유미주의 풍조와 변문의 성행이다. 이것은 한나라와 위진남북조시기 사람들의 글을 짓는 작업은 비단에 수를 놓듯이 하여야 한다는 인식과 관계가 있으며, '文'자가 글을 짓는 詞章으로 쓰이게 되는데 주요 원인이 되었다.

넷째, 의미가 문채나는 말, 글자, 시서, 지식, 학문 등 말과 지식 방면으로 세분화되었다는 것이다. '文'자의 의미는 선진시기에 3번에 걸쳐 급격히 분화된다. 갑골문과 금문에서는 의미가 명확하지 않지만, 『시경』에서는 '禮', '무늬' 등 의미가 있고 『서경』에서는 공자 이전의 자료에서 '무늬', '사전(祀典)' 등 의미가 있다. 춘추시기에는 주로 학문과 관련된 의미들이 생성된다. 전국 말기에는 서로 관련이 없는 의미들로 세분화, 구체화되면서도 다른 한편으로는 문채나는 말, 글자, 시서 등 일정한 개념으로 방향성을 갖게 되는데, 이와 같은 의미들이 한나라 때에 '文'자가 문학 개념으로 쓰이게 되는 원인이 되었다.

다섯째, 공자와 『논어』, 유가의 영향이다. '文'자는 『논어』에서 학문과 관련된 의미로 쓰였고, 앞에서 언급했듯이 『좌전』에는 공자가 언급한 '文'자의 언어와 관련된 표현이 있다. 공자는 제자들이 많았는데, 이들은 전국시기에 교육에 종사하는 경우가 많았기 때문에 공자의 사상과 그가 중시하던 시서예악 등 학문이 이들에 의해 전수되고 발전되었을 것이다. 그리고 '文'자 역시 이들에 의해 개념이 정립되었을 것이다. 한나라 때부터는 유가가 국가의 통치 이념이 되면서 유학자들이 한자를 지배하고 글자 사용에도 영향을 미쳤을 것이라고 생각되는데, '文'자 또한 이들에 의해 채택되었을 것이다.

여섯째, 진나라 始皇帝 때의 문자 통일이다. 중국을 통일한 시황제는 문자 통일 정책을 시행하여 진나라 글자체로 추정되는 大篆을 개량한 小篆을 만들어 이것을 표준자로 하고 다른 지역에서 통용되던 문자들은 폐지하였는데, 이러한 정책은 '文'자의 의미와 쓰임에도 많은 영향을 끼쳤을 것이다.

일곱째, 한나라 때 중국 사회의 기틀 확립이다. 한나라 때는 중국의 전통 과학을 대표하는 전문 분야들이 형성되었으며, 체제의 정비와 사상의 통일 등 이후 중국 사회의 전형적인 모습이 갖추어졌다. 이와 같은 당시의 사회적 안정은 그들의 언어 사용에도 영향을 미쳤을 것이고 전혀 다른 의미들이 공존하던 '文'자는 경제성의 원칙에 의해 의미가 정리되었을 것이다.

여덟째, 한나라의 식자 교육(識字敎育) 중시와 경학 숭상 풍조로 인한 언어와 문자 연구의 발전, 당시 사람들의 뛰어난 문자 사용 능력 등이다. 한나라 때는 식자교육을 중시하여 小學類 서적들이 저술되었고 글자를 아는 것이 관리 선발의 기준이 되었다. 다른 한편으로는 진시황의 분서갱유로 인해 소실되었던 문헌들이 수집됨에 따라 今古文 논쟁이 일어났다. 이와 같은 원인들로 인하여 당시에는 문자 연구가 중시되고 중국 고대 언어학 연구가 시작되었다. 그리고 이 시기에는 『이아(爾雅)』, 『방언(方言)』, 『설문해자(說文解字)』, 『석명(釋名)』 등 언어학 저서들이 쓰여졌다. 또한 당시에는 隷書가 보편적으로 사용되었고 초서가 보조 글자로 쓰였으며, 동한 중기와 말기에는 해서와 행서가 만들어지고 동한시기에는 서예가 성행하였다. 이러한 언어학 서적의 저술과 새로운 글자체의 창조, 글자의 예술로의 승화 등은 이 시기 사람들이 문자 사용 능력이 뛰어났다는 것을 말해준다. 그들의 글자에 대한 축적된 지식은 '文'자의 의미와 개념 형성에도 영향을 주었을 것이다.

오늘날 문학의 개념으로 쓰이는 용어는 '文學'이다. 그러나 고대 중국에서는 '文', '文章', '文學' 등 세 가지 용어가 혼용되었는데, '文'자와 '문장'은 한나라 때 이르러 자신들이 가지고 있는 의미 이외에 글을 짓는 문학으로 쓰이고, '문학'은 위진남북조시기에 학문의 의미로 쓰이거나 당시 문사들의 학술 활동과 문학 활동을 포괄하는 개념으로 쓰였다. 본 책에서는 여기에 다음과 같은 원인이 있음을 살펴보았다.

첫째, 선진시기에 '文'자와 '文章'은 모두 무늬의 의미를 가지고 있으며, '文'자는 문채나는 말, 학문, 시서, 지식, 글자 등 의미가 있고 '文章'은 六藝(六經), 예악과 법도, 문물제도 등 의미를 가지고 있다는 것이다. '文'자와 '문장'이 문학의 개념으로 쓰이게 된 것은 무늬, 문채나는 말, 학문, 시서, 지식, 六藝(六經), 예악과 법도 등 의미가 복합적으로 작용하였을 것이고 특히 무늬라는 의미가 결정적인 작용을 하였을 것이다. 일반적으로 '文'자와 '문장'의 무늬라는 의미와 문학은 관련이 없을 것이라고 생각하기 쉽다. 그러나 한나라 때는 글을 짓는 것은 옷감에 수를 놓듯이 아름다워야 한다고 인식하였는데, 당시의 이러한 인식과 '무늬'라는 의미 속에 내포되어 있는 아름다움이라는 개념은 '文'자와 '문장'이 문학의 개념으로 혼용되는 원인이 되었다.

둘째, '文學'이라는 용어는 '學'자의 배움이라는 의미에 의해 쓰임이 제한된 듯하다. 이 배움이라는 의미는 기존의 것을 습득한다는 의미로서 창조성은 배제되어 있다. 이로 인하여 문학이라는 용어는 글을 짓는 문학의 개념으로 쓰이지 못하였을 것이다. 그러나 위진남북조시기에는 문인들의 학술 활동과 글을 짓는 문학 활동 등 개념으로 쓰이게 되는데, 이것은 오늘날과 달리 당시 문인들은 학문과 시, 산문 등 저술 활동을 병행하였기 때문일 것이다.

셋째, 문장에서 형식의 단조로움을 피하고 글자 수와 성조를 맞추기 위한 것이었을 것이다. 한나라 때 성행하였던 부는 화려한 수식어를 나열하여 형식미를 추구하였고 서한 말기에 이르러서는 대구가 활용되기 시작하였으며, 산문도 형식화되고 변문의 성격을 띠게 된다. 위진남북조시기에는 변문이 더욱 성행하였는데, 이것은 남북조시기에 이르러 모든 형식의 문장에 적용되었다. 이와 같은 한나라와 위진남북조시기의 형식미를 추구하던 경향은 '文'자와 '文章'이 혼용되는 원인이 되었을 것이다. 즉 문인들은 문장 속에서 글자 수나 운율을 맞추기 위하여 필요에 따라 이 두 가지 용어를 사용하였을 것이다.

넷째, 『논어』와 유가들의 영향이다. 『논어』에서는 '문학'과 '문장'이라는 용어가 처음으로 쓰였고, '文'자의 의미가 학문과 관련된 의미로 분화되고 있으며 사람의 묘사에 쓰였다. 이것은 공자나 제자들에 의해 만들어진 것이 아니라 당시에 일반적으로 사용되던 것일 수도 있지만, 공자의 제자들과 이들이 키워낸 후대의 제자들이 많았기 때문에 이들에 의해 점차 개념이 확대되고 정립되었을 것이다. 그리고 '文'자, '문학', '문장'은 한나라 때에 이르러 유가가 통치 이념으로 채택되면서 유가들에 의해 채택되고 권위를 인정받게 되었을 것이다.

　다섯째, 秦나라 始皇帝 때는 大篆을 기초로 하여 개량한 글자체인 小篆을 표준자로 하였는데, 당시 이러한 정책은 이 용어들의 의미와 쓰임에도 영향을 미쳤을 것이다.

　여섯째, 한나라 때는 중국 사회의 기틀이 확립되었는데, 이로 인해 '文'자와 '문장'의 의미가 일정한 방향으로 정리되고 문학 개념으로 쓰이게 되었을 것이다. 그리고 이것은 '문학'의 의미와 쓰임에도 영향을 주었을 것이다.

　일곱째, 한나라 때는 識字敎育을 중시하였고 經學을 숭상하는 풍조가 있었는데, 이로 인하여 언어와 문자 연구가 발전하였고 당시 사람들의 문자 사용 능력 또한 뛰어났다. 그들은 글자의 의미와 구조, 형태 등 전반적인 방면에서 연구하고 그들의 능력을 발휘했는데, 이 용어들의 의미와 쓰임에는 이들의 문자에 대한 축적된 지식이 반영되었을 것이다.

　본 책에서는 선진시기에 '文'자와 '文學', '文章'이 어떠한 의미 변화 과정을 거쳐 문학이라는 의미로 쓰이게 되었는지 고찰하였다. 필자는 이것을 위해 '文'자의 원형을 검토하고 선진시기 문헌에서의 의미를 확정하여 본의를 유추해 내었으며, 본의인 '무늬'와 '문채나다'라는 의미의 고금자 관계를 분석하여 이 의미들이 전이(轉移)되는 과정을 검토하였다. 또한 '文'자가 형식미의 개념으로 쓰이게 된 것과 의미 변화를 고찰하였고, 한나라 때 '文'자의 의미와 당시 사람들의 글을 짓는 것에 대한 인식을 검토하였다. '文學'과 '文章'은 먼저 이 용어들을 구성하고 있는 '學'자와 '章'자에 대해서 '文'자와 같은 방법으로 검토하고 이것을 바탕으로 이 글자들이 '文'자와 결합하여 한 단어로 쓰이게 된 원인을 분석하였다. 다음으로 '문학'과 '문장'의 의미를 확정하고 의미 변화 과정을 검토하였다.

　그러나 본 책의 논의는 다음과 같은 미흡한 점이 있다. 첫째, 고대 중국인들에게 있어 문학이라는 개념이 무엇을 의미하는지 살펴보아야 할 것이다. 본 책에서는 의미 변화 분석을 통해 문학 개념이 형성되는 과정은 분석하였으나, 정작 '문학'이 무엇인지 언급하지 못하였다. 이것을 밝히기 위해서는 먼저 서구의 문학 개념 형성 과정을 분석하고, 다음으로 위진남북조시기의 문필론(文筆論)을 가지고 고대 중국의 문학 관념을 고찰한 후, 이들 문학 관념을 오늘날의 문학 관념과 비교 분석하여야 할 것이다. 둘째, 한나라 때 '文'자, '學'자, '章'자, '文學', '文章'의 의미 변화를 간략하게 다루었기 때문에 이 시기에 이 글자들의 의미가 어떻게 변화해 갔는지 명확하게 드러나지 않았다. 모든 것은 전환점이 있기 마련인데, 이 용어들이 언제 글을 짓는 문학으로 쓰이게 되었는지 명확하게 분석해내기 위해서는 좀 더 많은 문헌을 참고 자료로 하여 한나라는 전후기로 나누고 '문학'의 경우에는 위진남북조시기까지 다루어야 할 것이다.

우리 주변의 모든 것은 끊임없이 변화하는데, 의미 또한 생명체와 같이 태어나고 변화하며 죽기도 한다. '文'자와 '文學', '文章'의 의미 역시 그것이 어떤 모습이든지 지금까지 그래왔던 것처럼 앞으로도 변화해 갈 것이다.

〈참고문헌〉

1. 원전 및 사전류

【원전】

김학주 옮김, 『순자』, 을유문화사, 2001.

屈萬里, 『詩經釋義』, 華岡書局, 民國63년.

屈萬里, 『尙書集釋』, 聯經出版社業公司, 1999.

南基顯 해역, 『춘추좌전』, 자유문고, 2003.

成百曉 譯註, 『書經集傳(上下)』, 전통문화연구회, 2002.

成百曉 譯註, 『詩經集傳(上下)』, 전통문화연구회, 2000.

成百曉 譯註, 『論語集注(上下)』, 전통문화연구회, 2000.

成百曉 譯註, 『周易傳義(上)』, 전통문화연구회, 2003.

成百曉 譯註, 『周易傳義(下)』, 전통문화연구회, 2002.

楊家駱 主編, 劉雅農 總校, 『淮南子』, 世界書局, 民國63(1974).

楊伯峻 譯注, 이장우·박종연 옮김, 『論語譯注』, 중문출판사, 2002.

楊伯峻 編著, 『春秋左傳注(수정본)』, 中華書局, 1993.

王利器 校注, 『鹽鐵論校注(定本·上下)』, 中華書局, 1992.

王利器 撰, 『顏氏家訓集解』, 中華書局, 2002.

魏文帝 撰, 孫馮翼 輯, 『典論(及其他三種)』, 中華書局, 1985.

劉寶楠, 『論語正義』, 世界書局, 民國66(1977).

劉義慶 撰, 劉孝標 注, 김장환 譯注, 『世說新語·上』, 살림, 1996.

劉義慶 撰, 張萬起, 劉尙慈 譯注, 『世說新語』, 中華書局, 2003.

劉向 著, 王鍈·王天海 譯注, 『說苑全譯』, 貴州人民出版社, 1994.

李夢生 撰, 『左傳譯注(上下)』, 上海古籍出版社, 1998.

이운구 옮김, 『순자』, 한길사, 2006.

이운구 옮김, 『한비자』, 한길사, 2003.

李學勤 主編, 『毛詩正義(上中下)』, 北京大學出版社, 1999.

李學勤 主編, 『尙書正義(上下)』, 北京大學出版社, 1999.

李學勤 主編, 『論語注疏』, 北京大學出版社, 2000

李學勤 主編, 『論語注疏』, 北京大學出版社, 2005.

李學勤 主編, 『春秋左傳正義(上中下)』, 北京大學出版社, 1999.

任繼愈 譯著, 『老子新譯(수정본)』, 中華書局, 1987.

정태현 역주, 『역주 춘추좌씨전 1권』, 전통문화연구회, 2002.

정태현 역주, 『역주 춘추좌씨전 2권』, 전통문화연구회, 2004.

정태현 역주, 『역주 춘추좌씨전 3권』, 전통문화연구회, 2006.

정태현 역주, 『역주 춘추좌씨전 4권』, 전통문화연구회, 2007.

정태현 역주, 『역주 춘추좌씨전 5권』, 전통문화연구회, 2008.

何晏 集解, 皇侃 義疏, 『論語集解義疏』, 中華書局, 1985.

許愼 撰, 段玉裁 注, 『說文解字注』, 上海古籍出版社, 2001.

黃暉 撰, 『論衡校釋(1, 2, 3, 4권)』, 中華書局, 1996.

【사전류】

강식진 編, 『中韓大辭典』, 진명출판사, 1993.

高明 編, 『古文字類編』, 中華書局, 1980.

古文字詁林編纂委員會 編纂, 『古文字詁林』, 上海教育出版社, 1999~2004.

金祥恒 輯, 元亨利 貞, 『續甲骨文編』, 民國49(1960).

羅竹風 主編, 『漢語大詞典』, 漢語大詞典出版社, 1990~1993.

大漢韓辭典編纂室 編, 『敎學 大漢韓辭典』, (주)교학사, 1998.

四川大學歷史系古文字研究室 方述鑫 외 編, 『甲骨金文字典』, 巴蜀書社, 1993.

潘悠, 玫耀, 沃興華 編纂, 『金文大字典』, 學林出版社, 1995.

商承祚 撰, 『甲骨文字研究 下』, 北京圖書館出版社, 1992.

徐中舒 主編, 『甲骨文字典』, 四川辭書出版社, 2003

成復旺 主編,『中國美學範疇辭典』, 中國人民大學出版社, 1995.

藝文印書館,『校正甲骨文編』, 藝文印書館, 民國63(1974).

阮元 著, 楊家駱 主編,『經籍纂詁 12권』, 世界書局,

容庚 編著, 張振林・馬國權 摹補,『金文編』, 中華書局, 1985.

劉興隆 著,『新編甲骨文字典』, 國際文化出版公司, 1993.

이가원 외 監修,『東亞 漢韓大辭典』, 동아출판사, 1993.

이기문 감수,『동아 새국어사전』, 동아출판사, 1994.

李珍華, 周長楫 編撰.『漢字古今音表』수정본, 中華書局, 1999,

諸橋轍次,『大漢和辭典 5권』, 大修館書店(東京), 1961.

中國科學阮考古研究所 編輯,『甲骨文編』, 中華書局, 1978.

中文大辭典編纂委員會 編,『中文大辭典』, 中國文化大學, 民國68(1979).

周法高 主編,『金文古林(上下)』, 東文選, 1990.

周法高 編撰,『金文古林補』, 中央研究院歷史語言研究所, 民國86(1997).

陳初生 編纂,『金文常用字典』, 陝西人民出版社, 2004.

2. 단행본

【국내】

김근,『한자는 중국을 어떻게 지배했는가』, 민음사, 1999.

김승혜,『유교의 뿌리를 찾아서』, 지식의 풍경, 2002.

김학주,『중국문학사』, 신아사, 1999.

강명상,『재미있는 중국의 이색 풍속』, 을유문화사, 1995.

經本植 著, 김현철 외 4인 옮김,『古漢語文字學의 기초』, 신아사, 2000.

裘錫圭 著, 이홍진 옮김,『중국문자학』, 신아사, 2001.

屈萬里 著, 장세후 옮김,『한학 연구의 길잡이』, 이회, 1998.

羅常培 著, 하영삼 옮김,『언어와 문화』, 서울대학교출판부, 2002.

류제헌,『중국역사지리』, 문학과지성사, 1999.

마이클 설리번 지음, 최성은・한정희 옮김,『중국미술사』, 예경, 2005.

M.S. 까간 지음, 진중권 옮김,『미학강의 1』, 새길, 1998.

벤자민 슈월츠 著, 나성 옮김, 『중국고대사상의 세계』, 살림, 1996.

濮之珍 著, 김현철 외 6인 共譯, 『중국언어학사』, 신아사, 1999.

서울대학교동양사학연구실 編, 『강좌 중국사 1』, 지식산업사, 1994.

손예철 지음, 『중국문자학』, 아카넷, 2004.

宋民 著, 곽노봉 역, 『중국서예미학』, 동문선, 1998.

송영배, 『중국사회사상사』, 사회평론, 1998.

狩野直喜(가노 나오키) 著, 오이환 역, 『중국철학사』, 을유문화사, 1998.

슈스키・컬버트 著, 이문웅 옮김, 『인류학개론』, 일지사, 1998.

西嶋定生 著, 변인석 옮김, 『중국고대사회경제사』, 도서출판 한울, 1994.

施昌東 著, 김예호・최홍식 옮김, 『중국의 미학사상』, 신지서원, 1994.

심재기 외 2인 著, 『意味論序說』, 集文堂, 1998.

아말 나지 지음, 이창신 옮김, 『고추, 그 맵디매운 황홀』, 도서출판 뿌리와 이파리, 2002.

앙리 마스페로 著, 김선민 옮김, 『고대중국』, 도서출판 까치, 1995.

양동숙 지음, 『중국문자학』, 차이나하우스, 2006.

王琦珍 著, 김응엽 옮김, 『중국, 예로 읽는 봉건의 역사』, 예문서원, 1999.

龍宇純 著, 양동숙 역, 『중국문자학』, 學硏社, 1994.

웨난 著, 심규호・유소영 옮김, 『천년의 학술 현안 1, 2』, 일빛, 2003.

劉若愚 著, 이장우 옮김, 『중국의 문학이론』, 명문당, 1994.

윤내현, 『商周史』, 民音社, 1984.

윤내현 편저, 『중국사 1』, (주)민음사, 1993.

이병철 지음, 『위대한 발굴』, 도서출판 가람기획, 1996.

이영주, 『한자자의론』, 서울대학교출판부, 2001.

이은봉, 『중국 고대 사상의 원형을 찾아서』, 소나무, 2003.

이춘식, 『중국고대사의 전개』, 藝文出版社, 1986.

李澤厚 외 主編, 權德周 외 共譯, 『중국미학사』, 대한교과서주식회사, 2001.

李澤厚 著, 權瑚 옮김, 『華夏美學』, 東文選, 1994.

張光直 著, 이철 옮김, 『신화미술제사』, 동문선, 1998.

前野直彬 지음, 김양수・최순미 옮김, 『중국문학서설』, 토마토, 1996.

정한덕 編著, 『중국 고고학 연구』, 학연문화사, 2000.

조현설, 『문신의 역사』, (주)살림출판사, 2003.

周鈞韜 著, 유홍준 편역, 『미학에세이』, 청년사, 1988.

中國大百科全書 語言文字編輯委員會 지음, 전광진 編訳, 『중국문자훈고학사
　　　　전』, 동문선, 1993.

진중권, 『미학 오디세이 1』, 휴머니스트, 2003.

천시권·김종택, 『국어의미론』, 형설출판사, 1971.

최영애 지음, 『중국어란 무엇인가』, 통나무, 2008.

최영애 지음, 『한자학강의』, 통나무, 2006.

馮友蘭 著, 정인재 역, 『중국철학사』, 형설출판사, 1996.

플레하노프 지음, 유염하·이승민 옮김, 『주소 없는 편지』, 1989.

하영삼, 『한자의 세계(기원에서 미래까지)』, 늘함께, 1998.

한상복 외 2인, 『문화인류학개론』, 서울대학교출판부, 2003.

허세욱, 『중국고전문학사(상)』, 법문사, 1997.

許進雄 著, 영남대중국문학연구실 옮김, 『중국고대사회』, 지식산업사, 1997.

【국외】

羅根澤, 『羅根澤古典文學論文集』, 上海古籍出版社, 1985.

董來運, 『漢字的文化解析』, 上海古籍出版社, 2002.

笠原仲二 著, 魏常海 옮김, 『古代中國人的美意識』, 北京大學出版社, 1987.

敏澤, 『中國美學思想史』, 齊魯書社, 1989.

樊德三, 『中國古代文學原理』, 光明日報出版社, 1991.

申士堯·傅美琳, 『中國風俗大辭典』, 中國和平出版社, 1994.

楊寬 著, 『西周史』, 上海中華印刷有限公司, 2004.

吳東平, 『漢字文化趣釋』, 湖北人民出版社, 2001.

吳淑生, 田自秉 著, 『中國染織史』, 上海人民出版社, 1986.

吳林伯, 『「文心雕龍」字義疏證』, 武漢大學出版社, 1994.

王玉哲 著, 『中華遠古史』, 上海中華印刷有限公司, 2004.

王政白, 『古漢語同義詞辨析』, 黃山書社, 1992.

于民, 『春秋前審美觀念的發展』, 中華書局, 1984.

李澤厚 외 主編, 『中國美學史』, 中國社會科學出版社, 1990.

臧克和, 『漢字單位觀念史考述』, 學林出版社, 1998.

張法, 『中國美學史』, 上海人民出版社, 2002.

張法, 『中西美學與文化精神』, 北京大學出版社, 1994.

張少康·劉三富, 『中國文學理論批評發展史(上)』, 北京大學出版社, 1996.

蔣紹愚, 『古漢語詞彙綱要』, 北京大學出版社, 1992.

張運, 『漢字字義的演變』, 福建教育出版社, 1996.

Edited by Jessica Rawson, 『The british museum book of CHINESE ART』,
    Thames and Hudson Inc., 2000.

趙誠, 『甲骨文與商代文化』, 遼寧人民出版社, 2001.

朱狄, 『原始文化研究』, 三聯書店, 1988.

青木正兒, 『中國古代文藝思潮』, 莊嚴出版社, 民國71.

胡楚生, 『訓詁學大綱』, 蘭臺書局, 民國74년.

胡厚宣·胡振宇 著, 『殷商史』, 上海中華印刷有限公司, 2004.

黃懷信 외 2인 撰, 『逸周書彙校集注 下券』, 上海古籍出版社, 1995.

3. 연구 논문

【국내】

서경호, 「중국 지식인사회의 형성과 특징」, 『수요인문학강좌』, 신라대학교, 2002.

宋源溁, 「'文'자와 '文學'에 대한 고찰」, 『中國語文論譯叢刊 제13집』, 中國語文
    論譯學會, 2004.

廉丁三, 「『說文解字注』部首字譯解」, 서울대학교 박사학위논문, 2003.

이강재, 「『論語』上十篇의 해석에 대한 연구」, 서울대학교 박사학위논문, 1998.

이규갑, 「漢字의 起源과 造字 方法의 變遷 研究」, 연세대학교 박사학위논문, 1992.

이종민, 「중국의 인문 전통과 文以載道論에 관한 고찰」, 『이불김학주교수정년
    기념논문집』, 1999.

鄭愛蘭, 「商周巫術與宗教政治之心態」, 『國際中國學研究 제3집』, 한국중국학회,
    2000.

【국외】

高明,「孔子的文學觀」,『孔孟學報』, 民國63년 27기.

祁志祥,「中國古代的文學特徵論」,『中國古代, 近代文學研究』, 中國人民大學書報資料中心, 1991 3기.

葉舒憲,「原型與漢字」,『北京大學學報』, 哲學社會科學版, 1995, 제2기.

蕭見文,「孔子的爲學之道」,『孔孟月刊』, 民國85년 6기.

于民,「從文, 美, 樂論我國早期美和美感認識及其發展」,『中國古代, 近代文學研究』, 社會科學輯刊, 1981 3期.

順剛,「『文』與中國古代的文學觀念」,『文藝研究』, 中國人民大學書報資料中心, 1993 1기.

蔣勵材,「孔子的詩教與詩經(上)」,『孔孟學報』, 民國63년 27기.

陳良運,「中國古代文章學二辨」,『中國古代, 近代文學研究』, 2001 1기.

陳滿銘,「論『論語』中的"文"」,『孔孟月刊』, 民國91년 11기.

詹福瑞,「"文", "文章"與"麗"」,『中國古代, 近代文學研究』, 1999 5기.

彭亞非,『先秦論"文"三重要義』,『中國古代, 近代文學研究』, 文史哲(濟南), 1996 5기.

韓梅,「孔子文藝思想淺論」,『中國古代, 近代文學研究』, 中國人民大學書報資料中心, 1988 3기.

胡止歸,「孔子之『學』字思想探原」,『孔孟學報』, 民國52년 6기.

상주진한(商周秦漢)왕조 계보1)

상(商)나라(子 姓)

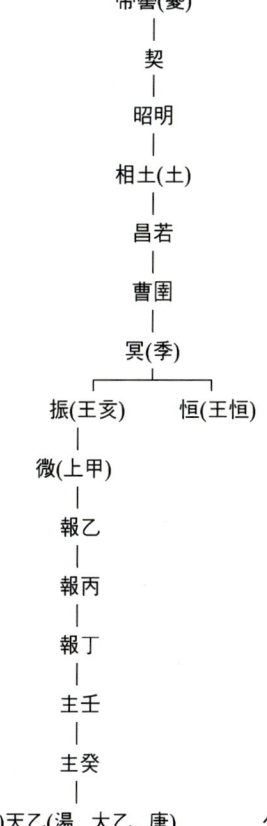

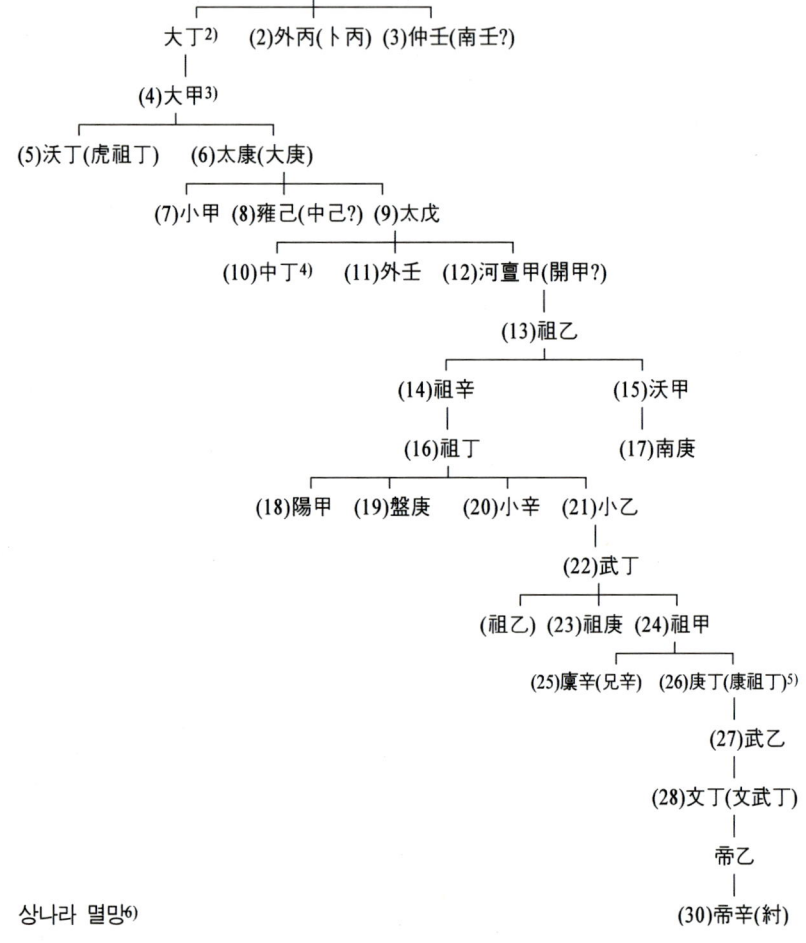

상나라 멸망[6]

---

1) 서울대학교동양사학연구실 編, 『강좌 중국사 1』, 지식산업사, 1994, 89~90쪽, 윤내현, 『商周史』, 民音社, 1984, 349~362쪽, 이춘식, 『중국고대사의 전개』, 藝文出版社, 1986, 389~391쪽. 張光直 著, 이철 옮김, 『신화미술제사』, 동문선, 1998, 219~221쪽 참조.
2) 張光直 著, 이철 옮김, 『신화미술제사』(1998, 219쪽 참조)에서는 太丁이라고 하였다.
3) 같은 책(1998, 219쪽 참조)에서는 太甲이라고 하였다.
4) 같은 책(1998, 220쪽 참조)에서는 仲丁이라고 하였다.
5) 같은 책(1998, 220쪽 참조)과 윤내현의 『商周史』(1984, 350쪽 참조)에서는 康丁이라고 하였다.
6) 윤내현의 『商周史』(1984, 96쪽 참조)에서는 상나라의 멸망 연대에 관해서 B.C.

주(周)나라(37대 868년, 姬 姓)

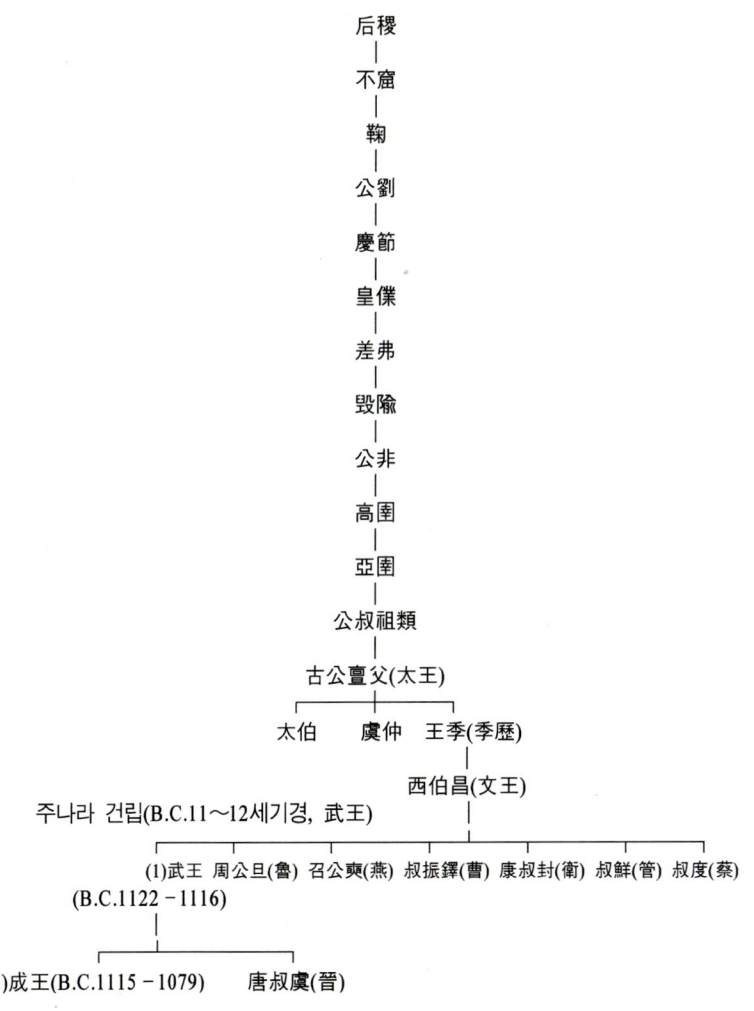

后稷
|
不窟
|
鞠
|
公劉
|
慶節
|
皇僕
|
差弗
|
毀隃
|
公非
|
高圉
|
亞圉
|
公叔祖類
|
古公亶父(太王)
|
太伯　　虞仲　王季(季歷)
|
西伯昌(文王)
|
주나라 건립(B.C.11∼12세기경, 武王)
|
(1)武王 周公旦(魯) 召公奭(燕) 叔振鐸(曹) 康叔封(衛) 叔鮮(管) 叔度(蔡)
(B.C.1122 −1116)
|
(2)成王(B.C.1115 −1079)　　唐叔虞(晉)

1122, 1116, 1111, 1070, 1067, 1066, 1050, 1047, 1030, 1027, 1018년 등 견해가 있는데 학자들의 견해가 일치하지 않기 때문에 대략 B.C. 11·2세기경으로 보는 것이 무난하다고 하였다.

|
(3)康王(B.C.1078 – 1053)
|
(4)昭王(B.C.1053 – 1002)
|
(5)穆王(B.C.1002 – 947)
|
(6)共王(B.C.947 – 935)[7]   (8)孝王(B.C.910 – 895)
|
(7)懿王(壬)(B.C.935 – 910)

(9)夷王(B.C.895 – 879)

(10)厲王(B.C.879 – 828)

(11)宣王(B.C.828 – 782)

(12)幽王(B.C.782 – 771)

(13)平王(B.C.771 – 720)[8]   춘추시대(B.C.770~B.C.453)[9]
| 동주(東周)시대 또는 춘추전국(春秋戰國)시대(B.C.770~B.C.221)[10]
洩父
|
(14)桓王(B.C.720 – 697)
|
(15)莊王(B.C.697 – 682)
|
(16)僖王(B.C.682 – 677)[11]
|
(17)惠王(B.C.677 – 652)
|
(18)襄王(B.C.652 – 619)
|
(19)頃王(B.C.619 – 613)
|
(20)匡王(B.C.613 – 607)   (21)定王(B.C.607 – 586)

(22)簡王(B.C.586 – 572)

(23)靈王(B.C.572 – 544)

---

7) 윤내현의 『商周史』(1984, 351쪽) 역시 共王이라고 하였으나 張光直 著, 이철
   옮김, 『신화미술제사』(1998, 221쪽 참조)에서는 恭王이라고 하였다.

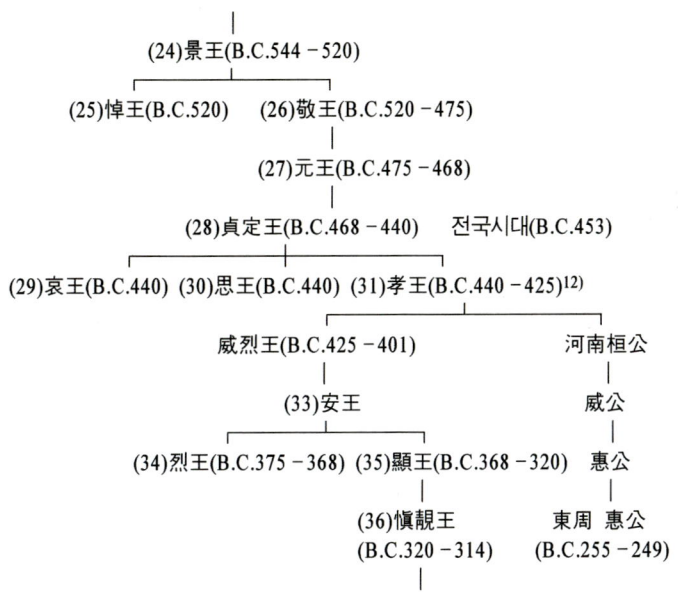

(24)景王(B.C.544 -520)

(25)悼王(B.C.520)　　(26)敬王(B.C.520 -475)

(27)元王(B.C.475 -468)

(28)貞定王(B.C.468 -440)　　전국시대(B.C.453)

(29)哀王(B.C.440)　(30)思王(B.C.440)　(31)孝王(B.C.440 -425)[12]

威烈王(B.C.425 -401)　　　　　　　河南桓公

(33)安王　　　　　　　　　　　威公

(34)烈王(B.C.375 -368)　(35)顯王(B.C.368 -320)　惠公

(36)愼靚王　　　　　　東周 惠公
(B.C.320 -314)　　　　(B.C.255 -249)

주나라 멸망(B.C. 256)　　　　　　(37)赧王(B.C.314 -255)[13]

---

8) 윤내현의 『商周史』(1984, 352쪽)에서는 B.C. 700년을 평왕 元年이라고 하였다.

9) 서울대학교동양사학연구실 編의 『강좌 중국사 1』(1994, 89~90쪽)에서는 지금까지 춘추와 전국 양 시대는 B.C. 481, 475, 468, 403년 등 다양한 구분 방식이 제시되어 왔으나 오늘날에는 보통 B.C. 453년을 전국시대의 시작으로 잡기도 하는데 이 역시 편의상 구분이어서 춘추전국교체기(春秋戰國交替期) 또는 춘추전국지제(春秋戰國之際)로 통칭되는 경우가 많다고 하였다. 이에 대한 자세한 내용은 같은 책 참조.

10) 서울대학교동양사학연구실 編의 『강좌 중국사 1』(1994, 89쪽)에서는 동주시대는 주왕실이 秦나라에 의해 멸망한 B.C. 256년까지이고, 춘추시대의 시작도 그 명칭의 근거인 魯나라 연대기인 『春秋』의 내용이 시작되는 B.C. 722년이지만 편의상 이렇게 쓰인다고 하였다.

11) 윤내현은 『商周史』(1984, 353쪽)에서는 僖王이라고 하였으나 『중국사 1』(1993, 94쪽 참조)에서는 釐王이라고 하였다. 張光直 著, 이철 옮김, 『신화미술제사』(1998, 221쪽 참조)에서는 釐王이라고 하였다.

12) 張光直 著, 이철 옮김, 『신화미술제사』(1998, 221쪽 참조)에서는 考王이라고 하였다.

13) 윤내현의 『중국사 1』(1993, 95쪽 참조)에서는 赧王이 B.C. 315~256년이고 東周 惠公이 B.C. 256~249년이라고 하였다.

진(秦)나라(3대 14년, 嬴 姓)

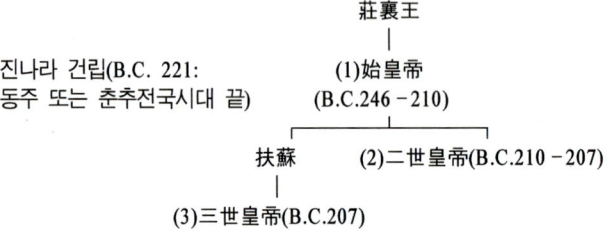

```
                              莊襄王
                               │
진나라 건립(B.C. 221:        (1)始皇帝
동주 또는 춘추전국시대 끝)    (B.C.246 - 210)
                    ┌──────────┴──────────┐
                  扶蘇            (2)二世皇帝(B.C.210 - 207)
                    │
              (3)三世皇帝(B.C.207)
```

한(漢)나라

前漢(14대 214년, 劉 氏)

```
                     (1)高祖(邦)(B.C.206 - 195)
                  ┌─────────┴─────────┐
          (2)惠帝(B.C.195 - 187)      (5)文帝(B.C.180 - 157)
        ┌────────┴────────┐                 │
    3)少帝恭         (4)少帝弘         (6)景帝
  (B.C.187 - 184)  (B.C.184 - 180)  (B.C.157 - 141)
                              ┌──────────┴──────────┐
                        (7)武帝          長沙王(發, 後漢世系의 계속)
                      (B.C.141 - 87)
                    ┌──────┴──────┐
                    ○       (8)昭帝(B.C.87 - 74)
                    │
                    ○
                    │
            (9)宣帝(B.C.74 - 49)
        ┌───────────┴───────────────┐
   (10)元帝(B.C.49 - 33)             ○
   ┌───────┴───────┐                │
   ○               ○                ○
   │               │                │
(11)成帝(B.C.33 - 7) (13)平帝(B.C.1 - A.D.5) ○
   │                                 │
(12)哀帝(B.C.7 - 1)          (14)孺子嬰(6 - 8)
```

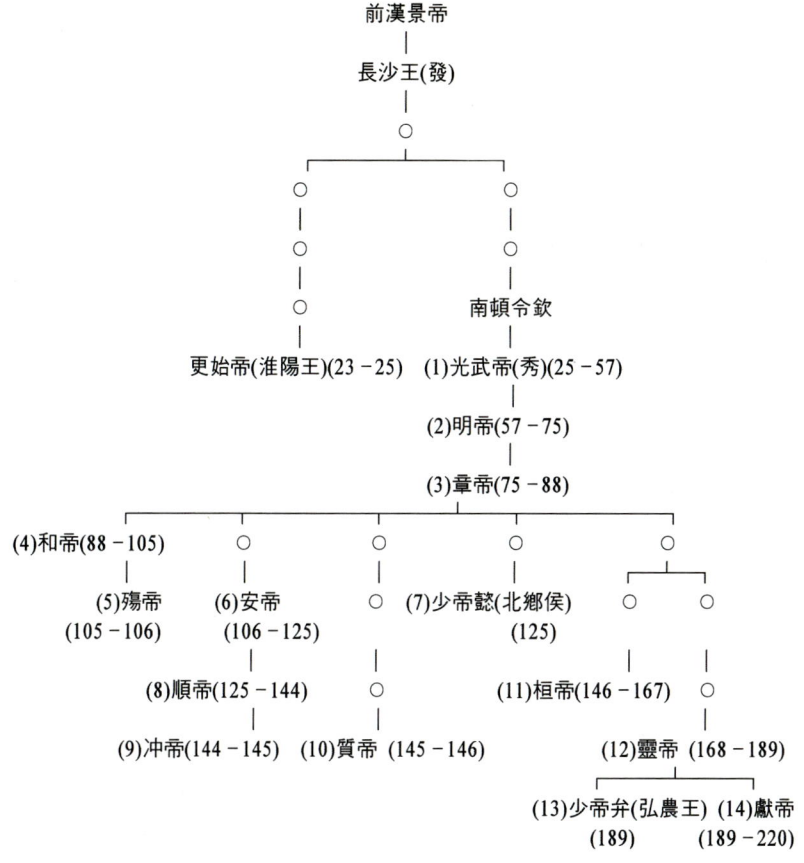

後漢(14대 196년, 劉 氏)

前漢景帝
|
長沙王(發)
○

更始帝(淮陽王)(23 - 25)　(1)光武帝(秀)(25 - 57)

南頓令欽
|
(2)明帝(57 - 75)
|
(3)章帝(75 - 88)

(4)和帝(88 - 105)

(5)殤帝
(105 - 106)

(6)安帝
(106 - 125)

(7)少帝懿(北鄕侯)
(125)

(8)順帝(125 - 144)

(11)桓帝(146 - 167)

(9)冲帝(144 - 145)　(10)質帝 (145 - 146)

(12)靈帝 (168 - 189)

(13)少帝弁(弘農王) (14)獻帝
(189)　　　　　 (189 - 220)

부록 2

부록 2의 내용은 2007년 11월에 있었던 필자의 첫 번째 개인전에서 전시했던 작품들로서 본 책의 내용과는 관련이 없다. 지난 개인전의 작품 내용은 한문 서예·전각·그림·漢詩 등이었는데, 다음 개인전에는 한글 서예도 다룰 것이다. 왜냐하면 한문과 한글은 그 글자들만이 가지고 있는 독특한 아름다움이 있기 때문이다. 비록 부족한 점이 많은 작품들이지만 독자 여러분께서는 즐겁게 감상하시길 바란다.

서예와 전각 감상 방법

서예는 먼저 그림과 마찬가지로 작품 전체의 조형성을 보고 다음으로 글자의 획이 살아 있는지를 본다. 그리고 맨 마지막으로 글자를 해석하여 글씨의 형태와 조형성 등 전반적인 작품의 이미지가 글의 내용과 얼마나 맞는지 보아야 하지만 글의 내용과 관계없이 작가가 의도적으로 글씨를 거칠게 쓰거나 부드럽게 쓰기도 하기 때문에 글의 내용과 작품의 이미지가 꼭 들어맞는 것이 아니라는 것을 염두에 두어야 한다. 그림이 시대마다 개인마다 풍격이 다르듯이 서예도 마찬가지이다. 다시 말해서 서예가 비록 글씨를 가지고 표현하는 예술이라는 한계를 가지고 있지만 작품을 대할 때는 먼저 그림을 감상하듯이 해야 한다는 것이 필사의 생각이다. 그래야만 서예 작품을 대할 때 가지는 글자를 해석해야 한다는 부담감을 줄일 수 있고 글씨는 보기 좋게 고르게 써야 한다는 것에 얽매이지 않을 것이다.

전각 역시 먼저 작품 전체의 조형성을 본다. 전각은 칼을 가지고 돌에다 글씨나 그림을 새기는 것이기 때문에 작품의 각 획에서 돌이 깨진 느낌(칼맛 또는 돌맛이라고도 한다)이 얼마나 잘 살아있는지 본다. 그러나 내 작품 중 일부는 탁본 뜰 때 먹의 번짐 효과에 중점을 둔 경우도 있다. 글씨를 새긴 전각 작품의 경우에는 서예와 마찬가지로 글의 내용과 작품의 이미지가 맞는지 보아야 하는데, 이것 역시 작가나 작품에 따라 다르게 표현하기 때문에 항상 이 두 가지가 일치하지 않으며 일치해야 할 필요성은 없다. 결론적으로 말하면 글씨로 된 전각 작품 역시 먼저 그림처럼 감상해야 하며 이것은 아주 작은 도장에서부터 큰 작품까지 모두 해당된다. 이러한 감상법은 필자의 견해이기 때문에 다른 사람들과 다를 수 있다.

어울림 / 70×45cm

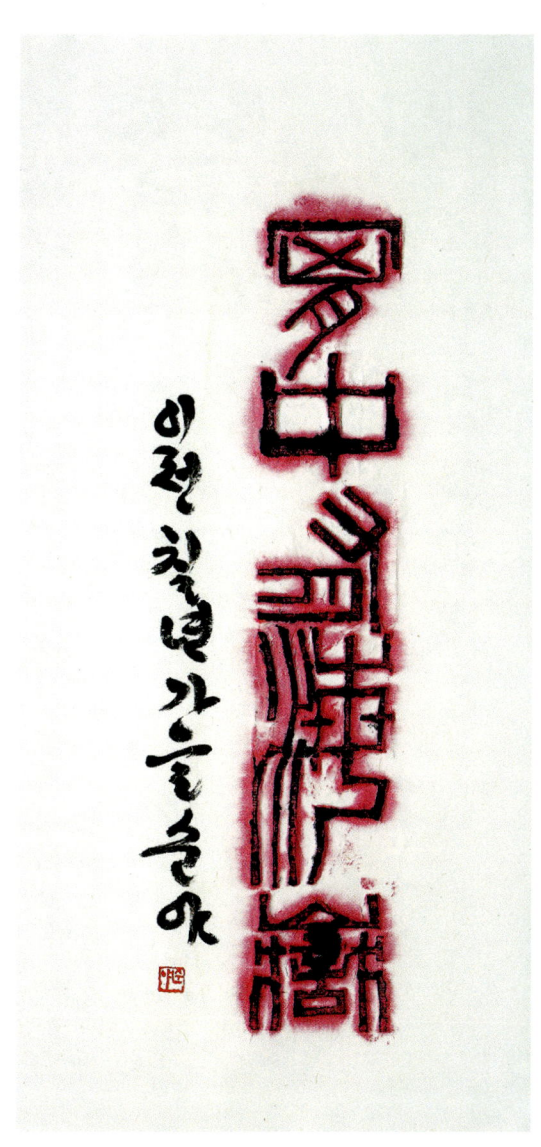

가슴 속에 바다와 큰 산이 있다. 胸中有海嶽 / 20×47cm

작품설명: 이 작품은 전각을 탁본한 것이다.

종남산을 내려오다 곡사산인의 집에 자면서 술을 마시다. 下終南山過斛斯山人宿置酒
— 李白 시 / 93 × 137cm

下終南山過斛斯山人宿置酒
종남산을 내려오다 곡사산인의 집에 자면서 술을 마시다   李　白

暮從碧山下	날 저물어 푸른 산에서 내려오니
山月隨人歸	산 위의 달이 나를 따라 돌아오네
卻顧所來徑	지나온 산길을 고개 돌려 돌아보니
蒼蒼橫翠微	푸르디푸른 안개 기운 산허리를 둘렀구나
相携及田家	주인 만나 손잡고 그의 집에 들어가니
童稚開荊扉	어린아이 사립문을 활짝 연다
綠竹入幽徑	푸른 대나무 그윽한 길에 들어서니
靑蘿拂行衣	푸르른 칡넝쿨이 옷에 감기네
歡言得所憩	즐거운 이야기하면서 편히 쉬며
美酒聊共揮	맛있는 술 둘이서 다 마시고
長歌吟松風	높은 소리로 松風曲 노래하니
曲盡河星稀	한 가락 끝나자 밤은 깊어 은하에 별이 드물다
我醉君復樂	나 취하고 그대 또한 즐거워
陶然共忘機	거나하여 둘이 함께 세상일 다 잊었네

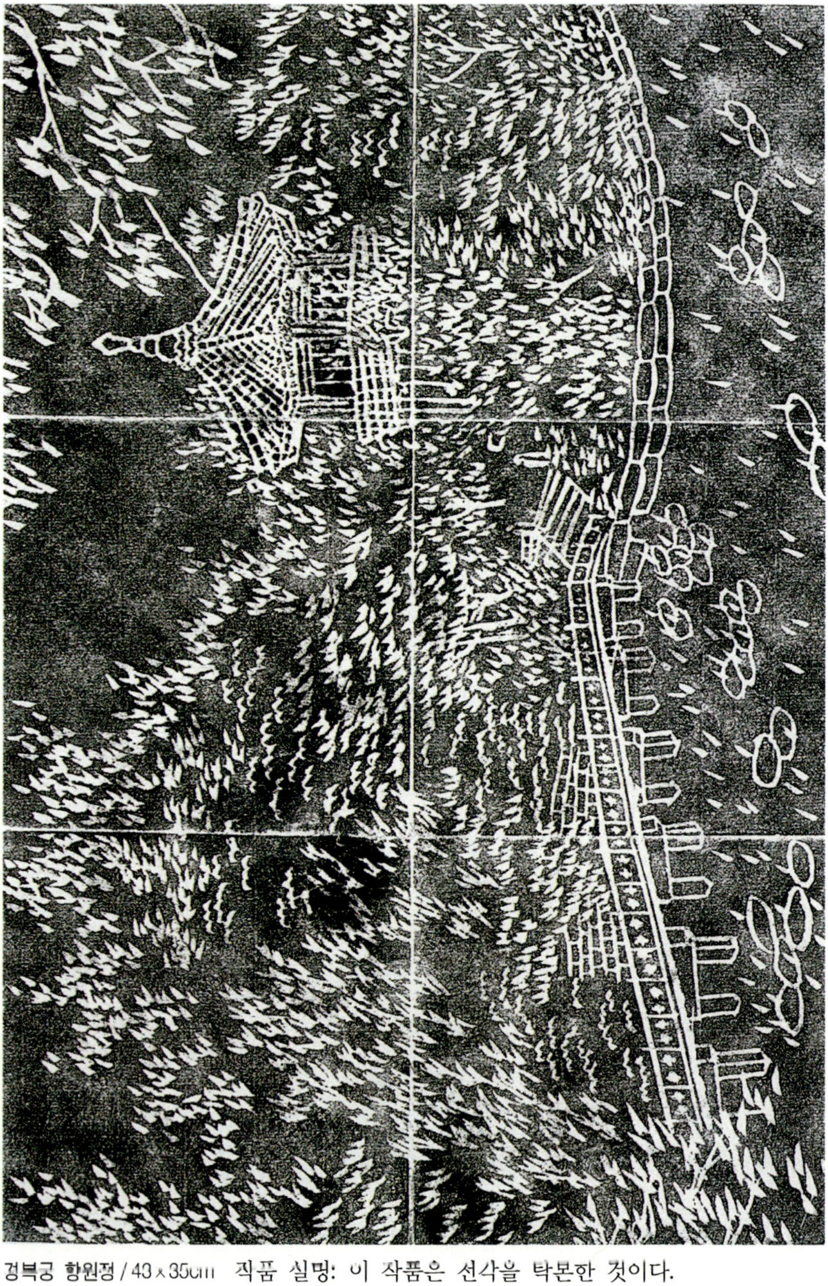

경복궁 향원정 / 43 × 35cm 작품 실명: 이 작품은 선각을 탁본한 것이다.

어찌 꼭 거문고나 퉁소이겠는가 산수에도 맑은 소리가 있느니. 何必絲與竹 山水有淸音. 墨竹 1 / 210×137cm

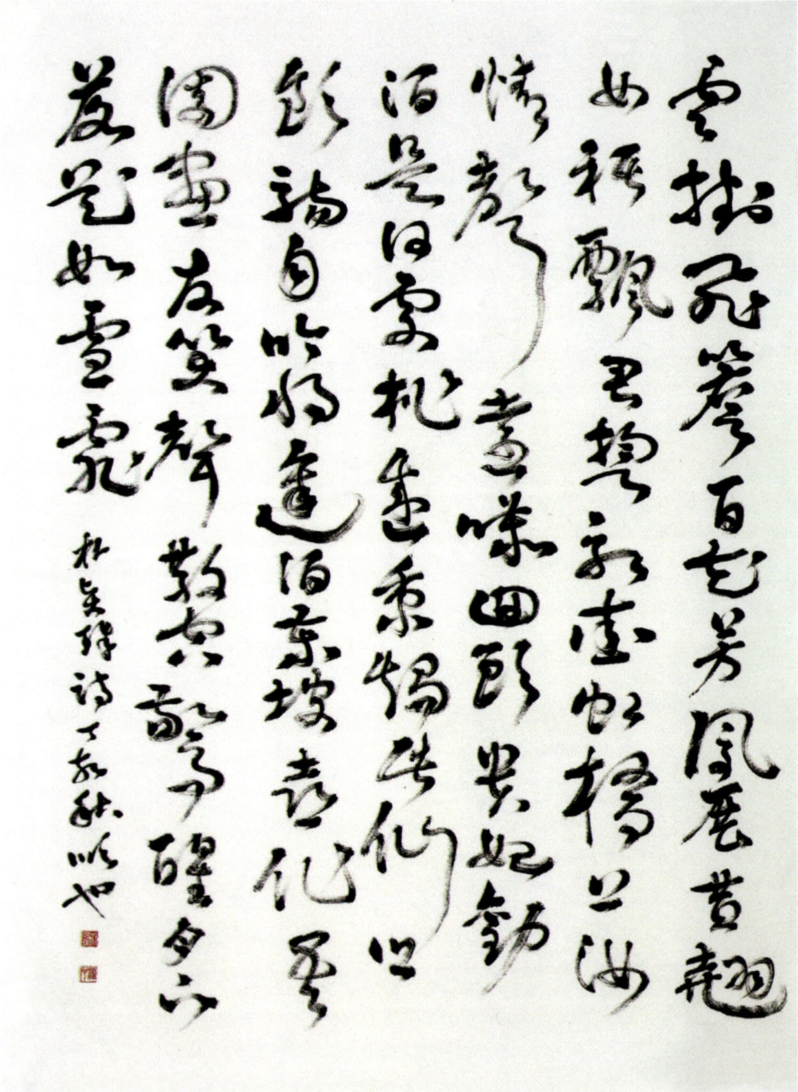

꿈 속에서 또 꿈을 꾸다 夢中又夢―박현주 시 / 98×137cm

夢中又夢
꿈 속에서 또 꿈을 꾸다   박현주

雲掛飛簷百花芳　흰 구름 나를 듯한 처마 위에 걸려있고 온갖 꽃
　　　　　　　　향기로운데

鳳展黃翹女裙飄　봉황이 황금빛 날개를 펼치니 여인들 옷자락이
　　　　　　　　춤을 추네

君誓永愛虹橋上　님과 무지개다리14) 위에서 영원히 사랑하자 맹세
　　　　　　　　했지

汝情聲遠嚇回頭　님의 다정한 목소리 멀어져 놀라 뒤돌아보니

貴妃勸酒是何處　양귀비가 술을 권하는데 이곳이 어디인가

桃盛秉燭此仙鄕　복사꽃 흐드러져 촛불 잡고 노니 여기가 바로 무
　　　　　　　　릉도원일세

飮觴自吟將進酒　한잔 술에 將進酒 절로 노래하니

東坡喜作吾園畵　東坡가 기뻐하며 시를 짓고 吾園이 그림을 그리네

友笑聲散空驚醒　벗들의 웃음소리 허공에 흩어져 깜짝 놀라 깨어
　　　　　　　　보니

月下落花如雪霏　달빛 아래 떨어지는 꽃잎만 눈과 같이 흩날리네

이 시는 필자가 2002년 대학원 수업의 과제로 지은 시를 수정한 것이다.

---

14) 이것은 하늘에 떠 있는 진짜 무지개를 말한다.

향기에 취해 길을 잃다 / 70×60cm

春風吹吹亂香草 山畔斜陽路難尋
봄바람 불고 불어 향초를 어지럽게 하니
산언덕 비낀 볕에 길 찾기가 어렵구나.

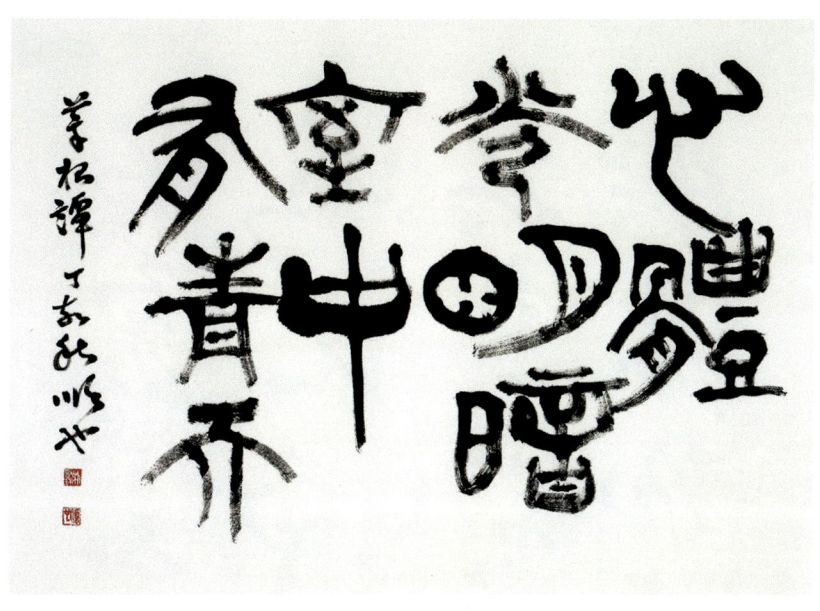

菜根譚 / 70×50cm

心體光明 暗室中有靑天
菜根譚
마음 바탕이 밝으면
어두운 방 안에도
푸른 하늘이 있다.

어린 시절 봄 소풍을 추억하다 憶兒時春遊—박현주 시 / 54×70cm

憶兒時春遊
어린 시절 봄 소풍을 추억하다   박현주

夜雨操不睡   밤새 비가 내려 근심하며 잠 못 이루었는데
朝晴光滿房   아침에는 맑게 개어 햇살이 방 안에 가득하네
歌昻全樂盡   노랫소리 드높고 온갖 즐거움 다하니
忘歸惜落陽   돌아갈 것을 잊고서 지는 해를 안타까워하네

이 시는 필자가 2002년 대학원 수업의 과제로 지은 것이다. 필자는 초등학교 때 소풍이나 운동회 날이 되면 비가 오는 경우가 많았는데, 선생님들께서 날을 잡아놓으면 왜 비가 오는지, 그리고 하느님은 왜 하필 그날 비를 내리시는지 ……. 어린 마음에 이런 것들이 신기하였고 이런 날이 가까워오면 또 비가 오지 않을까 걱정하곤 했었다.

봄소식 / 45×70cm

合抱之木　生於豪末,
九成之臺　起于累土.　老子
아름드리 큰 나무도
작은 싹에서 생겨나고
아홉 층의 높은 대도
한 삽의 흙을 쌓는 데서 생긴다.

老子 / 35×137cm

반가움 / 45×70cm

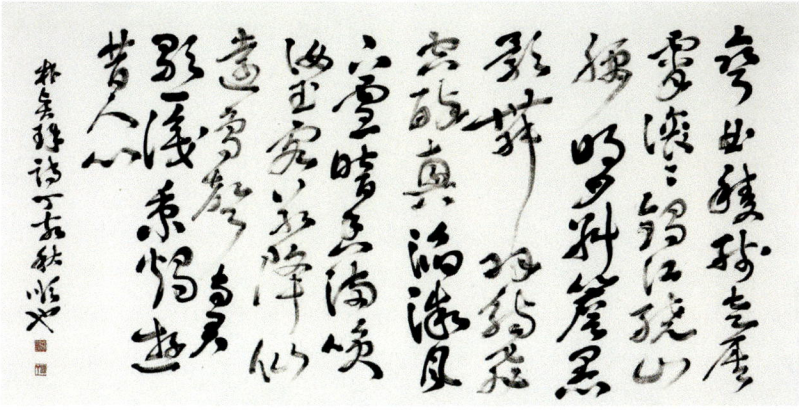

꽃피는 봄밤 달빛 아래 노닐다 花開春夜月下遊—박현주 시 / 137×70cm

花開春夜月下遊
꽃피는 봄밤 달빛 아래 노닐다   박현주

彎曲稜線走灰霄	구불구불한 능선 회색빛 하늘을 달리고
滾滾銀江繞山腰	도도한 은빛 강물 산허리를 감돌아 흐르네
明月斜簷黑影舞	밝은 달빛 처마에 비껴들고 검은 그림자 춤을 추는데
羽觴飛空醉興滔	깃털 술잔 허공을 날으니 취흥이 도도하네
微風下雪暗香滿	미풍에 눈이 내리니 그윽한 향기 가득하고
笑汝玉容若降仙	미소 짓는 그대의 옥 같은 얼굴 하강한 신선 같아라
遠鳥聲與君歌一	먼 곳의 새소리 그대 노랫소리와 하나 되니
識秉燭遊昔人心	촛불 잡고 노닐던 옛 사람의 마음을 알겠네

이 시는 필자가 2002년 대학원 수업의 과제로 지은 시를 수정한 것이다.

이천칠백송이

휴식(봄) / 29×57cm

휴식(여름) / 31×60cm

휴식(가을) / 30×57cm

작품 설명: 이 세 작품은 전각을 탁본한 것이다.

가을의 향연 / 70×45cm

맑은 바람이 대 숲에 가득하다. 淸風滿竹林. 墨竹 2 / 45×70cm

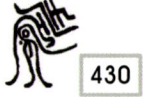

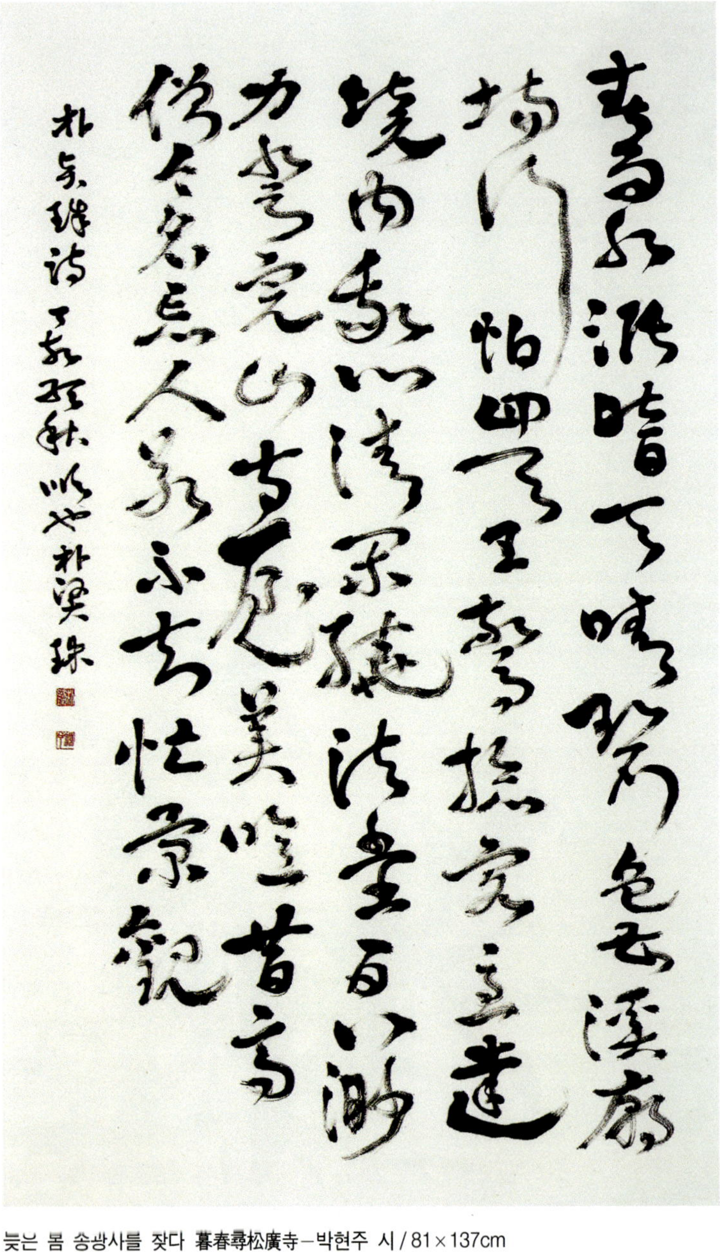

늦은 봄 송광사를 찾다 暮春尋松廣寺─박현주 시／81×137cm

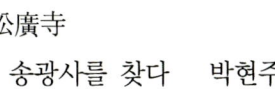
暮春尋松廣寺
늦은 봄 송광사를 찾다   박현주

春雨水漲暗天晴	봄비에 물이 불어나고 어두운 하늘 맑게 개이니
碧色曹溪廟場行	조계산 푸른빛이 절 마당으로 흘러드네
怕四天王驚旅客	험상궂은 사천왕이 여행객을 놀라게 하는데
急達境內我心淸	서둘러 경내에 들어서니 내 마음이 맑아진다
閑繞法堂百八渺	한가로이 법당을 돌아가니 백팔 계단이 아득한데
力登完山寺屋美	힘겹게 다 오르니 산과 절 지붕이 아름답네
噫昔高僧今名忘	아! 옛 고승들 지금은 이름도 잊혀져
人若不知忙景觀	사람들은 모르는 듯 경치 구경에 바쁘구나

이 시는 필자가 2002년 대학원 수업의 과제로 지은 시를 수정한 것이다.

송광사(松廣寺)

송광사는 전라남도 순천시 송광면 신평리의 조계산 자락에(조계산은 전라남도 순천시 송광면 신평리, 승주읍 죽학리, 주암면 행정리 등 3개 면에 걸쳐 있다.) 있으며 신라 말 혜린(慧璘)선사에 의해 창건된 우리나라 3대 사찰 중의 하나이다. 3대 사찰이란 세 가지 보배를 가리키는 것으로서 삼보사찰(三寶寺刹)이라고도 한다. 3대 사찰은 경남 양산의 통도사, 경남 합천의 해인사, 전남 순천의 송광사를 말하는데, 통도사는 부처님의 진신사리가 모셔져 있기 때문에 불보사찰(佛寶寺刹)이라고 하고 해인사는 부처님의 가르침인 팔만대장경의 경판이 모셔져 있기 때문에 법보사찰(法寶寺刹)이라고 하며, 송광사는 한국 불교의 승맥(僧脈)을 잇고 있기 때문에 승보사찰(僧寶寺刹)이라고 한다. *

이 절은 필자가 태어나고 자란 동네와 매우 가까워서 초등학교 때 6년 동안 소풍을 갔었고 초파일에는 4·5·6학년 학생들이 대웅전 마당에 모여 찬불가를 불렀다. 그러나 지금은 주암댐이 만들어져 송광사에서 5리 정도 떨어진 곳부터는 옛 모습을 찾아볼 수가 없다. 필자의 고향 동네는 절반 정도만 남아 있고 필자가 다녔던 초등학교도 없어졌다.

---

* 송광사는 16국사를 비롯하여 우리나라에서 가장 많은 고승대덕을 배출하였다. 송광사에 대한 설명은 Daum에 있는 송광사 홈페이지 내용을 참조하였다.

저자 약력

박현주(朴賢珠)

숭실대학교 인문대학 중어중문학과 졸업
서울대학교 대학원 중어중문학과 졸업 문자학전공 (석사)

주요 논문
『선진시기 '文'字의 의미 변화에 대한 연구』- 석사 논문
『'文'字의 원형 - '美'字와의 관련성』- 중국어문논역학회

주요 작품 활동
제1회 개인전(書畫刻展, 2007. 11, 物波空間)

'文'字에 담긴 고대 중국의 문화와 문학

초판인쇄 | 2008년 12월 5일
초판발행 | 2008년 12월 5일

지은이 | 박현주
펴낸이 | 채종준
펴낸곳 | 한국학술정보㈜
주 소 | 경기도 파주시 교하읍 문발리 513-5 파주출판문화정보산업단지
전 화 | 031) 908-3181(대표)
팩 스 | 031) 908-3189
홈페이지 | http://www.kstudy.com
E-mail | 출판사업부 publish@kstudy.com

등 록 |
가 격 | 40,000원

ISBN 978-89-534-5934-2 93820 (Paper Book)
978-89-534-5935-9 98820 (e-Book)